Knaur

Über den Autor:

Peter Cunningham wurde 1947 geboren. Er arbeitete als Börsenmakler in New York, London und Dublin. Erste Kurzgeschichten veröffentlichte er schon während seiner Studienzeit. 1989 gab er seinen Beruf auf, um sich ausschließlich dem Schreiben zu widmen. Bekannt wurde Cunningham als Autor von erfolgreichen Thrillern wie *All Risks Mortality* (1988).
Er lebt seit 28 Jahren mit seiner Frau und seinen Kindern auf einem Anwesen in County Kildare in der Nähe von Dublin.

PETER CUNNINGHAM

DIE STIMME AUS DEM DELTA

Roman

Aus dem Englischen
von Carl Reske

Knaur

Die Originalausgabe erschien 1995
unter dem Titel »Tapes of the River Delta«
bei Arrow Books Limited, London

Besuchen Sie uns im Internet:
www.droemer-weltbild.de

Vollständige Taschenbuchausgabe 2001
Droemersche Verlagsanstalt Th. Knaur Nachf., München

Umschlaggestaltung: ZERO Werbeagentur, München
Umschlagabbildung: Premium, Düsseldorf
Satz: Ventura Publisher im Verlag
Druck und Bindung: Clausen & Bosse, Leck
Printed in Germany
ISBN 3-426-60662-3

5 4 3 2 1

Für Peter Cunningham
17. Oktober 1974 – 22. September 1990

Et erit tamquam lignum quod plantatum est secus decursus aquarum quod fructum suum dabit in tempore suo.

Und er ist wie ein Baum, gepflanzt an den Wasserbächen, der seine Frucht bringt zu seiner Zeit.

Der 1. Psalm

Fire and Ice

Some say the world will end in fire,
Some say in ice.
From what I've tasted of desire
I hold with those who favor fire.
But if it had to perish twice,
I think I know enough of hate
To say that for destruction ice
Is also great
And would suffice.

Robert Frost (1874–1963)

VORWORT

Seit sechs Wochen lebe ich jetzt im Flußdelta. Kein anderer Mensch lebt in dieser schwimmenden Ebene, keine Straße führt durch sie hindurch. Der große Kern des Deltas wird durch seine Vegetation vor jedem Eindringen mit einem Boot geschützt, kein Flugzeug kann in dieser vierhundert Quadratmeilen großen ungebrochenen Wildnis landen. Enten- und Gänsejäger kommen im Winter aus Monument hierher, wenn der Frost seine Arbeit verrichtet hat und alles gestorben ist, was Atem hatte.
Man muß einige Zeit in diesen Sümpfen verbringen, um sie schätzenzulernen. Während ich spreche, hat der Regen aufgehört, und die Deilt-Berge sind in einer dunstigen Entfernung von fünfzig Meilen aufgetaucht. Ich lebe von Beeren und sauberem Wasser, und ich kann mir sehr gut einreden, daß ich noch der Junge bin, der vor einem halben Leben die Geheimnisse dieses weiten Deltas zu entdecken suchte.
Auf eigentümliche Weise fühle ich mich der Tatsache weit entrückt, daß ich Gegenstand einer landesweiten Fahndung bin. Man jagt mich wie ein Tier. Die Darstellung meines Falles in den Medien hat dafür gesorgt, daß jede Möglichkeit einer gerechten Behandlung meines Falles ausgeschlossen ist. Es ist nicht das Gefängnis von Mountjoy, das ich fürchte, es ist die Klinik von Dundrum. Ich weiß, wie das System in Dundrum funktioniert. Kein

Prozeß, keine kompromittierenden Aussagen. »Der Häftling wird in Dundrum weiterhin auf seinen geistigen Zustand untersucht.« Ich konnte es nicht mehr ertragen. Ich konnte zumindest ohne die ferne Hoffnung auf Freiheit nicht mehr leben.

Dies sind die Bänder, die ich besprochen habe, die Stimme aus dem Delta. Darin sind viele Leben enthalten. Viele glückliche Jahre und auch solche der Trauer ziehen sich durch diese kleinen Spulen. Wenn ich sie anhöre, drängt sich mir eines vor allem anderen auf: Das Leben ist so wie dieses Flußdelta. An der Oberfläche scheint die Erde fest, solide, aber wenn man kräftig drückt, gibt sie nach, und darunter liegt etwas ganz anderes, als man glaubte.

Letztlich kann man nur Frieden mit sich selbst schließen. Das habe ich getan. Deshalb bin ich hier. Ich leugne die Wahrheit nicht, und ich verlange nur, daß man mich als den erinnert, der ich wirklich bin. Die Wahrheit ist, ich wußte, was ich tat. Die Wahrheit ist, ich nahm den Revolver und machte der Sache ein Ende.

TEIL EINS

1

Am Tag der Beisetzung stand er ausnahmsweise allein da, ohne den üblichen Anhang. Der Sarg senkte sich in die Grube. Über die dunkle Öffnung des Grabes wurde grünes Plastik gerollt. Es sollte wohl wie Gras wirken.

Nach einem kurzen Zögern löste sich die Menschenmenge auf, und eine Reihe von Leuten ging den schmalen, asphaltierten Weg hinauf auf ihn zu. Ich mußte ihn bewundern, trotz allem.

Pax Sheehy sagte: »Wenn du soweit bist, Theo, können wir.«

Pax wußte, daß ich die Situation schwierig finden mochte. Er ist ein sensibler Mensch.

Dann teilte sich die Gruppe um ihn, und er kam direkt auf mich zu. Selbst als wir noch Kinder gewesen waren, hatte er immer die Blicke auf sich gezogen, wie um zu beweisen, daß Statur nichts mit Körpergröße zu tun hat. Er streckte die Hand aus, den Daumen gespannt wie den Hahn einer Pistole.

»Theo, du bist gekommen«, sagte er.

»Mein Beileid, Bain.«

Er umarmte mich. Kameras surrten und klickten. Ich spürte die unverwechselbare Aura seines Körpers, einer der Gerüche meiner Jugend. Ich musterte ihn, als würde ich ihn nicht schon seit über fünfzig Jahren kennen, als

wäre er für mich eine Gestalt, die ich nur aus der Presse und dem Fernsehen kannte.
»Wir werden alles vergessen und neu beginnen, Theo.«
»Natürlich.«
»Das Leben ist zu kurz.«
»Da hast du recht, Bain.«
Seine Augen, verstohlen und blau, zuckten weg, dann wieder zurück.
»Ich ruf dich an.«
Er entfernte sich, Hände schüttelnd, begrüßte alte Getreue mit einem Lächeln und einer Berührung, instinktiv aus der Rolle des trauernden Sohnes in die des Politikers überwechselnd; der Gedanke, daß dieser Morgen sich unterscheiden mochte von tausend anderen, war für ihn verloren in den Zwängen der Macht.
Ich glaubte nicht, daß er sich wirklich melden würde. Ich dachte, es seien leere Worte gewesen, etwas, was man bei Begräbnissen sagt.
Aber zehn Tage später, in Dublin Castle, klang die Stimme meines Assistenten aus dem Intercom: »Theo, das Büro des Taoiseach für Sie.«

Die Toten verändern oft das Verhältnis, das die Lebenden zueinander haben. Der Tod schafft neue Konstellationen.
»Hallo?«
»Theo. Ich hab dir gesagt, ich würd mich melden.«
Draußen geizte der Februar mit dem Tageslicht. Ich fragte: »Wie geht's, Bain?«
»Gut, gut – na ja, einigermaßen. Hast du gehört, was mit der Stute des armen Brendan passiert ist?«
»Stute?«
»Wunderbares Tier. Er hing sehr an ihr. Hooligans haben

sie mit Teppichmessern aufgeschlitzt. Wir mußten sie erschießen lassen.«

»Gott.«

»Kein Tier würde so tief sinken. Die arme Aggie hat es schwer getroffen.«

»Wißt ihr, wer's war?«

»Du weißt doch, wie das ist. Die Leute von der Polizei wissen's wahrscheinlich, können's aber nicht beweisen. So ist das nun mal. Wie geht's dir?«

»Wie immer.«

»Gehst du noch schwimmen?«

»Ab und zu.« Ich hatte die Bilder aus den Zeitungen ausgeschnitten, die Fotos vom Begräbnis. Ich hatte sie in ein Fotoalbum geklebt, nicht um bei irgendeiner Gelegenheit damit anzugeben, ich-und-der-Taoiseach oder so was, sondern für irgendeinen nichtexistenten Zeugen, der vielleicht einmal die sich kreuzenden Fäden unserer Lebensläufe betrachten würde: planschende Kinder am einen Ende, Männer mittleren Alters in Mänteln am anderen.

»Ich erinnere mich an unseren Fluß in Eillne«, sagte Bain, als hätte er meine Gedanken gelesen. »Keiner konnte je mit dir mithalten. Ich am allerwenigsten.«

Dann zögerte er, als wäre er nicht mehr sicher, daß es eine gute Idee gewesen war, mich anzurufen.

»Fährst du noch manchmal hin?« fragte Bain.

»Im Sommer.«

»Das ist wie eine Reise in die Vergangenheit.«

»Ja. Ich hab noch Fotos.«

»Oh, wirklich? Wir müssen uns mal wieder treffen, an einem Abend, nur wir beide, wie in alten Zeiten, und über alles reden.« Es folgte eine Pause, als wäre ihm auch klargeworden, daß so ein Treffen nicht sobald möglich sein

würde. »Ich bin mehr in der Luft als auf dem Boden. Überall und nirgends, Konferenzen … Ich ruf dich an.«
»Gut«, sagte ich, aber er hatte schon aufgelegt, in Gedanken bereits bei etwas Wichtigerem. Damit rechnete man bei Bain, und wir alle waren darauf eingestellt, ich selbst, mein Onkel Hugo, die Leute, die in Eillne für uns arbeiteten, sogar meine Mutter, die von allen Sparrow genannt wurde.

Die alten Namen der Blumen in Eillne kommen mir noch leicht über die Lippen, Wandelklee, Vogelfußklee, gemeiner Wundklee. Die winzigen, bettelnden Gesichter des Vergißmeinnicht. Bartnelke, Löwenmaul, Ehrenpreis mit den rosafarbenen Blütenblättern, Malven, die leuchtenden Disteln. Gerüche streichen durch meine Erinnerung. Badeschwämme, die nach süßer Fäule rochen. Körnige Matten aus Kork. Die ätzende Schärfe von altem Baumwollstoff in dem hohen, schmalen Raum bei der Küche, wo Porzellan eingewickelt und gestapelt war. In Sparrows Kleiderschränken jener undefinierbare Duftcode, den ich in den Pelzen roch, in die ich meine unbezähmbare Nase steckte, ein Code, den ich trotz all meiner Anstrengungen niemals knacken konnte.
Eillne – der Name bezeichnete das Haus wie auch das gesamte Anwesen – war, wie ich wußte, von meinem längst verstorbenen Großvater, Sammy Tea, gebaut worden. Es war ein großes Haus mit hohen Fenstern und all den Proportionen, die man von einem Landhaus erwartete, bloß daß es nur ein Stockwerk hatte, so daß ein großes Haus entstanden war, dem das Obergeschoß fehlte. Darin aber lag sein Charme.
»Zeit, das Gehirn durchzulüften, Theo!«
Onkel Hugo pumpte wie ein Maikäfer mit den Ellbogen.

Er trug einen dreiteiligen karierten Anzug, einen Kragen und eine Krawatte sowie eine Mütze mit einem Druckknopf auf dem Schirm. Sein schwarzer Schnurrbart lag auf seiner Oberlippe wie eine glänzende Raupe.
»Jetzt üben wir das, du sagst: Also, Ma, ist das Essen fertig?«
»Also ... Ma ...«
»Wird schon besser. Guter Junge. Komm mit.«
Onkel Hugo hinkte, eine dürre Gestalt, nur Knie und Ellbogen; er ließ seine Hand oben über die Hecke gleiten wie jemand, der ein frisch gestriegeltes Pferd überprüft.
»Donnerwetter, ist ja wirklich gerade, Dalton.«
»Ja, Mr. Love.«
Der Duft von Pfeifentabak haftete kräftig an Dalton.
»Sollte sich halten.« (Jedesmal, wenn Onkel Hugo dies sagte, blickte er mit gekrauster Stirn zum Himmel.)
Daltons Gesicht war verschlossen wie eine Nuß. »Nur keine Sorge.«
»Heut morgen schon den jungen Mr. Donald gesehen?« wollte Onkel Hugo wissen, während er die Hecke erneut penibel überprüfte.
Donald Blood, zwanzig Jahre jünger als Onkel Hugo, lebte auf Drossa Park, eine Meile von Eillne. Donald war rund und glatt, hatte geschwungene zweideutige Lippen.
»Keine Spur«, sagte Dalton. Ich konnte sehen, wie Daltons kleine blaue Augen aus ihren fleischigen Höhlen heraus Onkel Hugo musterten.
»Noch'n bißchen früh für Mr. Donald«, sagte Dalton.
»Hmmmmm. Komm, Theo, sonst wird uns die Hölle heiß gemacht.«
Das Mittagessen wurde um ein Uhr im Speisezimmer eingenommen. Drei Gänge, Silberbesteck auf Leinen. Hand in Hand gingen wir hinein, vorbei am Gelb-Gold

der Forsythien, an den kurz gehaltenen Weiden, an Bergsandglöckchen. Onkel Hugo machte einen vorsichtigen Bogen um Sparrow, wie man das bei einem Füllen tut, dessen Ohrenhaltung einem verrät, daß es auskeilen könnte. Als fürchte er, daß jede Art von Aufmerksamkeit sie provozieren könnte, begann er vor der Suppe immer laut »Ecce Panis« zu singen, fuhr dann während des Hauptgangs mit »Tantum Ergo« oder »Ave Verum« fort und begleitete den Tapiokapudding mit »Alle Menschen, die auf Erden wohnen«, was Onkel Hugo immer als den »Alten Hundertsten« bezeichnete, weil er sagte, es basiere auf dem Psalm mit dieser Zahl. Rabbit Stew aß Onkel Hugo mit der Mäßigkeit eines Kätzchens, doch hörte ich, wie Nanny in der Küche darüber lachte und sagte, wenn er auswärts eingeladen werde, esse er für drei. »O Salutaris.«

Es heißt, daß Cromwell, nachdem er Monument verwüstet hatte, westwärts nach Eillne kam und feststellte, daß alles Land dort loyal war und der Gräfin MacFerris gehörte, einer Jungfer und Nachfahrin der alten Normannenfamilie, die Drossa Castle erbaut hatte. Besorgt, daß das Land in die Hände der Papisten fallen könnte, falls die Linie ausstürbe, befahl Cromwell der Gräfin, einen geeigneten Mann zu nehmen, und als die gute Lady gestand, dieser Aufgabe nicht gewachsen zu sein, ließ Englands Lordprotektor zehn seiner Leute mit dem Gesicht zur Wand Aufstellung nehmen und gebot der Gräfin zu wählen.

Es muß ein denkwürdiger Anblick gewesen sein. Ein windiger Februartag mit Regen im Anzug, das Dutzend Kampfröcke nebeneinander aufgereiht wie die Rücken verschiedener Bücher, während die entsetzte Jungfer in Begleitung zweier ihrer Hofdamen hinter den Aufgestellten entlangschritt und Cromwell mit jenem Ausdruck von Ungerührtheit dastand, der durch die Geschichte so gut überliefert ist. Mit weiblichem Scharfblick streckte die Gräfin ihre Hand zögernd nach einer Schulter aus, die noch am verheißungsvollsten wirkte: Es waren nicht die breitesten Schultern, auch nicht die höchsten, sondern sacht abfallende, was in der armen Frau die Vorstellung von Empfindsamkeit und Kultur weckte. Grinsend drehte der junge Mann sich um. Er hatte nur ein Auge. Sein Name war Reginald, und schon bald würde er Sir Reginald Blood heißen.

Donald Blood war der späte Nachfahre jener denkwürdigen Vereinigung zwischen einer adligen Lady und dem Sohn eines Kleinbauern aus Yorkshire. Sein Vater, Reggie, hatte noch einen Bruder drüben bei Cruachan, der eine Art Einsiedler war, und eine Schwester, die sich mit den Einheimischen gemein gemacht und mit einem Katholiken aus Monument angebandelt hatte, bis der plötzlich den Entschluß faßte loszuziehen, um gegen Hitler zu kämpfen; aber außer Reggie und seinen beiden Geschwistern war nach der irischen Unabhängigkeit kein Blood mehr im County geblieben. Donald war das letzte von Reggies Kindern aus drei Ehen; dank Cromwell stand es den Anglo-Iren ja frei, sich nach Belieben scheiden zu lassen. Zwei ältere Söhne waren der Tradition gefolgt und hatten sich einem Regiment angeschlossen. Eine Tochter hatte einen Herzog geheiratet. Charlie, jünger als Donald, war in England zur Schule gegangen und sollte mit neunzehn in Oxford ertrinken, als Steuermann eines Achters.

Eillne war für mich ein wunderbar zugängliches Haus. Räume gab es in Hülle und Fülle, ohne daß irgendeine Treppe die Geschichte kompliziert gemacht hätte. Von den Schlafzimmern aus sah man auf den Fluß hinaus, in dem wir schwimmen gingen. Jenseits des Badezimmers gab es ein eiskaltes Extra-Schlafzimmer, und auf der anderen Seite der Diele, hinter der Dielentür, befand sich der Salon, von dem man den besten Blick auf den Fluß hatte. Das Speisezimmer lag auf der westlichen, das Frühstückszimmer auf der östlichen Seite. Es gab kleinere Räume, die verschiedenen Zwecken dienten: Onkel Hugos Bibliothek, das Spielzimmer mit dem Billardtisch, ein Stiefelzimmer und der Keller, der voller Gerümpel war und in dem die Einmachgläser vergangener Sommer standen. Ein langer, unbeleuchteter Gang führte zur hallenden Küche und den Schlafzimmern des Personals, wo die Dienstmädchen und Nanny Morrissey schliefen.

Von Onkel Hugos Grammophon ertönte Tanzmusik. Es war im November, glaube ich. Sparrow war offenbar in Monument. Ich hielt mich in der Diele vor dem Spielzimmer versteckt und sah Onkel Hugo und Donald beim Billard zu.

Onkel Hugo und ich verstanden einander so gut, daß er manchmal seinen Verrichtungen nachging, ohne sich meiner Anwesenheit recht bewußt zu sein. Für mich war er ein Quell endlosen Interesses. Je mehr ich Onkel Hugo beobachtete, desto mehr schien er ein anderer zu sein als der, den ich sah. Im Inneren seiner braunen Augen tauchten manchmal gelbe, kleinere Augen auf, die nicht Onkel Hugos Augen waren. Manchmal, wenn die Aufmerksamkeit aller anderen im Zimmer auf etwas anderes gerichtet war als auf Onkel Hugo, bemerkte ich, daß sein Blick zu wandern begann, Trauer erfüllte seine Augen, und in diesem unbewachten Augenblick sah aus ihm jemand heraus, der Onkel Hugo in keiner Weise ähnelte. Es war, als spaziere man im Freien vor sich hin, wende sich plötzlich seinem Haus zu und sähe hinter einem wohlvertrauten Fenster einen Fremden stehen.

Durch die Billardzimmertür kamen die gewohnten Geräusche, Kugeln prallten dumpf aufeinander. Als Onkel Hugo in mein Blickfeld hinkte, sein Queue in den Fingerspitzen haltend, seine Versunkenheit betont durch gespitzte Lippen und den vornübergebeugten Körper, die Möglichkeiten auf dem grünen Filz taxierend, schien er aus einem einzigen langen Stück zu bestehen, wie ein Schilfrohr, das sich sacht mit der Strömung bewegt. Im Augenblick der Entscheidung knickte das Schilfrohr in einer Anzahl unvorhergesehener Winkel zusammen, am einen Ende die Spitze des Queues, am anderen sein knochiges Hinterteil. Glatt glitt das Holz durch die Führungsbahn seiner dürren Finger. Mit einem durch die Kreide gedämpften Klicken flog die Kugel in Richtung ihres Ziels. Im Gegensatz dazu war Donalds Beziehung zum Tisch die einer Attacke. Ein Heben und Strecken. Das runde Knie auf dem Tischrand, wie ein Hund an einem Busch, stieß er zu.

Eben noch pirschten sie in stummer Konzentration herum oder kreideten leise die Spitzen ihrer Queues; im nächsten Augenblick waren sie fort, und das einzige von Interesse, das ich durch die Türöffnung sehen konnte, war das Baldachinlicht über dem Billardtisch, das sie nicht ausgeschaltet hatten.

Laute drangen durch den Spalt unter der Tür des Extra-Schlafzimmers. Vom anderen Ende des Hauses kamen Küchengeräusche und schwatzende Stimmen, was mich bei anderer Gelegenheit mit tröstlichem Wohlgefühl erfüllt hätte, jetzt jedoch, aus unbekannten Gründen, Furcht in mir auslöste.

»Liebling.«

Ich konnte nicht atmen.
»Oh, Liebster, wunderbar.«
Und mich nicht bremsen.
Auf meine Berührung schwang die Tür auf. Quer auf dem Bett, so daß ihr Gesicht verkehrt herum in meine Richtung blickte, lag eine Frau, die eines von Sparrows Kleidern trug. Sie hatte es hochgezogen, so daß ihre bloßen Knie zu beiden Seiten von Donald Blood in die Luft ragten; er kniete nackt davor, den Kopf gesenkt.
Als er mich sah, fuhr er hoch und rief: »Allmächtiger!«
Wenn die Frau mich sehen wollte, mußte sie den Kopf noch weiter verkehrt herum herunterhängen lassen. Sie hatte ein seltsam bemaltes Gesicht, und der Mund war ein verzweifeltes Grinsen über einem Streifen aus glänzend schwarzem Haar.

Als Kind nimmt man die Dinge, wie sie sind. Es gab keine Vergangenheit, über die ich mir Sorgen zu machen brauchte. Ich war ein Bürger der Gegenwart, heil und intakt. Doch immer wenn ich im späteren Leben ein bißchen in der Vergangenheit stocherte, geriet alles, was ich früher mühelos unterschieden hatte, abrupt außer Fokus. Das, glaube ich, ist der Grund dafür, daß ich zum Amateurhistoriker wurde: um zu sehen, was sich hinter den bequemen Annahmen befand, auf denen mein Leben basierte.
Als Kind hielt ich es für normal, daß mein Onkel Hugo Love hieß und ich Shortcourse, während meine Mutter gleichsam beide Namen umschloß. Ich nahm an, daß Sammy Tea, der Vater meiner Mutter und Hugos, ganz einfach aus dem Nebel des 19. Jahrhunderts Gestalt angenommen hatte, was im Fall von Sammy Tea sogar der Wahrheit entsprach. Er war 1888 den Lyle nach Monu-

ment hinaufgefahren, und zwar an Bord eines Dampfers, der von Liverpool nach Cork wollte. Der Kapitän des Schiffes, ein Opfer des Alkohols, verwechselte offenbar die Hügel, die die Mündung des Lyle markierten, mit einer ähnlichen Landzunge hundert Meilen weiter südlich. Sammy, ein Handelsreisender für Firmenbriefpapier, fand in dieser Nacht Quartier in Monuments Small Quay-Hotel, wo er die Tochter des Wirts kennenlernte, Miss Sweeten. Bis zum Morgengrauen hatte Sammy seine Nachkommenschaft gesichert, und als der Kapitän wieder bei sich war und sein Schiff ablegte, blieb Sammy Love zurück.
Monument – eine Stadt der Hügel, wo der Legende nach einmal der heilige Melb lebte, dem zu Ehren angeblich einst ein großes Monument errichtet wurde, das jedoch spurlos in den Fluß rutschte, so daß es nur noch eine dürftige Verbindung zwischen dem Namen der Stadt und dem Heiligen gab – war in jenen Tagen ein schläfriger Hafen und eine Marktstadt, in die Bauernfamilien aus der Umgebung fuhren, um einzukaufen und sich zu amüsieren. Im Sommer dampften die Schlammflächen am Rande des Lyle wie üppige braune Brotlaibe, während in der Flußmitte kraftvolle Sportruderer vorbeizogen. Oft legten auch Truppentransporter aus Portsmouth an, die Männer und Artillerie zu den Kasernen von Monument brachten oder von dort abholten. Einen Offizier bei Tisch zu haben, war nichts Ungewöhnliches.
Sammy Love wurde zum Katholiken und heiratete Mary Sweeten. Innerhalb von acht Monaten starb Mary Sweetens Vater, Sammy erbte das Anwesen von Small Quay, und Marys erstes Kind, ein Sohn, Bernard, wurde geboren. An die Love-Residence, wie sie jetzt genannt wurde, stieß eine verfallene Getreidemühle, die zum letzten Mal

vor der Großen Hungersnot benutzt worden war, von dem letzten Sweeten, der noch Unternehmungsgeist gezeigt hatte. Als Sammy Love durch Heirat zu diesem Besitz gekommen war, dachte er zuerst daran, dort eine Druckerei einzurichten und in seinem Beruf weiterzuarbeiten. Er ging sogar soweit, Angebote für Maschinen aus England anzufordern. Doch im Jahr nach Bernards Geburt wollte es der Zufall, daß derselbe Dampfer, der Sammy Love nach Monument gebracht hatte, unversehens wieder auftauchte.

Der Kapitän des Schiffes hatte denselben Fehler schon seit dreißig Jahren gemacht, dies aber sollte seine letzte Gelegenheit dazu sein. Als er sein Schiff auf der verkehrten Seite der Fahrwassertonnen des Lyle hinauf führte – in der festen Überzeugung, flußabwärts statt flußaufwärts zu dampfen, setzte er es in Sichtweite der Stadt auf Grund und riß die Bordwand auf.

Die Fracht bestand aus Mazawattee-Tee. Der Kapitän brachte das schwerbeschädigte Schiff noch an den Small Quay, und dort wurde die Fracht entladen. Es geschah um drei Uhr früh inmitten großer Unruhe von seiten des runden Dutzend Passagiere und einer Fast-Meuterei der schon lange leidenden Mannschaft. Dann begann es zu regnen. Sammy Love wurde geweckt und kam in seinem Hausmantel die Treppe herab. In späteren Jahren behauptete er, auf der Stelle erkannt zu haben, daß sein Glück vor ihm lag. Aber wie dem auch sei: Er öffnete sein Haus, überwachte den Transport des duftenden Tees in seine leeren Gebäude und ging wieder zu Bett.

Noch einhundert Jahre später konnte man in den Archiven des Hafenmeisters von den beträchtlichen Kosten lesen, die seinerzeit durch die Beseitigung des Wracks entstanden. Die Passagiere des Schiffes verstreuten sich in

Quartiere am Hafen, die Mannschaft suchte das Weite. Der Kapitän lag im Vollrausch in seiner Koje, und das Schiff sank.

Zu der Zeit bekam mein Großvater den Beinamen Sammy Tea. War früher einmal von größeren Häfen Tee zu Lande nach Monument geschafft worden, so wurde jetzt Monument selbst die Quelle. Die Tatsache, daß Sammy die Schiffsfracht als Bergungsgut beanspruchte und daß es niemanden gab, der ihm diesen Anspruch streitig machen konnte, gestattete es meinem Großvater, mit vollem Lager und schuldenfrei in das Teegeschäft einzusteigen. 1891 kam eine Tochter, Mary, genannt Baby, zur Welt, 1896 ein Sohn, Hugo.

Sammy Tea war ein Dandy. Überall in Monument waren der Schnitt seiner Anzüge, der Glanz seiner Pomade und die Schwärze seines Schnurrbarts berühmt. Er hatte eine Art, mit den Damen vom Lande umzugehen, daß für sie bald nur noch Tee von Sammy Tea in Frage kam. Junge Mädchen wurden am Small Quay angestellt und schütteten Mazawattee-Tee aus Kisten in Papiertüten. Manche allerdings kehrten unerwartet zu ihren Familien zurück, nur sechs oder acht Monate, nachdem sie ihre Stellung angetreten hatten.

Die erste Ahnung, daß auch das Leben meines Großvaters nicht gegen Tragik gefeit war, kam 1900. Sein zweiter Sohn, Hugo, damals erst vier Jahre alt, zog sich eine Krankheit zu, deren Folge Muskelschwund war und deren Keim angeblich in dem Kot der Ratten steckte, die unten am Fluß lebten. Der arme Hugo blieb ausgezehrt und an der ganzen linken Körperseite gelähmt. Er konnte nie mehr ohne eine Art Stahlstütze gehen. Sammy Tea schwor, mit seiner Familie aus Monument fortzuziehen, und kaufte zu diesem Zweck von einem Mann namens

Onsley Blood zehn Morgen Land, die sich bei Eillne am Fluß entlangzogen.
Der Lyle ist ein komplizierter Fluß. Er entspringt in den Deilt Mountains fünfzig Meilen nordöstlich von Monument und fließt dann die ersten zwanzig Meilen in südlicher Richtung ohne Aufsehen dahin. Dann gabelt er sich. Der eigentliche Lyle fährt fort, wie er begann, nur daß er sich durch den Zustrom von Nebenflüssen verbreitert und auf seinem Weg zum Meer der Stadt Monument einen Hafen gibt; dagegen strebt der Little Lyle vom Punkt seiner Abzweigung an dreißig Meilen westwärts; und wie die Landkarte zeigt, verblutet er dann sozusagen in Rinnen und Rinnsalen zur Küste hin, ein Vorgang, bei dem er ein enormes Flußdelta erschafft.
Eillne nimmt das letzte brauchbare Land vor dem Flußdelta ein. Die Stelle, wo das Haus meines Großvaters stand, war ein Teil von Drossa Park, dem Anwesen der Blood-Familie. Sie verkauften an Sammy Tea, und das war der erste Schritt der Zerstückelung ihres Landes, die durch das Schrumpfen des Blood-Vermögens notwendig wurde. Wie das bei einem Anglo-Iren oft der Fall ist, konnte Onsley Blood in einem Mann, der mit englischem Akzent sprach, nichts Bedrohliches sehen. Gewiß verstand er nicht, daß mein Großvater zu dieser Zeit Katholik war. Oberhalb eines Abschnitts des Little Lyle bei Eillne wurde der Grund gerodet und geebnet und das Fundament für Sammy Teas großes Haus gelegt.
Darauf folgt eine Periode der Unklarheit, die zu irgendeiner Zeit fast alle Familien durchmachen. Meine Mutter Martha wurde 1905 geboren, in demselben Jahr, in dem ihre Schwester, Baby, nach Amerika emigrierte, ganze vierzehn Jahre alt. Mary Sweeten Love, meine Großmut-

ter, starb. Sammy Tea verschwand in der Nervenklinik von Monument, wo Kriminelle neben wirklich Kranken und den nur Lästigen einquartiert wurden. Erklärungen gibt es dafür nicht. Zwei Generationen später hatte man es noch immer eilig, diese Jahre der Familiengeschichte zu übergehen. Plötzlich ist es 1910, mein Onkel Bernard Love betreibt das Familiengeschäft, und Martha, meine Mutter, ist fünf Jahre alt.

Bernard Love, groß und stattlich und zweiundzwanzig, ein Geschäftsmann bis ins Mark, hatte innerhalb jener fünf Jahre die Gewinne von Samuel Love & Sons verdoppelt und ging jetzt daran, das Haus in Eillne fertigzubauen. Bernard hatte etwas Verschlagenes, irgend etwas Verstohlenes in den Augen, an das ich mich gut erinnere und das meine Mutter nie vergaß. Sie bemerkte diesen Blick bei Bernard auf dem Small Quay, wenn er von seinem Schreibtisch aufblickte und sie im Korridor spielen sah; oder wenn er den Kopf hereinsteckte, wenn Nanny Morrissey sie vor dem Zubettgehen badete. Diesem Blick von Bernard folgte regelmäßig noch ein Spiel am selben Abend. Bernard nannte es Polony, nach den langen und fleischigen Würsten der damaligen Zeit, gemacht nach einem Rezept aus Bologna. Bei Bernards Spiel, das in der Dunkelheit von Marthas Zimmer gespielt wurde, gab er ihr Lakritze, und sie hielt seinen Polony. Er gab ihr mehr Lakritze, damit sie den Polony drückte. Noch mehr, und sie küßte seinen Polony mit ihrem klebrigen Mund. Für einen ganzen Beutel voller Süßigkeiten konnte Bernard seinen Polony hinaufschieben zwischen Marthas Beine. Eines Abends biß Martha Bernards Polony so fest, daß ihre Zähne einander berührten, und auf Bernards Schmerzensgebrüll kamen Nanny Morrissey und Hugo herbeigeeilt. Die nächsten Tage waren schlimme Tage für

Martha, die in ihr Zimmer eingeschlossen darauf wartete, daß Bernard starb.
Martha kannte Sammy Tea nur als einen Mann, der in einem Tweedanzug auf dem Gelände der Nervenklinik umherschlurfte. Sie kletterte die hohe Mauer hinauf, setzte sich auf die Krone und blickte auf ihn hinunter. Sammy Tea fing ihren Blick gelegentlich auf, hatte offensichtlich jedoch keine Ahnung, wer sie war. Er sprach niemals und hatte es seit Jahren nicht getan. Doch Martha liebte es, sich vorzustellen, daß sie Gespräche miteinander führten. Stundenlang saß sie auf der Mauer, beobachtete, wie Sammy Tea an Fäden seiner taschenlosen Jacke zerrte, und bildete sich ein, daß sie über ihre Zukunft sprachen.
Der Weg von Small Quay zur Nervenklinik führte über einen Hügel, Captain Dudley's Hill genannt, und durch ein von bissigen Hunden wimmelndes Viertel von Monument namens Balaklava. In Balaklava, hatte Hugo einmal gesagt, gebe es mehr Elendshütten als Rosinen in einem Sack. An einem Sommernachmittag war Martha auf ihrem Weg zum Hospital. Sie roch den Holzrauch, den Pferdedung und das Bier, als sie Balaklava erreichte. Ein kleines Kind saß in der Gosse, und das Wasser aus seinem Schlitz beschrieb einen Bogen wie ein silberner Strahl. Martha kam an Kanarienvögeln in Käfigen vorbei. Durch die geöffneten Türen eines Schlachthauses sah sie hängende Eingeweide. Auf dem ebenen Platz, wo man das Gerüst für Long Drop, den Henker, aufbaute, blieb Martha stehen. »Long Drop macht ihnen das Sterben leicht«, hatte Hugo geflüstert. »Er gebraucht besten italienischen Hanf.« Von irgendwo hinter der Häuserfront drang das Falsetto abgestochener Schweine zu ihr. Aus Shortcourses Würsten springt Schweinefleisch, hatte Martha sagen hören. Den Jungen, der in der Mündung einer Gasse

stand, übersah sie fast. Sie kannte ihn nur als Pa. Seine Zehen ähnelten dreckigen Zapfen, sein Kragen saß schief, und in den Händen hielt er ein winziges neugeborenes Kätzchen.

»Lirilei, lirili, wo ist Sammy Tea?
Lirilei, lirili, wo ist Sammy Tea?«

Martha begann zu laufen, und hinter ihr blähte sich ihr Rock wie ein Ballon. Bei Buttermilk, einer friedvollen, mit Ulmen bestandenen Straße, blieb sie stehen und blickte auf Balaklava zurück.

»Hat ein kleines Mädchen dick gemacht,
Da hat man Sammy Tea weggebracht.«

Britische Soldaten in ihren Gamaschen lungerten bei den Bäumen herum, sogen an ihren Pfeifen. Große Pferde zogen schwere Bauernwagen; ihr Fell glänzte zwischen den Geschirrsträngen. Hüpfend folgte sie den Sonnenflecken auf dem Pflaster, bis sie an die Wurzeln des Holzapfelbaums kam, die mit dem Fundament der massiven Mauer verwachsen waren. Jeder Ast lag wie eine glatte Stufe über dem anderen. Martha stieg hinauf in die Tageshelle, zur gerundeten Mauerkrone. In der Ferne schlug die Glocke der Kathedrale die halbe Stunde. Heute würde die Sonne durch das Altarfenster strömen, von dem Hugo sagte, es sei älter als Monument und es würde farbige Flecken auf den warmen Boden der Kathedrale werfen.

Das Leben meiner Mutter wurde an jener Mauer geformt. All ihre späteren Handlungen, alles, was sie wurde, begann dort.

Ein Garten lag unter Martha, im Schatten, leer. Auf der

anderen Seite zog sich ein langes, dunkles Gebäude hin, und in einer Ecke stand wie ein Ornament eine Kapelle aus grauem Feldstein. Um Punkt drei Uhr kam Sammy Tea mit leicht hüpfenden Schritten heraus, er klatschte in die Hände und lachte, genau wie auf den Fotos, die es von ihm gab. Nachdenklich strich er dann mit abgeknicktem Zeigefinger die Schnurrbartenden hoch. Martha roch seine Wäsche und seine Schuhcreme, seine Pomade und seinen Tabak. Sie stellte sich vor, daß sie zusammen lange Spaziergänge machten, nur sie beide, und dann gingen sie zur Messe in die Kapelle, wo sie alle Augen auf sich zogen. Sammy Tea, wie gut er aussieht, und Martha, mein Gott, wie glücklich sie sind, das Paar, habt ihr gehört, daß sie gemeinsam fortgehen werden, weit weg von hier?

Die Glocke der Kathedrale schlug drei. Aus dem langen Gebäude kamen einer nach dem anderen die Männer, die hier untergebracht waren. Einige legten sich gleich bei der Tür auf den Boden und wurden von uniformierten Wärtern weitergedrängt; manche eilten zu Stellen, die keine erkennbare Bedeutung hatten, und dort standen sie dann und traten von einem Fuß auf den anderen.

An jenem Tag im Juni tat Martha nichts anderes, als was sie immer tat: sie träumte. Aber plötzlich fiel sie von der Mauer herab nach innen und landete als bewußtloses Bündel vor Sammy Teas Füßen.

Wärter stürzten herbei. Sammy Tea hatte Martha aufgehoben und hielt sie in den Armen; und als habe ihm der Vorfall für einen Moment die Sprache wiedergegeben, rief er: »Ein Spatz ist heruntergefallen!«

Die Wärter rangen ihm Martha aus den Armen und brachten ihren leblosen und unidentifizierten Körper in die Klinik. Sammy Teas Ausruf zweifellos mißverstehend, vermerkte man ihren Namen als Sparrow. Nach vielen ruhelosen Stunden spürten mein Onkel Bernard und Nanny Morrissey Martha schließlich auf. Zu ihrer großen Erleichterung fanden sie sie in gutem Zustand, sie wußte nicht, was geschehen war. Am Abend holten sie sie nach Hause, aber der Name Sparrow blieb an ihr haften.

2

Geboren wurde ich in Atlantic City, New Jersey, wohin meine Mutter aus unklaren Gründen gegangen war (schwanger, sich dieser Tatsache jedoch nicht bewußt, sagte sie), und zwar Ende 1939. Ende 1940 kehrte sie zurück. Schon von früher Jugend an begriff ich, daß, soweit es meine väterliche Familie betraf, unausgesprochene und unüberwindbare Schranken existierten. Bain Cross, obwohl ein Kind wie ich selbst, war mein Neffe. Er war der Sohn meiner sehr viel älteren Schwester Mag, und sie wohnten bei meinem Vater, Pa Shortcourse. Sein Vater stammte, wie ich dunkel verstand, aus dem Norden. Wenn er Eillne besuchte, kam Bain in Sheehys Omnibus oder er wurde im offenen Zweisitzer von Dalton abgeholt, und manchmal wurde er gleichsam anonym an den Toren von Eillne abgesetzt und zwar von jemandem in einem klapprigen schwarzen Auto, der auf der Straße wartete, bis unsere Tür sich öffnete. Bain mochte etwa drei Jahre älter sein als ich. Er konnte alles besser, sogar das Reiten von Mikey, meinem Pony, er hatte kräftigere Muskeln und einen größeren Penis. Nur beim Schwimmen im Fluß, wo ich mit Sparrow auf gleicher Höhe blieb, strampelte Bain zwanzig Schritt hinter uns herum, ungeschickt wie ein Korken, und ich konnte mich im Lächeln meiner Mutter sonnen, das zugestand, daß es wenigstens dieses eine Gebiet gab, auf dem ich ihn ausstechen konnte.

Im Sommer kam Charlie Blood von seiner englischen Privatschule heim nach Drossa. Man wußte immer, ob Charlie zu Hause war: Man kletterte den Hügel hinter Eillne hinauf und sah zwischen den Bäumen in einer Entfernung von einer halben Meile einen Union Jack breit aus einem der oberen Fenster von Drossa hängen. Mir sagte das nichts. Rückblickend glaube ich, daß die Fahne als Provokation für Pius Sheehy gedacht war, einen de Valera-Anhänger, dessen Omnibus an den Toren von Drossa vorbeifuhr und der Reggie Bloods geschworener Feind in irgendeinem alten Streit um Wasserrechte war, an den sich niemand mehr erinnern konnte.
An einem Julitag meldete Dalton, ein deutsches U-Boot sei in Monument eingelaufen und die Besatzung habe sich den Briten ergeben.
»Im Gänsemarsch sind sie in Handschellen zum Gefängnis marschiert«, sagte Dalton listig und spuckte aus. »Der Kapitän hatte persönliche Befehle von Hitler bei sich. Noch in diesem Monat werden die Deutschen Irland besetzen; um so besser, sag ich.«
Später, als Bain und ich hinter Eillne im Gras saßen, ging Dalton durch das Tor hinaus und schob sein Fahrrad langsam den Hügel hinan. Bei Dalton wußte man nie. Er streute seinen Klatsch, als wäre er die süßeste Rache.
»Pa sagt, Hitler ist Irlands bester Freund«, sagte Bain nachdenklich.
Wir saßen so, daß sich unsere Beine berührten und Bains salziger Geruch zu einem Teil von mir wurde. Weit unter uns glänzte der Fluß wie eine neue Straße.
»Pa sagt, wenn Hitler gewinnt, kriegt jeder Junge in Irland eine Tüte mit Süßigkeiten, so groß, wie er will«, sagte Bain.
»Wie ist Balaklava?«

»Balaklava ist toll. Unser Haus ist viel größer als das hier. Der Garten auch.« Er bewegte das Bein hin und her.
»Sparrow hat gesagt, euer Haus in Balaklava ist viel kleiner als das hier. Bei euch gibt's Ratten. Sie sagt, du kommst hierher, weil sie will, daß du frische Luft kriegst.«
Bain schüttelte den Kopf. »Ich bin überhaupt nicht gerne hier. Balaklava ist toll. Wenn Pa einen sieht, gibt er einem immer Sixpence. Onkel Lyle hat mir mal 'nen halben Dollar gegeben, als er zu Hause war.«
Ab und zu hatte ich gehört, daß Lyle erwähnt wurde, der Bruder meiner Schwester Mag, also auch mein Bruder. Lyle arbeitete für einen Buchmacher irgendwo in England.
»Pa sagt, Lyle fährt 'nen Rolls-Royce.«
»Sparrow sagt, Pa hat in seinem Leben noch nie ein wahres Wort gesagt.«
»Pa sagt, deine Mutter ist 'ne Schlampe.«
»Sparrow sagt, Pa ist 'ne Ratte.«
»Sparrow ist 'ne Prostituierte, sagt Pa«, erklärte Bain, während tief unter uns im Röhricht verborgene Bläßhühner zu rufen begannen.
»Wie ist Pa?«
»Toll. Hat mal draußen bei Deilt fünfzig Briten umgebracht.«
»Im Ernst?«
»Erst hat er auf sie geschossen, und dann hat er ihnen die Kehle durchgeschnitten mit dem Messer, das er immer unter seinem Kissen hat.« Bain strich sich mit der Handkante quer über die Kehle. »Fünfzigmal«, sagte er und stützte den Ellbogen auf mein Knie.
»Warum?«
»Was?«

»Warum hat er sie umgebracht?«
»Es war Krieg, du Blödmann, ist immer noch. Sie haben unser Land gestohlen, bis Kerle wie Pa es zurückgeholt haben. Seine Brüder wurden alle von den Brits ermordet, von hinten in den Kopf geschossen, als sie schliefen.«
»Das glaub ich nicht.«
Bain zuckte mit den Schultern. »Bist ein noch größerer Blödmann. Brauchst mir ja nicht zu glauben. Frag Dalton. Frag, wen du willst, über den Deilt-Hinterhalt.«
Mein Problem bestand weniger darin zu glauben, was Pa getan hatte, als darin, die Haltung meiner Mutter zu einem solchen Helden zu verstehen.
»Gott, ich würd liebend gern 'nen Brit umbringen«, sagte Bain. »Er würde quietschen wie ein Schwein, bevor man Würste daraus macht, das sag ich dir. Ich bin stark genug, um einen umzulegen, oder?«
Bains Ellbogen versuchte, einen Weg aufwärts zu finden zwischen meiner Hose und meinem Schenkel. Ich mußte zugeben, daß er in seiner salzigen Weise tatsächlich irgendwie kraftvoll roch.
»Warum machst du's dann nicht?«
»Es gibt keine Brits in Irland mehr, schade drum.«
»Ich weiß, wo's Brits gibt«, sagte ich und rollte von ihm fort auf den Bauch. Ich beschattete die Augen mit den Händen und richtete den Blick auf Charlie Bloods fernen Union Jack.
Teile von Drossa Park gingen bis auf das frühe 14. Jahrhundert zurück. Hinter dichtem Efeu waren den Ruinen einer alten Burg gewundene Tudor-Streben angefügt worden, die ihrerseits erst früh-, dann spätgeorgianisches Mauerwerk stützten, bis man schließlich noch eine kastenförmige Küche mit Flachdach gebaut hatte, die vor ein paar Jahren wie ein winziges Party-Hütchen seitlich auf

den unordentlichen Kopf einer alten Matrone gesetzt worden war. Reggies frühere Autos und Traktoren rosteten friedlich auf einem eigenen Feld vor sich hin, und Bain und ich benutzten sie als Deckung, um zu den Lorbeerbüschen zu gelangen, welche die Felder von den Rasenflächen und dem Haus trennten. Ein warmer Wind kam auf und trug uns die Schreie eines Babys zu; derselbe Wind hob den Saum der Fahne am obersten Fensterbrett und ließ sie sich farbig blähen. Bains Mund war ein kleines, verkrampftes Dreieck der Anspannung. Er holte tief Luft und huschte dann über ungeschütztes Gelände hinweg zu den Büschen, ich hinter ihm. Aus einer Seitentür des Hauses kam ein Dienstmädchen in Livree und schaukelte den hohen Kinderwagen, in dem Juliet lag, Reggies Tochter von seiner neuesten Frau.

»Juliet. Juliet, schön brav jetzt.«

Charlies Zimmer befand sich am selben Ende des Gebäudes wie die neue Küche. Wir waren schon verzweifelt nah dran. Das Dienstmädchen ging wieder hinein und ließ den stummen Kinderwagen draußen. Plötzlich drang aus dem Inneren des Hauses ein Gong, unmittelbar gefolgt von lachenden Frauenstimmen, leicht und musikalisch und unverkennbar englisch; dann Reggie Bloods Stimme, ein nasaler lässig gedehnter Akzent, an dem noch nach dreihundert Jahren die Kletten des Yorkshire-Dialekts hafteten.

Bains Körpergeruch war intensiv. Sein Körper war so angespannt, daß er zitterte, seine Zunge guckte ein Stück zwischen den Zähnen hervor. Die Fahne schien jetzt viel größer zu sein.

»Ich steh Schmiere«, flüsterte Bain. »Du holst sie runter.«

Ich, der ich als Zuschauer mitgekommen war, sagte: »Ich kann das nicht.«

»Der Efeu hält mein Gewicht nicht«, keuchte Bain. Er stand zwischen den Büschen auf, packte mich beim Kragen und stieß mich hinaus auf den Rasen. »Schnell!« zischte er.

Die Fahne schlug träge über meinem Kopf. Auf das flache Dach der Küche schaffte ich es ohne große Mühe. Dann weiter. Der Efeu unter meinen Füßen fühlte sich fest an, die Blätter strichen mir wie seidige Hände übers Gesicht. Ich verharrte einen Augenblick in meiner neuen Höhe und sah, wie sich, gleich einem tiefen grünen Teppich, der Rasen weit um das Haus dehnte. Ich sah die Croquethoops und die Schläger, die wie verstreute Streichhölzer herumlagen. Ich sah den Kinderwagen. Nur von Bain sah ich keine Spur. Dann begann das Kind im Kinderwagen wieder zu schreien.

Ich zog mich das letzte kurze Stück hoch und bekam den Union Jack an einer Ecke zu fassen. Ich zerrte, aber nichts gab nach. So gut ich konnte, verdrängte ich den Gedanken daran, daß tief unter mir das Dienstmädchen unweigerlich zurückkehren würde. Statt dessen kletterte ich noch ein kleines Stock höher. Die Ellbogen auf den marmornen Fenstersims gestützt, versuchte ich, die Fahne unter dem Fensterrahmen herauszuziehen. Da sah ich Charlie Blood. Er stand im Zimmer, eine Zigarette rauchend, und starrte mich an. Solche Augenblicke haben die Tendenz, die direkt auf sie folgenden auszulöschen. Wie ich so schnell herunterkam, kann ich nicht sagen. Vielleicht sprang ich. Einen Moment lang war ich Charlie Auge in Auge gegenüber und sah, wie der Rauch sein Gesicht emporkräuselte, so daß er ein Auge halb zukneifen mußte, und in der nächsten Sekunde raste ich durch die Büsche in Richtung des Feldes mit den alten Autos und Traktoren, irgendwo hinter mir Charlies zornige Stimme.

Aber wo war Bain? Ich machte mir tatsächlich *Sorgen* um Bain.
»Dafür wirst du zahlen, du kleiner Furz.«
Er war schnell, der Charlie Blood. Sein Schwerpunkt befand sich in Bodennähe, und er bewegte sich gut. Als ich die ausgeweideten Autos erreichte, war Charlie nur noch zwanzig Schritt hinter mir. Ich spürte, wie der Boden unter mir kurz einsackte, unter meinem Fuß splitterte etwas. Ich rannte weiter. Charlie und ich schienen in stetem Wechsel zu keuchen. Wo war Bain? Hinter mir hörte ich ein Krachen und einen Fluch. Ich lief, ohne auch nur ein einziges Mal den Kopf zu wenden, bis ich die Höhe des Hügels hinter Eillne erreichte; erst dort, völlig ausgepumpt, drehte ich mich um und blickte hinunter und zurück über das Tal zwischen uns und Drossa. Außer ein paar Pferden auf gelbem Gras fand sich dort keine Spur von Leben.
Als ich hereinkam, spielte Bain mit Onkel Hugo eine Partie Dame. Er hob kaum den Kopf, um mich anzusehen, und ich dachte, wie ruhig er unter den Umständen ist, wie gescheit er ist, unser Geheimnis zu bewahren. Dann spürte ich, daß mein Bein blutete, aufgerissen von einem rostigen, in der Erde verborgenen Stück Metall.

Onkel Hugos Hinken kündigte immer sein Nahen an. Es war Onkel Hugo, der mir kühle Tücher auf die Stirn legte und mich anlächelte, als ich von der Blutvergiftung Fieber bekam. Onkel Hugo hielt meine Hand und zuckte zusammen, als der alte Dr. Armstrong mir eine Spritze gab. Und als Charlie Blood brüllend von der Zimmerdecke herabschwebte, war es Onkel Hugo, der mich eng an sich drückte und Trostworte flüsterte. Ich hatte böse Träume, in denen ich immer entführt wurde. Selbst wenn ich aufwachte, verfolgten die Träume mich den ganzen Tag hindurch weiter. Die Nächte waren schlimmer und wären ohne Onkel Hugo nicht zu ertragen gewesen. Eines Nachts setzte ich mich im Bett auf und schrie, schrie Sparrow, meine Mutter, an, sie solle weggehen. Sie tat es, Onkel Hugo aber blieb.

»Hugo, wir sind bei Wise jetzt ein halbes Jahr im Rückstand.«
»Wir werden in Kürze zahlen.«
»Wir schulden dem armen Mann dreimal mehr als vor dem Krieg.«
»Armer Mann? An Wise ist nichts arm. Der ist gerissen.«
»Bitte reich Bain das Brot, Theodore, aber ohne den Korb fallen zu lassen«, sagte Sparrow scharf, weil ich dem Gespräch mit offenem Mund gefolgt war. Ein Tadel.
Sparrows Stimmung war etwas, das ich so aufmerksam beobachtete wie ein Bauer das Wetter. Manchmal, wenn sie nur so dasaß, Nähzeug auf dem Schoß und den Blick auf den Fluß gerichtet, sah ich unauffällig zu ihr hinüber und ertappte sie bei einem heimlichen Lächeln. Für mich war das so wunderbar, als hätte ich ein Buch geöffnet und darin Blumen gefunden, die in früheren Sommern gepflückt und gepreßt worden waren. Aber solch ein heimliches Lächeln war, wie der Sonnenschein, nur allzu selten.
Bain nahm eine Scheibe Brot und bestrich sie mit Butter, wobei er das Brot in der Handfläche hielt, eine Methode, über die man auf Eillne außerhalb der Küche die Stirn runzelte. Sparrows Mund spannte sich, aber dann, als wollte sie ihre Gereiztheit in eine andere Richtung lenken, wandte sie sich wieder Onkel Hugo zu.
»Das hat damit nicht das Geringste zu tun«, sagte sie trocken. »Wir müssen an unseren Ruf denken.«

»Können wir Geld aus der Luft zaubern?« fragte Onkel Hugo vage. »Wir müssen auf unsere Dividende von Bernard warten. Wise muß auf seine warten.«
Einmal pro Woche wurde Sparrow per Pony und Zweisitzer nach Monument gefahren, um Mr. Wise ihre Bestellung zu diktieren; einmal pro Woche kam der junge Mr. Wise in einem Lieferwagen nach Eillne, der oben auf dem Dach einen Reklameballon trug. Er verlieh dem Gefährt das Aussehen eines Dromedars.
»Wie bequem für uns«, sagte Sparrow sarkastisch. »Ich finde, du solltest dir klarmachen, daß Wise, was unsere Rechnungen betrifft, übergeduldig gewesen ist.«
»Geduldig waren auch die Leute von Monument, als die Wise-Familie hierherkam mit nichts als dem, was sie am Leibe trug.«
»So zu reden, steht dir schlecht zu Gesicht, Hugo«, fauchte Sparrow.
Onkel Hugo sah Sparrow an und blinzelte.
»Begreifst du eigentlich, was auf dem Kontinent passiert?« fragte Sparrow. »Hast du auch nur die *leiseste* Vorstellung davon? Skandalöse Dinge. Wise hat mir davon erzählt. Seine Cousins und Cousinen, die Kinder der Brüder und Schwestern seines Großvaters und deren Kinder, die, die noch dort lebten, wo seine Familie herkam, diese Menschen sind *verschwunden.*«
»Diese Leute«, sagte Onkel Hugo langsam und rückte auf seinem Stuhl, als machten sich seine Hämorrhoiden plötzlich bemerkbar, »diese Leute sind *anders,* Sparrow. Ausländer. Andere Regeln, weißt du.«
»*Anders?* Inwiefern anders?«
Onkel Hugos Mund drückte wohlerzogenen Abscheu aus.
»Der Mann ist kein Christ«, sagte er mit einem nervösen Auflachen.

»Christ? Ich kenne keinen, der christlicher wäre!« Sparrow kochte.
»Nanny?« Onkel Hugo krauste die Stirn.
Im ersten Augenblick glaubte ich, Nanny sei Onkel Hugos Kandidatin für diese Auszeichnung, aber dann sah ich, daß sie in der Tür stand.
»Entschuldigen Sie bitte, Mr. Hugo, aber Dalton möchte Sie sprechen, sofort«, keuchte Nanny Morrissey.
Onkel Hugo hinkte hinaus. Bain und ich folgten unauffällig. Es war nach dem Abendessen, und Dalton hätte längst auf dem Heimweg sein müssen. Er wartete draußen auf dem Hof, die Hosenklammern fürs Radfahren schon an Ort und Stelle, und er zog Onkel Hugo zu sich herum, so daß sie uns den Rücken zukehrten.
»Oh, verdammt, sind Sie sicher?« fragte Onkel Hugo.
Dalton nickte.
»Nanny«, sagte Onkel Hugo und drehte sich um, »die Jungen bleiben hier.« Dann gingen er und Dalton durch den Gemüsegarten hinaus, in Richtung Koppel.
Nanny Morrissey war sehr alt. Abgesehen von ihrem bebenden Doppelkinn und der Tatsache, daß sie alle Namen durcheinanderbrachte, schnaufte sie immer, als sei ihr Körper auf äußerst unbehagliche Weise in die Leinenuniform gezwängt. Sparrow verschonte Nanny Morrissey mit ihren Wutausbrüchen, was mir verriet, daß zwischen ihnen ein kleiner, aber fester Kern von Zuneigung bestand.
Nanny Morrissey scheuchte Bain und mich ins Haus zurück. Vom Speisezimmer her ertönte die Glocke, und die alte Frau schlurfte eilends den dunklen Flur entlang. Bain und ich wagten den Ausbruch. Dicht an die Mauer des Gemüsegartens gepreßt, schlichen wir langsam voran, bis wir Stimmen hörten. Wir gingen in die Knie und spähten um die Ecke. Mikey, das Pony, lag auf der Seite,

mit geblähtem Leib. Die Augen blickten wild, und Schaum quoll aus seinem Maul.

»Als ich heut früh gekommen bin, fehlte ihm nichts«, sagte Dalton.

»Aber seitdem haben Sie ihn nicht gesehen?« fragte Onkel Hugo.

»Nicht seit dem frühen Morgen«, erwiderte Dalton. Er zog die Pfeife heraus. »Wenn wir ihm Theriak einflößen, kriegen wir ihn vielleicht wieder hin.«

»Verdammt noch mal, aber wie kann so was passieren?« rief Onkel Hugo und hob einen Stiel mit verwelkten gelben Blüten auf.

»Ich bin seit vierunddreißig Jahren hier und hab niemals auch nur ein Blatt Kreuzkraut hier reingelassen«, sagte Dalton.

»Das weiß ich, Dalton«, sagte Onkel Hugo schroff, »aber irgendwer hat's getan, irgendwer hat das Zeug hier reingeworfen, und jetzt wird dies arme Vieh krepieren. Wer war das?«

Daltons Gesicht nahm jenen Ausdruck einer doppeldeutigen Maske an, von dem einige Leute behaupten, daß er es den Iren ermöglichte, siebenhundert Jahre Unterdrückung zu überleben. Seine Augen wanderten in Richtung Drossa. »Das ist die Frage«, sagte Dalton zurückhaltend, »und das ist die Frage, die ich nicht beantworten kann.«

Reggie Blood kam herüber, um das Einflößen mit einem Rohr zu überwachen; mit Pferden kannte sich keiner besser aus als er. Später sagte er, es würde für Mikey knapp werden. Er saß mit einem Whiskey und Soda da, ein Neumond stand über dem Fluß, und erzählte mir und Bain, während Onkel Hugo still lächelte, er habe einmal ein Pferd gehabt, das den Fluß von Ufer zu Ufer überspringen konnte. Sie sprachen darüber, wie nachlässig die Iren seien, als wären die Iren eine andere Rasse, was sie für Reggie natürlich auch waren. Bevor er ging, gab er mir und Bain je eine Sixpence-Münze. In der Diele hörte ich, wie er zu Onkel Hugo sagte, daß Charlie am Morgen zu seiner Schule in England abgereist sei.

Anfang 1948 kam Jack O'Dea, ein junger Kurat, der gerade der Gemeinde von Eillne zugeteilt worden war, zum Lunch. Er war klein, dunkelhaarig und schlank und trug ein Cape mit einem bestickten Saum und eine raschelnde Soutane. Er verbreitete den Eindruck bemüht guter Laune.

»So, da ist er persönlich.«

»Theodore, komm herein und sag dem Pfarrer guten Tag.«

»Hallo, hallo, Theodore. Ich bin Pater O'Dea. Aber ich bin nicht so langweilig, wie das klingt«, sagte der Priester vergnügt.

Ich betrachtete ihn mit leerem Blick.

»Du sollst ja prima lesen und schreiben können, wie mir deine Mam sagte, Theodore«, sagte Pater O'Dea und nippte an seinem Sherry. »Deine Mam ist zweifellos die beste Lehrerin, die du dir wünschen konntest«, sagte er und schmatzte mit den Lippen.

Durch das Fenster des Frühstückszimmers konnte ich tote, von Frost umschlossene Wasserschwertlilien sehen. Später würde ich Steine über das Eis des Flusses hüpfen lassen.

»Er kriegt den Mund nicht auf, wie gewöhnlich«, sagte Sparrow.

»Oh, das wird schon, das wird schon«, sagte Pater O'Dea fröhlich. »Guter Junge, Theodore, guter Junge.«

Pater O'Dea strahlte eine Gewißheit aus, die mir mißfiel.

»Hast du denn auch Spielkameraden hier draußen, Theodore?« fragte er.
»Er hat seinen Cousin Bain«, erwiderte Sparrow.
»Ah, ja, ja«, sagte der Priester nachdenklich. Dann nickte er plötzlich heftig. »Mr. Redden bereitet sie in seiner Schule auf die moderne Welt vor, Mrs. Love-Shortcourse. Mr. Redden und Männer wie er sind das Rückgrat des neuen Irland. Ah, wie geht es Ihnen, Mr. Love? Ich sitze vermutlich auf Ihrem Sessel.«
»Bleiben Sie um Gottes willen sitzen, Pater«, sagte Onkel Hugo, kam hereingehinkt und schenkte sich überraschenderweise ein Glas Sherry ein.
»Es geht Ihnen allen gut hier?« fragte Pater O'Dea.
»Wir können nicht klagen«, sagte Onkel Hugo. »Niemand kann dem Alter trotzen. Bacon, wie Sie wissen.«
»Theodore würde dem wahrscheinlich nicht zustimmen«, strahlte der junge Priester.
»Nanny Morrissey bittet Sie, in der Küche vorbeizusehen, bevor Sie gehen, Pater«, sagte Sparrow ruhig, als beträfe die Frage des Alters hauptsächlich Nanny Morrissey.
»Ah, ja, ja«, sagte Pater O'Dea mit Würde. »Miss Morrissey. Ja. Eine wunderbare Frau. Wie alt ist sie eigentlich?«
»Siebzig ... zweiundsiebzig?« erwiderte Sparrow mit einem Blick auf Onkel Hugo.
»Vierundsiebzig«, sagte Onkel Hugo.
»Nach der Messe in der letzten Woche, nein, ich will nicht lügen, nach der Messe in der vorletzten Woche, ja, richtig, hat sie mir erzählt, daß ihr das Gehen zunehmend schwerfällt«, sagte Pater O'Dea.
»Ja, ich weiß«, sagte Sparrow mit jenem Hauch von Gereiztheit, der die Erwähnung von Nanny Morrissey immer begleitete.

»Wie lange ist sie schon bei der Familie?« erkundigte sich Pater O'Dea.
»Oh, viele Jahre«, sagte Sparrow.
»Unsere gute Mutter starb«, sagte Onkel Hugo, »und Nanny Morrissey betrat die Bühne. So kam es mir jedenfalls vor.«
»Ah ja, und in welchem Jahr?« fragte Pater O'Dea.
»Welches Jahr?« Onkel Hugo runzelte die Stirn.
»Das Jahr, in dem Ihre gute Mutter starb?«
»Äh, das war, äh …«, sagte Onkel Hugo plötzlich verwirrt. Er warf einen Blick auf Sparrow. »Das war, äh …«
»Das Jahr, als ich geboren wurde«, sagte Sparrow.
»Natürlich«, sagte Onkel Hugo.
»Gott möge ihr gnädig sein«, sagte Pater O'Dea mit einem traurigen Lächeln.
»Ihr Bruder hilft ihr, wo er kann«, sagte Onkel Hugo, jetzt wieder gefaßt.
»Ihr Bruder?« Pater O'Dea runzelte die Stirn.
»Nanny Morrisseys Bruder«, sagte Onkel Hugo. »Patrick Fox. Ihr Halbbruder, genaugenommen. Er kümmert sich sehr um Nanny.«
»Ah«, sagte Pater O'Dea.
»Du bist auch sehr nett zu ihr, Hugo«, sagte Sparrow, die für ihren Bruder sonst selten ein Lob übrig hatte.
»Man tut seine Pflicht«, sagte Onkel Hugo.
»Also ich würde sagen, es ist mehr als nur Pflicht«, erklärte Pater O'Dea wissend. »Ah, sieh da, Theodore lächelt endlich einmal.«
Ich lächelte, weil in der Tür hinter dem Priester Nanny erschienen war, neben sich ein Mädchen, das ein oder zwei Jahre älter war als ich und das mich anlächelte.
»Lunch, Ma'am«, sagte Nanny mit der Andeutung eines Knickses in Richtung des Priesters.

»Ah, Miss Morrissey«, sagte Pater O'Dea. »Und wen haben wir denn hier, wer ist denn das?«
»Eleanor Fox, Pater.« Mit einem aufmunternden Stups erinnerte sie das Mädchen daran, den Priester zu grüßen, aber Eleanor Fox bekam nur einen roten Kopf.
Ich wartete, während sie vor mir in das Speisezimmer gingen.
»Ich habe gerade zu Mrs. Love-Shortcourse gesagt, daß Mr. Redden den jungen Theodore mit Freuden in seine Klasse aufnehmen wird«, sagte Pater O'Dea zu Onkel Hugo.

Mr. Redden vereinte zu gleichen Teilen Tugend und Laster in sich, was nicht ungewöhnlich war, in seinem Fall jedoch bedauerlich, denn wenn das Gute in ihm die Oberhand gewann, legte er eine fast übermäßige Liebe zur englischen Sprache an den Tag, die etwas Rührendes und Ansteckendes hatte, doch wenn das Böse in ihm hervortrat, konnte er gewalttätig und sadistisch sein.
Eillnes Volksschule stand an der Straße nach Monument auf einem windigen, ebenen Feld. In einem Raum, der geschwängert war von den Körperausdünstungen von einhundert Jahren, saßen fünfundzwanzig Kinder im Alter von sechs bis vierzehn, nach Alter und Geschlecht getrennt. Mr. Redden war ein kleiner Mann, alt in unseren Augen, in Wirklichkeit jedoch höchstens Mitte dreißig. Er wohnte bei seiner Mutter in Monument. Fast schon kahlköpfig, hatte er sein rötliches Haar über dem einen Ohr lang wachsen lassen, so daß es quer über den Schädel gekämmt werden konnte, bis zum anderen Ohr.
»Shortcourse. Werden wir jetzt immer reichlich Würste haben?«
Allgemeines Gekicher.

»Kannst du lesen?«
Ich nickte.
»Oh, dann mach mal den Vorleser. Lies uns dies hier vor.«
Mir wurde ein aufgeschlagenes Buch gereicht, dessen Rücken ähnlich verziert war wie bei den Büchern in Onkel Hugos Bibliothek.
»›Ich bin gerade von einem Besuch bei meinem Grundeigentümer zurückgekehrt – dem einsamen Nachbarn, den ich zu ertragen haben werde. Dies ist gewiß ein schönes Land. Ich glaube nicht, daß es in ganz England –‹«
»Genug. Genug. Setz dich dort neben den großen Pax, und falls du mit ihm in diesem Schulzimmer schwatzt, häute ich dich bei lebendigem Leibe.«
Bevor wir an jenem Tag, meinem ersten Schultag, nach Hause gingen, bekam ein Mädchen, das älter war als ich und schlecht im Rechnen, von Mr. Redden mit einer Rute Hiebe über die Beine.
Der große Pax (ich fand bald heraus, daß er Pax Sheehy hieß und sein Vater den Omnibus fuhr) war ruhig und still, aber manchmal zu langsam für Master Reddens Geschmack. Wenn Pax neue Informationen verdaute, konnte er das nur in seinem eigenen Tempo. Und damit stand es schlecht, wenn von uns verlangt wurde, Formeln oder Gedichte auswendig zu lernen. Mr. Redden züchtigte Pax, indem er ihm mit einem Lederriemen scharf auf die Hände schlug; wurde jedoch offenkundig, daß Pax' schwielige Hände der Ausdauer des Schulmeisters überlegen waren, so packte er den Jungen am Haar vor dessen Ohren und zog ihn hoch, bis seine Augen tränten. (Die Methode, bei der die Schüler mit waagerecht ausgestreckten Händen neben ihren Pulten stehen mußten, hatte bei den meisten Jungen die erwünschte Wirkung, auch bei

den Mädchen, die dabei manchmal in Ohnmacht fielen, doch für Pax war diese Position genauso bequem wie das Sitzen.)

Pax begann in Eillne aufzutauchen. Der Fluß, der für mich dort begann, wo er in der Nähe des Hauses in Sicht kam, und dort endete, wo er hinter einer Biegung verschwand, war, wie ich von Pax erfuhr, der letzte Teil des Little Lyle in diesem Gebiet, der zwischen festen Ufern floß, bevor er sich in einem riesigen Delta verlor. Das Land der Sheehys, eine Meile weiter flußabwärts, war schlecht und wurde regelmäßig überschwemmt. Im Laufe der Jahre waren viele wertvolle Rinder der Sheehys heimtückischen Strömungen zum Opfer gefallen, und Pax hatte es gelernt, an der Seite seines Vaters durch die trügerische, endlose Wildnis zu navigieren. Pax brachte mir bei, wie wir, auf schwimmenden Baumstämmen liegend, zu Stellen vordringen konnten, die selbst für ein Ruderboot unerreichbar waren. Pax zeigte mir auch, wie wir mit ein paar leichten Handbewegungen im Wasser außer Hörweite der Erwachsenen gelangen konnten. Ich zeigte es Bain.

In der ersten Woche der Sommerferien schwammen wir hinaus, folgten einem Labyrinth verborgener Wasserläufe und rasteten schließlich bei einer Mooreiche, einer von vielen im Delta, die auf einer flachen, überwucherten Insel Anker geworfen hatte. Bains Gesicht hatte sich verändert; es war dicker, als ich es in Erinnerung hatte, und seine Augen bewegten sich schneller. Pax und ich saßen da und sahen zu, wie Bain aus einer braunen Papierhülle eine Zigarette hervorzog. Er riß ein Streichholz an, und in der Luft hing der köstliche Geruch von Schwefel. Tief sog Bain den Rauch ein und reichte die Zigarette dann weiter. Ich beobachtete, wie meine Lippen die Asche zu magi-

schem Glühen brachten. Das neue Gefühl von Rauch in meinem Mund hatte etwas Beschwingendes und schien plötzlich den Schlüssel für größere Möglichkeiten zu bergen.
»Wo hast du die her?« fragte Pax verwundert, während Zigarettenrauch aus seinem Mund quoll.
»Gekauft«, sagte Bain. »In Monument.« Er nahm den Rest der Zigarette aus Pax' ungeschickten Händen und legte sich dann mit geschlossenen Augen ins Schilf zurück. »Wo denn sonst?«
»Woher hast du das Geld?« fragte Pax.
»Hab was gespart«, erwiderte Bain.
Ich konnte die Tabakkrümel auf meinen Lippen schmecken. Pax starrte Bain an, und ich genierte mich plötzlich für meinen ungehobelten Schulkameraden.
»Bain arbeitet in Pas Laden in Monument«, sagte ich zu Pax. »Ich bin schon mal da gewesen« – eine Behauptung, die nur begrenzt richtig war; ich hatte draußen im Zweisitzer gesessen, während Dalton hineingegangen war, um die Bestellung abzugeben. »Stimmt, nicht, Bain?«
»Das stimmt«, sagte Bain träge und räkelte sich in der Sonne. »Theo und ich sind schon ziemlich rumgekommen. Kennst du Monument – wie heißt du noch?«
»Pax.«
»Warst du schon mal da?«
Pax' Gesicht nahm jenen Ausdruck an, den ich so gut aus Mr. Reddens Klassenzimmer kannte. Er sagte: »Ich fahr manchmal mit meinem Daddy im Bus rein.«
»Mit meinem Daddy«, spottete Bain. »Ist das die klapprige alte Kiste auf dem Long Quay, die so aussieht, als würd sie jeden Moment zusammenbrechen? Allmächtiger. Mein Großvater sagt, das ist wie irgendwas, was die Zigeuner stehengelassen haben.«

Pax' Bestürzung brachte Bain zum Lachen.
»Wenn Theo nach Monument kommt, qualmen wir beide die ganze Zeit«, sagte Bain. »Wir sprechen auch die Mädchen in Balaklava an, stimmt's, Theo?«
Ich nickte. »Ja.«
»Hast du schon mal 'n Mädchen geküßt, wie-heißt-du-noch-mal?«
Pax war in großer Verlegenheit.
»Für Theo und mich ziehen die sogar die Schlüpfer aus«, sagte Bain lässig. »Weißt du, was die da unten haben, wie-heißt-du-noch?«
Pax' Stirn war zu einem einzigen Ausdruck der Verwirrung geworden.
»Fotzen«, erklärte Bain. »Wie rote Lippen. Aber das wirst du wohl nicht wissen, oder? Sag mal, wie-heißt-du-noch, was machst du eigentlich, wenn du nicht gerade Rüben klaust?«
Ein halbes Leben später sollte ich bei Pax den gleichen Ausdruck von Verzweiflung sehen, als er, einer der Hüter der Geheimnisse der Nation, zwischen Freundschaft und Pflicht zu wählen hatte.
»Wir haben ein Radio!« platzte Pax heraus, sprang ins Wasser und schwamm in die Richtung davon, aus der wir gekommen waren, während Bain lachte, bis er husten mußte, und ich dasaß und so tat, als hätte ich die ganze Sache zu seinem Vergnügen inszeniert.
»Nimm 'ne Lulle, Theo«, sagte Bain, als er sich wieder beruhigt hatte.
Er hielt ein Streichholz an meine Zigarette, zündete sich dann selber eine an. »Ich hab dem wie-heißt-er-noch keine gegeben, er kann nicht rauchen«, sagte Bain. »Du weißt, wie man raucht, Theo. Komm hierher, neben mich.«

Ich hatte in der Zeitung Fotos von Soldaten gesehen, wie sie nach dem D-Day im Kampfanzug auf dem Rücken lagen, rauchend, neben sich die Gewehre.

»Bist du gern hier, Theo?«

»Ja.«

»Hier mit mir, mein ich?«

»Ja.«

Bains Stimme klang jetzt tiefer und schien aus dem Bauch zu kommen.

»Hat's dir gefallen, als ich ihm von den Mädchen erzählt hab?«

»Ja.«

»Als ich ihm von Fotzen erzählt hab? Hast du sein Gesicht gesehen?«

Ich lachte.

»Wie hat dir das gefallen, Theo?«

»Wie meinst du?«

»Wie hast du dich gefühlt? Wo hast du's gefühlt?«

»Es war ... einfach toll.«

Bain war so dicht neben mir, daß ich sein Herz hören konnte.

»Es ist unser Geheimnis, Theo«, flüsterte er. »Alles, was wir tun. Einverstanden?«

Ich fragte mich plötzlich, ob Pax je wieder mein Freund sein würde.

»Theo?«

Ich blickte hinab und sah, daß Bains Hand an seiner Erektion auf und ab ging. Soweit ich mich erinnere, war ich nicht schockiert. Bain hatte mir sein Glied auch früher schon gezeigt, aber ich entsann mich nicht, daß er sich ihm mit soviel Energie gewidmet hatte. Trotzdem erschien mir der Anblick seines aufgerichteten Fleisches, das aus einem Bett von Haaren hervorragte und in einem

groben roten Kopf endete, nicht weiter bemerkenswert. Genausowenig wie sein salziger Geruch.
»Mach du mal«, sagte er.
Ich tat es. Ich fragte mich, ob Pax in der Schule weiter neben mir sitzen würde.
»Schneller.«
Ich machte es schneller. Nach einer Weile quoll eine Winzigkeit Schaum hervor, es sah aus wie Spucke.

Noch Wochen danach ließ Pax sich auf Eillne nicht blicken. Durch den Klatsch unserer Bediensteten oder von Dalton, der täglich bei den Sheehys vorbeikam, hörte er sicherlich, daß Bain noch da war. Von Monument kam Mr. Turner herüber, der mit einem kleinen Schemel herumging und die vielen Uhren von Eillne aufzog und stellte. Er war klein und ordentlich und hatte einen dichten, sehr gepflegten Schnurrbart, der im Gegensatz zu seinem weißen Kopfhaar schwarz war. Mr. Turner trug eine Brille mit einem einfachen Metallgestell und immer denselben Tweedanzug. Er ging gebeugt und sprach nur, wenn er angesprochen wurde, als habe er sich aufgrund seiner Dauerbeschäftigung mit der Zeit endloser Selbstbetrachtung ergeben. Über Eillnes Gärten schwebte, zumal an warmen Nachmittagen, ein süßer Duft. Die Tage waren lang und hell und endeten in feurigen Sonnenuntergängen, Vektoren brennenden Lichts.
Zwischen den beiden Biegungen des warmen Flusses strampelte Bain in seiner eigentümlich aufgerichteten Art; er erinnerte an jemanden, der mit jeder seiner ungeschickten Fäuste an einem Glockenstrang zieht. Niemals beklagte er seine eigentümliche Ohnmacht im Wasser – als wäre er bereit, selbst das Ertrinken auf sich zu nehmen, nur um im selben Element zu sein wie ich.

Ich trieb zwischen Binsen. Plötzlich wurde das Wasser aufgewirbelt. Von einer großen Kraft hochgehoben, schnappte ich nach Luft.
»Jetzt schwimm!«
Ein Arm hielt meinen Oberkörper umschlungen, mein Schienbein wurde von seiner Faust umklammert.
»Wassernixe!«
»Autsch ...«
Er ließ mein Fußgelenk los, und seine Hand, die zwischen meine Beine glitt, war hart und weich zugleich. Ich war wie gelähmt. Am Ufersaum, unter den Lilien, war er merkwürdig sanft, wie in einem Traum, bat mich leise, mich mit ihm zu bewegen, wie ich mich im Wasser bewegte.
Später kam ein Reiher und ließ sich mit klatschenden Flügeln ein Stück von uns entfernt nieder.
Später, durch glänzendes, senkrechtes Schilf, konnte ich Onkel Hugos Gesicht sehen, ganz winzig, an einem von Eillnes hohen Fenstern.

Mein Onkel Bernard, der Geschäftsmann in der Love-Familie, kündigte einen Campingausflug nach Leire an. Onkel Bernard unterschied sich von Sparrow und Onkel Hugo ebenso sehr, wie sich diese beiden voneinander unterschieden. Er war ein großer, stattlicher Mann mit welligem Blondhaar und einer lässigen, lachenden Art, die einen die verschlagene Härte seiner Augen ebenso vergessen ließ wie die Tatsache, daß er erwartete, daß man seinen Befehlen gehorchte. Er besaß blendendweiße Zähne. Durch ständige Diversifizierung hatte er die kleine Teefirma, die er vor über vierzig Jahren geerbt hatte, in ein kleines Imperium verwandelt, und seine zahlreichen Produkte wurden von Schiffen direkt vor dem Gelände von Samuel Love & Sons ge- und entladen. Während er Onkel Hugo weitestgehend ignorierte, behandelte Onkel Bernard Sparrow mit Korrektheit. Seine Frau, meine Tante Delia, war hübsch, aber ich hörte, wie Sparrow sie als »töricht« bezeichnete. Sie hatten schon große Söhne, von denen einer, Johnnie, seinem Vater wie aus dem Gesicht geschnitten war.

Sparrow und Onkel Hugo schienen ganz zufrieden damit, daß Onkel Bernard den Ausflug nach Leire, einen dreißig Meilen entfernten Küstenort, organisierte.

»Zweimal täglich baden«, erklärte mir Onkel Bernard. »Salzwasser, nicht die Brühe, in der ihr hier schwimmt. Tennis und Cricket am Strand. Abends Rommé. Sixpence für den ersten Jungen, der mir eine Makrele fängt.«

Eine Woche lang schleppten die Angestellten von Samuel Love Tische, Stühle, Betten und Schränke, Vorhänge, um Damen von Männern zu trennen, Waschstände, einen Holzkohleofen, zahllose Kisten mit Sturmlampen, Besteck, Geschirr und Teppichen, die auf dem Gras ausgerollt werden sollten, nach Leire. All das wurde zu einem hinter den Sanddünen aufgestellten Zelt geschafft. Mr. Wise machte zwei Fahrten mit Proviant. Als Sheehys Bus kam, um uns von Eillne abzuholen, waren Onkel Bernards Familie und ihre Begleitung bereits an Bord. Wir quetschten uns mit unseren Koffern und Reisetaschen hinein, Sparrow, Onkel Hugo, Nanny Morrissey, Bain und ich, und der Bus ratterte unter großem Jubel durch das Tor von Eillne hinaus. Wir hatten auch Nannys Nichte, Eleanor, dabei, die inzwischen häufiger nach Eillne kam, um Nanny zu helfen. Wir nannten sie La. Vorn beim Fahrer sah ich Pax, der so tat, als ob er mich nicht bemerkte. Während sich der Bus in Richtung Norden schlängelte, sorgten die Auspuffgase des Motors da-

für, daß viele Gesichter blaß wurden, zumal das von Nanny Morrissey.
»Mein Großvater sagt, Sheehy dürfte gar keine Zulassung haben«, sagte Bain laut und fächelte sich mit den Händen Luft zu.
»Na, na, hör auf damit«, polterte Onkel Bernard.
»Mir ist übel, Onkel Bernard«, klagte Bain.
»Wir sind in einer Stunde da«, sagte Onkel Bernard trocken. »Als ich in deinem Alter war, brauchte man zwei Tage, um ans Meer zu kommen – falls wir überhaupt hingebracht wurden.«
»Könnte drauf verzichten«, murmelte Bain.
Der Bus schlingerte um eine Kurve.
»Gott im Himmel!« keuchte Bain.
»So etwas will ich nicht hören!« fauchte Onkel Bernard. »Ich warne dich. Noch ein Wort, und du fährst in diesem Bus nach Monument zurück.«
»Wenn ich nicht vorher sterbe«, gab Bain zurück.
»Das absolut falsche Element«, hörte ich Onkel Bernard seiner Frau zuflüstern. »Ich wünschte, jemand würde mit Sparrow reden.«
Abgesehen von einem Nonnenkloster oben auf einer fernen Steilküste bestand Leire aus nicht mehr als Sanddünen und Strand. Unser Zelt wartete auf uns, aber alles wirkte, als hätte hier an diesem öden Ort ein Zirkus seine Schlußvorstellung gegeben, wonach das Unternehmen eingegangen war. Nachdem wir uns selbst und unsere Habseligkeiten von Bord geschafft hatten, ließ Mr. Sheehy den Motor wieder an, um nach Hause zu fahren, während Pax von seinem Sitz zu uns herausschaute.
»Ich bin sicher, Pax würde auch gern ein paar Tage am Meer verbringen, Mr. Sheehy«, sagte Sparrow, an den Bus herantretend.

Ihr Vorschlag schien Pax' Vater zu schmeicheln, und Pax sprang mit einem breiten Grinsen herunter.
Diese Tage in Leire werden mir immer in Erinnerung bleiben, weil wir unglaublich schlechtes Wetter hatten, es war der schlechteste Sommer überhaupt. Nachts kamen dramatische Stürme, die die Lampen ausbliesen. Wir sangen Lieder, während Onkel Bernard und seine Söhne mit Holzhämmern hinausgingen, um die Heringe des Zeltes festzuklopfen. Jede Nacht sagte Onkel Bernards Frau, diese Nacht werde ihre letzte sein, während Onkel Hugo uns Kartenspiele beibrachte und La Tee mit Whiskey für Nanny Morrissey machte, die viel Zeit im Bett verbrachte.
Bain weigerte sich, an den herzhaften Schwimmtouren teilzunehmen, die Onkel Bernard anführte, oder Brennholz zu sammeln oder Immergrün zu pflücken. Bain fühlte sich über solche Spiele wie Scharaden erhaben, die für ihn Possen für Schwachköpfe waren; ebensowenig mochte er die Geschichten, die Onkel Hugo uns vor dem Einschlafen erzählte und auf die Pax und ich uns ungeniert freuten. Für Bain waren sie nur ein weiterer Beweis für Onkel Hugos Senilität. Pax' Allgegenwart machte es Bain unmöglich, das Alleinsein mit mir zu genießen, wie er es auf Eillne tat. Wir drei teilten uns eine Ecke des Zeltes und waren stets zusammen. Selbst das Meer bot Bain keine Gelegenheit, mit mir allein zu sein, denn die Wellen erschreckten ihn so, daß er sie selbst um meinetwillen nicht auf sich nahm. Er wurde gereizt und verdrossen. Eines Abends hatte er mich hinter dem Graben, den wir als Latrine benutzten, lange genug für sich, um meine Hand ihrer Aufgabe zuzuführen, aber selbst daraus wurde nichts, denn kaum hatte Bain begonnen zu flüstern: »Schneller!«, erklang über das Feld hinweg Onkel Bernards mißtrauische Stimme.

»Theo? Bain? Seid ihr Jungs da draußen?«
Bain fluchte und knöpfte sich mit Mühe zu.
»Wo ist dieser Bain?« fragte Onkel Bernard, und die alte Mißbilligung in seiner Stimme war nicht zu überhören: Was war das überhaupt für ein Bursche und woher kam er?
»Scheiße«, sagte Bain, und wir gingen zum Zelt zurück.
Onkel Hugo hatte sein Grammophon von Eillne mitgebracht, eines von jenen, die man mit der Hand aufzog. His Master's Voice war die Marke. Eines Abends, als ein ungestümer Wind die Wände unseres Quartiers wie die Backen eines Riesen blähte und dann wieder eindrückte, kam von Onkel Hugos Grammophon ein sonderbarer, nervöser Klang.
Pax packte mich beim Arm. »Charlie Parker!« flüsterte er.
Bain musterte ihn mit einem Blick, der ihn demütigen sollte.
Ich fragte: »Wer?«
»Charlie Parker. Jazz, Theo«, sagte Pax.
Ich lauschte und hörte zum erstenmal ein Saxophon.
»Jazz!« Bain lachte und sah sich nach Bundesgenossen um.
»Du kennst Charlie Parker, was?« Onkel Hugo hatte eine Art Hausmantel an, und seine offenkundige Behaglichkeit war die eines Mannes, der sich seine Whiskeys vor dem Schlafengehen genau eingeteilt hat. »Wen kennst du denn sonst noch?«
»Woody Herman. Miles Davis«, sagte Pax eifrig. »Und dann ist da dieser neue Mann. Dizzy Gillespie.«
»Dizzy!« schrie Bain auf, als befinde er sich plötzlich unter Irren.
»Ich weiß, Trompete«, sagte Onkel Hugo. »Glenn Miller?«

»Haben Sie was von dem?«
»Natürlich«, erwiderte Onkel Hugo und schlenderte hinüber zu seinem Teil des Zeltes.
»Du wirst Jazz mögen, Theo«, sagte Pax zu mir, während Bain sich trollte, auf der Suche nach besserer Gesellschaft. »Es ist wie in kleine Stücke zerbrochene Musik, als hätte jemand in alter Musik rumgesucht und neue Noten darin gefunden. Zuckt dir richtig in den Füßen.«
»Es ist Niggermusik«, sagte Onkel Hugo anerkennend, während er mit einer Schallplatte in einer Papierhülle zurückkehrte. »Die haben das im Blut.«
Er kurbelte die Maschine an und ließ die Platte auf den Teller fallen. Zunächst war da nur ein Kratzen. Dann erfüllten Trompetenklänge das Zelt, pulsierende Rhythmen, die ein erregtes Prickeln auf meinem Nacken auslösten. Tiefe Streicher folgten im selben Tempo, wie strömendes Wasser. Dann kamen Saxophone, deren nasale Töne sich zu den lebhaften Streicherklängen fügten.
»Pennsylvania 6-5000!«
Wir bildeten einen Kreis um das Grammophon. Den Sturm konnten wir nicht mehr hören. Onkel Bernards Söhne begannen im Rhythmus zu klatschen, und ich sah, wie Sparrow sich in den Hüften wiegte, klatschend, ihr Gesicht strahlend.
»Pennsylvania 6-5-0-0-0!«
Pax konnte sich nicht mehr zurückhalten. Der große, schüchterne Pax sprang in unsere Mitte und bewegte sich, nur auf Fersen und Zehen, in unserem Kreis herum, als hätte er Rollschuhe untergeschnallt. Die Hände hatte er gespreizt und hielt sie fest auf den Knien, im Takt mit den Füßen. Als er wieder zu dem Punkt kam, wo er angefangen hatte, trat in der Musik eine Pause ein, und Pax blieb stehen, leblos wie eine Statue, und als die Musik

dann wieder einsetzte, bewegte er sich in entgegengesetzter Richtung im Kreis, und seine Bewegungen waren so eins mit dem Rhythmus der Band, daß man vergaß, daß dies Pax Sheehy war, es schien vielmehr ein Stück Magie zu sein, ein Tänzer aus dem Nichts, der nur erschien, sobald eine Schallplatte auf ein Grammophon gelegt wurde. Es gab im Zelt niemanden, nicht einmal Bain, der in dem kurzen Zeitraum von wenigen Sekunden nicht ein tiefes Erstaunen empfand. Pax war eine unmittelbare Vereinigung mit der Musik gelungen, die alles überwand, was ihm sonst im Wege stand. La schloß sich ihm an, ahmte die Bewegungen seiner Hände, Fersen, Zehen nach. Onkel Bernards Söhne gesellten sich zu La, gefolgt von ihren Dienstmädchen, zwei kleinen, rothaarigen Frauen mit wilden Augen. Onkel Bernard trat in den Kreis, Sparrow am Handgelenk haltend, und dann auch Onkel Hugo mit einem Nicken in meine Richtung und in Richtung von Onkel Bernards törichter Frau, bis es auf einmal keinen Kreis mehr gab, sondern alle im Takt der Musik herumzuckten und wackelten, selbst Bain, kreischend und lachend unter den schwankenden Sturmlampen.

»Pennsylvania 6-5000!«

Eine halbe Meile von unserem Lagerplatz stand eine einsame Bude oberhalb des Strandes. Dort hatte eine unternehmungslustige Seele mutig ein Schild für Woodbines-Zigaretten aufgestellt und betrieb einen kleinen Laden, in dem er für wenige Pence Süßigkeiten verkaufte. Einige Tage nach Pax' Tanz, der nicht wiederholt worden war und der nicht einmal erwähnt wurde, als hätten wir alle in einem unbewachten Augenblick die Kontrolle über uns verloren, wanderten wir langsam den Strand entlang – Pax, Bain und ich, bis die Bude sich wie ein Gestell zum Torftrocknen aus den Dünen erhob. Pax und ich leg-

ten je einen Penny für Süßigkeiten hin, Bain indes ließ einen Florin, zwei Schilling, auf den Ladentisch fallen und verlangte mit verwegenem Grinsen Zigaretten.
»Wo hast du das Geld her?« fragte ich.
»Aus Hugos Tasche«, erklärte Bain. »Der merkt das gar nicht.«
Wenn es um Bain ging, war ich nicht in der Lage, Recht von Unrecht zu unterscheiden. Wenn er, wie eben, einen Diebstahl beschrieb, so bewirkte das in mir bebende Erregung: Es war, als hätte er über die Anatomie von Mädchen gesprochen oder darüber, was er von mir wollte, wenn wir allein waren. Wenn er den verzweifelten Ausdruck auf dem Gesicht hatte. Was immer ich an Urteilsfähigkeit besaß, setzte er außer Kraft, das kleine Beben der Erregung war alles, was mich interessierte. Hinter von Seetang bewachsenen großen Steinen hockend, rauchten wir an diesem Tag all seine Zigaretten auf und schnippten unsere Kippen in die auflaufende Flut.
Onkel Bernards offenkundiger Widerwille gegen Bain wurde in Leire zu einer Angelegenheit, die alle Anwesenden zwang, Partei zu ergreifen. Onkel Bernards Söhne standen auf der Seite ihres Vaters, und wo ein Tritt oder ein Schlag möglich war, bekam Bain etwas ab. Ihre Bediensteten nahmen so ziemlich die gleiche Haltung ein, genau wie Nanny Morrissey das vermutlich getan hätte, wenn es ihr besser gegangen wäre. Sparrow jedoch – aus Gründen, die viele Jahre lang verborgen bleiben sollten – ließ ihr Enkelkind nicht so einfach im Stich, und was Onkel Hugo betraf, so war es bei ihm absolut undenkbar, daß er offen eine Position vertrat, die im Widerspruch zu der seiner Schwester stand. Ich zockelte so dahin, wie das meine Art war, mit offenen Ohren für Bains Vorschläge, und Pax zockelte mir nach.

Ich habe seit Jahrzehnten nicht mehr geraucht, aber der Tabak, den ich in jenem Sommer in Leire rauchte, ist wohl die schönste Erinnerung dieser Art, die ich jemals haben werde. Ich sehne mich noch immer danach. Und ich kann mir noch immer das Gefühl der Vorfreude zurückrufen, das ich beim Öffnen eines neuen Päckchens Woodbines empfand.

»Wir gehen morgen wieder hin und kaufen mehr«, sagte Bain.

Weder Pax noch ich sahen irgendeinen Grund, etwas dagegen einzuwenden.

»Aber diesmal bist du an der Reihe, Theo«, sagte Bain ruhig.

»Ich hab kein Geld.«

»›Ich hab kein Geld‹«, äffte Bain mich in mädchenhaftem Tonfall nach. »Du mußt es dir von Hugo besorgen, genau wie ich's gemacht hab, Theo.«

Wenn die Aussicht, einen Mann zu bestehlen, der immer nur anständig zu mir gewesen war, mich in ein Dilemma stürzte, so war es ein Dilemma, für das ich unempfindlich war. Keine lauten Trommelwirbel kündigten Unheil an, keine Kanonen feuerten moralische Warnungen ab. Ich hatte nur den Gedanken im Kopf, daß dies eine Gelegenheit war, Bain gefällig zu sein, und schon stellte die vertraute Erregung sich ein.

An diesem Tag war Nanny Morrissey zusammen mit La heimgeschickt worden. Sie war in einem schüttelfrostartigen Zustand gewesen, und nach dem Abendessen saßen die Erwachsenen um ein Kerosinfeuer herum und sprachen darüber, ob wir die letzten Hoffnungen auf ein Umschlagen des Wetters aufgeben und Nannys Beispiel folgen sollten. In dem Zelt konnte man natürlich alles hören, was vor sich ging. An den Zeltstangen aufgespannte

Seile boten die Möglichkeit, Tücher aufzuhängen, um verschiedene Quartiere voneinander zu trennen. Während Bain und Pax auf einem Teppich lagen und Karten spielten, ging ich unauffällig zu einem großen Tisch, auf dem gespültes Geschirr gestapelt war. Onkel Bernards rothaarige Dienstmädchen hatten sich bereits zurückgezogen. Als ich zu der nassen Zeltleinwand kam, wo mir der Wind an die Fußknöchel blies, begann ich mich langsam zwischen der Außenhaut und der Wand von Vorhängen voranzuarbeiten, welche den Schlafbereich der Erwachsenen abtrennte. Niemand konnte mich vom Inneren aus sehen, ich hörte das Meer und die Brachvögel. Wie in einem Traum bewegte ich mich weiter. Welches Abteil war das von Onkel Hugo? Das Geplauder der anderen klang unheimlich nah und half mir nicht im mindesten, mich zu orientieren. So gut ich konnte, versuchte ich, mich nach Merkmalen am Zeltdach zu richten, nach den Stangen und den Seilen, die das Zelt aufrecht hielten. Dann ließ ich mich auf alle viere nieder und kroch unter einem Vorhang hindurch.

Dieses Schlafabteil war fast völlig dunkel. Anders als in unserer Ecke gab es hier eine zweite Decke unter dem Dach – einen weiteren Vorhang –, und ich nahm den schwachen Geruch von Parfüm wahr. Mit dem Knie stieß ich gegen ein metallenes Bettgestell. Schmerz durchzuckte mich, aber ich blieb stumm. Ich begann, Umrisse auszumachen, Kisten und Truhen auf dem Boden. Das Bett abtastend, auch unter den Kissen, kam ich dicht an aufgehängte Wäsche – und wieder war hier der eigentümliche, wenn auch nicht unvertraute Geruch von Parfüm. Mit fiebernden Fingern befühlte ich alles, suchte nach Onkel Hugos Hosen oder nach seiner Jacke, wo immer sein Portemonnaie stecken mochte, Geld oder irgend etwas von Wert wollte ich finden, damit meine Mission kein völliger Fehlschlag war. Und dann stieß ich auf Gold. Zwischen zwei Koffern neben dem Bett war, wie ich fühlen konnte, eine Ledertasche mit einem Riemen eingeklemmt. Was Onkel Hugo nicht alles an Sachen hatte, von denen ich gar nichts wußte! Ich riß eine Schnalle auf. Meine Finger stießen auf glatte, runde Gebilde. Im Dämmerlicht kippte ich die Tasche auf das Bett und hockte dann auf den Fersen, voller Verwunderung über den Anblick nicht nur von glänzenden Münzen, sondern auch von einem Bündel orangefarbener 10-Schilling-Scheine. Mit nichts als einer triumphalen Vision von Tabak vor meinen Augen, begann ich, mir die Taschen mit Münzen vollzustopfen, und dann noch die Scheine obendrauf. Irgend etwas, das später als eine Bestätigung meiner Gerissenheit angesehen werden sollte, ließ mich einen Schein in die Tasche zurücklegen, und dann wurde der Vorhang mit einem ratschenden Geräusch, das mir wie ein Blitz in die Magengrube fuhr, zurückgerissen, und das Dunkel wurde licht.

»Was tust du hier?« rief Onkel Bernards törichte Frau.

Ich versuchte, dort hinauszurennen, wo ich hereingekommen war, was meine Schuld, wäre sie nicht bereits offenkundig gewesen, bekräftigte.

»Du stiehlst!« schrie Onkel Bernards Frau, ganz und gar nicht töricht.

Mir fiel nichts ein, was ich zu meiner Verteidigung hätte sagen können.

»Na, sieh mal einer an, wobei wir unseren kleinen Cousin Theo erwischt haben«, sagte Johnnie Love, während er hereintrat und mich beim Ohr packte.

Er zerrte mich in die Zeltmitte, und seine Mutter folgte uns, mißbilligende Laute von sich gebend.

»Was zum Teufel hat das zu bedeuten?« rief Onkel Bernard.
»Er hat Geld aus Mammys Tasche gestohlen«, sagte Johnnie.
»Er tut mir weh«, winselte ich.
»Mammy?« fragte Onkel Bernard langsam und bezog in seine Suche nach Bestätigung auch Sparrow und Onkel Hugo mit ein.
»Oh, Sparrow«, sagte meine Tante mit zitternder Stimme; offenbar waren ihr die politischen Fallgruben der Situation bewußt, und sie flüchtete sich in ihre übliche Torheit.
Wie aus weiter Entfernung sah ich Bain und Pax.
Onkel Bernard erhob sich. »*Hast* du gestohlen, Theodore?« fragte er ziemlich überflüssigerweise, da mir Münzen aus der Tasche fielen.
»Antworte deinem Onkel, Theodore!« sagte Sparrow kalt.
Nicht ein einziges Wort kam mir in den Sinn.
»Ich muß schon sagen, ich *bin* überrascht«, sagte Onkel Bernard, und überrascht und enttäuscht sah er aus. »Was könnte dir hier denn fehlen?« fragte er und blickte sich um in dem feuchten Zelt, dem Füllhorn der Welt sozusagen.
»Er raucht, Daddy«, sagte Johnnie.
»Er raucht? *Rauchst* du, Theodore?«
»Nein«, erwiderte ich.
»Leer deine Taschen.«
Eifrig begann ich, die Münzen hervorzuholen, eine nach der anderen, wohl wissend, was unvermeidlich kommen würde. Johnnie sah, daß ich zögerte, schlang einen Arm um meine Brust und kehrte zuerst die eine, dann die andere Tasche von innen nach außen. Silber- und Kupfermünzen sowie Geldscheine bildeten auf dem Teppich ei-

nen eindrucksvollen Haufen, gekrönt von meiner Streichholzschachtel, die, geöffnet, gelbliche Woodbine-Kippen enthielt.
»Ein Lügner auch noch«, sagte Onkel Bernard grimmig. Er blickte meine Mutter an. »Wenn man so etwas entdeckt, bleibt einem nur eins. Man muß es mit der Wurzel ausreißen.« Sich mächtig streckend, begann er, den Gürtel abzunehmen.
»Verpaß ihm eine ordentliche Tracht, Daddy«, sagte Johnnie.
»Halt den Mund, Johnnie«, grollte Onkel Bernard.
»Mach's nicht so schlimm«, sagte Onkel Hugo aus dem Mundwinkel. »Er ist bloß ein Kind.«
Daß das ursprüngliche Ziel meiner Klauerei die einzige Person war, die für mich eintrat, erfüllte mich mit einem überwältigenden Schuldgefühl.
»Das genau ist der Punkt«, sagte Onkel Bernard geduldig, als könnte man sich darauf verlassen, daß sein kinderloser Bruder immer die falsche Bemerkung machte. »Danach wird er es nicht wieder tun.«
Ich sah schreckerfüllt meine Mutter an, aber der harte Ausdruck ihres Gesichts verriet mir, daß von ihr kein Beistand zu erwarten war.
»Es ist nicht Theos Schuld!«
In einem jener Augenblicke, an deren Dramatik sich die Anwesenden später mit großer Präzision erinnern würden, trat Pax Sheehy vor. Vielleicht war es seine bewiesene Fähigkeit, Unerwartetes zu tun, die alle aufhorchen ließ.
»Es ist nicht Theos Schuld«, wiederholte er. »Er hat geglaubt, daß das Mr. Hugos Raum war.«
»Er hat geglaubt, daß das *Hugos Raum* war«, wiederholte Onkel Bernard ungläubig und schloß in seinen Blick büh-

nenreifer Überraschung alle Erwachsenen ein. »Was du nicht sagst, Himmelherrgott!«
»Es war sowieso alles Bains Idee«, stieß Pax hervor.
Langsam zeichnete sich auf Onkel Bernards Gesicht die Bestätigung all jener Verdächtigungen ab, die er schon so lange hegte.
»Bains Idee«, sagte er leise. »Hab ich's doch gewußt.« Er stürzte quer durchs Zelt. »Jetzt bist du dran, du kleiner Intrigant!« rief er und packte Bain. »Wir wissen doch alle, daß man bei dieser Sippe nicht tief zu kratzen braucht, um Dreck zu finden!«
»Bernard!« Sparrow war aufgestanden. »Bernard, du rührst ihn nicht an, ich warne dich!«
Onkel Bernards Blut war in Wallung, aber als er Sparrow hörte, überkam ihn eine eigentümliche Unsicherheit.
»Er geht dich nichts an«, sagte Sparrow. »Du hast kein Recht.«
»Er ist ein Dieb!« protestierte Onkel Bernard. »Er hat Delia bestohlen!«
»Das hat er nicht«, sagte Sparrow ruhig. »Es war mein eigener Sohn, der gestohlen hat und der der Dieb ist.«
»Von diesem Wurm dazu verführt!« schrie Onkel Bernard mit hochrotem Gesicht.
»Bernard. Ich warne dich«, sagte Sparrow in einem Ton, der keinen Widerspruch zuließ.
Wir standen alle versteinert da. Ich begriff, daß es um etwas sehr viel Ernsteres als Schillinge und Pence oder Zigaretten ging. Onkel Bernard bebte.
»Also gut«, sagte er schwer atmend, »aber morgen früh fährt er nach Haus, gleich als erstes. Ich will ihn nicht mehr sehen.« Er stieß Bain von sich. »Er ist nichts wert«, sagte er, »sie sind alle nichts wert, die Shortcourses. Daran werde ich doch wohl ausgerechnet dich nicht

erinnern müssen, Sparrow. Ich erinnere mich an den Tag –«

»Bernard!« rief Onkel Bernards Frau und trat vor, eine Hand erhoben, wie jemand in einer Theateraufführung.

»Ich erinnere mich an den Tag, wo ich dich angefleht habe, Pa Shortcourse nicht zu heiraten«, sagte Onkel Bernard mit bebender Stimme, er war nicht mehr zurückzuhalten. »Ich habe dich beschworen, Sparrow. Ich sagte, komm und krieg dein Kind und leb bei uns, aber heirate Pa Shortcourse nicht, bloß um das Kind eines anderen Mannes zu behalten. Ich habe dich geliebt. Wir alle haben dich geliebt. Die sind verrottet bis ins Mark, die Shortcourses, das hab ich dir gesagt. Sie sind Parasiten, das Schlimmste vom Schlimmsten, so wahr mir Gott helfe. Aber du hast ihn geheiratet, weil du zu stolz warst, das anzunehmen, was ich zu bieten hatte.«

Ich verstand das alles nicht, ich wußte nur, daß etwas Vergangenes zum Vorschein gekommen war und daß es nun nie wieder verschwinden würde. Nachdem Bain fort war, gab Onkel Hugo mir etwas Geld, und Pax und ich verbrachten die letzten Tage in Leire mit Zigarettenrauchen; wir bliesen Rauchringe in die feuchte Luft und schnippten unsere Kippen ins Meerwasser.

Sparrow Love langweilte sich. Sie brannte darauf, von Eillne wegzukommen. Jedesmal, wenn ihr Bruder Hugo, ein scheuer, gutmütiger Mensch, ein Gespräch mit ihr anzufangen versuchte, fühlte sie sich belästigt. Nanny Morrisseys Gemeinplätze gingen ihr noch mehr auf die Nerven. Gärtnerei, Wohltätigkeit und Pferde, die Hauptstützen weiblicher Vornehmheit, das alles fand Sparrow zum Erbrechen. Die jungen Männer von Monument langweilten sie. Der lächerliche Pa Shortcourse war der schlimmste. Außerhalb der neuen Eishahn, die ein Jahr zuvor eröffnet worden war, lag er gewöhnlich auf der Lauer, zu linkisch, um ans Eintreten auch nur zu denken, und wenn Sparrow herauskam, nahm er immer den Hut ab und verbeugte sich wie eine jener Porzellanpuppen auf dem Ladentisch in einem Lebensmittelgeschäft, in die man einen Penny steckte.

Hauptmann Harry Amis hatte eine Zeitlang mit Auszeichnung in Indien gedient. Sein Regiment, the King's Own Warwickshire Fusiliers, war im vergangenen Dezember nach Monument verlegt worden. Als geübter Schlittschuhläufer fühlte sich Harry Amis mit einer höflichen Unausweichlichkeit zu Sparrow Love hingezogen, die in Monument Getuschel auslöste. Harry Amis mit seiner langsamen, unverkrampften Art, seinem tintenfarbenen Haarschopf, seinem bleistiftdünnen Schnurrbart und seinen Zigaretten hatte viele junge Mädchen kennengelernt, die einen interessanten Namen besaßen, aber noch niemals eine mit gleich zweien. Sparrow Love hatte es im Schlittschuhlaufen nie zu großer Gewandtheit gebracht, und als Harry eines Tages an ihrer Seite auftauchte, beherrschte sie ihre Überraschung und akzeptierte den Arm dieses dunkelhaarigen, gutaussehenden Mannes.

Es gab so etwas wie eine Etikette. Hübsche junge Mädchen von sechzehn waren 1921 dazu verdammt, sich mit Ringen aus Stahl zu wappnen, selbst wenn der betreffende junge Mann ein Offizier war und auf Eillne in einem glänzenden Studebaker eintraf, an dessen Steuer ein Fahrer saß, der zweifellos Stunden damit zubrachte, seinen Schnurrbart zu wachsen. Hugo benahm sich nervös wie stets, wenn er mit Leuten zusammen war, von denen er annahm, daß sie einer höheren Klasse angehörten als er selbst. Er erging sich ausführlich über die irische Un-

dankbarkeit und über die Sicherheit, Teil eines Empires zu sein. Und über Sammy Teas persönliche Herkunft, die Sparrow und Hugo zu Briten machte, wenn nicht von Geburt, so doch der Abstammung nach. Nicht ein einziges Mal, während Hugo über die militärische Situation sprach – wobei er Ratschläge für die Angriffstaktik auf irischem Boden erteilte –, erlahmte die höfliche Aufmerksamkeit, mit der Harry Hugos langes, etwas schiefes Gesicht betrachtete. Als sie später zum Auto hinausgingen, wo Harrys Fahrer Franks saß (der bei ihrem Erscheinen sofort heraussprang, prächtig anzuschauen in Breeches und glänzenden Stiefeln und mit jenem phantastisch gezwirbelten Schnurrbart), unterbrach Harry Hugo mitten im Satz mit einer Geste seiner behandschuhten Hand und sagte: »Mein Gott, hören Sie nur! Sie haben ein Schwarzkehlchen!«
Sie lauschten, alle vier. Harry drehte Sparrow sanft in Richtung des Vogelrufs, der an das Aufeinanderprallen zweier Kiesel erinnerte. Sparrow konnte Harrys Fingerspitzen durch seinen Handschuh fühlen, und ihr wurde klar, daß seine Aufmerksamkeit die ganze Zeit hindurch nur ihr gegolten hatte.
»Tschock! Tschock!« rief Harry.
Eine Pause, kurz wie ein Pulsschlag, dann antwortete der Vogel: »Tschock! Tschock!«
»Genau die gleichen, die wir in Warwickshire haben«, sagte Harry Amis.

Meine Mutter war eine Frau, die die Freiheit über alles liebte. Vielleicht waren ihre Kindheitserfahrungen, das »Davongehen« von Menschen – zuerst ihre Mutter, dann ihre Schwester Baby, dann Sammy Tea –, die Ursache für Sparrows Rastlosigkeit, vielleicht war es aber auch die

Abenteuerlust, die sie empfand, wann immer sie ein Schiff sah. Womöglich war es Sammy Teas Blut, das ihn zuerst den Lyle heraufgebracht hatte und das nun in Sparrow den Wunsch weckte, wieder hinauszufahren, Monument für immer zu verlassen. In einer Zeit der politischen Unsicherheit, wie sie 1921 herrschte, war sie bereit, alles zu tun, was die Verbindung mit Harry sicherte.
Jeden zweiten Tag trafen Briefe ein, und an den Tagen dazwischen – wenn der Briefträger oben auf dem Hügel den Kopf schüttelte, während er mit seiner Last lächelnd weiter hinaufstieg nach Drossa – wußte Sparrow, daß sie am Nachmittag aus Richtung Monument das Motorengeräusch des Autos hören würde, das Eillne mit tiefem Dröhnen erfüllte. Auf Fahrrädern erforschten Sparrow und Harry die verborgenen Pfade des Flußtales. Und nachdem sie gebadet hatten, streckten sie sich auf Harrys Mantel aus und beobachteten, wie die Wasserläufer sich auf dem abendlichen Fluß paarten.
Aus dem Telefonapparat klang Bernard Loves Stimme dünn in die Diele von Eillne.
»Die Situation ist sehr gespannt, Sparrow«, sagte Bernard. »Rebellen haben einen Teil der Stadt eingenommen und sind mit Artillerie beschossen worden. Niemand weiß, was als nächstes passieren wird. Unter gar keinen Umständen darfst du nach Monument kommen, verstehst du?«
»Was ist mit unseren Lebensmitteln?« fragte Sparrow.
»Alles, was ihr braucht, kann euch von Wise nach Eillne geschickt werden«, sagte Bernard. »Ist das klar, Sparrow?«
Sparrow gab die leichteste Antwort: »Ja, Bernard«, aber ihre Stimme verriet Belustigung über Bernards Besorgnis.

»Mir wäre es lieber, wenn ich das nicht sagen müßte«, sagte Bernard, während seine Stimme leiser wurde, dann wieder lauter. »Wir sind hier in Lebensgefahr, ihr da draußen nicht.«

Sparrow ging quer durch die Diele zu ihrem Zimmer, streifte die Schuhe ab und zog sich aus, wobei sie ihre Kleidungsstücke, kleinen Inseln gleich, hinter sich fallen ließ. Am Himmel über dem Fluß hing, wie gestochen, ein Bussard. Als Sparrow Harry ihr Geheimnis erzählt hatte, waren ihm vor Freude und Liebe die Augen übergegangen. Urplötzlich beschäftigten ihn lauter Pläne für Sparrow; Abfahrt des Schiffes, das Datum, die Notwendigkeit, Reisedokumente zu besorgen. Seine Schwestern, seine Mutter, sein Besitz in Warwickshire mit den Pächtern und Arbeitern und das gesamte Hauspersonal – alle wurden ihr in großer Eindringlichkeit vor Augen gestellt, darunter auch eine stämmige alte Nanny vom Nanny-Morrissey-Typ, obschon kein Zweifel daran gelassen wurde, daß Sparrow, sollte sie, um den Schmerz der Übersiedlung zu lindern, Nanny Morrissey brauchen, diese jederzeit nachkommen lassen konnte; sie sei willkommen. Es war Harrys *Aufregung*, die so wundervoll war! Er gestand Sparrow, daß er bis dahin nie gewagt hatte, daran zu denken, er könne Vater werden.

Der Tag brach mit der Hitze eines Nachmittags an. Nanny Morrissey stellte ein Tablett neben Sparrows Bett und zog den Vorhang auf, um Licht hereinzulassen, aber so, daß es nicht blendete. Bienen summten in den Glyzinien; eine Harke fuhr über Kies.

»Wie gern würd ich jetzt schwimmen«, sagte Sparrow und streckte sich.

Nanny Morrissey bückte sich, um vom Fußboden ein paar Kleidungsstücke von Sparrow aufzuheben.

»War der Postbote schon da, Nanny?«
»Noch nicht«, erwiderte Nanny Morrissey, während sie sich mit gerötetem Gesicht wieder aufrichtete. »Wird vielleicht auch nie wieder kommen.«
»Wieso denn das, Nanny?« fragte Sparrow und goß sich Tee ein.
»Weil die Aufständischen gesiegt haben, Kind«, sagte Nanny Morrissey.
»Hier draußen auf Eillne wird uns nichts passieren, Nanny«, sagte Sparrow, die Teetasse zwischen den Händen haltend. »Alles, was wir brauchen, wird uns von Mr. Wise hergeschickt.«
»Na, ich weiß nicht«, sagte Nanny Morrissey. »Dalton ist heute früh mit wilden Geschichten gekommen. Dutzende von Toten. Monument zerstört, und die einzige Hoffnung, die wir hatten, daß die Dinge so halbwegs in Ordnung bleiben, die Armee, zieht so schnell sie kann nach England ab.«
»Nach England?«
»Muttergottes, Dalton sagt, sogar das Altarfenster in der Kathedrale ist zerstört«, sagte Nanny Morrissey und bekreuzigte sich.
Sparrow setzte sich auf. »Was hat Dalton über den Abzug der Armee gesagt?« fragte sie scharf.
»Oh, Kind!« rief Nanny Morrissey. »Vergiß ihn! Das einzige, was ein armes Mädchen je von einem Tommy bekommen hat, war ein gebrochenes Herz.«
»Ach, Himmelherrgott!«
Sparrow sprang aus dem Bett.
»Kind –«
Sparrow zog sich eilig an und lief dann durch den Flur nach draußen, auf das Geräusch geharkten Kieses zu. Dalton, wachsbleich und gebeugt wie stets, sei es über eine

Harke, einen Spaten oder einen Fahrradlenker, hob die Mütze. »Miss.«
»Dalton, was gibt's Neues aus Monument?«
»Ein böses Durcheinander, wahrhaftig«, erwiderte Dalton. Er musterte Sparrow. Wie winzige blaue Eier lagen seine Augen in Nestern rötlicher Haut. »Das Fenster in der Kathedrale ist weg. Bloods Reitknecht hat mir erzählt, er hätte auf den Straßen tote Männer gesehen und angeschossene Soldaten, die in einem Lastwagen lagen.«
»Aber sie kämpfen noch. Ich meine, die Armee bekämpft noch die Rebellen.«
»Kein Gedanke.« Dalton holte seine Pfeife hervor, die eine Metallklappe am Kopf hatte, und hielt ein brennendes Streichholz daran. Während er saugte, konnte man sehen, daß er nur noch die Schneidezähne hatte. »Sie rennen weg wie die Karnickel, beschlagnahmen Schiffe. Niemand weiß, ob es Entschädigungen gibt.« Dalton dachte darüber nach, als könne auf irgendeine Weise auch für ihn etwas herausspringen. Während Rauch aus seinem Mundwinkel quoll, sagte er mit einem Hauch von Rachsucht: »Sie evakuieren.«
Der Postbote schob sein Fahrrad durch das Tor herein. Seine unbekümmerte Miene verriet Sparrow, daß sie nur wilde Gerüchte gehört hatte; die bloße Existenz des Postboten bewies das. Triumphierend streckte sie die Hand aus, um Harrys Brief in Empfang zu nehmen.
»Der einzige Brief, Miss«, sagte der Postbote, »ist für Nanny.«
Aus Angst, daß der Postbote, falls sie ihn fragte, bestätigen würde, was Dalton erzählt hatte, lief Sparrow ins Haus zurück, wo sie Nanny begegnete, die gerade mit dem Tablett aus ihrem Zimmer kam. Sie knallte die Tür hinter sich zu. Angeschossene Soldaten in einem Lastwagen. Ein Detail,

das sich authentisch angehört hatte. Sie streifte die Schuhe ab und schlüpfte in Stiefel aus Kalbsleder, die sie zuknöpfte. Sie griff nach dem ersten Hut, der ihr in die Finger kam, steckte das Haar hoch, so daß sie ihn aufsetzen konnte, nahm ein Paar leichte Handschuhe und lief aus dem Zimmer hinaus und den Flur entlang.

»Kind –«

»Ich fahr nach Monument«, sagte Sparrow auf dem Weg zur Ausgangstür. »Ich komme nicht zurück. Richten Sie Mr. Hugo einen Abschiedsgruß von mir aus.«

»Kind –«

Selbst Sparrows Entschlossenheit geriet für einen Augenblick ins Wanken.

»Kind ... wir werden uns hier um dich kümmern.«

Zwar gelang es Sparrow makellos, Überraschung vorzutäuschen – ein kurzes Innehalten, ein leicht verdutztes Lächeln –, doch das Wissen, das in Nannys Worten lag, das Du der Anrede, schockierten Sparrow, und während sie ihr Fahrrad aus dem Schuppen holte, schwor sie sich, daß sie der Welt ihren Zustand voll Stolz zeigen würde, falls ihre Liebe zu Harry eines Beweises bedurfte; aber jedesmal, wenn ihr dieser entschlossene Gedanke durch den Kopf ging, stieß er sich an dem Bewußtsein, daß sie gerade als jemand gesehen worden war, der Barmherzigkeit brauchte.

Ohne einen Windhauch lag der heiße Tag über dem Land. Tot. Die Hitze erzeugte ein Summen, ab und zu unterbrochen vom Muhen einer Kuh. Sheehy, der Sohn des Farmers, grüßte Sparrow vom Rücken seiner Stute, die rein und weiß war wie eine Wolke. Sparrow kam an Eillnes Volksschule vorbei und hörte von drinnen die Stimmen der Kinder. Wie besessen trat sie in die Pedale, wobei ihr unwillkürlich Altweibergeschichten durch den Kopf

schossen: Überanstrengung konnte zu Fehlgeburten führen.
Am Rand von Monument sah sie Fuhrwerke, gelegentlich ein Automobil. Die Häuser in Captain Penny's Road, einem eleganten Straßenzug gegenüber der protestantischen Kirche, hatten keine Dächer mehr, Rauch stieg aus ihnen auf. Aber die Giebel der Nervenklinik ragten so fest und unbeirrbar auf wie stets, und ein Stück weiter, in der Mitte der Oxford Street, rauchte eine Gruppe von Männern in aller Seelenruhe Pfeife. Einen von ihnen erkannte Sparrow, einen alten Schauermann von Small Quay. Er trat aus der Gruppe heraus, lüftete seinen Bowler.
»Prächtig rote Wangen bringen Sie uns heute morgen, Miss.«
»Was ist hier los?«
»Och, ein bißchen Aufregung.«
Sparrow lachte, als könnte sie dem Geschehen Leichtigkeit geben. »Wir haben gehört, daß die ganze Stadt in Flammen steht«, sagte sie.
»Vor zwei Nächten hat's gebrannt. Hat auch ein paar Tote gegeben, die armen Narren.«
Vom Fluß her wehte plötzlich Musik herüber.
»Was soll denn das?« fragte Sparrow.
»Sie verabschieden die Armee«, sagte der Mann. »Es gibt viele, die nicht glücklich sind, sie gehen zu sehen, und ich kann auch nicht gerade sagen, daß ich mich freue.«
Am Ende von Long Quay hingen lange Leinen mit Fähnchen an den Lampenpfosten der Kais, bis hinüber zu einem Truppentransporter. Mehrere hundert Männer und Frauen, gekleidet wie für einen Regattatag, winkten den Soldaten zu, die Deck über Deck füllten, eine Pyramide aus Köpfen. Sparrow ließ ihr Fahrrad fallen und drängte sich durch die Menge. Mädchen aus Balaklava standen

ohne Hut da und riefen frech zum Schiff hinüber. Auf dem schattigen Achterdeck konnte Sparrow eine Gruppe von Offizieren sehen, sie verhielten sich zurückhaltender. Sie glaubte, Harry unter ihnen ausmachen zu können. Zischend ließ das Schiff eine gewaltige, erstickende Dampfwolke ab.

Zwei Marinesoldaten versperrten den Zugang zur Gangway. Sparrow konnte die abgetretenen Planken mit ihren horizontalen Latten sehen, und sie wußte genau, was für ein Gefühl es sein würde, vom Kai hinaufzugehen zum Schiff, wie die Gangway schwanken würde und wie sie sich an den Handseilen festhalten müßte.

»Tut mir leid, Miss, alle Besucher sind schon von Bord.«

»Hauptmann … Amis«, keuchte Sparrow.

»Tut mir leid, Miss.«

»Hauptmann Amis *erwartet* mich. Miss Love«, sagte Sparrow. Sie wollte die Gangway betreten, aber der Matrose streckte den Arm aus und versperrte ihr den Weg.

»Sie können dort nicht hinauf, Miss. Tut mir leid.«

»Es wird Ihnen *sehr* leid tun, wenn Hauptmann Amis erfährt, daß Sie mich hier unten festgehalten haben wie jemanden am Lieferanteneingang«, fauchte Sparrow.

Die Marinesoldaten wechselten einen Blick. Der eine zuckte mit den Schultern, der andere ging hinauf auf das Schiff.

»Nur einen Augenblick, Miss, wenn's Ihnen recht ist.«

Sparrow *wußte,* daß Harry auf dem Schiff war. Suchend blickte sie die Gangway hinauf. »Gott sei Dank, du hast es geschafft!« würde Harry sagen, und der bloße Gedanke zog ihr den Magen zusammen. Es war unbegreiflich, daß jemand, den sie so gut kannte, mit dem sie solch detaillierte Pläne geschmiedet hatte, *der Vater ihres Kindes,* zuließ, daß sie in dieser Art und Weise warten mußte. Der

Matrose flachste mit Mädchen in der Menge. Sparrow hörte das Geräusch von benagelten Schuhen auf Holz. Der andere kam zurück, gefolgt von einem Soldaten, den Sparrow zuerst nicht erkannte. Er salutierte.
»Miss.«
Sparrow lächelte. Es war Franks, der Fahrer, in den Hosen und dem Rock des Regiments, und ohne seine Breeches und seine glänzenden Stiefel schien er etwas von seiner Schneidigkeit eingebüßt zu haben.
»Franks«, strahlte Sparrow.
»Miss.«
Sparrow sagte: »Ich wär fast zu spät gekommen.«
Die Becken der Band und die Sirene des Transporters ließen die Gangway erzittern.
»Wie bitte, Miss?«
»Meine Sachen werden nachkommen müssen, Franks«, sagte Sparrow.
»Suchen Sie den Hauptmann, Miss?« fragte Franks ruhig.
Sparrow lachte. »Natürlich tu ich das.«
»Miss. Hauptmann Amis ist schon vor vier Tagen mit dem Schiff weg, Miss.«
»Mit dem Schiff? War er … verwundet?«
»Er ist weg, bevor es mit den Kämpfen losging, Miss«, sagte Franks.
»Weg?«
»Soweit ich weiß, Miss, war er um eine Versetzung nach Aden eingekommen, und das wurde bewilligt.«
Die Marinesoldaten gingen an Bord und zogen die Gangway hinter sich hoch. Die Schiffssirene klang schrill; die Fahnen an Bord strafften sich und schlugen dann im Wind, als sich das Schiff erst langsam, dann immer schneller vom Kai entfernte.
Sparrow blieb dort stehen, das Gesicht dem Fluß zuge-

wandt. Sie sah, wie das graue Schiff mit der Flußbiegung verschmolz und verschwand. Dann fand sie in sich den Überlebenswillen, den sie zum erstenmal entdeckt hatte, als sie auf der Mauer der Nervenklinik gesessen hatte. Sie drehte sich um und hob ihr Fahrrad auf.
Ein alter Mann fegte Konfetti vom leeren Kai.
»Gott segne die Jungs«, sagte er und deutete mit dem Kopf in Richtung Fluß. »Ich hoffe, sie kommen heil nach Hause.«
»Ich hoffe, sie ersticken an ihrer eigenen Kotze«, sagte Sparrow und begann die Rückfahrt nach Eillne.

3

Bain verzieh Onkel Bernard nie, was in Leire vorgefallen war. Jahre später – Onkel Bernard war schon lange tot und Bain war Justizminister – versuchte einer von Johnnies Söhnen, Mitglied der Garda Síochána zu werden, was jedoch wegen irgendeiner Formalität nicht klappte. Und so versuchte er, Bains Unterstützung für seinen Fall zu gewinnen. Bain gab auch vor, helfen zu wollen, doch Johnnies Sohn hätte bessere Chancen gehabt, Präsident der Vereinigten Staaten zu werden als ein Angehöriger der Garda Síochána, sobald Bain erfahren hatte, um wen es sich handelte.

Wir kampierten nie wieder draußen in Leire – oder sonst irgendwo –, doch in derselben Art, wie Menschen einen Krieg oder einen Tod benutzen, um Ereignisse gleichsam zu fixieren, begann ich, an meine Kindheit als vor Leire und nach Leire zu denken. Nach Leire sahen wir Onkel Bernard nicht mehr oft; vor Leire war Bain häufig nach Eillne gekommen, jetzt nicht mehr; und es war das Jahr nach Leire, in dem Nanny Morrissey starb. Auf Eillne von La gepflegt, war sie wegen ihrer Herzschwäche ein Jahr lang bettlägerig gewesen, und an einem frühen Aprilmorgen, noch vor Sonnenaufgang, starb sie. Sparrow, Onkel Hugo und auch La waren bei ihr. Sie wurde neben meinen Großeltern in Monument bestattet. »Unsere Freundin« steht auf dem gemeinsamen Grabstein. Ihr Name war Alice, wie ich nun erfuhr. Ihre Beisetzung fand an einem wunderschönen Frühlingstag statt, an dem es einem besonders schwer fiel, an den Tod zu denken. Alle Loves waren anwesend und auch die linkischen, aber freundlichen Leute vom Land, die Morrissey und Fox hießen. Ein schüchterner Mann, der Bruder des Mannes, der die Schwester meiner Mutter, Baby, geheiratet hatte, trat zu mir und gab mir fünf Pence.

Ich fragte Sparrow, warum auf dem Grabstein Samuel Loves' Geburts- und Todestag vermerkt waren, bei seiner Frau, meiner Großmutter, jedoch nur ihr Alter, und Sparrow erklärte, dafür sei nicht genügend Platz gewesen.

Auch Dalton starb, aber erst 1953. Er kippte einfach in die Hecke, die er gerade schnitt. Sparrow fand ihn, die Heckenschere in der Hand. Alle sagten, wie schön es für Dalton gewesen sei, einen solchen Tod gehabt zu haben.

Die Winter von damals scheinen jetzt alle zu einem einzigen Tag in Mr. Reddens Klassenzimmer zusammenzuschrumpfen, während die Sommer nahtlos und hell sind. Pax und ich schwammen in direkter Linie zwischen den beiden Biegungen des Flusses hin und her und saßen später an einem von Eillnes großen Fenstern, wo wir auf Onkel Hugos Grammophon Jazz hörten. Ich hatte oft einen merkwürdigen Traum und erzählte Pax davon. Ich ging immer in ein und demselben Gebäude ein und aus, ich träumte von den Wänden des Gebäudes und den Gärten, von den Möbeln und dem eigentümlichen Geruch nach Wäschestärke, der in dem Haus herrschte. Ich erzählte ihm von der Frau, die da lebte, von ihrem sonderbaren Parfüm. Ich machte Andeutungen über ihre Brüste, sagte aber nicht, wie groß sie waren oder daß die Frau nur einen Pelz trug, weil ich Angst hatte, Pax in Verlegenheit zu bringen. Aber ich war froh, daß es jemanden gab, mit dem

ich überhaupt darüber sprechen konnte: Es war weniger ein Traum als eine gewaltige Anstrengung, sich zu erinnern, und er wurde von einem Gefühl schrecklicher Frustration begleitet, als wollte mir jemand etwas erzählen, während ich versuchte, ihm zuzuhören, aber zwischen Stimme und Ohr war eine Membrane der Zeit gewachsen und machte jede Verständigung unmöglich. Der Traum endete immer auf die gleiche Weise: Ich lag zwischen den Brüsten der Frau, während wir beide aus ihrem Haus heraustrieben – auf einer Planke, die jenen ähnelte, die wir im Flußdelta benutzten.
Im Mai saß ich zwischen riesigen Rhabarberblättern und beobachtete La durch ein Fenster in der Waschküche. Sie trug ihr braunes Haar kurz geschnitten und hatte die Ärmel hochgekrempelt. Ich bewunderte ihre Bewegungen, während sie die Hemden auf dem Waschbrett hin- und herschlug.

Mein Verhältnis zu Sparrow hing weitgehend von meiner Fähigkeit ab, ihren Erwartungen zu entsprechen. Saßen wir beispielsweise abends beim Lesen, so galt meine Aufmerksamkeit nur zur Hälfte dem Buch, während die andere Hälfte damit beschäftigt war, Sparrow zu beobachten, um aus ihrem Gesichtsausdruck oder aus ihrer Sitzhaltung zu schließen, ob ich nach einer Kanne Tee klingeln sollte, ob ein Fenster geöffnet oder geschlossen werden müßte oder ob sie vor dem Schlafengehen Lust auf einen Spaziergang hatte. Jegliche Auslegung war mit vielen Fallgruben gespickt, die es zu meiden galt, denn sie mit einer törichten Frage nach Tee oder dem Öffnen eines Fensters aus den Tiefen ihres Buches zu reißen, konnte eine Welle von Gereiztheit zur Folge haben, deren Nachwirkungen noch Stunden zu spüren waren; und

auch wenn sie nicht las, wenn ein Lächeln auf ihrem Gesicht lag und ihre Augen auf den Fluß gerichtet waren, wußte ich, daß es nicht der Fluß war, den sie sah, sondern ein Ort, den niemand außer ihr kannte.
Briefe und Papiere, die auf Tischen liegenblieben, gaben ein wenig Aufschluß. Ich las die Schreiben von Pater O'Dea, mit dem Sparrow Wohltätigkeitsprojekte plante. Mein Onkel Bernard, so las ich, schickte Sparrow Schecks, die von noch knapperen Mitteilungen begleitet waren. Eine Rechnung von Wise and Sons belief sich auf über 700 Pfund. Unten war handschriftlich vermerkt: *Ganz nach Belieben zahlbar. D. Wise.* Da waren Fotografien von Sammy Tea, zusätzlich zu den gerahmten, die im Salon standen. Ich fand alte Zeitungsausschnitte aus dem Krieg, die davon berichteten, daß ein Billy Cross durch eine Bombe in Antrim den Tod gefunden hatte, nachdem er nur einen Monat zuvor eine Margaret Shortcourse geheiratet hatte. Es dauerte eine Weile, bevor ich begriff, daß Billy Cross Bains Vater war.
In Sparrows Bemerkungen fiel mir eine veränderte Einstellung gegenüber den Shortcourses auf. Sie begann, ihr Fleisch dort zu bestellen. Es wurde in Sheenys Bus gebracht, säuberlich in braunes Papier gewickelt. Bain begann in Sparrows Gesprächen eine Rolle zu spielen. Als erfahrener Beobachter des Verhaltens meiner Mutter wußte ich, daß solche Dinge kein Zufall waren.
»Bain hat einen neuen Laden«, sagte Sparrow.
Onkel Hugo blickte höflich von seiner Zeitung auf.
»Sehr modern und eindrucksvoll, ich war angenehm überrascht«, sagte Sparrow.
Was sie natürlich in Wirklichkeit meinte, war, daß Pa Shortcourse, ihr Mann, einen neuen Laden hatte, aber sein Name war auf Eillne noch nicht zugelassen. Sparrow

sagte: »Dieser Braten ist ausgezeichnet, findest du nicht, Hugo?«

»Ja.« Onkel Hugo blickte auf.

»Sie verdienen Geld, Hugo«, sagte Sparrow, »und das ist mehr, als man von manch anderem sagen kann.«

»Frikadellen für die Bratpfannen von Balaklava«, sagte Onkel Hugo.

»Das ist doch nichts Verwerfliches«, sagte Sparrow.

»Einer muß es ja tun«, meinte Onkel Hugo.

»Einer, für den Arbeit kein Fremdwort ist«, sagte Sparrow.

»Tut mir entsetzlich leid«, sagte Onkel Hugo. »Mir war gar nicht bewußt, daß wir uns um das Shortcourse-Banner geschart haben.«

»Sarkasmus ist der Witz der Narren, Hugo«, gab Sparrow zurück und wandte sich ab.

In der Osterwoche ratterten wir in einer Gig von unserem Gelände, mit dem jungen Dalton an den Zügeln. (Er war kein Blutsverwandter seines Vorgängers, doch sein Name galt als gutes Omen, also bekam er die Stelle.) Nach dem strengen Winter von 1952 waren die kleinen Felder entlang der Landstraße kahl. Die ärmeren Farmer waren gezwungen gewesen, ihre Tiere schon die ersten Schößlinge abweiden zu lassen. Auf der Captain Penny's Road waren wir das einzige Pferdefuhrwerk unter den Automobilen. Das Pulsieren von Fabriken drang von dem neuen Gewerbegebiet von Palastine herüber, das früher ein noch schlimmerer Slum als Balaklava gewesen war. Der junge Dalton sprang vom Wagen und führte das Pferd hinauf nach Balaklava, vorüber an niedrigen und überfüllten Häusern. Dann wurde die Straße eben. Am Giebelende eines größeren Gebäudes befand sich ein windschiefer Blechladen, vor dem ein halbes Dutzend Frauen mit Beuteln Schlange standen. Ich stieg ab, so daß sich Pferd und Fuhrwerk zwischen mir und dem Laden befanden, als der junge Dalton mit unserer Einkaufsliste hineinging. Ein stämmiger junger Mann kam heraus, wischte sich die Hände an der Metzgerschürze ab. Sandfarbenes Haar lag wie ein Milchbart auf seiner Oberlippe.

»Granma.«

»Bain, mein Lieber.« Sparrow beugte sich vor und ließ sich von ihm auf die Wange küssen. »Siehst du Theodore denn nicht?«

»Hallo, Theo«, sagte Bain über die Deichsel hinweg.

»Bain.«

Ich sah seine rotfleckigen Arme und Handgelenke. Mir wurde bewußt, daß ich größer war als er.

»Gehst du noch zur Schule, Theo?«

»Ja.«

Bain musterte mich und blickte dann zu Sparrow, die ihn wie stets freundlich anlächelte.

»Das ist gut für die, die Zeit dafür haben«, sagte Bain mit einem kleinen Zwinkern in Sparrows Richtung.

»Bist du abgegangen?« platzte ich heraus.

»Ich lern abends. Ich mach Fernkurse. Betriebswirtschaft. Schwimmst du noch, Theo?«

»Er tut nichts anderes«, warf Sparrow ein.

»Und ganz allein, wie?« fragte Bain neckend.

»Er hat ja die Bläßhühner, was, Theodore?« sagte Sparrow.

»Ich bin ein ganz toller Schwimmer, Granma, das kann Theo bezeugen.« Bain grinste.

»Oh, ich erinner mich sehr gut, Bain«, sagte Sparrow. »Du warst immer bei allem so geschickt.«

Die vertrauliche Art, wie sie miteinander sprachen, schloß mich praktisch aus. Bain hatte bei Sparrow einen

Stein im Brett. Das wußte ich schon lange, verstand aber nicht, warum. Er konnte sie mit einer Bemerkung entzücken, die, hätte ich sie gemacht, als albern abgetan worden wäre, und sie akzeptierte immer, was er sagte, selbst in solchen Dingen wie dem Schwimmen, wo ihre eigenen Augen sie Lügen strafen mußten.

»Komm doch mal nach Monument«, sagte Bain. »Ich führ dich rum, Theo.«

»Das würde Theodore gefallen, danke, Bain«, sagte Sparrow.

»Ich mein es ernst«, sagte Bain und sah mich an. »Glaub nicht alles, was du über uns hörst.«

Er küßte seine Großmutter und ging in den Laden mit dem sägemehlbestreuten Fußboden zurück. Ich sah, wie er mit einer Hand ein großes Stück Fleisch vom Haken nahm und auf die Holztheke schleuderte.

»Sie haben viel zu tun«, sagte Sparrow, als wir nach Hause fuhren. »Drei Frauen waren drin und sechs standen draußen Schlange. Sie verdienen Geld.«

In der Ferne tauchte Eillne auf.

»In *unserem* Laden, Theodore.«

»Ich will kein Schlachter werden«, erwiderte ich.

Den ganzen Sommer hindurch erhielt Sparrow ihre Kampagne aufrecht. Immer wieder erwähnte sie Eigentumsrechte, Geld und vertane Gelegenheiten.

»Ich hab eine gute Nachricht für dich, Theodore«, sagte Sparrow im August. Sie saß sehr aufrecht in ihrem Sessel. »Gute Nachrichten für uns.«

Mr. Wises Lieferwagen war gerade durch unser Tor entschwunden. Gute Nachrichten, das wußte ich, kamen anders, spontan und ohne solche Formalitäten.

»Deinem Vater geht es schlecht«, sagte Sparrow ruhig.

Sie zog ein spitzenbesetztes Taschentuch aus dem Ärmel, als wollte sie eine weitere Verschlechterung des Zustands meines Vaters, über den sonst nicht geredet wurde, vorwegnehmen.
»Ich weiß, wir haben wenig mit ihm zu tun gehabt, und ich habe versucht, dich anders aufzuziehen, aber er ist dein Vater, und das heißt, daß er das, was jetzt ihm gehört, an dich weitergeben muß.«
»Ich will kein Schlachter werden«, sagte ich.
»Jetzt hör erst mal zu. Es geht nicht um das Schlachten. Es ist ein Geschäft. Unser Geschäft. Du bist der Sohn deines Vaters. Du mußt dich um das kümmern, was dir gehört. Dein Neffe Bain ist der Schlachter, du wirst der ... Kaufmann sein.« Sparrow lachte unwillkürlich. »Sie haben sich ein Automobil gekauft.«
Es war eine Feststellung, welche die schreckliche Möglichkeit unserer Niederlage enthielt.
»Bain will auch Kaufmann sein«, sagte ich. »Er macht einen Fernkurs.«
»Unfug«, sagte Sparrow. »Bain kann man doch kein Wort glauben. Er kann nichts dafür – es ist seine Erziehung.«
»Ich mein ja nicht ...«
»Wir haben hier eine Küche und Gärten«, drängte Sparrow weiter. »Bin ich deshalb eine Köchin? Ist Onkel Hugo Gärtner? Aber ich hab einmal kochen gelernt, und Onkel Hugo kennt sich mit Sträuchern und Bäumen besser aus als irgendein Angestellter. Du mußt zuallererst lernen, worum es bei deinem Geschäft geht.«
»Ich will kein Geschäft«, sagte ich. »Ich hasse das.«
»Theodore! Soll ich dir die Alternative sagen? Na gut. Wir verkaufen Eillne. Morgen früh.«
Ich sah sie an. Sie war aufgestanden, und ihr Gesicht war glatt vor Zorn.

»Morgen früh fahr ich nach Monument und geh zu Mr. Wise, um das zu arrangieren. Dein Onkel Hugo und ich werden zu deinem Onkel Bernard ziehen. Dein Onkel Bernard hat keinen Platz für faule Jungen. Du hast kein Ziel in deinem Leben, du willst nicht arbeiten, du willst nur mit diesem affenartigen Sheehy-Jungen Musik hören. Sieh dir Bain an, er arbeitet schon seit Jahren in dem Geschäft. Er wird es dir vor deiner Nase wegnehmen.«
»Hat Mr. Wise das alles vorgeschlagen?«
Sparrows Gesichtsausdruck spiegelte völlige Verwirrung wider. »Warum um alles auf der Welt sollte Mr. Wise etwas mit unserem Geschäft zu tun haben?«
»Du besprichst doch alles mit ihm.«
»Belauschst du mich etwa, Theodore?«
»Nein.«
»Woher weißt du dann, was ich mit Mr. Wise bespreche?«
Wir saßen in bedrücktem Schweigen da. Plötzlich begann Sparrow zu weinen. »Ich habe kein leichtes Leben gehabt, Theodore«, sagte sie mit einem unterdrückten Schluchzen. »Glaubst du, es ist leicht für mich, dich fortgehen zu sehen? Mein ganzes Leben lang sind Menschen weggegangen und haben mich verlassen. Weißt du, wie es ist, wenn einem nur Erinnerungen übrigbleiben? Natürlich weißt du das nicht, du bist zu selbstsüchtig, um so was zu verstehen. Jetzt, wo wir einer Notwendigkeit gegenüberstehen, wendest du dich gegen mich.«
Warum war ich für Sparrow immer eine Enttäuschung? Dieses Gefühl, ihren Erwartungen nie entsprechen zu können, war auch der Grund, weshalb ich letztlich nie in der Lage war, mich gegen sie durchzusetzen.

Daß man geliebt wird, bemerkt man nur selten, oft erst, wenn diese Liebe nicht mehr da ist. Während ich Sparrow unaufhörlich belauerte, achtete ich kaum auf Onkel Hugo, sondern nahm seine Gegenwart als etwas Selbstverständliches hin. Das meiste, was er sagte, lag auf einer Wellenlänge, die ich auszublenden gelernt hatte. Er war verschwiegen und führte ein einsames, isoliertes Leben, ein Mensch ohne erkennbare Bösartigkeit, und sein einziger Fehler war eine Neigung zu extremer Sparsamkeit und eine starrsinnige Weltfremdheit. An einem Februartag hatte er auf Drossa Juliet Bloods gesamte Schallplattensammlung in die Luft geworfen, eine Platte nach der anderen, damit ihr Bruder Donald darauf schießen konnte.

»Du bist schon fast so groß wie ich, Gott noch mal, die Luft hier scheint dir gutzutun.«

Er war zum Fluß heruntergekommen, ohne daß ich ihn gesehen hatte, die Angelrute in der Hand. Ich lag in der kleinen, süß duftenden Mulde am Wasser, es war der letzte Abend jenes Altweibersommers.

»Stör ich?«

»Überhaupt nicht.«

»Du siehst deiner Tante Baby enorm ähnlich, weißt du.«

Die Vergangenheit war für mich ein einziger Nebel.

»Wie war sie?«

»Sie war groß. Du hast ihre Augen. Baby hatte sanfte Augen.«

»Du kannst dich immer noch an sie erinnern?«

»Aber ja, wieso nicht? Man vergißt so was nie, weißt du. Wie sie vom Ufer da drüben ins Wasser sprang.«

»Warum ist sie weggegangen, Onkel Hugo?«

Onkel Hugos verstohlene Augen blinzelten mich an. »Das war so eine Sache, weißt du. Die Neue Welt und all das.

Sie ist mit Fox weg, mit Nanny Morrisseys Neffen. Sie war noch ein Kind. War wahrscheinlich seine Idee, ja, so war das wohl, glaub ich. Gott hab sie selig.«
»Ich weiß noch, daß alle in Schwarz waren. Es war eine Fahrt in einem Auto, das mit Kohle angetrieben wurde«, sagte ich. »War das Tante Babys Beerdigung?«
Onkel Hugo legte die Stirn in tiefe Falten.
»Komisch, daß du dich daran erinnern kannst. Es war Januar 41, Sparrow hatte dich gerade nach Hause gebracht.«
»Aus New Jersey, wo ich geboren bin, wo Sparrow Tante Baby besucht hat.«
»Ja.« Onkel Hugo runzelte die Stirn immer noch.
Ich wollte verzweifelt etwas herausfinden, was mir, wie ich wußte, Onkel Hugo nicht sagen würde.
»Warum denn? Was ist da passiert?«
»Die Leute vom Roten Kreuz haben Babys Leiche aus London hierhergebracht«, sagte Onkel Hugo langsam. »Das Hotel wurde von einer Bombe getroffen. Das war am 29. Dezember 1940. Sie war gerade aus Amerika angekommen, weißt du, sie war auf dem Weg nach Hause. Sie nahm sich ein Zimmer in einem Hotel und schlief ein. In der Nacht wurden alle da rausgeholt, aber Baby hat wohl nichts gehört. Das Hotel bekam einen Volltreffer ab, von einer deutschen Brandbombe.«
Warum machte mich das so traurig, wenn sie nur meine Tante war, die ich nie gekannt hatte?
»Sie liegt in der Grabstelle der Foxes«, sagte Onkel Hugo. »In ihrem Testament stand, daß sie bei ihrem Mann in New Jersey begraben werden wollte, aber wir haben sie im Krieg nicht wieder rüberbringen können, also wurde sie zu den Foxes gelegt, die Arme.«
»Aber sie hatte einen Sohn, nicht? Dan Fox.«

»Ja, er war noch ein Baby.«
»Und sie hat ihn nicht mitgebracht nach London?«
»Das war sein Glück, nein.«
Tante Baby war also als Witwe, die ein kleines Baby hatte, nach London gekommen, an den zu der Zeit wahrscheinlich gefährlichsten Ort der Welt, und hatte ihr Kind in New Jersey zurückgelassen. Und das war einen Monat, nachdem Sparrow mit mir nach Hause gekommen war.
»Warum wollte Tante Baby denn unbedingt nach Hause kommen?«
Onkel Hugos Augen tauchten wieder einen Moment aus ihren Falten auf. »Wer weiß schon, warum jemand was tut?« sagte er und lächelte mich an. »Wir waren uns sehr nah, deine Tante Baby und ich, sehr nahe. Weißt du, wir waren uns sehr ähnlich.«
Was er mir auf seine schüchterne Weise sagen wollte, war, daß ich so aussah wie er, und in einigen Äußerlichkeiten und Gesten trifft das auch zu. Manchmal, wenn ich mich plötzlich in einer Glastür erblicke oder in einer Schaufensterscheibe, sehe ich den hochgewachsenen, etwas gebeugten Onkel Hugo von vor vierzig Jahren vor mir, der mich mit seinem seltsam suchenden Blick ansieht, als wäre er zurückgekehrt, um mich zu fragen, was mit seiner Seele geschehen sei.
Als wir uns anblickten, da am Fluß, schienen all die Jahre, die wir zwischen uns angesammelt hatten, plötzlich offen im Zwielicht des Abends dazuliegen.
»Großer Tag, morgen«, sagte Onkel Hugo.
»Ja.«
»Ein großer Schritt ins Leben.«
Ich sah die Tränen in seinen Augen nicht, ich spürte sie. Er trat in die Mulde und umarmte mich. »Sie ist so kalt«,

flüsterte er bebend. »So verdammt kalt. Aber es ist nicht ihre Schuld, vergiß das nicht, es ist nicht ihre Schuld.«
Wir standen zusammen da, bis seine Tränen getrocknet waren und er sein Gesicht wieder zeigen konnte, ohne einen von uns in Verlegenheit zu bringen. Er hinkte in die Schatten zurück. Fische berührten die Oberfläche. Bläßhühner kamen platschend ins Rohr, um sich einen Platz für die Nacht zu suchen. Heute weiß ich, wie großherzig Onkel Hugo war. Sein Geiz galt nur dem Kleingeld, Münzen, die er sorgsam in der Börse der Zeit sammelte.
An diesem Abend konnte ich den Fluß nicht verlassen. Das Wasser schien meinen Körper zu liebkosen. Am Ufer liegend, sah ich auf zu den Sternen, die so vollkommen an ihren Platz gehörten. La fand mich dort, lange nachdem die anderen zu Bett gegangen waren. Sie lag ohne ein Wort neben mir.
Wenn wir durch unser Bleiben die Sonne am Aufgehen hätten hindern können, lägen wir noch immer dort.

4

Bevor ich, soll ich sagen, mich selbst aus Dundrum entließ, bekam ich eigentlich nur Besuch von meiner Anwältin. Sie war eine junge Frau, ihr Name war April, und sie hatte wenig Erfahrung vor Gericht. Ich schätzte sie vor allem, weil sie mir glaubte. April schilderte mir in allen Einzelheiten die Anhörung, bei der sie meine Entlassung aus Dundrum und die baldige Eröffnung meines Prozesses beantragt hatte.

Eine vertraute Landschaft aus poliertem Mahagoni begrüßt jeden Besucher des Dubliner Strafgerichts. Der Richter saß erhöht über dem Gerichtsschreiber. Vor ihm hatten Platz genommen: Dr. Croke von Dundrum, der Assistant Commissioner der Garda Síochána, Pax Sheehy, meine Verteidigung, die, wie gesagt, aus einer einzelnen Dame bestand, und zwei in Ehren ergraute Anwälte, die hier völlig fehl am Platze waren.

Der Schreiber rief meinen Fall auf. Der Richter blickte über seine Brillenränder hinweg. »Miss … äh …?«

»Mylord, mein Klient appelliert an das Gerechtigkeitsgefühl des Gerichts und beantragt, ihn aus Dundrum zu entlassen, wo er unter einer völlig unzulässigen ministeriellen Anordnung festgehalten wird«, sagte April. »Er fordert mit Nachdruck die Eröffnung eines ordentlichen Gerichtsverfahrens.«

»Dr. Croke?« sagte der Richter.

Dr. Croke kenne ich gut. Ein fröhlicher Fünfziger, Familienvater, wandert gerne. Er hat die Art Jungenhaftigkeit an sich, die einen dazu bringt, sich vorzustellen, seine besten Tage lägen noch vor ihm.

»Danke, Euer Ehren. Die Kontrollkommission unserer Anstalt hatte leider noch keine Gelegenheit, den Fall zu untersuchen.« Dr. Croke nahm Platz.

»Assistant Commissioner?«

Sheehy war groß und kräftig, erzählte April mir, als müßte man mir das sagen, aber im Laufe der Monate bekam sie den Eindruck, daß er schon bessere Tage gesehen habe. Die schwere Art, wie er sich erhob. Er ging gebeugt, und seine Anzugjacke schien ihm zu weit geworden zu sein. Und seine Brille mit ihrem merkwürdig blauen Rahmen, die ihm, man mußte das annehmen, seine Frau gekauft hatte. Sheehy sagte: »Euer Ehren, die Anklage unterstützt den Antrag des Angeklagten, aus Dundrum entlassen zu werden.« Dann setzte er sich. Der gute, alte Pax.

»Ich fürchte, ich kann weder dem Antrag der Verteidigung noch dem der Anklage entsprechen«, sagte der Richter mit gefurchter Stirn. »Soweit ich sehe, habe ich in dieser Frage überhaupt keine Kompetenz. Angeblich ist der Angeklagte psychisch nicht in der Lage, vor Gericht zu erscheinen. Wann der Prozeß gegen ihn eröffnet wird, liegt ganz in der Hoheit des Justizministeriums. Der Justizminister wird in dieser Frage von der Kontrollkommission beraten, die selbst dem Gesundheitsministerium verantwortlich ist. Ich kann da gar nichts tun.«

»Die Kontrollkommission, auf die Euer Ehren sich beziehen, wird von der Regierung besetzt, die sie berät«, sagte April. »Sie ist ins Leben gerufen worden, um Fälle zu überprüfen, in denen ein Angeklagter schuldig gesprochen ist, aber als geistig nicht zurechnungsfähig gilt – mit anderen Worten, ein solcher Angeklagter hat seinen Prozeß bereits bekommen. Mein Klient aber hat sich noch gar nicht vor einem ordentlichen Gericht verantworten können, Mylord. Er ist zwischen den Instanzen verloren, wenn nichts geschieht.«

»Man hält ihn für nicht fähig, einen Prozeß durchzustehen«, bemerkte der Richter.

»Nach wessen Urteil?« fragte April. »Mein Klient ist das hilflose Opfer eines Systems, das ihn auf Anweisung eines Ministers praktisch unbegrenzt festhalten kann, dessen Interesse an der Freiheit meines Klienten denkbar gering ist.«

»Es steht mir nicht zu, das zu kommentieren«, sagte der Richter.

»Mylord, die Regierung hat nun zwei Jahre Zeit gehabt, den Zustand meines Klienten zu bewerten«, sagte April. »Während dieser Zeit sind die Bürgerrechte meines Klienten völlig ignoriert worden. Er ist nicht einmal untersucht worden. Sein Zustand ist nicht geprüft worden. Man läßt ihn in seiner Zelle in Dundrum verrotten, weil es der Regierung so paßt. Das ist eine nationale Schande und ein schwerer Verstoß gegen die Menschenwürde.«

»Bitte, Miss ...«, murmelte der Richter, als hätte sie nun allen den Morgen verdorben.

»Ich werde eine Haftprüfung beantragen«, verkündete April.

»Beantragen Sie, was Sie wollen«, sagte der Richter und sah Pax mit entschuldigendem Gesichtsausdruck an.

Im Stuhlgescharre des Aufstehens ging die Ankündigung des nächsten Falles unter und mußte wiederholt werden.

Wenn ich an Monument denke, sehe ich Pas großen Kopf am Himmel über der Stadt – wie eine Illustration des Windes auf alten Atlanten. In meinen Augen war er sehr alt. Sein Haar war dünn und fettig, sein langer Schnurrbart fleckig, seine Kleider glänzten, weil er sie schon so lange trug. Die kleinste Bewegung war eine Anstrengung für ihn, und er schnaufte dann mit vollen Wangen. In den ersten Tagen unserer Zusammenarbeit hielt er sich sehr zurück. Er beachtete mich nicht.

»All die Bilder von der neuen englischen Königin«, sagte Pa zu Bain, »das ist nur 'ne Peepshow verglichen mit dem, was passiert, wenn sie einen neuen Papst krönen. Eine Peepshow. Die Kardinäle in Purpur, die Bischöfe aus allen Ländern dieser Erde. Wir haben die alte Religion, vergiß das niemals. Die alte Religion. Die protestantische Kirche ist auf den Eiern von Heinrich dem Achten erbaut.«

Bain grinste mich über den Tisch hinweg verstohlen an. Pa lehnte sich zurück, die Daumen in der Weste.

»Die Welt ist verrückt geworden«, erklärte Pa. »Verrückt, einfach verrückt. Niemand nimmt sich Zeit für seine Mitmenschen. Alles ist Hektik. Ich bin schon zwanzigmal gefragt worden, ob ich für Monument kandidieren würde. Ich hab immer dasselbe gesagt: ›Jungs, laßt mich in Ruhe, ja? Was wollt ihr mit einem alten Soldaten wie mir im Dáil Eireann?‹ Die Leute würden mir die Tür einrennen, weil sie dies und das wollen, Wasserspülung für ihre verdammten Klos, alles mögliche, verrückt, wie sie sind. Immer auf den Beinen, sieben Tage die Woche – und nur Unsinn reden wie Oscar Shortcourse. Keine Chance.«

Oscar Shortcourse war, wie ich bald erfuhr, ein nie heilender wunder Punkt. Pas Bruder war Kommunalpolitiker geworden, vertrat aber eine andere politische Richtung als Pa.

Die Häuser in der Prince Consort Terrace besaßen jeweils zwei kleine Zimmer auf den beiden Stockwerken, eine Küche unten und ein Toilettenhäuschen draußen im Garten. Wenn mir Pa in dem engen Korridor entgegenkam, drückte ich mich an die Wand, um ihn wortlos an mir vorübergehen zu lassen, auf den Treppen kehrte ich um, ging wieder hinauf oder hinunter, je nachdem. In diesen ersten Tagen fragte ich mich tatsächlich, ob er mich überhaupt wahrnahm oder ob die Anerkennung meiner Gegenwart irgend etwas nach sich zog, zu dem er noch nicht bereit war.

»Irland hat John Bull das Empire gekostet, der Teufel scheiß auf den Bastard. Aber er wird das nie vergessen. Niemals. Irgendwo in London wartet eine Kugel, auf der Pa Shortcourses Name steht. Vergiß das nie. Ich schlaf mit 'nem Messer unterm Kissen. Werd es auch immer tun. Wenn du mir nicht glaubst, frag deine Mutter.«

Bain sah Mag an, die einen Mundwinkel verzog.

»Ja, das tut er wirklich.«

»Hat schon vom Eingeweide des einen oder andern Briten gekostet, das Messer«, sagte Pa, Bain zunickend. »Für dich haben sie auch 'ne Kugel, denk an meine Worte. Vergiß nie, wer du bist, die Brits werden's auch nicht vergessen.«

Für mich waren Pa und Mag gleichaltrig: ihr Haar war lang und grau, sie hatte kleine Augen, die von Speckfalten umlagert waren. Im Zimmer hinter der Küche aß Bain an meinem ersten Morgen schwarzen, in Margarine gebratenen Blutpudding. Mag war noch im Nachthemd.

»Beeilt euch, sonst kommt ihr zu spät«, rief sie aus der Küche.

Das dünne Nachthemd bewegte sich um die Rundungen ihres Körpers.
»Gib mir noch ’n Pudding«, sagte Bain.
»Du hast schon drei gehabt«, sagte Mag. »Denk auch mal an andere.«
»Ich hab nur zwei gehabt«, sagte Bain und zwinkerte mir zu.
Mag kam mit der Pfanne herein, der Geruch von warmem Bett umgab sie und ein kleiner Stich Gin. Das weiche Fleisch ihres Halses und der Arme stand im Gegensatz zur Grobheit ihres Gesichts.
»Hast du schon mal gearbeitet?« fragte sie mich und blickte auf die fleckenlosen Kleidungsstücke, die La für mich gepackt hatte.
Ich schüttelte den Kopf.
»Noch nie?«
»Nur für die Schule«, sagte ich.
»Gott behüte dich, mein Kleiner.« Mag seufzte und gab mir den letzten Pudding.
Bain und ich gingen zusammen die Prince Consort Terrace hinunter, unter einem kalten Septemberhimmel, der von Ruß verfärbt war.
»Gott noch mal, Pa ist vielleicht ein Typ«, sagte Bain bewundernd. »Er hat mehr Brits als Schweine abgestochen, hat er mir mal gesagt. Er steht in den Geschichtsbüchern, weißt du das?«
Der Hinterhalt von Deilt war in einer von Mr. Reddens Unterrichtsstunden kurz erwähnt worden, aber das, was in Büchern stand, schien immer von allem, was in Wirklichkeit geschah, sehr weit entfernt zu sein.
»Was hat er denn gemacht?«
»Pa und drei von seinen Brüdern – Sidney, Anthony und Lamb – waren in einer Spezialeinheit, die den Briten an

Orten wie Deilt Fallen stellten«, erklärte Bain. »Eines Tages waren sie auf dem Weg von Deilt nach Baiscne, wo sie britische Soldaten umlegen wollten, aber irgend jemand hatte gesungen.«

»Wer?«

»Hat Pa nie gesagt«, antwortete Bain. »Aber irgend jemand hat sie verraten, und die Brits überfielen sie aus dem Hinterhalt, feige, wie sie sind. Die vier kämpften wie die Löwen. Sidney und Anthony und Lamb wurden erschossen.«

»Und wie ist Pa davongekommen?«

»Er hat sich den Weg freigeschossen«, sagte Bain grimmig. »In jeder Hand einen Revolver ist er mitten durch die Schweine durch. Bäng, bäng! Die sind umgefallen wie die Flaschen. Bäng! Die Brits sind abgehauen, um Verstärkung zu holen. Auf beiden Seiten lag ein gutes Dutzend tot am Boden. Pa ist den ganzen Weg nach Monument zurück zu Fuß gegangen.«

»Ich wußte nicht, daß er das alles gemacht hat«, sagte ich ehrlich verblüfft.

»Jetzt weißt du's«, sagte Bain und stieß die Tür zum Schlachthaus auf.

Die Wände glänzten feucht. Das Licht einer Glühbirne drang durch den Dunst. Fenster gab es nicht. Ein kleiner, drahtiger Mann saß in der Nähe eines Pferchs voller Lämmer, ein erstes Lamm lag quer auf seiner Lederschürze. Bain nahm Schlüssel von einem Haken neben einer Tür, die in ein notdürftiges, schmutziges Büro führte. »Er arbeitet hier«, sagte er, bevor er in den Laden ging und die Tür hinter sich ins Schloß fallen ließ.

Ich sah mich um. An einer Werkbank aus Holz, deren Flächen wie ein »V« ein wenig nach oben gestellt waren, stand ein dicker Junge mit einem glatten, verschlagenen

Gesicht. Alle Augen waren auf mich gerichtet: die hinter der Brille des Mannes im Büro, die Augen der Schafe, die in ihrem Pferch stockstill standen, die der Männer zu meinen beiden Seiten. Der Dicke schärfte sein Messer ein-, zweimal an einem Wetzstahl und rief dann aus: »Das arme Mädchen hat sich wohl verirrt, was?«
»Halt's Maul, Nero«, sagte der Mann mit dem Lamm auf dem Schoß und stieß dem Tier ein Stilett unter den Kieferknochen. »Bist du der Bürgermeister von Monument oder was?« fragte er.
»Ich bin Theo Shortcourse«, sagte ich.
»Euer Ehren«, sagte er und machte die spöttische Andeutung einer Verneigung.
»Ich bin Humph, Mr. Shortcourse, entschuldigt bitte.« Ein hilfloses Blöken kam von seinem Schoß. »Kannst du mir das nächste Tier herschaffen wie ein guter Mann, wenn's genehm ist?«
»Wie ein gutes Mädchen«, schnurrte Nero.
»Wenn deine Zeit es erlaubt, natürlich«, fügte Humph hinzu und zog den Kopf des Lamms zurück, um einen dicken Blutstrahl in einen Trog niedergehen zu lassen.
Die kleine Herde wich vor mir zurück, als ich in den Pferch trat, die scharfen Hufe rutschten auf dem klebrigen Fußboden. Ihr Schicksal war der Haltung ihrer Köpfe abzulesen. Ich versuchte, eines der Lämmer zu packen, aber sie lösten sich wie Schaum unter meinen Händen auf.
»Treib sie enger zusammen!« rief Humph.
Neros Messer glitt an dem Stahl hin und her. »So eng wie dein süßes Loch«, sagte er.
Die Schafe stürzten zur anderen Seite des Pferchs, bespritzten mich mit grünem Dung. Dann fiel ich hin.
»Meine Sachen!« schrie ich und rappelte mich wieder auf.

»Die Kleine hat ihr Kleid schmutzig gemacht«, gurrte Nero.
Ich versuchte es noch einmal, aber die Lämmer rasten wieder zur anderen Seite. Ich stapfte durch den Dung hinter ihnen her; die Lämmer schossen an mir vorbei, viel schneller als ich.
»Ich bring dich heim, Marie«, sang Nero.
Ich spürte öliges Fell unter den Händen, aber dann war das Lamm wieder weg.
»Über das wilde Meer.«
»Packt es unterm Kinn, Euer Ehren!« rief Humph.
Ich sah, daß das Lamm auf Humphs Schoß langsam verdämmerte. Er stieß es noch ein paarmal sanft an, wie jemand, der einem Dudelsack die letzten Noten entlockt. Dann warf er das wollige Bündel hinüber auf Neros Arbeitstisch.
»Denn du vergaßest nie ...«
Neros Messer klapperten, als er sie austauschte. Mit einem schnellen Einstich drehte er den Kadaver herum. Heiße Eingeweide fielen heraus.
»Oh Mutter des süßen Jesuskindes, bring mir das Lamm und hol noch eins«, sagte Humph. Ich schleppte ein bockendes Lamm hinüber.
Ich sah, daß unter Neros Händen keine Wolle mehr war, sondern dampfendes Fleisch.
»Daß ich dich liebe so sehr.«
Nero spitzte die Lippen zu einem lächelnden Kuß. Mein Opfer war in meinem Griff still geworden, als hätte es Vertrauen zu mir gefaßt. Humph sah mich an. Mein Blick zeigte, das wußte ich, nackte Angst, aber in Humphs Augen stand nichts, nicht einmal eine Andeutung, daß er das Schlachten vergnüglich fand.
»Das Lamm, Euer Ehren«, sagte er.

Das Tier zückte.
»Uuh«, trillerte Nero und griff sich mit beiden Händen in den Schritt. »Das Mädchen braucht Hi-ilfe!«
»Verdammt noch mal«, seufzte Humph und packte das Lamm. »Noch eins, Euer Ehren. Noch eins!«
Ich kehrte in den Pferch zurück. Mein Lamm stieß ein langes, verzweifeltes Blöken aus; Blut spritzte in den Trog.
In diesen ersten Tagen sehnte ich mich nur nach Schlaf. Auf der Matratze, die auf dem Fußboden von Bains Zimmer lag, stellte ich mir vor, ich wäre irgendwo, nur nicht in Monument und dem Schlachthaus, irgendwo, wo es kein Blut gab.
»Theo?«
Bain war über mich hinweg in sein Bett gestiegen.
»Ja?«
»Was hältst du von Nero?«
»Nichts.«
»Geh nicht mit ihm aufs Klo.«
»Warum nicht?«
»Er ist 'ne Fotze. Er faßt dich an.«
»Danke.«
»Ich hab gesehen, wie Nero es sich selbst besorgt hat«, sagte Bain. »Er steckt die Faust in einen Eimer Blut, und dann kommt er in den Eimer und sagt: ›Gott, ist das gut!‹«
Pas Stimme dröhnte tief durch die Wand. Das Haus war wie das Zelt in Leire; man gewöhnte sich daran, daß man hörte, wo alle waren, und der Ton ihrer Stimmen sagte einem, in welcher Stimmung sie waren. Der Schlaf umfing mich wie die Arme einer warmen Frau, wie Las Arme in der Nacht, bevor ich von zu Hause fortgegangen war.
»Theo?«

»Ja?«
»Kennst du Juliet Blood?«
»Ja.«
»Wie findest du sie?«
»Ich weiß nicht.«
»Ich mach's mit ihr.«
Wir lagen schweigend da. Juliet Blood war sehr blond und hatte helle blaue Augen, sie besuchte ein Internat in Monument, und ich hatte sie zuletzt im Sommer zuvor in Eillne im Auto ihres Bruders Donald gesehen. Das Internat wurde »das Gefängnis« genannt.
»Alle Protestanten machen's«, sagte Bain. »Es ist keine Sünde für sie.«
Ich dachte an die Bloods und Menschen wie die Bloods, alle über ganz Irland in einem Netz der Zügellosigkeit vereint. Ich erinnerte mich daran, daß Juliet mich vom Rücksitz des Wagens angelächelt hatte, und begriff plötzlich, daß das, was ich als Spott aufgefaßt hatte, in Wirklichkeit eine Einladung gewesen war.
»Stell dir vor, was der alte Blood sagen würde, wenn er wüßte, daß seine Tochter den Schlachter von Balaklava bläst!« Bain kicherte. »Sie ist phantastisch. Sie will es unbedingt, Mann. Sie bettelt darum.«
»Sie ist hier im Internat.«
»Im Gefängnis. Das ist mir 'ne Schule«, sagte Bain. »Aus dem Fenster und über die Mauer. Das ist 'ne Fickschule.«
»Wo«, fragte ich, »macht ihr's?«
»Hinter Loves Hof«, sagte Bain. »Auf der anderen Seite der Bahngleise.«
»Was ist, wenn sie euch erwischen?« fragte ich und dachte an Lehrer und patrouillierende Eisenbahner.
»Dann zieh ich ihn raus«, sagte Bain.
Pa hatte zu schnarchen begonnen.

»Bain, liebst du Juliet?« fragte ich.
»Ich liebe es, mit ihr zu schlafen«, sagte Bain. »Ja, sie ist gut. Sie ist scharf drauf, das kann ich dir sagen.«
In Bains Stimme lag irgendwo eine Einschränkung, als gäbe es in dieser ansonsten so erfolgreichen Beziehung ein verborgenes Problem.
»Theo?«
»Ja?«
»Willst du's mal mit Juliet machen?« fragte Bain heiser.
Ich konnte nicht nein sagen, weil ich Angst hatte, daß er mich mißverstehen würde. Ich sagte: »Ich weiß nicht.«
»Sie würde das mögen«, sagte Bain.
»Wie meinst du das?«
»Na ja, wenn's immer weitergeht.«
»Wann?«
»Nach mir.«
»Oh Gottogott!« rief Mag auf der anderen Seite der Wand, als sei sie aus einem Traum hochgeschreckt.
Bain flüsterte: »Juliet wird unsre kleine Nummer sein, Theo.«

Ich schob gerinnendes Blut in den Abfluß am Boden. Mit Hilfe der Schwerkraft würde es unter Balaklava hinweggurgeln und hinunter in den Lyle laufen. Humph rührte in einem kniehohen Bottich voller Blut; Nero scheuerte eingetrocknetes Blut von seiner Werkbank. Klebriges, lebendiges Blut war überall, in jeder Ritze. Es glänzte auf dem Zementboden, den ich gerade abgespritzt hatte. Altes und neues Blut war in Tropfen auch auf das Fenster des kleinen Büros gespritzt, durch das das besorgte Gesicht von Teddy Batty zu uns herüberblickte. Er wohnte im Haus nebenan auf der Prince Consort Terrace. Teddys Vater sammelte Fleischabfälle ein, die seine großbusige

Mutter an die Schweine verfütterte, die sie dann Pa zur Schlachtung verkaufte.
Pa kam herein. Seit zwei Tagen war er wie ausgewechselt. An die Stelle seiner wortkargen Düsterkeit war Streitlust getreten, die mit heiterer Geschwätzigkeit wechselte. In geistesabwesender Zärtlichkeit strichen seine Hände über die Schenkel und Brüste von Mag, die auf seinem Schoß saß. Aber Bain hatte mir schon prophezeit, daß diese Stimmung nicht lange anhalten würde, da Pa, wenn er einmal anfing zu trinken, immer mehr brauchte, was Geld erforderte. Deshalb war er auch so früh im Geschäft.
Pas Kragen war rot gepunktet, paßte gut zu der Umgebung. Seinen Bowler hatte er aus dem erhitzten Gesicht in den Nacken geschoben, und er trug einen Spazierstock.
»Ich nehm an«, schnaufte er den schrubbenden Nero an, »damit ist Geld zu machen.«
»Bain hat gesagt, wir müssen immer alles sauberhalten«, erwiderte Nero kläglich.
»Bain hat gesagt.« Pa pfiff. »Bain hat gesagt.«
»Ich tu nur, was man mir sagt«, sagte Nero mit einer Andeutung von Widerspruch.
Pa sprang plötzlich auf ihn zu, den Spazierstock hoch erhoben.
»Wer ist hier der Boß?« schrie er.
»Tschuldigung, Pa, Tschuldigung«, krümmte sich Nero.
Humph fischte einen tropfenden Klumpen aus seinem Bottich.
»Ich will dich in zehn Minuten oben an der Straße sehen«, fuhr Pa ihn an. »Mit dem Wagen.«
»Alles klar, Boß«, sagte Humph ungerührt.
»Und *Lord* Shortcourse in eigener Person«, sagte Pa langsam. »Wie geht's Euer Ehrwürden heut morgen?«
»Danke gut, Pa«, antwortete ich.

Nero kicherte.
»Seid Ihr nicht zur Fuchsjagd draußen in Drossa Park?« fragte Pa idiotisch.
»Nein, Pa.«
Seine Augen waren schmal und bösartig.
»Ihr solltet mal hingehen und sehen, was da los ist«, erzählte Pa seiner Zuhörerschaft. »›Wie entzüüückend, Sie wiederzusehen, meine Liebe‹ oder ›Wie ergeht es denn dem armen Soundso in Lon-ding?‹«
Nero brach vor Lachen auf seiner Werkbank zusammen.
»›Haben Sie von dem einfach *abscheulichen* Wetter in Essex gehört?‹«
»Bravo Pa«, lachte Humph.
»Zurück nach Lon-ding mit ihnen!« schrie Pa. »Jagt sie über die Klippen, werft sie ins Meer!«
Nero gab einen schrillen Schrei von sich.
Pa fuhr herum. »Was, zum Henker, ist denn mit dir los?«
»Nix, Pa.«
Wir standen alle stockstill, wie gelähmt von der Unberechenbarkeit der Situation.
»Weiterarbeiten!« schnaufte Pa. »In zehn Minuten, hast du gehört?« Er nickte Humph zu und ging zur Tür.
An dem Nachmittag blieb ich bis vier. Nero, der das Kommando übernahm, als Humph gegangen war, wies mich an, sämtliche Wände und den Fußboden zu schrubben, manche Stellen zweimal, während er dasaß, eine Hand zwischen den Beinen, und Zigaretten rauchte. Zur Zeit der abendlichen Flut fiel Regen schräg auf den Fluß, aber der Fluß, an dem ich entlangging, bedeutete mir nichts. Wasser war für mich mein persönliches Reich auf Eillne, ich war an Wassergeschöpfe gewöhnt, die mich kannten und mir trauten. Naß und kalt, stieg ich die engen Treppen nach Balaklava hinauf.

»Liebling der Iren, Robert Emmet so kühn,
Wir sahn ihn lachen auf dem Schafott.
Ich sterb für diese Insel so grün
Lebt wohl, Kameraden, so treu und so gut.«

Das Lied drang aus der offenstehenden Tür von Pas Haus, als ich die Prince Consort Terrace hinaufging. Ich schlich hinein und sah Pa, Mag und Humph, die, einander bei den Händen haltend, vor dem Kamin standen. Eine Frau, die ich nicht kannte, lag auf unserem Eßtisch, einen Arm ausgestreckt. Der Tisch selbst war voller Flaschen und Krüge und halbleerer Gläser.

»In ihren Kerker sperrten sie mich ein,
Als Verräter, als Rebell und Spion ...«

Pas Stimme stieg mit einer lieblichen Klarheit auf, als erhöbe sich das Lied weit über seinen Zustand. Wie ein stiller Schatten stahl ich mich die Treppe hinauf.

»Doch bis zuletzt will treu ich Erin sein,
Als Held hab ich gelebt, als Held geh ich davon.«

Bain saß auf seinem Bett. Neben sich hatte er fettiges Papier ausgebreitet, und auf der anderen Seite lagen ein paar dunkle Flaschen. Ein Foto in einem silbernen Rahmen zeigte den Kopf und die Schultern eines gutaussehenden Mannes. Es war Billy Cross, Bains verstorbener Vater. Bain hob das Papier mit beiden Händen, bot mir etwas zu essen an. Es schmeckte warm und knorpelig, klebrig wie Blut.

»Das ist der Scheißfraß, den wir heute abend kriegen«, sagte Bain und nahm einen Schluck Starkbier aus der Flasche.

Ich aß die Crubeens und gesalzene Kartoffelchips.

»Good bye old Ireland ...«
»Jeden Schilling haben sie aus der Kasse geklaut«, sagte Bain leise.
Regen schlug an unser Fenster, als hätten die Tropfen eine Botschaft für uns.
»Ich hau ab, Theo«, sagte Bain. »Ich geh nach Amerika. Die Überfahrt hab ich schon.«
»Wann?«
»Bald. Das große Geld ist in Amerika, Theo.«
»Wann fährst du?«
»Weiß noch nicht.«
»Du hast doch gesagt, daß du schon gebucht hast.«
»Ich hab gemeint, daß ich genug hab, um die Überfahrt zu bezahlen«, sagte Bain barsch. »Mehr als Tante Baby hatte, als sie sich aus dem Staub gemacht hat«, fügte er mit einem Auflachen hinzu.
»Wie meinst du das?«
»Na, komm schon, Theo.«
»Ich weiß nicht, was du damit meinst.«
Bains Augen versuchten, mich einzuschätzen. »Irgend so 'n Hinterwäldler, Fox hieß er, hat sie angebufft«, sagte er ruhig. »Sie kriegte ein Baby. Erzähl mir nicht, daß du das nicht wußtest.«
»Ich wußte das nicht«, sagte ich.
»War aber so.«
»Ich glaub dir kein Wort.«
»Ich hab das gehört, als Pa es eines Abends, als er besoffen war, meiner Mutter erzählt hat«, sagte Bain. »Sammy Tea gab ihnen 'nen Haufen Geld und sagte, sie sollten nie wiederkommen.«
»Was ist aus dem Baby geworden?«
»Woher soll ich das wissen?« Bain zuckte mit den Schultern. »Ich nehm an, sie hat's großgezogen.«

»Das einzige Kind von Tante Baby ist in meinem Alter«, sagte ich. »Er heißt Dan.«
»Keine Ahnung«, sagte Bain.
Wir saßen schweigend da, hörten dem Regen zu, unser Interesse an Tante Baby erschöpft. Bain trank eine Flasche aus und zog den Korken einer zweiten mit den Zähnen heraus.
»Willst du heut abend mitkommen, Theo?« fragte er.
»Wohin?«
»Ausgehen.« Bain griff mir plötzlich zwischen die Beine.
»Unsere kleine Nummer, Theo!« sagte er lachend, als ich aufsprang.
»Nein«, sagte ich.
»Hast du Angst?«
»Ich will einfach nicht.«
»Sie wird den Unterschied gar nicht merken, wenn du dir darum Sorgen machst«, sagte Bain.
»Nein.«
»Es wird dir gefallen, Theo. Niemand wird davon erfahren.«
»Laß mich in Ruhe, Bain.«
»Du bist also wirklich so 'n Tantchen, wie in Eillne?«
»Du hast es nötig!« sagte ich.
»Mach, daß du rauskommst, du Spinner!« rief Bain und warf eine leere Flasche hinter mir her.

»O Jungfrau mild und rein
Erlös mich aus den Banden,
Ein traurig Los ist mein,
Ich lieg in Dublin gefangen,
Soll frei nie wieder sein ...«

Pa blinzelte ins Halbdunkel des Korridors. »Ah, mein eigener Sohn«, sagte er mit seiner weichen Singstimme. »Nur herein, nur herein.«

Mag saß zusammengesunken vor der Asche des Kamins, ihre ab und zu aufflackernde Aufmerksamkeit ganz daran gewandt, ein Glas an den Mund zu führen. Nebeneinander stehend, schwankten Pa und Humph hin und her wie zwei Säuglinge mit alten Gesichtern, die gerade gehen gelernt haben.

»Das ist mein Sohn«, verkündete Pa.

»Kennihnnaschon«, sagte Humph, wozu er den ganzen Kiefer brauchte.

»Euer Boß«, sagte Pa.

»Der Sohn«, erklärte Humph.

»Komm hierher zu mir«, sagte Pa, und ich ging zu ihnen hinüber, Pa und ich etwa auf derselben Augenhöhe, Humph an Pas Ellbogen geklammert. »Ich lieb dich, weißt du«, sagte er und küßte mich feucht.

Ich sah die Poren auf seiner Gesichtshaut, Hunderte von Mündern, und seinen Schnurrbart, der von tausend Nächten wie dieser gelbgefärbt war.

»Mein Sohn«, sagte er mit soviel Zärtlichkeit in der Stimme, daß ich mich plötzlich fragte, was man dagegen haben konnte, daß er trank, wenn es solche Gefühlstiefen in ihm zum Vorschein brachte. »Ich bin dein Vater«, sagte er.

»Ich weiß, Pa.«

»Du weißt das?«

»Ja.«

»Woher?« fragte er, den Kopf zurücklegend und mich scharf ansehend, als wäre jedes Vorwissen eine Bedrohung für ihn.

»Ich weiß einfach, daß du mein Vater bist.«

Pa sah mich eine lange Zeit an. »Dann weißt du mehr als ich«, sagte er schließlich.
»Was meinst du damit, Pa?«
»Dann weißt du mehr als ich«, wiederholte er mit großem Nachdruck. Er sah sich (überflüssigerweise) nach Lauschern um. »Ich mag dich«, sagte er. »Aber ...«, und er gab sich einen Ausdruck der Verwegenheit, »aber ich glaub nicht, daß du mein Sohn bist.«
»Wessen Sohn bin ich dann?«
»Ist das wichtig?«
»Für mich ja.«
Er verbrachte einige Sekunden in schwankendem Nachdenken, wie jemand, der versucht, einen Faden einzufädeln, es aber nicht schafft.
»Du bist mein Sohn«, sagte er schließlich.
»Ich weiß«, sagte ich, den Kreis schließend.
»Was weißt du sonst noch?«
»Daß du ein richtiger Held bist, Pa«, sagte ich. »Daß du dir in Deilt den Weg freigeschossen hast.«
»Aha!« sagte Pa. »Das weißt du also, was? Wer hat dir das erzählt?«
»Bain«, sagte ich und sah, wie zufrieden Pas Gesicht wurde. Vielleicht hatte ich das Gefühl, solch eine Gelegenheit nicht wiederzubekommen, und ich fragte: »Wer hat dich damals verraten, Pa? Wer hat gesungen?«
Pas Unterkiefer sackte herunter. Er sagte etwas, was für mich wie »viele« klang.
»Wer hat dich verraten, Pa?« wiederholte ich, weil ich dachte, daß er in Gedanken schon wieder woanders war.
»An dem Tag, als deine Brüder erschossen wurden? Wer war's?«
»Brüder«, murmelte Pa. »Weißt du, daß du 'n Bruder hast? Weißt du das?«

»Ja, Pa.«
Langsam schüttelte er den Kopf, und seine Augen begannen zu tränen. »Bruder vielleicht. Aber nicht mein Sohn.«
Humph machte einen Schritt vorwärts und zwei zurück und bedrohte unseren gemeinsamen Turmbau. Ich hielt Pa fest, als Humph langsam zu Boden rutschte.
»Wo waren wir gerade?« fragte Pa.
»Ich weiß nicht mehr.«
»Lügner.«
»Mein Bruder.«
»Nicht mein Sohn«, wiederholte Pa und sah mich mit einer Neugier an, die an Mißtrauen grenzte. »Niemals.« Er packte mich fester, und sein Schnurrbart stieß an mein Ohr.
»Sohn von Captain Bull«, vertraute er mir an, schwankte dann, die Unterlippe bedeutungsschwer vorgeschoben. »Liegt in der Familie.« Er nickte wissend. »So sind die Jungs nun mal.« An mir verankert, sah er langsam nach rechts und dann nach links. Mag lief etwas aus dem Mund. Pa wandte sein Gesicht wieder mir zu. »Sammy Tea auch«, flüsterte er. »Hoppla, jetzt hab ich's gesagt.« In einer Geste des Schweigens legte er den Finger an den Mund und grinste das wäßrige Grinsen des alten Säufers. Vor mir sah ich eine ganze Abordnung von Pas, alle mit demselben Grinsen, alte Charmeure und Verführer, verbitterte alte Soldaten, Hochstapler und Betrüger.

»Lirelei, lireli – wo ist Sammy Tea?
Um das Mädel ist's geschehn,
Sammy ward nie mehr gesehn.«

»Hast du das schon mal gehört?«

»Nein.«

»Aber du hast von Sammy Tea gehört?«

»Ja.«

»Dein *Groß*-vater«, sagte Pa und drückte meinen Arm, als hätte ich immer noch nicht begriffen.

»Sparrows Dad.«

»Jaha!« rief Pa aus. »Sparrows Dad. Aber genau. Der große Mann!« Er musterte mich immer wieder, als suchte er etwas in meinem Gesicht. »Kratzt im Irrenhaus ab. Warum? Weil er 'n kleines Mädchen geschwängert hatte. Aber wer war sie? *Wer?*«

»Weiß ich nicht, Pa.«

»Weiß ich nicht, Pa. Aber ich weiß, Pa. Ich weiß. Ich weiß, wo Sammy seinen Tee umgerührt hat.« Wie ein Pendel hin- und herschwankend, klammerte sich Pa an meinem Oberarm fest. Über sein Gesicht gingen Überlegungen und Empfindungen wie Sturmwolken, als ob Sammy Teas Missetaten vor mehr als fünfzig Jahren etwas waren, was selbst ein sehr betrunkener Mann mit großer Umsicht angehen mußte. Plötzlich veränderte sich sein Ausdruck wieder, wurde störrisch und wütend.

»Sammy Tea war natürlich auch 'n Captain Bull.« Pas Gesicht kam meinem jetzt sehr nahe. »Sammy Tea kam hier reingesegelt und – rums! Oh, sie wollte ihn, sie wollte ihn unbedingt, unsere Miss Sweeten. Ha! Weißt du was? Diese Frauen von Monument, sie hielten die Beine zusammen, eisern, niemand hier war gut genug für sie. Aber Captain Bull!« Pas freie Hand wanderte an seinen Schritt und fuhr hoch. »Captain Bull braucht sie nur anzugucken, und bei Gott, sie denken an nichts anderes mehr. Warum, sag mir, warum? Was hat Bull, das ich nicht hab? Kannst du mir das sagen?«

»Nein, Pa.«
»Nein, Pa. Nein, Pa.«
Pa wurde plötzlich nachdenklich, als hätte keiner von uns eine Antwort darauf, oder als bliebe die Frage sowieso am besten unbeantwortet. Er schien den Faden verloren zu haben und sah sich wild um, vielleicht suchte er nach etwas zu trinken. Dann rappelte er sich auf, und sein Griff wurde wieder fester.
»Und was macht er dann, Captain Bull? Verpißt sich. Stopft den Schwanz wieder in die Hose. Und was ist dann noch für *uns* übrig? Was? Du weißt doch, *wen* ich mein, oder?«
»Nein, Pa.«
»Nein, Pa – mein Arsch, Pa!«
»Wirklich nicht, Pa.«
»Haha! Suchst du Streit? Kannst du haben. Erzähl mir nicht, daß du nicht weißt, was Captain Bull uns hinterlassen hat. Guck dich mal um, wenn du das nächste Mal in Eillne bist. Dann siehst du, was für mich übriggeblieben ist. War nicht mehr ganz frisch.«
Ich stieß Pa weg. Er schwankte einen Moment, dann taumelte er zurück, fiel über Mag und in den Kamin.
Ich stürzte aus der Haustür hinaus, schnappte gierig nach frischer Luft und spürte den Regen im Gesicht, als ich die Straße hinuntereilte.
»Ich wußte doch, daß du mitkommst«, sagte Bain und trabte neben mir her.

Bain führte mich über einen Umweg von Balaklava herunter, Gullys gurgelten an beiden Seiten der Straße. Die Häuser schienen sich an diesem regnerischen Abend noch weiter in sich verkrochen zu haben. Pas verschlagene Stimme trat an die Stelle meines Pulsschlags. Plötzlich teilte ich Bains Sehnsucht, nach Amerika zu entkommen, fort von Pa und Balaklava und all den elenden Ungewißheiten, auf denen meine Existenz offenbar ruhte.

Bain lachte in sich hinein. »Der arme alte Pa«, sagte er. »Eine Stunde geht's ihm noch gut, dann nimmt er die Bude auseinander, wenn er merkt, daß nichts mehr zu trinken da ist. Dann schmeißt er meine Mutter raus, und sie wird auch gehen, weil sie weiß, daß er sie umbringt, wenn sie ihm keinen Whiskey besorgt.«

Wir gingen an der Esplanade vorbei, mit den alten Kasernen dahinter. Die Lichter des »Gefängnisses« tauchten auf. Das Internat war wirklich einmal ein Gefängnis gewesen, eine quadratische Festung unter den Augen der Soldaten in der Kaserne, aber die Soldaten waren schon lange fort, und vor zehn Jahren hatten die landbesitzenden Familien in der Umgebung von Monument, die aufgrund des Krieges nicht mehr das Geld hatten, ihre Töchter nach England zu schicken, das heruntergekommene Gebäude gekauft und in eine protestantische Mädchenschule verwandelt. Trotz aller Bemühungen aber wirkte es noch immer wie ein Gefängnis und wurde auch weiterhin so genannt, außer von jenen Familien, die das Internat gegründet hatten. Für sie hieß es die Oxburgh School for Girls.

»Was passiert, wenn sie uns erwischen?« flüsterte ich.

»An so 'nem Abend?« fragte Bain und verzog das Gesicht.

Die Gefängnismauer hatte Verbrecher aufgehalten und sollte deshalb auch für junge Mädchen ausreichen, das dachte ich jedenfalls. In den schmalen Bogengängen des Bahnhofs brannte gelbes Licht. Regen hing wie feiner Draht über den Bretterstapeln im Hof von Loves Holzhandlung. Wir kletterten über eine Mauer und rutschten den Bahndamm hinunter, auf eine Blechhütte für Eisenbahner zu.

»Gott, ist das naß«, sagte Bain und zog eine kleine flache Flasche mit Schraubverschluß aus der Tasche. »Hier.«
»Danke, ich brauch nichts.«
»Trink schon. Ich hab noch eine.«
Ich trank, und meine Kehle brannte. Die Blechhütte hatte nur drei Wände, zu den Gleisen hin war sie offen. Eine Bank nahm die hintere Wand ein. Es roch nach alter Pisse.
»Warte hier«, sagte Bain und schlüpfte hinaus.
Der Regen erzeugte gegen das Licht eine wirbelnde Leere. Das einzige Geräusch, irgendwo hinter mir, kam vom Fluß, wo ein Schiff beladen wurde. Während ich noch einen Schluck nahm, dachte ich mit ungewöhnlicher Distanziertheit an meinen Abschied von Eillne. Ich stellte mir vor, daß Bain und ich an Bord eines nach Westen dampfenden Schiffes wären, vielleicht als Matrosen, wir kniffen die Augen gegen den Wind zusammen und tranken in unserer Kabine Whiskey. Mir war kalt gewesen, aber jetzt glühte ich. Der Regen zeichnete verrückte Muster in die Nacht. Ich trank die Flasche aus, als ich von der Böschung her Gelächter hörte.
Bain kam zuerst in Sicht. Ich duckte mich in eine Ecke. Bain beugte sich vor und zog jemanden hinter sich hoch. Es war Juliet. Sie stand engelsgleich draußen im Regen, und Bain reichte ihr die Flasche. Juliet legte den Kopf zurück, und ihr Hals war die schönste Linie aus Fleisch, die ich je gesehen hatte.
»Komm rein«, sagte Bain.
Sie stolperte herein, kicherte.
»Trink noch was«, sagte Bain.
»Ich hab schon viel zuviel gehabt«, sagte Juliet und spitzte die Lippen zu einem kleinen Trichter.
Bain sagte: »Ich nehm noch einen.«

»Komm, mach's mir, um Himmels willen.«

Ich war so erregt, daß mein ganzer Körper, all mein Fleisch, sich aufzurichten schien. Juliet hatte den Rock fallen gelassen und war aus ihm herausgetreten. Ihre glänzenden Beine waren vollkommen. Sie zog ungeduldig an Bains Gürtel, und plötzlich fiel ihm die Hose um die Knöchel. Juliets Hände berührten seine Mitte, und er fiel mit einem gequälten Aufstöhnen auf die Knie, sie drückte seinen Kopf an sich. In einem Nebel der Sehnsucht sah ich, wie Juliet Bain mit einer aufreizenden Mischung aus Zärtlichkeit und Kraft hochzog.

»Komm schon«, stieß sie hervor. »Auf die Bank.«

Bain keuchte. »Wart ... noch.«

»Ich. Kann nicht.«

Wie unter kochendem Wasser hörte ich sie. Ich sah Bains hektische Bewegungen. Ich dachte an La und wie sie mich von der Seite ansah, einladend. Ich schwamm, ohne innehalten zu können, in dem exquisiten Gefühl der Auflösung, so schwer, so köstlich.

»Theo«, Bain stand über mich gebeugt da. *»Theo!«*

»Was?«

»Du kannst sie haben!« Er zeigte mit dem Daumen über die Schulter. »Jetzt!«

Juliet, das konnte ich sehen, wand sich auf der Bank, sie machte bockende Bewegungen, die Hände in die Bank gekrallt.

»Ich kann nicht.«

»Was heißt das, du kannst nicht?« fauchte Bain. »Warum bist du denn sonst hier, du Idiot?«

Er zog mich hinüber zur Bank, wo gelbes Licht wie ein Schleier über Juliets Unterkörper fiel. »Bedien dich!« zischte er, sah dann auf meine Hose. »Du dreckige Fotze«, rief er aus.

Ich stürzte hinaus. Die Böschung hinauf und über die Mauer, dann lief ich über offenes Gelände, über geborstene Betonplatten und durch Disteln. Das Schiff unten am Fluß wurde immer noch beladen. In meinem Kopf hörte ich Pas Stimme; Pas Gesicht tauchte immer wieder aus dem Regen auf, und er wiederholte ständig die Worte: »Nicht mein Sohn.« Wenn das Leben aus Helden wie Pa solche Menschen machte, was sollte mit mir geschehen, der ich jetzt schon so schwach war?

Der junge Pa Shortcourse war verliebt. Mehr noch, er war vernarrt, besessen. Er verbrachte seine Tage in dem Schuppen, wo die berühmten Würste der Familie Shortcourse gemacht wurden, und die Liebe schien in ihm zu kochen. Er konnte an nichts anderes denken. Eine kitzelnde Berührung der steifen Haare zwischen den Hinterbeinen eines aufgehängten Schweinekadavers reichte aus, ihn schwindeln zu lassen. Am Sonntag zuvor, als sie alle zu lange geschlafen hatten und sich beeilen mußten, um noch rechtzeitig zur Messe zu kommen, hatte er den nackten Unterleib seiner Mutter gesehen, als sie sich hastig ankleidete, dunkles, drahtiges Haar auf marmorweißer Haut. Pa hatte in der Kirche nur mit Mühe knien können.
Jetzt saß er hinten im Hof, beide Füße in einem Eimer warmen Wassers. Mit seinem Schmerbauch schnaufte und ächzte Pa schon als Achtundzwanzigjähriger wie sonst nur Männer doppelten Alters. Vernehmlich atmend und die Enden seines Schnurrbarts abwechselnd hochblasend, hob Pa den rechten Fuß aus dem Eimer auf das linke Knie und machte sich daran, mit einem Rasiermesser die Hornhaut von den Fußballen zu schälen.
Sparrow Love. Der große Pa und die kleine Sparrow. Ihre grünen Augen, als sie sich beim Schlittschuhlaufen auf

der Eisbahn halb abwandte. Aber sie hatte gesehen, daß Pa den Hut gelüftet hatte, um sie zu grüßen, ja, sie hatte es gesehen. So reif – sie war soweit, sie konnte Kinder bekommen. Oh Pa, du bist viel zu groß. Behutsam fuhr Pa mit dem Daumen über die wunde Stelle. Bernard Love würde an die Decke gehen. Der jüngere Bruder – wie hieß er gleich? Hugh. Nein, Hugo, das war's, der humpelnde Hugo, hatte was mit dem Bein. Trink schmutziges Wasser und du wirst wie der humpelnde Hugo. Pa zog ein wenig Hornhaut von der Sohle. Tee für die vornehmen Leute. Gute Idee, man hätte nur früher drauf kommen müssen. Pa schüttelte das Wasser vom Fuß und betrachtete die Sohle mit Hilfe eines Spiegels. Keine Wolke trübte den Himmel über Monument. Von dem oberen Feld aus, etwa ein halber Hektar, wo Schafe und Schweine gehalten wurden, die bald zum Schlachthaus kamen, konnte man an einem Morgen wie diesem stromaufwärts blicken bis zu der Stelle, wo der Lyle sich gabelte. Sammy Love war vor mehr als dreißig Jahren diesen Fluß heraufgekommen. Und hatte sie getroffen, die süße kleine Hure. Frömmste Katholikin in Monument, hatte der alte Herr immer gesagt. Und er wurde Katholik, um sie zu heiraten. Wie hieß sie noch? Sweeten. Man sagt, die Engländer lassen die Frauen drum betteln. Sah sich den Besitz ihres Vaters an und schwängerte sie. Pa legte die Stirn in Falten. Wann war das? Da war irgendwas mit dem Grabstein, seltsam, kein Datum, nur *Mary Sweeten Love, Starb mit 41 Jahren.*

In der Küche klapperte seine Mutter zwischen Spülstein und Herd hin und her. Sie war Witwe, eine kleine runde Frau, die einen Gang hatte, als wäre sie an Bord eines Schiffes aufgewachsen. Sie redeten wenig miteinander, Pa und sie, ihre Verständigung lief auf einer niedrigeren

Ebene ab als der der Sprache. Pa teilte ein Bett mit seinem jüngeren Bruder, einem blassen Jungen von zwanzig Jahren. Pas älterer Bruder, Sidney, schlief mit Bartholomew oder Borneo zusammen, der so genannt wurde, weil ihm die Hände bis zu den Knien herabhingen. Lamb, der jüngste, schlief noch bei der Mutter. Oscar, der zweitjüngste, schlief in Palastine auf dem Dachboden des Fischhändlers, bei dem er in die Lehre ging, da die Schlachterei nicht gut genug für Oscar war. Anthony, mit siebenundzwanzig der zweitälteste, hatte geheiratet und war weggezogen. Pa, Sidney und Anthony, Oscar, Ernest und Lamb. Und Borneo. Der mit den Füßen zuerst aus dem Leib seiner Mutter gezogen worden war, purpurrot, weil er keine Luft bekam. Die Leute sagten, man hätte ihn ersticken lassen sollen.

Sidney erschien, eine zusammengerollte Zeitung unter dem Arm. Die Aufschläge seiner Hose aus braunem Serge fielen über die Absätze seiner braunen Stiefel. Er trug ein gestärktes Hemd und einen Bowler, der schon viel gesehen hatte.

»Wer gewinnt das Lincoln?« fragte Pa, noch immer vorsichtig an seinem Fuß arbeitend.

»Weston«, nickte Sidney. »Seine Stute ist gut in Form.«

Pa schob die Unterlippe vor. »Ich glaub eher an Donoghue.«

»Er trägt Höchstgewicht«, sagte Sidney und schüttelte die Zeitung auf, um auf die Rennseite zu sehen.

»Die paar Pfund steckt Donoghue weg«, sagte Pa.

Sidney schob den Bowler aus der Stirn. »Ich bleib bei Weston«, sagte er und steckte die Zeitung in die Tasche.

Ein heller Blutstrahl schoß von Pas Fuß hoch, und er stellte ihn platschend in den Wassereimer.

»Verflucht noch mal«, schrie Pa und schleuderte das Rasiermesser in den Hof. Er sah, daß Sidney sich abwandte, um ein Lachen zu unterdrücken. »Ich hab keine Schweine zum Schlachten mehr«, knurrte Pa. »Wir sollen wohl dichtmachen, damit du wie ein Presbyterianer durch die Straßen stolzieren kannst, was?«

»Wir konnten gestern nicht zum Viehmarkt in Gleann, Pa«, sagte Sidney. »Die Züge fahren nicht. Sie haben die Strecke gesprengt.«

»Wir konnten dies nicht, Pa, wir konnten das nicht, Pa. Aber Pa muß den Schuppen ohne Schweine am Laufen halten«, sagte Pa wütend, während er Salbe auf die Wunde auftrug. »Da ist noch Veales alter Lieferwagen, hast du daran schon mal gedacht? Nein, Pa.«

»Veale wär nicht gefahren«, antwortete Sidney.

Pas Augenbrauen hoben sich skeptisch. »Veale wär nicht gefahren?«

»Veale sagt, die Sinn Feiner haben ein Thompson-Maschinengewehr in Gleann, schießen auf alles, was sich auf der Straße bewegt.«

Beschwichtigt zog Pa vorsichtig einen Strumpf über den Fuß und rollte ihn die Wade hoch. »Die ruinieren das Land, und sie ruinieren uns«, murmelte er. »Nicht mal zum Markt kann man mehr, im eigenen Land!«

»Ich hab gehört, daß die Juden Ärger machen. Sie saugen das Geld aus dem Land wie Blut«, sagte Sidney eifrig.

»Wo's Juden gibt, gibt's auch Ärger«, stimmte Pa zu. »Kein Wunder, daß der alte Wise so fett geworden ist.«

»Wise?«

»Wise heißt er jetzt«, sagte Pa und zog eine Grimasse. »Der Alte kann sich noch an ihn erinnern, wie er ein junger Mann war, mit 'nem kleinen Deckel auf dem Kopf wie 'ne Untertasse und ›Weizmann‹ an der Tür. Ist Katholik geworden, weil keine Frau 'nen Juden heiraten wollte.«

»Das wußte ich nicht«, sagte Sidney und legte angesichts dieser Unzuverlässigkeit selbst des Vertrauten die Stirn in Falten. »Jetzt, wo du das sagst – sie fahren mit einem brandneuen Automobil rum.«
»Da hast du's«, sagte Pa und zog den Strumpf über den anderen Fuß. »Die Briten sind vor allem dazu gut gewesen, daß wir uns nicht gegenseitig an die Kehle gegangen sind.« Er lehnte sich zurück und hob den Kopf, als witterte er etwas. »Was hat Veale sonst noch erzählt?«
»Er war oben in Gleann, letzten Mittwoch. Wurde von drei Jungs angehalten, hätte jeder sein können, haben gesagt, sie wären Beamte der neuen Irischen Republik, wollten Hundesteuer eintreiben«, sagte Sidney.
»Hundesteuer«, sagte Pa. »Wieviel?«
»Eine halbe Krone.«
»Eine halbe Krone.« Pa stieß einen monotonen Pfiff aus. »Und es hätte jeder sein können?«
»Einer hatte 'ne Browning. Veale hat gesagt, er hat keinen Hund, und hat sich aus dem Staub gemacht.« Sidney lachte.
Pa zog das einzige Paar Stiefel an, das er besaß, und band sie langsam zu, während Sidney über den Hof ging und auf die Gasse dahinter. Wie machte man Geld? fragte sich Pa. Wie fing man an? Warum war es einigen, wie Sammy Tea, gegeben, auf Geldideen zu kommen, und anderen nicht? Über die Mauer klang ein Hornsignal von der Kaserne herüber. Pas Brustkorb spannte sich plötzlich, als ihm klarwurde, daß er eine unerwartete Gelegenheit vor sich hatte. Instinktiv begriff Pa, daß sich hinter jedem Vermögen eine kühne Tat verbarg.

Sie verließen Monument in einer Hitze, die für den frühen Mai unerhört war, und gerade in dem Moment, als ein Zerstörer an der Flußbiegung auftauchte. Den ganzen vorherigen Monat hindurch hatten Truppentransporter Männer und Artillerie in Monument entladen. Angesichts des kriegerischen Schiffes, der Anwesenheit frischer Truppen, der unaufhörlichen Gerüchte über Gefechte im Inneren des Landes und schließlich auch aufgrund des ungewöhnlichen Wetters hatten Pa und seine Brüder das erregende Gefühl, Recht und Ordnung seien aufgehoben und große Gelegenheiten, Geld zu machen, warteten nur auf sie.

Nur Oscar war zurückgeblieben: Oscar hatte das Geschäft der Shortcourses verlassen, um Dorschköpfe und Heringe zu verkaufen, und hatte nun auch das Recht verwirkt, an dieser Gelegenheit teilzuhaben – das war Pas Meinung.

Pa saß auf dem Beifahrersitz von Veales Auto. Sidney fuhr. Auf dem Rücksitz brach Lamb das Schloß einer Mauser Parabellum auf und ließ es mit einem scharfen Knacken wieder zufallen.

»Steck die Kanone weg!« schnauzte Pa.

»Sir!« stieß Lamb im Stil eines guten Soldaten knapp hervor und zwinkerte Anthony zu.

»Durch solchen Unfug kommen jeden Tag Leute zu Tode«, sagte Pa.

Lamb saß eingezwängt zwischen Anthony und Ernest. Sandfarbene Locken drangen unter dem Rand seines Bowlers hervor und fielen auf den gestärkten Kragen. Einen Schnurrbart trug er nicht. Die Leute sagten, er sehe aus wie ein Kobold, sein Gesicht war nie still, immer zuckte irgend etwas darin. Niemand wäre auf die Idee gekommen, Anthony und Lamb für Brüder zu halten. Ant-

hony trug einen kurzgeschnittenen Schnurrbart, sein Benehmen war ernst und gemessen.
Sie fuhren an grünen, üppig sprießenden Hecken entlang. Zwei Esel sahen sie über ein Gatter hinweg an. Es ging bergauf, dann kam eine Kurve. Vor ihnen wurde die Straße von zwei Farmern mit einem Karren und einem weißen Pferd versperrt.
»Ihr müßt aussehen wie Sinn Feiner«, sagte Pa und setzte selber eine grimmige Miene auf.
In dem Auto roch es nach Whiskey und dem Desinfektionsmittel, das Pa nahm, wenn er sich beim Rasieren geschnitten hatte. Als sie die Farmer überholten, sahen die neugierig in das kleine Auto mit den großen Männern mit ihren Bowlern hinein. Nachdem sie die Hügelkuppe mühsam erreicht hatten, begann der Wagen bergab schneller zu werden, und sie schossen zwischen Buchengruppen, deren graue Stämme wie Stein wirkten, ins Tal hinunter.
»Sinn Feiner«, rief Lamb, »kein Problem!«
»Halt an!« befahl Pa.
Sie rollten in einen Torweg. Pa, dem der Schweiß übers Gesicht lief, entkorkte eine bernsteinfarbene Flasche und hob sie mit zitternder Hand an den Mund.
»Laß mal rumgehen«, sagte Sidney.
Der Whiskey machte die Runde, nur Ernest trank nicht. Pa sah ihn an: Er war noch nicht mal zur Schule gegangen. Das glatte Gesicht eines Mädchens, weiße Mädchenglieder ohne Haare. Seit Jahren drehte sich Ernest abends, wenn Pa zu ihm ins Bett stieg, schicksalsergeben auf die Seite, Gesicht zur Wand, und ließ Pa seinen Willen.
»Aaah-hhh!« Pa nahm den letzten Schluck.
»Geh's noch einmal durch«, sagte Sidney.
Anthony sagte: »Ich hab das Buch.«

»Ich hab die Kanone«, grinste Lamb.
Pa warf sich zu ihm herum. »Wenn ich das noch mal hör, zieh ich dir die Haut ab!«
»Laß die Pistole aus dem Spiel«, stimmte ihm Anthony zu.
»Aber wann habt ihr je Shinner ohne Kanone gesehen?« protestierte Lamb.
»Steck sie in den Gürtel«, sagte Pa. »Ich nehm das Geld, ihr sagt, Gott segne Irland. Wenn's 'ne Frau ist, lüftet ihr den Hut. Ernest, du bleibst am Wagen.«
»Was ist, wenn sie keinen Hund haben?« fragte Lamb.
»Jeder hat einen«, sagte Sidney und gab wieder Gas.
Die Landschaft wurde plötzlich rauher, ein Moor erhob sich neben der Straße. Berge füllten den Himmel vor ihnen mit blauer, heidnischer Kraft. Sie kamen an die Gabelung, wo die Straße nach Baiscne abzweigte. Zur Rechten waren Dächer zu sehen und Schornsteine, aus denen Rauch gerade in die Luft stieg. Deilt.
»Was ist, wenn sie uns nach dem Namen fragen?« fragte Anthony.
»Dann macht Lamb die Jacke auf«, sagte Sidney, und Lamb kicherte.
»Zieht den Hut in die Stirn und haltet das Maul«, sagte Pa.
Deilt war ein kleines Nest, in dessen Zentrum einst die Polizeikaserne gestanden hatte, die jetzt nur noch aus rauchgeschwärzten Außenwänden bestand. Unter einem Reklameschild für Players-Zigaretten saß ein alter Mann auf einem Stuhl. Eine Frau, die ein Fenster putzte, stieg von ihrer Leiter herunter und lief ins Haus, als sie das Auto hörte. »Halt da unten an«, sagte Pa und wies mit dem Finger auf eine Stelle des Platzes. Sidney stellte den Motor ab, und sie stiegen einer nach dem anderen aus. Pa

fühlte sich so, wie er sich manchmal beim Kartenspiel fühlte oder wenn er die Morgenzeitung erwartete und am Tag zuvor zuviel auf ein Pferd gesetzt hatte. Ernest blieb, einen Fuß auf dem Trittbrett, mit nervösem, bleichem Gesicht am Auto stehen. Furcht und Whiskey ausdünstend, klopfte Pa an die Tür der ersten Kate.

»Niemand da«, sagte er.

»Klopf noch mal«, sagte Sidney.

Pas schwaches Klopfen verriet das Verebben seines Mutes, aber Sidney hämmerte mit zusammengebissenen Zähnen an die Tür. Riegel wurden zurückgeschoben. Lamb riß die Jacke auf.

»Gott segne euch.«

Ein Mann in Bundhosen und Socken stand in der Tür. Unrasiert und frühzeitig ergraut, strahlte er doch eine ruhige Würde aus. Hinter ihm leuchteten die Augen seiner Kinder wie Lampen.

»Hunde«, sagte Pa, dann hustete er und sagte viel lauter: »Hundesteuer!«

Mit seinen breiten Händen zog der Mann die Köpfe seiner Kinder an sich.

»Wir sind von der neuen Regierung der Irischen Republik«, eröffnete Sidney ihm.

»Gott segne Irland«, fügte Lamb drohend hinzu, eine Hand auf der Hüfte, die andere am Kolben der Mauser.

Der Häusler ließ sich nicht anmerken, ob er glaubte, was ihm da gesagt wurde; er musterte sie mit kühlem Blick, einen nach dem anderen. Plötzlich wurde Pa von der Durchsichtigkeit ihres Tuns überwältigt. In seinem Rücken lag das ganze Deilt, ungesehen, aber alles sehend. Er spürte förmlich, daß sich jeden Moment eine Kugel in seinen Rücken bohren konnte. Er sehnte sich nach einem Whiskey. Er wollte sich schon umdrehen und zu Veales

Wagen zurückgehen, als Anthony das Buch herauszog. Ein richtiggehendes Hauptbuch mit einem glänzendroten Lederrücken. Dies war das Detail, das die wankende Unternehmung wieder in eine offizielle Delegation verwandelte.

»Name?« brachte Pa mühsam hervor.

Der Mann nannte seinen Namen, und Anthony schrieb ihn mit wahnwitziger Sorgfalt nieder, sah stirnrunzelnd auf die Hausnummer, um die Zuverlässigkeit des Beamtentums in der neuen Republik zu betonen.

»Eine halbe Krone«, sagte Pa, sein Selbstbewußtsein langsam wiedergewinnend.

Der Mann trat in das Zwielicht seiner Kate zurück, ließ seine Kinder an der Tür zurück. Sie waren nun weniger schüchtern, starrten die Männer und vor allem Lamb an, dessen Gesichtsausdruck zwischen einer düsteren Grimasse und einem schrägen Grinsen hin und her wechselte. Auf Anthonys Arm lag noch immer aufgeschlagen das Hauptbuch, als würde es ihrer Glaubwürdigkeit schaden, es zu schließen.

»Eine halbe Krone.«

Die Münze glänzte im Licht. Pa nahm sie. Sie war warm von der Hand des Mannes. Anthony klappte das Buch vernehmbar zu.

»Gott segne euch«, sagte Pa und hob den Hut.

»Gott segne Irland«, antwortete der Häusler.

Als sie zur nächsten Tür weitergingen, wandte sich Lamb zu Ernest um und hob einen Daumen.

Pa rechnete. Deilt hatte sechs Pfund gebracht – und keine dummen Fragen. Kein Wort seitdem, und mehr als ein Monat war vergangen. Und Deilt war nur eins von vielen kleinen Nestern mit Hunden und halben Kronen. Davon gab es Dutzende im Umkreis von fünfzig Meilen: Clithar, Focherd, Sliab Erris. Sibrille an der Küste und Irrus. Fuait. Baiscne. Baiscne war anderthalbmal so groß wie Deilt und würde mindestens zehn Pfund bringen.

Dieses Mal fuhr Veale. Ein alter Aktivist aus den Landligatagen, hatte der alte Kutscher diesmal darauf bestanden, daß er seinen Wagen selber fuhr. Er schaltete einen Gang herunter, als sie die Ausläufer der Deilt-Berge erreichten. Pa, der sich nun sicherer fühlte, sah auf Veales besorgtes Profil hinüber. Alte Männer verloren den Mut, so wie sie die Herrschaft über ihre Blase verloren. Sie waren schon zweimal angehalten, und Pa hatte gehört, wie stockend Veale Wasser ließ. Als wäre eine Leitung verstopft. Als Lamb ihm sagte, er sollte den Schlauch doch mal an den Gatterpfosten schlagen, antwortete Veale: »Gott segne die Tage, als ich unter ein Gatter gehen mußte, weil ich mir sonst in die Augen gepißt hätte.« Als er betrunken war, hatte Veale Pa mal von türkischen Frauen erzählt. Sie fraßen's dir ab, hatte Veale gesagt. Dreck das, im Mund eines so alten Mannes. Sie fuhren unter dem Laubdach der Junibuchen heraus, und das Land veränderte sich, als wäre es entbeint worden.

Wie in Deilt war auch in Baiscne die Polizeikaserne leer und verlassen, die Konstabler zurückgezogen. Sie würden Veale einen Anteil geben müssen, aber dafür war Ernest diesmal nicht dabei. Außerdem würde ein Anteil Veale mit reinziehen und das Problem lösen, das entstanden war, als er sie gezwungen hatte, ihn mitzunehmen. Warum aber, fragte sich Pa, hatte Veale unbedingt dabeisein wollen? Konnte der alte Droschkenkutscher Geld riechen? Aber wie hatte er davon gehört? Lamb und er tranken manchmal einen zusammen. Lamb quatschte zuviel. Lamb und Veale.

An der Gabelung bei Deilt bogen sie nach links ab. Das Moor war weit und leer, zusammengesackte Torfhaufen vom letzten Jahr vor einem fernen Horizont. Die Straße senkte sich, stieg wieder an. Pa sah einen einsamen Baum, der in der Ferne wie ein Mann dastand.
»Wie weit ist es noch?« fragte er.
»Ein oder zwei Meilen«, sagte Veale, die Augen auf die Straße gerichtet.
Pa pfiff ungeduldig vor sich hin. Er dachte an das Geld, das sie heute machen würden, und an die Tage, die noch vor ihnen lagen. Dann konnte er sich einen eigenen Wagen kaufen. Pa stellte sich Sparrow Love in seinem Wagen vor, ihr goldenes Haar, ihr verborgenes Haar. Pa stellte sich vor, daß Sparrow sein Kind trug, und er wurde erregt. Er dachte an Gold und Geld, an Autos. An das Auto des Juden Wise. Pa dachte daran, daß er gehört hatte, Frauen liebten das beschnittene Fleisch der Juden, als Veale plötzlich die Straße verließ und einen unbefestigten Weg hinunterrumpelte.
»Wo fährst du hin?« rief Pa aus.
»Der Motor läuft heiß«, sagte Veale, und Pa sah, daß Schweißperlen auf seiner Oberlippe standen.
»Jesusmaria«, sagte Lamb, als sie rumpelnd über Steine fuhren.
Hohe Mauern schlossen sie rechts und links ein, als sie einer Biegung folgten.
»Paß auf«, rief Pa.
Männer blockierten den Weg. Männer in Bundhosen und Gamaschen und Schlapphüten. Das Auto bremste rutschend und stand. Pas erster Impuls war es, Veale zu beschimpfen, aber die Tür des Fahrers stand schon offen, und er war draußen, lief stolpernd an den Männern vorbei, deren Gewehre nun auf sie gerichtet waren.

»Du …!« Pa begann zu zittern. »Wir sagen kein Wort!« zischte er.
»Er hat uns reingelegt!« schrie Lamb und riß die Mauser aus dem Gürtel.
Ein Gewehrschuß krachte, und Lambs Augen wurden rund wie Münzen. Sein Kopf fiel auf Anthonys Schulter herab, als wollte er ihm etwas zuflüstern, sein weißer Hals wurde zwischen Locken und Kragen sichtbar.
Anthony begann zu schreien.
»Schon gut! Schon gut!« brüllte Pa.
Sie wurden aus dem Auto herausgerissen, zwei der Männer schleppten den heulenden Anthony, der von Lambs Blut befleckt war, vom Wagen weg. Ein Mann trat vor.
Pa schrie ihn an: »Wer sind Sie?«
»Ich bin Hauptmann der F-Kompanie, Erstes Bataillon, Monument-Brigade«, antwortete der Mann ruhig und schob den Hut ein wenig höher in die Stirn. »Und ihr seid Diebe, gewöhnliche Diebe, ihr alle.«
Pa erkannte den Mann aus der ersten Kate in Deilt.
»Wir haben das Geld weitergegeben!« rief Sidney.
»An wen denn?« fragte der Hauptmann kühl. »An eine Kneipe in Balaklava?«
»O Gott, ihr könnt es wiederhaben, um Himmels willen, wir sind alle auf derselben Seite«, sagte Sidney mit bebender Unterlippe. »Wir sind doch alle Iren, um Gottes willen.«
»Das sind wir«, der Hauptmann nickte grimmig, »und einige von uns geben ihr Leben für dieses Land, während andere, Abschaum wie ihr, es aussaugen.«
»Ihr habt die Falschen erwischt!« rief Sidney aus.
Anthony kniete nieder, die Hände vors Gesicht geschlagen. Wieder und wieder sagte er: »O mein Gott, o Gott, vergib mir.«

Ein Junge mit Hut und geflickten Gamaschen, das Gewehr über der Schulter, brachte das Hauptbuch aus dem Morris herüber. Im Braun und Grün der Umgebung brannte der rote Rücken wie eine Wunde.
Pa begann heftig zu nicken. »Wir haben Unrecht getan, es war unrecht. Es war nicht meine Schuld, aber ich weiß es jetzt. Wir werden es zehnfach gutmachen, hundertfach, ja, bei Gott.« Er brachte ein leises, selbstverachtendes Lachen heraus, dann sagte er, als wäre dies etwas, was allen klar gewesen war, nur ihm nicht: »Eine Armee marschiert mit dem Bauch, bei Gott, das tut sie. Ihr braucht Proviant, und wir haben reichlich davon, reichlich, reichlich. Sagt uns, was ihr braucht, und seid nicht bescheiden. Wir bringen euch das Beste, nur das Allerbeste.«
Die acht Männer im Halbkreis sahen Pa neugierig an, einige von ihnen rauchten Zigaretten. Pa schlug die Hände zusammen, eine Geste, die seine Großzügigkeit bekräftigen sollte.
»Immerzu, Jungs!« rief er. »Ihr wißt doch, Wein, Weib und Gesang Und jede Menge Pudding!«
Der Hauptmann trat rasch zurück und erteilte einen Befehl. Die Soldaten drückten ihre Zigaretten aus, steckten die Kippen ein und stellten sich in einer Linie auf.
»Guter Gott«, rief Pa aus. »Guter Gott, was wollt ihr denn mit uns machen? Ich bin doch nicht schuld daran.«
Der Hauptmann sagte: »Patrick Shortcourse, Anthony Shortcourse und Sidney Shortcourse. Ihr werdet des Diebstahls an Bürgern der Irischen Republik schuldig befunden. Ihr seid heute ergriffen worden, als ihr auf dem Weg wart, euer Verbrechen zu wiederholen. Kraft der mir vom Dáil Eireann verliehenen Gewalt werdet ihr erschossen. Ihr habt eine Minute, um euren Frieden mit Gott zu machen, möge er euren Seelen gnädig sein.«

Pas Hände griffen nach Sidneys Arm. Er machte einen Schritt vorwärts, dann einen zurück. Die Beine versagten ihm, er fiel auf die Knie und rutschte auf Knien über den steinigen Boden auf den Hauptmann zu, sein Bauch und seine vollen Wangen bebten. »Es war nicht meine Idee, ich flehe Sie an, die anderen hatten die Idee. Ich flehe Sie an, geben Sie mir noch eine Chance.« Er setzte sich mit nassem Gesicht auf die Fersen. »Ich habe große Geldmittel, von denen niemand etwas weiß, bares Geld. Ich bitte Sie, nehmen Sie es an, für Sie, für die Jungs, um Gottes willen ...«

Der Hauptmann setzte einen Stiefel auf Pas Brust und gab ihm einen Tritt. »Du Haufen Scheiße«, sagte er grimmig. »Entsichert die Gewehre!«

Sidney war der einzige Shortcourse, der noch auf den Beinen war. Während die Sicherungen klickten und Schlösser klapperten wie Gatterriegel, versuchte er davonzukommen. Mit ausgestreckten Armen rammte er einen Jungen am Ende der Schützenreihe und lief in die einzig mögliche Richtung, am Wagen vorbei und wieder den Grasweg hinauf, den sie gekommen waren. Die ersten vereinzelten Schüsse gingen fehl. Dann verbargen ihn die Mauern, bis er plötzlich weiter oben in der Nähe der Straße wieder auftauchte. Vielleicht weil er eine letzte Chance ahnte, sprang Pa auf die Füße und begann zu schreien: »Sidney, nein! Komm zurück! Diese Männer sind unsere Freunde!«

Diesmal war die Salve geschlossener, und Sidney, fast am Rand der Straße, warf die Arme hoch und fiel nach vorn.

»Jetzt aber schnell!« sagte der Hauptmann und horchte mit gefurchter Stirn, als hätte er etwas gehört.

»Das war dumm von ihm«, sagte Pa.

»Halt den Mund«, schnappte der Offizier und winkte Pa

mit dem Revolver beiseite. Er spähte angestrengt über die Mauer in Richtung Baiscne, dann nach Deilt. Anthony schwankte auf den Knien liegend hin und her, seine Lippen bewegten sich, Lambs Blut lag feucht auf ihm wie ein Schal. Der Hauptmann wandte sich seinen Leuten zu.
»Anlegen. Feuer!«
Es war, als gäbe es zwischen dem Gewehrfeuer und Anthony nur eine kaum merkliche Verbindung. Er sackte langsam zur Seite, als suchte er sich eine bequemere Lage.
Die Lippen des Hauptmanns bewegten sich wieder, aber für Pa waren seine Worte so geräuschlos wie der Schnee. Er sah die Schäbigkeit der Kleidung der Soldaten, das Verdeck ihres Wagens hinter der Biegung des Weges, die klare Luft in den Ritzen der Mauer, wo die Steine nicht genau zusammenpaßten. Pa sah das alles in tiefer Taubheit. Die Soldaten luden ihre Karabiner durch, aber trotz allem konnte Pa nicht glauben, daß sie es ernst meinten. Als könnte es gerade durch die Sünden, die in ihm festgehalten waren, die Schützen irgendwie umstimmen, stürzte Pa zu dem Hauptbuch hinüber, hielt es wie einen Schild oder auch eine Opfergabe vor die Brust und kniete nieder. Die Soldaten legten an. Der Himmel riß rauschend auf, und Pa konnte nicht glauben, daß der Tod so einfach war.
Als er wieder zu sich kam, wurde ihm bewußt, daß er mit dem Gesicht zur Erde dalag und ein Gewicht auf ihm lastete. Außerdem merkte er, daß sie unter Artilleriebeschuß lagen. Nachdem er sich vorsichtig vergewissert hatte, daß er noch alle Glieder besaß, stemmte er sich hoch, und der junge Soldat rutschte von ihm herunter.
»Bist du in Ordnung?« flüsterte Pa, aber der Jugendliche, dessen letzter Gedanke es gewesen war, Pa zu erschießen, starrte mit glasigen Augen zum Himmel.

Auf allen vieren kroch Pa davon.
Am brennenden Lastwagen der Soldaten, aus dessen Seitenfenster Veales lebloser Kopf heraushing, verharrte Pa sichernd wie ein riesiges Kaninchen. Ohne Vorwarnung verging seine Taubheit, und er hörte Motoren. Hastig kletterte er über die Mauer, die den Weg begrenzte, fiel auf der anderen Seite auf Füße und Hände und krabbelte so schnell wie möglich auf allen vieren auf einen tiefen Graben zu, der nach Norden verlief. Er sprang hinein und lief geduckt in ihm entlang, bis er einen schmaleren Entwässerungsgraben erreichte, der in das Feld hineinführte. Er krabbelte ihn entlang, bis er an sein Ende kam. Dort blieb er liegen und begann zu beten.
Der Wind sprang um. Laute, die er aus der Kaserne von Monument kannte, wurden zu ihm herübergetragen. Eine Folge von gedämpften Explosionen, ein Revolver, der aus kürzester Entfernung abgefeuert wurde, zerriß die Stille des Morgens. Motoren sprangen an, wurden hochgejagt und entfernten sich. Dann trat Ruhe ein.
Pa betete zu Gott, er betete um etwas, was sein sündiges Leben verändern könnte. Obwohl ihn nicht die Schuld traf, obwohl Veale der Verräter war und nicht Pa, entsagte Pa für die Zukunft allen Ehrgeizes, biß die Zähne reumütig zusammen, als frühere Verfehlungen vor seinem geistigen Auge vorbeizogen, und verfluchte sich selbst ob seiner späten Erkenntnis von Gottes Gnade. Gebete um Keuschheit murmelnd und vor Kälte zitternd, lag Pa bis zur Abenddämmerung in dem Entwässerungsgraben, bis jede Möglichkeit, daß die toten Soldaten wiederauferstehen oder die lebendigen zurückkehren könnten, sich erschöpft hatte.
Ein von Baiscne kommender Einspänner hielt auf der Straße und einer von zwei Männern auf dem Bock stieg

vorsichtig ab. Nach weniger als einer Minute wurde das Gefährt mit aufgeregten Rufen gewendet, und der Wagen raste in wildem Galopp dahin zurück, woher er gekommen war.

Pa ging in gerader Linie über das Moor in Richtung Monument. Die Nacht kam, und er legte sich unter eine Mooreiche, bebend vor Kälte und Furcht zugleich. In der Ferne sah er Feuerschein am Himmel und konnte ihn sich nicht erklären. Pa glaubte in dieser Nacht gestorben zu sein. Auch im belagerten Monument glaubte man das, was Pas Auftauchen in der Stadt um die Mittagszeit des folgenden Tages zu einer Sensation machte.

5

Der Ort des Hinterhalts von Deilt ist heute eine öde, asphaltierte Fläche von etwa einem halben Hektar neben der Straße nach Baiscne. Busse aus ganz Irland kommen am 14. Juni jeden Jahres hierher. Männer, Frauen und Kinder legen Kränze nieder. Reden werden gehalten. In irischen Schulen ist der Hinterhalt von Deilt Unterrichtsstoff. Die Grausamkeit der Briten, die die hilflosen Verwundeten von Deilt erschossen, diente in den folgenden Jahren als Rechtfertigung für irische Greuel – »Denkt an Deilt!« – und führte dazu, daß viele Männer, die zuvor der britischen Herrschaft gleichgültig gegenübergestanden hatten, nun zu unerbittlichen Gegnern des Empires wurden. In späteren Jahren wurde Deilt vor allem zum Symbol eines bestimmten Typs des Nationalismus, der von Männern wie Bain benutzt wurde, um sich den Weg an die Macht zu ebnen.

Pa starb im November 1966.

Nebel hatte sich an dem Morgen von Tagesanbruch an über den Fluß gelegt. In den Zollschuppen am Long Quay klagte alles über die Kälte, und wenn man wie ich ein Büro mit Kohleofen hatte, zählte man zu den Glücklichen.

Mir war nicht bekannt, daß er krank gewesen sei. Ich hatte ihn im vorhergehenden Jahr einmal von fern gesehen, als er von zwei Männern gestützt das Commercial Hotel verließ und in ein Auto gesetzt wurde. Bain traf ich öfter auf der Straße. Sein Gesicht trug nun die Züge eines Mannes, der früh Verantwortung übernimmt. Er hatte Aggie Sharp geheiratet, ein Mädchen aus der Gegend von Deilt, und sie hatten ein Baby, und Frau und Kind wohnten mit Bain in der Prince Consort Terrace bei Pa und Mag. Wie ich wußte, ernährte Bain sie alle.

»Theo.« Einer der Beamten sah herein. »Ihr Vetter ist draußen.«

Noch bevor ich von meinem Schreibtisch aufstand, war mir klar, daß jemand gestorben sein mußte. Ich sah es in dem wachen Blick des jungen Beamten, der Neugier gegenüber dem Unvermeidlichen.

»Hallo Bain.«

Er trug einen dunklen Anzug.

»Theo, schlechte Nachrichten.«

»Wer ist es?«

»Pa.«

»Wann?«

»Er ist um elf heruntergekommen. Meine Mutter sagt, er hat über Kopfschmerzen geklagt. Als sie wieder nach ihm sah, saß er tot in seinem Sessel.« Bain begann zu weinen. »Er hat nicht leiden müssen. Es war, als hätte er … es war, als hätte er schließlich die Kugel abgekriegt, auf der sein Name stand.«

Bain umarmte mich, klammerte sich in dem Zollschuppen an mich. Er vergrub das Gesicht in meiner Schulter, und ich roch ihn, derselbe Geruch wie immer. Nichts hatte sich geändert. Pa war nur in sehr theoretischer Weise mein Vater gewesen; in jeder praktischen Hinsicht war Bain sein Sohn, nicht ich.

»Wir müssen nach Eillne fahren«, sagte Bain und wischte

sich mit dem Handrücken übers Gesicht. »Komm, ich fahr.«
Fast hätte ich gesagt, warum?
»Wir müssen's Sparrow sagen. Du mußt es.« Bain sog schnüffelnd Luft ein. »Ich hab den Lieferwagen draußen.«
Wir fuhren die Cuconaught Street hinauf und dann die Captain Penny's Road entlang, mit eingeschalteten Lichtern, obwohl es drei Uhr nachmittags war. Der Wagen war dreckig und stank nach verfaultem Fleisch.
»Er war dreiundsiebzig«, sagte Bain, angestrengt durch die Windschutzscheibe spähend.
Pa hatte immer älter gewirkt, als er den Jahren nach sein konnte, genau wie Sparrow immer jünger ausgesehen hatte, als sie war.
»Wie geht's Mag?«
Bain warf den Kopf mit einer Geste der Hilflosigkeit zurück.
Pa war in den sechsundzwanzig Jahren meines Lebens ebensowenig ein Vater für mich gewesen wie ein Ehemann für Sparrow. Die einzige Verbindung außer dem alten Ehegelübde war mein legaler Anspruch auf Pas Besitz, nachdem meine Lehrzeit vor beinahe zehn Jahren so kläglich gescheitert war. Als ich mich aus den Shortcourse-Geschäften zurückgezogen hatte, war ein eifriges Hin und Her zwischen Eillne und Monument entstanden: Sparrow hatte von Pa verlangt, er müsse seinen politischen Einfluß geltend machen, um mir eine Stelle beim Zollamt von Monument zu verschaffen. Pa hatte das auch geschafft, Sparrow allerdings spottete später darüber. Sie meinte, er habe das nur getan, um sich damit brüsten zu können.
Wir fuhren durch eine kahle Landschaft mit nichtssagen-

den niedrigen Hügeln und Feldern, leerstehende, aufgegebene Bauernkaten, die trostlos in ihnen hockten, tauchten ab und zu aus dem Nebel auf. Die Menschen waren fortgegangen wie der junge Dalton nach England oder wie die Sheehy-Brüder nach New York oder wie Nero, der in ein Tuberkulosesanatorium verschwunden war, aus dem er nie zurückkehren sollte.

»Armer alter Pa«, sagte Bain grimmig. »Wenn er bloß die Finger von der Flasche gelassen hätte. Er konnte es einfach nicht lassen. Er versuchte es mal für ein, zwei Wochen, und dann war er wie ausgetrocknetes Leder. Er konnte die alten Geschichten nicht vergessen, Deilt und so. Und nach allem, was er durchgemacht hatte, wer hätte ihm einen Schluck Whiskey nicht gegönnt?« Der Nebel hatte sich über das ganze Land gelegt, aber während er in Monument düster in den Gassen hing, hatte er sich hier in kleinen Flecken in den Tälern gesammelt, nur auf dem Fluß lastete säuberlich eine ungebrochene weiße Schicht.

»Verdammt einsam hier draußen.« Bain erschauerte. »Keine Leute.«

Nichts hatte sich seit unserer Kindheit geändert. Die Tore und die Buschreihen, die Kiesauffahrt unter den Rädern, das Haus mit seinem einen Stockwerk, dessen Augen auf den Fluß gerichtet waren.

»Wie geht's dem alten Hugo?« fragte Bain.

»Wie immer.«

»Der arme alte Schlucker.«

»La ist 'ne Heilige.«

»Ich möchte lieber so abtreten wie Pa, eine Kugel«, seufzte Bain und hielt vor dem Haus. »Ich will niemandem zur Last fallen.«

Wir gingen durch die Vordertür hinein, die nie verschlossen wurde. La kam gerade den Korridor herunter, sie trug ein Tablett für Onkel Hugo. Ihr Lächeln, wenn sie mich sah, war allein das Heimkommen wert. Das und wenn sie mich nachts in dem langen dunklen Korridor zur Küche küßte. Dann sah sie Bain in seinem schwarzen Anzug hinter mir. Sie stellte das Tablett ab und kam beunruhigt auf uns zu, griff nach meinem Ärmel.

»Was ist passiert, Theo?«

»Wo ist Sparrow?« fragte ich.

»Vorne. Was ist passiert?«

»Mein Vater ist gestorben.«

La ließ mich mit einem Ausdruck der Erleichterung los, als wollte sie sagen, Gott sei Dank, daß es nichts Schlimmeres ist.

Sparrow mußte das Auto gehört und unsere Ankunft bemerkt haben, aber sie schaute nur erfreut auf, als wir hineingingen, tat, als wäre sie überrascht, und winkte uns zu sich.

»Na, Jungs?«

»Pa ist tot«, war alles, was ich herausbringen konnte.

Sparrow blieb bewegungslos sitzen. Das schwache Licht vom Fenster erhellte ihr Gesicht und ließ jugendliche Schönheit und die Spuren mittleren Alters gespenstisch verfließen. Langsam streckte sie beide Hände aus.

»Armer Bain«, murmelte sie.

Er trat zu ihr, kniete bei ihr nieder und ließ sich umarmen.

»Er war ein großer Mann«, schluchzte Bain. »Er hat für sein Land gekämpft. Es war nicht seine Schuld, daß es später nicht mehr so gut ging. Er hat alles für den Kampf gegeben.«

»Ich weiß«, sagte Sparrow und strich ihm über das Haar. »Ich weiß, ich weiß.«

»Er hat dich geliebt, trotz allem«, sagte Bain und holte tief

Luft. »Ich hab gehört, wie er von dir gesprochen hat, bevor er ganz betrunken war. ›Meine Frau ist eine Lady‹, hat er gesagt. ›Ich hab die Schönheit von Monument geheiratet.‹ Er erinnerte sich gern an die Tage, als ihr zusammen wart, als die Leute ihn noch respektierten, als er ein Held war. Er hat gesagt, du und er, ihr wart die Königin und der König von Monument.«

»Armer Bain.« Sparrow streichelte ihn. »Armer, armer Bain.«

La kam leise herein und ergriff meine Hand und rieb sie sanft an ihrer Wange, als wollte sie sagen, daß es mehr als eine Art gab, Trauer auszudrücken. Es war erregend, daß sie das tat, in dem Zimmer dort, vor Sparrow. So etwas hatte sie noch nie zuvor getan.

Für Monument war Pas Tod praktisch ein Feiertag. Als Bain und ich wieder zurückkamen, waren die eingeübten Rituale bereits im Gange. Pa lag im oberen Stockwerk in seinem gestreiften Pyjama aufgebahrt, die bereits gelb gewordenen Hände um einen Rosenkranz gefaltet, während unten Männer und Frauen schon am Geschäft des Erinnerns waren. Pas Schnurrbart und Haare waren von der riesigen Mrs. Batty gewaschen und gekämmt worden. Bain kniete nieder und legte die Stirn an Pas Arm und begann zu schluchzen. Auch ich kniete nieder. Es war, als hätte jemand ein gutes Ebenbild von Pa hergestellt und dort hingelegt. Ich konnte die Haare sehen, die ihm aus den Ohren und den Nasenlöchern sprossen, die Flecken auf dem Schnurrbart, die Poren der Haut, die eingesunkenen Augen. Zum ersten Mal sah ich aus diesem Blickwinkel auch einen Schnitt des Mundes, der eine unbestimmte Trauer auszudrücken schien, etwas, was Pas ganzes Leben hindurch versteckt geblieben war. Das schien seinen

Charakter vollständig zu ändern und gab ihm so etwas wie menschliche Würde. Auch Bain schien mir verändert, aufrichtiger in seiner Trauer. Zugleich aber schien etwas von Pas ungezügelter Natur auf die kräftige, untersetzte Gestalt Bains überzugehen.

An diesem Abend von Pas Todestag begannen viele Männer und Frauen ihre Erinnerungen und Anekdoten in den Teppich eines Lebens einzuweben. Es war, als entledigten sie sich einer letzten Pflicht. Lyle Shortcourse kam aus England herüber. Dieser Bruder, den ich zum ersten Mal zu Gesicht bekam, war Buchmacher auf der Rennbahn von Ealing. Er hatte einen verschlagenen Blick und sprach viel von den Lebenskosten in England und davon, daß er gerne nach Monument zurückkäme, wenn sich ihm die richtige Gelegenheit böte.

Am nächsten Tag um fünf wurde Pa in die Kathedrale gebracht. Wie alle, die in den Häusern der Prince Consort Terrace starben, wurde er aus dem Schlafzimmer im oberen Stock heruntergetragen und erst unten in den Sarg gelegt, da die Treppen für einen Sarg zu eng waren. Pas Bruder Oscar, der Fischhändler, mit dem Pa in vierzig Jahren kaum ein Dutzend Worte gewechselt hatte, stand feingemacht am Fuß der Treppe und nahm den Leichnam in Empfang, als sei damit ein uralter Streit geschlichtet.

»Sparrow ist gekommen«, murmelte Bain mir verstohlen zu.

»Wie?«

»Deine Freundin La hat sie gefahren«, sagte Bain und blinzelte mir zu. »La.«

Ich errötete.

»Onkel Bernard hat sie gebeten, die Nacht vor dem Begräbnis bei ihm zu verbringen«, sagte Bain.

»Wen, La?«

Bain grinste. »Das könnte Bernard so passen«, sagte er. »Je jünger, desto besser. Nein, du Idiot, Sparrow.«
Sparrow blieb in Monument, und da La Onkel Hugo nicht unversorgt auf Eillne lassen konnte und ich nicht wollte, daß sie allein zurückfuhr, begleitete ich sie. Als wir in den Torweg einbogen und die Lichter sahen, stellte ich mir vor, daß wir als Mann und Frau nach Eillne zurückkehrten. Fast hätte ich zu singen begonnen, wenn mich die Trauer des Tages nicht zurückgehalten hätte. In der Diele sah ich mich um.
»Die Uhr ist stehengeblieben«, sagte ich.
»Wir sind ein bißchen durcheinander, Theo«, sagte La, zog einen Stuhl heran und stieg darauf, um den Schlüssel vom Gehäuse über dem toten Zifferblatt zu holen.
»Das macht doch sonst Mr. Turner«, sagte ich, während ich Las schöngerundete Waden bewunderte, die eleganten Linien, die auf die schmalen Knöchel zustrebten, die Wölbung ihrer Füße, als sie auf den Zehen stand.
Während sie die Uhr aufzog, sah La über die Schulter auf mich herunter.
»Mr. Turner ist schon seit über einem Jahr nicht mehr hier gewesen«, spottete sie. »Zu teuer, sagt die Missus.« Sie ahmte Sparrows Stimme nach.
Onkel Hugo hing seitlich aus dem Bett heraus, der Kopf nach unten, was mir seltsam vertraut vorkam. Er konnte sich nur noch mit den Augen verständigen, und ein lebhafter Ausdruck trat in sie, als er La erblickte.
»Sie hätten dabei sein sollen, Mr. Hugo«, sagte La, während sie den Mantel auszog und die Laken und die Decke wieder zurechtzog. Gummidecken lagen unter dem Laken, und das Bett stank. »So viele Leute. Eine Reihe von der Tür der Kathedrale bis ganz zum anderen Ende des Paradeplatzes.« La hob den Oberkörper des alten Mannes

mit einem Arm an und klopfte mit der anderen Hand die Kissen zurecht. »Die irische Fahne auf dem Sarg, Männer aus dem ganzen County. Alle hatten nur Augen für die Missus. So, jetzt haben wir's. Läßt du mal die Hunde raus, Theo? Die armen Viecher sind den ganzen Abend drin gewesen.«

Draußen spiegelte der Fluß den Nachthimmel. Die Hunde strichen erregt in den Schatten herum, wollten unbedingt weiter. Ich wußte nicht, wie La es aufnehmen würde, wenn ich sie an einem solchen Tag um etwas bat, was in ihren Augen eine Sünde sein mußte. Aber es war eine einzigartige Gelegenheit, Sparrow war nicht da.

Wir aßen zusammen in der Küche, was selbst schon ein Hinweis darauf war, daß heute die Regeln aufgehoben waren. Neben ihr, voller Verlangen, fürchtete ich zugleich zu versagen. Ich dachte an Bain, den nebligen gelben Regen und Juliet Blood.

»Schläft Onkel Hugo?«

La nickte. »Er will nur noch schlafen. Ich glaub, er will jetzt für immer schlafen.«

»Er stirbt. Ich weiß das.«

»Was weißt du sonst noch, Theo?« fragte La plötzlich mit einem listigen Blick.

Meine Ohren begannen zu brennen. Es war ein vertrautes Gefühl. »Ich hab oft Angst, daß ich überhaupt nichts weiß.«

»Hast du jetzt auch Angst?«

Ich nickte.

»Wovor?« lächelte sie. »Vor mir?«

»Vor diesem Haus«, krächzte ich. »Ich hab da oben noch nie allein geschlafen.«

»Du bist nicht allein. Mr. Hugo ist da.«

»Du weißt, was ich meine.«

»Aber wo könntest du denn sonst schlafen, Theo?« fragte La mit großen Augen.
Ich senkte den Kopf, um sie nicht ansehen zu müssen.
»Bei dir«, flüsterte ich.
»Bei *mir?*«
Ich nickte.
»Aber Theo!« sagte La. »Also gut, du kannst bei mir schlafen. Aber nur unter einer Bedingung.«
»Was?« fragte ich heiser.
»Daß du mich fangen kannst!« rief La aus und sprang auf.
Ein Ausdruck, den ich noch nie gesehen hatte, war in ihr Gesicht getreten. Sie sah ein wenig verrückt aus. Ich warf mich nach vorn und griff nach ihr, aber sie wich aus. Ich stürzte auf sie zu, stieß den Stuhl beiseite. Sie lief in den dunklen hinteren Korridor. Sie wollte, daß ich sie *jagte!*
Ich brüllte auf: *»La!«*
Ich lief zur Diele, zum Wohnzimmer. Ich konnte sie riechen, und das machte mich fast blind vor Verlangen. Ich lief durch einen Korridor und in das vordere Zimmer, wo Sparrow gewöhnlich saß; ein Stiefel flog über meinen Kopf hinweg. La war keuchend dabei, den zweiten aufzuknöpfen. Ich hechtete auf sie zu, als sie aufsprang, aber ich bekam ihren Fuß zu fassen.
»*Fang* mich, Theo!«
Ich hatte ihren Fuß und ich drückte mein Gesicht in ihren Spann. La riß sich los und entkam zur anderen Seite des Klaviers.
»Theo!« schrie sie, als ich ins Leere sprang und auf den Klavierhocker fiel, der unter meinem Gewicht zerbrach.
»La …«
Ich erwischte ihre Schürzenbänder, als sie durch die Tür hinauslief; die Schürze löste sich von ihr, flog über ihren Kopf nach hinten. Ich sah, wie sich ihre kräftigen Backen

beim Laufen bewegten, ein Anblick, der mich wahnsinnig machte.

»Mr. Hugo, helfen Sie mir!« schrie sie, als sie in Hugos Zimmer stürzte. »Theo will mich vergewaltigen!«

Aber auch mein invalider Onkel konnte mich nicht mehr aufhalten, ich lief um das Bettende herum.

»Theo ...«, zischte La und schob Hugos Nachttisch zwischen uns.

Ich konnte den Hunger in ihren Augen sehen. Onkel Hugo lief das Wasser aus dem Mund.

»Mr. Hugo, helfen Sie mir!« La nahm den einzigen Weg, der ihr noch offenstand, über Onkel Hugo hinweg. Ich sah, wie der Absatz ihres zweiten Stiefels seinen Bauch traf. Er setzte sich abrupt auf. Ich sprang ebenfalls über ihn hinweg, wobei ich ihn in die Kissen zurückstieß.

»Theo ...«

Ich hatte erwartet, daß ihre Tür verriegelt sein würde, aber ich konnte ihr Zimmer ungehindert betreten. Hier war es halbdunkel. Das Zimmer roch anders als jedes andere. Las Körper war hier irgendwo, aber sonderbarerweise und auf durchdringende Art roch ich auch den Körper von Nanny Morrissey, als hätte ihre Erinnerung hier Gestalt angenommen.

»Ich liebe dich«, sagte ich.

»Komm her, Theo.«

»La, ich liebe dich.«

»Hör auf zu reden«, sagte La.

Licht fiel durch ein hohes Fenster von der Küche herein. La zog Nadeln aus dem Haar und schüttelte es aus, so daß ich ihr Gesicht wie zum ersten Mal im Profil sah. Sie wandte sich von mir ab, und ich sah wieder die hohe Rundung ihres Hinterns. Ich tat, was ich mir so oft vorgestellt hatte, und drückte meinen Unterleib an sie.

»Theo«, schalt sie.
Ihre Finger schienen an den Knöpfen ihrer Bluse nur zu spielen. Sie trug ein Baumwollunterkleid und war viel fester gebaut, als ich gedacht hatte. Sie hatte breite Hüften, und ihre Brüste waren reif und voll. Sie setzte sich auf das Bett und ließ mich ihren Stiefel und die Strümpfe ausziehen.
»Mmm, Theo«, sagte sie und ließ mich zuerst die eine Brust, dann die andere in den Mund nehmen und saugen. La knöpfte mein Hemd und meine Hose auf und zog mich langsam aus, während ich saugte. Ich umfing ihre Hüften und hob sie ganz aufs Bett. Sie nahm meinen Schwanz in die Hand und führte mich mit einer solchen Mischung aus Gier und Zärtlichkeit zu sich, daß ich sofort überfloß.
»Das macht nichts«, sagte La. »Warte nur.«
Sie wußte so viel mehr als ich über das Leben und den Tod. Sie drehte mich um und legte sich auf meinen Rücken, und mit sanften Bewegungen ihres feuchten Unterleibs gegen mein Hinterteil und leisen liebkosenden Worten lockte sie meine Erregung wieder zurück. Als ich ihr später sagte, ich wolle sie heiraten, war es nur meine Zunge, die mir sagte, daß sie geweint hatte.

Das Jahr von Pas Tod und die ein oder zwei folgenden brachten Monument nur wenige Veränderungen gegenüber früheren Generationen. Joe Batty wurde in der Ship Street von einem Auto überfahren. Fernsehgeräte wurden etwas Übliches. Ein Bartholomew Shortcourse, von dem ich nie gehört hatte, starb in einer Klinik für Geistesgestörte. Er wurde ohne große Umstände in derselben Grabstätte begraben, in der Pa lag, und zu meiner Überraschung vergoß Sparrow Tränen für diesen Mann, den ich nie getroffen hatte und den sie Borneo nannte.

Von Montag bis Samstag wohnte ich in Monument bei zwei alten Jungfern im Ladies' Walk. Ihr Vater hatte in den alten Tagen für Sammy Tea gearbeitet. Vielleicht weil ich mein Leben lang noch die kleinsten Veränderungen im Gesichtsausdruck meiner Mutter beobachtet hatte, erkannte ich Schmuggler auf den ersten Blick. Zunehmend wurden mir die schwierigen Fälle zugeschoben. Ich machte einen Fernkurs, um in den höheren Dienst zu kommen. La pflegte Hugos sterbliche Hülle auf Eillne, und eines Samstag abends, als ich La in der dunklen Küche an mich drückte, tauchte Sparrow lautlos aus dem Korridor auf, bevor La sie sah und sich von mir löste und so tat, als schnippte sie Staub von der Schulter meiner Jacke.

Von da an bemerkte ich, daß Sparrow begann, ihre Haltung La gegenüber zu verändern. Plötzlich war La schuld an vielen der kleinen Prüfungen, die das Leben mit sich brachte, sie war eine Bürde, die Sparrow nur aufgrund ihrer Barmherzigkeit zu ertragen vorgab. Sparrows verächtliche Bemerkungen über Las einfache Herkunft und ihren Mangel an Bildung stellten uns beide als die geduldigen Opfer eines ungeschickten Bauerntrampels hin, und obwohl ich La liebte und Sparrows Andeutungen durchschaute, schuf ihre Kampagne doch eine Wärme zwischen uns, der ich nicht ganz widerstehen konnte.

Pas Haus und sein Geschäft, die Schuppen, die Felder, die er hier und da erworben hatte und die sich seit der Zeit seines Vaters, als sie beide nicht mehr als ein paar Kühe besaßen, angesammelt hatten, stellten nun doch, nahm man alles zusammen, einen stattlichen Besitz dar, der an Sparrow fiel. Bain nahm einen Kredit auf und kaufte Sparrow das Haus ab, in dem er mit seiner Familie lebte, dazu die Hälfte des Geschäfts und das Feld auf dem

Hügel, Brambling genannt, wo die Schafe auf ihre Hinrichtung warteten. Lyle Shortcourse, vertreten von einem Anwalt aus Dublin, versuchte, diese Transaktionen zu verhindern, war aber schlecht beraten, so daß es noch nicht einmal zu einem Prozeß kam.

Verheiratet und Vater eines Kindes, war Bain nun der Besitzer eines Geschäfts, und im Alter von sechsundzwanzig Jahren wurde er von dem Stadtteil Balaklava in den Rat der Stadt Monument gewählt. An manchen Tagen sah ich, daß Sparrow nach Balaklava hinauffuhr, und so wie ich wußte, daß Bain öfter nach Eillne fuhr, um Geschäftliches mit ihr zu besprechen, war mir klar, daß sie manchmal nach Monument kam, ohne sich die Mühe zu machen, mich zu besuchen. Manchmal schlenderte ich nach der Arbeit in der Hoffnung, Sparrow dort anzutreffen, zu Bains Haus hinauf, und obwohl ich immer enttäuscht wurde, begegnete ich doch ab und zu auf den Treppen oder auf dem gewundenen Priest's Way meinem Vetter Bain.

»Was tust du hier oben, Theo?«

»Ich geh ein bißchen spazieren.«

»Langweilt dich der ganze Papierkram nicht langsam? Willst du nicht lieber wieder im Schlachthaus arbeiten?«

»Das überlaß ich dir, Bain.«

»Wie geht's La?« fragte er und fuhr sich mit der Zunge in den Mundwinkel.

»Weiß ich nicht«, sagte ich schulterzuckend und mit rotem Kopf. »Gut, nehm ich an.«

»Sie ist doch eine dolle kleine Nummer, auf ihre Art, Theo«, sagte Bain nickend.

»Wie meinst du das?«

»Steck ihn ruhig rein, wenn du's nicht lassen kannst, das ist deine Sache«, sagte Bain und sah zur Seite, als wäre

das nichts für ihn. »Aber paß ein bißchen auf – du weißt schon, nicht?« Er schmunzelte und schlug mir auf den Oberarm, um mir zu zeigen, daß sein Rat gutgemeint sei.
»Das ist meine Sache, wie du sagst«, antwortete ich.
»Theo«, sagte Bain und verzog das Gesicht. »Sparrow ist eine sehr kluge Frau. Hör auf sie, ja?«
Sie hatten über mich gesprochen, das war klar. Ich sah plötzlich eine Möglichkeit, Sparrow davon abzubringen, daß La nichts für mich war. Wenn es mir gelang, Bain zu meinem Fürsprecher zu machen, dann war vielleicht auch Sparrow zu überzeugen.
»Hör mal, ich weiß, daß Sparrow dagegen ist«, sagte ich. »Aber dir ist das doch egal, oder?«
Bain sah auf die Uhr.
»Wenn du Sparrow das nächste Mal sprichst«, sagte ich, »sag doch mal so was zu ihr wie ›Ich find eigentlich, daß La ganz gut zu Theo passen würde‹ oder ›La ist doch sehr nett‹. Kannst du das für mich tun?«
»Natürlich, Theo«, sagte Bain langsam. »Kein Problem, alter Junge.«
Als Heranwachsender hatte ich immer geglaubt, daß Bain einen unkontrollierbaren Drang zur Grausamkeit hatte, und vielleicht war das auch so, aber später begriff ich, daß man ihn damit unterschätzte. Selbst bei einem harmlosen Treffen an einer Straßenecke verfolgte er immer eine Strategie, er sah Menschen niemals nur als sie selbst, sondern immer auch als Wähler, die er gewinnen mußte. Sie anders zu betrachten, war für ihn eine verschwendete Gelegenheit.
»Ich hab gehört«, sagte ich unwillkürlich, »daß du nächstes Jahr vielleicht Bürgermeister von Monument wirst. Das stand in der *Gazette.*«
»Wenn sie mich wollen, wissen sie, wo ich zu finden

bin«, sagte Bain. Er sah mich mit seinem halblächelnden, neugierigen Blick an. »Was hältst du davon, Theo? Ich mein, niemand kennt mich so gut wie Theo Shortcourse. Nicht mal meine Frau.«

Vielleicht wollte er herausfinden, ob die Vergangenheit mit ihren Klippen vergessen war, oder er wollte nur überprüfen, wie ich auf seine politischen Fortschritte reagierte – und mit mir andere Beamte, die so dachten wie ich, oder aber er schmeichelte einfach jedem Wähler, indem er ihn nach seiner Meinung fragte.

»Ich bin Pas Sohn, und du bist sein Enkel, Bain«, sagte ich, »nur daß die Natur die Reihenfolge verdreht hat und dich älter gemacht hat als mich.«

»Das ist wahr«, sagte er langsam. »Alles, was ich tu, tu ich für Pa. Für ihn und all die Menschen, die uns vorangegangen und für ihren Glauben gestorben sind.«

»Vergiß nicht, worum ich dich gebeten hab«, rief ich ihm nach.

Jedes Jahr im April war es Bain, der die Ehrenbezeugung in Deilt vornahm. Er hob eine Pistole und schoß im Namen der Toten in den leeren Himmel. Es war eine Angelegenheit, in der er immer sowohl blind als auch treu sein sollte: treu den Erinnerungen, die er bewahrte, und blind gegen ihre Unwahrheit.

Es gab nur wenige Gelegenheiten, zu denen Sparrow nicht auf Eillne war und mich mit La allein ließ, aber sogar diese Möglichkeiten zu sündigen, scheiterten an Las tiefer Furcht vor Sparrow. Einmal fing ich La in der Nähe des Kohlenschuppens ab und führte ihre Hand an meine Erektion, aber sie reagierte mit solchem Ekel, daß ich so etwas nie wieder versuchte. Die Kompliziertheit ihrer Gefühle verwirrte mich. Getragen von der Erinnerung an unsere eine Nacht zusammen, kam ich sonnabends in immer neuer Hoffnung nach Eillne, aber das äußerste, was ich erreichen konnte, war ein verstohlener Kuß. Sie begann sich meinen Berührungen zu entziehen. Ihre braunen Augen blickten mich wissend an, und mir war klar, daß sie nur um Onkel Hugos willen auf Eillne blieb.

»La …«

»Nein, Theo, nein.«

»Du bedeutest mir mehr als mein Leben.«

La sah schnell zur Küchentür. »Es hat keinen Sinn.«

»Wir gehen einfach weg.«

»Ich könnte den armen Mr. Hugo genausowenig verlassen wie du Sparrow.«

»Ich könnte das sehr wohl!«

»Und wo würden wir hingehen? Welche Zukunft hätten wir? Deine Zukunft ist hier, in Eillne und Monument.«

Ich hielt sie in meinen Armen, und sie wandte den Kopf ab, als ich sie auf den Hals küßte.

»Ich träume die ganze Woche davon, an einem Samstagabend in dein Zimmer zu kommen«, flüsterte ich. »Sieh mich an, La!«

»Theo«, zischte La.

»Bitte.«

Sie schlug mir mit einer Schöpfkelle auf den Kopf.

»Was wär denn, wenn ich dir deinen Willen ließe, Theo?« fragte La höhnisch. »Wo wärst du denn dann morgen nach der Messe? Vorne bei ihr, um ihr die Stiefel zu lecken. Warum verteidigst du mich nie, wenn sie sagt: ›La, versuch doch mal, das Zimmer zu verlassen, ohne die Tür zuzuschlagen!‹ oder ›La, der Schalter an der Wand neben der Küchentür ist für das Licht. Versuch doch bitte, ihn öfter zu benutzen wie ein braves Mädchen. Das Geld wächst nicht an den Bäumen.‹ Wenn sie so was sagt

und dich dann anguckt, warum sagst du dann nichts, Theo?«
Meistens kam ich am Samstag mit Sheehys Bus nach Eillne, nach dem Mittagessen, wenn das Zollamt schloß. Pax' Vater hatte ursprünglich gehofft, daß Pax mal in das Geschäft einsteigen würde, aber Pax war zur Polizei gegangen. Es war ein neuer Bus aus England, der aber im Grunde genauso ein klappriges altes Gefährt war wie der vorherige. Um vier Uhr nachmittags stiegen die kräftigen Farmerfrauen in ihren Paisleykleidern mit vollen Einkaufstaschen in den Bus, während ihre Männer mit vom Alkohol glasigen Augen einander stützten. Dann fuhr der Bus los nach Eillne.
Sparrow stand an der Tür zur Diele. Sie lächelte ein wenig traurig, als sie mich ansah, und ich fürchtete, daß etwas passiert war.
»Was ist los?«
»Nichts, Theodore.« Ich küßte sie auf die Wange. »Ich wollte dich nur abfangen, bevor du zu einer deiner kleinen Expeditionen aufbrichst. Wir haben einen Gast zum Essen, deshalb habe ich die Minuten gezählt, bis der Bus endlich kam. Du riechst danach. Ich weiß wirklich nicht, wie man dem Mann erlauben kann, mit einem solchen Gefährt die Straßen unsicher zu machen.«
»Wer ist es?«
»Eine Überraschung«, sagte sie und biß sich wie ein kleines Mädchen auf die Unterlippe. »Am besten, du gehst jetzt schwimmen, Theo. Du siehst so verschwitzt aus, Liebling. Beeil dich.«
Ich spürte einen Zug von Resignation in Sparrows Verhalten mir gegenüber, und ich fragte mich, ob Bain schon mit ihr gesprochen hatte. Ich sah bei Onkel Hugo hinein, aber er schlief, holte mir dann ein Handtuch und ging

durch den Korridor in die Küche. La hielt nicht inne, als sie mich sah; sie bewegte sich im Dampf zwischen den Töpfen und dem Geschirr hin und her. Ich sah mich um und legte ihr dann die Hand auf die Hüfte. Las Gesicht, als sie sich umwandte, war das einer in die Enge getriebenen Füchsin.

»Laß den Unsinn!«

»La?«

»Laß das!«

Ich versuchte, sie in meine Arme zu ziehen.

»Wenn du mich noch mal berührst, gieß ich kochendes Wasser über dich, so wahr mir Gott helfe«, zischte sie.

»Schon gut, schon gut«, flüsterte ich.

La wandte sich wieder dem Herd zu. Vorbereitungen, die das normale Maß weit überstiegen, waren hier im Gange. La würde später, nach dem Dinner, besser gelaunt sein, dachte ich. Vielleicht konnte ich noch einmal in die Küche kommen, wenn Sparrow sich nach dem Essen mit dem Gast unterhielt.

»Wer kommt denn?« fragte ich.

»Oh, das geht die Küche nichts an«, sagte La und schlug ein dampfendes Sieb auf die Arbeitsplatte.

Ich ging durch den Küchengarten hinaus und die Stufen zwischen den Terrassen zum Fluß hinunter. Seit Onkel Hugos Schlaganfall hatte es auf Eillne keine Gesellschaften mehr gegeben, und Sparrow war meines Wissens auch nirgends hingegangen. Außer ihren Fahrten nach Monument und Tee mit Mr. Wise, der ihr noch immer ihre Lebensmittel herausbrachte, war Gesellschaft etwas, auf das Sparrow offenbar gut verzichten konnte. Die kleinen konischen Strudel, die genauso zum Fluß gehörten wie Überraschungen zum Leben, kreisten träge im Abklingen eines heißen Tages. Ich trug meine Kleider hinauf und war schon trocken, bevor ich das Haus erreichte. In meinem Zimmer hörte ich die Glocke, während ich einen vor kurzem gelernten Windsorknoten band, dann ging ich mit leichtem Schritt die Treppe zur Diele hinunter. Als ich den Salon betrat, blickten zwei Frauen zu mir auf. Sparrow und Juliet Blood.

»Theodore, das ist unser Überraschungsgast! Es hat ihm die Sprache verschlagen.«

Juliet lachte. Mir war schlecht.

»Theodore, versuchst du mal, ein wenig Madeira für uns zu finden? Und dann essen wir – das heißt, wenn das Essen nicht inzwischen verkohlt ist«, sagte Sparrow, und Juliet lachte wieder.

Von der Anrichte aus, auf der für solche Anlässe Karaffen aufgestellt waren, beobachtete ich Juliet, während ich mit den Gläsern herumhantierte. Sie hatte sich nicht sehr verändert. Ihre leichte, ausgeschnittene Bluse betonte die Linie ihres Halses. Ihr sehr blondes Haar wurde im Nacken von einem roten Band zusammengehalten und fiel dann breit zwischen die Schulterblätter. Sie hatte die Schuhe ausgezogen und die Beine auf der Couch seitlich unter den Körper geschoben, so daß ich ihre dreckigen Fußsohlen sehen konnte, die unter ihrem Kleid zu mir herüberblickten wie die Einladung, ein skandalöses Geheimnis mit ihr zu teilen. Ich trug die Gläser hinüber.

»Was macht Donald?« fragte Sparrow.

»Er sitzt irgendwo in London auf einem Barhocker, würd ich annehmen«, sagte Juliet.

»Er sollte heiraten«, sagte Sparrow.

»*Donald?* Den würd doch keine nehmen!«

»Er fehlt uns – Onkel Hugo vermißt ihn sicher auch«, sagte Sparrow.

»Oh, das bestimmt«, sagte Juliet mit einem leichten Lächeln.
»Und dein Vater?«
»Will dies Jahr wieder zur Fuchsjagd! Er ist verrückt. Es wird ihn umbringen.«
»Theodore würde so gerne reiten lernen«, strahlte Sparrow. »Du solltest dir ein Pferd zulegen, Liebling.«
»Ich bring's dir auf Drossa bei, Theo, wenn du mir hier im Lyle das Schwimmen beibringst«, sagte Juliet.
»Klar«, sagte ich.
»Hattest du nicht früher ein Pony?« Juliet machte die Stirn kraus.
Ich nickte und versuchte vergeblich, mir etwas einfallen zu lassen, denn ich wußte, was jetzt kommen würde.
»Bain hat es mehr geritten als Theodore«, sagte Sparrow.
»Das kann ich mir denken«, sagte Juliet und sah mich direkt an.
Alles, was mir Bain vor zehn Jahren über Protestanten und die Sünde erklärt hatte, ballte sich in mir zu einem fast schmerzhaften Verlangen zusammen. Wir gingen hinein, um zu essen, und Sparrow nahm eine kleine Messingglocke in Gestalt einer Frau in einem langen Kleid und läutete. Ich vermied Las Augen, und auch sie sah mich nicht an, als sie eilig die Suppenterrine hereintrug. La wirkte gegen Juliets blauäugige Kühle heiß; La sah niedergedrückt aus, während Juliet, für die La unsichtbar war, lächelte und lachte. Selbst Las offensichtliche Intelligenz erschien einen Moment lang als etwas Primitives, etwas, was Leute wie Juliet nicht zu zeigen gelernt hatten.
»Was machst du eigentlich genau, Theo?«
»Ich bin Beamter im Zoll- und Steueramt.«
»Und ist das interessant?«

»Er kontrolliert praktisch das ganze Land, nicht wahr, Theodore?«

»Kommt drauf an, was man interessant findet.«

»Ich fürchte, ich weiß nur sehr wenig von Zoll und Steuern. Du findest mich wahrscheinlich schrecklich langweilig, Theo.«

»Das tut er natürlich nicht. Mmm. Sie hat es tatsächlich geschafft, eine halbwegs anständige Suppe zu machen.«

»Bestimmt nach deinem Rezept, Sparrow.«

Ich wußte, daß die Leichtigkeit, mit der Juliet in ein Haus wie unseres kam, die Schuhe abstreifte und sich auf die Couch setzte, zu einem Lebensstil gehörte, den La niemals verstehen würde. Aber bei aller Kühle und Weltläufigkeit spürte ich in Juliet eine brennende Ungeduld. Das zeigte sich im Gespräch, wenn Sparrow versuchte, mir ein paar Worte zu entlocken, indem sie mir Fragen stellte, die ich beantworten mußte. Wenn ich dann etwas vor mich hin murmelte, sah ich einen Ausdruck tiefen Bedauerns in Juliets Gesicht treten, als wäre sie dazu verurteilt, in gewisser Hinsicht niemals Erfüllung zu finden. Sparrow sagte dann schnell: »Findest du nicht auch, Juliet?« und Juliet wandte sich sofort wieder dem Gespräch zu und sagte: »Natürlich«, wobei das Lächeln auf ihren Lippen einen Moment lang nicht in der Lage war, die Gereiztheit in ihren Augen zu verdecken.

Nach dem Essen wurde Juliet von Reggie Bloods Fahrer abgeholt. Sie küßte Sparrow, trat dann auf mich zu und schob mir auf der Seite, die Sparrow nicht sehen konnte, so schnell und bündig wie eine Eidechse die heiße Spitze ihrer Zunge ins Ohr.

»Bis dann, Theo«, sang sie, als der Fahrer ihr die Tür hielt.

»Ein bezauberndes Mädchen«, sagte Sparrow. »Was für

ein Glück für dich, Theo, eine so hübsche Freundin zu haben.«

Am nächsten Abend legte La, bevor ich nach Monument zurückfuhr, sechs gebügelte Hemden auf mein Bett, eines für jeden Tag, der vergehen würde, bis ich wieder nach Hause kam.

In den Jahren nach 1969 erlebte Monument einen kurzen Wirtschaftsaufschwung, auf den man in späteren Jahren als ein goldenes Zeitalter zurückblickte. Neue Fabriken wurden gebaut. Man kam leichter an Kredite. Endlich auch von den Ausläufern der Nachkriegsprosperität erfaßt, feierte Monument seine politischen Führer, und Bain Cross wurde nicht nur der jüngste Bürgermeister in der Stadtgeschichte, sondern auch der erste, der zwei Amtsperioden nacheinander erlebte. Er hatte sich oben auf Brambling ein neues Haus gebaut, damit jeder Bürger hinaufschauen und das Heim des Mannes sehen konnte, den er gewählt (oder nicht gewählt) hatte.

La war Sparrow nicht gewachsen, und mir wurde klar, daß Las Anwesenheit auf Eillne nur davon abhing, wie lange Onkel Hugo sich noch ans Leben klammerte. Juliet war sehr attraktiv, und wenn ich in Monument allein im Bett lag, dachte ich genausooft an sie wie an La. Aber ich hatte auch Angst vor ihrer ungezügelten Sexualität, Angst vor meinem eigenen Versagen. Als Sparrow an einem Sonntagmorgen nicht im Haus war, ging ich in Las Zimmer, und sie erlaubte mir, mich zu ihr aufs Bett zu legen und ihr die Tränen fortzuküssen. Am nächsten Tag kehrte ich mit dem festen Vorsatz in das windige Monument zurück, Sparrow am nächsten Wochenende zu sagen, daß ich La liebte.

Reggie Blood lebte wie ein auf sein Gut verbannter Renaissance-Fürst. Er verließ Drossa nie. Manchmal kam seine Schwester zu Besuch. Sie hatte einen Geschäftsmann aus Monument geheiratet, einen wohlhabenden Katholiken, so daß zwischen Bruder und Schwester ein unausgesprochener Vorwurf stand, als wären ihre unterschiedlichen Lebensumstände Zeugnis eines uralten Verrats. Im hohen Alter war Reggie immer gekrümmter geworden, den Kopf trug er mit seinem immer gleichen, belustigten Halblächeln nun fast auf der hochgezogenen rechten Schulter. Es hieß, er habe die Unabhängigkeit Irlands gar nicht mitbekommen und sei deshalb, im Gegensatz zu seinen Brüdern, auf Drossa geblieben. Wie auch immer, er hatte sich zunehmend von den Geschicken des Landes um ihn herum getrennt – und die Menschen dieses Landes von ihm –, so daß seine Haltung zu den Iren und zu Irland noch immer die des längst nicht mehr existierenden Herrn über Land und Leute zu sein schien.

An den Samstagen, an denen Sparrow Juliet nicht nach Eillne einlud, wurden Sparrow und ich nach Drossa eingeladen. Schon die bloße Energie unseres gesellschaftlichen Verkehrs verwies auf einen Versuch, verlorene Zeit aufzuholen, und machte das schließliche Ergebnis, was mich und Juliet betraf, zunehmend unvermeidlich.

»Sag mir doch noch mal, was du beruflich tust«, sagte Reggie Blood.

»Theodore arbeitet beim Zoll- und Steueramt in Monument«, erklärte Sparrow. »Er ist Beamter.«

»Großartig«, sagte Reggie. »Donald arbeitet in Ipswich in einer Buchhaltungsfirma. Ziemlich dasselbe. Jagst du, Theo?«

»Juliet will es ihm beibringen«, sagte Sparrow.

»Wohnt er auf Eillne?«

»Die Woche über wohnt er in Monument, aber er wird

seinen Hauptwohnsitz auf Eillne haben, nicht wahr, Theodore?«
»Ein prächtiges Haus«, sagte Reggie. »Ich weiß noch, wie es gebaut wurde, ich war damals noch ein Kind. Ich erinnere mich gut an deinen Vater, Sparrow, Sammy Love, ein kleiner Mann, aber voller Energie. Er kam jeden Sonntag hier raus, zwei volle Jahre lang, bevor er sich entschloß, wo er das Haus haben wollte. Und dann ging's richtig los. Jeden Tag lief er mit den Bauplänen am Ufer entlang, zeigte hierhin und dorthin, gab Anweisungen. Zwanzig Mann haben allein zwei Monate gebraucht, um den Bauplatz einzuebnen, wißt ihr. Du warst da noch nicht geboren, Sparrow. Hugo hatte noch eine Amme, aber er und Bernard wurden mit rausgebracht, damit sie es sehen konnten.«
»Erinnerst du dich noch an meine Großmutter?«
Reggie und Sparrow wandten sich mir zu, als wären sie überrascht, daß ich sprechen konnte.
»Aber sicher«, sagte Reggie langsam, und eine gewisse Vorsicht war unverkennbar. »Ich bin so alt, daß ich mich an die Arche Noah erinnere.«
Ich fragte, weil ich an das Rätsel der Grabinschrift meiner Großmutter gedacht hatte. Ich fügte hinzu: »Hat Sammy Tea meine Großmutter auch mal hier rausgebracht?«
»Deine Großmutter ist früh gestorben, die arme Frau«, erwiderte Reggie verwirrt.
»Ich weiß«, sagte ich. »Aber wann genau ist sie gestorben?«
»Wann?« sagte Reggie. »Guter Gott, das ist eine schwierige Frage.«
»Das Jahr«, sagte ich. »Es steht nicht auf dem Stein, Sparrow. Da ist nur ihr Name über Sammys Namen, kein Datum. ›Starb mit 41 Jahren‹, steht da.«

»Was für eine überaus morbide Unterhaltung«, sagte Juliet.
»Wahrhaftig«, Sparrow runzelte die Stirn, aber ich sah, daß sie sehr konzentriert war.
»Oder in welchem Jahr wurde sie geboren?« fragte ich.
»Wär dasselbe, da wir ihr Alter kennen.«
»Die verdammten Buchhalter sind alle gleich«, sagte Reggie und verzog das Gesicht.
»Eins ist ja klar, sie starb, nachdem Sparrow geboren war«, sagte ich Reggie ins zunehmend finstere Gesicht. »Aber wann? Sparrow kam im Februar 1905 zur Welt, da war Eillne noch im Bau. Du erinnerst dich daran, daß Sammy Tea hier draußen rumlief. Dann muß er doch auch meine Großmutter mal mitgebracht haben, oder? Sie hatte doch sicher ein Interesse daran, wie ihr späteres Heim aussehen würde? Ihr neues großes Haus? Wenn Bernard und Hugo und Hugos Amme sogar rauskamen?«
»Die arme Frau ist tot«, sagte Reggie streng. »Laß die Toten ruhen.«
»Sie ist also nie hierhergekommen?«
»Mein lieber Junge, ich kann mich nicht mal an vorgestern erinnern, schon gar nicht an das, was vor einem halben Jahrhundert war«, sagte Reggie. »Juliet, sieh mal nach deiner Stute. Nimm deinen jungen Mann hier mit.«

An einem Freitagnachmittag, als ganz Monument hektisch dabei war, seine Arbeit vor Anbruch der Dunkelheit hinter sich zu bringen, wurde ich ins Zollamt zum Oberinspektor gerufen, der mir die Ergebnisse meiner Prüfung mitteilte.
Der Oberinspektor saß an einem breiten leeren Rosenholzschreibtisch. Hinter ihm standen in Regalen Dutzen-

de von Flaschenschiffen, das Steckenpferd seines Lebens.

»Sie haben unserem Distrikt Ehre gemacht, Theo«, sagte er. »Sie haben mit dem besten Ergebnis in ganz Irland abgeschlossen.« Er stand auf, trat an das Regal und wählte ein Schiff aus. »Das bedeutet natürlich, daß Sie nach Dublin gehen«, sagte er und kehrte zu seinem Sessel zurück. »Ein Junge, der Erster in ganz Irland geworden ist, hat hier keine Zukunft. Wie ich höre, gehen Sie zunächst als Beamter ohne Geschäftsbereich nach Dublin.«

Das hieß, daß mir wechselnde Aufgaben zugewiesen werden würden.

»Für wie alt halten Sie mich, Theo?«

»Das weiß ich nicht, Sir.«

»Raus mit der Sprache, mein Junge. Wir sind beide Männer.«

»Fünfzig?« sagte ich tastend.

Der Oberinspektor lachte auf. »Fünfundsechzig im nächsten Sommer«, sagte er. »Nach den Regeln muß ich dann in den Ruhestand. Ich kenne diese Stadt noch aus den Tagen kurz nach Ihrem Großvater, Sammy Tea. Ich hab als Bürobote in diesem Gebäude gearbeitet, als die Brits noch hier drin waren. Ich erinner mich an den Geruch von Mazawattee, wenn er von den Dampfschiffen entladen wurde. Dampfschiffe, Theo. Und wissen Sie was, es ist, als ob's letzte Woche gewesen wär.«

Wir schwiegen einen Moment, um dem Rätsel der Zeit unsere Reverenz zu erweisen.

Der Oberinspektor sagte ruhig: »Die Tage sind vorbei. Hier sind jetzt andere Elemente an der Macht. Besser für Sie, hier rauszukommen. Raus aus Monument, weg von … na ja, wie auch immer.«

Fast hätte er, das wußte ich, »weg von Bain« gesagt.

»Sie werden's weit bringen, Theo«, sagte der Oberinspektor. »Sie haben's in sich. Sie können es bis ganz nach oben schaffen. Viel weiter als ich, zum Beispiel.« Er hob die Hand. »Nein, ich weiß, wovon ich rede. Es gibt nur wenige, die es bis ganz nach oben schaffen. Das ist eine gewaltige Verantwortung. Alle Münzen des Kontors gehen sozusagen durch die Finger eines solchen Mannes, und es gibt nicht viele, die dem gerecht werden. Man muß vieles sein, wenn man es so weit bringen will, aber vor allem muß man unabhängig sein, sich zu niemandes Geschöpf machen lassen.« Der Oberinspektor stand auf. »Deshalb müssen Sie hier raus, Theo. Ich möchte Ihnen das hier zur Erinnerung schenken. Es ist eine spanische Galeone, aber das wissen Sie ja. Sie ist eine von meinen besseren. Viel Glück, mein Junge. Sie haben es verdient.«

Meine Gedanken hätten ganz bei meiner neuen Karriere sein sollen, aber sie waren bei La. Am Samstagmorgen stand ich mit einem festen Vorsatz auf. Ich würde La heimlich heiraten, und dann konnte Sparrow nichts mehr dagegen tun; La würde Eillne verlassen und mit mir nach Dublin gehen. Als ich diesen Beschluß gefaßt hatte, war ich fast fröhlich. Meine Zukunft stand fest.

Der Bus war kalt und ungewöhnlich leer. Das Wetter hatte die Farmerfrauen und ihre Männer von Monument ferngehalten, oder vielleicht hatten auch die weihnachtlichen Exzesse die ersten Januarwochen verschluckt. Die Landschaft beschwor Sparrow in mir herauf, all die Male, die wir diese Fahrt zusammen unternommen hatten, im Pferdewagen und im Auto und auf Fahrrädern, das Hin und Her, das die Muster unseres Lebens wie mit einem Faden zwischen zwei Spulen zusammengefügt hatte. Nur indem ich mir immer wieder Las Gesicht vor Augen rief, konnte ich die Angst abwehren, die mich jedesmal an-

sprang, wenn ich daran dachte, was ich mir vorgenommen hatte.
Sparrow kam mir in der Diele entgegen. Meine Antennen, immer bereit, noch die kleinste Veränderung in der Stimmung meiner Mutter aufzufangen, sagten mir, daß sich im Haus etwas verändert hatte.
»Armer Theodore«, sagte Sparrow. »Du mußt müde sein.«
»Ist was passiert?«
Sparrow seufzte. »Komm herein, Theodore, bitte.«
Während ich ihr folgte, merkte ich, daß bestimmte Geräusche des Hauses fehlten. Aus dem Korridor. Aus der Küche. Das Geräusch von Onkel Hugos Tür, wenn La, mit einem Tablett in den Händen, sie hinter sich zufallen ließ.
»Wie geht's Onkel Hugo?« fragte ich und dann, egal, ob meine Stimme mich nun verriet oder nicht: »Wo ist La?«
Sparrow schloß einen Moment die Augen. »Theodore, ich bin selber sehr durcheinander und erschöpft, also versuch nicht zu schreien.«
Ich starrte sie mit offenem Mund an. Tränen rollten über ihre Wangen.
»Dein armer Onkel Hugo mußte ins Altenheim in Monument verlegt werden«, sagte Sparrow schwer atmend. »Es ist niemand mehr hier, der für ihn sorgen könnte.«
»La«, keuchte ich.
»La ist fort, Theodore«, sagte Sparrow. Ihre Augen waren dunkel. »Sie ist fortgegangen, ohne uns auch nur eine Stunde Zeit zu geben. Bain hat immer gesagt, daß das geschehen würde. Sie kommt nicht zurück.«

Ich heiratete Juliet.
Das zumindest sagen die Bücher heute, nach neunundzwanzig Jahren. Das steht im Kirchenbuch von Monu-

ments Kathedrale, bezeugt von Pax Sheehy und einer Freundin von Juliet, die Dorothy hieß. Bestätigt mit vielen Schnörkeln von Pater Jack O'Deas breiter Feder.

Meine Bemühungen, La zu finden, blieben vergeblich. Ich lief jeden Abend durch die Straßen, um sie zu suchen. Ich hatte mir eingeredet, daß auch sie nach Dublin gekommen war und daß wir beide wie zwei Blinde nacheinander tasteten. Manchmal lief ich dem kräftigen Rücken einer jungen Frau auf einem belebten Gehsteig nach, bis ich auf gleicher Höhe war und ihr von der Seite ins Gesicht sehen konnte. Ich wurde immer enttäuscht. Ich wußte instinktiv mit großer Gewißheit, daß Sparrow nicht die Wahrheit gesagt hatte, daß sie es gewesen war, die La von Eillne verbannt hatte, und daß Onkel Hugos Wohlergehen, das für mich die Trumpfkarte für Las Verbleiben auf Eillne gewesen war, einfach beiseite gewischt worden war, als es Sparrows Absichten im Wege stand. Ich ahnte auch, daß Bain mein Anliegen nicht nur nicht unterstützt, sondern sogar das Gegenteil getan hatte. Ich schämte mich, daß ich ihn um Hilfe gebeten hatte. Ich hatte das Gefühl, daß seine Beteiligung an etwas, das nur mich und La anging, etwas Reines beschmutzt hatte.

Eines Samstags besuchte ich in der Zeit zwischen dem Eintreffen meines Zuges aus Dublin und der Abfahrt von Sheehys Bus Onkel Hugo im Altenheim von Monument. Ich hatte die irrationale Hoffnung, daß er mir auf irgendeine Weise vermitteln könne, was La in Wirklichkeit zugestoßen war und wo sie sich aufhielt. Der Wind pfiff durch die Rahmen der hohen Fenster, und es roch durchdringend nach Linoleumpolitur. Eine junge Krankenschwester führte mich mit forschem Schritt einen langen Korridor entlang. Der Geruch ihrer gestärkten Kleidung und ihr Rascheln erinnerten mich an La, und an der Tür

mußte ich den Impuls unterdrücken, meine Hand auf ihr rundes Hinterteil zu legen.
Sie hatten Onkel Hugo den Schnurrbart abrasiert, und ich ging die Station, die voller Männer war, zweimal auf und ab, bevor ich ihn an seinem Pyjama erkannte. Ich glaube nicht, daß er wußte, wer ich war. Keine meiner Fragen nach La führte zu mehr als einem Sabbern. Auf dem Weg hinaus fragte ich eine andere Krankenschwester, ob Onkel Hugo Besuch von einer jungen Frau bekam, aber sie runzelte die Stirn und schüttelte den Kopf. »Nein, Mr. Hugo Love hatte keine Besucher«, sagte sie nüchtern. »Außer Ihnen niemand«.
La verblaßte langsam. Ich ging mit einer Gruppe verwandter Seelen abends essen – das heißt mit anderen Zollbeamten –, meist in die Baggot Street, wo jeden Abend zwanzig Gäste saßen, um Kotelett und Kartoffeln zu verspeisen, während ich als einziger Dorsch bestellte. Ich schien immer zu beschäftigt zu sein, um mehr zu unternehmen, als mich in Erinnerungen an La zu verlieren. Da war das faszinierende, nie endende Treiben des Dubliner Hafens, da war das wachsende Gefühl der Macht der Behörde, der ich angehörte. Je länger ich nichts Gezieltes unternahm – sollte ich zum Beispiel in Zeitungen inserieren? –, desto schwerer würde es sein, ihr meine Passivität zu erklären, wenn ich sie fand. So verblaßte La allmählich, weil sich Schuldgefühle mit ihr verbanden, die man gerne verdrängt.
Sparrows ganzer Ehrgeiz war es, mich mit Juliet zu verheiraten. Reggie Blood war ebenso interessiert daran, denn trotz des großen Geschicks aller Anglo-Iren, aus Geldmangel eine Tugend zu machen, stand er vor der Notwendigkeit, neue Finanzquellen aufzutun. In meiner Abwesenheit veränderte sich Eillne. Das Haus bekam

neue elektrische Leitungen. Eine Kate wurde für einen Pächter, einen Agrarinspektor namens Denny, umgebaut. Sparrow kaufte einen Morris Minor und einen Kühlschrank. In der Osterwoche fuhr ich zusammen mit meinem Onkel Bernard von Dublin hinunter.

»Deine Mutter ist zu Geld gekommen, Theo«, bemerkte er.

Trotz seiner unsteten Augen war Onkel Bernards Gesicht noch immer breit und gutaussehend, und das dicke silberne Haar stand ihm gut. Wenn er mich noch nach der alten Episode in Leire beurteilte, so zeigte er das nicht.

»Und wieso?«

Onkel Bernard sah mich skeptisch an; Landschaft zog durch die Spiegelung seines Gesichts im Fensterglas.

»Sie hat über zehntausend Pfund für ihren Anteil am Shortcourse-Geschäft von Bain bekommen«, sagte er, als wüßte ich das, wollte es aber nicht zugeben. »Das ist viel Geld. Zuviel, wenn du mich fragst. Bain wird bald auf dem Trockenen sitzen, wenn er weiter so borgt.«

Meine Arbeit hatte mich gelehrt, daß es nützlich war, sich nichts anmerken zu lassen. »Woher weißt du, daß er einen Kredit aufgenommen hat?«

»Muß er ja. Muß er ja. Zehntausend Pfund!« Onkel Bernard kämmte das dichte Haar mit großen Händen zurück. »Du würdest so was nie machen, Theo. Du bist zu sehr ein Love, wie deine Mutter.«

Ebenso wie Sparrow schien es auch Onkel Bernard wichtig zu sein, daß ich nur dem Namen nach ein Shortcourse war.

»Euer Geschäftssinn kommt von deinem Großvater, Sammy Tea«, versicherte mir Onkel Bernard. »Du hast doch von Sammy Tea gehört?«

»Aber ja«, sagte ich. »Kannst du dich an ihn erinnern?«

»O ja«, sagte Onkel Bernard.

»Wie war meine Mutter als Kind?« fragte ich und beobachtete sein gutaussehendes Gesicht genau.

»Nicht viel anders als jetzt«, sagte Onkel Bernard, aber das Lächeln lag einen Moment zu lange auf seinen Lippen. »Sag ihr nicht, daß ich das gesagt hab«, fügte er mit einem Auflachen hinzu.

»Ist deine Mutter, meine Großmutter, bald nach Sparrows Geburt gestorben?«

Onkel Bernard blinzelte. »Ja. Ja, das muß sie wohl.«

»Wann genau?«

»Ich kann mir Daten schlecht merken.«

Die azurblauen Linien der Deilt-Berge tauchten am Horizont auf.

»Was soll die Geheimniskrämerei, Onkel Bernard?« fragte ich diesen Mann, den ich kaum kannte. »Das ist mehr als sechzig Jahre her. Wie kommt es, daß alle sich sehr ausweichend verhalten, wenn man auch nur von dieser Zeit spricht, besonders wenn man Großmutters Tod erwähnt? Sie ist jung gestorben, das weiß ich. Mit einundvierzig. Woran?«

»Sie ist«, sagte Onkel Bernard ruhig, »an einem gebrochenen Herzen gestorben.«

Wenn ich jetzt von Eillne nach Dublin zurückkehrte, so war mein Kopf voller Bilder von Juliet. Ihr Mund – meist zu einem spöttischen Ausdruck verzogen – tat meiner einsamen Phantasie wüste Dinge an. Auch wenn ich die blonden Haare, die Haut und den Körper vergaß, den ich damals in seiner strahlenden Nacktheit gesehen hatte, als sie Bain um mehr anflehte, ihr Mund, Juliets Mund, Juliets Lippen, deren Geschmack ich kannte, Juliets Zunge, die mit meiner spielte wie zwei Fische in einem engen Teich, reichte aus, mein Fleisch Nacht um Nacht in Aufruhr zu versetzen. In meinem dunklen Schlafzimmer in der Baggot Street war die leichteste Berührung meiner Hand – Juliets Hand – genug. Wenn ich dann erschlafft dalag, kamen die Zweifel wieder und die Gedanken an mein Versagen im Schuppen an den Eisenbahnschienen, und ich versuchte, mich daran zu erinnern, daß La mir versichert hatte, welche Lust ich ihr in jener einen Nacht bereitet hatte.

Sparrow bestand darauf, daß die Hochzeit auf Eillne stattfinden müsse, und Reggie Blood schien nichts dagegen einzuwenden zu haben. Er erzählte mir eines Abends, daß er seine Eheschließung mit Juliets Mutter erledigt habe, indem sie nach Gretna Green gefahren seien. Sparrow eröffnete uns, daß sie ein neues Altarfenster aus bemaltem Glas bestellt hatte, das für unsere Hochzeit in der Kathedrale im September fertig werden sollte.

»Ich erinnere mich noch, wie ich das farbige Licht der Fenster auf dem Fußboden der Kathedrale bewundert habe, als ich Kind war«, erklärte Sparrow Juliet.

»Wer zahlt das?« fragte ich.

»Oh, ich, in der Hauptsache«, sagte Sparrow. »Pater O'Dea sagt, die Gemeinde wird auch etwas dazugeben. Und Bain wird versuchen, den Stadtrat zu bewegen, ein wenig zu helfen. Er ist großartig«, sagte sie, und ich sah, daß Juliet die Augen niederschlug. »Aber ich trag den Hauptanteil.«

»Wundervoll«, sagte ich. Es war ja schließlich Sparrows Geld. »Das alte Fenster ist im Unabhängigkeitskrieg kaputtgegangen«, erklärte ich Juliet, die sich das ganze Projekt nicht recht erklären konnte.

»Die Briten haben es zerstört – wie so vieles andere«, sagte Sparrow nachdenklich.

Juliets Gesicht sagte mir, daß Ausflüge in die irische Geschichte, insbesondere die Teile, die mit den grünen Trieben irischer Unabhängigkeit zu tun hatten, auf Drossa nicht als geeignete Themen für Tischgespräche galten.
»Vater sagt, in jeder Kneipe wird jeden Samstagabend mehr gekämpft als damals in Monument«, bemerkte sie.
»Sagt er das«, gab Sparrow spitz zurück.
»Er war zum Dinner in die Kaserne eingeladen, von irgendeinem General, und der Diener kam rein und sagte, daß der Koch von einem Heckenschützen durchs Küchenfenster getroffen worden sei, was sie tun sollten. Mach das Fenster zu, hat der General gesagt, und bring den Portwein«, beendete Juliet ihre Geschichte mit heiterer Stimme.
»Ich habe um eine einfache Aufschrift gebeten«, sagte Sparrow zu mir, Juliet ignorierend – es war das erste Anzeichen von Uneinigkeit zwischen den beiden. »›Gespendet von Mrs. Sparrow Love Shortcourse‹, und das Datum eurer Hochzeit.«
Der Sommer kam so schnell, und es passierte so viel, daß ich im Zug oft von irgendwelchen Papieren aufblickte und mich einen Augenblick besinnen mußte, um festzustellen, ob ich auf dem Weg nach Dublin oder nach Monument war, ob ein Wochenende begann oder zu Ende ging. Sheehys Bus war ein *rite de passage,* ein Styx, in den ich eintauchte, bevor ich in Eillne wieder an die Oberfläche kam. In dem Juli sah ich Bains Auto aus dem Busfenster, er war auf dem Weg zurück nach Monument.
»Du bist ja sehr pünktlich«, sagte Juliet, die herausgekommen war, um mich zu begrüßen. Sie wirkte etwas unordentlich, die Haare fielen ihr offen auf die Schultern, und sie sah aus, als wäre sie gerade aufgewacht, aber

dann sah ich die Schutzplanen der Maler in den Korridoren, ganz Eillne war unaufgeräumt.
»Ich hab Bain gesehen«, sagte ich. »Schade, daß ich ihn verpaßt hab.«
»Er hat nur kurz reingeguckt, er wollte mit Sparrow sprechen«, sagte Juliet brüsk. »Aber sie ist nicht da. Bring deine Tasche rein, und dann trinken wir hier draußen einen Tee. Von dem Farbgeruch wird einem schlecht.«
Ich war Juliet gegenüber nicht mehr so befangen wie früher, und ich hatte weniger Angst vor ihrer Sinnlichkeit. Bald, im September, würden wir verheiratet sein, und dann würden ihre Erwartungen sich dem anpassen müssen, was ich zu bieten hatte. Ich freute mich zum Beispiel darauf, ihr das Schwimmen beizubringen. Die Vorstellung von Juliets Körper im Wasser war eine meiner Lieblingsphantasien. Ein kleiner runder Wagen fuhr zur Rückseite von Eillne. Denny, der Pächter, kam nach Hause.
»Was macht der eigentlich genau?« fragte ich.
»Keine Ahnung«, antwortete Juliet. »Guckt den Kühen in den Hintern, nehm ich an.«
Juliet war in meiner Gesellschaft oft geistesabwesend und schien nicht zuzuhören, wenn ich etwas sagte. Ich sah jetzt, daß sie zum Fluß hinunterblickte, und ich bemerkte die Rundung ihrer Brüste und dachte zufrieden an den Tag, da ich sie nach Belieben würde küssen und streicheln können. Juliets Augen waren träumerisch, die langen Wimpern fast geschlossen und ein wenig bebend. Unsere Ehe beruhte mehr auf Konvention als auf Liebe, aber vielleicht konnte ich mit Beharrlichkeit eine große Liebe aus ihr machen.
Ich hörte einen Wagen, dann schlug eine Tür.
»Ich hab eine Tasse für dich hier«, rief Juliet. »Theo ist da.«

Meine Mutter kam aus dem Schatten des Hauses.
»Bleib sitzen«, sagte sie und drückte mich in den Stuhl zurück. Sie bot mir die Wange zum Kuß. »Oh, dieser Sheehy! Ich weiß nicht, wie ich das überlebt habe. Er hat die Kurve geschnitten, und ich mußte praktisch in den Graben, um ihm auszuweichen. Ich hätte große Lust, mit der Polizei zu sprechen.«
»Und dann kommt sein großer Sohn und nimmt ihn fest«, sagte Juliet amüsiert.
»Hast du deine Wäsche mitgebracht, Theo?«
»Ja.«
»In Monument war's zum Ersticken«, sagte Sparrow und goß sich den Rest Tee ein. »Ich hab den ganzen Nachmittag vom Schwimmen im Fluß geträumt.«
»Ich hol noch heißes Wasser«, sagte Juliet.
Sparrow und ich sahen ihr nach. Ich konnte die Umrisse ihrer Beine unter dem Kleid sehen.
»Ich habe mich vergewissert, daß es keine Probleme mit dem Fenster gibt«, sagte Sparrow. Sie wirkte fast kindlich, wie sie mit beiden Händen um die Tasse dasaß. »Bain war großartig. Ich hatte heut nachmittag einen Termin mit ihm, und ein Ingenieur der Stadtverwaltung wird den Einbau überwachen.«
Ich hätte fast gesagt, daß Bain hier gewesen war, aber ich tat es nicht.
»Eine Traube von Leuten wartete vor seinem Zimmer, es waren sicher zwanzig, aber er hat mich zuerst hereingebeten. Er war gerade von einem Treffen draußen in Deilt zurück.« Sparrow lehnte sich vor und berührte mich. »Es wird ein großer Tag werden, Theodore.«
Juliet blieb auf dem Weg aus dem Haus stehen, als wollte sie diesen Moment zwischen Mutter und Sohn nicht stören. Ich sehnte mich nach dem Tag im September. Ich

sehnte mich nach den Worten des Priesters, die alles verändern würden.

Nie habe es in der Kathedrale eine schönere Braut gegeben, sagten die Leute. Als ich von meinem Platz in der ersten Reihe neben Pax durch das Mittelschiff zurückblickte, sah ich, was zu sehen auch die ganze Stadt Monument gekommen war, ein Fluß von Blütenblättern, über dessen vielfarbiges Leuchten meine zukünftige Frau auf mich zuglitt. Ich fühlte mich auf einzigartige Weise vom Glück begünstigt. Ihre seidene Schleppe, getragen von einem Sohn meines Vetters Johnnie und einer Enkelin eines englischen Herzogs, flüsterte wie Laub, als Juliet näher kam. Pater O'Dea lächelte uns immer wieder an, gab leise Anweisungen, die nur wir hören konnten. Er sprach die Messe und predigte. Ich bekam von dem, was er sagte, wenig mit, aber er sprach ohnedies hauptsächlich über Sparrow und das Fenster und daß wir uns nun auch geistig von den Jahren erholten, da Monument vom Lärm der Mörser und Gewehrsalven widerhallte. Ich sah mich um. Sparrow und Bain saßen in strahlendem Licht, aber Reggie Bloods Lächeln war auf dem schiefgelegten Gesicht erstarrt.
Mit wenigen Ausnahmen habe ich nur flüchtige Erinnerungen an meinen Hochzeitstag. Vor der Kathedrale kicherte Juliet über die Menge und den Stadtrat, der uns in Roben aus falschem Hermelin empfing, Bain an der Spitze. Sie hob den Schleier, und er küßte sie leicht auf beide Wangen, es erinnerte mich an Menschen, die auf einem Bahnhof Abschied nahmen. Die im Hafen liegenden Schiffe ließen ihre Sirenen ertönen, als unser Wagen auf den Long Quay einbog. An einer Ecke stand eine untersetzte junge Frau allein, aber sie wandte sich ab, bevor ich ihr Gesicht sehen konnte.

Im frühen September war es sehr naß gewesen. Der Wasserstand im Delta war stark gestiegen und hatte normalerweise trockenes Land überschwemmt. Unser Hochzeitstag war ein überwältigend schöner ruhiger Spätsommertag gewesen, aber der Fluß hatte alle Trägheit hinter sich gelassen und zeigte sich unseren Gästen in beeindruckender Kraft und Vitalität.

Alle möglichen Bloods aus Reggies verschiedenen Ehen kamen aus ganz England herüber. Bernard Love kam mit seiner Frau und ihren großen Söhnen und Enkeln. Bain und seine Familie waren da. Aus Balaklava kam meine Schwester Mag. Onkel Hugo wurde mit der Ambulanz nach Eillne hinausgefahren. Es war Sparrows Entscheidung gewesen, obwohl Onkel Hugo sehr wahrscheinlich nicht das Geringste mehr mitbekam, und so saß mein einst geliebter Onkel – denn wer konnte die Hülle, die er geworden war, noch lieben? – bei seinem letzten Aufenthalt auf Eillne in einem Rollstuhl am Fenster des Wohnzimmers und hörte dem zu, oder schien zumindest zuzuhören, was Mr. Wise ihm erzählte. Ein großer Teil dessen, was Sparrow »das geschäftliche Monument« nannte, war anwesend, und natürlich auch Pater O'Dea. Eine entschlossene Fröhlichkeit herrschte vor, die Briten behaupteten, zuviel getrunken zu haben, während die Iren so taten, als wären sie nüchtern. Champagner wurde ausgeschenkt, Torten angeschnitten. Donald Blood, der so dick geworden war, daß es viele geflüsterte Bemerkungen über ihn gab, galt als der Geschickteste, wenn es darum ging, den Draht zu lösen und die Korken ohne allzu großen Verlust an Flüssigkeit herausspringen zu lassen. Ich sah, wie sich Bain eine Flasche schnappte und Sparrow in einen Winkel steuerte, wo er ihr Glas mit perlendem Gold füllte, bis sich rote Flecken auf ihren Wangen abzeichneten. Meine Schwester Mag ging auf die Terrasse hinaus, streckte sich in Sparrows Hängematte aus und schlief ohne Unterbrechung, bis der Abend ein wenig kühl wurde und die ersten Gäste in Richtung ihrer Autos abzuwandern begannen.

»Weißt du, was ich jetzt gerne machen würde, Theo?«

Bain und Sparrow saßen in den letzten Strahlen der Abendsonne am Rand der Terrasse. Ich hörte Sparrow wie ein junges Mädchen lachen. Drinnen stritt sich Juliet mit Donald herum, der sich in der ersten Phase betrunkenen Trotzes vor einer Stunde geweigert hatte, seinen Vater nach Hause zu fahren, und nun meine Frau – meine Frau! – überreden wollte, ihm einen letzten Drink zu gestatten.

»Ich weiß genau, was du gerne machen würdest«, sagte ich zu Pax.

»Werden die uns nicht für verrückt erklären?«

»Und wenn schon. Sag niemandem was. Wir treffen uns da unten. Ich hol Handtücher.«

Der Fluß in seiner Weisheit würde Schweiß, Staub und Müdigkeit abwaschen. Ich griff mir ein paar Handtücher und schlüpfte in die länger werdenden Schatten.

»He, Theo!«

Sie standen alle aufgereiht über mir, mit der Sonne hinter ihm wirkte Bain wie ein Buddha.

»Komm doch mit«, rief ich.

»Ich will dich nicht ausstechen, Theo!« lachte Bain.

Pax stand schon in Unterhosen da. Wir sprangen zusammen hinein, und als wir wieder auftauchten, waren wir bereits gute fünfzehn Meter von unserer Kleidung entfernt.

»Der meint es heute ernst«, rief Pax, und wir schwammen in einem Winkel wieder stromaufwärts, den wir aus Jah-

ren von Versuch und Irrtum kannten, ein Kompromiß aus Strömung und Strudeln, der jedem seinen Willen ließ. Ich zog mich am Reet aufs Land und half Pax ebenfalls herauf. Auf dieser Seite bekamen wir noch etwas Sonne ab, aber das andere Ufer des Lyle, vom dem aus wir hineingesprungen waren, lag im tiefen Schatten.
»Besser geht's nicht. Der Fluß feiert mit, Theo.«
»Ich glaub auch.«
»Bist du glücklich, Theo?«
»Ich kann es gar nicht fassen.«
»Dann bin ich auch glücklich.«
Es war nicht zu übersehen, daß ihn etwas beschäftigte.
»Machst du dir etwa Sorgen um mich, Pax?«
»Aber warum denn, Theo? Mein bester Freund ist glücklich verheiratet. Warum sollte ich mir Sorgen machen?«
»Wir sind nicht mehr die Kinder, die wir mal waren, Pax. Wir alle.«
»Vielleicht«, sagte er und blickte auf das vorbeischießende Wasser hinaus.
Es war eine Einladung – wenn ich wollte, konnte ich ihn fragen, konnte herausfinden, worin seine Zurückhaltung bestand. Das war es, was Pax so zuverlässig machte; er sagte wenig, aber man konnte auf ihn zurückgreifen, wenn man ihn brauchte – wie eine Bank der Seele.
»Man muß nach vorn blicken, nicht zurück«, sagte ich leise.
»Okay«, Pax nickte. Er legte mir eine Hand auf die Schulter und sah mich aus der Ernsthaftigkeit, die ihn immer umgab, heraus an. »Hast du schon mal über Feuerbestattung nachgedacht, Theo?«
»So weit wollte ich nun auch wieder nicht vorausblicken.«
»Im Ernst.«

»Nein, und heute schon gar nicht.«
Aber Pax war auch durch die Besonderheit dieses Tages nicht so leicht von seinem Thema abzubringen. »Ich finde, das hat 'ne Menge Vorteile. Stell dir vor, deine Asche würde an einem Tag wie heute hier reingeworfen. Stell dir vor, du wirst ein Teil des Flusses. Für mich würde das den Tod erleichtern.«
»Pax, bist du ein bißchen betrunken?«
»Ach du lieber Gott!« sagte Pax, über den Fluß starrend. Eine Gruppe stand am anderen Ufer: Bain und Aggie und ihre beiden Jungen, Juliet und Donald, er hatte noch eine Flasche in der Hand, und, in einem roten Kimono, den sie jetzt auszog, meine Mutter Sparrow.
Sie winkte.
Sie trug einen rosa Badeanzug, aus dem um die Hüften ein kurzes Tüllröckchen sproß und dessen anliegendes Oberteil ihre flachen Brüste zeigte. Ihre Beine waren elfenbeinweiß. Sie setzte die Badekappe auf.
»Die Strömung ist zu stark, Sparrow!« schrie ich hinüber.
»Nein!«
Ihre Umgebung schien in Ehrfurcht vor soviel Kühnheit wie gelähmt zu sein. Pax und ich waren vor Entsetzen aufgesprungen.
»Nein!«
Donald Blood reckte die Flasche in die Luft und rief irgend etwas. Sparrow sprang ab, die Hände zusammengelegt, anmutig wie eine Möwe.
»Sparrow!«
Einen Moment schien sie zu schweben, leicht genug, so schien es, um in der Luft zu bleiben. Ohne einen Spritzer tauchte sie in den Fluß ein, als wäre sie durch einen Riß im Wasser verschwunden.
Pax und ich sprangen gleichzeitig hinein. Mit vollkom-

mener Voraussicht wußte ich, was ich sehen würde, wenn ich wieder auftauchte. Ich sah die hinter uns zurückbleibende Gruppe am Ufer und die glatte, dahinstürzende Wasserfläche, leer bis auf Pax, der in meiner Nähe schwamm. Schreie klangen zu uns herüber. Pax und ich tauchten zusammen, wir brauchten keine Verständigung. Unter der Oberfläche war die Strömung weniger wahrnehmbar, nur wenn man gegen sie schwamm und sah, wie kleine Pflanzen- oder Holzstücke an einem vorbeischossen, wurde die Kraft, der wir ausgesetzt waren, sichtbar.

Es war von Anfang an hoffnungslos. Sie konnte schon eine halbe Meile stromabwärts sein. Und doch fühlte ich mich in dieser Unterwasserwelt, in der, so schien es mir, wichtige Dinge meines Lebens Gestalt angenommen hatten, zu Hause, und der Gedanke, daß Sparrow in Gefahr war, versetzte mich nicht in Panik. Ich blieb ruhig. Mich mit den Armen und Füßen auf der Stelle haltend, hatte ich das Gefühl, daß dies der Moment war, auf den ich mich seit meiner Kindheit vorbereitet hatte. Ich hatte keinen Drang, wieder aufzutauchen, in meiner Lunge befanden sich unendliche Minuten, und ich war eins mit dieser Umgebung. Ich suchte sie ab und konnte doch zur gleichen Zeit kühl analysieren, daß meine Mutter noch nicht einmal in einer so kleinen Sache wie einem Bad am Abend meines Hochzeitstages in der Lage gewesen war, mir die Bühne zu überlassen.

Dann ging ich hoch. Pax trat mit aller Kraft Wasser, um seinen Platz fünf Schritte weiter flußaufwärts von mir zu behaupten. Wir waren um die Biegung herum, waren vom Ufer vor Eillne aus nicht mehr zu sehen. Hier drückte ein seit ewigen Zeiten umgestürzter Baum die Strömung noch enger in ein schmales Bett, machte sie noch

stärker. Wir tauchten wieder. Ich konnte nichts sehen. Meine Hand packte einen schlüpfrigen, unter der Wasseroberfläche liegenden Ast. Ich hing da wie ein Banner im Sturm, versuchte verzweifelt etwas zu sehen, bevor ich wieder hinauf mußte, um Luft zu holen. Wie aus Nebelschwaden hervorschießend, taumelte ein großes schwarzes Etwas an mir vorbei, streifte meine Schulter. Als ich mich umwandte, war es verschwunden. Ich zog mich weiter in den Baum hinein und keilte mich zwischen zwei Ästen ein, um meine Arme einen Augenblick auszuruhen. Als ich gerade wieder an die Oberfläche wollte, sah ich, unter einem Ast verhakt, ein Stückchen rosa Tüll. Ich griff danach, um etwas zurückbringen zu können, zog und begriff mit tiefem Schock, daß dies nicht nur ein Fetzen Stoff war, sondern der ganze Badeanzug mit seiner Trägerin darin, die sich hier unter dem Baum in der Vegetation des Grundes verfangen hatte.
Ich stieß hinab und klaubte fieberhaft, riß dichte Pflanzenmatten auseinander. Ihre Augen waren offen. Ihr Mund. Mit fast zerplatzendem Brustkorb riß ich sie aus den Algen heraus und schoß mit ihr in den Armen hinauf, ließ mich dann auf dem Rücken liegend vom Fluß in den nächsten und weitesten Abschnitt tragen. Ich keuchte nach Pax, und mit ein paar Zügen war er an meiner Seite. Er manövrierte mich und meine seltsam schwere Last durch Wasserlilien auf die stille Seite einer Landzunge, wo die Rinder seines Vaters zur Tränke kamen.
So kraftvoll ich mich im Wasser gefühlt hatte, an Land konnte ich kaum atmen. Pax drehte Sparrow auf den Bauch. Mit seinen zusammengelegten riesigen Händen drückte er mit aller Kraft rhythmisch auf ihren Rücken. Von Sparrow kam ein Laut, als ginge man in nassen Gummistiefeln, und Wasser brach aus ihrem Mund.

Noch mindestens sechsmal brachte Pax sein ganzes Gewicht auf ihren Rücken herunter, bis ich glaubte, ihre Rippen müßten darunter zerbrechen. Dann warf er sie herum und legte seinen Mund auf ihren. Sein mächtiger Oberkörper füllte sich, leerte sich. Sparrows Magendecke schien sich zu bewegen. Pax machte es wieder und wieder. Nach einer halben Minute richtete er sich auf und Sparrows Kopf fiel zur Seite, speichelnd und tot. Er setzte sich rittlings auf sie, schüttelte den Kopf und schlug ihr, wieder mit zusammengelegten Händen, mit aller Kraft auf das Brustbein, so daß ihre Fersen aus dem Gras hüpften.
Dann zuckte sie wieder. Aber diesmal ohne Pax. Er sah mich mit einem müden Grinsen an und nickte. Während sie zu würgen begann, stand ich auf, um zurückzulaufen und den anderen Bescheid zu sagen. Erbrochenes, was für ein tröstlicher Anblick! Ich brach durch Zweige und Unterholz. Wir hatten mindestens eine Meile zurückgelegt. Die Chance, die wir gehabt hatten, war so klein gewesen, daß jeder nun vor Glück gelacht hätte. Ich lachte. Aus etwa einhundert Schritt Entfernung sah ich sie alle, ich hörte die Kinder und Juliet weinen. Ich sah, daß Bain die Schuhe ausgezogen hatte – die Schuhe! – und bis zu den Knöcheln im Wasser stand, seine Frau Aggie hielt ihn am Arm zurück. Ich lachte laut.
»Alles in Ordnung«, rief ich und winkte. »Wir haben sie! Sie ist gerettet.«
Vielleicht konnten sie mich nicht hören. Ich schüttelte die Ohren aus, als könnte ich damit etwas an ihren entsetzten Blicken ändern.
»Sie hat sich in einem Baum verfangen«, keuchte ich. »Sie war fast ertrunken, aber sie hat's geschafft. Pax hat sie wiederbelebt. Sparrow ist am Leben.«

Solcher Schock im Gesicht meiner armen Juliet. Ich wollte sie in die Arme schließen.
»Sparrow ist in Sicherheit.«
Sie schrie auf: »Donald!«
Mein Gesicht muß dumm ausgesehen haben.
»Wo ist Donald, du Idiot?« schrie Juliet. »Mein Bruder ist der albernen Zicke nachgesprungen. Er ist ertrunken.«

6

Eillne war nie schöner gewesen als in diesem Herbst. Das Licht, besonders das Abendlicht über dem Fluß, war von melancholischer Zartheit, wie ein liebevolles Lebewohl, als empfinde es die Pflicht, dort besonders einfühlsam zu sein, wo sich eine solche Tragödie zugetragen hatte.

Die Woche, die ich mir freigenommen hatte, verging mit der Suche nach Donalds Leiche. Gruppen von Freiwilligen nahmen daran teil. Auf Eillne hingen genaue Karten des Flußverlaufs an der Wand, auf denen die Möglichkeiten eingezeichnet wurden, wo ein von der Strömung getragenes großes Objekt hängenbleiben oder angeschwemmt werden konnte. Es war hoffnungslos. Die Männer versuchten, mit Booten weiter in das Delta hineinzukommen, aber ihre winzigen Fortschritte im Verhältnis zu den riesigen Ausmaßen des Deltas waren entmutigend. Auch die Hartnäckigsten gaben bald auf. Pax und ich unternahmen unsere eigenen Expeditionen, auf Baumstämmen, unsere alte Technik, die wir am besten kannten, und wir drangen am weitesten vor, aber vergeblich. Ich sagte es Juliet nicht, aber ich wußte, daß ich der letzte gewesen war, der Donald gesehen hatte, als er wie ein Meteor an mir vorbeigewirbelt wurde und dabei meine Schulter streifte, seine letzte Abschiedsberührung.

Ich kehrte nach Dublin zurück, Juliet blieb auf Drossa. Sie

kümmerte sich um Reggie, der nach Donalds Tragödie sichtbar nachgelassen hatte. In einem blieb Juliet hart: Sie wollte nichts mehr mit meiner Mutter zu tun haben. Sparrow, die sich erholt hatte, wies jeden Gedanken einer Mitschuld am Tod eines Mannes zurück, der in den letzten zwanzig Jahren mehr betrunken als nüchtern gewesen war. Unterirdische Quellen weiblicher Antipathie traten nun an die Oberfläche. Meine Frau blieb in Drossa, und ich kehrte nach Dublin zurück.

Dublin war, das muß ich gestehen, eine Erleichterung. An manchen Abenden traf ich Pax, und wir fuhren auf seinem neuen Motorrad nach Sandycove hinaus. Er brachte mir das Motorradfahren bei, und es war erregender, als ich geglaubt hatte: Wind in den Haaren und im Gesicht, die Kraft des Motors zwischen den Beinen und Pax als Ballast hinter mir. Im Dubliner Schloß genoß ich den kühlen, unpersönlichen Balsam meiner Arbeit. Gesetzesentwürfe, Statistiken, die verschiedensten politischen Anforderungen. Meine Fähigkeit, den mittleren Weg zwischen miteinander konkurrierenden Ansprüchen und Interessen zu finden, erhöhten allmählich meine Reputation in der Behörde.

»Theo, Telefon für Sie.«

Evelyne-Mary O'Grady war mir formell untergeordnet. Sie saß mir gegenüber.

»Sagt, sie ist Ihre Frau«, sagte Evelyne-Mary.

»Hallo?«

»Ich bin in Dublin«, sagte Juliet.

Wir trafen uns nachmittags im ersten Stock eines Cafés über dem Green. Juliet war schon da, als ich ankam, sie blickte auf den Verkehr hinaus, ein kleiner Koffer stand neben ihrem Stuhl. Sie trug einen Hut, ein kleines federgeschmücktes Ding, was, obwohl es in dieser Umgebung

etwas zu förmlich war, rührend wirkte und Juliets Schönheit etwas Klassisches gab.
»Hallo, Theo«, sagte Juliet, nicht ganz zu Hause in Dublin, wie mir schien.
Ich sagte: »Du siehst wunderbar aus.«
»Ich wußte nicht, was ich anziehen sollte. Ich bin früher nur mal zur Landwirtschaftsmesse hier gewesen«, sagte sie und berührte den Hut.
»Du würdest auch ohne irgendwas wunderbar aussehen«, sagte ich und meinte den Hut. Juliet sah mich von der Seite an, schlug die Beine übereinander, nahm dann eine lange Zigarette und zündete sie an.
Der Tee kam, dazu glänzende klebrige Buns mit Korinthen daran, sowie Butterstücke auf Eis.
»Warst du einkaufen?« fragte ich, obwohl keine Tüten zu sehen waren.
»Morgen vielleicht«, sagte Juliet. »Wenn du mir ein bißchen Geld geben kannst, heißt das.«
In plötzlicher Erregung begriff ich meine starke Position.
»Erst mal gehen wir auf mein Zimmer«, sagte ich und hörte mein eigenes Herz stampfen wie einen Schleppdampfer.
Ich nahm Juliets leichten Koffer, und wir gingen untergehakt die belebte Dublin Street hinunter zur Bushaltestelle. Ich war mir der bewundernden Blicke der Passanten bewußt, und meine Erwartung verwandelte sich in eine wunderbar harte Schwellung.
»Kommen wir denn so ohne weiteres da rein?« fragte Juliet. Aus ihr sprach die Erfahrung, sie wußte, daß man nicht ohne Ausflüchte in die Wohnung eines Mannes gelangte, und das steigerte meine Erregung noch.
»Du kennst dich hier gut aus, Theo«, sagte Juliet und

drückte meinen Arm an sich, als ich den Schlüssel herauszog.
Die Leiterin der Pension wußte, daß ich verheiratet war, und führte uns glücklich wie eine Glucke in unser Zimmer. Von der Decke hing nur eine Glühbirne, und ich machte sie aus, als ich sah, daß Juliet sofort begann, sich auszuziehen. Ich wollte auch die schweren Vorhänge vor die gelben Gardinen ziehen, aber Juliet hinderte mich daran.
»Ich will dich sehen.«
Ich wollte sie auch sehen. Ich zog das Jackett aus und streifte die Schuhe ab und setzte mich im Hemd auf das schmale Bett und sah zu, wie meine schöne Frau sich auszog. Der schlanke, aber sehr weibliche Körper, an den ich mich von der Hütte an den Eisenbahngleisen erinnerte, war voller geworden und noch begehrenswerter. Sie beugte sich herunter, um den Strumpf von ihrem linken Bein zu ziehen, hielt sich dabei mit einer Hand am Bettpfosten fest, und ihre Brüste berührten dabei die sachte Wölbung ihres Bauches, der sich zwischen den Schenkeln abflachte. So viele schöne Flächen und Rundungen über Knochen und Muskeln ergaben das Bild meiner Juliet. Sie wechselte die Hand und den Fuß. Das kleine Tal ihres Hinterns kam in Sicht und die Fülle ihrer Hinterbacken, einer ein wenig gespannt, als sie das Bein hob, um den Strumpf auszuziehen, und ich sah die dunkle Schlucht, die mir jetzt mit all ihren Möglichkeiten unendlich süß erschien.
»Jetzt du.«
Sie stand vor mir. Ich öffnete die Hose, schlüpfte heraus, während Juliet gleichzeitig mein Hemd aufknöpfte, bis ich schließlich nur noch in der Unterhose auf dem Bett saß, wie ein Mann bei einer Leibesvisitation.

»Du bist riesig«, sagte Juliet.
Sie zog die Hose herunter und enthüllte mein letztes Geheimnis. In einer Flut aus Erregung und Schrecken versuchte ich, mir vorzustellen, daß ich mich gar nicht in diesem kleinen Zimmer befand, nicht bei Juliet, damit ich mich meiner männlichen Pflicht ehrenhaft entledigen konnte. Was für ein Narr ich war! Aber es ist schwer, die Unmittelbarkeit einer schönen Frau zu leugnen, die die Hände an deinem aufgerichteten Schwanz hat, die dich an sich zieht, die ihre Brüste an dein Geschlecht drückt.
»Mach's mir!«
Die Hütte! Dasselbe gelbe Licht drang durch das Fenster, nur daß es dieses Mal nicht vom Regen gedämpft wurde. Juliet nahm mich wieder in die Hand, und bei der ersten Berührung meiner geschwollenen Eichel mit ihrer weichen Feuchtigkeit schossen die Monate des Wartens mit einem langen Aufschrei, den Juliet mit der Hand zu ersticken suchte, aus mir heraus.
Wir lagen Seite an Seite, Juliet sah zum Fenster hinüber.
»Ich brauch mehr Übung«, murmelte ich.
Juliets schönes Gesicht wirkte ein wenig angespannt.
»Theo?«
»Ja?«
»Wieviel verdienst du eigentlich?«
Es war eine Erleichterung, das Thema zu wechseln. Ich sagte es ihr: fünfundachtzig Pfund im Monat.
»Jeden Monat?«
»Ja.«
»Herrgott, du bist ja reich, Theo«, sagte Juliet und nahm meinen Schwanz in ihre kleine Faust. »Ich bin mit einem reichen Mann verheiratet.«
Dies war ein Freitag. Am Sonnabend waren die Banken

geschlossen, und ich mußte mir von meiner Wirtin fünf Pfund leihen, damit Juliet einkaufen gehen konnte. Samstagabend wiederholte sich im Bett, was am Tag zuvor geschehen war, ein chemisches Desaster, wenn Erfolg in irgend etwas anderem begriffen wurde als reiner Geschwindigkeit der Ejakulation. Juliet löste ein solches Verlangen in mir aus, daß ich mich nicht beherrschen konnte. Ich versuchte, sie nicht anzusehen. Jede Berührung ihrer Hand erregte mich maßlos. Es gab soviel, das ich tun wollte und nicht konnte: an ihren wundervollen Brüsten saugen, ihre Haut lecken, wo sie am glattesten war, an der Innenseite ihrer Schenkel, die Linie ihres Halses liebkosen und die festen Formen ihrer Schulter, die seidigen kleinen Häute ihres Schoßes küssen. Aber ihr schien mein Versagen nicht viel auszumachen. Wenn ich den Kopf in den Kissen vergrub, klopfte sie mir sanft und begütigend auf den Rücken. Sie mochte es nicht, daß ich mich mit ihrem Körper vergnügte, wenn ich schlaff war, und dann schob sie meine Hand mit einem festen »Noch nicht!« beiseite. Sie war erregt, wenn sie mich erregt sah, obwohl der Beginn meiner Erregung auch schon das baldige Ende bedeutete. Sonntagmorgen borgte ich weitere fünf Pfund und setzte sie wieder in den Zug nach Monument.

Es wäre Juliet gegenüber unfair, das Vergnügen zu leugnen, das sie mir bereitete, gleichgültig, welches ihre Motive waren. Glück kann wie Schönheit für eine kurze Jahreszeit ganz eigener Art erblühen, egal, was ihm vorausgeht oder folgt; so sehe ich diese Monate heute, wenn ich zurückblicke. Juliet kam freitags nach Dublin. Ich gab ihr soviel Geld, wie sie haben wollte. Dann liebten wir uns. Juliet fuhr wieder nach Hause, wenn am Sonntag die Angelusglocken über die Liffey dröhnten. Die Wirtin verlegte uns in ein besseres Zimmer; wir nahmen die Mahlzeiten mit ihr ein, und Juliet besprach ihre Einkäufe mit ihr, obwohl sie später behauptete, nicht ein Wort der Frau verstanden zu haben.

Um drei Uhr an einem Samstagnachmittag im Dezember kroch Sheehys Bus den Hügel zwischen Hecken hinauf, in denen eine Million Spinnennetze in weißem Frost erstarrt waren, an Toreinfahrten vorbei, auf denen vereiste Pfützen mit grauen Matschkragen die Sehnsucht nach dem Kaminfeuer wachriefen. Beinahe drei Monate war ich nicht zu Hause gewesen, meine bisher längste Abwesenheit von Eillne. Die Ausmaße des Anwesens schienen sich verändert zu haben. Ich ging über den gefrorenen, nicht nachgebenden Kies ins Haus. Die Terrasse wirkte schmal, und als ich hinuntersah, krümmte sich unser Fluß wie eine alte Narbe.

Meine Mutter saß lesend an ihrem gewohnten Platz. Ein Elektrogerät hatte das Zimmer überheizt.

»Theodore, mein Junge.« Sie stand auf und ließ sich umarmen. »Du siehst sehr gut aus. Ich hatte vergessen, was für ein Mann du geworden bist.«

Tee stand auf einem Tablett bereit.

»Eillne erscheint mir so seltsam«, sagte ich.

»Kein Wunder, nach Dublin.«

»Was hast du so getrieben?« fragte ich.

Sparrow blickte mich neugierig an. »Getrieben?« Sie lächelte und reichte mir die Tasse. »Montag bin ich nach Monument gefahren und habe Mr. Wise unsere Weihnachtsbestellungen gebracht. Er hat nach dir gefragt, wie immer. Es ist noch ein großes Geheimnis, aber Mr. Wise hat eine Station eines Kinderkrankenhauses im Heiligen Land gestiftet.«

»In Israel?«

»Ja, Theodore, in Jerusalem. Ich habe diesen Mince Pie extra für dich gemacht.«
»Er ist ausgezeichnet.«
Sparrow musterte mich über den Goldrand ihrer Teetasse hinweg. »Und Dienstag, was war Dienstag? Oh, Mr. Denny hat Borde im Bügelzimmer angebracht.«
»Denny, der Pächter?«
»Ja, Theodore, Mr. Denny.«
»Ich dachte, der arbeitet.«
»Er hat ein paar freie Tage. Er sieht etwas ungehobelt aus, aber er hat durchaus seine netten Seiten. Und am Mittwoch hat Mrs. Sheehy die Füllung für die Gans gemacht. Ich hab sie probiert, und sie wird dir schmecken.«
»Pax' Mutter?«
»Natürlich, Theodore. Du warst doch nicht in Indien, oder?«
»Ich hab nicht gewußt, daß Mrs. Sheehy jetzt hier arbeitet.«
»Du erwartest doch nicht, daß ich ein so großes Haus ganz allein führe, oder?«
»Nein, nein. Mrs. Sheehy ist bestimmt eine große Hilfe.«
»Die Sheehys sind nette Leute, Theodore. Mr. Sheehy ist ein Genie, was Automobile angeht.«
Der Mince Pie enthielt jede Menge Fruchtstücke und kleine Klumpen Süßes.
»Und Onkel Hugo?«
»Ach, es ist sinnlos. Ich bin gestern mit seinem Weihnachtsgeschenk vorbeigegangen. Er ist die ganze Zeit, die ich da war, nicht einmal aufgewacht. Sie sagen aber, er frißt wie ein Pferd. Das Eis auf dem Parkplatz war so schlimm, daß zwei Männer mich anschieben mußten.« Sparrow goß uns beiden Tee nach. »Ich hab Bain getroffen. Ich war in der Kathedrale – sie ist soviel schöner mit

dem neuen Fenster ..., und als ich herauskam, stand er am Grab seines Großvaters.«

»Wie geht's ihm?«

»Ich hab ihm gesagt, daß du Weihnachten hier bist. Er hat gesagt, er hofft, daß er dich sieht. Ich hab ihn eingeladen, herauszukommen. Er kommt nie mehr nach Eillne.«

»Man sagt, daß er bei der nächsten Wahl ins Parlament kommt.«

»Aber natürlich. Nur Mr. Sheehy glaubt das nicht. Er sagt, Bain wird zu sehr mit bestimmten Elementen identifiziert, wie er das nennt. Aber deshalb wird Mr. Sheehy eben immer ein Automechaniker bleiben, und Bain kommt ins Parlament. Ich hab deinen Onkel Bernard und seine Frau zum Weihnachtsessen eingeladen.«

»Wir müssen über Weihnachten reden.«

»Bernard hat sich sehr um mich gekümmert, seit du weg bist. Er ist schon immer sehr hilfsbereit gewesen, aber ganz besonders, seit du in Dublin bist.«

»Ich bin mit Juliet verheiratet.«

»Red nicht mit mir, als ob ich senil wäre, Theodore. Ich kenne deine Lebensumstände.«

»Juliet bleibt Weihnachten bei ihrem Vater.«

»Juliet macht immer, was Juliet beliebt«, schnappte Sparrow und stand auf.

Es hatte eine Zeit gegeben, da mich ein solcher Ton wie ein Peitschenhieb getroffen hätte, aber plötzlich erfaßte mich eine große Unbekümmertheit und ein Gefühl wilder Freude, als wären die langen Jahre mit Juliet, die vor mir lagen, ein ungehobener Schatz, Gold im Vergleich zu Sparrows Messing.

»Und ich werde Weihnachten mit meiner Frau verbringen.«

Es war das erste Weihnachten, das ich nicht auf Eillne verbrachte. Im neuen Jahr kehrte ich ekstatisch nach Dublin zurück. Auf Drossa hatte ich acht Nächte hintereinander mit Juliet geschlafen.
»Werd ich besser?«
»Ein bißchen, Theo. Du mußt es einfach langsamer machen.«
»Ist es schön für dich?«
»Na ja.«
»Ich bin nicht gut im Bett, nicht?«
»Ab und zu bist du gut, Theo.« Juliet griff nach mir. Ihr Zeitgefühl war immer richtig – wie ein Fisch, der weiß, daß der Fluß genug Wasser führt. »Mein Gott, du bist schon wieder steif. Versuch's mal so.«
Auf den Ellbogen, das Gesicht im Kissen vergraben, wandte sie mir ihren Rücken zu, lang und glänzend wie der eines Otters. Mit der Hand hinter sich greifend, führte sie mich in sich hinein, nur daß ich statt ihres sonstigen dicken Saftes bloß eine seltsame Taubheit empfand. Nichts.
»Das ist gut, Theo«, sagte Juliet und hielt mich in diesem dunklen, gefühllosen Ort. »Das ist wirklich schön.«
Manchmal spürte ich im Halbschlaf, daß sie nachts aufstand, und einmal wachte ich auf, als sie eiskalt wieder unter die Decken kroch, die Morgendämmerung stand schon am Himmel hinter ihr. Ich zog sie an mich und hielt sie fest umschlungen. Reggie schlief schlecht, erklärte sie mit einem Gähnen. Sie hatte etwas Portwein für ihn in der Pfanne heiß gemacht, um ihn durch die Nacht zu bringen, und dann hatte sie bei ihm am Bett gesessen.
»Aber warum bist du dann so kalt?« flüsterte ich, aber Juliet, ihr Engelsgesicht neben mir auf dem Kissen, schlief schon.

Im Sommer jenes Jahres beschäftigten mich weit mehr Dinge als nur die Unruhen nördlich der Grenze. In Dublin Castle wurde eine hochrangige Arbeitsgruppe für den bevorstehenden Eintritt Irlands in die Europäische Gemeinschaft gebildet. Und privat schlug ich mich mit dem Problem herum, wie ich mit Juliets glatter Weigerung umgehen sollte, nach Dublin zu kommen und mit mir zusammenzuleben. Sie sagte, sie könnten sich für Reggie keine Pflegerin leisten, und das Mindeste, was sie für ihn tun konnte, war, ihn zu Hause sterben zu lassen. Juliet wußte, daß eine Versetzung nach Monument für mich nicht in Frage kam. Wenn ich sie zur Rede stellte, sagte sie mir, daß Donald noch am Leben wäre, wenn ich nicht an unserem Hochzeitstag schwimmen gegangen wäre. Reggie würde es bald bessergehen, und dann könnten wir in Dublin zusammenleben. Ich lag eines Abends nach dem Essen auf dem Bett und las, als die Wirtin mir durch die Tür sagte, daß ein Besucher unten im Flur auf mich wartete.

Ich ging auf Zehenspitzen zur Treppe, um zu sehen, wer es war. Das ist eine verstohlene Eigenart, die ich von Sparrow geerbt habe. Wir bewaffnen unsere Spontaneität gern im voraus. Da unten stand Bain. Er trug einen grünen Hut. Irgendwie wirkte er fehl am Platz. Als ich die Treppe herunterkam, schien er ebenso über meine Schulter zu blicken wie in mein Gesicht.

»Das ist eine Überraschung«, sagte ich.

»Theo«, nickte er mit dem leisen Grinsen, das auch immer Pas Rüstung gewesen war.

»Ich wußte nicht, daß du in der Stadt bist.«

»Ferienzeit«, sagte Bain achselzuckend. »Ich muß alles selber machen. Alle sind in den Ferien.«

»Zu Hause alles in Ordnung?«

»Kein Grund zur Sorge.«

Er stand fest da, wie ein Händler auf dem Viehmarkt, der wartet, daß sein Gegenüber ein Angebot macht.
»Hast du schon was gegessen?«
Bain runzelte die Stirn. »Jetzt, wo du es erwähnst, nein.«
»Ich bitte sie, dir etwas zu braten.«
»Kann ich das irgendwo abstellen?«
Er wies auf einen kleinen Koffer, der bisher unbemerkt unter einem Bild des Heiligen Herzens gestanden hatte.
»Ich stell ihn in mein Zimmer«, sagte ich.
Im Eßzimmer bekam Bain Leber, Nieren, verschiedene Puddings und zwei Eier. Er hatte die Fähigkeit, einer Person seine ganze Aufmerksamkeit zuzuwenden, wenn er etwas von ihr wollte, und während ich schweigend dabeisaß, bearbeitete Bain meine Wirtin, Mrs. Mullane, mit Fragen nach ihrer Familie und ihrer Herkunft, nickte weise im Rhythmus seiner Kaubewegungen, warf regelmäßig Bemerkungen ein, wenn es sich bei einem der von ihr Erwähnten um einen gemeinsamen Bekannten handeln konnte – was sehr unwahrscheinlich war, da Mrs. Mullane von den Blasket Islands stammte. Auf jeden Fall war meine verwitwete Wirtin im Handumdrehen so bezaubert, daß sie praktisch glühte.
»Ich habe niemals besser gegessen, und ich bin im Fleischergewerbe«, sagte Bain und lehnte sich zurück.
»Man muß genau hinsehen, wenn man heutzutage das Beste bekommen will«, sagte Mrs. Mullane.
»Die Menschen haben keinen Stolz mehr auf das, was sie tun«, sagte Bain.
»Nicht im mindesten«, stimmte meine Wirtin zu.
»Das ganze Land macht Ferien«, sagte Bain, »als ob nicht ihr ganzes Leben aus Ferien bestünde.«
Mrs. Mullane gab gluckende Laute von sich und goß ihm Tee nach.

»Wir betreiben ein wenig Großhandel, wie Theo weiß«, sagte Bain. »Ich mußte heute zwei Fahrten machen, hier herauf, um Fleisch zu kaufen, und wieder runter.«
»Zwei Fahrten«, sagte Mrs. Mullane voller Mitleid. »Von Monument hier herauf.«
»Kein Fahrer zu kriegen«, sagte Bain. »Liegen alle am Strand und sonnen sich.«
»Sie müssen erschöpft sein«, seufzte Mrs. Mullane.
»Es muß ja gemacht werden«, sagte Bain, der Held.
»Sie sollten hierbleiben. Ich stelle ein extra Bett in Theos Zimmer.«
»Kann ich leider nicht«, sagte Bain. »In dem Lieferwagen draußen ist Zeug, das seine tausend Pfund wert ist. Ich kann den nicht auf der Straße stehenlassen.«
»Aber Sie können den Wagen doch in meine Garage stellen«, rief die Witwe aus.
Ich kannte Bain gut genug, um zu wissen, daß die Dinge in der Regel die Tendenz hatten, sich so zu gestalten, wie er es wollte. Später an dem Abend, sein Wagen sicher in Mrs. Mullanes Garage, lag er auf dem Bett und rauchte eine Pfeife.
»Es ist einiges im Gange, Theo, große Dinge«, sagte er leise.
»Ja.« Ich dachte, er meinte unseren Eintritt in die Europäische Gemeinschaft.
Er beobachtete mich durch den Rauch, seine Lippen sogen feucht mit kurzen Schmatzgeräuschen an der Pfeife.
»Unsere Leute da oben sind in Schwierigkeiten, Theo. Verstehst du, was ich mein?«
Ich fragte mich, warum Bain in Wirklichkeit in Dublin war. Unsere Leute!
»Wir können nicht nur zugucken. Ganze Straßenzüge

sind niedergebrannt worden. Sie müssen sich wehren können. Sie brauchen Waffen.«

Wir waren bei unserer Ausbildung im Zollamt natürlich über die Einfuhr von Waffen und Munition belehrt worden, und damals war uns das sehr viel interessanter erschienen als Zigaretten oder pornographische Bücher.

»Das Gesetz beschränkt den Kreis der Personen, die Waffen importieren dürfen, sehr präzise«, sagte ich nur für den Fall, daß er irgendwelche Absichten mit seinen Worten verband.

»Das Gesetz!« Bain lachte leise. »Wer hat das Gesetz gemacht, Theo? Wer hat es geschrieben?«

»Die meisten gegenwärtigen Gesetze und Verordnungen waren schon vor 1921 gültig«, antwortete ich. Ich wußte jetzt, worauf er hinauswollte. »Großbritannien hat sie gemacht, aber –«

»Großbritannien«, nickte Bain. »Das ist schon ein Stück aus dem Tollhaus, oder? *Wir* müssen *ihrem* Gesetz gehorchen, das *uns* daran hindert, *unseren* Leuten zu helfen, die von *ihnen* in ihren Betten ermordet werden.«

Ich überließ Bain mein Bett und schlief auf Mrs. Mullanes Liege.

»Theo?«

»Ja.«

»Ich war nicht hier, okay?«

Es hätte eine Sommernacht auf Eillne vor zwanzig Jahren sein können.

»Okay.«

»Und, Theo?«

»Ja?«

»Danke.«

Ich brach am nächsten Morgen auf, während er noch mit

Mrs. Mullane frühstückte. Ich hoffte, daß seine Ladung Fleisch über Nacht nicht ungenießbar geworden war.

Juliet kam mich ab und an besuchen, aber nach wie vor weigerte sie sich, auf Dauer zu mir nach Dublin zu ziehen, und das sorgte immer wieder für Spannungen zwischen uns. Pax und ich trafen uns an einem Augustabend draußen in Sandycove.
»Siehst du Bain öfters, Theo?«
»Manchmal am Wochenende, wenn ich zu Hause bin. Dann kommt er nach Eillne heraus. Um mit Sparrow zu sprechen. Die beiden hecken immer irgendwelche Pläne aus.«
Wir saßen nach dem Schwimmen auf einem sonnenwarmen Felsen und ließen uns trocknen. Pax hatte es sich angewöhnt, die schwarzen Augenbrauen zusammenzuziehen, wenn er Fragen stellte, so daß sie wie dunkle Wolken des Zweifels über dem Problem hingen.
»In Dublin nicht?« fragte Pax. »In den letzten Wochen?«
Ich hätte es ihm fast erzählt. Es war die bemühte Beiläufigkeit in Pax' Stimme, die mich stutzen ließ. Er hatte es noch nicht ganz gemeistert, sein berufliches Interesse aus einer privaten Frage herauszufiltern.
»Nein.«
»Er hat sich überhaupt nicht bei dir gemeldet?«
»Nein. Warum?«
»Ich war nur neugierig.«
Ich wunderte mich über mich selbst. Ich hatte keinen besseren Freund als Pax, und den hatte ich gerade angelogen. Schützte ich Bain instinktiv, weil er ein Blutsverwandter war?
»Er ist schwach, Theo«, sagte Pax, und ich sah im Gesicht meines alten Kindheitsfreundes den Ausdruck ei-

nes Mannes, der strenger und entschlossener war als ich mit meinen moralischen Doppeldeutigkeiten. In der bescheidenen Kate in Eillne, in der er aufgewachsen war, waren Gut und Böse mit unbeirrbarer Einfachheit niedergelegt worden. »Schwach und gefährlich. Er ist korrupt, Theo.«

»Nun hör aber auf!« lachte ich.

»Eine Menge Jungs wie er werden noch in Schwierigkeiten kommen, Theo«, sagte Pax ruhig. »Leute, die Waffen schieben und so was. Sie über die Grenze bringen. Davon mußt du doch gehört haben.«

Mir wurde plötzlich klar, wie nah ich dem gekommen war.

»Ein bißchen«, sagte ich. »Aber es schwirren so viele Gerüchte herum. Wo kommen die Waffen her?«

Pax sah mich seltsam an, zuckte dann die Schultern. »Vom Kontinent«, antwortete er. »Sie werden durch Häfen wie Monument reingeschmuggelt.« Er beugte sich über mich. Die Sonne hatte seine Unterarme gebräunt. »Wir kriegen sie letztlich alle, Theo. Egal, wer sie sind. Da hört die Freundschaft auf. Niemand steht über dem Gesetz.«

Merkwürdig, wofür man sich entscheidet, wenn man vor der Wahl steht. Ich hätte Pax mein Leben anvertraut, aber keine einfache Wahrheit. Es war auch keine schwere Entscheidung. Ich ergriff Bains Partei ohne Gewissensbisse.

Im allgemeinen war Juliet geduldig mit mir, aber manchmal war sie es auch nicht, und dann lag sie mit zusammengebissenen Zähnen da oder warf sich auf dem Bauch liegend hin und her, die Hände unter sich, und stöhnte wie ein schönes verwundetes Reh. Trotzdem freute ich mich auf unsere Wochenenden in Dublin mehr, als ich mich je auf die Heimfahrt nach Eillne gefreut hatte. Juliet machte mich glücklich. Ich überredete mich selbst, daß meine Frühzeitigkeit etwas war, was sich allmählich geben würde. Daß die Geldangelegenheiten zwischen uns keine Rolle spielten. Und doch. Und doch sagte mir ein winziger Pulsschlag der Selbstachtung, daß ich ein Narr war und daß die einzige Frau, die mich wirklich liebte, auf Eillne allein alt wurde.

An manchen Wochenenden kam Juliet nicht. Erkältungen. Oder Reggie brauchte sie. Oder Makler kamen nach Drossa, um seinen Wert zu schätzen, Männer mit so wenig Gefühl für Geschichte, daß selbst Cromwell zusammengezuckt wäre. Und sie sagte immer zu einem so späten Zeitpunkt ab, daß es sich für mich nicht mehr lohnte, die Fahrt nach Süden anzutreten. Wenn sie kam – mit Nachrichten von ihrem Vater, mit einer Ausschreibung von Drossa –, hatte ich so viele Nächte in Gedanken an sie wach gelegen, daß ich alle ihre Entschuldigungen klaglos hinnahm. Dies waren die Wochenenden, an denen sie am gereiztesten war. Sie nutzte die Schuld aus, die ich, wie sie wußte, angesichts meines Versagens empfand – es war, als wollte sie sie gegen ihre Schuld, Dublin so lange ferngeblieben zu sein, aufwiegen.

Dann, an einem Freitagabend, als ich sie erwartete, klopfte es an meine Tür. Sie war am vorhergehenden Wochenende nicht gekommen, und so herrschte in meinem Kopf, als ich zur Tür ging, die gewohnte fieberhafte Erwartung, die ich mit dem Gedanken an Juliets prosaischere Bedürfnisse zu mäßigen versuchte.

»Ich habe die Minuten gezählt«, sagte ich und riß die Tür auf.

»Hallo, Theo«, sagte Pax.

»Pax.«

»Kann ich reinkommen?«

Ich trat zurück, um ihn hereinzulassen; ich glaube, ich steckte dann den Kopf hinaus, um den Korridor hinunterzusehen, weil ich glaubte, er und Juliet könnten zusammen gefahren sein.

Pax hatte eine Art offizieller Haltung eingenommen, um die schlechte Nachricht zu überbringen. Er stand mit grimmigem Gesicht da, die Hände hinter dem Rücken zusammengelegt.

»Ich hab keine guten Neuigkeiten für dich, Theo«, sagte er leise.

»Sparrow«, sagte ich.

Pax schüttelte den Kopf. »Juliet, Theo«, flüsterte er.

»Juliet?«

Pax nickte. Er sah weg. Er blickte sich in meinem Zimmer um, sah auf das Bett, auf den Kessel, mit dem ich Juliet Kaffee machte.

Ich begann, vor Angst zu zittern. »Tot ...?«

Pax' Gesicht hatte einen harten Ausdruck. »Nicht tot, Theo. Sie ist weg.«

»Weg?«

»Nach England, soweit ich weiß.«

»O Gott, ich muß ihr nach.«

»Theo, sie ist zusammen mit diesem Pächter auf Eillne, diesem Denny, weg«, sagte Pax mit einem tiefen Atemzug. »Die haben schon seit einem Jahr was miteinander gehabt, so wie's aussieht.«

Das Gewicht meiner Wertlosigkeit lag mir auf den Schultern und schien mich in die Ritzen und Fugen des Fußbodens zu drücken.

»Was ist mit Reggie?« hörte ich mich fragen, als wäre Reggie Blood das letzte Argument, das mir zur Verfügung stand.

»Den hat sie ins Pflegeheim geschafft, Theo«, sagte Pax, »zu deinem Onkel Hugo.«

Ich legte mich auf den Fußboden. Vor langer Zeit hatte jemand etwas Wesentliches aus mir herausgeschnitten und zu seinem Vergnügen umgebracht. Ich erinnerte mich an Denny, den Pächter, an sein schief lächelndes, unrasiertes Gesicht.

»Steh auf, Theo. Komm.«

Pax hob mich an und schob mich aufs Bett.

»Ich bring dich nach Haus.«

»Nein.«

»Deine Mutter hat gesagt, ich soll dich nach Hause bringen.«

»Nein.«

Pax wischte sich mit dem Ärmel übers Gesicht. Er blickte sich im Zimmer um, als suchte er einen Verbündeten oder eine Idee.

»Glaub mir, Theo, du bist ohne sie besser dran. Gott, stell dir vor, ihr hättet Kinder. Ich hab mit Pater O'Dea gesprochen. Ihr habt nie richtig zusammengelebt. Du hast gute Chancen, eine kirchliche Annullierung zu kriegen. Niemand gibt dir die Schuld, Theo. Niemand.«

Wie gerne wäre ich in dem Augenblick bei Sparrow gewesen, und wie unmöglich war es zugleich. Wenn ich einfach wie ein Gespenst nach Eillne hätte zurückschlüpfen können und unbemerkt wie der Wechsel der Jahreszeit dort hätte leben können, um schließlich als ein anderer wieder aufzutauchen, ich hätte es getan. Aber ich fürchtete mich vor Sparrows Mitleid und Großzügigkeit. Ich konnte ihre vollkommene Gefaßtheit, ihre Kraft, nicht ertragen, weil sie mir zeigte, wer ich war.

»Theo.«

»Nein.«

»Theo, ich krieg Schwierigkeiten, wenn ich ohne dich nach Hause komm. Sei ein Mann, komm mit.«

»Nein!«

Der arme Pax.

»Sie war sich selbst der schlimmste Feind, Theo.«

In Pax' Stimme bebten prüde Geheimnisse.

»Was meinst du damit?«

»Sie war's einfach.«

»Weißt du noch irgendwas anderes?«

Pax sah weg, bereute, daß er etwas angedeutet hatte.

Ich sagte: »Da waren noch andere, nicht? Wer?«

»Ich kann dir das nicht sagen, Theo.«

Ich hatte darum gebetet, daß die Wahrheit nicht die Wahrheit war. Sie hatte mit mir bis zum letzten Moment geflirtet, wie eine häßliche alte Vettel mit der Figur eines Mädchens, die ihren Schleier so lange wie möglich nicht lüftet. Ich bekam keine Luft mehr. Die Knie ans Kinn gezogen, lag ich wie ein Fötus auf dem Bett.

»Sie ist nichts wert, Theo«, sagte Pax. »Sie ist eine Nymphomanin.«

»Sie ist meine Frau«, sagte ich schluchzend. »Ich liebe sie.«

Und das tat ich. Wir waren zwei Menschen am Anfang einer Reise gewesen. So vieles wäre noch zu lernen gewesen: über das Leben, übereinander. Juliet hatte fast keine Fehler, die ich nicht um ihrer Schönheit willen hätte ignorieren können, und in dieser blinden Bewunderung hätte der Weg zum Glück liegen können. Für uns beide.

»Wer?« schrie ich. »Wer noch?«

»Wenn ich's dir sag, kommst du dann mit nach Haus?«

Ich nickte.

»Bain«, sagte Pax leise.

So bitter hatte ich seinen Mund noch nie gesehen.

TEIL ZWEI

7

Es ist wahr, daß man von meinem Zellenfenster in Dundrum einen wundervollen Blick hatte. Hinter dem dichten Laub einer Reihe junger Eichen sah man auf die unzähligen Grüntöne der Berge. Ich weiß es, ich habe versucht, sie zu zählen. Manchmal glaubte ich alle Schattierungen des Grüns erfaßt zu haben, aber dann zog eine Wolke vor die Sonne, und ich konnte wieder von vorn anfangen. Dasselbe Spiel hatte ich schon als Kind in Eillne gespielt, wo das Licht mit den Ausläufern der Deilt-Berge spielte, morgens, wenn Regen bevorstand, noch das kleinste Detail vergrößerte oder die Kämme, wenn es dunstig war, weit in die Ferne hinausschob.
Ich versuchte, die Einschränkung, in der ich lebte, soweit wie möglich zu ignorieren. Oft hatte ich die Nacht in Hotels verbracht, die weniger komfortabel waren und kein geheiztes Schwimmbecken hatten. Ich fror nicht. Ich hatte ein Waschbecken und eine ordentliche Toilette. Draußen zeichneten Düsenflugzeuge immer neue Zwillingsspuren an den weißblauen Himmel von Dublin. Ich beobachtete, wie sie auseinandertrieben und dem Morgen verlorengingen, so wie noch der lebhafteste Traum allmählich verblaßte. Und ich sah auf die älteren Patienten hinunter, die auf dem Gelände herumwanderten, Männer, die vor fünfzig Jahren als glutäugige Mörder eines geliebten Menschen nach Dundrum gekommen waren und

die nun grau und stumpf herumstolperten. Das neue Jahrtausend, auf das alle draußen starrten, würde ihnen wenig bedeuten. Das Hauptgebäude selbst konnte ich von meiner Zelle aus zum Glück nicht sehen: zu Bram Stokers Zeit erbaut, war es so ungefähr das Düsterste, was je der viktorianischen Phantasie entsprang.

Dr. Croke, den ich schon beschrieben habe, war, das meinte ich zumindest, inzwischen auf meiner Seite.

»Wir sind alle Sündenböcke für die Vergangenheit, Mr. Shortcourse«, seufzte Croke. »Sie auch. Wir denken alle mit dem Blut, hat jemand gesagt, ich weiß nur nicht mehr, wer.«

Aber wenn es zu der Frage kam, wann ich aus Dundrum entlassen würde, um einen ordentlichen Prozeß zu bekommen, wich Dr. Croke mir aus, und deshalb welkte unsere Beziehung, bevor sie je Wurzeln schlagen konnte. Wenn ich versuchte, ihm zu sagen, wer ich war und was ich wollte, bekam er einen sehr vorsichtigen Gesichtsausdruck, und das führte schließlich dazu, daß ich das Thema nicht mehr ansprach.

Auch behielt ich meine Träume und Erinnerungen für mich. Erinnerung: neben Onkel Hugos Sessel stand eine Vase auf einem Tisch. Im Sommer waren Ringelblumen darin, im Herbst Erika, im Winter Mondviolen, im Frühling Schlüsselblumen von den Ufern unseres Flusses. Die Vase war moosgrün. Sie war unten ausladend und bauchig und zog sich mit einem eleganten Schwung im oberen Drittel zusammen, um dann am Rand wieder ein wenig breiter zu werden. Träume: klebrig. Schaum in der Dunkelheit, dampfender Schleim, der das Ufer zu übertreten drohte, wenn der Pegelstand zu hoch war. Kaulquappen, die sich flußabwärts oder flußaufwärts schlängelten, keine Entfernung zu groß, kein Moment jemals wirklich vergessen, der Strom war wichtig, die einzelne Kaulquappe darin nicht.

Der Gutachter hatte seine Praxis am Beaumont-Hospital, einer Klinik auf der Nordseite der Liffey. Er war Mitglied des Ausschusses, der Fälle wie den meinen überprüfte; er entschied in erster Instanz, ob mein Fall dem Ausschuß überhaupt vorgelegt wurde, und wenn ja, sprach der Ausschuß eine Empfehlung aus, die dem Ministerium zuging. Vor zehn Wochen wurde ich, vielleicht aufgrund der zähen Bemühungen meiner hübschen Anwältin April, durch Dublin gefahren, um von ihm begutachtet zu werden.

Drei Wärter waren für meine Überfühurng abgestellt worden. Wir fuhren in einem Honda Accord durch die elektrischen Tore von Dundrum, ich saß zwischen zwei Wärtern eingekeilt auf dem Rücksitz, während die Augen des Fahrers im Rückspiegel immer wieder zu mir zurückkehrten. Unter Dr. Crokes Regime ging es zivilisiert zu. Es hieß immer wieder, Mr. Shortcourse, hier bitte, dort bitte, wenn Sie bitte hier einsteigen wollen. Wenn man allerdings nicht so gerne wollte, hatten sie Zwangsjacken und Elektroschocks und Injektionen bei der Hand. Aber im großen und ganzen war in dem Flügel, in dem zwei meiner drei Begleiter ihren Dienst versahen, taktvolles Benehmen an der Tagesordnung. Handschellen galten in einem Fall wie meinem als überflüssig.

Wir glitten flott durch Milltown und Donnybrook und über Ballsbridge auf die East Link-Zollbrücke zu. Es war erhebend, wieder Kinder zu sehen, in Kinderwagen oder spielend oder mit ihren Eltern. Ich würde nie Kinder haben, ein geringes Bedauern in einer Tragödie solchen Ausmaßes, aber ich fragte mich doch, wie bald ich

wieder Kinder sehen würde, wenn dieser Antrag scheiterte.
Wie Schuljungen, die zu einem Fußballspiel fuhren, rauchten alle drei Wärter. Schiffe hatten zu beiden Seiten der Zollbrücke festgemacht, als wir sie überquerten. Die Hochsommersonne leuchtete jedes Detail der Decks und Masten und der Seeleute bei der Arbeit aus. Jahrelang hatte ich in der Nähe dieser Kais gearbeitet, und ich war stolz auf das gewesen, was ich tat. In Summerhill strömten Leute aus den hohen Mietshäusern heraus und in sie hinein. Das Krankenhaus von Beaumont erreichte man über eine lange Allee. Wir fuhren zu einem Seiteneingang, und ich wurde wie eine Berühmtheit in das Gebäude geführt. Über das Gespräch mit dem Gutachter ist nicht viel zu sagen, außer daß ich es nach einer Stunde tief deprimiert verließ. Nicht einmal der beste Tag eines irischen Sommers konnte etwas an meiner Verzweiflung und vollkommenen Hoffnungslosigkeit ändern. Wir fuhren los, um die Stadt zu durchqueren und wieder, wie die Wärter es ohne Ironie nannten, nach Hause zurückzukehren.
Die skeptische Haltung des Gutachters drückte sich in seiner professionellen Höflichkeit aus. Er hörte dem, was ich zu sagen hatte, nicht wirklich zu, sondern hielt den Blick fest auf den Gesamtzusammenhang gerichtet, den ich darstellte. Meine Worte waren nur ein Teil davon. Er untersuchte mich aus einer Reihe von Blickwinkeln, jeder durch eine Winzigkeit von dem vorhergehenden unterschieden, als suchte er nach einem schwer faßbaren Kern meines Charakters. Sein warmes Lächeln wirkte anfangs tröstend, bis ich merkte, daß es eine Maske war. Meine (widerwillige) Schilderung meiner Träume – jener wunderbar behagliche Busen, den ich so gut kannte; das

Mobiliar; der Geruch nach Stärke – war das einzige, wozu er Notizen machte, woraus ich schließen mußte, daß die Gedanken meines wachen Verstandes auf unfruchtbaren Boden gefallen waren. Ich war mir sicher, daß er Kinder in teuren Privatschulen hatte und all die Unkosten, die mit dem mittleren Alter einhergingen; er war nicht dahin gekommen, wo er jetzt war, indem er sich gegen Verfügungen eines Ministeriums aufgelehnt hatte.

Wir fuhren durch Fairview und nahmen dann die Canal Road zur Zollbrücke. Meine Aufpasser pafften geschäftig vor sich hin und schienen jetzt, da die Hauptsache hinter ihnen lag, entspannter. Einer fragte mich sogar, wie ich mich fühlte. Der Blick auf den Fluß deprimierte mich noch mehr, nahm mir das letzte Gran Selbstachtung. Selbst der übelste Missetäter konnte für jeden Tag einen Kreidestrich machen und einen Termin in ferner Zukunft Freiheit nennen, aber ich nicht. Ich würde für alle Zeit verschwinden, ich und das, was ich zu erzählen hatte.

Der Wagen hielt auf der East Link-Brücke. Der Fahrer ließ sein Fenster herunter. Ich dachte, ich sähe Möwen aus dem Augenwinkel, aber dann stellte ich fest, daß es Topsegel waren und daß wir angehalten hatten, weil der Mittelteil der Zugbrücke hochgezogen war, um einem prächtigen Viermaster das Einlaufen in den Dubliner Hafen zu ermöglichen. Das Schiff war ein Anblick! Auf dem Hauptdeck stand die Mannschaft, ganz in Weiß, mustergültig in Reih und Glied, Messing und Teak schimmerten in der Sonne und verliehen der Liffey unerwarteten Glanz. Aus den haltenden Wagen vor uns waren Fahrer ausgestiegen, um besser sehen zu können. Väter mit Kindern auf den Schultern traten an die Reling der Brücke. Der Wärter zu meiner Linken ließ sein Fenster ganz herunter und lehnte sich hinaus.

»Bei Gott, guck dir das an, Mick«, sagte er.
Der Wärter rechts von mir machte die Tür auf und stellte sich hin, ein Bein im Wagen, ein Bein auf dem Pflaster. Der Wärter am Steuer spähte angestrengt unter dem Rückspiegel hindurch.
In solchen Momenten überlegt man nicht lang. Ich rammte dem stehenden Mann meinen Kopf unter den Brustkorb und war schon zwanzig Schritte die Brücke hinauf, bevor ich begriff, wie leicht es gewesen war. Das Schiff glitt im Laufen durch mein Gesichtsfeld, es war, als bewegte sich die Brücke. Ich meinte, Rufe hinter mir zu hören. Ich stieg auf die Reling. Ein kleines Mädchen in einem Sommerkleid saß auf den Schultern eines Mannes.
»Schööön«, sagte sie zu mir.
Ich sprang ab. Sobald ich in das Wasser eintauchte, war ich frei.

Das Hauptquartier des Zoll- und Steueramtes befindet sich in Dublin Castle, einem Sammelsurium von Festungsgebäuden mit sehr behaglichen Büroräumen, eine Stadt in der Stadt, wo das Einsammeln von riesigen Geldmengen zur Verfügung und Verschwendung durch verantwortungslose Regierungen in einer Atmosphäre der Ruhe und Heiterkeit vonstatten geht. In den späten Siebzigern waren in Dublin große Kräne in den Himmel gewachsen, und der Verkehrslärm erschien einem lauter, wenn man darauf achtete, als zu der Zeit, als ich zuerst hierherkam. Aber sonst hatte sich in den letzten fünfzig oder hundert oder sogar hundertfünfzig Jahren nicht viel geändert. Immer hatten Inspektoren – oder was in der Vergangenheit meiner jetzigen gehobenen Position entsprach – Direktiven an die Steuereintreiber draußen ge-

schrieben und ganz allgemein zu einer kühl berechneten Gesetzgebung beigetragen.
Ich kaufte mir eine Wohnung in Sandymount, die auf die Dubliner Bucht hinausblickte, also auf Wasser oder Watt, je nach Gezeitenstand. Sparrow kam herauf und half mir, sie einzurichten. In jenen Tagen war sie manchmal da, wenn ich abends von Dublin Castle nach Hause kam. Bei Flut saß sie am Fenster und sah mir zu, während ich hinauswatete und dann in die Mitte der Bucht hinausschwamm. Für mich hatte es etwas Quälendes, auf der einen Seite meine Mutter zu wissen, ein kleiner dunkler Punkt in einem winzigen Rahmen, auf der anderen Seite den Ozean. Beide Richtungen übten eine starke Anziehung auf mich aus. Manchmal war es eine Anstrengung, an Land zurückzukehren, aber ich war immer froh, wenn ich es geschafft hatte.
Inzwischen konnte ich mit einigem Gleichmut zurückblicken. So wie Reggie Blood nach wenigen Monaten im Pflegeheim gestorben war, so wie der gegenwärtige Bewohner von Drossa, ein deutscher Geschäftsmann, dort ohne den geringsten Bezug zu den vielen Generationen der Blood-Familie lebte, so mußte ich mir auch die Ehe mit Juliet bewußt ins Gedächtnis rufen, und die einzige körperliche Erfahrung mit ihr, an die ich mich erinnern konnte, war die flüchtige Feuchte ihrer Zunge in meinem Ohr.
Ich hatte Bain seit zwei Jahren nicht gesehen, und als ich ihn traf, war ich überrascht, daß ich keinen Groll empfand. Als deutlich wurde, daß ich nicht in alten Wunden herumstochern würde, begann Bain mit großer Bereitwilligkeit von sich selbst zu sprechen. Er hatte abgenommen, lachte und klopfte auf seinen breiten Bauch. Als Parlamentsabgeordneter hatte er eine gute politische Basis und

noch weit mehr vor, wie er mir anvertraute. Es war, als wollte er meine Billigung für seine Pläne, aber vielleicht wollte er auch nur freie Bahn, keine herumfliegenden Brocken aus der Vergangenheit, die ihm in die Quere kommen könnten. Er gab mir seine private Telefonnummer in Dublin und bat mich nachdrücklich, ihn anzurufen. Ich war mir nicht darüber im klaren, ob er es ernst meinte oder nicht.

In jenen Tagen legte ich die Strecke zwischen Sandymonnt und Dublin Castle gewöhnlich zu Fuß zurück. Chloriertes Wasser konnte ich nicht ertragen, und da es im Winter zu kalt war, draußen zu schwimmen, wurden die Straßen von Dublin mein Übungsplatz. Ich unternahm weite Wanderungen durch die Stadt, Entdeckungsreisen, so wie ich als Kind Expeditionen ins Delta unternommen hatte. Ich ging durch Slums und grüne Vorstädte, durch Parks und Gewerbegebiete. Ich ging Tausende von Meilen und sah in Zehntausende Gesichter. Was ich suchte – denn wenn ich ehrlich bin, war es eine Suche –, weiß ich nicht. Die Bewegung war alles. Gesichter waren meine Belohnung. Ich vergaß keines und bewahre sie mir auf gewisse Weise noch immer: die für einen Augenblick interessierten Augen einer jungen Frau in Fairview; das lächelnde Gesicht einer breiten Matrone in Clonskea. Vielleicht suchten sie auch etwas. Vielleicht konnte ich wie Sterne, die einmal in einer Million Jahren zusammenstoßen, hier meine entscheidende Begegnung erleben.

An einem Winterabend, als ich mich in einem Gewirr von gleichaussehenden Gassen zu orientieren suchte und stehenblieb, hörte ich aus dem Nirgendwo Stimmen, die die Worte des alten 100. Psalms sangen.

Die kleine Kirche wirkte wie das einzig anständige Möbelstück in einer Umgebung, die unwiderruflich ruiniert war. Erbaut aus reich verziertem Sandstein und Granit stand sie hinter einem Gatterzaun zwischen einer katholischen Kirche und einer Schenke, wie eine übersteigerte Metapher für den protestantischen Glauben in Irland. Ich trat leise ein. Der Altar stand am Ende eines kurzen Längsschiffes unter einer Reihe von Bögen, so daß die erleuchtete Kanzel mit dem Chor in einer anderen Welt darüber zu schweben schien, entrückt durch einen Keil aus Dunkelheit. Sie liebten ihre Kirchenlieder, das merkte man. In dem Zwielicht erinnerte ich mich an den Eßtisch von Eillne, an jedes Detail des Tafelsilbers und des Leinens und an den Geschmack von Nanny Morrisseys Suppe, und ich weinte.

Am selben Abend schloß ich mich dem Chor von St. Felt's an. Die Musik war wie ein Fluß, in dessen warmem Wasser ich in die Vergangenheit schwimmen konnte.

An der Reise von Dublin nach Eillne hatte sich wenig geändert. Im Zug traf ich einmal Onkel Bernard mit seinem Sohn Johnnie, der sich zum lächelnden Ebenbild seines Vaters entwickelt hatte. Sie waren geschäftlich unterwegs gewesen; Onkel Bernard hatte Gewicht verloren, und seine Haut erinnerte mich an die Haut des toten Pa, als ich ihn aufgebahrt gesehen hatte – kein schmeichelhafter Vergleich für Onkel Bernard, aber angemessen, weil ich ihn an dem Tag zum letzten Mal vor seinem Tod sah. Johnnie hatte von seinem Vater die verschlagenen Augen geerbt und die breiten Hände und den dicken (bereits jetzt) silbernen Haarschopf. Er hatte auch dieselbe Art, anstößige Geschichten zu erzählen, die der Anlaß, wenn auch nicht der Beweis für Onkel Bernards schlechten Ruf gewesen waren. Die ganze Fahrt hindurch erzählte Johnnie Witze, die in irgendeiner Weise um die Anatomie der Frau kreisten, während Onkel Bernard geistesabwesend auf sein nahe bevorstehendes Ende starrte.

Einmal traf ich meine Schwester Mag, als mich irgendeine Besorgung ins Stadtzentrum von Monument brachte, bevor Sheehys Bus abfuhr. Sie erkannte mich nicht. Ihr Gesicht war eingefallen, als hätte der Alkohol die Knochen wie Säure zerfressen. Nur Mags Augen schienen das gestaltlose Gesichtsfleisch wie Nadeln an Ort und Stelle zu halten. Wäre sie in einem besseren Zustand gewesen, hätte ich ihr gerne ein paar Fragen über meine Herkunft gestellt und die Zweifel aufgehellt, die Pa in mir gesät hatte, als er seine betrunkenen Bemerkungen darüber machte, daß ich in Wirklichkeit gar nicht sein Sohn sei. Sparrow würde mir niemals die Wahrheit sagen, und der einzige andere Mensch, der das konnte, war mein Bruder Lyle, aber Lyle war seit Jahren von niemandem mehr gesehen worden, und so schien es, als müßte ich mit meinen unbeantworteten Fragen weiterleben.

Es war noch immer Sheehys Bus. Es gab jetzt zwei riesige, zischende Kästen, die in England gekauft worden waren und von Pax' Vetter gefahren wurden. Sein Vater war vor fünf oder sechs Jahren gestorben. Wenn man auf der Captain Penny's Road hinausfuhr, sah man neue Häuserblöcke, weiß oder braun geputzt, mit ein paar Läden dazwischen, die langsam die Straße hinaufgekrochen waren. Wo es früher nur einen heiligen Brunnen gegeben hatte, war jetzt auch ein Zebrastreifen.

Eillnes Unerschütterlichkeit, das Gefühl, daß das Haus, das auf den Fluß blickte, und der Fluß selbst immer da sein würden, solange ich sie auch brauchen mochte, war Grund genug, nach Hause zu kommen. Sparrow natürlich auch. Aber für mich war dieser Ort, Eillne, auch mit meiner Mutter identisch, sie hingen im tiefsten Sinn voneinander ab, und ich konnte mir einfach nicht vorstellen, daß die eine ohne den anderen existieren könnte oder umgekehrt. Als ich oben auf dem Hügel aus dem Bus stieg, freute ich mich auf das Geräusch meiner Schritte im Kies der Auffahrt, wie man sich auf ein frühes, wenn auch unbedeutendes Motiv in einer geliebten Symphonie freut. Ich blieb am Tor stehen, vom Haus aus noch nicht zu sehen, und sog den süßlichen Duft des Geißblatts ein. Gleich würde man das Geräusch von Holzrädern hören, und Onkel Hugo würde im Zweisitzer auftauchen, die Peitsche in der Hand wie eine Angelrute, vornübergebeugt – aus seinem Bett im Pflegeheim, wo er nun der ausdauerndste Patient war, in die Vergangenheit versetzt wie ich. Wenn ich im Frühsommer auf Eillne vom Lärmen der Elstern oder den Rufen der Ringeltauben erwachte oder im Winter vom heiseren Bellen einer Füchsin, dann konnte ich mich in meine Zeit als Kind versetzen, als ich im selben Schlafzimmer gelegen hatte, Bains Atmen im Nachbarbett neben mir oder Las Stimme in der Küche.

»Theodore, bitte versuch, rechtzeitig da zu sein. Pater O'Dea muß früh zurück, um die Samstagabend-Beichte zu hören.«

Obwohl Sparrow nicht frommer war als ich, bemerkte ich, daß Pater O'Dea immer öfter auf Eillne zu sehen war. Genaugenommen war er jetzt Monsignore O'Dea, er arbeitete eng mit dem alten Bischof zusammen, begleitete ihn nach Rom und versah seine Korrespondenz, wie mir Sparrow berichtete.

»Sag doch mal, wie geht es Pax Sheehy denn eigentlich?«

Pater O'Deas Lippen saugten Gemüsesuppe vom Löffel, und seine Wangen füllten sich und fielen wieder ein wie ein kleiner Blasebalg. Die braunen Augen blickten mich aufmerksam über den Tisch hinweg an. Braune Augen und glänzendes, glattes schwarzes Haar. »Ich weiß gar nicht mehr, wann ich ihn zum letzten Mal gesehen habe«, sagte er.

»Er ist Kriminalinspektor«, antwortete ich. »Sie haben ein Haus in Malahide gekauft.«

»Ach, du hast ihn also besucht, Theodore«, sagte Sparrow.

»Ein-, zweimal, ja.«

»Schönes Haus?«

»Sehr schön, finde ich.«

»Pax liebte Jazz«, sagte Pater O'Dea.

»Tut er immer noch«, sagte ich.

»Ach wirklich?«

»Er spielt manchmal Saxophon.«

»Da ziehe ich den Hut vor ihm«, sagte Pater O'Dea.

»Nur ein wenig merkwürdig, daß er so plötzlich geheiratet hat und nicht mal seinen alten Nachbarn etwas davon gesagt hat«, sagte Sparrow mit schmalen Lippen. Der alte Streit zwischen Pax und Bain zog es nach sich, daß Sparrow immer etwas Spitzes hinzufügen mußte, wenn Pax' Name fiel.

»Oh, die Sheehys waren schon immer sehr eigenwillig«, sagte Pater O'Dea. »Sie sind starke Menschen. Pax wird es weit bringen.«

»Bis zum Polizeichef bestimmt«, sagte ich.

»Das glaube ich auch«, nickte Pater O'Dea. »Ein Mann von großer Ernsthaftigkeit, dem Gesetz tief verpflichtet. Ein unbeeinflußbarer Beamter.«

»Wenn das so ist, sollte ich schnell meinen Wagen anmelden«, sagte Sparrow und lehnte sich mit einem strahlenden Lächeln zurück, das einzig für Pater O'Dea bestimmt war. »Sonst müssen Sie noch eine Kaution für mich zahlen, um mich aus dem Gefängnis zu holen.«

»Das würde ich jederzeit tun«, sagte Pater O'Dea und erwiderte das Lächeln, als wäre ich nur zufällig dabei und solche Witzeleien üblich zwischen den beiden.

»Bain hat nicht viel für Pax Sheehy übrig«, vertraute Sparrow ihm an, »auch wenn er das nie zugeben würde.«

»Sie sind beide ehrgeizig, Sparrow«, sagte Pater O'Dea. »Wahrscheinlich betrachten sie sich als Konkurrenten. Der Ehrgeiz kann eine schreckliche Bürde sein.«

Sparrow lächelte ihn an, als sei sie dankbar, daß keiner von ihnen darunter litt.

»Du solltest dich mal bei Bain melden, Theodore«, sagte sie. »Ihr seid doch beide in Dublin. Es ist sehr schade, daß ihr euch so wenig seht.«

»Ich habe mit ihm vor ein paar Monaten zu Mittag gegessen«, sagte ich. »Im Dáil.«

»Im Dáil«, sagte Sparrow und nickte Pater O'Dea zu.

»Er scheint sich da ziemlich zu Hause zu fühlen«, sagte ich.

»Ja, ja«, strahlte Pater O'Dea. »Der Sitz der Macht.«

Sparrow läutete die kleine Glocke, und Miss Turner, die Schwester des längst verstorbenen Uhrenaufziehers, die jetzt für sie arbeitete, kam herein und trug die Suppenteller hinaus. »Er war unter der Woche hier«, sagte sie. »Er spricht nur noch von der kommenden Wahl.«

»Oh, er wird mit Leichtigkeit wieder reinkommen«, sagte Pater O'Dea. »Die Stimmen aus Balaklava allein sollten dafür ausreichen.«

»Er meint, daß sie ihm vielleicht sogar eines der kleineren Ministerien anbieten werden«, sagte Sparrow.

»Es liegt in der Familie«, strahlte Pater O'Dea. »Sein Vater wäre stolz auf ihn.«

Ein kurzes Schweigen trat ein, als Miss Turner mit einer Terrine Stew erschien. Pater O'Dea hatte offensichtlich von Pa gesprochen, wobei er sowohl ignorierte, daß Bains Name Cross war, als auch, daß Pa, der Bains Großvater war, nie etwas bekleidet hatte, was einem öffentlichen Amt auch nur entfernt ähnelte. Sparrow verteilte mit der Schöpfkelle fettig glänzende Lammkoteletts und dazu Karotten und wachsfarbene Graupen.

»Wie geht's dem Geschäft?« fragte ich. »Jetzt, wo Bain fast nur in Dublin ist?«

»Oh, ich frag ihn gar nicht«, sagte Sparrow wegwerfend, während sie sich darauf konzentrierte, das Essen zuzuteilen, als hätte ich das eine Thema aufgespürt, bei dem sie und der Monsignore nicht ein Herz und eine Seele waren.

»Die wirtschaftliche Lage ist sehr schwierig«, sagte Pater O'Dea kurz und bestätigte damit, daß wir uns auf schwierigem Terrain befanden. »Meine Güte, Sparrow, das ist mehr als genug.«

»Pater, wenn es nicht zu spät ist, würden Sie bitte das Gebet sprechen?« fragte Sparrow und lächelte ihr Kleinmädchenlächeln.

Pater O'Dea legte Messer und Gabel aus der Hand. Er faltete die Hände über der Brust, hob den Kopf und schloß die Augen.

»Segne uns, Herr, und diese Deine Gaben, welche wir mit Deiner Gnade nun empfangen werden durch Christus, unseren Herrn. Amen.«

Gesellschaftlich war dies für mich eine ziellose Zeit. Ich arbeitete, ich sang im Chor der Gemeinde von St. Felt's, ich ging im Winter spazieren und im Sommer schwamm ich. Ich schlief. Gelegentlich traf ich Pax, aber das gesellschaftliche Leben ist etwas, was für Paare ge-

macht scheint, und in der Hinsicht war ich nachweisbar ungeeignet. Wenn ich heute zurückblicke, frage ich mich, wie ich das ausgehalten habe. Wie kam ich mit meiner Sexualität zurecht zwischen der Zeit, als Juliet verschwand, und ...? Sex wurde zu einem versteckten Teil meiner Persönlichkeit. Ich hörte auf, den Beinen junger Frauen nachzusehen, nicht weil ich nicht gewollt hätte, daß sie mich umschlangen, sondern weil ich mich nicht in der Lage fühlte, die Energie aufzubringen, jene Rituale durchzustehen, die zu solchen Begegnungen führen. Mein Jagdinstinkt ließ nach, auch wenn ich ab und zu rein formell gewisse Versuche unternahm. Die Natur erleichterte mich nachts, wenn ich in der Sicherheit des Unbewußten herumtollte. Ich wurde ein wenig zum Einsiedler, nehme ich an, ich lebte in der kahlen Welt, in die ich mich verschlossen hatte, und war dadurch in der Lage, mich ganz auf berufliche Fragen zu konzentrieren. Ein gelegentliches Bier und die erhebenden Choräle in der Kirche waren meine einzigen Bezugspunkte zu der Welt außerhalb von Eillne und Dublin Castle.
Bain Cross wurde am 2. November 1979 Justizminister. Er genoß die Popularität eines Mannes, dem ein gewisses Draufgängertum nachgesagt wurde. Wenn Leute den untersetzten kleinen Fleischer aus Monument nicht mochten, der angeblich soviel Erfolg bei Frauen hatte, dann weil sie ihn beneideten. Seine Frau Aggie erschien selten in der Öffentlichkeit, hatte sich anscheinend mit allem abgefunden, was das Leben ihr brachte.
Ich ging nicht zur Wahl, und ich verfolgte auch die spannungsgeladene Auszählung nicht. Erst als ich mit dem Zug in Monument ankam, wurde mir klar, daß Bain nicht nur einen erdrutschartigen Wahlsieg errungen hatte, sondern auch Chancen hatte, ein Regierungsamt zu überneh-

men. Obwohl es kalt war, standen etwa tausend Leute um die Mittagszeit am Bahnhof. Schiffe tuteten. Selbst der Lyle mit seinen Schaumkronen schien erregt zu sein. Sheehys Bus war von Menschen eingekeilt, und als ich mich hindurchdrängte, sah ich ein Spruchband, auf dem mit groben, ungleichen Lettern stand: BAIN CROSS JUSTIZMINISTER. Bain und seine Kohorten waren im selben Zug gewesen, und ich hatte es nicht einmal gewußt!

Eine Kapelle legte los, und die Stadträte von Monument stellten sich mit zufriedenen Gesichtern in ihren verblichenen Amtskleidern auf. Bain kam aus dem Bahnhof, auf den Fußballen federnd ging er auf die Menge zu, der einzige Mann dort ohne Mantel. Er schüttelte die zusammengelegten Hände über dem Kopf, bestieg eine provisorische Plattform und rief, so laut er konnte, da das Mikrofon nicht funktionierte: »Schön, wieder zu Hause zu sein!«

Ich wartete seine Rede nicht ab. Ich ging zum Fluß hinüber und beobachtete die Wirbel und Strudel an der Wasseroberfläche, die von soviel verborgener Kraft sprachen. Ich freute mich für Bain, aber in sehr distanzierter, ruhiger Weise. Ich bin ohnedies kein Freund von Menschenmassen. Ich würde ihm ein kurzes Glückwunschschreiben schicken, wenn ich wieder in Dublin war. Wenn er die Zeit fand, würde er ja vielleicht antworten.

Der Frühling kam so spät, daß er praktisch mit dem Frühsommer zusammenfiel. Nach Wochen erbarmungslosen Regens, der in immer neuen Böen über die Dubliner Bucht vor meinem Fenster fegte, kam plötzlich ein nach Flieder duftender Morgen, und am selben Abend sah ich, als ich von der Arbeit zurückkam, Familien mit Eimern und Schaufeln und sonnenbrandgeröteten Kindern, die vom Strand zurückkehrten. Ich kann nicht sagen, daß ich den Wirbel um Bain in irgendeiner Weise verfolgt hätte. Mir war bewußt, daß er nominiert worden war und daß er sich grimmig in jeden Fuß Boden krallte, den er gewonnen hatte – trotz der Kübel von Hohn und Spott, die über ihm ausgeleert wurden. Aber wenn in der Politik erst einmal eine Entscheidung gefallen ist, wie schlecht auch immer, nimmt nur ein schlechter Politiker sie wieder zurück. Bain hatte sich eingegraben und würde nicht zurückweichen. Die Medien haben im Gegensatz zu einer verbreiteten Meinung weder das Talent noch die Zähigkeit für lange Rachefeldzüge, und dieselben Zeitungen, die meinen Neffen als Revolvermann bezeichneten, sollten ihn sechs Monate später als einen Friedenspolitiker feiern, dessen Antiterror-Gesetzgebung Meilensteine gesetzt habe.

Wie gesagt, ich bekam von der Aufregung nicht viel mit. Dafür gab es einen Grund, glaube ich. Wenn ich zuviel über Bain wußte, war ich an den Wochenenden gezwungen, mit Sparrow auf Eillne bis zum Überdruß über ihn zu sprechen. Wenn sie damit durch war, Sammy Tea in den Himmel zu heben, gab es für sie, wenn man sie ermutigte, kein anderes Thema mehr als Bain. Das ärgerte mich. Es warf wieder die Frage nach meinem Platz in ihrem Herzen auf und erinnerte mich daran, wie oft sie Geheimnisse mit Bain geteilt hatte, von denen ich ausgeschlossen war. Ich kenne mich in der Politik nicht aus, sagte ich aufseufzend zu meiner Mutter. Das langweilt mich alles. Mein armer Liebling, sagte sie dann, langweilen wollen wir dich natürlich nicht. Und dann wandten wir uns Themen zu, die nur uns etwas angingen, unsere Vergangenheit zum Beispiel, und ich hatte endlich das Gefühl, daß meine Mutter nur für mich da war.

Eines Abends, als ich von Dublin Castle in meine Wohnung zurückging, trat ein Mann auf der Straße auf mich zu.
»Sind Sie Theodore Shortcourse?« fragte er.
Ich bestätigte das.
»Theodore«, sagte er. »Ich bin dein Bruder Lyle.«

8

Er war klein und nahezu sechzig, und er hatte einen dünnen weißen Schnurrbart und Augen von so übereifriger Aufrichtigkeit, daß jeder, der nicht sein Bruder war, sie als die Augen eines unverbesserlichen Lügners beschrieben hätte. Ich erkannte ihn von Pas Bestattung vor vierzehn Jahren wieder. Es war einer jener großen Erinnerungssprünge, die alle dazwischenliegende Zeit einfach wegwischen. Er hatte das Auftreten, das man vielleicht vom Türsteher eines Clubs auf der Place Pigalle erwartet.

»Ich habe dich hier ab und zu entlanggehen sehen, und ich dachte mir, du könntest es sein, aber ich wollte nicht vorschnell handeln«, sagte Lyle und hob tatsächlich seinen kleinen Hut.

Er erzählte mir, er habe sich praktisch sein ganzes Leben in England herumgetrieben und manch eine »schräge« Geschichte erlebt. Sein Gesicht verriet einem, daß eine kleine Rechenmaschine in seinem Kopf ständig im Gange war und daß sein beweglicher Verstand, der vielleicht so manches zur Lösung der großen Probleme dieser Welt hätte beitragen können, in Lyles Fall ausschließlich damit beschäftigt gewesen war, Narren der zweiten Liga das Geld abzunehmen. Jetzt aber war die Zeit gekommen, sich niederzulassen und ein ruhigeres Leben zu führen. Er war auf der Suche nach einer »Gelegenheit«. Er hatte ein wenig Kapital im Strumpf, das auf die richtige Idee wartete, sagte er. Seine Buchmacherlizenz in Ealing hatte er verkauft, und sein listiges Lächeln verriet, daß sicher nicht er es war, der bei dieser Transaktion den kürzeren gezogen hatte.

»Ich bin in London einer Dame begegnet, die mir, als sie meinen Namen hörte, gesagt hat, sie wär mit dir verheiratet gewesen«, sagte Lyle.

»Wie hieß sie?« fragte ich.

»Es tut mir leid, ich kann mich nicht mehr daran erinnern«, sagte Lyle. »Recht hübsch, klein. Sie war Busfahrerin am Clapham Common.«

»Juliet?«

»Ich kann mir einfach keine Namen merken«, sagte mein Bruder Lyle.

Ich konnte mir Juliet durchaus als Busfahrerin vorstellen, energisch an dem großen Steuerrad kurbelnd. Es war ein ziemlich erotisches Bild.

»Warst du mal verheiratet?« fragte ich.

Lyle legte die Hand an den Mund, als wäre es ein Geheimnis. »Zweimal«, sagte er. »Und beide haben mir das Fell über die Ohren gezogen. Ich hab irgendwo einen Sohn. Er hat seinen Namen geändert, der Halunke, heißt jetzt Short. Dann hatte er den Nerv, mich um Geld anzugehen. Kannst du dir das vorstellen? Short?«

Er erinnerte mich an die alten Gauner am Long Quay von Monument, für die ein Schwatz beim Morgenspaziergang ein genauso wichtiger Teil des Tages war wie die Rennseite der Tageszeitung.

»Und Oscar Shortcourse lebt auch noch«, sagte Lyle.

»Verkauft Fisch und geht auf dem Long Quay spazieren.«

»Oscar mag ich«, sagte Lyle. »Der hatte mit dem ganzen Deilt-Unfug nichts am Hut.«

»Du mußt das als Kind mit Löffeln gefressen haben«, sagte ich.
»Morgens, mittags, abends«, sagte er. »Pa war ein Mann mit vielen Lastern, Gott hab ihn selig.«
Ich begriff, daß Lyle, von vielen längst vergessen, die Antwort auf meine Fragen war. Was Pa und Sparrow mir nie verraten hatten, mußte er wissen, denn er hatte die ersten zwanzig Jahre in Monument verbracht und damit auch ein paar Jahre, die für meine Geschichte von Bedeutung waren. Lyle hatte mit Sparrow in dem engen Haus an der Prince Consort Terrace gewohnt, ein Haus, in dem es keine Geheimnisse gab.
»Aus Bain Cross ist etwas geworden«, sagte Lyle.
»Justizminister.«
»Er war immer ein Mann, der zupacken konnte.«
»Die Politik ist das Richtige für ihn.«
»Ich bezweifle, daß er sich noch an mich erinnert«, sagte Lyle. »Wie läuft sein Geschäft? Ich will damit sagen, er ist doch jetzt ein großes Tier hier oben in Dublin, er fliegt in der Welt herum. Wer kümmert sich ums Geschäft? Wer macht die Würste, weißt du, was ich mein?«
»Soviel ich weiß, hat er einen Geschäftsführer«, sagte ich.
»Teddy Batty. War vorher Verkäufer.«
»Das ist nicht dasselbe«, sagte Lyle wissend. »Bain hätte den Laden nie kriegen dürfen, weißt du.«
Das war die alte Geschichte mit der Klage nach Pas Tod. Bittere Erinnerungen dieser Art überleben meistens ihre Anlässe. Aber ich sah plötzlich eine Möglichkeit, das Interesse meines Bruders am Wurstgeschäft und meinen eigenen Hunger auf die Vergangenheit zusammenzuspannen.
»Ich hab selbst ein erfolgreiches Geschäft geleitet«, sagte Lyle. »Ich hatte es schwer, aber ich hab nie was gemacht,

was nicht koscher war«, sagte er mit dem Ausdruck eines Mannes, der nicht erwartet, daß man ihm glaubt.
»Ein Geschäft ist wie das andere«, sagte ich.
»Aber genau«, sagte Lyle.
»Buchmachen, Wurst machen.«
»Du sagst es.«
»Politik ist was anderes«, erklärte ich.
»Politik und Würste passen nicht zusammen«, stimmte Lyle zu. »Das sollte Bain Cross mal jemand sagen.«
»Vielleicht sagt's ihm bald jemand.«
Lyle gab mir seine Karte, die ihn als Consultant auswies.
»Ich erinner mich an dich, weißt du«, sagte Lyle. »Wir haben damals Bain öfter nach Eillne rausgefahren. Ich mußte die Benzinkupons klauen, und dafür ließ Pa mich mitfahren. Schönes altes Haus. Ist es noch da?«
»Genau wie immer.«
»Du warst klein und dünn, das weiß ich noch«, sagte Lyle. »Du standst am Fenster, wenn Bain zur Tür raufging. Ihr wart dicke Freunde. Seid ihr das immer noch?«
»Gewissermaßen.«
»Wir müssen uns mal zusammensetzen«, sagte Lyle, »und über die alten Zeiten reden, Theodore, mein Junge. Ich glaub, das würd dich interessieren.«
Wir hatten nur ein paar Minuten geredet, aber mehr brauchte er nicht, um mich richtig einzuschätzen.
»Das würde es wirklich. Es gibt da ein paar Lücken in meinem Leben, die ich gerne füllen würde.«
»Ich weiß.«
»Das weißt du?«
»Dein alter Bruder Lyle weiß alles, Theodore, alter Junge. Er braucht nur eine Gelegenheit, den alten Kohl aufzuwärmen.«

»Kohl und Würste«, sagte ich. »Das erinnert mich an Balaklava.«

»Weißt du, was die Vergangenheit ist?« Lyle lachte. »Ich sag's dir. Sie ist eine alte Nutte, die immer darauf wartet, noch eine letzte Nummer zu machen. Dreh ihr den Rücken zu und rums, hat sie dich bei den Schamhaaren.«

Ich hatte das Gefühl, daß es nun reichte. Ich sah auf die Uhr.

»Ruf mich an«, sagte Lyle. »Und denk dran, Bains Geschäft gehört von Rechts wegen mir.«

»Ich werd's nicht vergessen, alter Junge«, sagte ich.

Es war ansteckend.

Zweimal im Jahr mußte ich die Zollinspektoren in den Provinzen besuchen. Ein solcher arbeitete in Monument und saß hinter dem breiten Rosenholzschreibtisch, auf dem einmal die Koordinaten meines Lebens niedergelegt worden waren. Ein einziges Flaschenschiff stand noch im Regal. Der Inspektor war jung und ordentlich, und die vielen Fotos seiner Kinder auf dem Schreibtisch erinnerten einen an seine vielseitige Leistungsfähigkeit.

»Wenn dieser Tisch sprechen könnte«, sagte ich, als wir das Dienstliche hinter uns gebracht hatten.

Der Inspektor war ein erstklassiger Beamter, aber weniger gewandt, wenn es um Gedankensprünge ging. Er sah mich mit leerer Höflichkeit an.

»Ich meine, er könnte uns einiges erzählen«, sagte ich.

»Aber natürlich, Sie kommen ja aus Monument, das hatte ich ganz vergessen«, sagte er eifrig. »Denken Sie jemals daran, hierher zurückzukommen, wenn Sie pensioniert sind? Nicht, daß das bevorstünde, natürlich. Ich meine nur, Sie müssen schöne Erinnerungen an Monument haben.«

Aus irgendeinem Grund waren es fast alles Erinnerungen an Frauen – und ein paar an Bain, aber ich sagte: »Ich will Sie nicht aufhalten.«

»Fahren Sie mit dem Zug zurück?« fragte der Inspektor. »Ich bringe Sie gerne zum Bahnhof. Sie haben noch eine gute Stunde Zeit. Darf ich Ihnen Tee anbieten oder einen Drink?«

»Ich glaub, ich geh zu Fuß, aber vielen Dank«, sagte ich.

»Stets zu Diensten, Sir«, erwiderte der aufstrebende junge Mann.

Ich schlenderte den Long Quay zum Commercial Hotel hinunter, wo wir zu Mittag gegessen hatten, und bog in die Bagnall's Lane ab. Ich ließ Sparrow nie wissen, wann ich dienstlich in Monument war, da ich es vorzog, noch am selben Tag wieder zurückzufahren. Obwohl ich inzwischen vierzig Jahre alt war, fürchtete ich noch immer, daß meine Mutter sich in die Angelegenheiten des Zollamts einmischen würde – auf meine Kosten.

Unbewußt schlug ich den Weg über Balaklava ein. Als ich die Moneysack hinunterging, die keine enge Gasse mehr war, die die Grenze zum Stadtviertel Palastine markierte, sondern durch Abrisse zu Monuments zentralem Parkplatz geworden war, begann die Vergangenheit mich einzuholen. Ich stieg den Priest's Way bewußt langsam hinauf, als wollte ich den Stufen und Wänden und dem Geländer jede Chance geben, mich wiederzuerkennen, oder als erwartete ich, daß in mir selbst eine der Zeit trotzende Verwandlung stattfinden könnte. In der Nähe der Prince Consort Terrace waren einige Häuser, deren Vorderzimmer früher als kleine Läden für Süßigkeiten und dergleichen gedient hatten, in richtige Läden mit großen Schaufenstern und Reklameschildern verwandelt worden. Mag lebte noch in Pas Haus, aber sie war eher eine sehr entfernte Verwandte als eine Schwester für mich. Unangemeldet bei ihr aufzutauchen und sie in Gott weiß welchem Zustand vorzufinden, hätte uns beide nur in Verlegenheit gebracht.

Zwei schwarze Dienstwagen der Marke Mercedes standen vor der Shortcourse-Schlachterei. In einem saß nur ein Fahrer, in dem anderen der Fahrer und zwei weitere Männer. Ich hatte nie über Bains Leben nachgedacht oder darüber, wie das hohe Amt sich auf ihn auswirkte, aber es amüsierte mich gleichwohl, mir vorzustellen, wie Pa reagiert hätte, wenn er dieses Aufgebot vor seinem bescheidenen Schuppen gesehen hätte. Als ich stehenblieb, um hinüberzublicken – auf den Fleischerladen mit den Haken, der Theke und dem von Sägemehl bedeckten Boden, auf den Schuppen, der sich im rechten Winkel an den Laden anschloß, das verrostete Blechdach, an mehreren Stellen mit Asbestplatten geflickt –, kam Bain heraus und ging auf seinen Wagen zu, der Fahrer sprang heraus, um ihm die Tür zu öffnen. Ich wandte mich ab, um weiterzugehen. Er sollte nicht denken, daß ich hier herumschnüffelte, aber er hatte mich gesehen.

»Theo?«

»Ich war auf dem Weg zum Bahnhof«, sagte ich, als ich die Straße überquerte. »Und ich dachte, ich seh mir die Stätte meiner berühmten Lehrzeit noch mal an.«

»Was für ein Glück, daß du das aufgegeben hast«, sagte Bain. »Warst du bei meiner Mutter?«

»Ich hab dran gedacht, aber es wär alles zu hektisch geworden«, sagte ich.

»Willst du nach Dublin zurück?«

»Ja.«

»Dann steig ein.«

Wir schossen nach Norden. Ich hätte den Zug vorgezo-

gen, eine Tasse Tee, ein, zwei Stunden Arbeit und dann Lesen. Bains Wagen hatte tiefe Ledersitze. Ein Telefon war vor der Handbremse angebracht, und ein kleiner Tisch mit einer Lampe konnte heruntergeklappt werden, wenn der Minister arbeiten wollte.
»Also, wie gefällt es dir?« fragte ich.
»Es ist gut und schlecht, Theo«, sagte Bain. »Das hier ist die gute Seite. Ich weiß, wie man's macht, wie man mit Menschen umgeht. Ich bin nicht zum Minister gemacht worden, weil ich ein Einstein bin, was die Justizverwaltung angeht, sondern weil ich eine bestimmte politische Linie repräsentiere. Ich bin gerade noch hinnehmbar, verstehst du, was ich mein? In gewissem Sinne stehe ich mit einem Bein auf jeder Seite der Grenze. Wie viele irische Kabinettsminister können in Belfast die Ballymurphy runtergehen und Leute beim Namen grüßen?«
»Heißt das nicht auch, daß du Druck von beiden Seiten kriegst?« fragte ich. »Macht das die Sache nicht etwas schwierig?«
»Kann sein«, sagte er, »aber ist das nicht die Herausforderung, Theo? Die Jungs mit den Pistolen, das sind heute andere Typen als die Jungs, mit denen Pa zu tun hatte. Das ist nicht wie in Deilt. Sie sind nicht mal mehr wie die Jungs, die ich in den Sechzigern gekannt hab. Sie sind Dreck.« Bain rieb die Handflächen aneinander. »Dreck muß man rauswaschen, Theo.«
Ich hätte ihn über diesen Dreck der irischen Geschichte ausfragen können, aber es war sein Wagen, und wir fuhren jetzt durch weite, offene Landschaften. Die Deilt-Berge tauchten zu unserer Linken auf, die hinter ihnen stehende Sonne machte sie zu einer einzigen langen schwarzen Erhebung gegen den azurblauen Himmel.

»Und was hast du für ein Problem?« fragte ich. »Was ist das Schlechte?«
»Das Scheißgeschäft in Monument ist das Problem«, erwiderte Bain prompt. »Ich bin immer froh, wenn ich's hinter mir lassen und wieder nach Dublin fahren kann. Verstehst du, daß es leichter ist, das Justizministerium zu leiten als Shortcourse Sausages?«
»Hast du keine Hilfe?«
»Ich hab Teddy Batty«, sagte Bain. »Aber er ist eigentlich Verkäufer, er ist kein Geschäftsmann, und die Gewerkschaften fahren mit ihm Schlitten.«
Lyle und Bain waren zumindest, was das betraf, auf einer Wellenlänge.
»Ich hab einfach keine *Zeit* dafür«, sagte Bain. »Du kannst dir nicht vorstellen, unter was für einem Druck ich steh. Der Norden, die Gerichte, die Brits, alle wollen was von mir. Und ich soll wissen, was in einem verdammten Wurstladen in Monument vor sich geht?«
»Verkauf ihn.«
»Das hab ich versucht, das kannst du mir glauben«, sagte Bain grimmig. »Ich würd ihn praktisch verschenken, wenn jemand mir verspricht, die Jobs zu erhalten.«
»Vielleicht könntest du dir einen guten Mann leisten, wenn du expandierst«, sagte ich taktvoll. »Jemand, der den Laden in Schwung bringt.«
»Willst du die Wahrheit hören?« sagte Bain. »Ich bin bis über die Ohren verschuldet und sogar noch 'n Stück drüber. Das Geschäft ist noch in der Steinzeit, es schreit nach Investitionen, aber ich hab das Geld einfach nicht.«
Wir glitten über die jetzt nächtlichen Straßen, die Lichter unserer Beschützer in gleichbleibendem Abstand hinter uns.

»Vielleicht kenn ich jemanden, der was investieren könnte«, sagte ich und bereute es gleich wieder.
»Wer?« fragte Bain.
»Ach, ich sollte mich wahrscheinlich lieber um meinen eigenen Kram kümmern«, sagte ich.
»Wer? Wer?« fragte Bain. »Jetzt hast du's schon mal gesagt.«
»Ich würd den Namen lieber nicht nennen, bis ich ein paar Erkundigungen eingeholt hab«, antwortete ich.
»Aber da wär jemand?«
»Ja.«
Bain blies die Backen auf, wie Pa es früher immer getan hatte. »Du tätest mir einen Gefallen, Theo«, sagte er.
»Mach dir keine übertriebenen Hoffnungen«, sagte ich.
»Laß das meine Sache sein, Theo«, sagte Bain. »Ich brauch Geld wie Blut, okay?«
»Okay.«
»Wie Blut«, wiederholte er.
Als hätte die Hoffnung ihn weich gestimmt, begann er mit leiser Stimme über die alten Tage zu sprechen, erzählte mir den Rest der Fahrt nach Dublin von seinen Erinnerungen, von dem, was Pa ihm erzählt hatte.

Pa kehrte von Deilt zurück und stellte fest, daß er zum Helden von Monument geworden war. Er begriff sehr schnell, daß die Geburt von Legenden mit Tatsachen nichts zu tun haben muß, und seine Trauer um die Brüder, die zunächst durch den Schrecken der Hinrichtungen in Deilt und dann durch den Schock seines Empfangs in Balaklava betäubt worden war, wurde nun noch einmal angesichts einer so günstigen Gelegenheit verschoben. Ein Geschäft, das Mühe gehabt hatte, acht Menschen zu ernähren, brauchte nun nur noch für die Hälfte aufzukommen. Eine Kirchengemeinde, in der Pa am Sonntag zuvor nur einer von vielen gewesen war, hatte nur noch Augen für ihn. An den Gräbern seiner Brüder stehend, auf dem Haufen gelber Erde von den Aushebungen für drei Särge, sah Pa über viele hundert Köpfe hinweg, und viele Männer blickten ihn mit verstohlener Achtung an. Die Särge seiner Brüder wurden hinabgelassen, Erde prasselte auf die Sargdeckel. Was wollten die Menschen im Grunde schon weiter als irgend etwas, an das sie glauben konnten? Pa spürte, daß er gewachsen war, er war zu einem neuen Mann ohne Vergangenheit geworden. Und wie um die Verwandlung vollständig zu machen, lächelte ihm aus den ersten Reihen Sparrow Love schüchtern zu.

Sparrow und Pa heirateten im Frühsommer 1921. Pa stellte bald fest, daß er sich mit Sparrow etwas eingehandelt hatte, was seine Erwartungen überstieg; Sparrow änderte niemals etwas an dem Eindruck, den sie damals bei der Eisbahn von ihm gewonnen hatte. Sie war es, die ihn als Lösung für ihr Problem ausgesucht hatte. Als mein ältester Bruder geboren wurde, nannte sie ihn Lyle, nach dem Fluß. Schwächlich und klein, blaßhäutig und dunkelhaarig, war er eindeutig kein Shortcourse, während Mag, die zehn Monate später zur Welt kam, Pa in Körperbau und Charakter ähnelte.

Wenn Pa kein Trinker gewesen wäre, so hätten ihn die Politiker, klügere Leute als er, sicher benutzt. Aber Pa trank, und diese Tatsache definierte sein Leben. Bald nach dem Hinterhalt von Deilt ließen ihn die harten Männer fallen, die aus Irland eine Nation machen wollten, und er verbrachte den Rest seines Lebens damit, sein Geschäft zugrunde zu richten und Leute zu betrügen, die noch schlechter dran waren als er selbst.

Sparrow begann Pa zu verachten. Obwohl sie in der Prince Consort Terrace getreulich die Mutter spielte, hatte sie die Rolle der Ehefrau längst aufgegeben und sich nachts auf eine Liege in Lyles Zimmer zurückgezogen. Lyle wuchs heran, und er wurde in Aussehen und Bewegungen Harry Amis immer ähnlicher, dem Betrüger, der sein Vater war. Und für Sparrow war jeder, der auch nur wie Harry Amis aussah, selbst ein Betrüger. Unheimlicherweise begann Lyle sogar, sein Haar naß zurückzukämmen, einen bleistiftdünnen Schnurrbart zu kultivieren und Zigaretten zu rauchen – ganz und gar Harry Amis.
Nur ihr ausgeprägtes Pflichtgefühl hielt Sparrow achtzehn Jahre in Balaklava. Pflicht hieß für sie, daß sie in bestimmten Grenzen aushalten mußte, hieß aber auch, daß es eine Aussicht auf Erfüllung und Entlassung gab. In späteren Jahren führte Sparrow ihre Gewissenhaftigkeit gern auf das Erbe von Sammy Tea zurück, aber sie mußte auch zugeben, daß sie sich schließlich selbst in diese Lage gebracht hatte – und dafür war ein bestimmter Preis zu entrichten.

»Krieg, Krieg, Krieg.« Pa schüttelte seine Zeitung zurecht und drehte sich auf seinem Stuhl zur Seite, um das Licht besser aufzufangen. Um ein Uhr mittags war sein Gesicht bereits vom Alkohol gerötet. Er hatte die Augenbrauen gehoben, Schnurrbart und Lippen aber waren mißmutig heruntergezogen, so daß sein Gesicht aus einer Reihe von Viertelmonden bestand. »Die ganze Welt ist verrückt geworden. Hier steht, daß man uns sogar den Tee wegnehmen will.«
»Solange es nur der Tee ist, Pa«, sagte Billy Cross mit einem Grinsen.

Billy Cross stammte aus Belfast. Mit Kohle nach Süden, mit Schweinen wieder rauf nach Norden, immer Bares in der Tasche, ein Kerl nach Pas Geschmack. Er lächelte zufrieden, wenn die Zeitung wieder von toten Polizisten in South Armagh berichtete. Er hatte einen unruhigen Blick, war klein und kräftig, trug einen bräunlichen Schnurrbart, war aber auf rauhe Art recht gutaussehend. Manchmal zwinkerte er Sparrow unverschämt zu, und sie mußte sich abwenden, um ihr Erröten zu verbergen.
»Du hast doch gesagt, du kennst einen Mann in Sibrille, der dir Tee besorgt, soviel du willst, Daddy«, sagte Mag. Sie trug ein Kleid, das sich eng wie Musselin an den Körper legte.
»Denen in Sibrille macht der Krieg nichts aus«, grunzte Pa. »Ich hab gesehen, was die gefressen haben, Schleim vom Felsen und die Eier mit Schale. Affen sind das, bei Gott. Die haben sogar den Postboten gefressen, ich kann's beschwören, das arme alte Schwein, nur sein Fahrrad haben sie noch gefunden.« Pa sah mit schmalen Augen in die Zeitung. »Wing gewinnt das Hauptrennen heute. Wo ist der Junge. Ich will was setzen. Lyle!«
»Der ist mit Joe weg zum Pferderennen«, sagte Mag.
»Daß er für den Halsabschneider arbeitet ...«, knurrte Pa.
»Welche Quoten für Wing, Pa?« fragte Billy Cross.
»Zehn zu eins.« Pa schob die Unterlippe ratsuchend vor. »Niemand kennt den Curragh wie Morny Wing.«
»Sie geben ihm viel zu tragen mit, Pa«, wandte Billy ein.
Pa spitzte skeptisch die Lippen und schüttelte ungeduldig den Kopf. »Und wer soll ihn schlagen?«
»Ich hab 'ne Schwäche für Außenseiter«, grinste Billy. »Aber vergiß mal 'n Moment die Pferde und erzähl vom Dinner der Handelskammer.«
Pa stand auf und stellte sich ans Feuer, um die Rückseiten

der Beine zu wärmen. Er warf der hereinkommenden Sparrow einen finsteren Blick zu. Sie setzte sich ruhig an den Tisch. »War wie immer«, begann Pa, »natürlich weit und breit nichts Anständiges zu trinken, der halbe Verein in gestärkten Hemden und Frack, ich in meinem alten Donegal-Tweed.« Er legte den Kopf mit einer Grimasse zurück, die die Sehnenstränge an seinem Hals in Bewegung brachte. »Ich brauch kaum zu sagen, daß Oscar Shortcourse zur Frackbrigade gehörte.«
Mag zog ihre Zigaretten heraus, steckte sich eine an, dann eine für Billy. Pa griff in die Tasche, zog eine flache, kleine Flasche heraus, schraubte den Verschluß auf und nahm einen Schluck.
»Wer steht auf, niemand anders als der olle Sir Clarence Fell«, sagte Pa und schmatzte mit den Lippen. »Mit Portwein abgefüllt, natürlich, und bringt einen Toast aus. ›Auf Seine Majestät, den König‹, sagt er. Alles springt auf.«
»Alles springt auf«, wiederholte Billy und zwinkerte Sparrow zu.
»Ich bleib sitzen, wo ich sitze, und das ist zufällig genau Sir Clarence gegenüber«, sagte Pa. »›Sir! Ihr König!‹ schreit er mich an. ›Nicht meiner, alter Freund‹, sag ich. ›Sir!‹ brüllt er. ›Meine besten Freunde sind für diesen König und dieses Land gestorben.‹ Sag ich: ›Es geht mich nichts an, wer bereit ist, für einen Deutschen im Homburg zu sterben.‹«
Rauch kräuselte aus Mags offenem Mund.
»›Auf die Füße, Sir, verdammt!‹ kreischt Sir Clarence. ›In Ordnung‹, sag ich und steh auf. Alle starren mich an, jeder will sehen, ob ich mein Glas erhebe. Statt dessen mach ich den Mund auf.«
Billys rundliches Gesicht glänzte. Mag hatte die Zungenspitze zwischen die Zähne geschoben.

In einer Stimme von überraschender Fülle und voller Gefühl, die Stimme einer anderen, tieferen Person, sang Pa:

»Hat je ein Mann seine Seele so sehr verloren,
Daß er nie zu sich selbst gesagt,
›Dies ist mein Land, hier bin ich geboren‹?«

Mit geröteten Wangen setzte sich Pa wieder und zog erneut die Flasche heraus. Rauch verhüllte Mags träges, verträumtes Gesicht wie ein Schleier.
»›Ich sterb nicht für einen Deutschen im Homburg‹«, lachte Billy.
»Wo ist der Junge, ich muß 'ne Wette loswerden«, sagte Pa und wischte sich über den Mund. »Lyle!«
»Er ist mit Joe weg, Daddy«, sagte Mag geduldig.
»Verdammter Gauner«, knurrte Pa. Er sah Sparrow böse an. »Ißt für zehn, dein Sohn, und wenn er mal was machen soll, ist er nicht da.«
Sparrow sah an ihnen vorbei in den blauen Mittagshimmel.
»Keine Achtung, die jungen Leute«, sagte Pa in siedendem Zorn. »Läuft rum wie 'n Lord. Wir sind nicht gut genug für Mr. Lyle, nein, wir nicht.«
Sparrow hielt den Kopf geneigt, als spräche die elegante Linie ihres Halses für sie.
»Kann nicht mal allein *schlafen,* der Mr. Lyle«, sagte Pa mir zunehmender Lautstärke. »O nein, nicht unser Mr. Lyle!«
»Wenigstens bringt er Geld ins Haus«, sagte Sparrow knapp.
»O Gott noch mal!« rief Pa aus.
»Für dich sind doch alle Gauner«, sagte Sparrow. »Als Lyle bei Mr. Wise gearbeitet hat, war der ein Gauner.«

Pa ließ ein rauhes Lachen ertönen. »Wise«, sagte er zu Billy, »Wise, mein Arsch. Weizmann hießen sie damals, als sie sich zum ersten Mal hier blicken ließen. In Deutschland haben sie sie rausgeschmissen. Haben das Land da drüben ausgesaugt, jetzt sitzen sie hier wie die Zecken.«

»Na, komm, Pa ...«, sagte Billy.

»Es hätte oft nichts zu essen auf diesem Tisch gestanden, wenn Mr. Wise nicht gewesen wär«, sagte Sparrow zu Billy.

»Aber sicher, Sparrow, aber sicher«, sagte Billy ernst.

»*Mister* Wise«, sagte Pa grollend. »Ich will keine Barmherzigkeit von einem Juden. Sie sind die Wurzel allen Übels, sie haben Jesus Christus gekreuzigt.«

»Du Schwachkopf«, sagte Sparrow. »Mr. Wise ist ein gebildeter Mann, und das macht dich verrückt vor Eifersucht. Er geht zur Kirche, und er ist ein Christ, du gehst zur Kirche, aber du bist kein Christ. Außerdem ist er eine Seele von Mensch.«

»Das sollen Christen sein! Die haben Christus ans Kreuz geschlagen, und jetzt kreuzigen sie die neue Ordnung.« Pa nickte Billy zu, das war die Wahrheit! »Geld haben die im Kopf, sonst nichts, wenn sie nicht gerade an Frauen denken.«

»Das ist betrunkenes Gefasel«, sagte Sparrow.

»Wise hängt sein Mäntelchen nach dem Wind«, höhnte Pa. »Genauso, wie Sammy Tea es damals getan hat.«

»Wenn du siehst, daß jemand Erfolg hat, zerfrißt dich die Eifersucht«, zischte Sparrow. »Du hast das beste Geschäft in Monument geerbt, und du hast es versoffen, und den Rest verspielst du.«

»Sammy Tea spricht aus dir!« brüllte Pa.

»Komm, Pa –«, begann Billy.

»Dieser kleine Blutsauger. Außerdem hat er mit seiner eigenen ...«
»Hör auf, Pa!«
»Außerdem hat er mit allem geschlafen, was sich bewegte, bei Gott«, schrie Pa und stand auf. Er bebte vor Wut. Sparrow sah Pa starr an, bis er wegschaute.
»Los, kommt«, sagte er großspurig zu Mag und Billy. »Wir haben besseres zu tun, als hier rumzusitzen.«
Sparrow hörte die Haustür zuschlagen. Sie dachte sehnsuchtsvoll an jenen Zeitpunkt in der Zukunft, von dem sie die Freiheit erwartete, aber sie hatte diesen Punkt noch nicht erreicht. Auf dem Herd zerkochte in einem Topf ein Schafskopf. Sparrow ging hinaus und wusch einen Bottich Wäsche, trug sie dann zur Leine. Borneo sah sie und lief zum Außenklo. In einem Verschlag daneben schlief er. Er war der einzige Shortcourse, den Sparrow wirklich mochte, weil er nicht den Verstand besaß, gegen irgend jemanden Groll zu hegen. Er hatte Angst vor Sparrow, aber er zeigte ihr manchmal auch seine Zuneigung. Sparrow begann, die Wäsche mit Holzklammern an die Leine zu hängen. Ernest war immer freundlich zu Borneo gewesen, er hatte mit ihm geredet und immer behauptet, daß Borneo durchaus Verstand besaß. Vor zehn Jahren hatten sie Ernest im Stall gefunden, wo er sich bei den Schweinen erhängt hatte. Der arme, bleiche Ernest, der rote Striemen auf seinem Hals.
Warum hatte er das getan? War er qualvoll gestorben? Sparrow hatte geholfen, ihn zu waschen. Laute Geräusche drangen aus dem Klohaus. Sparrow seufzte. Manchmal kam es ihr vor, als wäre Balaklava ein einziges gewaltiges Eingeweide, eine riesige Wurstmaschine, Fleisch, das mit Fleisch vermischt wurde und sich durch die Abflüsse hinaus in den gewundenen Lyle schlängelte.

Sie saßen zu dritt auf den Vordersitzen von Billy Cross' Riley, und sie schossen die Buttermilk Street so schnell hinunter, daß Pas Magen rebellierte. Mag saß eingequetscht zwischen Billy und ihrem Vater. Pa sah die weißen Zähne in Billys männlichem Mund. Allmählich ließ seine Wut nach.

Pa hegte einen tiefen Groll gegen Sparrow. Seit Jahren schon schlief sie nicht mehr mit ihm. In langen, geflüsterten Gesprächen mit dem Priester der Gemeinde hatte Pa von seinem Dilemma erzählt, und Pater Whittle hatte Pa gesagt, ihn treffe keine Schuld. Gottes Plan sei klar, und jene, die sich gegen seine Absichten stellten, riskierten die Verdammung.

Der Riley fuhr an paradierender Kavallerie des Freistaates vorbei, wo, wie Pa sich erinnern konnte, einst Ulmen gestanden hatten.

»Vorwärts, Kameraden!« schrie Pa im triumphierenden Ton des Betrunkenen, und Billy und Mag grinsten.

Am James' Place kamen sie an Wises Lebensmittelladen vorbei. Die Wurzel allen Übels. Dann an Turner, dem Uhrmachergeschäft, dann am Eisenwarengeschäft, an der Schmiede, der Molkerei. Dann kam ein Block, der im Krieg niedergebrannt war. Kein Geld da, um ihn wieder aufzubauen. Wie *machte* man Geld? Pa sah Joe Batty, der, zwei Eimer tragend, den Hügel hinaufging, er sammelte Abfälle an den Türen. Für seine Sau. Seine Frau hatte auch Euter, Pa sah sie in seinem Halbschlaf vor sich. Und auch ein Maul wie eine Sau, würde alles von einem aufnehmen, kann von Glück reden, der kleine Batty.

Das Verlangen nach einer fruchtbaren Frau begann in Pas Schädel zu brennen wie Fieber. Lyle war ihr Junge, das durfte er nie vergessen, aber wenn er betrunken war und Lyle sah, glaubte er manchmal, Ernest vor sich zu haben.

Pa spürte Mags warmen Oberschenkel an seinem Bein. Sie fuhren über den Viehmarkt, die kurzen Eisenstangen standen noch da, früher wurden sie von den Frauen benutzt, die für die britische Armee wuschen. Ihr Junge und der von Captain Bull. Pa hatte es in der ersten Nacht vor jetzt achtzehn Jahren gewußt. Er schlürfte Whiskey aus der Flasche und bot den anderen etwas an, aber Billys Augen waren auf die Straße gerichtet und Mag starrte Billy an. Verlangen.
»Und jetzt?« fragte Billy.
»Gradeaus«, knurrte Pa. »Gradeaus.«
Lyle hatte dieselbe Haut wie Ernest, dieselben Finger. Ein Schauer des Entsetzens überlief Pa. Ernests bleicher Körper. Die enge Skin Alley war gerade eben breit genug für den Riley.
»Jetzt in die Pollack Street«, sagte Pa.
Ernest hatte es all die Jahre gemocht, hatte nie gesagt, daß er's nicht wollte. Nicht Pas Schuld, nicht Pas Schuld. Pa trank. Der Schock. Ernests Füße hingen nur eine Handbreit über dem Boden. Seine Augen hatten Pa angestarrt wie die eines Lammes. Ein Glück, daß ihre arme Mutter das nicht mehr miterlebt hatte. Oscar hatte Pa geholfen, Ernest abzuschneiden und herunterzunehmen. Pa erinnerte sich, daß Oscar etwas geschrien hatte, Gott, wenn jemand ihn gehört hätte. Er hätte das nie sagen dürfen, er hätte Pa nicht so beschuldigen dürfen. Das waren sowieso alles nur Lügen. Was wußte Oscar schon von Pa und Ernest? Er hatte ihm sein Messer zeigen müssen, um ihn zu beruhigen. Es war alles ihre Schuld – sie ließ ihn Nacht für Nacht ohne Erleichterung liegen. War das etwa richtig? Der Priester hatte ihm zugeflüstert, daß es nicht recht war. Ernest war krank gewesen, das wußte Pa jetzt, Ernest hatte selbst schuld gehabt.

Sie kamen zu den niedrigen Dächern von Palastine, einem weiteren Balaklava, aber in einer Talsohle gelegen. Billy hielt vor einem Hoftor, und Pa stieg aus. Ihm war schwindlig. Er lehnte sich an den Wagen, um zu sich zu kommen, durch das Fenster sah er Billys Hand zwischen Mags Schenkeln. Pa wandte dem Wagen den Rücken zu. Plötzlich sah er Billy, kräftig und glänzend vor Schweiß mit Sparrow in Pas Bett, Sparrows Gesicht vor Lust verzerrt.

Pa wußte Bescheid. Er hatte die Blicke gesehen, die sie tauschten.

»Alles in Ordnung, Pa?« Billy legte ihm den Arm um die Schultern.

»Ich bin verdammt besoffen«, sagte Pa.

»Du bist ein schrecklicher Mann, Pa.«

Die Türen der schmalen Häuser öffneten sich auf das Kopfsteinpflaster von Moneysack Lane. Sie klopften an eine, und ein kräftiger Mann mit schwarzem Bart und Zylinder machte auf.

»Mr. Shortcourse. *Fáilte.*«

Drinnen brannte eine einzige Lampe. Eine Frau und ein alter Mann saßen neben einem Spucknapf auf einer Strohmatratze.

Pa sagte: »Gott zum Gruß.«

Kleine Gläser und eine Flasche standen bereits auf dem Tisch. Mit zitternder Hand schenkte der Schwarzbärtige klaren Alkohol bis zu den Rändern ein, nahm dann ein Glas und stürzte es herunter.

Pa tat es ihm nach. »Gott«, keuchte er. Er spürte, wie der Alkohol seinen ganzen Körper durchdrang. Der Bärtige goß nach, die Augen auf Mags Kehle. Mag stand mit breiten Beinen da, als böte sie sich den Blicken an. Von der Matratze kam ein trockenes Husten.

»Du bringst den alten Mann um mit dem Zeug«, keuchte Pa.
»Dann wird der arme Kerl glücklich sterben«, murmelte der Mann.
»Also, wo ist die Hündin?« fragte Billy.
Der Bärtige stellte das Glas ab und sagte mit Nachdruck:
»Sie hat nie einen Kampf verloren, Sir. Von drei Würfen ist keiner der Welpen, die gekämpft haben, je geschlagen worden. Sie ist 'ne wahre Goldmine, das sag ich Ihnen, Mr. Shortcourse.«
Pa nickte schwer.
»Ihre Welpen würden noch mit durchgeschnittener Kehle weiterkämpfen«, sagte der bärtige Mann. »Ich hab's selbst gesehen.«
»Das müssen sie auch, da, wo ich herkomm«, sagte Billy.
»Sie geht hier nicht unter zehn Pfund raus«, sagte ihr Gastgeber.
Billy verzog das Gesicht. »Können wir sie jetzt sehen?«
Sie gingen in den Hof hinaus. Eine Petroleumlampe hochhaltend, zog der Mann einen Bretterverschlag auf. Aus dem Inneren drang ein tiefes Knurren. Eine Hündin mit glattem hellem Fell lag da, ihre quellenden Zitzen wie Rosenknospen. Unter der Terrierhündin krochen vierbeinige kleine Gestalten herum, nackt wie Mäuse.
»O Gott«, sagte Mag und griff nach Billys Arm.
Der Bärtige grinste Mag an und griff sich einen Welpen heraus. Der versuchte, ihn in die Hand zu beißen. »Nadelscharfe Zähne«, sagte er.
Er hob noch einen weiteren kleinen Hund heraus und hockte sich hin. Er hielt die beiden Welpen mit den Schnäuzchen aneinander, und sie versuchten, einander zu beißen.
»Der Preis ist zu hoch«, sagte Billy.

»Ich verlange nicht mal die Hälfte von dem, was ich verlangen sollte, und Sie wissen das«, sagte der Mann bitter.
»Ich weiß gar nichts«, sagte Billy.
»Sie kostet zehn Pfund«, sagte der Mann. »Entweder Sie nehmen sie dafür oder Sie lassen's.«
»Ich geb Ihnen sieben«, sagte Billy.
»Sie nehmen mir das Brot vom Mund.«
»Sieben ist mein Angebot.«
»Auf keinen Fall, Sir.«
»Gib mir 'n Messer«, befahl Pa barsch.
Der Bärtige griff in seine Jacke; er reichte Pa ein Messer, das so oft geschliffen worden war, daß es wie ein Halbmond aussah. Pa hob einen Welpen auf und klemmte ihn sich unter den Arm. Er zog einen Vorderlauf lang, legte die Klinge unter das erste Gelenk und schnitt die Pfote ab. Blut sprühte dünn hervor. Pa ließ den strampelnden Welpen fallen und nahm den zweiten. Er schnitt ihm dasselbe Stück Pfote ab.
»Jetzt laß sie kämpfen.«
»Mutter Gottes«, sagte Billy.
Sie standen wie gebannt da, als die Welpen, die sich in verzweifelten Kreisen bewegten, versuchten, einander anzufallen. Mag brach bewußtlos zusammen.
»Sie muß sich was geholt haben«, murmelte Pa, während Billy ihr mit Wasser vom Hof die Stirn kühlte.
»Pa«, sagte Billy und sah mit einem linkischen Grinsen zu ihm auf. »Ich muß dir was sagen. Ich glaub, Mag kriegt ein Kind.«
In der Nacht vor Mags und Billys Hochzeit hatte Sparrow einen schweren Traum. Sie war in einem Zug, der ein Gewässer überquerte. Neben ihr saß ein hochgewachsener Mann in einem schwarzen Umhang mit einer Kapuze, die

seinen Kopf umhüllte. Der Umhang war weit und bedeckte nicht nur seinen Körper, sondern auch den ihren. Unter dem Umhang drückte der Mann ihre Hand auf ihr Geschlecht. Draußen vor den Zugfenstern, über dem Wasser, erschienen plötzlich Pa, Mag und Lyle. Sie sahen zu Sparrow herein und lachten, sie wiesen mit dem Finger auf den Mann neben ihr und stießen sich an, und besonders Pa stierte auf ihn. Sparrow spürte, wie ihr etwas Seltsames, Hartes in die Hand gedrückt wurde, und sie wußte sofort, daß es eine Pistole war. Sie richtete die Pistole auf die draußen und erschoß Pa und Mag. Dann erschoß sie Lyle. Mit einem tiefen Gefühl der Erleichterung wachte sie auf.

Sparrow saß im Unterrock in Lyles Zimmer vor dem Spiegel und kämmte ihr Haar aus. Nur einen Hauch Lippenstift legte sie auf, die einzige Schminke in ihrem Gesicht, dann zog sie die weiße Bluse und das rote Kostüm an, das sie zu ihrer eigenen Hochzeit getragen hatte. Aus einer Schachtel nahm sie ein Paar Schuhe, die ihr Bernard vor Jahren geschenkt, die sie aber nie getragen hatte. Bernard schenkte ihr oft Dinge, ein wenig verlegen, als trüge er eine alte Schuld ab. Die Vergangenheit überfiel Sparrow oft, zum Beispiel wenn sie an einem Laden mit Süßigkeiten vorbeiging und den Geruch von Lakritze in die Nase bekam oder jetzt, da sie Bernards Schuhe anzog. Auf dem Regal leuchtete zwischen anderen zarten Stoffen ein gelber Hut mit Schleier. Sparrow setzte ihn auf, und etwas Geheimnisvolles sah sie aus dem Spiegel an. Sie legte sich eine Fuchsstola um, die Onkel Hugo ihr zur Hochzeit geschenkt hatte, nicht das Werk eines Kürschners, sondern das eines Jägers, der offenbar einige Erfahrung in der Behandlung von Fellen gehabt hatte, die Stola besaß noch die Schnauze mit Zähnen und Pfoten mit Klauen. Sie zog

sie sich um die Schultern und ging auf den ungewohnt hohen Absätzen laut die Treppe hinunter.
Es war der dritte Samstag im September des Jahres 1939. Pa war schon unterwegs gewesen, um für den Anlaß gebührend aufzutanken. Jetzt stand er glühend und aufgedunsen am Feuer, neben ihm Mag, die aus ihrem neuen blauen Kostüm herauszuplatzen schien. Als Sparrow hereinkam, sah ihr Pa wie immer finster entgegen, aber dann ging ein Ausdruck der Bewunderung über sein Gesicht.
»Herr im Himmel!« murmelte er.
Die drei gingen zusammen die Captain Dudley's Hill hinunter. Das Kinn in das weiche Fell vergraben, mit dem Schleier vor Augen, den Rhythmus ihrer teuren Schuhe auf dem Pflaster der langen Stufen, empfand Sparrow die Distanz zu ihrem Ehemann und zu ihrer Tochter, die heute heiratete, schärfer denn je. Plötzlich bedeuteten ihr die achtzehn Jahre, die sie in Balaklava verbracht hatte, nichts, und sie war nur eine Spaziergängerin, die durch das ärmste Viertel von Monument ging und die schmalen Türen ansah und höflich lächelte, wenn jemand ihr zunickte. Das Gefühl der Distanz und – zu ihrer Scham – die sexuelle Erregung ihres Traums blieben die ganze Messe hindurch erhalten. Sie hörte nicht, was Pas geistlicher Vertrauter, Pater Whittle, sagte. Sie blieb sitzen, wenn alles niederkniete, und sie stand auf, wenn alle saßen. Das Abendmahl ging vorüber, ohne daß Sparrow teilgenommen hätte, ein Vorkommnis, das später für Gesprächsstoff sorgte. Sie verließ die Kathedrale in dem festen Glauben, erst vor ein paar Minuten eingetreten zu sein. Alle anderen gingen voraus. Sparrow machte sich allein auf den Weg zum Commercial Hotel.
Die Glocken begannen zu läuten, als Sparrow die Mead

Street überquerte. Sie blieb wie alle anderen auf der Straße stehen – zwei Männer, die schwarze Kühe durch die Straßen trieben, Frauen mit Kopftüchern, die auf Eselskarren saßen. Alle bekreuzigten sich, ihre Lippen bewegten sich. Die Kühe schwankten unbeaufsichtigt weiter, ließen Kot klatschend auf das Pflaster von Bagnall's Lane fallen, als das Echo des letzten Glockenschlags erstarb.

»Nie hätte ich erwartet, solche Schönheit zu sehen.«

Sparrow blickte zur Seite. Ein hochgewachsener, fremder Mann mit dicken Koteletten und lockigem schwarzem Haar stand neben ihr, den Hut ordentlich unter den Arm geklemmt.

»Wie die Stadt zum Teil des Hügels und des Tales wird«, fuhr er fort, ohne wirklich zu Sparrow zu sprechen, aber, da sonst niemand in der Nähe war, für sie. Sein Akzent war der eines gebildeten Ausländers. »Wie die See mit den Masten der Schiffe lockt. Wie der Fluß sich drüben in die Biegung schmiegt. Ja, das ist in der Tat Schönheit.«

Er war so groß, daß Sparrow zurücktreten mußte, um zu ihm aufzusehen. Sie war wie betäubt. Er war der Fremde aus ihrem Traum.

»Nichts könnte mich daran hindern, an einen Ort zu kommen, wo man eine so vollkommene Ehe von Mensch und Landschaft findet«, sagte er. Dann, als die Glocken schwiegen, setzte er den Hut wieder auf und schritt in entgegengesetzter Richtung davon.

Sparrow wurde schwindlig, sie hatte das Gefühl, Fieber zu bekommen. Aus dem Eingang des Commercial Hotel waren schon Männer mit Gläsern in der Hand auf den Gehsteig geschwappt. In der Eingangshalle, unter großen Bildern der Seen von Killarney und der Schlacht von Bethlehem, stand Lyle in sehr modischer Aufmachung und führte einer Gruppe wie hypnotisiert starrender Kinder Münzentricks vor. Aus der Bar drang Musik. Pa saß auf einem Barschemel, Mag neben ihm. Eine Reihe von bernsteinfarbenen Gläsern Bier stand vor ihm auf der Theke, und sein Gesicht trug das zufriedene Strahlen eines Seemanns, der die offene See vor sich sieht. Mags Kostümrock spannte über den Hüften. Als sie Sparrow sah, nahm sie Pa die Zigarette aus dem Mund, steckte sie zwischen ihre Lippen und flüsterte Pa etwas ins Ohr, worauf er in Lachen ausbrach. Sparrow wandte sich ab, und in der Bewegung erwischte sie der schwarzgekleidete Fotograf mit seinem Stativ und dem schwarzen Tuch in einem lauten »puff«, das eine helle Wolke hinterließ. Verachtung, Koketterie und Sorge – all das ist auf dem berühmten Schnappschuß in ihrem Gesicht zu erkennen.

»Ah, Mrs. Shortcourse.«

Pater Whittle strebte in seinem Gehrock auf sie zu. Sein Gesicht hing mehlig und schlaff unter seinem steifen Hut, der sich wie ein Obelisk über seinem Schädel erhob. Sparrow rang sich ein dünnes Lächeln ab.

»Wie geht es Ihnen denn, Mrs. Shortcourse?« fragte Pater Whittle mit besorgtem Gesicht, als könnte Sparrows Wohlergehen Aufschluß geben über ihr seltsames Verhalten in der Kirche.

»Mir geht es sehr gut«, sagte Sparrow heiter.

»Keine ... keine Ablenkungen?« fragte der Priester leise.

»Wenn, dann sind sie harmlos«, entgegnete Sparrow.

»Der Versucher kommt in harmloser Verkleidung«, erklärte Pater Whittle und lächelte ein schmales, wissendes Lächeln. Eine Silberdose tauchte in seiner Hand auf, und er legte den Kopf zurück, um Tabak zu schnupfen. »Aaah. Gott hat den Mann erschaffen, und er hat die Frau erschaffen, Mrs. Shortcourse. Nach seinem eigenen Bilde.

Wir sind ein großartiges kleines Land, wissen Sie. Haben jetzt unsere eigene Regierung. Aber es ist nicht an mir oder an Ihnen, Gottes Absichten vorwegzunehmen. Er hat die Natur erschaffen. Aaaah ... Wir können uns nur nach seinem Gebot richten, Mrs. Shortcourse. *Tschiii!*«

»Sparrow.«

Bernard und Hugo Love standen mit Gläsern voll Sherry, bloßen Symbolen der Geselligkeit, am Rande des Saals. Ihre Anzüge waren gut geschnitten, die Schnurrbärte sauber gestutzt in den von Alkohol unberührten Gesichtern. Autorität ging von ihnen aus.

»Eine Sorge weniger, was, Sparrow?« Hugo schien begeistert.

»Sie ist jetzt eine junge Frau«, sagte Sparrow und sah zu Mag hinüber.

»Das ist sie gewiß«, bemerkte Bernard mit einem langen Seitenblick auf Mag.

»Ich habe einen ganz ungewöhnlichen Fremden getroffen, als ich von der Kathedrale herüberkam«, sagte Sparrow. »Es war kein Seemann. Ein großer Mann, wahrscheinlich ein Deutscher.«

»Die Stadt ist voll von ihnen«, bemerkte Bernard. »Sie kommen aus England und aus ganz Europa, um sich Monument anzusehen, und dann schicken sie Ansichtskarten mit der Post nach Hause. Ich weiß wirklich nicht, warum, vor allem, da der Rest der Welt sich im Krieg befindet.«

»Nanny Morrissey redet von nichts anderem«, sagte Hugo grimmig. »Ich kenne inzwischen all ihre Theorien über Ausländer, die sich hier einschleichen und junge Mädchen verführen. Sie hat ein sehr behütetes Leben geführt, die Nanny.«

»Warum ist sie nicht mitgekommen?« fragte Sparrow.

»Sie wird zu alt für solche Geschichten«, sagte Bernard vage. »Wir haben sie mit Dalton nach Hause geschickt.«
»Es ist wirklich hundsgemein kalt«, sagte Hugo mit tiefen Falten in der Stirn und entblößten Zähnen. Er hatte eine Lücke zwischen den Schneidezähnen. »Nanny muß ein bißchen auf sich achten. Reggie Blood hat mir erzählt, daß auf Drossa die halbe Belegschaft krank ist.«
»*Kennst* du irgend jemanden hier, Sparrow?« fragte Bernard.
Da waren all die Leute, die mit Hunden zu tun hatten, die Leute, die Pferde kauften und verkauften – alles Menschen, die Sparrow durch Pa kannte. Da waren die kleinen runden Frauen aus Billys Familie, die Sparrow wie frischgebackene Brötchen anlächelten.
»Sparrow?«
Billy glänzte vom Alkohol und der Aufregung.
»Ich seh schon, daß Pa sich nicht von der Bar wegrühren wird«, sagte Billy, »und da das so ist, würdest du mir die Ehre erweisen, beim Essen neben mir zu sitzen?«
Sparrow spürte, daß sie errötete, wie immer, wenn Billy sich ihr zuwandte; sie dachte an ihren Traum, an den Mann auf der Straße. Sie nahm seinen Arm, und er führte sie in den Speisesaal.
Die Tische waren für etwa zwei Dutzend Gäste gedeckt. Am Kopfende, in der Nähe des großen Kuchens, saß Mag. Billy brachte Sparrow dorthin und ließ sich zwischen seiner jungen Frau und ihrer Mutter nieder. Pater Whittle und Oscar Shortcourse saßen nebeneinander. Dann Lyle. Einige Beamte der Stadt Monument saßen zusammen mit Vieh- und Pferdehändlern am Tisch und neben ihnen die noch lebenden Geschwister von Pas Vater, zwei Männer und eine Frau. Dazu eine kleine, dunkelhaarige Frau, deren Namen niemand kannte. Billys Familie saß am unte-

ren Ende eng zusammen. Frauen brachten Tee und große Teller mit Broten und Kuchen aus der Küche, dazu eine riesige Schüssel mit kaltem Fleisch, auf der Pa bestanden hatte, obwohl er nun, wie von Billy vorausgesagt, gar nicht auftauchte.
»Einer der Gäste hat vorhin etwas über dich gesagt, Sparrow«, sagte Billy.
»Wer?«
»Oh, ein Mann.«
»Was hat er gesagt?«
Billys Augen blieben auf seinen Teller gerichtet. »Er hat gesagt, du könntest genausogut die Braut sein.«
Sparrow aß weiter, als hätte er nichts gesagt.
»Es ist wahr«, sagte Billy. »Du hast was Besseres verdient als das, was du hast, Sparrow.«
Wieder ignorierte sie ihn, errötete aber.
»Warum bleibst du da?« fragte Billy mit wachsendem Selbstvertrauen. »Warum gehst du nicht weg?«
Sparrow sah Billy in die Augen. »Wovon redest du eigentlich?«
»Du solltest Pa verlassen«, flüsterte Billy. »Du solltest aus Monument fort, Sparrow.«
»Ich wundere mich über dich, Billy Cross«, sagte Sparrow. »Du hast zuviel getrunken.«
Billy legte seine breite Hand auf Sparrows, die schutzlos neben ihrem Teller lag.
»Ich würd alles für dich tun, Sparrow Love«, flüsterte Billy.
Ihre Hand zurückziehend, sah Sparrow, daß Lyle der Unterhaltung mit Interesse gefolgt war, seine Wieselnase zuckte über dem Harry-Amis-Schnurrbart. Sparrow schüttelte trotzig den Kopf.
»Und wo sollte ich hingehen, meinst du?«

»Es wär überall besser als hier.«
»Ich weiß nicht, wo überall ist.«
»Aber du hast doch selber schon daran gedacht.«
Mit plötzlicher Trauer wurde Sparrow bewußt, daß sie seit achtzehn Jahren keine vertrauensvolle Unterhaltung, geschweige denn eine intime Beziehung zu irgend jemand gehabt hatte. Niemanden, dem sie etwas anvertrauen konnte, niemanden, mit dem sie Schmerz oder ein Geheimnis teilen konnte. Niemanden, zu dem sie sich flüchten konnte. Manchmal sprach sie länger mit Borneo, der sie mit seinen großen, leuchtenden, aber leeren Augen anblickte.
»Gestern nacht hatte ich ... einen ungewöhnlichen Traum.«
»Einen Traum?«
»Er ist immer noch so deutlich.«
»Und wovon?«
»Er war ganz albern.«
»Nichts, wovon du träumst, könnte albern sein«, sagte Sparrows neuer Schwiegersohn.
Sie schilderte ihren Traum in zensierter Form, ließ die körperlichen Details aus und ersparte Mag das Schicksal, das Sparrows Unbewußtes ihr zugedacht hatte.
»Das ist eine Botschaft Gottes, Sparrow«, sagte Billy ernst.
»Glaubst du?« fragte sie, obwohl sie selbst zu demselben Schluß gekommen war.
»Dein Traum befiehlt dir, Pa Shortcourse zu verlassen«, sagte Billy. »Er befiehlt dir, davonzufliegen.«
»Meine Damen und Herren!«
Oscar Shortcourse hatte sich erhoben.
»Ich möchte diesen wunderbaren Anlaß nutzen ...«, begann Oscar unter lauten Beifallsrufen.

»Ich hab oft gedacht, ich könnte fliegen«, flüsterte Sparrow. »Als ich ein kleines Kind war, dachte ich, ich könnte mit meinem Vater davonfliegen, nur wir beide.«

»So seh ich dich auch, wie einen Vogel.«

»Meine schöne Nichte«, sagte Oscar den Gästen, »hat ihren Ehemann gefunden, in diesem Land, am Rand dessen, was noch immer ein großes Empire ist, so groß – nein, größer als das Heilige Römische Reich, das selbst das mächtigste Reich der ...«

»Hört, hört«, murmelten einige der älteren Männer am Tisch.

»Ich hab das Gefühl nie vergessen«, sagte Sparrow.

»Du meinst, du hast nicht vergessen, wie man fliegt.« Billy lächelte. »Du bist schließlich ein Spatz.« Und als er dieses Mal seine Hand auf ihre legte, ließ sie ihn zumindest so lange gewähren, bis sie seine Wärme spüren konnte.

»Wir haben Reichtümer in den Wind geschlagen – gerade in dem Moment, als sie greifbar nahe waren! Macht. Gold. Silber. Eine Lebensweise. Ich verfluche die Gaelic League, die sogenannte keltische Morgendämmerung. Wir sind nicht reif, uns selbst zu regieren! Ich sage, wir sollten für das Empire kämpfen! Ich bin ein Mann des Empires!«

»Hört euch den verdammten Unsinn an!«

»Die Welt ist groß. Selbst dieses, unser winziges Land ist groß. Aber in der Vorstellung eines Mannes wie Pa ist die Welt klein. Sie ist nichts. In Wirklichkeit aber ist er nichts, und mein Herz weint um euch alle.«

»Mir scheint, das reicht jetzt aber!«

»Wir sind stolz darauf, daß Irland der Reformation und der industriellen Revolution entgangen ist. Aber was haben wir davon? Wir haben keinen Handel, keinen Wohlstand. Sollen wir nun auch noch Feiglinge genannt werden, weil wir uns weigern, an der Seite der Völker von zivilisierten Nationen in den Krieg zu ziehen? Wir sind die Geiseln unserer Blindheit!«

»Setz dich hin, du alter Esel, du bist ja besoffen!« schrie jemand, und Billy lächelte fröhlich, wandte sich Sparrow zu, um sie in seinen Beifall für den Zwischenrufer einzubeziehen.

»Dorschkopp«, rief jemand, auf Oscars Beruf anspielend.

»Wenn du je Hilfe brauchst, Sparrow«, flüsterte Billy in dem Lärm der Zwischenrufe und des Gelächters, »wenn er dich je anrührt, sollst du wissen, daß du einen Freund hast. Sieh mir in die Augen.«

Gegen ihren Willen sah Sparrow ihn an. Später erinnerte sie sich, daß sie ein warmes Flackern der Bewunderung in ihnen gesehen hatte.

»Diese Augen können auch aus großer Entfernung sehen«, sagte Billy. »Vergiß das nicht.«

»Unsere alten Häuptlinge sind tot! Was wir jetzt noch haben, sind Bürokraten, und die wollen uns führen?«

»Gott sei Dank bist du nicht unter ihnen!«

»Sechs frische Makrelen, Oscar!«

»Wirst du das auch nicht vergessen?«

»Nein.«

»Sag: Ich werd mich daran erinnern.«

Sparrow lachte. »Wenn's dir Freude macht: Ich werd mich daran erinnern.«

»Was wir in Irland brauchen«, schrie Oscar, so laut er konnte, »ist ein König!«

»Schneid ihm den Kopf ab und nimm ihn aus!«

»Und ich werd mich immer an dich erinnern, Sparrow.«

»Oscar, du kannst freitags König sein!«

»Die Pest über euch und eure ... Mittelmäßigkeit!« rief Oscar aus.

Pater Whittle stand inmitten des Tumults auf. »Im Namen des Vaters und des Sohnes ...«, bellte er und beschloß damit das Hochzeitsessen.
An Billys Arm verließ Sparrow den Speisesaal. Pa lehnte an der Theke und sang selbstvergessen vor sich hin. Mag ging zu ihm. Ein Akkordeon spielte, und durch den Alkohol ermutigte Männer forderten ihre Frauen zum Tanz auf. Die Musik erfüllte Sparrows Kopf – wie die Räder eines Zuges! Sie tanzte mit Billy, und obwohl es Jahre zurücklag, seit sie getanzt hatte, erlaubte sie ihm, sie über das Parkett zu führen. Als die Musik schneller wurde, fühlte Billy sich sicherer. Sparrow spürte seine kühner werdenden Hände an ihren Hüften, während er sie herummanövrierte. Die Erleichterung, die sie am Ende des Traums empfunden hatte, tauchte wieder auf. Körper drehten sich in der Mischung aus Rauch und süßem Whiskeydunst zum Rhythmus eines Badhran. Die Geschwindigkeit der Drehung vereinigte Sparrow und Billy Cross. Sie blieben auf dem Tanzboden. Sparrow warf ihre Fuchsstola auf den Boden. Die anderen Tänzer bildeten einen Kreis um die beiden und klatschten in die Hände. Der plötzlich sehr bewegliche junge Bräutigam mit der hübschen, aber vernachlässigten Ehefrau. Sparrow und Billy tanzten immer weiter, schmiegten sich aneinander und brachen auseinander wie strömendes Wasser. Sie tanzten in einem Fieber, das außerhalb jeder Zeit war, den ganzen Abend hindurch unter Pas glasigen Augen.
Mag lag vom Alkohol betäubt tief schlafend auf einer Bank, als Billy Sparrow leise aus dem Foyer des Hotels hinausführte. Nur Lyle sah sie. Und Lyle folgte ihnen.

9

Regenböen kamen aus dem Westen, zogen über die Midlands und die Moore und stürzten sich wie eine Horde von Gespenstern auf Dublin. Die Kirche von St. Fel's war voll, ein Inselrefugium in einer tobenden See. Zwei Wochen waren vergangen, seit ich Lyle gesehen hatte; mein Bedürfnis, mit ihm über die Vergangenheit zu sprechen, hatte sich als nicht sehr anhaltend erwiesen, und ich hatte nichts unternommen.

Anlaß der Gesangsvesper in der St. Fel's-Kirche war ein Besuch der St. Matthew's Singers, eines Kirchenchors aus Belfast. Als ich in meinem Chorgewand an meinem Platz stand, hörte ich zum ersten Mal eine Stimme vollkommener Reinheit aus den dichten Rängen des Chores gegenüber. Ich versuchte, die Stimme mit einem Mund in Verbindung zu bringen. Es war der Mund einer Frau in den frühen Dreißigern. Sie war klein, aber man bemerkte dies nur, weil die beiden Sängerinnen rechts und links von ihr groß wirkten. Sie war in Vollkommenheit klein, sozusagen. Mir wurde plötzlich klar, daß es eine ganze Welt köstlicher Kleinheit geben mußte, von der ich bis zu diesem Moment ausgeschlossen gewesen war. Ich beobachtete ihren Mund, als sie »Jesus bleibet meine Freude« sang, und ohne Vorwarnung begann mein Puls vor Aufregung zu jagen. Und weil das so selten geschah, nährte sich diese Aufregung unersättlich von sich selbst, und ich

schaffte es nicht, sie einzudämmen. Sie blickte herüber und sah mich auf sie starren. Ihr Lächeln war wie einziges kurzes Aufleuchten in einer gewaltigen Dunkelheit.
Nach dem Chorsingen verwandelte sich die Kirche in eine Cafeteria. Ohne Roben saßen wir mit Tee und Gebäck auf den Bänken oder lehnten am Altargeländer.
»Klein, aber perfekt«, sagte sie und sah zur Decke des Mittelschiffs auf. Sie hatte eine Tasse Tee in der Hand und sprach möglicherweise mit sich selbst.
»Wie das Beste in der Natur«, sagte ich und fragte mich, wie eine so kleine Frau zugleich so lange Beine haben konnte.
»Da haben Sie recht«, sagte sie und sah mich mit großen grauen Augen an. Ein Lächeln erschien in ihren Mundwinkeln.
»Für einen Chor haben Sie eine schwierige Stimme«, sagte ich.
»Finden Sie?«
»Sie zurückzuhalten muß für Sie nicht einfach sein, das konnte ich hören.«
»Zurückhaltung ist unter bestimmten Umständen schwierig«, antwortete sie, »und nicht immer vernünftig.« Sie verzog den Mund spielerisch, als wollte sie sagen, daß sie gerne mit der Gefahr flirtete, wenn damit die Aussicht auf Erregendes verbunden war. »Man darf sich nicht allzusehr einengen lassen, meinen Sie nicht auch?«
Ich hatte immer wieder von bestimmten Formen augenblicklicher Verliebtheit gelesen und ihre Existenz bezweifelt. Aber hier, in der St. Fel's-Kirche, wurde mir klar, daß ich mich getäuscht hatte und daß ich nichts lieber getan hätte, als alles, was ich an Besitz und Verantwortung hatte, fallenzulassen und mit dieser Frau, die ich

vor ein paar Minuten zum ersten Mal gesehen hatte, in einen fernen Winkel der Welt zu fliegen.

»Ja, das meine ich auch«, sagte ich. »Mein Name ist Theo Shortcourse.«

»Ich weiß.«

»Wie das?«

»Ich habe gefragt.«

»Warum? Haben Sie gefragt, meine ich.«

»Weil ich wissen wollte, wer mich den ganzen Abend angestarrt hat.«

Alles an ihr war so klar und geordnet – ein wenig so, wie Sparrow war. Meine eigene relative Größe war mir nie zuvor als Vorteil erschienen, aber jetzt, gegenüber dieser wundervollen Miniaturfrau, fühlte ich mich mächtig wie ein Berg.

»Oh, das tut mir leid«, sagte ich, Schüchternheit vorspiegelnd.

»Mir nicht«, sagte sie und lächelte wieder. »Mein Name ist Elizabeth. Elizabeth Wedlake.«

Das einzige, was ich über meinen Bruder Lyle herausfinden konnte, war die Tatsache, daß er auf einem Konto in Dublin zehntausend Pfund deponiert hatte, eine Information, die ich auf nicht ganz legalem Weg bekam. Ich war bereit, Lyle im Zweifel zu glauben, und das Mißtrauen, das er in mir erweckte, einem unglücklichen Aspekt seiner Persönlichkeit zuzuschreiben, aber ich wäre beruhigter gewesen, wenn ich einer vertrauenswürdigen Person begegnet wäre, die mir hätte bestätigen können, daß er ein guter Geschäftsmann und zuverlässiger Partner für Bain war. Wenn Bain auf der anderen Seite so dringend auf Bargeld angewiesen war, schien es töricht, über einen Mann zu streng zu urteilen, der ihm helfen konnte.

Mein Leben als Mann mittleren Alters war in den letzten Wochen erblüht, wie das manchmal bei Hyazinthen mitten im Winter passieren kann. Unter der berauschenden Nachwirkung meiner Begegnung mit Elizabeth hatte ich alle Geheimnisse der Vergangenheit vergessen. Ich hatte noch nie jemanden wie sie getroffen, jemanden, deren Sinnlichkeit so unkompliziert war. Als ein jüngerer Mann – als der Mann, der Juliet heiratete – wäre ich nie in der Lage gewesen, mit einer Frau wie Elizabeth Wedlake zurechtzukommen. Elizabeth! Wann immer ich in die graue Gleichgültigkeit meiner früheren Existenz zurückzufallen drohte, sah ich ihr lebendiges Gesicht vor mir.
Dennoch rief ich Lyle an und verabredete mich mit ihm. Ich sagte ihm, daß ich Neues über Shortcourse Sausages für ihn hätte. Bains Geschichte verfolgte mich – er hatte mir soviel erzählt, dabei aber doch soviel offengelassen. Und Lyles Versprechen, mir Dinge zu eröffnen, die nur er wußte, schien mir nach dem, was Bain gesagt hatte, um so interessanter. Lyle und ich trafen uns im oberen Raum eines Pub an der Aungier Street, wo Lyle eine vertraute Erscheinung zu sein schien. Ich sagte ihm, daß ich mit Bain gesprochen hatte.
»Wie geht's ihm?«
»Du mußt mir versprechen, daß du das, was ich dir jetzt sage, vertraulich behandeln wirst.«
»Wie ein Grab, alter Junge.«
»Er ist knapp bei Kasse«, sagte ich. »Er braucht einen Investor.«
Lyle schüttelte den Kopf.
»Verschuldet, nehm ich an.«
»Ja.«
»Er hat das Geschäft schuldenfrei übernommen«, sagte Lyle. »Niemand hätte Pa auch nur Sixpence geliehen.«

Lyle hielt seine Zigaretten mit Daumen und Zeigefinger so, daß das glimmende Ende nach innen gegen die Handfläche gerichtet war, wie Menschen, die sich viel im Freien aufhalten. Es trug zu dem Eindruck der Verschlagenheit bei, den er vermittelte.

»Was ist für dich drin bei der Sache, Theodore, alter Junge?«

»Ich glaub, ich tu euch beiden einen Gefallen, das ist alles«, sagte ich.

Lyle sah mich wachsam an.

»Es gibt doch heutzutage diese Investitionsbeihilfen«, sagte er. »Sie geben einem Geld, damit man Maschinen kaufen kann.«

»Das Amt für Industrielle Entwicklung«, sagte ich.

Lyle lachte leise und ruckartig. »Stell dir mal vor, jemand hätte Pa vor dreißig Jahren erzählt, er könnte Geld *kriegen,* wenn er Maschinen kauft! Er wär erstickt vor Lachen.«

Mein Bruder ging zur Bar, um einen weiteren Whiskey und einen Gin zu holen.

»Um ehrlich zu sein, ich hab schon darüber nachgedacht«, sagte er und ließ sich wieder nieder. »Gut, es müßte, wenn alles mit rechten Dingen zugegangen wär, meine Firma sein, ist sie aber nicht. Der Laden gehört Bain. Das ist das Problem für mich. In meinem Kopf bring ich immer wieder Bain mit Pa durcheinander, und jeder, der in einen Laden von Pa Geld steckt, sollte seinen Verstand untersuchen lassen.«

»Ich kann gewisse Ähnlichkeiten nicht leugnen«, sagte ich.

»Wie sind deine Erinnerungen an unseren seligen, verstorbenen, sollen wir sagen, Vater?«

»›Sollen wir sagen‹?«

»Na ja, der Alte war nicht mein Vater, wie du genau weißt.«
»Trifft dich das?«
»Ganz im Gegenteil.«
»Er war ja auch nicht Bains Vater.«
»*Das* spricht für Bain. Sehr sogar.«
»War er wirklich mein Vater?«
Lyle sah mich an. »Warum fragst du das?«
»Pa hat mir mal gesagt, ich sei nicht sein Sohn. Ich hab versucht, meine Mutter zu fragen, aber das ist ein Gebiet, über das sie sich einfach zu reden weigerte.«
»Es ist auch ein schwieriges Gebiet, Theo, sehr verworren, alter Junge.«
»Aber du könntest es entwirren.«
»Ja, aber nur sehr langsam.«
»Warum nur sehr langsam?«
»Weil ich dich mag, alter Junge, und nicht möchte, daß du dabei verletzt wirst.«
In dem Moment mochte ich ihn auch, und das sollte so bleiben. Unterhalb seines gerissenen Buchmachergehabes war etwas Menschenfreundliches, er war im Grunde gutmütig. Die Wärme in dem Pub schien wegzuschmelzen, was er sich vor Jahren an Panzer zugelegt hatte, und mit dem Panzer verschwand die Verschlagenheit in seinem Ausdruck. Er saß mit übergeschlagenen Beinen und einem leisen Lächeln auf den Lippen da, als ich neue Drinks holte.
»Weißt du, wer der Mensch mit dem wirrsten Leben auf der Welt ist, Theo?« fragte er.
»Wer?«
»Sparrow Love Shortcourse.«

Um Baby Love war immer etwas Geheimnisvolles. Sparrow wurde geboren, als Bernard schon siebzehn war, Hugo neun und Baby, die Schwester meiner Mutter, vierzehn. Das bedeutete, daß Baby 1939, als Mag Billy heiratete, achtundvierzig Jahre alt war. Es gab das gerahmte Foto von Baby, das eine schöne junge Frau mit liebevollen Augen zeigte; es gab die übliche Antwort auf jede Frage nach Baby: Baby ist fortgegangen. In der Tat ging Baby mit einem Neffen von Nanny Morrissey fort, einem Mann namens Frank Fox, der vier Jahre älter war als Baby. Sie gingen nach Atlantic City, New Jersey, wo sie glücklich als Besitzer einer Wäscherei lebten.

Während ihrer Jahre in Balaklava fand Sparrow die Adresse ihrer Schwester heraus und begann ihr zu schreiben. Die Korrespondenz blieb allerdings recht einseitig, da Baby Fox nicht sehr mitteilsam war. Sparrows Interesse aber war geweckt. Sie fragte Nanny Morrissey über Baby aus, doch deren vage Antworten waren nicht sehr befriedigend und trugen nur dazu bei, Sparrows Verwirrung zu verstärken.

Baby und Frank Fox hatten genug Geld, um in Atlanta eine Wäscherei zu eröffnen. Aber warum waren sie überhaupt ausgewandert? Baby war schließlich erst vierzehn gewesen? Kein Kind wurde um diese Zeit geboren, es gab kein Anzeichen einer ungewollten Schwangerschaft, auch wurde von keiner Fehlgeburt oder einer ähnlichen Tragödie berichtet. Und woher hatten sie das Geld, um das Geschäft zu eröffnen? Frank Fox war der Sohn eines armen Farmers aus der Umgebung von Monument, er war kaum zur Schule gegangen und hatte unmöglich eine solche Summe zusammenbringen können, als er, im Alter von achtzehn Jahren, in die Vereinigten Staaten aufbrach. Das Geld mußte von Sammy Tea stammen. Aber warum?

Warum sollte er seiner vierzehnjährigen Tochter Geld geben, damit sie mit einem Farmerjungen, der kaum lesen und schreiben konnte, auf und davon ging?
Sparrow gab die Korrespondenz mit Baby schließlich als vergebliche Liebesmüh auf und war daher sehr überrascht, als sie einen Brief von ihr bekam, in dem sie schrieb, daß sie im Alter von achtundvierzig Jahren schwanger sei und daß Frank Fox vier Wochen, nachdem sie ihm das mitgeteilt hatte, auf einem der hölzernen Gehsteige von Atlanta tot umgefallen sei.

Lyle hatte auf der Hochzeit zuviel getrunken. Als Achtzehnjähriger war er an Alkohol nicht gewöhnt, und ihm war schlecht. Noch in Sichtweite des Commercial Hotel hatte er sich auf dem Long Quay übergeben. Im Hotel wurde noch immer getanzt. Moneysack, Palastine und Priest's Way trugen bald alle Zeichen von Lyles langsamem Heimweg, gelbe Ginpfützen mit kleinen roten Stücken unverdauten Schweinefleisches darin. Wie alle anderen auch hatte Lyle Billy Cross mit Sparrow tanzen gesehen, und es hatte auch ihn erregt. Er hatte eine verwandelte Sparrow gesehen und die Augen von Billy Cross. Aber jetzt war Lyle alle Neugier vergangen, er würgte über dem Kopfsteinpflaster von Balaklava.
Er nahm kaum Notiz davon, daß Sparrow und Billy in der Küche von Prince Consort Terrace waren. Mühsam schaffte er es, sich die Treppen hinaufzuschleppen und auf Sparrows Liege in seinem Zimmer zu kriechen. Irgendwann später wurde er von leisen Stimmen geweckt. Er hörte Sparrow, dann Billy. Draußen in der Nacht hatte es zu regnen begonnen. Lyle hörte Billy und Sparrow in der eigentümlichen Stille, die gleichförmig fallender Regen schafft, flüstern und leise lachen. Er hörte, wie Spar-

row sagte: »Oh! O Gott, Billy! Oh!« Dann schlief er wieder ein.
Lyle wußte nicht mehr, wie lange er zwischen diesem ersten Erwachen und einem zweiten geschlafen hatte, aber er wurde durch den Lärm splitternden Glases aufgeschreckt. Durch das Rauschen des Regens wurden die Geräusche aus der Küche immer lauter. Tassen zerplatzten auf dem Fußboden, Teller. Stühle wurden zerschlagen.
»Nein, Pa!« hörte er Sparrow aufschreien.
»Sau!«
»Billy!« schrie Sparrow. »Billy! Schnell!«
Pa brüllte. »Hure!«
Der schnelle Wirbel von Sparrows Hacken kam die Treppe herauf. Sie platzte in Lyles Zimmer, warf die Tür zu und stemmte sich mit ihrem ganzen Gewicht dagegen. Auf der Liege war Lyle durch das höhere Bett verborgen. Er hörte sie keuchen. Dann hörte er Pa auf der Treppe, wie Donner. Die Tür flog nach innen, und Sparrow wurde auf das Bett geworfen.
»Miststück!«
Pa war im Zimmer und warf sich auf Sparrow. Er riß ihren Kopf an den Haaren hoch und schlug ihr hart über den Mund. Lyle blieb in seinem Schrecken stockstill liegen, unsichtbar.
»Hure!«
Er schlug sie in kaltem, wahnsinnigem Zorn. Sparrow sog keuchend Luft ein. Pa schlug sie wieder, und sie schrie und spuckte aus.
»Verdorbene Ware! Gut genug für jeden, aber nicht für mich! Das hab ich gekriegt. Ich nehm sie so, meine verdorbene Ware.«
Pa riß Sparrow den Rock vom Körper. Lyle hörte das Geräusch reißenden Stoffes. Er packte ihre Bluse mit beiden

Fäusten und riß sie mit einer einzigen Bewegung auseinander.

Sparrow rief mit schwacher Stimme: »Billy ...«

»Billy?« schrie Pa höhnisch. »Der versucht, seine Hosen zu finden, das macht der kühne Billy gerade!« Er schlug ihr zweimal ins Gesicht, hin und her. »Sammy Teas Tochter will ihren Billy! Ich geb dir Billy, du dreckige Hure! Ich geb dir Billy!«

Mit Sparrows Haaren in einer Faust fummelte er atemlos an seinen Knöpfen.

»Du hast es im Blut, aber ich bin nicht gut genug für dich!« brüllte Pa. »Sammy Tea hat seinen Schwanz in jedes Mädchen von Monument gesteckt, aber dann hat er's einmal zu oft gemacht, und er wurde verrückt! Billy willst du, was?«

Lyle konnte Pas wütendes Glied sehen, rotglühend mit ein wenig weißem Samen an der Spitze.

»Weißt du, wer sie war, he? Sammy Teas kleine Dirne? Hat dir das nie jemand gesagt?« schrie Pa. »Guck dir an, wozu du mich gebracht hast!«

Pa drückte Sparrows Hals mit solcher Gewalt, daß sie den Mund öffnen mußte, um ihn aufzunehmen. Ein leiser feuchter Laut und dann abrupte Stille, nur unterbrochen von Pas Aufstöhnen.

»O Himmel ...«, sagte Pa heiser.

Pa bearbeitete Sparrows Kopf eine ganze Minute lang wie einen Handschuh, dann schob er sie mit der Faust auf ihrer Kehle auf den Rücken zurück und versuchte, in sie einzudringen. Aber plötzlich flog er, wie an Drähten zurückgerissen, hoch und zu Boden.

»Zum Teufel, Pa, du bist ein schlechter Mann!«

Trotz all seines Gewichts riß Billy Pa hoch und rammte ihm den Schädel ins Gesicht.

Pa stieß mit dem Rücken an den Rahmen der bereits zerstörten Tür. Er stand da, die Hände flach an der Wand, die Augen rund vor Überraschung.
»Was zur Hölle …?« keuchte er.
»Du bist schlecht, Pa«, sagte Billy und trat Pa zwischen die nackten Beine, ein genau gezielter, kräftiger Tritt. Überall war Blut. Behindert durch die Hose, die sich zwischen seinen Knöcheln spannte, warf sich Pa gegen Billy. Der schlug ihm wieder den Schädel mitten ins Gesicht, und als Pa zu Boden ging, riß er ihn wieder hoch und machte es noch einmal. Lyle hatte nie zuvor an den Kopf als Waffe gedacht. Mit der Regelmäßigkeit einer Dampframme fuhr Billys Schädel wieder und wieder in den Brei von Pas Gesicht. Als er Pas Gewicht nicht länger aufrecht halten konnte, ließ er ihn fallen und stellte ihm die Sohle seines neuen Stiefels auf die Kehle, bis Pas Zunge herauskam wie eine sterbende Schlange.
»Sie … ist … meine … Frau«, würgte Pa heraus.
»Um so schlimmer«, sagte Billy, holte aus und trat ihm an den Kopf. »Du hast nicht das kleinste Stück von ihr verdient. Du bist Dreck.«
»Ich … hab euch unten gesehn …«, keuchte Pa.
»Gar nichts hast du gesehn, Pa«, sagte Billy, »nur eine Dame, um die sich jemand kümmern mußte«, und trat Pa genau an die Stelle, wo sein Hemd auseinanderklaffte.
Lyle sah zu Sparrow hinüber. Sie lag auf dem Bett, wo Pa sie niedergedrückt hatte, fast ganz nackt, und starrte mit geweiteten Augen an die Decke des kleinen Zimmers.
Ruhig, in gemessenen Abständen, versetzte Billy Pa weitere Tritte. Jedesmal, nachdem sein Stiefel getroffen hatte, entstand eine Pause.
»Tu das nie wieder, Pa.«
Pa legte die Hände wie im Gebet zusammen und rappelte

sich langsam auf, blutbedeckt und lächerlich, die rötlichen Schamhaare verfärbt von Sparrows Blut und seiner Ejakulation.

»Bitte ... du kannst sie haben ...«, lallte er mit eingeschlagenen Zähnen.

Als schlüge er ein Becken zusammen, krachten Billys Fäuste von beiden Seiten auf Pas Ohren. Pa brach auf breite weiße Knie nieder.

Er hörte auf, als Pa nicht mehr reden konnte, und selbst dann trat Billy ihm immer wieder, und wie Lyle schien, endlos in die Mitte seines massigen Körpers, bis er schließlich erschöpft aufgab und hinunterging.

Später hörte Lyle, wie Pa sich auf allen vieren in sein Zimmer schleppte.

Noch später hörte Lyle verstörende, tierähnliche Laute im Korridor. Irgend etwas war da draußen, wach. Er brauchte ein paar Minuten, bis er begriff, daß Borneo ins Haus gekommen war und sich wie ein Wachhund vor die schmale Tür gelegt hatte.

Am folgenden Morgen um fünf vor sechs hob Lyle den Kopf, weil er leichte Schritte hörte, aber immer noch wie betäubt vom Alkohol und dem, was in der Nacht geschehen war, schlief er wieder ein. Pa kam an dem Tag nicht herunter. Mag, die mit Billy im hinteren Zimmer am Kohlenfeuer geschlafen hatte, versorgte Pa in seinem Schlafzimmer. Mag sagte, Pa könne sich an nichts erinnern, aber sie war über seine Verletzungen erschüttert. Am Abend war Sparrow seit zwölf Stunden fort. Bernard Love kam, konnte aber nicht mit Pa reden. Im Bett, nüchtern, weinend, ließ er Bernard durch Mag ausrichten, daß er nicht wisse, warum seine Frau verschwunden sei.

Pa war ein schrecklicher Anblick. Die Nase war gebro-

chen und angeschwollen, die angebrochenen Rippen mußten sechs Monate fest verbunden bleiben, das Gesicht war übersät von Platzwunden und Schwellungen, der Mund ein Wrack. Pa würde nie wieder festes Fleisch essen können. Aber der schlimmste Anblick für Mag waren seine Genitalien. Ganz Balaklava hörte Pa brüllen, wenn Mag versuchte, sie mit einem kalten Schwamm zu kühlen. Sein Hodensack war zur Größe eines Kohlkopfes geschwollen, blau, die kleinen Adern aufgeplatzt, sein Penis erinnerte Mag an den Hals eines Truthahns.
Man begann nach Sparrow zu suchen. Erst von Haus zu Haus. Dann draußen auf Eillne. Lyle wurde befragt, aber er sagte nichts. Sie fragten Borneo, der in seine Hütte zurückgekehrt war, aber er verkroch sich in einen Winkel und legte stöhnend die Arme über das Gesicht. In der Dämmerung des folgenden Morgens begannen die Männer in wachsender Sorge die Ufer und Sandbänke des Lyle abzusuchen. Männer in Gummistiefeln mit langen Stangen hinterließen Zickzackspuren im Ufersand, die die auflaufende Flut verschluckte. Mag sah Billy an, aber Billy schwieg. Es wäre nicht das erste Mal, sagten die Männer aus Balaklava, daß eine arme Frau ihre letzte Erlösung in den starken Armen des Flusses fand. Sie täuschten sich natürlich.

Wer also war mein Vater? Pa? Oder Billy Cross? Ich sehe weder Lyle noch Mag ähnlich. Noch Bain. Wenn ich der Sohn von Billy Cross wäre, den Sparrow so bewunderte, warum verhielt sie sich mir gegenüber so reserviert, während sie Bain mit Beweisen ihrer Zuneigung überschüttete? Konnte ich der Sohn Pa Shortcourses sein, obwohl der Samen, aus dem ich entstehen *sollte,* in Wirklichkeit auf dem unfruchtbaren Boden von Pas eigenem Unterleib

landete? Oder gab es da, fragte ich Lyle, noch eine weitere Möglichkeit, die er für sich behielt?
Aber Lyle ließ sich nicht drängen. Lyle liebte mich letztlich wie einen Bruder.

Elizabeth Wedlake war ein grundsolider Mensch. Wenn man sie sah, kam man nicht auf die Idee, daß sie eine hochrangige Beamtin der Sicherheitsabteilung des Northern Ireland Office in Stormont war. Man hatte eine zierliche Frau Anfang dreißig vor sich, betont ordentlich, immer sauber frisiert, die einen mit unvergeßlichen Augen geradeaus und offen anblickte. Wenn man Schönheit auf das Klassische reduzierte, war sie nicht schön, ihre Zähne waren nicht vollkommen ebenmäßig, ihre Nase ein wenig zu groß, und wenn sie lachte, sah man zuviel Gaumen. Für ihre graziöse Gestalt hatte sie zuviel Busen, aber ihr Hinterteil war genauso schön gerundet und wirkte als Gegengewicht. Dies aber sind Beobachtungen, die ihre Lebhaftigkeit nicht einschließen, und sie sind daher ungenau. Elizabeth konnte einen von der Seite ansehen, wenn sie ernst war und herauszubekommen versuchte, was man dachte. Dieser Blick vermittelte einen so grundlegenden weiblichen Instinkt, daß er mich unfehlbar erregte. Für mich war sie von nie endender Schönheit.
In der ersten Nacht, die wir miteinander verbrachten, teilte sie mir mit großer Sachlichkeit mit, daß sie mit Eric Wedlake verheiratet war, einem Offizier der Royal Ulster Constabulary, der im Geheimdienst der britischen Nordirlandpolizei arbeitete. Von Anfang an beschlossen wir, auch den beruflichen Aspekt unseres Verhältnisses zu nutzen; wir würden die zusätzliche Aufregung geteilter Geheimnisse genießen. Ich weiß nicht, wieviel sündiges

Treiben sich im Laufe der Jahrhunderte unter dem Deckmantel der Chormusik zugetragen hat, aber ich bezweifle, daß es so vergnüglich war wie das, was Elizabeth und ich teilten.

»In Dublin habe ich ein Gefühl von Raum und Freiheit, das ich in Belfast nicht habe«, sagte Elizabeth.

Es war zwei Monate nach unserer ersten Begegnung. Elizabeth stand barfüßig in meiner Wohnung. Das weiche Licht des Abends kam durch die Fenster herein.

»Belfast ist so kompakt, weißt du? Wie ein Dorf. Wir fahren ab und zu aufs Festland hinüber, um Dampf abzulassen. Hier unten habe ich das Gefühl größerer Bewegungsfreiheit, zugleich aber gibt es kein Festland, auf das man hinüberfahren könnte.«

Mit einer Mischung aus voyeuristischer Neugier und echtem Interesse analysierten wir unsere unterschiedlichen Kulturen.

»Wenn wir vom ›Festland‹ sprechen, so sollte man annehmen, wir tun es, weil wir uns auf einer Insel befinden«, fuhr Elizabeth fort. »Das ist aber nicht wirklich der Fall. Wir in Ulster halten uns im Grunde für eine Verlängerung Großbritanniens, nicht für eine Insel, obwohl wir vom ›Festland‹ reden. Es ist ein Unterschied, das mußt du zugeben. Es ist wie Wales oder Schottland. Wenn wir zum Beispiel in London gewesen sind, würden wir nie sagen: ›Jetzt sind wir wieder auf unserer Insel.‹ Oder so etwas Ähnliches. Aber ich mag Belfast, trotz der Bomben und allem. Ich mag ... die Wärme, verstehst du?«

»Dann wirst du das Chili mögen«, sagte ich.

Bei unserem Zusammensein gab mir Elizabeth nie den Eindruck, daß ihre Familie in Belfast für uns irgendeine Rolle spielte. Wir sprachen nie über den Haushalt der

Wedlakes oder über ihre beiden kleinen Töchter. Erst viel später sah ich ein Foto von ihnen, blonde Mädchen mit fast demselben Reiz wie ihre Mutter.
Elizabeth guckte sich in der Küche um. »Garnelen aus der Dubliner Bucht«, sagte sie schnüffelnd.
»Gott behüte. Sie kommen mit dem Zug von einem Fischer in Leire hier herauf.«
»Und danach?«
»Gemüse. Gesotten, glasiert und au gratin.«
»Hiesiges?«
»Aus Israel.«
Sie nahm meine Hand, und wir setzten uns und sahen aufs Meer hinaus. John Coltrane spielte etwas aus *Stardust,* sein Saxophon zauberte kurze, fließende Laute hervor.
»Könnte man doch Musik sein«, sagte Elizabeth.
»Saxophon wäre wie Teil eines Stroms zu sein. Klavier hör ich nie auf die Weise.«
»Und Chormusik?«
»Manchmal. Aber da entsteht die Musik aus der Vereinigung der Stimmen mit dem Ort.«
»Ich will alles über dich wissen, Theo«, sagte Elizabeth und schmiegte sich an mich. »Aber ich hab's nicht eilig damit.«
»Wär das nicht ein Risiko?«
»Hmmm.« Sie rieb meinen Handrücken. »Du meinst, wir sollten es so lassen, wie's in der ersten Nacht war?«
»Ja.«
»Anonym?«
»Das ist ein zu hartes Wort.«
»Werd ich dann weniger von dir halten, meinst du?« fragte sie. »Wenn du mir von den Katastrophen deiner Vergangenheit erzählst, wenn es so was gibt, oder wenn ich

dir von meinen erzähle, werden wir einander dann anders sehen? Wird es dann schal zwischen uns?«
»Ich fürchte die Zukunft mehr als die Vergangenheit, glaub ich«, sagte ich.
»Du meinst, du hast Angst davor, die Vergangenheit zu wiederholen«, bemerkte Elizabeth.
»Das Leben ist ein ständiges Wiederholen der Vergangenheit«, sagte ich.
»Den Philosophen in dir mag ich auch«, sagte sie.
»Auch? Was denn noch?«
Sie hatte die Hand zwischen die Knöpfe meines Hemds geschoben.
»Genauso wie das Tier.«
»Was ist mit den Garnelen?«
»Ich will Fleisch«, knurrte sie.
Sie machte alles. Mit den präzisen Fingern einer Näherin machte sie meine Schürze auf, meine Schuhbänder, zog mir das Hemd und die Hose aus, wortlos, bis ich nackt dasaß, während ihre einzige Konzession nach wie vor die Schuhe waren. Ernst und konzentriert griff sie nach mir, kraftvoll und sanft zugleich. Mit kühler Berechnung brachte sie mich bis an den Rand, holte mich wieder zurück, steigerte ihren Rhythmus wieder, als wäre sie ein Pilot, der aus seiner Maschine das Letzte an Leistung herausholt. Sie machte weiter, bis ich jeden Eigenwillen aufgab und in meinem Kopf nichts mehr existierte als der reine Gegensatz des Geschlechts zwischen uns.
Dann zog sie sich schnell aus, und wir liebten uns auf dem Teppich. Wir aßen auch auf dem Fußboden, in unseren Bademänteln, leckten einander die Finger ab und löschten die Flammen des Chilis mit eiskaltem Bier. Als wir später im Bett lagen, sahen die blinkenden Feuer von Howth und Dun Laoire an beiden Seiten der Bucht

aus wie Teile eines hochentwickelten Informationssystems.
»Willst du das noch mal machen?«
Sie nickte.
»Warum?« fragte ich.
Elizabeth sah mich nachdenklich an. »Muß es dafür einen Grund geben, außer dem, daß es wunderbar ist?«
»Nein, aber gewöhnlich gibt es einen.«
Elizabeth legte die Finger auf meine Lippen. »Willst *du* das weitermachen?«
»Ja.«
»Dann laß uns weitermachen, bis wir zu alt dafür sind oder voneinander die Nase voll haben«, sagte Elizabeth. »Aber laß uns keine Zeit damit verschwenden, nach den Gründen zu suchen.«
Sie lag in meinen Armen, und ich glaubte, sie sei eingeschlafen. »Wer ist denn das auf den Fotos da?« fragte sie.
»Das ist Sparrow, meine Mutter«, sagte ich.
»Sie war sehr hübsch«, sagte Elizabeth.
»Ist es immer noch«, sagte ich.
»Und das bist du?«
»Ja.«
»Du siehst so mißtrauisch aus.«
»So seh ich auf Fotos immer aus.«
»Und wer sind die Jungen, die da neben dir am Fluß stehen?«
»Der Linke ist Pax Sheehy«, antwortete ich, »und rechts mein Neffe Bain. Er ist zur Zeit unser Justizminister.«
»Hmm. Wie war er denn als Kind?« fragte Elizabeth schläfrig.

Vier Wochen nach unserem Ausflug in die alles verschlingende Vergangenheit saß ich mit meinem Bruder Lyle in einem Taxi. Wir waren auf dem Weg zu einem Treffen mit Bain.

»Er muß expandieren«, sagte Lyle, mit beiden Händen gestikulierend. »Er wird ausgenommen wie ein Truthahn, das kann ich dir sagen, ich weiß es.«

»Woher?«

Lyle tippte sich mit dem Finger leicht an die Seite der Nase, wie es Franzosen in Filmen tun. »Bin ein dutzendmal unten gewesen, seit wir uns gesehen haben, alter Junge. Hab mich ein bißchen umgehört, du weißt schon. Ein Whiskey hier und da, eine Flasche, die jemand besonders schätzt, und er erzählt dir sein Leben. Ich komm schließlich von da, Theo.«

Das konnte ich von mir nicht sagen.

»Sie stecken alle mit drin. Verdammte Diebe sind das, und der schlimmste ist Barty, den er zum Boß gemacht hat. Halb Balaklava ißt gratis, kannst du mir glauben. Und das ist nur der Laden.«

»Nur?«

»In der Schlachterei arbeiten zwölf Leute mit vollem Lohn, die das machen, was eine 20 000-Pfund-Maschine machen könnte.«

»Für Bain sind Leute Stimmen.«

»Er muß sie ja gar nicht rausschmeißen, das hab ich alles ausgerechnet. Er kriegt Beihilfen für größere und bessere Maschinen, und er erhöht die Produktion, das ist die Antwort. In zwölf Monaten hat er mehr Leute, nicht weniger.«

Obwohl ich in keiner Weise etwas mit den Geschäften zwischen Bain und Lyle zu tun haben wollte, schien es mir richtig zu sein, daß ich zumindest bei ihrem ersten

Treffen dabei war. Schließlich war ich derjenige gewesen, der sie zusammengebracht hatte.
»Und hast du dich entschieden?« fragte ich ihn. Hatte mich mein Interesse an der Vergangenheit vielleicht schon zu weit in diese Sache hineingezogen?
»Hängt von 'ner Reihe von Dingen ab«, sagte Lyle neutral.
Bains Wohnung lag in Rathgar, in einem Neubaugebiet, dessen Architekt offensichtlich ein großer Liebhaber des Dachgartens war. Junge Pflanzen sahen in allen möglichen Winkeln hinter Mauern und Brüstungen hervor, und Efeu wuchs zum Teil schon die Mauern herab. Ich bezahlte das Taxi, und wir gingen zu einer Haustür, wo ein Mann mit dem Gesichtsausdruck eines Wachpostens uns einließ.
»Sie möchten bitte hinaufgehen«, sagte er, nachdem er am Telefon angefragt hatte.
Oben wartete sein Zwillingsbruder. Ich gab ihm meinen Regenmantel. Das Treppenhaus war brandneu, an der Wand hingen Bilder, die ein Innenarchitekt ausgesucht hatte.
»Schön hier, vielen Dank«, murmelte Lyle, sah sich um und wischte sich über die Schultern seines Jacketts.
»Mr. Shortcourse?«
Eine Dame, die sich als Sekretärin des Ministers vorstellte, führte uns hinein.
»Der Minister ist gleich soweit, er ist noch in einem Gespräch«, erklärte sie. »Kann ich Ihnen etwas zu trinken anbieten?«
Ich dankte, weil ich nicht bleiben wollte, aber Lyle nahm einen Gin. Das große Zimmer war wie aus einem Innenarchitekturmagazin ausgeschnitten. Stoffe und Bilder und Teppiche waren so aufeinander abgestimmt, daß alles zu verschwimmen schien. Lyle legte seine Aktentasche hin,

und wir setzten uns auf eine Couch, die in Farbe und Design Apfelsinenstücken nachempfunden war.

»Hallo, Theo.«

Er stand im hinteren Teil des Zimmers. Wie lange er uns von da beobachtet hatte, wußte ich nicht. Wir standen auf, und er kam auf uns zu. Wir schüttelten uns mit sonderbarer Förmlichkeit die Hände. Er trug einen neuen dreiteiligen Anzug, und seine schwarzen Schuhe glänzten.

»Das ist Lyle«, sagte ich.

»Ah, ja«, sagte Bain und nickte, während er Lyle die Hand schüttelte.

Man spürte die Macht in ihm, die Arroganz, das schiere Gewicht des Apparats, dessen Schalthebel er kontrollierte. Der Geruch, der von ihm ausging, der alte Geruch, den auch Deodorant und Haarwasser nicht ganz übertönen konnten, war für mich ein Ausdruck von Energie. Der Schnurrbart, sein Markenzeichen, war nicht mehr ganz so rötlich wie früher, aber er bedeckte jetzt mehr von seiner Oberlippe. Er war sehr viel breiter geworden, was seine geringe Körpergröße noch mehr betonte. Und er hatte nicht mehr so viele Haare auf dem Kopf.

»Ich geh jetzt, Bain«, sagte eine Männerstimme aus der Diele.

»Einen Moment, Jack!« Bain grinste plötzlich breit. »Theo, ich hab eine Überraschung für dich.« Er winkte den Mann herein. »Jack, sieh mal, wer hier ist.«

»Ah, das ist doch Theodore«, sagte Pater O'Dea. »Wie geht es dir denn?«

»Sehr gut, Pater«, antwortete ich.

»Theo, ich muß dich berichtigen«, sagte Bain mit wackelndem Zeigefinger. »Es heißt nicht mehr Pater O'Dea.«

»Ach was, Bain.« Der Priester lachte.
»Es heißt jetzt Bischof O'Dea«, sagte Bain und verbeugte sich leicht, »oder es wird bald so sein, wenn meine Information korrekt ist.«
Ich gratulierte dem Priester – dem Bischof. »Wie rede ich Sie nun an?« fragte ich ihn.
Er berührte leicht meinen Arm. »Jack«, sagte er.
Lyle, der etwas am Rande des Geschehens gestanden hatte, räusperte sich und trat zu uns. Er ergriff die Hand des designierten Bischofs, beugte ein Knie und küßte sie.
»Ehrwürden«, murmelte er.
»Gott segne Sie«, sagte Jack O'Dea etwas verwirrt.
»Also dann wollen wir mal«, sagte Bain und rieb sich unternehmungslustig die Hände.
»Ich muß mich verabschieden«, sagte ich.
»Du gehst und er bleibt?« fragte Bain grob.
»Ich kenne die Einzelheiten nicht«, sagte ich, »aber Lyle hat mir gesagt, daß er seine Hausarbeiten gemacht hat.«
»Stimmt das?« fragte Bain Lyle mißtrauisch.
»Absolut, Herr Minister.«
»Für dich bin ich Bain, okay?« sagte Bain zu ihm. Aus den Haaren auf seinem Handgelenk sah eine goldene Scheibe hervor, und er warf einen Blick darauf. »Gut. Ich hab nicht viel Zeit. Mein Leben ist schon seltsam, Theo. Fünf Männer sind allein hier im Dienst, nur um für mich zu sorgen. Kannst du dir das vorstellen?«
Ich zuckte die Achseln. Was sollte ich dazu sagen?
»Würdst du mit mir tauschen, Theo?« Er legte mir die Hand auf den Nacken. »Weißt du, Jack, dieser Kerl und ich, wir sind wie Brüder.«
»Sicher, das weiß ich«, sagte Jack.
»Wer hätte das vor dreißig Jahren auf Eillne gedacht?« fragte Bain, und sein Daumen streichelte meine Nacken-

mulde. »Zwei Jungs, die Zigaretten rauchen und Angst haben, erwischt zu werden. Und jetzt ist einer Justizminister und der andere … Was bist du jetzt genau, Theo?«

»Inspektor«, antwortete ich und überlegte mir, wie ich da rauskam, ohne zu unhöflich zu erscheinen.

»Theo ist der Boß, Jack«, sagte Bain. »Theo hat mehr Macht als du oder ich, Jack.«

»Und dann auch noch Pax Sheehy! Assistant Commissioner der Garda«, sagte Jack, und seine Worte fielen wie Münzen in einen leeren Eimer.

Bain begleitete den Bischof und mich zur Diele hinaus.

»Theo«, sagte er leise und zog mich ein wenig beiseite. »Ist der Witzbold ernstzunehmen?«

»Er will es machen«, antwortete ich.

»Gott, ich kann den Typ nicht ausstehen, ging mir schon immer so.«

»Er ist in Ordnung.«

»Mann, wie er die Hand des Bischofs gepackt hat, ich dachte, er frißt sie auf.«

»Er ist nicht der Schlechteste, Bain.«

»Pa hat ihm nie getraut.«

»Ist das wichtig?«

»Pa kannte ihn gut, er hat mit ihm zusammengelebt.«

»Letztlich mußt du die Entscheidung treffen, Bain.«

Bain blickte zu Lyle zurück, der sich eine Zigarette angezündet hatte und auf seine Art rauchte.

»Pa hat gesagt, Lyle könnte nicht mal im Bett gerade liegen.«

»Hör dir an, was er zu sagen hat«, sagte ich, um nicht über Pa als den Schiedsrichter von Moral und Solidität reden zu müssen. »Er hat Geld. Vergiß, wie er redet und wie er aussieht. Ich persönlich glaube, daß er unter alldem vertrauenswürdig ist.«

»Bist du sicher, daß er das Geld hat?«
»Ich glaube, er hat's.«
»Gott weiß, wo er's her hat.«
»Das kann dir doch egal sein.«
»Mir kann heutzutage gar nichts egal sein«, sagte Bain. »Hinter jedem Busch sitzt einer und wartet darauf, daß ich stolper.« Er atmete tief durch, gab mir dann einen freundlichen Klaps auf den Rücken. »Wenn sie mich wegen des Typs hinter Gitter bringen, mußt du mich da rausholen, Theo.«
»Ich werd mich hüten«, lachte ich und ging mit Jack O'Dea hinaus.
Draußen sah ich die Gestalten im Vorgarten und an der Hausecke, die sich mit verdeckter Flamme Zigaretten anzündeten, während sie uns beobachteten, man hörte ab und zu eine Andeutung von Sprechfunkrauschen durch den von ferne summenden Straßenlärm von Dublin.
»Da bin ich ja ins Fettnäpfchen getreten, mit Pax, was?« sagte Jack ernst.
»Es ist nicht Ihre Schuld, daß die beiden einander nicht mögen«, sagte ich.
»Kann Pax nicht begreifen, daß Bain sich verändert hat?« fragte Jack. »Daß Bain sich aus all den alten Geschichten mit dem Norden gelöst hat, in die er mal verwickelt war?«
»Pax glaubt, daß Bain zumindest mit halbem Herzen immer da oben sein wird«, sagte ich. »Es liegt ihm im Blut.«
»Ich werde für beide beten«, sagte Jack behutsam.
Der Regen hatte nachgelassen. Wir gingen nebeneinander und genossen die frische Luft.
»Deiner Mutter geht es ausgesprochen gut, Theodore«, sagte Jack. »Sie beklagt sich allerdings, daß sie dich so selten zu sehen bekommt.«
»Und sie kommt noch gut zurecht?«

»Sparrow? Munter wie ein Fisch im Wasser. Dreimal in der Woche kommt sie in die Stadt, um Besorgungen zu machen und Dinge zu erledigen, und dann besucht sie David Wise. David Wise selbst fährt die restlichen Tage der Woche nach Eillne hinaus. Er hat nie geheiratet, weißt du.«

»Ich hab immer gedacht, daß sich da nach Pas Tod etwas bewegen könnte.«

»Sparrow hat immer ihren eigenen Zeitpunkt gewählt«, sagte der Priester. »Ihr seid eine faszinierende Familie. Sie redet immerzu von Sammy Tea, weißt du. Sammy Tea dies und Sammy Tea das. Sie verehrt den armen Mann, Gott sei seiner Seele gnädig. Ich bewundere das an deiner Mutter, Theodore. Ich bewundere die Achtung, die sie noch in ihrem Alter vor den Toten hat. Ich nehme das in meine Predigten auf, weißt du, unsere Schuld gegenüber den Toten. Trotz ihrer Sünden schulden wir ihnen letztlich doch alles.«

»Aber sie schulden uns auch einiges, Jack«, sagte ich.

»Was in aller Welt könnten sie uns schulden?« fragte der Priester verwirrt.

»Erklärungen«, antwortete ich.

Ich hatte meine Mutter in dem Glauben gelassen, daß meine Verbindung mit Pax sehr locker sei, aber das war nicht ganz die Wahrheit. Es sprach für die Angst, die ich noch als erwachsener Mann vor ihrem Unwillen hatte, daß ich meine Verbindung mit Pax nicht richtig darstellte. Pax' alte Feindschaft mit Bain bedeutete, daß Pax in den Augen meiner Mutter nie ein guter Mann sein konnte, und wenn ich mich mit solch einer Person verbündete, erniedrigte ich auch mich.

Wir trafen uns mindestens alle zwei Monate einmal, um

zusammen Jazz anzuhören. Manchmal spielte Pax auch für mich neue Stücke, die er auf dem Saxophon gelernt hatte. Gewöhnlich trafen wir uns in Pax' unprätentiösem Haus in Malahide. Ich glaube nicht, daß er viele Freunde hatte, und mit Sicherheit hatte er keine Kumpel aus seinem beruflichen Umfeld. Er war vollkommen aufrichtig, aber er stand immer allein, wie ein Leuchtturm. Selbst seine Familie, schien mir, trat hinter seiner fanatischen Pflichterfüllung zurück. Er würde immer der Mann sein, auf dessen Schultern die moralischen Dilemmata seiner Zeit lasteten und für den die Musik das einzige Licht in einer dunklen Welt war.

»Hörst du, wie er die Trompete praktisch *streichelt?*« fragte Pax. Pax' Frau, die mich, so schien mir, immer ein wenig eifersüchtig ansah, ging an unseren Jazzabenden gewöhnlich aus. Seine beiden kleinen Söhne sahen in der Küche fern. Der Trompeten-Streichler war Woody Shaw mit einem Stück aus *Moontrane.*

»Er ist so gut wie Dizzy«, sagte Pax. »Er nimmt dich mit – wohin du willst.«

Ich fuhr nicht nach Malahide hinaus, um die neuesten Jazzaufnahmen anzuhören, sondern vor allem, um mit Pax zusammenzusein. Letztlich bedeutete Pax der Jazz mehr als mir, denn für mich schwebte über der Musik immer etwas undefinierbar Dunkles, ein gefährlicher Beigeschmack, der von tiefer Trauer erfüllt war. Ich sprach mit Pax nie darüber, da ich das als Einbruch in eine Sphäre empfunden hätte, in die er niemandem Zutritt gestattete.

»Ob man die Musik noch in hundert Jahren hören wird?« fragte Pax. »Wahrscheinlich nicht.«

»Warum nicht?«

»Es ist eine Musik, die sich von den Künstlern nicht so einfach trennen läßt«, sagte Pax. »Beethoven hat sich nie hingestellt und so gespielt wie Miles Davis. Sie haben in unterschiedlichen Medien gearbeitet.«

»Jazz ist ein Schmetterling«, sagte ich.

»Ja«, nickte Pax. »Aber das sind wir alle. Jazz ist die menschlichste Musik.«

Wie die meisten Katholiken in Irland ging Pax jeden Sonntag zur Messe, aber im Grunde war Jazz seine Religion. Wenn er Saxophon spielte, war da immer, obwohl er Amateur war, eine spirituelle Dimension in seiner Musik. Pax' Fenster hatten Jalousien; das Licht von der Straße legte gelbe Streifen über alles im Zimmer.

»Was macht einen menschlich?« fragte Pax sich laut.

»Zu lieben?«

»Zu lieben«, nickte er. »Zu empfinden.«

Es war die Woche, nachdem ich Lyle und Bain zusammengebracht hatte. Ich wußte nicht, ob bei ihrem Gespräch etwas herausgekommen war, und ich wollte es auch gar nicht wissen; und gewiß hatte ich nicht die Absicht, Pax etwas davon zu erzählen, denn wie eng befreundet wir auch waren, es änderte nichts an meinem instinktiven Bedürfnis, Bain vor ihm zu schützen.

»Was ist der schwierigste Teil in deinem Leben, Theo?« fragte Pax.

Diese Frage kam aus demselben Geist, der Pax am Tag meiner Hochzeit dazu gebracht hatte, mit mir über die Vorteile der Feuerbestattung reden zu wollen. Ich weigerte mich, auf seinen metaphysischen Trübsinn einzugehen.

»Zur Zeit gibt's keinen.«

»Gar keinen?«

»Nein.«

»Dann bist du gut dran. Ach, ich hab natürlich vergessen, daß du verliebt bist.«

Pax wußte von Elizabeth, aber ich war sehr vage geblieben. Normalerweise hätte er ein solches Verhältnis nicht gebilligt, aber als ich ihm davon erzählt hatte, war er so weit gegangen zu sagen, daß er sich für mich freue.

»Es ist gut«, sagte ich und merkte, daß ich so klang wie einer, der *will,* daß es gut wird.

»Glaubst du, daß sie ihren Mann verläßt und hier runter kommt, um mit dir zu leben?« fragte Pax.

»Nein«, sagte ich. »Aber vielleicht ist das ganz gut so. Vielleicht würde es gar nicht so gut laufen, wenn wir uns so oft sehen, wie wir wollen.«

»Hat sie das gesagt?« fragte Pax.

»Nein«, sagte ich, aber ich hörte mehr als nur freundschaftliches Interesse aus seiner Frage heraus. »Warum?«

»Nur so.«

Aber Pax fragte niemals nur so. Er war immer auf Patrouille für etwas, das mit Großbuchstaben geschrieben wurde – etwas wie das Nationale Interesse oder die Verfassung.

»Komm schon«, sagte ich. »Was ist los?«

»Was soll los sein?«

»Du hast doch was über das Thema Elizabeth im Hinterkopf.«

»Du bist zu empfindlich, Theo.«

Ich lachte. »Ich weiß noch, wie Redden dich an den Haaren gezogen hat. Also, raus damit!«

Pax seufzte. »Ich kenn die Dame nicht, Theo. Ich habe nichts gegen sie.«

»Ich akzeptier dein formales Dementi.«

»Aber sie ist Teil einer sehr grauen Welt da oben in Nordirland, nicht wahr?«

»Das stimmt.«

»Sehr grau, die Briten sind unglaublich. Sie haben diesen unersättlichen Hunger nach Information.«
»Das weiß ich alles, Pax.«
»Dann weißt du auch, daß sie 'ne Professionelle ist.«
»Was zum Teufel soll das bedeuten?«
»Daß sie vielleicht dafür bezahlt wird, hier unten rumzuschnüffeln. Um Entscheidungen auszuführen, die in London getroffen werden. Sie ist im selben Team wie die Leute in Castlereagh, die Verdächtige verhören, und die, die im Hauptquartier von Cheltenham Gespräche abhören. Professionelle spielen immer nur, um zu gewinnen.« Die CD war zu Ende, aber Pax stand nicht auf, um sie zu wechseln. »Sie arbeitet für den britischen Geheimdienst, Theo«, sagte Pax.
»Na und?«
»Ich meine es ernst.«
»Ich auch.«
»Ja, aber mußt du dir nicht selbst einige Fragen stellen, Theo?« Mir war es gleichgültig. Ich wollte ihm sagen, daß es mir nichts ausmachte, Elizabeth ein bißchen zu helfen oder hier und da von ihr benutzt zu werden, sie mit ein paar Informationen zu versorgen, an die sie sonst nicht herangekommen wäre, oder ihr dabei zu helfen, die allgemeine Stimmung in Dublin zu bestimmten Zeiten zu deuten, da Stimmungen für Politiker so wichtig waren wie Fisch für die Katze.
»Du arbeitest selbst für eine ziemlich fragwürdige Truppe, Pax«, bemerkte ich. »Deine Leute vom Special Branch sickern jederzeit in den Norden ein, wenn es ihnen paßt. Ihr gebraucht Spitzel. Sogar ich arbeite für eine zweifelhafte Mannschaft, die praktisch alle Bürger bespitzelt. Wir haben alle unsere Jobs.«
»Aber du bist Ire«, sagte Pax.

»Ein sehr unbedeutender«, sagte ich. »Ich meine, die Zukunft der Nation hängt nicht unbedingt von mir ab.«
»Du hast aber bestimmte Verbindungen.«
»Du meinst Bain?«
Pax nickte.
»Ich weiß auch nicht mehr über Bain als das, was sie in der Zeitung lesen kann«, sagte ich.
»Das ist nicht ganz wahr, Theo.«
Ich brach in Lachen aus. »Willst du ihn schützen, Pax?«
»Es darf mich nicht interessieren, wer an der Macht ist«, sagte Pax ein wenig zu förmlich.
»Du glaubst, daß Elizabeth sich hier mit mir trifft, weil … weil sie darauf aus ist, uns hier unten zu *destabilisieren?*«
»Mach keine Witze, Theo!« sagte Pax streng.
»Mach keine Witze? Aber das ist doch ein Witz!« rief ich aus. »Und es wär ein sehr schlechter Witz, wenn er nicht so verdammt bizarr wäre. Und das Beste daran ist, daß du dich auch noch auf Bains Seite stellst!«
»Er ist tatsächlich ein ganz guter Minister«, sagte Pax.
»Jetzt hört aber alles auf! Ist das wirklich Pax Sheehy, der über Bain Cross spricht?«
»Er ist tatkräftig, er kämpft für sein Ministerium.«
»Und die Vergangenheit ist Vergangenheit, soweit es dich betrifft?«
»Denkst du denn nicht auch so, Theo?«
»Ich habe nie geglaubt, daß du jemals deine Ansichten über ihn ändern könntest«, sagte ich, vor seinem Ernst resignierend. »Nie. Aber ich wünsche dir Glück.«
»Siehst du ihn oft?«
»Bain? Drei- oder viermal im Jahr.«
»Aber du *verstehst* ihn. Du verstehst ihn besser als irgend jemand sonst unter den Lebenden, das ist der Punkt.«

»Und das macht mich schon wertvoll für irgendeinen dieser Marionettenspieler von Whitehall?«

Pax nickte. »Durchaus möglich.«

»Mir ist das egal, verstehst du das nicht?« sagte ich. »Ich les auch die Zeitung. Die Männer, mit denen du zusammenarbeitest, stellen sich blind, wenn IRA-Leute über die Grenze kommen. Es ist eine lausige Welt. Der CIA destabilisiert den ganzen südamerikanischen Kontinent. Es ist mir egal. Ich bin zu alt, um die Welt zu verändern. Es ist mir egal, okay?«

»Wenn dir alles egal ist, wenn du nicht mehr zwischen richtig und falsch unterscheiden willst, dann wirst du im Moment der Entscheidung versagen«, sagte Pax ruhig.

»Richtig und falsch«, sagte ich erbittert. »Was sollte ich denn Elizabeth erzählen? Daß Bain den armen Onkel Hugo bis an den Punkt trieb, daß der arme Mann fast den Verstand verlor? Daß Bain früher viel gelogen hat? Daß er einmal meine Frau gebumst hat? Ich bin ein vierzigjähriger Junggeselle mit einer Freundin, die zufällig ...«

»Die zufällig mit einem Spitzenmann der nordirischen Polizei verheiratet ist.«

»... in Stormont arbeitet«, beendete ich meinen Satz.

»Du weißt genau, was die Unionisten von Bain halten«, sagte Pax ruhig.

»Ja.«

»Sie halten ihn für einen schießwütigen Gewalttäter«, sagte Pax, als hätte er meine Antwort nicht gehört. »Die britische Konservative Partei ist zugleich eine unionistische Partei, und wenn die Konservativen in England an der Macht bleiben wollen, dann brauchen sie die Unionisten von Ulster an ihrer Seite.«

»Ich hab dir schon gesagt, ich les auch die Zeitung«, sagte ich. »Man sagt, in der Politik ist alles möglich, Theo«, sagte Pax. »Wenn Bain in Whitehall ein Beobachtungsobjekt ist, dann wird deine Freundin, die, da bin ich sicher, im Privatleben ein großartiger Mensch ist, ihren Befehlen gehorchen.«

»Elizabeth wird mich nicht benutzen, um einen billigen politischen Vorteil zu erringen, Pax«, sagte ich.

Wir saßen schweigend in dem engen Vorderzimmer, das soviel darüber verriet, wieviel wichtiger Pax die Pflicht war als jede materielle Bequemlichkeit.

»Ich wollte, ich hätte dein Vertrauen zu den Menschen, Theo«, sagte er schließlich.

»Danke«, sagte ich.

»Du hast allerdings heute abend etwas gesagt, was ich so nicht stehenlassen kann«, sagte Pax.

Ich sah ihn an.

Pax sagte ruhig: »Ich habe meine Ansichten über nichts geändert, Theo. Über nichts. Merk dir das.«

Als ich an dem Abend nach Hause kam, war es nach zwölf. Ich hatte eine Nachricht auf meinem Anrufbeantworter. Halb rechnete ich damit, daß sie von Elizabeth war, obwohl sie nur selten Botschaften hinterließ, aber als ich sie abspielte, hörte ich Sparrow in der förmlichen Stimme sprechen, die sie für fernmündliche Mitteilungen gebrauchte.

»Hier ist Sparrow Love Shortcourse. Die Botschaft lautet: Theodore, Dein Onkel Hugo ist tot. Ich wiederhole, tot. Ende der Nachricht.«

10

Onkel Hugos Beerdigung war eigentlich nicht mehr als der Vollzug von etwas, von dem die meisten Leute annahmen, daß es bereits vor Jahren stattgefunden hätte. Die einzigen, die wirklich Anteil nahmen am Tod des alten Mannes, der am Ende doch nicht länger am Leben hatte festhalten können, waren die jungen Schwestern aus dem Pflegeheim, in dem er seine letzte Zeit verbracht hatte. Sie zogen ihre besten Uniformen an und standen in zwei gerade ausgerichteten Reihen auf dem Friedhof der Kathedrale zu beiden Seiten des Grabes, wodurch die Beisetzung einen eigentümlich militärischen Anstrich erhielt.

Während meiner Fahrt von Dublin nach Monument hinunter dachte ich an Onkel Hugo, an seine geheimen Vergnügungen, seine Lieder, sein krankes Bein, die Art, wie er den Hut trug, sein Pferd mit der kleinen Kutsche, seine harmlose Knauserei. Sein Leben. Wäre er zehn Jahre zuvor tot umgefallen, so wären wir alle, zumindest für eine kurze Zeit, schockiert herumgelaufen. Aber statt dessen ging er auf die allerleiseste Weise dahin, wie ein Wanderer mit einer Laterne, die ganz langsam Stufe um Stufe in der Nacht einer endlosen Heide verschwindet. Es sagte einiges über meine Gefühle für Elizabeth, daß sie die erste war, bei der ich mich am Morgen nach Sparrows Anruf meldete.

»Nur falls du mich erreichen wolltest«, sagte ich. »Ich werd das Wochenende auf Eillne verbringen.«
»Es ist lieb von dir, daß du angerufen hast«, sagte Elizabeth. »Du mußt sehr traurig sein.«
»Für Onkel Hugo war es eine Erlösung«, sagte ich.
»Ich werde an dich denken«, sagte Elizabeth.
Ich kam am Abend vor der Beerdigung auf Eillne an und fuhr am nächsten Morgen mit Sparrow nach Monument hinein. Alle Nachkommen von Bernard Love waren gekommen und auch einige Angestellte der Firma Samuel Love & Sons. Ein paar Leute aus der Stadt waren da, Mr. Wise zum Beispiel, bei denen Onkel Hugo vor langer Zeit seinen Whiskey, seine Angelfliegen und Haken, seine Bücher gekauft hatte. Freunde tauchten bei seiner Beerdigung nicht auf, denn Onkel Hugo hatte nie Freunde gehabt.
Bain kam spät und saß neben Mag. Er war nicht mehr der einfache Bain Shortcourse aus Balaklava, dessen steiler Aufstieg bis ins irische Kabinett die Männer und Frauen der Stadt verblüfft hatte, er war der Mann, den man auf der Titelseite der Tageszeitung sah, der Mann, der Fragen zu den jungen Iren, die er in Handschellen nach England geschickt hatte, beiseite wischte. Bains Vergangenheit war für ihn als Politiker anscheinend unbedeutend geworden.
Draußen im ausgehobenen Grab sah man die Enden anderer Särge, die bloßgelegt worden waren: Onkel Bernard, Sammy Tea, meine Großmutter, deren Herz auf so unerklärliche Weise gebrochen worden war. Sie schauten empor wie die Gesichter von Kindern, die sich jahrelang in einem tiefen Brunnen versteckt hatten.
»Mögen die Engel dich ins Paradies geleiten.«
Ich suchte die Leibwächter in Zivil in Bains Gefolge, als mein Blick auf die Frau fiel.

»Sei deinem dahingegangenen Diener gnädig, o Herr, wir bitten dich.«

Ihr graues Haar war zu einem Knoten zusammengelegt. Sie hatte eine füllige Figur und blickte mit gesenktem Kopf auf Onkel Hugos Sarg, der zwischen uns auf Brettern ruhte.

»... nimm ihn auf in deine Gnade, o Herr ...«

Ich konnte es nicht glauben, aber es war ihr Busen, woran ich sie erkannte. Und wie um meine Zweifel zu zerstreuen, sah sie über das Grab hinweg direkt auf mich. Ihr Gesicht war von Tränen überströmt. Dieselben Augen hatten Tränen in der Küche auf Eillne vergossen! Und es waren diese Brüste gewesen, an die ich meinen Kopf gelegt hatte. Ich sagte: »La.«

»Möge er ewig leben in der Gnade des Herrn ...«

Sie war über zehn Schritte von mir entfernt, und sie konnte mich nicht hören. Ihre Augen, falls sie mich überhaupt wahrnahmen, lasen ihren Namen auch nicht von meinen Lippen ab, denn sie senkte den Kopf erneut. La! Niemals würde ich die Zärtlichkeiten vergessen, die wir geteilt hatten, und plötzlich wurde mir bewußt, daß La am Tage einer anderen Beerdigung zum ersten Mal mit mir geschlafen hatte – der von Pa. Natürlich hatte La Onkel Hugo geliebt! Und natürlich mußte sie zu seiner Bestattung kommen! Aber war sie denn all diese Jahre in Monument gewesen? Natürlich, so mußte es sein! Und vielleicht hatte sie sogar Onkel Hugo besucht, ohne daß Sparrow davon erfahren hatte, während ich die ganze Zeit alleine in Dublin lebte. La, die ich so lange gesucht hatte! Ihr jetzt graues Haar, obwohl unverkennbar vorzeitig verfärbt, ließ sie mir mütterlich erscheinen.

»Herr, der Du Deinem Diener Hugo das Geschenk des Lebens gemacht hast ...«

Jetzt setzte die Geschäftigkeit ein, die damit verbunden ist, den Sarg in das Grab hinabzulassen, das Wegnehmen der Planken und das langsame Herablassen der Seile. Ich bezweifelte keinen Augenblick, daß auch La sich des eigentümlichen Zusammentreffens bewußt sein mußte – unserer Begegnung bei einer Beerdigung! – und ich folgerte daraus, daß die Erinnerung an unser erstes zärtliches Zusammensein der Grund für ihre Tränen war. Voller Erregung dachte ich an die Möglichkeit einer Wiederholung. Nach dem Erscheinungsbild, das sie bot, hätte ich schwören können, daß sie nicht geheiratet hatte.

»Mögen seine Seele und die Seelen aller gläubigen Dahingeschiedenen in Frieden ruhen. Amen.«

Als die Trauergäste sich zu zerstreuen begannen – und in diesem Falle sofort lebhaft miteinander schwatzten, sich Zigaretten anzündeten, Onkel Hugo, falls sie überhaupt an ihn gedacht hatten, jetzt endgültig vergessend –, verschwand La hinter den Reihen der Schwestern. Bain blickte auffordernd zu mir hinüber. Ich drängte mich rücksichtslos durch die Leute um das Grab herum, und plötzlich war Las Hinterteil in Reichweite. Wenn ich meinen Arm zwischen den Schwestern hindurchzwängen konnte, war es bequem zu berühren. Aber ich beschloß, es lieber nicht zu riskieren, eine alte Bekanntschaft auf diese Weise zu erneuern. Mein Vetter Johnnie hielt mich an und schüttelte mir die Hand. Ich sah, daß sich der graue Knoten in Richtung Tor entfernte. Ich entschuldigte mich hastig bei Johnnie.

»Theo!« Bain packte mich am Oberarm. »Ich muß mit dir sprechen.« Er zog mich zur Seite, als Sparrow auf uns zukam.

»Hoffentlich habe ich mich nicht ruiniert«, murmelte Bain mir rätselhafterweise zu.

Ich sagte: »Bain, gib mir nur einen Moment ...«
»Jungens.« Sparrow lächelte uns an. »Das ist das Ende einer Ära.«
»Armer alter Hugo«, sagte Bain, mit den Gedanken offensichtlich woanders.
Ich blickte wieder in ihre Richtung, konnte aber keinen grauen Knoten mehr erblicken.
»Theodore, willst du Bain nicht nach Eillne einladen?«
»Ich nehm dich im Auto mit, Theo«, sagte Bain.
»Nur einen Augenblick«, erwiderte ich.
Der graue Knoten war jetzt draußen auf dem Paradeplatz, sie unterhielt sich mit zwei der Schwestern, ihr Rücken war mir zugewandt. Ich hatte begonnen, mir die praktischen Probleme durch den Kopf gehen zu lassen, die aus einer Begegnung mit La entstehen mochten. Aber wenn ich ihr mein Verhalten von damals erklären konnte, wenn es mir gelang, Las Zuneigung zurückzuerlangen, so machte das die Aussicht, an den Wochenenden hierherzukommen, plötzlich sehr verlockend. Sex, zumal Sex, wie La und ich ihn geteilt hatten, ist etwas, das nie verblaßt. Als ich jetzt von hinten auf sie zuging, hätte ich genau die Form ihres Hinterns beschreiben können und ebenso detailliert die Form ihrer Brüste.
Eine der Schwestern, mit der sie redete, sah, daß ich auf sie zukam, und sagte etwas. Alle drehten sich um.
»La!«
Ich blieb ruckartig stehen und starrte sie an. Das Gesicht einer fremden Frau sah mir höflich entgegen. Ihr fragendes Gesicht zeigte keine Spur der Tränen, die ich auf dem Friedhof gesehen hatte, und mit den Tränen war auch die Ähnlichkeit mit La verschwunden. Und doch: Ich wäre nicht in der Lage gewesen, zu schwören, daß dies nicht La war. Das Gesicht dieser Frau zeigte eine gewisse Härte,

und falls sie La war, so mußten alle Veränderungen in Wangen und Mund und um die Augen vor sich gegangen sein, vom Hals aufwärts, während sie von dieser Linie abwärts ohne Zweifel La war. Ich stand verwirrt und ratlos da.

»Theo!«

Bain saß schon auf dem Rücksitz seines schwarzen Mercedes und rief mir aus dem offenen Fenster zu. Ich konnte mich nicht dazu überwinden, noch einmal ihren Namen zu sagen, und falls sie mich erkannt hatte, so zeigte sich in ihrem Gesicht nicht die leiseste Spur davon. Entweder sie war nicht La oder die Verbitterung hatte mich endgültig aus ihrem Gedächtnis gewischt wie von einer Tafel.

»Steig ein«, rief Bain. Die Schwestern stießen einander an. Es war Bain gewesen, den sie angestarrt hatten, nicht mich.

Ich stieg ein. Falls sie La war, würde sie das niemals zugeben, und die einzige Möglichkeit, mich zu überzeugen, bestand darin, meine Hände über ihren Körper gleiten zu lassen, den Kopf auf ihre Brüste zu legen, mit ihr zu schlafen, in anderen Worten, etwas zu tun, was mir selbst in meiner freizügigsten Phantasie jetzt unwahrscheinlich vorkam. Der Mercedes des Ministeriums beförderte uns Captain Dudley's Hill hinauf in Richtung Balaklava.

»Er hat die Schlachterei ruiniert, er hat ihr den Arsch herausgerissen«, sagte Bain.

Wir fuhren die Prince Consort Terrace entlang, hinter uns ein zweiter Wagen mit Bains Leibwache. Die Episode vor der Kathedrale hatte mich erschöpft. Ich erinnerte mich an die enge Straße, in die wir jetzt einbogen; ich erinnerte mich daran, daß ich mit Bain hier hinaufgegangen war und ihm zugehört hatte, als er mir erzählte, wie Pa die

halbe britische Armee niedergemacht hatte, und doch war es eine Straße, die ich wie zum ersten Mal sah.
»Wer?« fragte ich geistesabwesend.
»Wer wohl?« knurrte Bain. »Dein Bruder Lyle.«
Es war nicht die Zeit, um die präzise Natur meiner Blutsverwandtschaften zu klären.
»Er hat die hintere Wand rausgerissen, damit er seine Scheißmaschinen reinbringen kann«, sagte Bain, als wir vor dem Haus hielten. »Seit drei Wochen ist hier nicht gearbeitet worden, weil es reinregnet, verdammt noch mal.«
Was genau war die Vergangenheit? fragte ich mich. Eine Frau, deren Körper ich kannte wie meinen eigenen, versetzte mich in völlige Verwirrung. Ich wußte nicht mehr, ob sie es war oder nicht. Eine Straße, auf der ich hundertmal und öfter gegangen war, schien jetzt zu leugnen, daß ich sie jemals gesehen hatte. Alles, was die Vergangenheit mit der Gegenwart verband, war etwas sehr Zerbrechliches, mein eigenes Ich.
»Er hat ganz Balaklava gegen mich rebellisch gemacht, er hat meine Leute beschuldigt, geklaut zu haben«, sagte Bain düster. »Scheiß auf ihn und scheiß auch auf dich, Theo. So was hat mir gerade noch gefehlt, das kannst du mir glauben!«
»Vielleicht hat er recht«, sagte ich. »Vielleicht ist das der Grund, warum deine Firma Geld verloren hat.«
Der Schuppen – oder das Schlachthaus –, vor dem wir jetzt parkten, befand sich in einem fortgeschrittenen Stadium der Zerstörung. Ein Haufen Schutt auf einer Seite war alles, was von der alten Giebelmauer übriggeblieben war, und man konnte in das kahle Innere sehen, wo noch die Haken an der Decke hingen. Ich sah das Gestänge und die Holztische mit ihrer V-Form. In ihren Ritzen war das

Blut von zahllosen Schafen und Schweinen geronnen. Aber dann sah ich den neuen Betonfußboden, die Grundmauern, die im Bau waren.

»Fahren Sie hinaus nach Eillne«, wies Bain den Fahrer an. »Die Maschinen sind in der letzten Woche gekommen«, sagte er zu mir.

Wir fuhren über Buttermilk und durch James' Place. Mit einiger Überraschung sah ich, daß da, wo seit undenklichen Zeiten Wises Lebensmittelgeschäft seinen bequemen Platz gehabt hatte, jetzt ein Supermarkt stand, der die ganze Dachfront entlang mit den Lettern WISE-MARKT geschmückt war.

»Angeblich sind sie das Neueste an deutscher Technik«, fuhr Bain fort. »Sie können Fleisch mischen und die Würste in tausend verschiedenen Größen herstellen, ganz wie man will.«

»Hat er sein Geld da reingesteckt?« fragte ich.

»Fünftausend, und er hat gesagt, er würde noch einmal soviel investieren, wenn die Maschinen erst einsatzbereit sind.«

Jedesmal, wenn ich hier entlangfuhr, gab es neue Häuser am Ende der Captain Penny's Road, so daß sie immer länger wurde.

»Die Maschinen sind letzte Woche eingetroffen«, wiederholte Bain und zupfte seine Manschetten heraus. »Was hat er vor? Jetzt will er sie auch noch zum Umbau nach England schicken. Maschinen, die 120.000 Pfund wert sind. Weiß Gott, was in seinem Kopf vorgeht. Ich vertraue dem Kerl genauso wenig wie je zuvor. Wahrscheinlich hatte Pa recht.«

»Wo hat er all das Geld her?« fragte ich.

»Vom Industrieentwicklungsamt«, sagte Bain und seufzte tief auf.

Aber das IEA gewährte, das wußte ich, nur Kredite, wenn der Großteil der Gesamtkosten aus eigenem Kapital bestritten wurde.
»Hat Lyle dich dazu gebracht, politischen Einfluß zu nehmen? Hast du was getan, um die Kredite zu kriegen?« fragte ich.
»Ich hab für ihn nicht mehr getan als für irgendeinen anderen meiner Wähler!« sagte Bain wütend.
»Was genau hast du also getan?«
»O Gott, ich weiß es nicht mehr«, sagte Bain.
Aber Bain wußte es, das konnte ich ihm ansehen, und eben diese Tatsache beunruhigte ihn so.
»Ich hab den Minister angerufen«, sagte Bain. »Ich hab ihm die Geschichte erzählt, ich meine, die Perspektiven für den Arbeitsmarkt von Monument waren phantastisch, wenn die Zahlen nur zur Hälfte richtig waren. Zwölf neue Jobs bis zum Jahresende. Dreißig bis fünfzig innerhalb von drei Jahren, wenn die Entwicklung wie geplant verlief.«
»Du hast also den Minister dazu gebracht, ein bißchen nachzuhelfen«, sagte ich.
»Aus deinem Mund klingt das richtig obszön«, sagte Bain und sah mich an. »Ja, ja, ja. Ich habe die Anträge unterschrieben. Ich weiß gar nicht mehr, was ich alles unterschrieben habe. Hier ist die Akte. Ich möchte, daß du dir das ansiehst.«
Er gab mir einen dünnen Plastikhefter.
»Aber das Geld hast du gekriegt«, sagte ich.
»Ja, ja.«
»Wo liegt dann das Problem?«
Bain schüttelte den Kopf und sah auf den Fahrer. Er schaute zu den Häusern und den dahinter auftauchenden Hügeln hinaus, er blickte auf die Kinder, die vor der neu-

en Grundschule in Eillne spielten. Die alte Schule stand noch hinter dem neuen Gebäude.
»Die Anträge sind nicht koscher«, zischte Bain. »Er hat jemanden in Deutschland dazu gekriegt, den Preis für die Maschinen mit 120 000 Pfund anzugeben. Das IEA-Darlehen belief sich auf 66 Prozent, so rechnen die. Damit waren es 80 000. Der Antrag ist ganz schnell durchgegangen, nicht über die üblichen Kanäle. Aber ich weiß jetzt, daß die Maschinen nur 80 000 Pfund gekostet haben. Er hat den Staat übers Ohr gehauen.«
Wir fuhren den Hügel hinauf, hier war der Morgen Mais, aus dem Bain und ich in besseren Tagen mit Papiermasken herausgesprungen waren, um das Pferd von Onkel Hugos Einspänner zum Scheuen zu bringen.
»Was, wenn er die Maschinen nach England schickt und sie da verkloppt?« fragte Bain. »Sie sind brandneu. Mit Regierungsgeldern bezahlt. Er steckt 5000 rein und kriegt für die Maschinen, sagen wir mal, 40 000. Ich werde ihn nie wiedersehen, verdammt noch mal.«
»Ich glaub nicht, daß er das tun wird, Bain.«
»Stell dir die Schlagzeilen vor, wenn das bekannt wird. Mein Name auf den frisierten Kreditanträgen. Ich bin schließlich der Minister für die Scheiß-Justiz, vergiß das nicht. Guter Gott, ich wollte, ich hätte den Arsch nie zu Gesicht gekriegt. *Scheiß* auf ihn. Scheiß auf dich, Theo!«
»Ich glaub, daß du dir unnötige Sorgen machst«, sagte ich, obwohl das Ausmaß seiner Beunruhigung ansteckend war.
»Du hast gut reden«, fauchte Bain. »Wenn du mir einen Schwindler in den Pelz gesetzt hast, rede ich nie wieder mit dir!«
Bains Furcht hatte nichts mit Prinzipien zu tun, nur mit Eigeninteresse. Er hätte tausend frisierte Anträge unter-

zeichnet, wenn er sicher gewesen wäre, daß nichts bekannt werden würde.
Eine Menge Leute waren nach Eillne herausgekommen, ungefähr zwanzig Wagen parkten auf dem Platz vor dem Haus und ließen es kleiner erscheinen als sonst. Auch ein kleiner Lieferwagen mit der Aufschrift »Wisemarkt« auf der Seite stand dort, und durch die Fenster konnte ich Kellnerinnen sehen, die mit Tellern und Teetassen herumliefen. Die Eingangsstufen stieg mit dem üblichen Lächeln auf dem Gesicht niemand anderes als Lyle Shortcourse herunter. Er trug einen neuen Anzug und bewegte sich mit federnden Schritten wie ein Gebrauchtwagenhändler.
»Guck ihn dir an, dem habe ich meine Zukunft anvertraut«, murmelte Bain, »guck ihn dir an.«
»Laß mich mit ihm reden«, sagte ich.
»Ich würd ihn auf der Stelle verhaften lassen, wenn es kein Aufsehen gäbe«, sagte Bain, der offensichtlich schon wieder vergessen hatte, daß er selbst es gewesen war, der die Anträge unterzeichnet hatte.
Lyle winkte uns zu.
»Das ist alles deine Schuld, Theo«, sagte Bain.
»Laß mich mit ihm reden«, sagte ich.

Es war das letzte Mal, daß ich meinen Bruder Lyle sah. Ich habe mehr Erfahrung mit Schwindlern und Betrügern als die meisten Menschen: Ihre besondere Fähigkeit besteht nicht zuletzt darin, harmlos zu wirken und den Richtern überzeugend Rechtschaffenheit vorzuspielen. Lyle Shortcourse war das genaue Gegenteil. Nach außen hin wirkte er wie ein offensichtlicher Schwindler, aber nur nach außen hin; in seinem Herzen, das würde ich beschwören, war er aufrichtig.

Wir gingen am Nachmittag am Flußufer entlang, und er weihte mich in die Pläne ein, die er für die Shortcourse-Firma hatte. Er steckte tief in seiner Arbeit, und die Fälschung der Anträge war für ihn nichts als die übliche Geschäftspraxis. Die Modifikationen der Maschinen, auf deren Notwendigkeit er bestand, hatten etwas mit den Häuten der Würste zu tun. Er war in eine Wohnung in Monument gezogen, am Ladies' Walk, wie er mir erzählte. Trotz allem, was später behauptet wurde, weiß ich, daß Lyle nichts Betrügerisches plante. Bains Verdacht war vollkommen unbegründet. Wenn er etwas dieser Art vorgehabt hätte, so wäre er zu diesem Zeitpunkt schon nicht mehr in Monument gewesen.

»Bain ist sehr nervös«, sagte ich. »Du solltest wirklich versuchen, zu einem Vertrauensverhältnis mit ihm zu kommen.«

Lyle schüttelte den Kopf. »Das hat keinen Zweck. Er ist Pa ähnlicher, als ich je gedacht hätte. Er *ist* Pa, minus Alkohol.«

»Das ist doch immerhin eine Verbesserung.«

»Wenn mir was schiefläuft, dann geb ich es zu«, sagte Lyle. »Bain niemals. Er ist aus der alten ›Ich-hab-nichts-gesehen‹-Schule. Der reine Pa. Ich hab kein gutes Gefühl, Theodore.«

Seine gewohnte Selbstsicherheit hatte ihn im Stich gelassen.

»In welcher Hinsicht?«

»In Hinsicht auf mein persönliches Wohlergehen«, sagte er.

»Du meinst doch nicht ...?«

»Alles an Bain sagt mir das«, sagte Lyle. »Er ist gefährlich. Ich kann es nicht genau beschreiben, aber ich weiß es. Ich hatte früher genau dasselbe Gefühl als Buchma-

cher, wenn jemand versucht hat, mich reinzulegen. Wenn du willst, nenn es Instinkt.«
»Es tut mir leid …«, begann ich.
»Nicht deine Schuld, Theodore«, sagte Lyle. »Es ist schwer zu erklären, das ist alles. Ich hab einfach dieses Gefühl, daß es die schlechteste Entscheidung meines Lebens war, etwas mit Bain zusammen zu unternehmen.«
Was er sagen wollte, war, daß er die Bösartigkeit in Bain spürte. Und während der arme Lyle, wie sich herausstellen sollte, prophetisch sein eigenes bevorstehendes und nie erklärtes Ende vorwegnahm, konnte ich ihm nicht einmal erzählen, daß ich ganz genau verstand, was er meinte. In meinem Fall war dieses Gefühl allerdings immer von Erregung begleitet gewesen.
Es war September, aber das Laub der Bäume am Flußufer und an den Alleen hatte gerade erst begonnen, sich zu verfärben. Wir saßen zusammen am Fluß, und ich konnte die zarten hellrosa Köpfe des Seifenkrauts sehen und auch die blauen der Bachbunge.
»Ich hab diese üblen Träume gehabt«, sagte Lyle leise. »Träume vom Tod.« Er hob die Hand, um meinem Protest zuvorzukommen. »Vielleicht bedeuten sie nichts, wer weiß das schon. Aber ich hab hier nachts auch Zeit gehabt, und die hab ich genutzt, um alles aufzuschreiben, was du über deine Familie wissen möchtest – oder vielleicht auch nicht wissen möchtest, Theodore.«
Plötzlich war ich bereit, diesem älteren Mann auf jede mir nur mögliche Weise zu helfen. Sein Wohlergehen war etwas, wofür ich Verantwortung empfand. Ich konnte mich nicht abwenden und davongehen.
»Siehst du, ich weiß, wie sehr du Sparrow liebst«, sagte Lyle. »Und ich möchte dir das nicht kaputtmachen.«
»Zeigst du mir, was du aufgeschrieben hast?«

»Es ist eine harte Welt, weißt du«, sagte Lyle. »Menschen machen die unglaublichsten Dinge, aus Gründen, die sie für sich behalten. Meine Meinung ist immer gewesen, daß man nicht richten sollte, weil man nicht weiß, was diese Menschen dazu gebracht hat, das zu tun, was sie getan haben. Selbst das schlimmste Verbrechen kann man erklären, wenn man sich anguckt, was zuvor geschehen ist.«

»Ich verurteil dich nicht, Lyle, falls du dir darum Sorgen machst«, sagte ich. »Ich vertraue dir. Das hab ich auch Bain gesagt.«

Lyle seufzte. »Ich werde es dir schicken«, sagte er. »Aber dräng mich nicht, alter Junge. Ich werde es dir schicken, wenn ich soweit bin.«

»Du kannst doch jederzeit aus der Geschichte mit Bain wieder raus«, sagte ich. »Du hast hier unten doch keine Verpflichtungen. Und das weiß er.«

Lyle sah mich an, doch plötzlich streckte er die Nase in die Luft wie ein alter Jagdhund. »Was ist das für ein Geruch?«

Wir liefen am Flußufer entlang zurück. Es roch in der Tat nach Feuer. Über den Hügel kam ein Laut wie von Wind, nur daß es kaum Wind gab. Als wir um einen Vorsprung bogen, konnten wir Eillne sehen. Aus zwei Fenstern quoll schwarzer Rauch.

»Das Haus brennt!« rief Lyle, und wir begannen schneller zu laufen.

Je näher wir kamen, desto deutlicher hörten wir die Rufe der anderen. Autos wurden angelassen und fuhren hinaus auf die Landstraße.

»Blockiert das Tor nicht!« hörte ich Lyle rufen.

Von der rechten Seite des niedrigen Gebäudes stieg Rauch auf, dort befand sich die Küche. Das windartige Geräusch kam von innen, wurde jetzt jedoch zum Teil von den Automotoren und den lauten Rufen der Menschen übertönt. Fensterglas zerbarst in einer Serie leiser, aber scharfer Explosionen.

»Tu doch jemand endlich was!« hörte ich Sparrow schreien, konnte jedoch nicht sehen, wo sie war.

Meine Augen tränten. Durch den Rauch stolperte ich weiter in Richtung des Hauses und stieß auf Bain, Sparrow und ein halbes Dutzend Menschen, die vor der Haustür standen und besorgt hineinspähten. Alle paar Sekunden kam eine weitere Gestalt gebeugt und hustend aus der Tür, und Bain zählte laut mit. Als er mich sah, drehte er sich um.

»Gott sei Dank«, sagte er. »Wo ist Lyle?«

»Er war bei mir, alles in Ordnung«, sagte ich. »Wie ist das passiert?« Aber Bain hatte sich bereits wieder zur Tür gewandt und gab Anweisungen. Ich sah, daß Mr. Wise Sparrow einen Mantel um die Schultern legte. Ich fragte ihn: »Wie ist das passiert?«

»Wir glauben, es könnte durch das Personal in der Küche passiert sein«, sagte Mr. Wise grimmig. Ein Mädchen in einer rauchgeschwärzten Kellnerinnenjacke wurde von einem anderen getröstet. »Sie sagt, ein Geschirrtuch hat an der Gasflamme Feuer gefangen«, sagte Mr. Wise.

»*Tu* doch endlich jemand was!« schrie meine Mutter. »Holt Wasser!«

Bains Fahrer kam auf ihn zu. »Monument meldet, daß zwei Feuerwehren auf dem Weg hierher sind, Herr Minister«, hörte ich ihn sagen.

»Wenigstens sind alle draußen«, sagte Bain.

Unsere Gruppe wirkte merkwürdig hilflos, so als vereitele der Rauch nicht nur die Orientierung, sondern auch alle guten Absichten. Der Eindruck, daß eine größere Macht die Gewalt über alles hatte, steigerte sich noch, als eine Reihe weiterer Explosionen ertönte. Dann drehte der Wind nach Nordosten und nahm plötzlich an Stärke zu wie ein Spätankömmling, der seine Nachlässigkeit nun durch besonderen Eifer wettmachen will. Zwei Männer hatten Eimer gefunden und sie unten am Fluß gefüllt, aber auf dem Rückweg zum Haus verschütteten sie das meiste Wasser, und als sie ankamen, schienen sie nicht zu wissen, wohin damit.

»*Tu* doch bloß jemand etwas!«

Der Rauch, obwohl er gefährlich giftig war, schien trotz des aufgefrischten Windes nicht die Kraft für eine endgültige Zerstörung zu besitzen, aber als ich aus dieser Tatsache Trost schöpfen wollte, ging plötzlich das Dach über der Küche in die Höhe und stürzte zur Seite. Wir spürten sengende Hitze, und die Hoffnung, daß noch etwas zu retten sei, wich der Erkenntnis, daß Eillne zum Untergang verurteilt war. In ungläubigem Entsetzen zogen wir uns weiter zurück. Das Feuer hatte das Haus auf der rechten Seite von der Haustür jetzt vollständig ergriffen, während alle Fenster auf der linken Seite, die Räume, in denen wir gegessen und gesessen und gelesen hatten, bisher noch verschont geblieben waren. Nun aber zeigte der wilde Widerschein der Flammen, daß auch sie bald vernichtet werden würden. Es wirkte so, als stünden sie bereits in Flammen.

»Hört!« rief Mr. Wise.

Wir wandten uns um, und von unten aus dem Tal des Flusses kam Sirenenklang herauf, und wir jubelten alle. Ich blickte zum Haus zurück und sah wie in einer Halluzination, daß Sparrow durch die Haustür hineinging.

»Sparrow!«

Ich lief hinter ihr her, und es war, als liefe ich in eine Wand aus Hitze.

»Theo, um Gottes willen!« rief Bain, als ich zurücktaumelte.
»Sparrow!« rief ich.
Bain wirbelte herum, und sein Blick glitt über die entsetzten Gesichter.
»Was ist?«
»Sie ist hineingegangen!« rief ich. »Sie ist verrückt!«
Bain blickte alarmiert zu den anderen, so als könnte, ja, als müßte ich mich geirrt haben.
»Da, da!«
Leute zeigten mit ausgestreckten Händen. Im Salon konnte man die unverkennbare Gestalt meiner Mutter sehen, die sich dort zwischen lodernden Flammen herumbewegte. Es war wie das Gemälde eines gefallenen Engels in der Hölle.
»Allmächtiger!« stieß Bain hervor.
Er riß sich das Jackett vom Körper, tauchte es in einen der nutzlosen Wassereimer, hüllte den Kopf in das nasse Jackett und lief in das Haus hinein. Ich folgte ihm. Hitze. Alles war Hitze. Sie drang in meine Lunge, meine Augen brannten, ich fühlte, wie meine Haut geröstet wurde. Ich berührte mein Haar, spürte, daß es versengte. Ich schrie gellend auf, doch bevor der erste Ton herauskam, war er schon verbrannt. Das furchtbare Brüllen des Feuers. Das Gefühl, sinnlos zu sterben. Bain war schon weiter und nicht mehr zu sehen. Die Erinnerung daran, daß ich bereits einmal in einer ähnlichen Situation gewesen war, und zwar an meinem Hochzeitstag, als Sparrow ebenfalls das Rampenlicht gestohlen hatte, indem sie ihr Leben aufs Spiel setzte, schien alles andere beiseite zu drängen. Jetzt konnten wir den armen Onkel Hugo nicht einmal mehr begraben, ohne daß meine Mutter eine Neuauflage ihrer Possen bot. Statt des Atems spürte ich eine siedende

Wunde in meiner Brust. Dieses Mal war Sparrow verloren. Aber Bain? Ich konnte mich, wie mir plötzlich klar wurde, nicht einmal mehr selbst retten. Ich verfluchte Sparrow.
Zwei Feuerwehrleute, plötzliche Erscheinungen in Helmen, schleppten mich durch die Tür zurück und auf die Terrasse, wo sie mich in eine Decke hüllten. Dann erschien fast biblisch, während alle stumm zusahen, Bain mit Sparrow am Arm in der Tür von Eillne, und die Feuerwehrleute stürzten mit ihren Decken auf sie zu.
»Sie sind soweit in Ordnung«, hörte ich einen der Feuerwehrleute sagen.
Bain hatte keine Augenbrauen mehr, und der größte Teil seines Schnurrbarts war versengt.
»Ein Foto«, keuchte er. »Sie ist noch mal reingegangen, um ein Foto zu holen.«
Das Haar meiner Mutter war bis auf die Hälfte seiner normalen Länge abgesengt. Von allen umringt, saß sie glücklich wie ein kleines Mädchen auf der Terrasse und drückte etwas an ihre Brust.
»Treten Sie zurück, lassen Sie sie Luft schöpfen, bitte!« sagte der Feuerwehrmann.
»Theodore«, lächelte sie.
Sie hielt das alte silbergerahmte Foto von Sammy Tea.

11

Dublin gefiel mir am besten im Herbst und im Winter, wenn die Pubs in den Liberties warm und intim wirkten; im Sommer fand ich sie kalt und mied sie lieber. An einem Freitag Mitte Oktober verließ ich Castle Yard um zehn vor fünf und ging hügelaufwärts zur Christ Church, dann an einem großen Neubaugebiet vorbei den Hügel hinunter. Elizabeth und ich trafen uns in einem gemütlichen Pub, namens Cranleys. Wir saßen dort immer am selben Tisch, wo wir eine etwas verschwommene Aussicht durch ein uraltes Fenster auf Dean Swifts Kathedrale hatten. Mit einem Whiskey und einem Glas Bier ließ ich mich neben ihr auf der lederbezogenen Sitzbank nieder. Wir schwiegen eine Weile vor uns hin, dann steckte sie ihren Finger in den Schaum meines Bieres und leckte ihn ab.

»Hm.«

Am schönsten war sie, wenn sie ernsthaft war; ihr Ernst enthüllte ein Mädchen, das sich sonst verbarg, ein tiefernstes, vereinsamtes Kind.

»Wann fliegst du?« fragte sie.

Ich sollte nach Saloniki reisen, wie Thessaloniki genannt wird, um mich unter meine europäischen Kollegen zu mischen und mit ihnen die feineren Aspekte der Steuereintreibung zu diskutieren. Griechenland war im Begriff, Mitglied der Europäischen Gemeinschaft zu werden, und unsere Konferenz war gleichsam ein Nebenschauplatz eines Treffens der westlichen Finanzminister.

»Montag«, erwiderte ich. »Freitag morgen wieder zurück. Erzähl mir mal, was mich erwartet.«

»Feta-Käse«, sagte Elizabeth. »Der Geruch Asiens. Blauweiße Taxis. Die Aussicht über den Golf bis zum Olymp. Kirchen, die die Türken zu Moscheen gemacht haben und die später von den Griechen wieder zurückverwandelt wurden.« Sie zeichnete schlaff bewegte Tentakeln in die Luft. »Tintenfisch.«

»Könntest du doch mitkommen!«

»Du wirst beschäftigt sein, Theo«, sagte sie leise und küßte mich. »Wie geht es denn dem Zoll und den Steuern, oder muß man getrennt nach ihnen fragen?«

»Ich glaub, wir sind bald eine Abteilung von Brüssel«, antwortete ich. »Mein nächster Chef könnte ein Holländer sein.«

»Wer weiß schon, wer unsere Bosse wirklich sind.«

»Aber genau«, sagte ich amüsiert. Ich hätte stundenlang einfach nur ihr Gesicht betrachten können. »Schade, daß du nicht länger hier unten bleiben kannst.«

»Nächsten Monat, ich verspreche es dir«, sagte sie. »Wie geht's deiner Mutter? Hat sie sich von dem Brand erholt?«

»Das hat sie, aber das Haus ist erledigt«, sagte ich. »Sie ist bei Mr. Wise in Monument eingezogen, bis das neue Haus fertig ist.«

»Ist sie sehr traurig?«

»Ich glaub, damit hält sie sich nicht für einen Moment auf. Die Symbolik der ganzen Sache scheint ihr überhaupt nicht klar zu sein – Onkel Hugo stirbt, und das Haus brennt ab. Sie ist zu sehr mit sich selbst beschäftigt.«

»Du mochtest deinen Onkel sehr, nicht wahr?«

»Früher ganz bestimmt. Aber jetzt war er seit fünfzehn Jahren ein Invalide.«
»Aber du hast deine Erinnerungen, du liebst das, woran du dich erinnerst.«
»Genau. Der arme Onkel Hugo. Er liebte Jungen.«
»Ziemlich mutig zu der Zeit.«
»Bain hat ihn damals immer gequält, hat ihm Fallen gestellt. Onkel Hugo konnte sich nicht verteidigen.«
»War er bei der Beerdigung?«
»Bain? O ja.«
»Wie kommt er mit dem Job zurecht?« fragte Elizabeth. Es war ein Muster unserer Beziehung geworden, daß Elizabeth immer wieder kurze Erkundigungen über Bain einzog, wenn wir uns trafen. Sie erinnerte mich an einen pedantischen Gärtner, der hinter jedem Besucher herläuft, um jeden Schaden sofort wieder zu beseitigen.
»Ich habe vor kurzem einen Mann getroffen, der immerhin Bischof ist und der mit tiefer Überzeugung gesagt hat, daß Bain der beste Justizminister sein wird, den wir jemals hatten«, bemerkte ich.
»Durchaus möglich«, bestätigte Elizabeth. »Er hat schon einige schwierige Entscheidungen getroffen. Er ist ein anderer Mann geworden.«
»Das glaubst du doch nicht wirklich, oder?«
»Doch, das glaube ich wirklich, Theo.«
»Du traust ihm nicht, du hältst ihn noch immer für einen wilden Mann«, sagte ich und dachte an Pax' Worte. »Das ist die Sicht der Unionisten.«
»*Was* für eine Sicht?«
»Der Unionisten. Die leiden, was Bain betrifft, an Verfolgungswahn. Und Whitehall hört auf die Unionisten.«
»Das mag schon sein, aber ich sehe nicht, inwiefern das für mich relevant ist.«

»Und was denkst du?«
»Über Bain Cross? Ich finde, er hat den Übergang von einem jungen Heißsporn zum Minister ganz gut bewältigt.«
»Du glaubst nicht, daß er die Beziehungen zwischen dem Norden und uns belasten könnte?«
»Natürlich nicht, Theo. Was hast du denn?«
Pax' Bemerkungen schienen mir plötzlich grob und provinziell; Elizabeth lebte und dachte auf einer weit höheren Ebene als der, von der Pax wie besessen schien.
»Ich stichele nur ein bißchen«, sagte ich. »Bain hat Geschäftsprobleme. Es ist ein Jammer, daß er von seiner Arbeit im Ministerium so durch das elende kleine Geschäft in Monument abgelenkt wird.«
»Was ist denn aus deinem lange verlorenen Bruder, wie heißt er noch, geworden?« sagte Elizabeth.
»Lyle.«
»Hast du nicht gesagt, daß Lyle Bain aushelfen könnte?«
»Ich hab sie zusammengebracht. Lyle ist in Monument eingezogen, und er baut die Schlachterei völlig um.«
»Aber das ist doch *gut*, Theo.«
»Er hat den Einsatz erhöht, er verdoppelt das Geschäftsvolumen, und das geht Bain zu schnell.«
»Das müssen keine schlechten Nachrichten sein, Theo«, sagte Elizabeth. »Du kannst dir nicht um jeden Sorgen machen.«
»Bain mußte einen ganzen Stapel von Beihilfeanträgen als Hauptanteilseigner unterzeichnen«, sagte ich. »Und Lyle hat Bains politischen Einfluß benutzt, um das IEA dazu zu bringen, für über 100.000 Pfund deutsche Maschinen zu kaufen, um Shortcourse Sausages zu mechanisieren. Bain ist krank vor Sorge.«
»Und was ist daran falsch?« fragte Elizabeth. »Mir

scheint, daß Bain jemanden wie Lyle unbedingt gebraucht hat.«
»Vielleicht«, gestand ich zu. »Aber es geht alles zu schnell für Bain. Wenn etwas schiefgeht, könnte er politisch Schaden nehmen.«
»Aus deinem Mund klingt das sehr dramatisch.«
»Er hat mich die Unterlagen lesen lassen«, sagte ich.
»Aber es ist doch alles korrekt abgelaufen.«
»Natürlich.«
»Bist du sicher?«
»Natürlich«, wiederholte ich. »Natürlich.«
Es wäre einfach unwürdig gewesen, auch nur eine Sekunde lang zu erwägen, daß diese warme, attraktive Frau, die mir soviel bedeutete, die von Pax unterstellten Motive haben könnte. Aber vielleicht aufgrund alter Verletzungen und meiner Erfahrungen mit Menschen, die Elizabeth nie kennenlernen würde, scheute ich davor zurück, ihr das ganze Ausmaß von Bains Dilemma mit Lyle darzustellen.
»Lyle hat mir viel Neues von der Vergangenheit erzählt«, sagte ich.
»Die Vergangenheit ist ein Ungeheuer«, sagte Elizabeth.
»Eines mit vielen Köpfen in unserem Fall«, sagte ich. »So viele Geheimnisse, soviel, über das nicht gesprochen wird. Ich bin mir nicht einmal mehr darüber im klaren, wer mein Vater war.«
»Deine Mutter war ja anscheinend ein unternehmungslustiges Mädchen«, sagte Elizabeth.
»Du solltest sie mal kennenlernen.«
»Das ist wahrscheinlich keine gute Idee, Theo«, murmelte sie und zog eine Zigarette heraus.
Die Art, wie sie Dinge begann, faszinierte mich: Sex, Unterhaltungen, Zigaretten.
»Ich wollte, wir könnten öfter zusammensein«, sagte ich.

Elizabeth verzog das Gesicht bedauernd. »Ich auch.« Sie sah auf die Uhr, dann blickte sie mich an. In ihrem Blick lag eine Trauer, die mich verstörte.
»Was ist denn?« fragte ich.
»Nichts. Ich mag nur Abschiede nicht.«
»Ruf mich an«, sagte ich.
»Das ist nicht immer einfach.«
»Ich verstehe.«
Sie nahm ihre Handtasche auf. Ich lehnte mich zu ihr und küßte sie. Wir standen auf, und sie küßte mich noch einmal, dieses Mal auf ihre Art, mit einem sanften Streicheln ihrer weichen Lippen.
»Gute Nacht, wer immer du sein magst«, flüsterte sie und verließ das Pub vor mir.

Saloniki ist ein Schachbrett, eine Hafenstadt, die seit zweitausend Jahren von Belagerung, Feuer und Erdbeben heimgesucht worden ist. Es war ein direkter Flug von London. Die Gesichter, die man bei solchen Konferenzen sieht! Die Lobbyisten, die Königsmacher, die Männer in den Hinterzimmern, die Geschäftemacher, die Vertreter von im Dunkel bleibenden Interessengruppen. Unser Hotel an der Avenue Egnatias, das Hotel Egnatias, glänzte wie einer der Rätselkuben von Rubik. Am frühen Dienstag schlenderte ich unten am Hafen entlang, die Luft war erfüllt von einer weltläufigen Lebensfreude. Die Stadt war bereits voller Besucher und Pendler, überall sah man die blauweißen Taxis, von denen Elizabeth gesprochen hatte; ich beobachtete, wie das frühe Sonnenlicht gleißend auf die moscheeartige Kuppel einer Basilika fiel, und spürte, wie sehr sie mir fehlte.
Auf diesen Dienstreisen sieht man nie viel von der gastgebenden Stadt. Man folgt der Planung der Veranstalter. An

jenem Dienstagmorgen fand die erste Sitzung der Konferenz der Zollchefs der verschiedenen Länder statt, die eine gemeinsame Strategie für das neue Zeitalter einläuten sollte. Lunch gab es an Bord einer Jacht in der Bucht von Saloniki. Das Essen mußte aber wegen schlechten Wetters abgebrochen werden. Den Nachmittag verbrachten wir damit, einen weiteren Großplan für unsere Zollverfahren auf fünf Jahre zu verabschieden. Evelyne-Mary schob mir in makelloser Folge ein Positionspapier nach dem anderen zu. Am Abend ging ich mit zwanzig anderen Konferenzteilnehmern in ein populäres Hafenlokal, um Oktopus zu verspeisen.
In den frühen Morgenstunden des Mittwochs wußte ich, daß ich mir den Magen gründlich verdorben hatte. Wenn ich den Oktopus lebendig gegessen hätte, wäre es wohl auch kaum schlimmer gewesen; mein Magen war nicht zu beruhigen. Ich verbrachte sechs Stunden vor der Toilettenschüssel auf den Knien, bis sie zu wund waren, meinen zitternden Torso zu tragen. Wie ein verwundeter Seestern kroch ich schließlich zum Telefon, rief Evelyne-Mary an und flog, von Cognac aufrecht gehalten, zwei Stunden später ab.
Dublin war am frühen Nachmittag grau und feucht, aber der bloße Anblick war das reine Glück. Ich nahm ein Taxi nach Sandymount und begann mich etwas besser zu fühlen. Ich würde Evelyne-Mary anrufen, die mich auf der Konferenz vertrat, dann wollte ich meine Gummistiefel anziehen und zwanzig Minuten im Watt am Rand des Wassers spazierengehen, um meiner Rekonvaleszenz auf die Beine zu helfen.
Ich bezahlte den Taxifahrer. Ein geschlossener Lastwagen parkte vor dem Haus. Auf dem Fußweg daneben stand ein gestreiftes Zelt, da wurde anscheinend gearbeitet. Schön,

nach Hause zu kommen, dachte ich. Gab es da nicht irgendeinen Schlager mit diesem Text?
Meine Wohnung befand sich in einem sehr nüchternen dreistöckigen Zweckbau, sie lag auf der linken Seite im zweiten Stock. Summend holte ich die Post aus meinem Kasten. Mein Schlüssel wollte sich nicht drehen lassen. Ich stellte meine Reisetasche ab, legte die Post auf die Stufe und versuchte es noch einmal, drückte zugleich mit der Schulter gegen die Tür. Plötzlich gab sie nach, ohne daß ich aufgeschlossen hätte. In meinem Flur stand ein Mann mit einer Strumpfmaske über dem Kopf und starrte mich an. In den Händen hielt er einen Teil meiner Stereoanlage.
Ich ging ohne eine Sekunde zu zögern auf ihn los. Trotz jahrelanger Lektüre von Zeitungsartikeln, die einen anwiesen, was man in solchen Situationen unterlassen sollte, griff ich ihn an, mein Schwung trug ihn mit mir in eine Bücherwand, die prompt auseinanderbrach und Bücher auf uns herabregnen ließ. Er war eine Katze. Wo ich ihn auch packte, spielten gefährliche Muskeln. Ich versuchte, ihm die Strumpfmaske herunterzureißen, und er biß mir in die Hand. In der üblichen Art solchen Gebalges rollten wir auf dem Fußboden herum. Einen Augenblick hatte ich den Eindruck, daß wir das Chaos verursachten, das ich überall um mich herum in flüchtigen Ausschnitten sah. Aber das war nicht möglich. Mein anfänglicher Vorteil der Überraschung wurde bald durch seine größere Erfahrung untergraben. Er packte meine Nase zwischen den Fingern und schien sie abreißen zu wollen. Ich schüttelte ihn ab. Er würgte mich, während er gleichzeitig mehrfach versuchte, mir das Knie zwischen die Beine zu stoßen. Ich traf ihn meinerseits im Unterleib, und er stöhnte auf. Am schmerzlichsten war für mich die Ecke des zersplit-

terten Teetisches, die sich in meinen Hintern bohrte. Mit aller Kraft warf ich mich zur Seite und brachte den auf mir liegenden Mann in eine weniger vorteilhafte Lage. Zugleich erlaubte mir das, ihm einen Gegenstand, der sich später als Aschenbecher herausstellte, ins Gesicht zu schlagen.

Ein Kampf wie dieser, das kann ich bezeugen, läuft wortlos ab. Hätte er etwas gesagt, hätte er sich vielleicht verraten, und ich hatte nicht die Kraft zu reden. Zu meiner Befriedigung tropfte Blut aus dem Mundloch der Maske. Ich fragte mich sogar einen Moment, ob ich nicht zu weit gegangen war. Protestierendes Klopfen ertönte aus der Wohnung unter uns. Ich schlug schwach auf die Fliesen, um ein Notsignal zu geben, aber meine Arme und Beine fühlten sich plötzlich wie nach einem heißen Bad oder so wie nach dem Genuß des Oktopus.

Ohne einen Laut kam er auf mich zu, packte mit einer Hand meine Haare und rammte mir das Knie in das heruntergedrückte Gesicht. Mein Mund wurde klebrig von Blut. Ich schlug ihm auf die Brust, aber ich merkte jetzt, daß er auf Touren kam. Mir wurde plötzlich meine schon vierzig Jahre währende Unfähigkeit in solchen Begegnungen sehr bewußt. Ich trat mit dem Fuß nach ihm, kam wieder hoch und begann, alles auf ihn zu werfen, was mir in die Hände kam. Die Dinge prallten wirkungslos von ihm ab. Ich ergriff eine Keksdose und schleuderte sie ihm entgegen. Der Deckel flog ab, und alte Fotos schwebten einen zu kurzen, hübschen Moment zwischen uns in der Luft.

Ich lief in den Flur hinaus, aber er riß mich zurück und stieß mir den Ellbogen mit einer blitzschnellen Bewegung ins Gesicht. Ich sah nichts mehr. Ich hoffte, daß er nun wieder das Knie gebrauchen würde, das auch hart

war, aber nicht so spitz wie der Ellbogen. Mit einem Faustschlag zwischen die Augen schickte er mich zu Boden.
Selbst wenn ich nicht durch das Gift des Oktopus geschwächt gewesen wäre, hätte ich wahrscheinlich keinen besseren Kampf geliefert. In mir war nur noch Furcht und der Wille zur Flucht. Ich versuchte, auf den Flur zurückzukriechen, warf eine Lampe zwischen uns und gebrauchte die winzige Ablenkung, um auf die Beine zu kommen. Er blutete jetzt strömend aus dem Mund, spuckte und zischte, als er wieder auf mich zukam. Meine Hand ertastete eine Flasche, ich schlug zu und erwischte ihn an der Schulter. Die Flasche (Maltwhiskey) flog mir aus der Hand und prallte an die gegenüberliegende Wand, wo sie scharf riechend auseinanderplatzte. Er setzte zum Schlag an, ich duckte ab, und die Faust zischte über mich hinweg, aber dann traf mich sein Unterarm mit einer kurzen seitlichen Bewegung auf den Kehlkopf. Ich dachte, ich würde nie wieder atmen können und brach zusammen.
Ich konnte meine Kapitulation in keiner Weise signalisieren, konnte ihm nicht klarmachen, daß er gesiegt hatte und ich mehr als bereit war, den Kampf zu beenden. Meine Hauptsorge galt in der Tat der Menge an Blut, die aus meinem Mund kam, es sprühte geradezu heraus, wenn ich so unklug war, ihn zu öffnen. Und ich hatte das Gefühl, daß neben der Zunge noch etwas anderes in seinem Inneren herumschwappte.
Mein Quälgeist riß mich am Kragen hoch und schleppte mich in die Trümmer meiner Küche. Ich bekam keine Luft. Er schlug mit den Fäusten auf mich ein. Ich suchte verzweifelt nach dem scharfen Gegenstand, der später als »Beweisstück A« in meinem Prozeß wegen Totschlags auftauchen mochte, und wunderte mich tatsächlich

selbst über meine Fähigkeit, in einem solchen Moment und in dieser hoffnungslosen Lage so optimistisch zu sein. Ein Holzlöffel war alles, was mir in die Hände fiel. Ich stieß ihn – natürlich mit dem Löffelende zuerst – meinem Gegner ins Auge, aber als Antwort rammte er mir seinen Kopf ins Gesicht, als wäre meine Nase schon zu lange übersehen worden.

Sein Rhythmus war nicht mehr dringlich, nur noch langsam und überlegt. Ich hob die Fäuste, um mich zu schützen, aber er schien mich treffen zu können, wie er wollte. Der Schmerz war nicht so schlimm, wohl aber die Furcht. Mein Blut färbte seine Fäuste. Ich lag jetzt am Boden und wußte, was als nächstes kommen würde. Stiefel mit Stahlkappen; ich sah sie tatsächlich vor mir. Dann sah ich zwei Paar Stiefel. Ich betete still, daß es nicht so weh tun möge.

Das St. Vincent's Hospital überblickt einen Golfplatz. Jenseits der Grüns erheben sich die Dubliner Berge. Die Golfer schienen mit ihren kleinen Karren aus dem Dunst am Fuß der Hügel herauszuwachsen. In der Landschaft wirkte ihre bunte Kleidung wie ein Mißklang, nicht heiter. Wer waren sie? Wie konnten es sich so viele Menschen leisten, mitten in der Woche Golf zu spielen, in einem Land, das unter seiner Verschuldung ächzte? Vielleicht waren sie, wie ich, vorübergehend arbeitslos, wenn auch aus anderen Gründen.

Mein Leben scheint unter dem Fluch zu stehen, daß ich mich an entscheidende Ereignisse nur schwach erinnern kann. Der Tag, an dem ich Charlie Bloods Fahne klaute, zum Beispiel; der Tag, an dem ich erfuhr, daß meine Frau mich betrog. Also war ich nicht in der Lage, Pax etwas über den Einbrecher zu sagen, das zu seiner Festnahme hätte führen können. Ich erinnere mich daran, daß ich Pax in der Harcourt Terrace anrief, ich wählte mit zäher Entschlossenheit immer wieder seine Privatnummer und sah dabei zu, wie das Telefon unter mir rot wurde. Aber an sonst nichts. Mir war nicht einmal klar, daß es sich um zwei Männer gehandelt hatte, bis Pax mir das sagte.

»Einer war im Wagen draußen«, sagte Pax.

»Dasch geschreipde Schelt ...?«

»Du sollst nicht reden. Ja.« Pax nickte. »Das gestreifte Zelt.«

Meine Rippen und andere Verletzungen schmerzten höllisch, aber sie sagten mir, das sei ein gutes Zeichen, der Beginn der Heilung. Ich glaubte ihnen. Ich hätte alles geglaubt, was mich durch diese Tage brachte. Ich hatte versucht, meine eigene Zunge auszuspucken, die ich mir mit den eigenen Zähnen fast durchgebissen hatte. Sie hatten sie genäht, mein Zahnfleisch geflickt, den Mund mit Draht versteift, so daß ich ihn nicht öffnen konnte.

Irgendwelche Anhaltspunkte? schrieb ich auf einen Block.

Pax saß an meinem Bett und verfolgte mit dem berufsmäßigen Interesse, das Teil seiner Persönlichkeit geworden war, die Bewegungen des Kugelschreibers auf dem Papier.

»Das waren Profis«, antwortete er.

Wer? schrieb ich und klopfte ungeduldig auf den Block.

»Das ist die Frage«, fuhr Pax fort. »Einbrecher hätten sechs oder sieben Minuten gebraucht, um alles von irgendwelchem Wert in den Wagen zu bringen. Diese Leute haben was gesucht. Entweder sie haben es gefunden und deine Bude auseinandergenommen, damit es wie ein Einbruch wirkt, oder sie haben alles auf den Kopf gestellt, um zu finden, wonach sie gesucht haben.«

Pax sah mich forschend an, und ich antwortete mit der Körpersprache der Unschuld.
»Du mußt mir sagen, wer es war«, sagte Pax.
Ich hatte keine Feinde, genauso wie ich wenig Freunde hatte. Natürlich waren wir gerade dabei, ein Budget aufzustellen, und jeder, der herauskriegen konnte, wohin der Rubel rollen würde, konnte ein Vermögen machen. Ich schrieb das hin.
Pax schüttelte den Kopf. »Darum ging's nicht, Theo«, sagte er.
Behutsam brachte er mich auf das Thema Elizabeth. Auf einen Golfer hinausblickend, der sich auf seinen Schlag konzentrierte, erinnerte ich mich an Bains Akte. Der Antrag auf aufgeblähte Subventionen, unterschrieben vom Justizminister des Landes höchstselbst. Es war einfach zu schmerzlich, sich vorzustellen, daß Elizabeth Interesse an dieser Information hatte, und selbst wenn sie es hatte, daß sie zu solchen Mitteln greifen würde, um sie zu bekommen.
»Sie wußte, daß du im Ausland warst«, sagte Pax.
Ich nickte.
»Sie wußte, daß du eigentlich bis letzten Freitag in Griechenland bleiben solltest. Daß deine Wohnung leer sein würde.«
Ich schüttelte den Kopf. Ich schrieb: *Das wußten andere auch.*
Pax sah mich mit einer Mischung aus Zuneigung und Verzweiflung an, ungefähr so, wie man ein Kind betrachtet, das nicht lernen will. Es war für ihn, das wußte ich, ein wunder Punkt, daß unserer Freundschaft, die sonst so eng war, noch immer das Element totalen Vertrauens fehlte.
»Gibt es deines Wissens irgend etwas, Theo, das du in

deiner Wohnung hast und das Elizabeth vielleicht gerne hätte?« fragte Pax. »Irgendwas?«
Es war, als bestritte Pax mir das Recht, jemanden zu lieben. Aber es ging noch um mehr. Wenn ich Pax den Inhalt der Akte verriet, würde ich Bain dem einen Mann ausliefern, der sich niemals von Bains neugewonnener Respektabilität überzeugen ließe. Wieder war ich gefangen, und nicht zum letzten Mal, zwischen meiner Liebe zu Pax und einer mir selbst nicht ganz verständlichen Verantwortung für Bain.
Ich schüttelte den Kopf.
»Wenn da nämlich was wäre, könnte ich in der Wohnung nachsehen, ob es weg ist«, drängte Pax sanft.
Ich seufzte – ein pfeifender Laut.
»Sie ist ein Profi, Theo«, sagte Pax. »Es wär nichts Persönliches. Es erniedrigt niemanden, weder dich noch sie. Sie hatte wahrscheinlich ab einem bestimmten Punkt gar keine Kontrolle mehr.«
»Hn-hnn.«
»Sie benutzt dich, Theo«, sagte Pax grimmig. »Sie benutzt dich, wie das früher auch schon andere getan haben.«
Ich schrieb: *Geh zum Teufel.*
Generatoren oder Maschinen ließen das Krankenhaus beben wie ein Schiff. Vielleicht war ich eingenickt.
»Ich komm nächste Woche wieder«, sagte Pax und stand auf. »Sei dankbar, daß du so davongekommen bist. Soll ich dir was mitbringen? Soll ich jemandem Bescheid sagen?«
»Hn-hnn.«
»Übrigens bist du von einem Auto angefahren worden«, sagte Pax ruhig. »Fahrerflucht. Du hast noch mal Glück gehabt.«

Ich fragte mich, ob mich das schützen sollte oder Teil einer größeren Strategie war.
Meine Wohnung? kritzelte ich.
»Die forensische Untersuchung dürfte inzwischen beendet sein«, sagte Pax. »Ich sorg dafür, daß sie eine Liste aller Beschädigungen machen, damit du die Versicherung bekommst. Dann bringen wir die Bude wieder in Ordnung, so gut wir können.«
Ich hob den Daumen und bedachte ihn mit einem metallenen Lächeln. Ob Pax es niemals satt war, Dinge für mich wieder in Ordnung zu bringen, fragte ich mich. Ich fühlte mich schuldig, weil ich ihm nie die Loyalität erweisen konnte, die er eigentlich erwarten durfte. Pax stand da und sah auf mich herunter, seine großen Fingerknöchel traten hervor, als er die Stange des Bettgestells hielt.
»Vielleicht waren es Einbrecher«, sagte er. »Aber wenn dir noch etwas einfällt, was du vielleicht übersehen hast, dann sag der Schwester, sie soll mich anrufen. Ich komm sofort. Ich bin schließlich dein Freund.«
»Hnn«, sagte ich.
Ich verbot mir den Gedanken, daß Pax' Freundschaft auch nur zu einem Teil seinem irregeleiteten Pflichtgefühl entsprang. Aber als die Tage im St. Vincent's Krankenhaus verstrichen, zögerte ich immer wieder, Elizabeth anzurufen, obwohl ich mich danach sehnte, mit ihr zu sprechen und ihr zu sagen, was mir passiert war. Auch wenn sie versuchte, mich zu Hause zu erreichen – solange sie nicht im Krankenhaus anrief, bedeutete das, daß sie nicht wußte, was geschehen war, und Pax' Andeutungen waren damit grundlos. Jeder weitere stille Tag war ein Beweis für Elizabeths Unschuld und Balsam für meine Seele.
In diesen sechs Tagen verlor ich rund zwölf Pfund. Mein

Essen wurde mir in Schalen und Gläsern gebracht, und ich mußte es durch einen Strohhalm zu mir nehmen, für den ein Loch in der Palisade meines Mundes geschaffen worden war. Am Mittwoch nach dem Vorfall wurden die ersten Verbände entfernt, so daß nur ein paar Zoll Pflaster an meinem Kopf verblieben. Die Golfspieler kamen und gingen. Ich begann, im Bademantel auf den Fluren des Krankenhauses herumzuwandern, um meinen Beinen ein wenig Übung zukommen zu lassen. Der Arzt versprach mir, daß ich bald entlassen werden würde. Ich gab der Schwester eine Zehnpfundnote und schrieb auf meinen Block, daß sie mir eine Flasche Whiskey besorgen möchte. Bains Gesicht erschien auf meinem lautlosen Fernsehschirm, dann Bilder von Monument; ich machte mir nicht einmal die Mühe, den Ton anzustellen.

Später am Abend steckte die Schwester den Kopf herein. Ich nahm an, daß sie den Whiskey bringen wollte.

»Sie haben Besuch«, flüsterte sie, und ich hörte draußen Geräusche, die sich von den üblichen auf dem Gang unterschieden.

Ich dachte, es sei vielleicht Pax, aber herein trat Bain. Er wandte sich an einen seiner Bewacher in Zivil. »Niemand«, sagte er, »und das bedeutet, *niemand* darf in dieses Zimmer, solange ich drin bin.«

Bain war aschfahl. Er hatte sich nicht ordentlich rasiert. Sein Gesicht schien mir etwas von seiner Fülligkeit verloren zu haben.

»Ich hab vierundzwanzig Stunden gebraucht, um dich zu finden«, flüsterte er.

Ich wies auf meinen Mund, hob den Block. Warum war ich so erschrocken, fragte ich mich. Schließlich befanden wir uns in einem Krankenhaus.

»Hast du die Nachrichten gesehen?« fragte er.

Ich schüttelte den Kopf.
»Er ist verschwunden«, sagte Bain grimmig. »Die Maschinen sind weg, wie ich's dir prophezeit habe. Verschwunden. Er ist ein Gauner, dein berühmter Bruder. Das ist vielleicht 'ne Dividende für zwei Monate Arbeit! Theo, du mußt mir helfen!«
Ich schrieb: Wie denn? und unterstrich die Wörter kräftig.
»Die britischen Sonntagsblätter haben die Geschichte«, sagte Bain kurzatmig. »Sie haben Kopien der Anträge mit meiner Unterschrift. Sie haben die wirklichen Rechnungen, die belegen, daß der Preis künstlich aufgebläht war. Sie deuten sogar an, daß ich in den Diebstahl der Maschinen verwickelt bin. Du mußt mir helfen! Du hast mich da reingezogen!«
Wie?
»Kannst du nicht reden, verdammt noch mal?« rief er.
Ich schüttelte den Kopf.
»Das hat mir grad noch gefehlt, eine verdammte stumme Puppe«, sagte er. »Wie? Wie soll ich das denn wissen? Ich dachte, du wüßtest, wie.« Er sah plötzlich gefährlich aus. »Ich hab dir die Akte gegeben. Wo ist sie?«
»Hnmei Wohng.«
»Wo ist meine verdammte Akte, Theo?« schrie Bain mir ins Gesicht.
In meiner Wohnung, kritzelte ich auf den Block.
»Bist du sicher? Ich mein, woher weißt du, daß niemand sie rausgeholt hat, während du hier liegst?« fragte Bain. »Was ist überhaupt passiert?« Er drückte mir den Block auf die Brust.
Auto.
»Ich bin erledigt«, sagte Bain und setzte sich plötzlich. Mit Tränen in den Augen sah er mich an. »Ich bin erledigt, und dabei hab ich gar nichts getan. Das politische

System hat Bain Cross eine Chance gegeben, und er hat es versaut, das wird in den Geschichtsbüchern stehen. Er hat seine Position mißbraucht. Wo ich doch nur ein paar Jobs in Balaklava erhalten wollte. Gott noch mal, Theo, was für eine Schande. Das ganze Land lacht über mich. Ich bin erledigt.«

Du bist unschuldig.

»Das ist ja das Gemeine«, weinte er.

Ich versuchte, alles andere aus meinem Kopf zu verbannen und nur die praktischen Optionen durchzugehen, die ihm noch blieben, wenn es denn welche gab.

Betrugsdezernat?

»Sie haben die Unterlagen nach London geschickt, was sollen sie sonst noch machen?« sagte Bain. »Glaubst du, Scotland Yard läßt alles stehen und liegen, um nach ein paar Wurstmaschinen zu fahnden? Gott, ich bin ruiniert. Ich muß zurücktreten, oder sie jagen mich mit Schimpf und Schande aus Dublin raus. O Gott, was würde Pa sagen, wenn er noch lebte?«

Du darfst nicht zurücktreten!!!

Bain wischte sich mit der Hand über die Augen und blickte auf meine dringliche Notiz. »Warum nicht?« fragte er.

Ich ballte beide Fäuste, um ihm zu signalisieren, daß er durchhalten müßte, und ich machte Geräusche wie ein in die Ecke getriebenes Tier.

»Was soll ich denn tun?« wiederholte Bain.

Ich glaubte nicht, daß Lyle untergetaucht war; etwas Zwielichtigeres umgab all diese Geschehnisse, und das, zusammen mit Bains tatsächlicher Unschuld, schien mir eine gewisse Standfestigkeit zu rechtfertigen.

Eine Falle? schrieb ich und reichte ihm den Block.

»Falle?«

»Hn.«

»Wie kommst du darauf, Theo?« fragte Bain mit zusammengekniffenen Augen.

Ich zuckte die Achseln, um zu sagen, daß es doch offensichtlich war.

Feinde.

»Aber wer, Theo?« fragte Bain. »Wer hätte ein Interesse daran, mich reinzulegen? Welche Feinde? Ich glaub, du weißt mehr als ich. Was weißt du, Theo?«

Ich schüttelte den Kopf.

»Ich mein, ich weiß, daß du so was nicht machen würdest, Theo«, sagte Bain, ein wenig zu sicher für meinen Geschmack. »Aber vielleicht weißt du mehr über Lyle Shortcourse als ich. Oder noch über ganz andere Leute, die ein Interesse daran hätten, mir eine Falle zu stellen.«

»Hn-hnn.«

»Da ist doch irgendwas«, drängte Bain. »Da muß irgendwas sein, sonst hättest du das nicht gesagt. Es war eine Falle, nicht? Von wem? Wer war's?«

Ich breitete mit leerer Geste die Hände aus.

»Ich glaub dir nicht, Theo«, sagte Bain und stand auf. Er trat näher an das Bett. »Ich bin politisch praktisch ein toter Mann, Theo«, sagte er mit großer Eindringlichkeit. »Für mich ist das eine lebenswichtige Information. Es geht um Leben oder Tod. Du mußt mir das sagen. Wer hat mich reingelegt?«

»Scheisch, scheisch.«

»Wer, Theo? Ja? Wer?«

»Scheisch, scheisch!«

»Hier. Schreib's hin, Theo«, sagte Bain und hielt mir Stift und Block hin.

Weiß nicht.

Bain kniete sich aufs Bett. Mit beiden Händen packte er

die Aufschläge meines Bademantels und riß meinen Oberkörper hoch.
»Wer hat mich reingelegt, Theo?« schrie er. »Wer hat mich verdammt noch mal angeschissen?«
Ich versuchte, sein Gesicht mit den Händen wegzuschieben, aber er war verrückt geworden.
»Ich bring dich um, Theo!« schrie er.
Zwei Arme tauchten aus dem Nichts auf, legen sich um Bains Oberkörper. Er wurde von mir weggezogen, während seine Augen sich noch immer in meine bohrten.
»Du Schwein ...«
»Bain!«
»Ich bring ihn um. Er hat mich ruiniert.«
»Bain, reiß dich zusammen!« sagte Pax Sheehy.
Daß es Pax war, der eingegriffen hatte, mußte für Bain ein weiterer Beweis sein, daß sein Schicksal besiegelt war. Er setzte sich, bebend und bleich, keuchend wie ein Mann, der eine Meile gelaufen war, den Schlips schief zur Seite gezogen. Pax stand zwischen ihm und mir, den Rücken der Tür zugewandt.
»Alles okay?« fragte er mich.
Ich nickte. Dann schrieb ich: *Schwester. Whiskey,* und deutete auf die Tür.
Bain schwieg, als Pax hinausging. Seine Augen waren blutunterlaufen und die Haut um sie herum dunkel und geschwollen; er starrte mich haßerfüllt an. Pax kam wieder herein und stellte den Whiskey auf den Nachttisch. Ich füllte drei Gläser.
»Was geht hier vor?« fragte Pax ruhig.
»Ich hab ein geschäftliches Problem«, sagte Bain.
Pax' Gesicht verriet, daß er Bescheid wußte. Die ganze Welt wußte Bescheid.
»Sein Bruder Lyle hat mich betrogen«, fuhr Bain fort. »Er

hat auch das IEA betrogen, aber auf den Anträgen stehen meine Unterschriften. Wie sind die Zeitungen da rangekommen, das möcht ich wissen. Wer hat ihnen das gegeben? Ich hab Theo all die Papiere dazu überlassen, Rechnungen, meine Unterschriften, das Ganze. Ich will wissen, ob er eine Ahnung hat, wie das abgelaufen ist. Der Scheißkerl kann nicht mal reden.«

Akte ist in meiner Wohnung, schrieb ich für Pax auf den Block.

Pax' Augen taten etwas Seltsames, während er mich beobachtete, sie lächelten.

»Ich hab in der Wohnung auf Theos Bitte nachsehen lassen, Bain«, sagte Pax. »Da ist niemand drin gewesen. Die ist sicher. Die undichte Stelle muß woanders sein.«

Bain saß zusammengesunken da. Er war tot, und wir wußten es.

»Was ist mit Theo passiert, Pax?« fragte er leise. Tot, aber immer noch gefährlich. »Warum ist er hier? Pax? Denk dran, wer ich bin, hörst du?«

»Soweit ich weiß, Herr Minister, ist Theo von einem Wagen angefahren worden«, antwortete Pax.

Bain hätte zurücktreten sollen, aber das tat er nicht. Wenn mein Rat ihn darin bestärkt hatte, im Amt zu bleiben, so war es kein guter Rat gewesen.

Lyle wurde nie gefunden. Nie. Und die Maschinen auch nicht. Pax erzählte mir später, daß er nicht glaubte, daß die britische Polizei auch nur einen Finger gerührt habe. Bain klammerte sich an die Hoffnung, daß er die Sache mit eiserner Sturheit durchstehen könnte. Zunächst stritt er alles ab; dann legte er ein volles Geständnis ab, fügte aber hinzu, daß man ihn in eine Falle gelockt habe. Die Presse, die, so schien es, auf diesen Tag lange gewartet hatte, machte ihn nieder. Am Anfang noch vom Kabinett und vom Taoiseach gestützt, wurde er in dem Moment aufgegeben, als klar war, daß er am Anfang der Affäre gelogen hatte. Er verlor nicht nur seinen Ministerposten, sondern auch seine Rolle als Sprecher der Fraktion im Parlament. In den Sechsuhrnachrichten sah man ihn das Ministerium verlassen. Er wirkte wie ein alter, geschlagener Mann. Wäre man damals gefragt worden, hätte man gesagt, daß Bain Cross für immer erledigt war.

Bain hielt beharrlich daran fest, daß ich mehr über die Geschichte mit Lyle wußte, als ich zugab, und bis zu dem Tag zwanzig Jahre später, an dem wir uns beim Begräbnis seiner Mutter, meiner Schwester Mag, wiedersahen, sprach er kein Wort mehr mit mir. Wir trafen uns auch nie. Ich widmete mich meiner Karriere in Dublin. Bain zog sich in seine Machtbasis Monument zurück, wo er eine neue politische Partei gründete, Daonlathas Láir, Demokratisches Zentrum. Mit ihr begann er in den späten Achtzigern bei Kommunalwahlen anzutreten, in Wahlbezirken, wo die irische Geschichte mehr zählte als Arbeitsstellen.

Was mir aus jener Zeit, als Bain in Ungnade fiel, am nachhaltigsten im Gedächtnis geblieben ist, sind nicht die Zweifel und Verdächtigungen, die mir und mir nahestehenden Menschen wie Pax und Elizabeth entgegenschlugen; meine lebhafteste Erinnerung gilt dem, was an jenem Tag geschah, als ich aus dem Krankenhaus entlassen wurde.

Ich mußte eine Woche länger dort bleiben, als ich erwartet hatte. Dagegen wehrte ich mich nicht sonderlich. Der Gedanke, in die leere Wohnung zurückzukehren, zu der Erinnerung daran, was dort geschehen war, zu der Erkenntnis, daß ich mich dem, was mit der elenden Akte geschehen war, stellen mußte, verstärkte die Attraktion meines stillen Krankenzimmers. Ich verließ das Krankenhaus schließlich am Donnerstag der Woche nach Bains Besuch. Die irischen Medien waren auf den »Wurstskandal« nach wie vor fixiert, sie hatten aus Bain eine Figur gemacht, die irgendwo zwischen einem Subventionsbetrug und einer Farce angesiedelt war. Ich nahm ein Taxi für die kurze Fahrt nach Sandymonnt, und der Anblick der See richtete mich ein wenig auf.

Ich lehnte es ab, mich mit dem Gedanken auseinanderzusetzen, daß die Wahrscheinlichkeit einer Beteiligung Elizabeths an Bains Sturz stieg, wenn die Akte tatsächlich verschwunden war. Einerseits war ich mir sicher, daß sie nicht mehr in meiner Wohnung war, andererseits war ich mir ebenso sicher – oder wollte es sein –, daß Elizabeth mich um meiner selbst willen liebte und mir das nicht nur aus beruflichen Gründen vorspielte.

Die Ordnung, die mich in meiner Wohnung begrüßte, nahm ich kaum wahr. Auf dem Anrufbeantworter waren mehrere Nachrichten. Ich ging direkt zu dem Schreibtisch in meinem Schlafzimmer, klappte den Deckel auf, zog den kleinen Schlüssel aus seiner Schachtel und öffnete die unterste Schublade rechts, die dem Fußboden am nächsten war. Auf einen Schock war ich vorbereitet. Darauf, daß die Akte noch da war, nicht. Ich zog sie heraus und schlug sie auf. Alle Anträge und Papiere waren da, kopiert und intakt, so wie ich sie im Gedächtnis hatte.

Ich stöhnte erleichtert auf. Erleichtert für Elizabeth. Für Bain. Ich schenkte mir einen Whiskey ein und trank ihn durch einen Strohhalm. Dann hörte ich die Anrufe ab. Viermal Elizabeth.

Ich stöhnte noch einmal auf, dieses Mal über mich selbst,

meine Zweifel und Qualen. Ich setzte mich und sah die Post durch. Der erste Umschlag, den ich aufriß, war dick, die Adresse in einer zur Seite geneigten, wenig geübten Schrift. Der Brief war vor zwei Wochen in Monument aufgegeben worden. Mein Bruder Lyle hatte sein Versprechen gehalten.

Sparrow war nicht tot, sie war nur geflohen. Mit den Reisedokumenten, die sie beinahe zwei Jahrzehnte zuvor hatte ausstellen lassen, um mit Harry Amis nach England zu gehen, hatte Sparrow Monument schließlich doch verlassen. Sie ging an Bord eines Dampfers, und das Aufgehen der Sonne über dem Lyle war ihr letzter Anblick der Heimat, bevor sie sich schlafen legte. Sechs Wochen später blieb der Zug zwischen New York und Atlantic City im tiefen Schnee liegen. Sparrow sah aus dem Fenster auf Männer hinunter, die singend Baumstämme zersägten, um neben den Gleisen ein großes Feuer zu entzünden. Alles stieg aus und bildete einen Kreis. Als das Feuer um sich griff, schien es Sparrow groß genug, um die Welt aufzutauen.

Das Foto meiner Mutter von Mags Hochzeit ist alles, was von der Sparrow jener Zeit geblieben ist. Der flirtende Blick. Die Reife. Die Mischung aus Verachtung und Sorge.

Wenn Baby Fox sich freute, ihre jüngere Schwester zu sehen, so behielt sie das für sich. Sie sprach kaum einmal mit Sparrow, der eine Stelle in der Wäscherei gegeben wurde und ein Zimmer im Nachbarhaus. Baby war eine kräftige, machtvolle Frau mit einem großen Busen, aber einem harten Gesicht, das noch härter wurde, wenn sie Sparrow ansah. Es war, als wäre sie gezwungen, sich aufgrund von Sparrows Anwesenheit mit Erinnerungen auseinanderzusetzen, die sie lieber hatte vergessen wollen. In den ersten Wochen sah Sparrow Baby fast nur in dem Büro mit der Glaswand über der Reinigung, von wo aus die Arbeit beaufsichtigt wurde. Sparrow erfuhr bald, daß Baby nach dem Tod ihres Mannes geradezu neurotisch über ihrem Säugling, Dan, wachte. Wenn Sparrow zu dem Büro hinaufblickte, sah sie manchmal ein schwarzes Kindermädchen, das sich über einen Kinderwagen beugte. Atlantic City steckte tief im Umbruch des New Deal. Auf ehemaligen Getreidefeldern wuchsen Schulen und Bibliotheken empor, Krankenhäuser und die Tribünen von Sportplätzen. Alte gewundene Straßen verschwanden, neue gerade traten an ihre Stelle. Hotels schossen aus dem Boden, um den Leuten Unterkunft zu bieten, die hierherkamen, um aus Luft und Boden Geld zu machen. In der Woche vor Weihnachten, als die Dampfbügeleisen ununterbrochen an der Arbeit waren und Geld verdient wurde, kam Baby von einem Besuch bei ihrer Bank in der Stadtmitte zurück und stellte fest, daß Dan und sein schwarzes Kindermädchen nirgends zu sehen waren. Außer sich stürzte Baby in die Wäscherei hinunter, beschimpfte die Frauen, daß sie nicht achtgegeben hatten, warf ihnen vor, auf ihrem Posten geblieben zu sein, statt das ganze Gebäude auf den Kopf zu stellen. Alle waren schuld. Sie schrie, das Niggermädchen habe ihr Baby geraubt. Draußen war es dunkel und fünf Grad unter Null. Die Fahrer wurden auf ihren Fahrrädern und Wagen ausgesandt, um die Straßen abzusuchen. Babys Wut verwandelte sich in Furcht, und sie begann zu weinen, ließ sich von den Frauen trösten, schlug mit Fäusten an die Wand und lief ein um das andere Mal in die kalte Nacht hinaus, um Dan beim Namen zu rufen.

Die Polizei kam und begann, alle Anwesenden systematisch zu befragen. Baby taumelte in ihrem Büro herum, wechselte zwischen hysterischer Wut und hilfloser Verzweiflung hin und her. Sie rief den Bürgermeister von Atlantic City an. Sie schäumte vor Wut über die unfähige Polizei und ließ Privatdetektive von Pinkerton rufen. Sie telefonierte mit dem Gouverneur und forderte, daß die Küstenwache alarmiert werde. Um halb acht wurde Dan in seinem Kinderwagen gesund und wohlauf in einer Gasse in der Nähe der Bahngleise gefunden, wo ihn das Kindermädchen stehengelassen hatte, um dann auf einen Güterzug aufzuspringen – auf dem Weg heim nach New Orleans, wo sie Weihnachten verbringen wollte.

Baby brauchte die gesamten Festtage, um den Schock zu überwinden. Sie ließ Dan keinen Moment aus den Augen. Aber nach Weihnachten, als das Geschäft wieder geöffnet war, wurde ihr schnell klar, daß sie nicht auf Dan achten und gleichzeitig arbeiten konnte. Schon der bloße Gedanke an eine Fremde, die sich um Dan kümmerte, machte Baby schwindlig. Da fiel ihr Sparrow ein.

Deren Leben veränderte sich jetzt. Sie bekam ein Schlafzimmer in Babys Haus, das mit Zentralheizung ausgestattet war. Babys ganze Haltung ihr gegenüber schlug um. Sie sah zu, wie Sparrow Dan badete und wie Dan Sparrow anlächelte. Die beiden verstanden sich auf Anhieb. Die Schwestern begannen, gemeinsame Spaziergänge zu unternehmen. Abends hörten sie zusammen Radiosendungen. Sparrow erzählte Baby von Pa Shortcourse und was er getan hatte, und Baby hielt Sparrow in den Armen, während beide weinten. Baby schenkte Sparrow einen alten Kaninchenfellmantel; sie hatte eine ganze Sammlung duftender Pelzmäntel.

Sparrows Briefe an ihren Bruder Hugo zu der Zeit malen

ein glückliches häusliches Zusammenleben aus, während Hugos Antworten vom Fortgang des Krieges sprechen, vom Fall der Niederlande, von Rationierungen und Härten in Irland.
»Irland wird keinen Krieg mitmachen«, sagte Baby. »Die kämpfen nur gegeneinander, die Iren.«
Sie saßen im vorderen Wohnzimmer in Babys Holzhaus, zwei irische Schwestern in New Jersey.
Baby sagte: »Woran denkst du?«
Sparrow legte die Stirn in Falten. »Ich war gestern einkaufen, und der Besitzer des Ladens hat mich an den jungen Mr. Wise erinnert.«
»Der Laden ist gleichzeitig ihre Synagoge, kannst du dir das vorstellen«, lachte Baby und zwinkerte mit einem Auge.
»Gott ist, was man aus ihm macht.«
»Und das aus dem Mund eines irischen Mädchens«, sagte Baby. »Ich glaub, das ist so was Ähnliches wie Gotteslästerung.«
»Die Juden sind überall auf der Flucht«, sagte Sparrow.
»Das sind Überlebenskünstler.«
»Hier kommen ganze Schiffsladungen von ihnen an.«
»Ich hab mal gehört, daß Mr. Wise ganz anders hieß, als er nach Monument kam«, sagte Baby.
»Er sieht ausländisch aus«, sagte Sparrow.
»Das ist typisch irisch«, lachte Baby. »Hier sehen alle ausländisch aus.«
Sparrow badete Dan zweimal am Tag. Sanft fuhr sie mit dem Schwamm über seine blonden Locken, ihre Hand stützte seinen Kopf. Sie sah zu, wie das Wasser seinen kleinen rosa Körper hinablief.
»Erinnerst du dich überhaupt noch an Monument, Baby?« fragte Sparrow.

Baby biß sich auf die Unterlippe. »Monument. Eillne. Ich hab im Fluß bei Eillne schwimmen gelernt, weißt du. Sammy Tea hat uns gesagt, er würde da ein Haus bauen. Gott, wenn ich daran denke. Ich und Frank Fox, wir standen im Heck des Schiffes, das den Fluß hinunterfuhr, weg von Monument, und wir lachten und weinten, weil wir wußten, daß wir nie zurückkommen würden. Kannst du glauben, daß es fünfunddreißig Jahre her ist?«

»Ich denk oft an Monument damals – du mußt dich daran soviel besser erinnern als ich«, sagte Sparrow. »In meiner Erinnerung scheint immer die Sonne. Überall roch man den Duft von Mazawattee. Niemand hatte es eilig, die Hunde schliefen in der Sonne. Es scheint jetzt alles so sicher, im Rückblick.«

»Sicher?« fragte Baby scharf.

»Du weißt schon.«

»Aber genau weiß ich das«, sagte Baby trocken.

»Warum bist du weggegangen?« fragte Sparrow.

»Oh, ich weiß nicht.«

»Du warst erst vierzehn«, sagte Sparrow. »Warum bist du aus Monument weg? Papa hat dir Geld gegeben, nicht wahr? Warum?«

»Man tut komische Sachen, wenn man verliebt ist«, sagte Baby.

»Erinnerst du dich an Papa, Baby?«

»O ja, sicher.«

»Ich mein, als er noch gesund war.«

»Sicher.«

»Darum beneide ich dich.«

Babys Mund verzog sich zu einem knappen Lächeln.

»Ich bin immer auf die Mauer von der Heilanstalt geklettert, um ihn anzugucken«, sagte Sparrow. »Ich hab versucht, ihn mit den Fotos zu vergleichen.«

»Ach ja? Und wie sah er da aus?«
Sparrow hielt inne. »Traurig, glaub ich. Wie all die andern Männer da drin.«
»Beschreib ihn mal.«
»O nein. Das willst du gar nicht hören, Baby. Es ist viel besser, wenn du ihn so in Erinnerung behältst, wie er wirklich war.«
»Nein, ich will wissen, wie er in der Anstalt aussah. Erzähl mal, Sparrow.«
Sparrow atmete tief durch. »Sie waren alle geschoren, wegen der Läuse«, sagte sie. »Sogar die Schnurrbärte waren ab.«
»Er hatte seinen Schnurrbart nicht mehr?« fragte Baby. »Wie sah er denn ohne aus?«
»Er sah nicht mehr wie Papa aus«, sagte Sparrow. »Es war, als hätte er ein weißes Pflaster über dem Mund. Sie trugen auch alle die gleiche Kleidung, Tweedhosen und Jackett. Da waren keine Taschen drin, und er fummelte immer daran herum, es war, als dächten seine Finger, da müßten doch Taschen sein, die sie nur nicht finden konnten. Er hatte keine Ahnung, wer ich war. Er sah zerquält aus, Baby. So erinner ich mich an Papa. Zerquält.«
»Zerquält, was?«
»Was ist da wirklich passiert?« flüsterte Sparrow. »Wer war das Mädchen?«
»Wie soll ich das wissen?« sagte Baby achselzuckend. »Ich bin doch fortgegangen.«
An dem Abend schenkte Baby Sparrow einen Chinchillamantel, der ihr bis zu den Fußknöcheln reichte.
Dann folgt eine jener rätselhaften Episoden, die in unserer Familiengeschichte so reichlich zu finden sind. Monate gehen vorüber, ohne daß irgend etwas festgehalten

ist. Plötzlich ist es September. Frankreich ist gefallen; die Schlacht um England hält die Welt in Atem.
»Denkst du manchmal daran, nach Hause zurückzugehen?« fragte Baby sanft, von ihrer Zeitung aufblickend, in der sie an jedem Morgen die Kurse an der Wallstreet verfolgte.
»Nach Hause?«
»Du hast einen Mann, eine Familie«, sagte Baby. »Du bist schon fast ein Jahr hier.«
»Ich kann nicht zurück, verstehst du das nicht?«
»Ich versteh, daß man im Leben nicht immer haben kann, was man will, Sparrow«, sagte Baby.
Es war noch warm genug für Eistee. Dan begann zu weinen, und Sparrow nahm ihn hoch.
»Das Nest in Monument ist kalt, Sparrow«, sagte Baby und machte kurze, klickende Laute mit der Zunge, während sie die Zeitung zusammenfaltete. »Das ist ein gutes Geschäft. Sogar ich kann mich an die Würste erinnern. Die Menschen müssen essen, Krieg oder kein Krieg.«
»Ich geh da nie wieder hin«, sagte Sparrow.
»Trotzdem.« Baby saß auf der Treppe vor dem Haus, ihr Glas an ihrem Ellbogen auf einem Schaukelstuhl. »Du mußt auch an deine Lage denken, Sparrow. Deine Lage hier, mein ich.«
»Was meinst du damit?«
»Nichts dauert ewig.« Baby zuckte die Achseln. »Als Schwester tut man in einer Notlage, was man tun muß, aber jedes Heim kann nur eine Hausfrau haben, und jede Frau möchte die Hausfrau im eigenen Heim sein. Das ist nur natürlich. Und das ist auch das, was ein Mann sucht, das heißt, wenn er was sucht, verstehst du?«
Sparrow konnte nicht glauben, was sie da hörte. Sie *liebte*

Baby und Dan. Sie hatte gemeint, ein Heim fürs Leben gefunden zu haben.

Trotzdem sagte sie: »Ja, Baby.«

Baby sagte: »Du solltest dich nach einem Mann umsehen, Sparrow.«

»Ich bin doch schon verheiratet.«

»Wer weiß das schon? Es gibt jede Menge alleinstehende Männer in Amerika, und keiner von denen fragt nach deiner Vergangenheit.«

»Das könnte ich nicht.«

»Wie du meinst«, sagte Baby.

Danach spürte Sparrow, daß die alte Härte in Baby wieder auftauchte, die Neigung, sich schnell über ihre Schwester aufzuregen, spitze Andeutungen, die darauf verwiesen, daß Baby mit Sparrows Sorge für Dan nicht einverstanden war.

»Du läßt Dan doch nie aus den Augen oder so nicht?« fragte Baby. »Nicht einmal eine Minute.«

»Wie meinst du das?«

»Ich hab gelesen, daß in Chicago Babys aus ihren Kinderwagen gestohlen werden.«

»Natürlich laß ich ihn nie allein«, sagte Sparrow. »Wie kannst du so was denken?«

»Manchmal hab ich so böse Träume«, sagte Baby. »Ich wach auf wie im Fieber. Ich muß hineingehen und gucken, ob Dan noch da ist, ich muß sein Gesicht sehen, weißt du? Es ist, als ob mir meine Träume etwas sagen wollen.«

»Worüber?«

»Über dich, Sparrow.«

Der Winter brach unvermittelt über New Jersey herein, früher Schnee wurde aus den großen Ebenen im Nordwesten hereingetragen. Sparrow hörte, daß in Camden

County eine Reinigung zum Verkauf stand und daß Baby mehrere Male dort gewesen war. Sie hatte Sparrow nichts gesagt. In den letzten Oktobertagen reiste Baby wieder ab und blieb fast eine ganze Woche fort. Zwei Tage nach ihrer Rückkehr kam ein jüngerer Mann zu Besuch, der Besitzer einer Wäscherei in Philadelphia. Das Gespräch drehte sich nur um Geld und geschäftliche Verbindungen. Er hatte eine schmierige Art zu reden und behandelte Sparrow wie eine Bedienstete.
»Sparrow?«
»Ja.«
»Wir müssen mal was besprechen.«
Der Mann war seit einer Woche fort, und Sparrow hatte an Baby eine neue Ruhelosigkeit wahrgenommen. Auch konnte sie ihr nicht in die Augen sehen.
»Setz dich, Sparrow.«
Sparrow ließ sich auf der Stuhlkante nieder und sah Baby an. Sie hatte einige neue Dinge an ihr bemerkt, ihren schönen Busen, ihre strahlenden blauen Augen und Schmuck, den sie nie zuvor getragen hatte.
»Ich muß an meine Zukunft denken, Sparrow.«
Geschäftsbücher und Aktenordner lagen in Stapeln auf dem Fußboden hinter Babys Schreibtisch.
»Man bleibt nicht ewig jung. Ich mach niemandem vor, daß ich ein junges Mädchen bin, wenn also ein Mann mich mehr als einmal anguckt, dann werd ich wach, und wer will mir das vorwerfen?«
Sparrow verschlug es den Atem. »Du willst heiraten?«
»Ein Junge braucht einen Vater«, sagte Baby. »Ich laß mich von niemandem zum Narren halten, das kannst du mir glauben. Wir gründen eine gemeinsame Firma, in der ich Anteile halte. Ich hab dir ja schon mal gesagt, dies Land ist voller lediger Männer.«

Sparrow war schwindelig. »Ich freu mich für dich, Baby.«
»Ich hab ein Angebot für das Geschäft hier, das abzulehnen töricht wäre, da würdest du mir sicher zustimmen. Dreißigtausend. Stell dir nur mal vor, was man mit der Summe in einer Stadt wie Philadelphia machen kann.«
»Natürlich.«
»Das ist hart für dich, aber das Leben ist nun mal hart. Wem sag ich das?«
»Und wer hat dieses Geschäft hier gekauft?« fragte Sparrow heiser.
»Leute aus Trenton, die wegen ihrer Gesundheit hier runterziehen«, sagte Baby. »Mach dir keine Sorgen. Ich hab ein Wort für dich eingelegt, Sparrow. Die werden sich um dich kümmern, würd ich sagen. Aber wenn nicht, kannst du immer wieder nach Hause zurück. Warum nicht? Ein Jahr ist eine lange Zeit. Wer weiß, wie's da drüben jetzt aussieht?«
Sparrow wandte den Blick ab. »Ich werd darüber nachdenken, Baby«, sagte sie.
»Du wirst mir fehlen, Sparrow«, sagte Baby.
Es begann jetzt, richtig zu schneien. Der Schnee bedeckte alles, und die Leute sagten, er würde den ganzen Winter über liegenbleiben. Baby würde vor Weihnachten nach Philadelphia gehen, damit die neuen Besitzer einziehen konnten. Im November fuhr sie für ein paar Tage in ihre neue Heimatstadt, um sich für die Hochzeit ausstatten zu lassen, und ließ Dan in Sparrows Obhut.
Sparrow wartete nicht, bis Baby wieder nach Hause kam. Es war Krieg, die Zukunft war ungewiß, und eine Atlantiküberfahrt war ein gefährliches Unternehmen. Sparrow entschloß sich aufzubrechen, solange sie Atlantic City in guter Erinnerung hatte. Sie wollte nicht abwarten, bis

Baby und Dan nach Philadelphia gezogen waren und sie auf die Gnade der neuen Besitzer angewiesen war.
Ich hätte Lyle sagen können, daß es aus jener Zeit ein Foto gab. Jemand hatte es auf Deck eines Schiffes neben einem Rettungsboot gemacht, ein Amateur offenbar, denn die Kamera ist zu weit von den Personen entfernt, um ihre Gesichtszüge klar erkennbar zu machen. Aber Sparrow hatte mir immer erklärt, daß ich das Baby mit dem langen Überkleid und der Haube bin und daß sie es ist, die da aus dem hochgeschlagenen Kragen eines von Babys roten Zobelmänteln auf die ferne Kamera blickt. Der Name des Schiffes aber ist deutlich lesbar. Er steht auf dem Bug des Rettungsbootes. Es hieß *Theodore Roosevelt.*

Urkunden und Dokumente sind für uns heute eine Selbstverständlichkeit, aber in den Tagen vor dem Krieg waren sie oft höchst unzuverlässig und lückenhaft. Im Laufe der zwanzig Jahre, die meiner Lektüre dieses Testaments des armen Lyle folgten, verbrachte ich viele fruchtlose Tage, einsame Tage, um die Wahrheit zu sagen, damit, in Atlantic City, der Stadt der grellen Kasinos und Hotels voller Konferenzteilnehmer und leichten Mädchen, jemanden zu finden – irgend jemanden –, der oder die in der Zeit des Kriegsanbruches für Baby Fox gearbeitet hatte und ihre hübsche Schwester Sparrow kannte. Ein dreißigstöckiges Gebäude mit einer Spiegelglasfassade steht an der Stelle, wo Fox' Wäscherei einmal ihre Dienste anbot. Amerikaner bleiben nie dort, wo sie sind, sie zerstreuen sich mit der Regelmäßigkeit von Jahreszeiten. Nicht eine Stimme war geblieben, um mir von jener Zeit zu berichten. Obwohl ich deutlich sichtbare Anzeigen in die örtlichen Zeitungen setzte und sogar in meinen Augen stattliche Belohnungen auslobte, kam ich zu keinem Ergebnis.

In den Archiven der Krankenhäuser von Atlantic City findet sich nichts über meine Geburt. Sparrow hatte mir immer gesagt, ich sei ein Kriegsbaby, ein Yank, im Juli jenes Jahres geboren und zur Zeit des Altweibersommers bereits in der Lage, kräftig zu strampeln. Sparrow mag mich, wie Tausende anderer Frauen in diesen Zeiten, zu Hause zur Welt gebracht haben, das heißt in Babys Wäscherei, aber die amtlichen Geburtenregister schweigen über die Ankunft eines Babys, eines Sohnes einer Sparrow Shortcourse (oder Love) in Atlantic City. Angesichts von Babys Härte und Geschäftssinn könnte es sein, daß sie darauf bestand, meine Mutter in eine andere Stadt zu bringen, nach Philadelphia zum Beispiel, um mich zu gebären, was Baby von jeder Andeutung einer Verantwortung für mich freigehalten hätte. Aber wenn das so war, *wo war es geschehen?*

Dann sind da die Briefe, die in jener Zeit zwischen Sparrow und Onkel Hugo hin und her gingen. Auch die frostigste Kommunikation – und das war diese Korrespondenz keinesfalls – hätte doch sicherlich auf die Geburt eines Kindes angespielt, selbst auf die eines nicht gewollten?

Die vielsagendste Tatsache in dieser ganzen Affäre ist das Verschwinden von Dan Fox. Sparrow erwähnte diesen Vorfall durchaus, aber sie nannte immer den Dezember 1939 als Zeitpunkt. Das war aber das Vorkommnis mit dem schwarzen Kindermädchen, das ja aufgeklärt wurde. Vielleicht legte Sparrow hier bewußt falsche Spuren, da dieses Geschehen belegbar war und dadurch zukünftige Nachforscher wie mich irreführen konnte. Man konnte von Sparrow eines gewiß nicht sagen, nämlich daß sie dumm war.

Die Aufzeichnungen der Polizei von Atlantic City, die ich gelesen habe, zeigen, daß eine Mrs. Fox ihren kleinen

Sohn am 13. November 1940 als vermißt meldete. Es gab beträchtliche Aufregung. Am 27. November, zwei Wochen nachdem sie die Anzeige erstattet hatte, nahm Baby Fox den Zug nach New York und ein Schiff nach England. Am 28. Dezember um Mitternacht kam sie in Southampton an und fuhr nach langem Warten mit einem Zug nach London. Sie war erschöpft. Sie nahm ein Zimmer in einem Hotel in Charing Cross. Sie wußte nicht, daß der 29. Dezember den Höhepunkt der Bombardierung durch die deutsche Luftwaffe bringen würde. Baby schlief ein. Sie hat wahrscheinlich die Sirenen nicht gehört.
In Atlantic City konnte ein Geschäftsmann aus Philadelphia nachweisen, daß er Besitzer der Wäscherei Fox war. Er verkaufte sie prompt und verschwand mit dem Geld. Es mag das beste Geschäft seines Lebens gewesen sein.
Schließlich gab ich es auf, mich mit all diesen Fragen herumzuschlagen, ich gab den Versuch auf, einen Dan Fox in den Archiven der Waisenhäuser von Pennsylvania zu finden. Wenn ich Dan Fox war, so sollte mich das nicht länger wie ein Gespenst der Vergangenheit verfolgen. All die Zeit hindurch blieb Sparrow entschieden bei ihrer Version von Dans Geschichte und weigerte sich strikt, über Lyles Aufzeichnungen auch nur zu reden. Ich wandte mich den dringenderen Problemen meines Lebens zu. Man ist, wer man ist, so ist es letztlich. Ich bin, der ich bin, selbst wenn meine Mutter schon lange tot sein sollte, eine arme, verzweifelte Frau, die in Verfolgung ihres Kindes, auf der Suche nach mir, den Atlantik überquerte. Meine Erinnerungen an diese Zeit sind nur noch flüchtige Phantome. Tiefe grüne Wogen. Dunst und Nebel. Selbst heute noch, wenn ich das Nebelhorn eines Schiffes höre, meine ich zu spüren, daß sich die Vergangenheit in mir regt wie ein Riese.

TEIL DREI

12

Als ich von der Zollbrücke sprang und ins Wasser eintauchte, kam mein Gefühl der Freiheit nicht nur daher, daß ich in dem Element verschwand, das für mich immer das wohltuendste gewesen war, sondern auch, das weiß ich heute, aus der Erwartung des Todes. Ich spürte die machtvollen Kielwasserstrudel des großen Segelschiffes, und ich fragte mich, ob sie mich unwiderruflich in die Tiefe ziehen würden. Ich wurde hinuntergezogen, aber das beunruhigte mich nicht sonderlich. Schließlich hatte der Lyle bei Eillne mich alles gelehrt, was man über das Schwimmen in Strömungen lernen konnte. Meinen Sauerstoffvorrat sorgfältig einteilend, ließ ich mich am Grund des Flusses dahintreiben, mein Kompaß war noch intakt. Ich merkte, daß die auflaufende Liffey mich und anderes Treibgut auf das Südufer zuführte. Ich kam erst an die Oberfläche, als eine dunkle Uferwand auftauchte und ich tröstliche Stränge von Seetang in den Händen spürte.

Ich tauchte langsam auf, und mein Ausblick auf die (jetzt ferne) Brücke erinnerte mich seltsam an meinen Hochzeitstag, als ich neben Pax Sheehy in unserem Fluß auftauchte und die schnell kleiner werdende Gruppe der besorgten Gäste am Ufer sah. Gute zweihundert Meter flußabwärts sah ich meine Begleiter, die noch immer auf der Nordseite der Brücke festsaßen, weil die sich aus irgendeinem Grund noch nicht wieder geschlossen hatte. Eine Kette hing, vom Seetang verborgen, ins Wasser herab. Ich kletterte sie hinauf und kroch auf einen leeren Kai. Es macht jetzt keinen Sinn mehr, meinen klaren Vorsatz zu verhehlen. Ich machte mich auf den Weg zu Bains Wohnung in Rathgar.

Dieser Gang war mein erster Geschmack von Freiheit seit über einem Jahr. Ich spürte nicht die geringste Angst. Ich nahm mir ein Jackett von einem Ständer vor einem Kleidungsladen und eine flotte Kappe von einem anderen. Das nasse Quietschen meiner Schuhe hörte bald auf. Die Sonne kam heraus. Die Planung dessen, was ich vorhatte, machte mich ruhig, nicht nervös. Ich fragte mich, ob wirklich alles anders gekommen wäre, wenn ich Bain nicht bei Mags Beerdigung wiedergetroffen hätte.

Es waren komische zwanzig Jahre gewesen, oder fast zwanzig, seit ich Bain das letzte Mal gesehen hatte, obwohl nicht jeder dem zustimmen würde.

Oscar Shortcourse war auf dem Long Quay gestorben, den er jeden Tag seines erwachsenen Lebens mindestens ein halbes dutzendmal auf und ab gelaufen war. Als er das Entladen der Fischkisten für sein Geschäft auf einem Trawler beaufsichtigte, rutschte er aus und stürzte zwischen die Kaimauer und das träge auf und ab gehende Schiff. Er war dort unten noch mindestens eine Minute lang zu sehen, schrie etwas zu den Leuten auf dem Kai hinauf und krallte sich abwechselnd in die Planken des Kutters und die Steine der Kaimauer, bis eine hereinkommende Woge die Lücke zwischen den beiden schloß und ihm ein Ende machte. Oscar konnte nicht schwimmen. Er war Junggeselle geblieben, und nach seinem Tod kam sein Geschäft unter den Hammer. Der Erlös ging an einen

obskuren Fonds in Belfast, der sich zum Ziel gesetzt hatte, die Irische Republik wieder in die Arme des Commonwealth zurückzuführen.
David Wise starb in Israel. Er verschied unerwartet und ganz allein im Schlafraum eines Kibbuz außerhalb von Jerusalem. Neben ihm fand man einen unbeendeten Brief an Sparrow. Trotz aller Einwände seiner Verwandten in Israel, die ihren Vetter dort begraben wollten, ließ Sparrow seinen Leichnam nach Monument überführen. Sie konnte sich durchsetzen, weil sie einige Zeit zuvor David Wises Frau geworden war.
Johnnie Love starb unter bizarren Umständen. In einem Dezember befand er sich nach gewaltigen Regenschauern in einem leichten Stakboot auf der Vogeljagd im Lyle-Delta, wo er eine Gans schoß. Nach der Aussage von Johnnies einzigem Begleiter schien der große Vogel nach dem Schuß zunächst weiterzufliegen, fiel dann aber plötzlich wie ein Meteor genau zwischen die beiden Männer. Der Schaden am Boot schien zunächst unerheblich zu sein. Johnnies Begleiter schüttelte ihm aufgeregt die Hand, beglückwünschte ihn zu einem solchen Schuß; Johnnie hielt die schwere Gans hoch, selbst beeindruckt von seiner eigenen Leistung.
Plötzlich aber begann das Stakboot, von der Gans leckgeschlagen, vollzulaufen und zu sinken. Johnnies Jagdfreund schrie auf, warf das Gewehr weg und stürzte sich ins Wasser, um auf eine kleine unkrautbewachsene Insel zuzuschwimmen. Johnnie aber schien wie gelähmt. Er blieb in dem Boot sitzen, die Flinte in der einen, die Gans in der anderen Hand, bis die Bordwand des Bootes ganz im Wasser verschwunden war und er (mit der Schnelligkeit, mit der sich solche Dinge entwickeln) von der Strömung des Flusses davongetragen wurde, bis nur noch die

Läufe seiner Flinte zu sehen waren. Er war einundfünfzig. Er konnte auch nicht schwimmen.

Johnnies Witwe ging in ein Kloster – was sie vielleicht gleich hätte tun sollen, statt Johnnie zu heiraten und seine Seitensprünge hinzunehmen. Sein Geschäft ging an ihren jüngsten Sohn, Samuel, der sechzehn war und noch zur Schule ging. Samuel aber trat später in den Orden der Columbaner ein und arbeitete in Indien. Das Geschäft Samuel Love & Sons wurde von Managern geführt, bis Teddy Batty es seinem wachsenden Handelsreich einverleibte.

Das Fleischereigeschäft der Shortcourses war der erste Keim von Battys Erfolg. Er kaufte es buchstäblich für einen Penny nach Bains Sturz; und wie durch ein Wunder begannen die Schlachterei und der Laden sofort Geld abzuwerfen, was sie in all den Jahren, da sie Bain gehört hatten und Batty nur Geschäftsführer gewesen war, nicht getan hatten.

Die alten Gebäude in Balaklava wurden verkauft. Das Shortcourse-Unternehmen – der Name blieb erhalten, wenn auch ein »Mitglied der Batty-Gruppe« hinzugefügt wurde – arbeitete jetzt in einer siebentausend Quadratmeter großen Schlachterei an der Straße nach Deilt. Sie war eine von mehreren, die Batty regelmäßig mit dem Hubschrauber besuchte. Teddy Batty also übernahm, wie gesagt, auch Samuel Love & Sons, und so bewirkten Geschäftsinteressen, woran eine Ehe gescheitert war. Teddy kaufte auch das Haus der Loves und ihre Farm, als die Witwe sich in den Konvent zurückzog. In seinem Privatleben hatte er nicht soviel Glück. Seine Ehe blieb kinderlos. Seine Frau erstickte, als sich ihre Perlenkette in der Tür eines altmodischen Fahrstuhls in einem Hotel in Moskau verfing, wohin sie ihren Mann auf einer Geschäftsreise begleitet hatte.

Es war eine weitverbreitete Annahme, daß Teddy Batty Bains neue Partei, Daonlathas Láir, finanzierte. Und angesichts der Leichtigkeit, mit der Batty staatliche Kredite und Subventionen bekam, sobald Bain an der Macht war, spricht vieles dafür. Jedenfalls hatte Bains Partei nie unter Geldmangel zu leiden. Bain betrachtete das wahrscheinlich als seine Dividende aus Pas Geschäft, die nun auf anderem Wege in seine Taschen floß.
Und Bain selbst? Erinnert sich überhaupt noch jemand an den politischen Tumult der Tage nach den Wahlen und vor der Regierungsbildung, die Bain Cross an die Macht brachte?
Es war sechs Monate vor Mags Tod. Die bestehende Regierung krönte eine Kette von Fehlern damit, daß sie Neuwahlen ausschrieb. Die Stimmen wurden ausgezählt, es gab ein Patt, und Irland war acht Wochen ohne Regierung, weil sich keine der an einer möglichen Koalition beteiligten Parteien auf einen Taoiseach einigen konnte. Dann, während unsere Währung an den ausländischen Börsen gejagt wurde wie ein wundes Reh, sahen sich schließlich alle zu einem Kompromiß gezwungen. Daonlathas Láir, Bains Partei von zwölf Parlamentsabgeordneten, die ursprünglich niemand hatte in der Regierung haben wollen, erwies sich plötzlich als die Partei, ohne die keine Regierung gebildet werden konnte.
Der Preis war: Bain als Taoiseach.
Das Undenkbare war Wirklichkeit geworden.

»Er hat dir *was* über das Pferd seines Sohnes erzählt?« fragte Elizabeth.
»Jemand hat es übel zugerichtet, hat es umgebracht«, antwortete ich. »Mit Teppichmessern.«
»Das ist grauenvoll.«

Das Schicksal der Stute, die Brendan, Bains und Aggies spätgeborenem Sohn, gehört hatte, erschütterte Elizabeth sichtlich. »Er klang ziemlich entnervt«, gestand ich zu.
»Kein Wunder. Wer tut denn so was?«
»Er sagt, er hat keine Ahnung.«
»Er *weiß* es nicht?«
»Er sagt, vielleicht weiß es die Polizei, aber sie können nichts beweisen ...
»Er ist der Taoiseach von Irland, Theo«, spottete Elizabeth. »Natürlich weiß er, wer's war.«
Über die Jahre waren Elizabeth und ich gleichsam zusammengewachsen. Ihre hübschen Töchter waren groß und hatten nun ihr eigenes Leben. Elizabeths Ehe war etwas, dessen Kälte ich kannte wie einen unwillkommenen Teil meiner selbst, etwas, das ich zu gerne losgeworden wäre, eine Trennung, auf die ich seit langem wartete. Alles, was ihr in Belfast blieb, war ihr Job.
»Der ganze Staat arbeitet für ihn«, sagte Elizabeth.
»Vielleicht.«
»Seine Justizministerin, Miss Twinkle, weiß angeblich, was in jedem Winkel des Landes vor sich geht, dabei hat sie den Job erst sechs Monate«, fuhr Elizabeth fort. »Du kannst mir nicht erzählen, daß man ihr davon nicht berichtet hat.«
»Du kennst dich da wirklich aus, nicht wahr?« sagte ich.
Elizabeth zuckte mit den Schultern. »Es ist kein Geheimnis, daß es in dem Pub von Miss Twinkles Vater an dem Tag reichlich Freibier gab, als Airey Neave umgebracht worden war.«
Ich wollte mich früh pensionieren lassen, wenn auch jetzt noch nicht. Ich hatte die Karriere gemacht, die mir der Inspektor in Monument damals vorhergesagt hatte, ich stand an der Spitze des Zollamtes in Dublin Castle,

und ich genoß meine Macht ebenso wie ich das Zusammensein mit Elizabeth genoß. Natürlich wußte ich nach fast zwanzig Jahren, was sie tat, genau wie sie meine Arbeit kannte, aber das Wesen von Elizabeths Job, die beinahe müde Akzeptanz, daß jede Geschichte zwei Seiten hatte und daß Regierungen ebenso wie Terroristen Bomben legen und Menschen töten, machte ihre Arbeit nicht in dem Maße zu einem Thema unserer Unterhaltung wie meine.

»Glaubst du, daß die Provos nun doch hinter Bain her sind?« fragte ich und reichte ihr einen Whiskey.

»Ich hatte gehofft, daß du mir das sagen würdest«, sagte Elizabeth.

»Wenn sie das sind, so läßt er sich nichts anmerken«, sagte ich. »Er hat all die alten Geschichten hinter sich gelassen.«

Es war ein Frühlingsabend, Menschen gingen spazieren. Die Flut hatte für jene, die es nicht besser wissen, aus Sandymount eine weite, tiefe Bucht gemacht.

»Ich möchte gerne, daß du Sparrow kennenlernst«, sagte ich, das Thema wechselnd. »Ich denke schon länger daran.«

»Sie macht mir angst«, sagte Elizabeth.

»Ich habe sie vielleicht übertrieben dargestellt.«

»Sie ist wie eine Ikone, von der ich viel gehört habe. Wie die Queen oder der Papst.«

»Sie ist nur eine alte Frau«, sagte ich. »Sie wird bald sterben. Cheers.«

»Cheers«, sagte Elizabeth. »Ich erinner mich an die Geschichte, die du mir vor Jahren erzählt hast, was sie getan hat, als das alte Haus abgebrannt ist. Das Foto ihres Vaters, weshalb sie noch mal reinging. Eine einfache alte Frau macht so was nicht.«

»Das hat sie gemacht. Sammy Teas Erinnerung ist ihr heilig.«
»Bain hat die gleiche Zähigkeit wie sie.«
»Wechsel bitte nicht das Thema.«
»Ich mein's ernst. Er ist der Lazarus der irischen Politik.«
»Kommst du mit nach Eillne?«
»Ich werd sehr ernsthaft darüber nachdenken.«
»Wir können die Nacht dort verbringen.«
»Und Sparrow hätte nichts dagegen?«
»Es würde ihr nichts ausmachen«, sagte ich. »Sie ist im Alter ziemlich liberal geworden. Außerdem ist sie fernsehsüchtig.«
»Ich beneide dich um so eine Mutter.«
»Sie ist wirklich erstaunlich. Sie läßt immer noch neue Verbesserungen an ihrem Bungalow in Eillne machen. Sie kann die Zeitung nicht mehr selbst lesen, aber sie läßt sie sich vorlesen, vor allem den Wirtschaftsteil und natürlich alles über Bain – und wehe, der Vorleser läßt ein Wort aus, sie merkt es sofort! Sie ist immer noch sehr schlau.«
»Sie klingt unglaublich.«
»Letzten Monat, als ich da unten war, sagte sie mir in sehr klaren Worten: ›Dieser Teddy Batty ist ein Dieb. Er hat Bains Geschäft gestohlen. Die Battys waren nichts, und jetzt hat Teddy Batty Bernard Loves altes Haus und die Farm gekauft. Er muß ein Dieb sein, Theodore.‹«
»Du bist so *süß*, wenn du jemanden nachmachst«, sagte Elizabeth und küßte mich.
Meine Zunge war nie ganz verheilt; ich hatte jetzt – neben der Notwendigkeit, eine Brille zu tragen, und einem leichten Hinken – einen pelzigen Wulst quer über der Zunge, der mich manchmal lispeln ließ, was Elizabeth amüsant fand. Wir lachten über meine Nachahmung. Ich

wußte genau, was an Abenden wie diesem in Elizabeth vorging. Nachdem sie ihren Herren mehr als zehn Stunden gedient, auf jedes Wort, das gesagt oder nicht gesagt wurde, angestrengt geachtet hatte, war sie angespannt wie eine geschlossene Faust, bis der Whiskey sie allmählich auflockerte und ihren Augen eine gefährliche Verträumtheit gab.

»Magst du Sparrow eigentlich, Theo?«

»Was für eine Frage.«

»Entschuldige.«

»Die Antwort lautet, glaub ich, ich weiß es nicht«, sagte ich zu meiner eigenen Überraschung. »Ich weiß nicht, ob sie hell oder dunkel ist. Ich werde das wohl erst wissen, wenn sie tot ist.«

Elizabeth blieb die Nacht über in Sandymount. Sie liebte es, die Gardinen vorzuziehen, mein Bett näher ans Fenster zu rücken und mich auszuziehen, bis ich nackend dastand – mit nur einem leichten Schleier zwischen uns und der Welt. Sie mochte es, wenn ich stehenblieb. Sie selbst blieb gern ganz angezogen, was bedeutete, daß sie nicht nur anbehielt, was sie an dem Tag trug, sondern auch ihren Schmuck, Ringe, Armbänder, schwere Ohrringe und Ketten. Es war für sie so, glaube ich, als hätte sie sich bei einer ihrer Konferenzen einen Mann, der ihr gefiel, ausgesucht und sich vor allen anderen zu seinen Füßen hingekniet, wie sie jetzt vor mir kniete, und ihn genommen wie einen heißen Kebab. Sie leckte und knabberte, ab und zu ihre Armbänder aus dem Weg schüttelnd, arbeitete sich immer weiter vor, während unten Familien ihren Spaziergang machten und Hunderte von Autos an unserem Fenster vorbeirollten.

Ich wollte sie so sehr. Ich wollte sie nicht teilen, auch wenn der Anteil ihres Gatten an ihr nur noch ein nomina-

ler war. Letztlich würde sie zu mir kommen, das wußte ich, obwohl ich nicht zu hoffen wagte, daß es mich noch glücklicher machen würde, sie ganz mein nennen zu dürfen.
Ich zog Elizabeth aus. Sie trug teure Kleidung, das, was Karrierefrauen üblicherweise auf Konferenzen tragen. Sie machte ihre Figur schlank und zierlich, verbarg die Wunder ihrer vollen Brüste und Schenkel. Ihr Gold- und Platinschmuck forderte genauere Beschäftigung, wollte man all die Häkchen und Verschlüsse öffnen. Sie bot nie Hilfe an. Sie liebte die hin- und herschwingende Berührung meines Schwanzes an ihrem Becken, wenn ich mich über sie beugte, um den Verschluß der Halskette an ihrem Nacken zu lösen. Sie klammerte sich gerne an die Gardinenstange, um so die mit ausgestreckten Armen Gefesselte zu spielen, während ich ihr die Schmuckstücke abnahm wie ein Satyr, der Früchte von einem magischen Busch pflückt.
Ich wagte es nicht, mir den Tag vorzustellen, an dem wir heiraten würden, auch weil die Erinnerung an meine erste Hochzeit so verheerend war. Nur ein gelegentliches Aufblitzen der Phantasie erlaubte ich mir. Es würde natürlich auf einem Standesamt sein und Pax wieder mein Trauzeuge. Er war im Laufe der Jahre ein wenig milder geworden. Als Assistant Commissioner würde es ihm guttun, der Hochzeit einer Frau beizuwohnen, die er einst als feindliche Spionin denunziert hatte.
Wir standen jetzt in einem Haufen abgelegter Kleider, auch Elizabeths Schmuckstücke lagen auf dem Boden. Sie stand auf dem Bett, so daß unsere Köpfe auf gleicher Höhe waren. Ich nahm die Brille ab und nutzte die Höhe, auf der sie stand, um sie im Stehen zu nehmen.
»Mein Gott«, keuchte sie. »Mein Gott, mein Gott.«

Sie gab mir über die Jahre mein Selbstgefühl wieder. Mit viel Geduld gab sie mir meinen Stolz zurück und die Beherrschung meiner Lenden. Sie stellte wieder her, was mir vor langer Zeit genommen worden war, und sie bekam zur Belohnung lange, bebende Orgasmen, meine Hände auf ihrem Hintern, ihre Arme um meinen Hals, ihre Beine um meine Taille, den Kopf mit offenem Mund weit zurückgeworfen, ihre Brüste gerötet und empfindlich, unsere verbundenen Körper in Bewegung wie ein einziger Muskel. Wenn sie zurücksank auf das Bett, ohne jemals die Verbindung zu unterbrechen, bedurfte es nur noch einer einzigen Bewegung ihrer Hüften, um mich zum Höhepunkt zu bringen.

Zwei Wochen waren vergangen, seit ich Elizabeth das letzte Mal gesehen hatte. Eines Morgens berichtete mir meine Assistentin, Evelyne-Mary, von der Bitte der Justizministerin, zu einem Gespräch in ihre Amtsräume zu kommen.
»Die Sekretärin entschuldigt sich, daß es so kurzfristig ist«, sagte Evelyne-Mary.
»Sie kommen am besten auch mit«, sagte ich.
Wir aßen in einem Pub an der Grafton Street zu Mittag. Evelyne-Mary besaß jenes innere Strahlen, das vielen ledigen älteren Damen eigen ist. Sie war in einer etwas gläsernen Art hübsch, und sie verbrachte ihre Freizeit damit, in alten Höhlen und Steinfestungen herumzustöbern, immer auf der Suche nach Zeugnissen unserer Jäger- und Sammlervergangenheit. Was die Arbeit anging, so war sie ein Profi, eine unersetzliche Quelle legislativen Detailwissens. Im Laufe der Jahre hatten wir zusammen eine ganze Reihe von Ministern kennengelernt. Einige waren früher Bauernjungen gewesen, für die die Limousine mit

Fahrer immer noch das größte Wunder ihres Aufstiegs war, andere, wie Miss Twinkle, hatten den Ruf unersättlichen Ehrgeizes.
»Was meinen Sie, was sie will?« fragte ich, als wir in den Hof des Ministeriums einbogen.
»Ich schätze, es handelt sich nur um ein allgemeines Gespräch über die zukünftige Zusammenarbeit«, sagte Evelyne-Mary. »Sie ist noch dabei, sich einzuarbeiten. Der gegenwärtige Taoiseach hat das auch gemacht, als er als Justizminister anfing, wenn Sie sich erinnern.«
Tulpen zitterten gerade aufgerichtet im Wind.
»Es wird um die Bereiche gehen, wo unsere Befugnisse sich überschneiden«, fuhr sie fort. »Der Vollzug. Über Drogen wird man sie separat informiert haben. In der Presse war neulich etwas über illegale Glücksspielorganisationen. Vielleicht geht's darum. Oder Waffen.«
»Ja«, sagte ich, als ich die fernen Fenster von Newman House sah, »oder Waffen.«
Das war in Irland fast ein neurotisches Thema. Und das nicht ohne Grund: Eine Generation zuvor, als im Norden bürgerkriegsähnliche Zustände herrschten, waren große politische Reputationen durch Versuche ruiniert worden, Waffen für unsere belagerten Brüder in Ulster ins Land zu schleusen. Als Beamter ohne eigenen Geschäftsbereich hatte ich damals den Sturz mächtiger Männer erlebt, während Bain, zu der Zeit nur ein kleiner Fisch, überlebt hatte. Infolgedessen konnte man auf einige Jahre kein Katapult mehr nach Irland einführen, ohne die ausdrückliche Erlaubnis des Justizministeriums zu haben, aber heute war die praktische Entscheidung über Importe mehr oder weniger auf unser Amt übergegangen, obwohl formell noch immer das Justizministerium zu hören war.
»Was für 'ne Tante ist Miss Twinkle denn?« fragte ich.

Evelyne-Mary warf mir einen düsteren Blick zu, um ihre Unterstützung der Frauenrechte deutlich zu machen.
»Sehr tüchtig«, sagte sie. »Einige Leute meinen, sie hätte selber das Zeug zum Taoiseach, und beim letzten Mal hätte es fast geklappt. Aber dann kam sie ins Gerede. Sie wohnt oben in Sligo an der Grenze. Sie kennt eine Menge Leute von da oben, die heute im Long Kesh-Gefängnis sitzen.«
»Kommt aus einer Familie von wilden Republikanern.«
»Zumindest sagt man das.«
»Und ist bereit, den Spitzenjob zu übernehmen, sobald Bain auch nur einen falschen Schritt macht – das haben sie zumindest im Fernsehen gesagt.«
»Wer hat das gesagt?« fragte Evelyne-Mary.
»Wie heißt sie noch, schreibt 'ne Kolumne in der Zeitung. Groß, kräftig«, sagte ich und malte es mit den Händen aus. »Ihre Artikel triefen vor Häme.«
»Ha«, sagte Evelyne-Mary. »Joyce Ogar.«
»Warum ha?«
»Sie ist ... sie und Miss Twinkle ... man sagt, Miss Twinkle und Joyce Ogar sind befreundet.«
»Ach so.«
»Nicht, daß ich an solche Gerüchte glaube. Und wenn ich sie glaubte, stünde es mir auch nicht zu, so etwas zu mißbilligen.«
»Natürlich nicht.«
Evelyne-Mary gab sich einen Ruck. »Wie auch immer, Miss Twinkles Vater saß im Deilt, und er trat offen für einen bewaffneten Aufstand in Nordirland ein – wenn er ein paar Gläser gehabt hatte, natürlich.«
»Natürlich.«
»Miss Twinkle war auf dem Tanzboden sehr beliebt, und als ihr Vater starb, gewann sie auch seinen Wahlbezirk –

mit Leichtigkeit. Sie ist jetzt einundfünfzig, hat nie geheiratet.«

»Und hat sie was von ihrem Vater, was meinen Sie?«

»Als altes Mitglied von Fianna Fáil hat Miss Twinkle sicher eine Schwäche für die hochfliegenden Pläne für ein vereintes Irland, die sich in unserer Verfassung ausdrücken, aber ich würde doch sehr bezweifeln, daß man jetzt, wo sie Justizministerin ist, Dynamitstangen in ihrem Korsett finden würde«, sagte Evelyne-Mary.

Ich ließ meinen Blick dahin gleiten, wo ihr Korsett gewesen wäre, und rote Flecken bildeten sich auf den Wangen meiner Assistentin, die mit fest zugepreßtem Mund den Blick starr auf das Gebäude des Justizministeriums gerichtet hielt.

Es war in den sechziger Jahren errichtet worden, was bedeutet, daß es die Jahrzehnte seitdem nicht sonderlich gut überstanden hatte. Draußen zeigte sich viel grauer Beton, und im Inneren sah man überall schäbiges Aluminium und verschmutzte Wände. Wir wurden ins oberste Stockwerk geleitet, wo ein gewisser Geschmack den Kampf gegen die Beschränkungen des Bauwerks aufgenommen hatte. Einige gute Gemälde waren aus staatlichen Galerien entliehen worden und hingen in einem Büro, das die Iveagh Gardens überblickte. Wir hatten kaum Gelegenheit gehabt, sie zu bewundern, als die Tür aufging und ein großer, ungepflegt wirkender Mann eintrat.

»Superintendent«, sagte er, und wir schüttelten uns die Hand. »Herr Staatssekretär. Sie kennen Evelyne-Mary O'Grady.«

»Conas tá tú?« sagte er auf Gaelisch.

Evelyne-Mary antwortete: *»Go maith, go raibh maith agat«,* wie es sich gehörte.

Wir setzten uns. John Codd hatte viele Jahre im Justizministerium im Schatten eines berühmten Vorgängers verbracht und hatte nun endlich die Früchte seiner Geduld geerntet. Er war früher Polizeibeamter gewesen, und seine Verbindung dorthin wurde jetzt als Vorteil betrachtet. Heute hatte er Zwiebeln zu Mittag gegessen

»Tut mir leid, daß es so schnell gehen mußte, Superintendent«, sagte er mit der für ihn typischen Vorsicht. »Aber bei dieser Ministerin muß alles immer sofort passieren.«

»Wir stehen zu Ihrer Verfügung, Herr Staatssekretär«, sagte ich.

»Sie hat im Moment ein Gespräch mit einem Freund von Ihnen«, sagte Codd. »Assistant Commissioner Sheehy.«

»Ah ja.«

Der Staatssekretär hatte die zusammengekniffenen Augen und die zurückgekämmten Haare eines Mannes, dessen Lebensunterhalt von der Fähigkeit abhing, seine Schafe von einem windigen Hang aus zählen zu können.

»Die Ministerin macht sich mit jedem Aspekt des Hauses vertraut«, erklärte Codd. »Sie hat bereits ein enormes Verständnis unserer Aufgabe. Sie wird eine sehr aktive Ministerin sein, Superintendent.«

»Schön zu hören«, sagte ich.

»Die Ministerin bittet Sie, die Gepflogenheiten Ihres Amtes im Umgang mit der Einfuhr von Waffen und Munition zu umreißen, Superintendent«, sagte Codd.

»Das will ich gerne tun, Herr Staatssekretär«, antwortete ich und gab Evelyne-Mary eine hohe Note für Scharfsinn. »Sie hätte aber natürlich einen mindestens ebensoguten Überblick von Ihnen bekommen können.«

»Ja, aber das war ihr Wunsch.« Codd stand auf, und er hätte durchaus jemand sein können, der Flugpassagiere bat, ihre Taschen zu entleeren, bevor sie durchs Gate durften. »Wenn ich Sie jetzt hineinbringen darf?«

Die Codds unter der irischen Beamtenschaft waren Leute aus kleinen Dörfern, die das Dorf mit sich nach Dublin brachten. Das bedeutete, daß die Politik des Landes auch auf höchster Ebene von jenen bestimmt wurde, für die das Diktat eines katholischen Bischofs vor allen anderen Gesetzen und Bestimmungen Vorrang hatte. Sie betrachteten das Gaelische, obwohl es eine sterbende Sprache war, mit der gleichen Hochachtung wie gesprochene Sprachen, und jedes geistige und kulturelle Risiko war für sie gottloser Liberalismus. Auf die Weise sorgten sie dafür, daß das Land in ihrer Obhut in jeder Hinsicht eine Insel blieb.

Codds Gang, als er den Korridor hinunterschritt, erinnerte daran, daß er einmal Streifenpolizist gewesen war. Im Vorzimmer der Ministerin sagte der Sekretär etwas ins Telefon, und einen Moment später gingen die inneren Türen auf, und eine Frau, an deren Namen ich mich nicht erinnere, trat heraus und stellte sich als die Privatsekretärin von Miss Twinkle vor. Sie lächelte, schüttelte uns die Hand und führte uns durch ihr sehr geräumiges Büro und dann durch eine weitere Doppeltür in die Höhle der Justizministerin von Irland.

Man sagt, der erste Eindruck ist der dauerhafteste. Miss Twinkle kam mit vollen Segeln um ihren Schreibtisch herum, um uns zu begrüßen. Obwohl ihre Gesichtshaut grau und papieren wirkte, obwohl sie unbestreitbar eine Dame mittleren Alters mit loderndem weißem Haar war, wirkten ihre Bewegungen geschmeidig, die einer alten Tänzerin, als weigerten sie sich, früheren Ruhm verblassen zu lassen. Sie kam direkt auf mich zu, beide Hände ausgestreckt, wie ein Vogel, der sich irgendwo niederlassen will. Ihre hellblauen Augen strahlten vor Aufregung, und ihre Lippen waren zu einem großzügigen Lächeln verzogen, das alle Früchte unserer Zusammenarbeit vorwegzunehmen schien.

»Superintendent Shortcourse«, sagte sie mit einer tiefen, absolut nicht tänzerischen Stimme und packte mich mit beiden Händen.

»Frau Ministerin.«

Sie begrüßte Evelyne-Mary beiläufiger und führte uns zu einer Sesselgruppe am Fenster, wo Pax stand. Das etwa wadenlange Kleid hatte die Farbe ihrer Augen, und sein schimmernder Stoff betonte die Grazie ihrer Bewegungen.

»Pax.«

»Theo.«

Pax war in Ausgehuniform.

»Meine Damen und Herren«, schnurrte Miss Twinkle und ließ sich sanft wie ein Blatt in einem der Sessel nieder. Codd wurde an ihre rechte Seite gewinkt, die Sekretärin an die linke. Evelyne-Mary und ich saßen ihr gegenüber, während Pax ein Niemandsland besetzte. Der Mann aus dem Vorzimmer tauchte mit einem Tablett auf, das er niedersetzte. Miss Twinkles Sekretärin goß ein, und Codd reichte den Gästen die Gläser. Miss Twinkle selbst trank nur Wasser.

»Vor Jahren kam ein Tourist in Daddys Pub in Sligo und bat um ein Glas Wasser, Superintendent«, sagte die Ministerin mit ihrer tiefen Stimme. Ich sah sie an.

»Daddy hatte, sollen wir sagen, für Wasser nicht viel übrig«, lachte Miss Twinkle, und Codd legte den Kopf zurück und öffnete in stillem Vergnügen den Mund. »›Entschuldigen Sie‹, sagte der Tourist, als das Glas vor ihn auf die Theke gestellt wurde, ›aber ist dieses Wasser auch sauber?‹ – ›In der Tat, Sir‹, sagte Daddy. ›Ich hab's selbst gewaschen.‹«

Codd lachte einem unsichtbaren Kollegen über seine Schulter hinweg zu, während wir alle höflich lächelten, um anzuzeigen, daß wir ihr Bemühen, das Eis zu brechen, honorierten. Elizabeth hatte, wie ich mich erinnerte, dieses Pub in Sligo in einem ganz anderen Zusammenhang erwähnt.

»Herzlichen Glückwunsch zu Ihrer Ernennung, Frau Ministerin«, sagte ich.

»Ach!« Miss Twinkle wischte das mit erhobenen Händen beiseite. »Ich wär lieber in Sligo, Superintendent. Die Berge. Der Duft der Torffeuer. Frühling im Westen von Irland.«

Codd nickte schnell, als wollte er sagen, daß wir alle Opfer von Umständen waren, die uns von unserer natürlichen Umgebung abschnitten.

»Der Assistant Commissioner hier und Sie kommen ja beide aus Monument«, sagte die Ministerin. »Sie sind Jugendfreunde, nicht?«

»Das ist wahr.«

»Und der Taoiseach selbst natürlich auch.«

»Es ist eine kleine Welt«, sagte ich, »aber als Kinder kam sie uns groß vor.«

Miss Twinkle schlug die Beine übereinander und zeigte uns feste, unbestrumpfte Knöchel. »Tír na n'Og«, lächelte sie. »Verlassen wir jemals das Land unserer Kindheit, frage ich mich? Wie glücklich sind kleine Kinder, Superintendent. Ich bin praktisch am Strand aufgewachsen, ich und mein jüngerer Bruder. Wir liefen hinter Austernfischern her. Wir schwammen. Daddy war immer weg, hier in Dublin, im Parlament, so wie ich jetzt. Meine Mutter arbeitete und arbeitete und arbeitete. Wir kannten keine Traurigkeit, mein Bruder und ich. Wir spielten den ganzen Tag am Strand, und wenn wir abends nach Hause ka-

men, machten wir das Radio an und tanzten. Wir tanzten.« Einen Moment lang schien sich Miss Twinkles Oberkörper selbständig zu machen, und die Arme lagen wie weiche Schwanenhälse in der Luft.
Ich blickte zu Pax hinüber. Er hatte sich seit dem Pax des Tír na n'Og in Wahrheit nicht sehr verändert. Ich sah den Pax Sheehy vor mir, der immer zuerst das Gute in allen Menschen erblickte, seine liebenswerteste Eigenschaft, die einige Menschen für Schwäche halten mochten. Aber obwohl er schlanker war als ich, obwohl Haare und Augenbrauen noch tintenschwarz waren und sein Schritt energisch, schien in diesen Tagen etwas auf ihm zu lasten, so daß er trotz aller äußeren Erfolge im Kampf mit dem Alter innerlich älter wirkte als ich. Eine abgenutzte Lederaktentasche lag zusammen mit seinen Handschuhen und der Mütze auf dem benachbarten Sessel. Sein Gesicht war aufmerksam der Ministerin zugewandt.
Miss Twinkle schlug die Beine andersherum übereinander: das linke Fußgelenk für Unterhaltung, das rechte für den Ernst der Dinge.
»Superintendent, Sie sind der Mann, an den die Armee und die Polizei sich wenden, wenn sie Waffen einführen wollen«, dröhnte Miss Twinkle. »Sie sind deshalb auch für mich der Mann, der mir erklären kann, welche Sicherheiten und Verfahren dafür im Moment vorgesehen sind.«
Sie lehnte sich mit erwartungsvollem Lächeln zurück, während ihre Sekretärin still einen Stenoblock zurechtschob.
»Ihr Ministerium, Frau Ministerin«, begann ich, freundlich und souverän, wie ich hoffte, »ist natürlich die letzte Autorität in solchen Fragen, was vollkommen angemessen und allgemein anerkannt ist.«

Codds Körpersprache war die eines Belagerten – er hatte sich fast wie ein Fötus im Sitzen zusammengekauert, die Ellbogen auf den Knien. Pax hörte höflich zu, und Evelyne-Mary schien sich auf ein Detail des Teppichmusters zu konzentrieren. Während ich sprach, fragte ich mich, wie fremd der Ministerin diese Umgebung in Dublin war, so fern von ihren Wurzeln. Vielleicht war aber für sie, wie für eine Tänzerin, Bewegung alles, die einzige Konstante.

Nach einer Weile schloß ich: »Was also staatliche Waffeneinfuhren angeht, Frau Ministerin, ist es unsere Hauptsorge, die Kenntnis solcher Importe auf diejenigen zu begrenzen, die davon wissen müssen, und nur auf sie.«

»Was eine entsprechende Beschränkung von Vorabdokumentation bedeuten dürfte«, sagte Miss Twinkle.

»In der Tat«, antwortete ich. »Der zuständige Beamte im Einfuhrhafen, der Zollinspektor, wird von der Armee oder der Polizei mündlich informiert, wenn in seinem Dienstbereich eine Waffenlieferung unmittelbar bevorsteht.«

Miss Twinkle nickte und warf Codd einen kurzen Blick zu, der einen Tadel bedeuten mochte oder auch nicht. Ich sah Evelyne-Mary an, um sie von der Kette zu lassen, und sie sagte: »Es gibt zwischen uns und den Streitkräften drei autorisierte Zeichnungsberechtigte, und sie wechseln auf monatlicher Basis ab. Unser Inspektor vor Ort besitzt die Kopien dieser Unterschriften und kennt die Details der monatlichen Rotation.«

Die Ministerin schien das mit Amüsiertheit aufzunehmen.

»Der Inspektor bestätigt dann durch mündlichen Anruf die Unterschrift«, erklärte Evelyne-Mary. »Es gibt daneben einen Ausschuß von drei weiteren Verantwortlichen, die nicht mit den Zeichnungsberechtigten identisch sind. Auch hier gilt das Rotationsprinzip. Das diensttuende Mitglied dieser Gruppe muß dem Inspektor vor Ort bestätigen, daß der Befehl mit der korrekten Unterschrift versehen ist.«

»Dasselbe Verfahren gilt bei Waffenimporten für die Polizei«, sagte ich, und Pax nickte.

»Und das Justizministerium?« fragte Miss Twinkle.

»Das Verfahren Ihres Hauses spiegelt im Grunde das wider, was eben beschrieben wurde«, sagte ich.

»Aber es handelt immer erst nachträglich«, sagte Miss Twinkle. »Nachdem alles gelaufen ist. Eine Formalität, im Grunde. Was ist, wenn dichter Nebel herrscht?«

Eine kleine Stille trat ein – wie in der Schule vor vielen Jahren, wenn Mr. Redden beschlossen hatte, die Klasse in Verlegenheit zu bringen.

»Frau Ministerin?«

»Nebel«, dröhnte Miss Twinkle. »Sagen wir, das Flugzeug muß umgeleitet werden, von Dublin, wo Ihr Inspektor seine klugen Telefongespräche geführt hat, alle rotierenden Verantwortlichen überprüft hat, die Unterschriften ans Licht gehalten hat – und das Flugzeug donnert im Nebel über ihn hinweg und landet mit einer Tonne Handgranaten in Bally-go-Gott weiß wo. Was dann? Was passiert dann mit der Dokumentation?«

Codd nickte geradezu wütend, als wäre hier eine grundlegende Wahrheit willkürlich übersehen worden.

»In dem Fall gibt es keine Dokumentation«, sagte ich und sah ihr ein wenig flirtend in die Augen. »Die Luftkontrolle in Dublin alarmiert den AFISO in Bally-go-Gott weiß wo. AFISO steht für Aerodrome Flight Information Officer. Der AFISO wird das Flugzeug nur landen und entla-

den lassen, wenn jemand vom Zoll dabei ist. In dem Beispiel, das Sie gegeben haben, Frau Ministerin, ist also unser Inspektor in Bally-go-Gott weiß wo derjenige, der für die Handgranaten zuständig ist.«
»Was bedeutet, daß es da kein Problem gibt«, sagte Miss Twinkle und sah heiter in die anderen Gesichter um sie herum.
Ob sie nun wirklich kein Problem mehr sah oder ob das Verfahren bei Nebel ihre Hauptsorge gewesen war, die sich nun erledigt hatte, oder ob sie andere unausgesprochene Sorgen auf zwielichtigeren Gebieten mit sich herumtrug, die wir irgendwie beschwichtigt hatten, kann ich nicht sagen, aber sie machte eine graziöse, pirouettenhafte Bewegung in Richtung Pax und hielt inne, den langen Oberkörper vornübergebeugt, die Finger entspannt auf ihn weisend; es war die Choreographie für einen Themenwechsel.
»Assistant Commissioner Sheehy und ich haben das schon zuvor besprochen«, sagte sie.
»Ja.« Pax nahm das Stichwort auf und rückte mit einem konzentrierten Stirnrunzeln ein wenig vor. »Die Briten sind besorgt.«
»Stellen Sie sich vor, wieviel besorgter sie wären, wenn nicht ein so bemerkenswert fähiger Beamter wie Sie die Polizei leitete«, schnurrte die Ministerin.
»Worum geht es?« fragte ich Pax.
Pax sagte: »Es geht darum, daß Boden-Luft-Raketen gegen die Truppen in Ulster eingesetzt werden könnten.«
Alle Gesichter wandten sich mir zu, wie Menschen bei einem plötzlichen Windstoß instinktiv zum Dach hinaufsehen.
»Aus unserem Blickwinkel«, sagte ich zu Pax, zu der Ministerin, »haben unsere Maßnahmen solche Dinge schon

früher verhindert, und ich vertraue darauf, daß sie sie auch in Zukunft verhindern werden.«
Pax nickte, als wollte er sagen, genau das habe ich ihr gesagt. Miss Twinkle schwebte auf die Füße.
»Ich liebe Konferenzen, die einen davon befreien, weitere Konferenzen haben zu müssen«, summte sie und nahm meine Hand. »Und ich liebe Information, die kühl und klar ist wie Bergluft.« Sie schloß einen Moment beide Augen und stellte sich, auf mich gestützt, auf die Zehenspitzen, um besser tief einatmen zu können. »Wie eng verbunden wir uns mit den armen Menschen dort oben auch fühlen mögen – und wir empfinden das tief –, wir müssen sie wissen lassen, daß wir zivilisierte Leute sind. War sehr schön, Sie kennenzulernen, Superintendent.«
Codd brachte Evelyne-Mary, Pax und mich zum Lift. Seine Türen schlossen sich vor dem Staatssekretär, und wir glitten hinunter zum warmen Treiben und Lärmen des normalen Lebens auf der Straße.
»Es ist ziemlich ungewöhnlich, daß eine Ministerin sich so für Verfahrensfragen interessiert«, bemerkte ich.
»Sie ist anders als andere Minister, das ist wahr«, sagte Pax.
»Aber was will sie mit all den Details?« fragte ich. »Warum will sie das wissen: Was ist bei Nebel? All das? Tut sie es für jemanden, dessen Bedürfnis nach Waffen über Miss Twinkles Möglichkeiten hinausgeht?«
Pax warf mir einen Blick zu und sah dann kurz auf Evelyne-Mary.
»Hat nur noch gefehlt, daß sie dich küßt, Theo«, sagte er, um das Gespräch auf ein anderes Thema zu bringen.
»Du bist doch der Tänzer unter uns, Pax«, erwiderte ich.
»Ich hab gemerkt, daß du lange vor uns da drin warst.«
»Ja, aber sie weiß, daß du ungebunden bist, Theo«, sagte

Pax. »Ich bin verheiratet, mit drei Kindern. Ich bin nicht mehr zu gebrauchen. Du wirst da jetzt regelmäßig hingerufen werden, wollen wir wetten? Hast du gesehen, wie groß ihr Büro war? Sie hat da bestimmt irgendwo einen kleinen Plattenspieler in der Ecke. Zieh mal die Sessel beiseite, Theo, wir tanzen!«

Evelyne-Mary amüsierte sich köstlich auf meine Kosten. Wir gingen an der University Church vorbei.

»Hast du mal wieder etwas Jazz gehört?« fragte ich.

»Nein, aber ich hab eine gute Geschichte über Stan Getz gehört«, sagte Pax.

Seine gewollte Heiterkeit hatte sich verselbständigt, einen Moment hatte sich die Wolke über ihm gehoben, und es war wieder der Pax unserer Kindheit, der Pax von Eillne, der da in seiner Ausgehuniform auf dem sonnigen St. Stephen's Green stand, während die Welt in ihrer Verwirrung an uns vorüberbrauste.

»An einem kalten Winterabend spielte Hod O'Brian Piano bei Gregory's in New York. Joe Puma Gitarre. Ronnie Markowitz Baß. Sonst sind da nur ein paar japanische Touristen drin. Eine große Limousine hält draußen, und Stan Getz taucht mit einer Frau auf. Sie kommen rein und trinken was, und nachdem er ein bißchen zugehört hat, packt Stan das Saxophon aus und macht mit. Während er spielt, geht die Tür auf und ein Typ, der schon ein paar zuviel getrunken hat, steht eine Minute schwankend in der Tür und hört ihm zu. Der Portier fordert ihn auf zu verschwinden, und als der Betrunkene geht, sieht er über die Schulter zurück und sagt: ›'n Stan Getz isser nich!‹«

Pax schüttelte Evelyne-Mary die Hand und ging die Harcourt Street hinauf, während wir auf das Castle zuliefen.

»›'n Stan Getz isser nich‹«, sagte ich lachend.

»Wer ist Stan Getz?« fragte Evelyne-Mary.

»Jemand, der Saxophon gespielt hat«, sagte ich. »Jemand, mit dem Pax und ich sozusagen aufgewachsen sind.«
»Aus Monument?« fragte meine Assistentin höflich.
Ich lachte nicht, aber ich nahm mir vor, das Pax bei unserem nächsten Treffen zu erzählen.
»Nein«, sagte ich. »Das war übrigens ausgezeichnet da oben, in jeder Hinsicht.«
»Danke«, sagte Evelyne-Mary und errötete.
An dem Abend legte ich Stan Getz auf. »Early Autumn« strömte in Kaskaden über mich hinweg, entspannte Nacken und Schultern wie Wasser. Ich dachte an Miss Twinkle, die mir in ihrer Altjüngferlichkeit auf seltsame Art attraktiv erschien. Sie war in eine politische Überzeugung hineingeboren worden, die von ihren Vorfahren entwickelt und auf sie vererbt worden war wie in manchen Familien das rote Haar. Sie hatte kräftige Knöchel. Ich erinnerte mich an ihre Bemerkungen über unsere enge Bindung an die Menschen im Norden und fragte mich, wie sie, wenn es darauf ankäme, Zivilisation definieren würde. Vielleicht war es ihre Macht, die mich anzog, die Art, wie sie mich gepackt hielt, um sich an mir aufzurichten.
Und ich fragte mich, was Pax' Blick zu bedeuten hatte. Ich würde ihn in ein paar Tagen anrufen und etwas mit ihm verabreden. Ich ging schlafen und hatte einen Traum.

Ich befand mich in einem vertrauten Haus. Ich wußte, wo in der Stadt es war, ich kannte die Holzveranda vor der Tür und die enge Treppe. Das Haus war mir nicht nur einfach vertraut, weil ich mich daran erinnerte, es war mir aus hundert anderen Träumen vertraut – wie eine Filmkulisse, die wieder und wieder benutzt wird.

Ich stieg die Treppe hinauf. In einem Schlafzimmer lag auf einem Bett mit roten Samtbezügen eine junge, verführerisch aufgemachte Frau.
»Wonach riecht es hier?« fragte ich sie, die Luft einziehend.
»Stärke«, sagte sie. »Um Himmels willen, mach's mir.«
Ich entsprach ihrer Bitte, aber während wir miteinander schliefen, verwandelte sie sich in eine ältere Frau mit weißem Haar und außerordentlich großen Brüsten. Milch sickerte aus ihnen hervor. Ich sog an ihnen. Die Frau wickelte mich sorgfältig in ein glattes, angenehmes Fell und lag dann warm neben mir, mich an sich pressend.
Soweit war daran nichts Ungewöhnliches. Dann aber begann das Bett zu schaukeln, die Frau begann zu schrumpfen, und ich bekam Angst.
Im Traum dieser Nacht stand ich plötzlich allein im Waggon eines dahinrasenden Zuges. Es war Nacht oder zumindest dunkel. Ich war noch immer nackt, hatte aber mein Fell. Dann stieß ich auf eine Kiste in dem Eisenbahnwaggon, und als ich sie öffnete, fand ich darin eine tragbare Boden-Luft-Rakete, die man heutzutage manchmal in den Nachrichten sieht, wenn Rebellengruppen ihre Waffen vorführen. Ich sah hinaus, um ein Ziel zu finden, aber es war dunkel. Ich hob die Rakete trotzdem aus der Kiste heraus und stellte fest, daß es eine Spielzeugrakete aus Plastik war.
Miss Twinkle sagte: »Um Himmels willen, mach's mir.«
Ich war nicht überrascht, daß Miss Twinkle in dem Zug war, sie war schon immer dagewesen, saß in der Lotusposition mit angezogenen Beinen auf ihrem Sitz. Ich bewunderte ihre Geschmeidigkeit. Ich bewunderte ihre Knöchel. Ich nahm ihre Einladung an, legte mich zu ihr, und

wir liebten uns über der vibrierenden Regelmäßigkeit der Gleise.

»Das ist ein großer Durchbruch, Theodore«, sagte Miss Twinkle.

13

Sparrow war weniger die Person, die ich immer gekannt hatte und die nun sehr alt geworden war, als eine vollständig andere Person, die durchaus immer so gewesen sein mochte, wie ihr hohes Alter sie nun erscheinen ließ.
In einem Sinne war das Leben für Sparrow kein allmähliches Fortschreiten gewesen, sondern eine Folge von Reinkarnationen, wie ihre letzte Rolle als Mrs. David Wise bewies.
Ihre Haut war durchsichtig geworden. Die Gestalt ihres Gesichts verwies auf den Schädel darunter. Es war unmöglich, sie sich als einen vollen, warmen Leib vorzustellen, in dem Kinder herangereift waren. Ein unbarmherziges Schrumpfen hatte stattgefunden, als zöge sie sich, wie eine vom Frost überraschte Reisende, immer weiter in ihr Inneres zurück, so daß am Ende nur das Licht ihrer Augen übrigblieb.
Sparrow war eine wohlhabende Frau. Ihr gehörte das gesamte City Wise, ein beträchtlicher Komplex aus Einkaufszentren und Läden mit einem unterirdischen Parkhaus an der Stelle, wo einmal die Eisbahn gewesen war. Selbst ohne das Erbe David Wises hätte Sparrows behutsamer Umgang mit ihrem und dann mit Onkel Hugos von Sammy Tea ererbten Besitz ihr ein sorgloses Alter gesichert. Drei Krankenschwestern betreuten sie rund um die

Uhr, badeten sie täglich und fütterten sie mit Kalbsbeingelee, das jeden Tag aus Monument gebracht wurde. Seit über einem Jahr hatte Sparrow Eillne nicht mehr verlassen. Ein paar Leute, darunter Bischof O'Dea, ließen es sich nicht nehmen, sie zu besuchen. Die meiste Zeit schlief sie, aber mitunter erwachte sie, wie ein altes Radio, schnarrend zum Leben, und dann folgte eine Periode der Klarheit, in der sie redete und verstand, was man ihr sagte.

»Sparrow, das ist Elizabeth.«

Meine Mutter lächelte gütig, obwohl die kalten Schuppen auf ihren Augen ihr wahrscheinlich alles außer ein wenig Licht verwehrten.

»Ich freue mich sehr, Sie kennenzulernen, Mrs. Wise«, sagte Elizabeth. »Ich habe soviel von Ihnen gehört.«

»Von Theodore.«

»Von Theodore, genau. Er ist sehr stolz auf Sie, das kann ich Ihnen sagen.«

»Theodore ist sehr beeindruckbar«, sagte meine Mutter, und wir lachten alle, auch Sparrow, obwohl ich bezweifelte, daß sie die Bemerkung humorvoll gemeint hatte.

»Du hast dir ja einen Rekorder zugelegt, Sparrow«, sagte ich und nahm das kleine Gerät vom Stuhl neben ihr. Es paßte in eine Hand, und da lag auch eine Packung winziger Kassetten.

»Ich kann mich nicht dazu bringen, es zu benutzen«, sagte meine Mutter. »Der Bischof hatte die Idee. Er sagt, ich soll meine Erinnerungen hineinsprechen – er hat mir sogar gezeigt, wie.«

»Das solltest du tun, Sparrow«, sagte ich.

Sparrow sah in Elizabeths Richtung. »Ich hab's nur genommen, um dem Bischof eine Freude zu machen.«

Wir saßen im Halbkreis am Erkerfenster mit seinem Blick auf den Fluß und die Glockenblumen. Der Blick war tatsächlich ebenso schön, wie der aus dem alten Haus, dessen dachlose Hülle noch immer in nicht mehr als fünfzig Schritt Entfernung dastand.

»Sie haben eine wunderbare Aussicht«, sagte Elizabeth, als eine Frau mit einem Teetablett durch die Verbindungstür kam.

»Mein Vater hat das Haus hier draußen gebaut, als mein Bruder Hugo sich in Monument eine ansteckende Krankheit geholt hatte«, sagte Sparrow. »Was ist das für ein Kuchen?«

»Karottenkuchen, Ma'am«, sagte die Frau.

»Karottenkuchen«, sagte Sparrow zu Elizabeth. »Würden Sie eingießen, bitte ... wie war Ihr Name?«

»Elizabeth.«

»Elizabeth. Er ist jetzt tot. Hugo. Sammy Tea natürlich auch.«

Elizabeth goß duftenden Tee ein.

»Sammy Tea ist gestorben, als ich ein kleines Mädchen war«, sagte Sparrow. »Fiel einfach tot um.« Sie hob die Hände mit den blauen Venen und ließ sie fallen. »Er war ein wunderbarer Mann, aber er wollte nicht weiterleben, als meine Mutter starb.«

»Der Arme«, murmelte Elizabeth.

»Er hat mich Sparrow genannt«, sagte Sparrow und verstummte. Ihre milchigen Augen sahen etwas vor dem Fenster, was nur sie sahen.

Es war zu spät, um Sparrow die eine Frage zu stellen, auf die sie immer die Antwort verweigert hatte, oder ihr überhaupt eine Frage zu stellen. Zuviel Zeit hatte sich über alle Spuren des Unglücks gelegt. Wahrscheinlich kannte Sparrow das Geheimnis des Grabsteins nicht einmal; am Ende war ihr nur das Bild Sammy Teas geblieben, wie ein persönliches Erinnerungsstück.

»Wunderbarer Tee«, sagte Elizabeth und nickte.
»Mazawattee«, sagte ich.
»Ratten«, sagte Sparrow. »Die Ratten haben Hugo angesteckt. Aber er konnte schwimmen. Bernard hat's ihm beigebracht.«
»Onkel Bernard war ein guter Schwimmer«, sagte ich.
Sparrows Mundwinkel zogen sich herab. »Bernard hielt sich in allem für großartig«, sagte sie. »Er war eitel.«
»Theo redet immer vom Schwimmen im Fluß hier«, sagte Elizabeth. »Ich hab soviel davon gehört, ich kann's gar nicht erwarten, es mal zu versuchen. Er scheint ja anders zu sein als jeder andere Fluß auf dieser Welt.«
»Sind Sie eine gute Schwimmerin?«
»Bestimmt nicht so gut wie Theo.«
»Theo ist ein recht guter Schwimmer, aber den Fluß hier muß man kennen«, warnte Sparrow. »Man kann nichts von ihm verlangen, man muß ihn akzeptieren und hoffen, daß er zum Freund wird. Wenn man sich die Zeit nimmt, es zu lernen, tut er das. Es ist viel zu kalt, um heute zu schwimmen, Theodore. Ich würde abraten.«
»Das ist wahr«, sagte ich und fragte mich, wie lange ich hier schon nicht mehr geschwommen war.
»Sind Sie Theodores Frau?« fragte Sparrow. »Wie heißen Sie?«
»Elizabeth. Ich ...«
»Wir werden bald heiraten, Sparrow«, sagte ich und sah in Elizabeths Richtung.
Elizabeth ergriff meine Hand. Ich war plötzlich erregt, weil ich mich daran erinnerte, wann und mit wem ich das letzte Mal vor Sparrow Hand in Hand dagesessen hatte.
»Aber du bist doch verheiratet, Theodore«, sagte Sparrow verwirrt. »Mit ... mit wem?«

»Ich war verheiratet, Sparrow, vor vielen Jahren, mit Juliet«, sagte ich. »Aber wir sind nicht mehr verheiratet.«
»Juliet«, bekräftigte meine Mutter »Ein Mädchen kam hier neulich vorbei. Juliets Tochter. Sie ist Ärztin.«
Ich sah Elizabeth an und zuckte die Schultern.
»Dr. Denny«, sagte die Schwester aus dem Hintergrund des Zimmers. »Eine englische Dame, die in der letzten Woche den jungen Dr. Armstrong vertreten hat. Sie sagt, ihre Mutter sei von hier.«
»Hat sie ihre Mutter erwähnt?« fragte ich die Schwester.
»Nein, sie hat nichts weiter gesagt«, sagte sie.
»Juliets alberner Bruder ist da unten an Theodores Hochzeitstag ertrunken«, sagte Sparrow zu Elizabeth.
»Das weiß Elizabeth«, sagte ich.
»Donald Blood. Er war immer betrunken. Sie sind jetzt alle tot. Dahin. Reggie Blood auch. Stell dir vor, kein einziger Blood mehr in Monument.«
»Reggies Bruder lebt noch drüben in Cruachan«, sagte ich.
»Er ist verrückt«, erklärte Sparrow Elizabeth.
»Ein Einsiedler«, sagte ich. »Und was ist mit der Schwester, der in Monument?«
»Reggie war immer der Meinung, daß sie nicht ganz standesgemäß geheiratet hat. Wer wohnt jetzt auf Drossa, Theodore?« fragte Sparrow.
»Ein Deutscher, glaub ich«, antwortete ich. »Ein Industrieller.«
»Ein deutscher Industrieller«, sagte Sparrow zu Elizabeth. »Es gab wunderbare Partys auf Drossa.«
»Sie müssen schöne Erinnerungen haben, Mrs. Wise.«
»Ich glaube, ich hatte eine schöne Kindheit«, sagte meine Mutter. »Erst in Monument, dann hier draußen auf Eillne.«

»Welches war die glücklichere Zeit für Sie?« fragte Elizabeth.
Eine Unruhe überlief das Gesicht meiner Mutter. »Monument, glaube ich«, antwortete sie. »Wir waren mehr eine Familie in Monument. Mein Vater.«
Die Schwester, die einen gelangweilten Gesichtsausdruck zur Schau trug, kam herüber und setzte sich. Sie versuchte, mit einem Löffel etwas in Sparrows Mund zu bekommen, wurde aber fortgewinkt.
»Billy kommt heute abend zu Besuch.«
Elizabeth und ich tauschten einen Blick.
»Er ist jetzt der Taoiseach, wissen Sie«, sagte Sparrow zu Elizabeth.
»Bain, Sparrow«, sagte ich. »Billy war sein Vater.«
»Ich weiß, wie er heißt, Theodore«, sagte meine Mutter. Sie lächelte Elizabeth zu. »Immer wenn ich abends den Fernseher anmache, höre ich von Bain. In der letzten Woche war er im Weißen Haus, in Amerika. Er besucht mich hier auf Eillne und erzählt mir von all seinen Problemen.«
»Und was sind seine Probleme?« fragte Elizabeth.
»Oh, er denkt, ich versteh das nicht«, antwortete Sparrow. »Er denkt, ich bin zu alt, um da mitzukommen. Aber ich verstehe alles. Die Namen, die er nennt. Feinde und Freunde. Bain erzählt mir davon. Männer tun das, sie erzählen einer Frau von ihren Problemen. Auf die Weise hält eine Frau einen Mann, vergessen Sie das nicht.«
Elizabeth lächelte. »Ich werd's mir merken.«
»Das und gute Küche«, sagte Sparrow. Sie blickte sich um. »Die Mädchen heutzutage können nicht kochen. Nanny Morrisseys Apfelkuchen waren so groß wie ein Wagenrad.«

Ich sagte: »Du mußt mehr essen, Sparrow.«
»Ich esse, wenn ich Hunger habe, Theodore«, sagte meine Mutter.
»Morgen will Theodore mir die Spazierwege am Fluß zeigen«, sagte Elizabeth.
»Theodore, wenn du kannst, mußt du Bain helfen«, sagte meine Mutter plötzlich.
Wir saßen einen Moment da, eine kleine Insel des Schweigens.
»Ihm wie helfen, Sparrow?« sagte ich.
Auf dem Gesicht meiner Mutter stand eine merkwürdige ängstliche Besorgtheit.
»Wie du nur kannst«, sagte Sparrow. »Worum Bain dich auch bittet, Theodore, hörst du?«
»Ich höre, Sparrow.«
»Und jetzt geh mit Juliet spazieren, Theodore«, sagte meine Mutter.
Sie schloß die Augen und war sofort eingeschlafen.

Bain kam um sechs. Ein Streifenwagen vorweg, dann zwei Polizisten auf Motorrädern, dann zwei Limousinen. Er kam ohne Vorankündigung, obwohl meine Mutter gesagt hatte, er komme. Sie schien in einer eigenen Zeit zu leben, was einen dazu verleitete, ihre Voraussagen nicht ernst zu nehmen.
Ich sah Bain vom Erkerfenster aus, er blieb einen Augenblick stehen und blickte zum Fluß hinunter. Dann drehte er sich um und sah mich. Er winkte.
»Das ist dein großer Tag«, sagte ich zu Elizabeth.
Bain betrat den Raum wie ein Impresario, der auf eine Bühne tritt. Die Schwester verlor auf der Stelle ihren gelangweilten Gesichtsausdruck. Die Frau aus der Küche sah aufgeregt herein, lief dann rufend in die Küche zu-

rück. Bain kannte sie alle mit Namen. Auch Sparrow war plötzlich voller Leben. Die ab und zu losschnarrenden Sprechfunkgeräte schienen die Luft aufzuladen. Männer standen auf dem Kies der Auffahrt, Männer waren in der Diele. Es war, als hätte jemand einen Film, der in Zeitlupe lief, auf normales Tempo umgeschaltet.

»Theo, Theo.«

»Schön, dich zu sehen, Bain. Das ist Elizabeth.«

»Na, Geschmack hattest du ja immer, Theo.«

»Taoiseach«, sagte Elizabeth.

Bain war ziemlich unverblümt, wenn es um eine attraktive Frau ging. Er sah Elizabeth von Kopf bis Fuß mit offensichtlichem Wohlgefallen an, schnaubte dabei ein wenig in seinen Schnurrbart.

»Ich trinke eine Tasse Tee«, sagte er zu niemandem, und wir setzten uns alle. »Sieht sie nicht gut aus?« fragte er mich und nickte zu Sparrow hinüber.

»So gut wie immer«, sagte ich.

Es entstand eine kleine Pause, während der Sparrow bewundert wurde. Sie sah Bain an, starrte ihn an, besser gesagt, mit Augen, die nichts zu sehen schienen. Ihr Mund war schlaff und leicht geöffnet. Mit diesem Gesichtsausdruck hatte ich sie oft vor dem Fernseher gesehen, und mir wurde plötzlich klar, daß für Sparrow Bain im Fleische und Bain im Fernsehen dasselbe war. Sie sah nicht mehr den Jungen, den sie früher gekannt hatte, sondern, wie das ganze Land, das öffentliche Bild, das Bain von sich entworfen hatte. Ich musterte ihn selbst neugierig. Er war extrem breit geworden, und nur die Aufmerksamkeiten eines guten Schneiders bewahrten ihn davor, grotesk zu wirken. Er schien körperlich in keiner guten Form zu sein, denn er schnaufte viel. Er hatte wieder angefangen zu rauchen, aber auch der Duft der Zigarette konnte den alten salzigen Geruch, der von ihm ausging, nicht ganz überdecken.

»Bist du auf ein paar Tage hier unten?« fragte ich ihn.

»Nein, überhaupt nicht«, antwortete Bain. »Ich hab heute den neuen Flügel der Kaserne in Monument eröffnet. Große Geschichte, ganz renoviert, kostet fünf Millionen.«

»Waren viele Leute da?« fragte ich.

»Das Übliche. Ist es nicht wunderbar hier?« sagte er. »Warm und gemütlich. Der Zug im alten Haus hätte einen an einem Tag wie heute umgebracht. Es war eine Gruft. Ich hab das alte Ding gehaßt.«

Ich sah zu Sparrow hinüber, um zu sehen, ob sie von Bains Bemerkungen getroffen war, aber Sparrow lächelte nur wie ein kleines Mädchen, dessen Glück durch Worte nicht zu erschüttern war.

»Hat Theo Sie schon mal zum Schwimmen hier rausgebracht?«

»Noch nicht, Taoiseach.«

»Ah, dann haben Sie ja noch was Schönes vor sich. Herzlichen Dank«, sagte er zu der Frau aus der Küche, die ihm eine Tasse Tee und einen Teller gereicht hatte. »Man guckt da runter, und was man sieht, ist ein alter Fluß, der sich auf das Delta zuschlängelt. Ein paar Forellen sind da drin, denkt man vielleicht. Aber es lohnt sich kaum, ein Boot zu Wasser zu lassen – wo sollte man hin? Bläßhühner und Enten im Schilf, ein, zwei Reiher, ein bißchen Natur also, wenn man so will.« Bain biß von seinem Kuchen ab und nahm einen Schluck Tee, dann stellte er die Tasse ab und zündete sich eine Zigarette an. »Aber Theo kennt den Fluß besser als irgendein anderer Mensch. Er betet ihn an wie ein Heide. Ich sag das nur im Spaß, aber der Gedanke drängt sich schon auf. Dieser Fluß und du,

ihr sprecht dieselbe Sprache, Theo. Niemand sonst versteht sie.«
»Sparrow versteht sie«, sagte ich.
»Ach was«, sagte Bain, als wäre meine Mutter nicht da. »Nicht so wie du. Sie hat vielleicht *geglaubt,* sie kennt ihn.« Er rieb sich die Hände. »Sind Sie zum ersten Mal auf Eillne?«
»Leider ja, Taoiseach.«
»Elizabeth kommt aus Belfast«, sagte ich.
»Ich weiß«, lachte Bain, über sich selbst erfreut. »Ich hab's gleich beim ersten Wort gemerkt. ›Taoiseach.‹ Mein Vater war aus Belfast. Ich kenn die Menschen da. Ich bin sozusagen selbst halber Ulsterman. Wo wohnen Sie in Belfast?«
»In Hollywood«, sagte Elizabeth.
»County Down«, sagte Bain. »Wie sehen Sie die Dinge da oben im Moment, Elizabeth?«
»Die Lage ist … angespannt«, sagte Elizabeth.
»Das ganz sicher«, sagte Bain. »Aber was wird passieren?«
»In welcher Hinsicht?« fragte Elizabeth.
Bain zuckte ungeduldig die Schultern. »Na, die ganze Situation da oben«, sagte er und wedelte mit der Zigarette. »Sie leben da. Was wird da passieren?«
»Ich kann das schwer beantworten«, sagte Elizabeth und errötete, als wäre sie bei einer offiziellen Angelegenheit in Verlegenheit geraten. »Insbesondere ausgerechnet Ihnen, Sir.«
Bain hielt seine Tasse in die Luft, und die Frau aus der Küche war schon mit der Teekanne zur Stelle. Er runzelte die Stirn.
»Sind wir uns schon mal begegnet?« fragte er.
»Einmal in Dublin und einmal in London, Taoiseach«,

sagte Elizabeth. »Bei anglo-irischen Konferenzen. Ich arbeite für das Northern Ireland Office.«
»Hahah«, machte Bain und blickte Elizabeth mit neuer Aufmerksamkeit an. »Und Theo zeigt Ihnen das wahre Irland, was?«
Ich sagte: »Elizabeth und ich kennen uns schon seit Jahren.«
Bain verzog das Gesicht. »Ich sag euch, was da oben passieren wird. Ist nicht gegen Sie gerichtet, Elizabeth, aber ich sag euch, wohin das laufen wird da oben. Solange die Unionisten mit ihren Stimmen im britischen Unterhaus eine Machtposition halten, ist die Union gesichert.« Bains Hand fuhr flach durch die Luft. »Keine Frage. Aber sobald die politische Lage in London sich verändert, wird Ulster überflüssig. Sieben Milliarden im Jahr überflüssig. Und die Unionisten wissen das. Wahrscheinlich sind Sie ganz anderer Meinung.«
In Bains Bewegungen drückte sich immer ein Überschuß an Energie aus – wie er sprach, wie er den Tee herunterschluckte, wie er an der Zigarette zog.
»Ich habe eigentlich gar keine Meinung dazu«, sagte Elizabeth. »Ich tue, was man mir sagt.«
»Die Unionisten haben zwei Eventualpläne«, fuhr Bain unbeirrbar fort. »Plan A und Plan B. A heißt dableiben und kämpfen, aber wenn der Kampf verlorengeht, tritt B in Kraft, und das heißt Evakuierung. Was für Pläne aber haben die Katholiken da oben, das muß man sich doch fragen. Die haben keinen Plan B, das kann ich Ihnen sagen. Ihr Lebensplan ist Plan A: dies ist unsere Heimat, das war sie immer, wir bleiben hier. Das ist der Unterschied, und es ist der entscheidende Unterschied.«
»Ich hab dich im Fernsehen gesehen.«

Sparrow, deren blinder Blick nicht von Bain abgelassen hatte, seit er hereingekommen war, nickte.
»Im Weißen Haus, in Amerika«, sagte sie.
»Mit dem Präsidenten zusammen«, sagte Bain und lächelte, als beruhige ihn das innerlich. »Ich hab ihm eine Schale Kleeblätter geschenkt.«
»Klee«, sagte Sparrow. »Wieso Klee?«
»Es geht im Grunde um die Schale, nicht den Klee«, sagte Bain. »Sie ... wie heißt das noch mal, Theo? Sie gehören irgendwie zusammen. Erklär ihr das mal, sie versteht das nicht.«
»Sie ergänzen einander«, sagte ich. »Sie ist nicht taub, weißt du.«
»Das ist es, sie ergänzen einander«, sagte Bain zu Sparrow.
»Ich hoffe, du bist gut aufgenommen worden«, sagte Sparrow.
Bain zwinkerte mir lüstern zu. »Aber ja«, sagte er, »und ich sag dir noch was. Ich wußte, daß du mir zusiehst. Ich hab zu mir selbst gesagt, ich wette, Granny sieht mich in diesem Moment.«
»Im Fernsehen«, sagte Sparrow.
»Im Fernsehen«, sagte Bain. Er sah auf die Uhr. »Wollen wir ein bißchen spazierengehen, Theo?«

Zwei Männer folgten uns mit zwanzig Schritt Abstand, als wir zum Fluß hinuntergingen.
»Nicht schlecht, die Frau, Theo«, sagte Bain. »Wirst du sie heiraten?«
»Wenn sie mich will«, antwortete ich.
»Tu's«, sagte Bain fest. Er blieb an der ersten Flucht der Terrassentreppe stehen. »Kann ich dich was Persönliches fragen, Theo?«

»Jederzeit.«
»Die alte Geschichte mit Juliet. Hast du deswegen noch was gegen mich?«
Ich sah die Härte in seinen Augen, die mich als jemand sahen, den er gebrauchen konnte und nicht mehr, aber ich spürte auch eine Verletzlichkeit, als hätte ich eine Fähigkeit, die ihm fehlte und um die er mich beneidete.
»Ich kann das nicht vergessen«, erwiderte ich. »Aber da ist nichts zurückgeblieben, nein. Das ist sehr lange her.«
»Wenn ich dir nie gesagt haben sollte, daß es mir leid tut«, sagte Bain, »dann sage ich es jetzt. Ich möchte, daß du weißt, wie leid es mir tat und noch tut. Es bedeutete mir nicht viel, wenn das irgendein Trost ist.«
»Das war vor dreißig Jahren«, sagte ich. »Es wär furchtbar, wenn ich noch mit Juliet verheiratet wäre. Sie war verrückt. Vielleicht hast du mir einen Gefallen getan. Mit La auch.«
»Mit wem?«
»Mit La.«
»Wer ist La?« fragte Bain.
»La Fox«, sagte ich. »Sparrow war dagegen, erinnerst du dich? Du warst Sparrows Meinung.«
Bain schüttelte in echter Verwirrung den Kopf. »Ich erinner mich an keine La«, sagte er.
Daß Bain sich an eine Person dieser Bedeutung überhaupt nicht erinnern konnte, warf Zweifel auf meine gesamte Wahrnehmung der Vergangenheit.
Ich sagte: »Das mit Juliet hätte nie funktioniert.«
»Meinst du wirklich?« fragte Bain.
»Ihre Tochter ist Ärztin. Sie war letzte Woche hier, um sich Sparrow anzusehen«, sagte ich in dem Versuch, das Thema zu wechseln. »Die Schwester hat uns das erzählt, bevor du kamst.«

»Ihre Tochter«, sagte Bain nachdenklich, und während wir die Treppen hinunterstiegen, sah ich, wie Überlegungen und Gedanken über sein Gesicht gingen wie Wolken vor dem Wind.

Je weiter wir hinunterkamen, desto deutlicher rückte Sammy Teas altes Haus in den Blick. Eine Atmosphäre des Leidens umgab es, wie etwas Verwundetes, das um das Ende fleht. Unkraut wucherte überall, auch oben auf den Mauern, wo früher das Dach gewesen war. All die Augen, die uns unten beim Schwimmen im Fluß zugesehen hatten, die Fenster waren leer, aber die Türen und die weißen Stufen vor der Haustür waren noch da, als wären sie sich der Geschehnisse nicht bewußt und warteten darauf, daß alles wieder so würde wie früher.

»Ich finde, sie hätte es abreißen lassen sollen«, sagte ich.

»Sparrow? Sie weiß nicht mal, daß es da ist«, sagte Bain.

»Sparrow weiß ganz genau, was da ist, Bain«, antwortete ich. »Sie erinnert sich an alles.«

Bain sah mich mit plötzlichem Interesse an, so wie er es tat, wenn er plötzlich einen Vorteil bemerkte, den er vorher übersehen hatte. Dann folgten wir den Serpentinen des Weges hinunter. Ich fragte mich, was er wollte – da war immer etwas, wenn er mit einem sprechen wollte. Ich fragte mich, ob die alte Geschichte mit Lyle ihm noch nachging; ich dachte kaum noch daran, aber wenn, dann ging sie mir manchmal sehr unbehaglich zu Herzen.

Die Rasenflächen der Terrasse mußten alle mal gemäht werden. Die Hecken waren zu hoch geschossen und dünn. Früher hatten Steine die Pfade markiert, und sie waren zweimal im Jahr weiß gestrichen worden, aber jetzt waren die Pfade selbst nicht mehr gepflegt und überwuchert, und die Steine waren kaum noch zu sehen.

»Erinnerst du dich noch an Dalton?« fragte Bain und

schüttelte den Kopf. »Mir kommt es vor wie gestern, daß Dalton uns erzählte, die Deutschen kommen den Fluß rauf.«

Wir gelangten ans Ufer und blieben einen Moment stehen, sahen auf das Antlitz des Wassers, das sich auf seine Weise und an einem Dutzend verschiedener Orte bewegte wie das eines großen schwarzen Tieres, dessen Intelligenz man nicht anzuzweifeln wagte. Wir gingen flußaufwärts. Ich trug einen Regenmantel, aber Bain hatte nur ein Jackett an. Und obwohl er es offen ließ, so daß bloß das Hemd ihn gegen den Wind schützte, schien ihm die Kälte nichts auszumachen.

»Wie hab ich oben geklungen?«

Ich sah ihn an. »Sehr gut.«

»Nicht wie ein Mann, der allmählich den Verstand verliert?«

»Aber natürlich nicht.«

»Da sieht man's mal.«

»Wieso? Bist du dabei, den Verstand zu verlieren?«

»Mags Tod hat mich wahrscheinlich tiefer getroffen, als ich dachte. Als sie einschlief, war es zuerst so etwas wie eine Erleichterung. In den letzten zwei Jahren lebte sie bei uns in Brambling, weißt du. Eines Morgens stand ich um sechs auf und fand sie mit einer Flasche Gin in der Küche. Sie kniete vor einer Plastikschüssel und weinte. Sie goß Gin in ein Glas und trank es. Manchmal hatte sie eine Art Krampf, und dann erbrach sie sich in die Schüssel.«

Bain hielt inne und sah auf das dahinschießende Wasser. »Ich nahm ihr die Flasche weg. Du würdst nicht glauben, mit welchen Schimpfnamen sie mich belegte. Als sie tot war, haben sie sie hergerichtet und angemalt. Sie sah aus wie 'ne Nutte.«

Bain blickte über die Schulter; die beiden Männer hinter uns hatten die Hände in den Taschen ihrer Regenmäntel. Einer trug einen Hut.

»Aber es ist nicht Mag«, sagte Bain. »Ich bin's. Seit der Sache mit der Stute.«

»Das hast du mir erzählt.«

»Sag's niemandem weiter.«

Ich schüttelte den Kopf.

»Wenn ich am Wochenende zu Hause bin, steh ich morgens immer als erster auf«, sagte Bain. »Ich liebe den Blick auf den Lyle, bis hinauf zu den Bergen. Deshalb hab ich das Haus da oben gebaut, weißt du.«

»Ich weiß.«

»Sie war ein altes Schoßtier, praktisch, Theo, fast ganz weiß. Sie wurde jeden Abend reingeholt, und morgens kam sie wieder auf ihre Koppel. Das erste, was ich sah, war, daß die Stalltür offenstand, aber die Koppel war leer. Wir haben ein paar Ställe nebeneinander, und davor ist ein Zementweg. Ich konnte in den Rillen des Zements was Dunkles sehen. Es war Blut, Theo.«

Aus dem Schilf vor uns brach ein Reiher heraus. Bain fuhr zusammen.

»Gott noch mal«, ächzte er. »Siehst du, wie schnell so was geht? Keine Warnung.« Er blickte sich grimmig nach seinen beiden Beschützern um. »Die hätten viel genützt, wenn das jemand mit 'ner Knarre gewesen wäre.« Mit zitternden Händen zündete er sich eine Zigarette an. »Ich werd verrückt, Theo.«

»Du brauchst eine Ruhepause.«

»Ich weiß, ich weiß.« Wir gingen weiter, Bain fast widerwillig, am Flußufer entlang. »Die Stute war noch am Leben, das war das Schlimmste«, sagte Bain an der Zigarette ziehend. »Ich mein, Gott noch mal, all die Schweine, die ich im Laufe der Jahre abgestochen hab. Ich bin an Blut und Fleisch und das Quieken gewöhnt. Dies war anders. Sie war noch am Leben. Die waren so gründlich gewesen, daß man nicht mehr sehen konnte, daß sie mal weiß gewesen war. Sie hatten ihr Fell am ganzen Körper in kleine Streifen geschnitten, auch den Kopf. Es war, als ob sie in ein rotes Netz gewickelt war. Ich konnte nur das eine Auge sehen, das mich anguckte. Sie konnte mich noch sehen, Theo.«

»Es ist grauenhaft«, sagte ich.

»Es war eine Botschaft, Theo.« Bain überlief ein Schauer. Er warf die Zigarette weg und steckte die Hände in die Hosentaschen, senkte den Kopf noch tiefer, während wir weitergingen. »Kennst du die graue Welt, Theo?«

»Nein.«

»Es gibt die schwarzweiße Welt, in der Menschen wie du leben«, sagte Bain, »und dann ist da die graue Welt. In der grauen Welt gibt es Whistnachmittage, traditionelle Musikabende, Priester organisieren Pokerturniere, um für die Bewegung zu sammeln: Denkt jetzt an eure Kameraden, Jungs, keine Münzen, Scheine! Die Männer hinter Gitter. Die graue Welt besteht aus Gedenkveranstaltungen wie in Deilt, aus Steinkreuzen an einsamen Straßenrändern. Das sind Leute, die von Derry und South Armagh und von der Falls Street in Bussen heruntergebracht werden. Tagestrips auf unsere Seite der Grenze, Strammstehen auf fernen Friedhöfen, immer mit denselben Gesichtern zusammen, jahrelang. Schulter an Schulter. Bei gaelischen Spielen und *feis-ceoils*. Das sind Demonstrationen gegen die Auslieferung junger Männer an England und der Marsch hinter ihren Särgen, wenn sie sich zu Tode gehungert haben. Die graue Welt hat ihre Ausläufer in der Geld- und Geschäftswelt. Summen, die aus den

Vereinigten Staaten auf Konten in Monaghan und Dundalk sickern. Das sind Gesichter, die man in der Bronx oder in Boston sieht, bei denselben von Priestern organisierten Wohltätigkeitsveranstaltungen und Pokerturnieren, Tänzen und Abenden mit traditioneller Musik. Wenn man dabei ist, wird auch das Blut allmählich grau, Theo.«

Wir waren wieder stehengeblieben, und Bain sah mich so eindringlich an, als fragte er sich, ob wir nicht unsere Existenzen tauschen könnten.

»Siehst du den Fluß?« fragte er. »Erinnerst du dich, wie hilflos, wie total hilflos ich mich darin gefühlt habe?«

Er nickte bitter. Wir hatten die Grenze von Eillne erreicht. Der Fluß verschwand in einer Biegung hinter dem Hang eines Hügels, und der Pfad endete dort. Ich erinnerte mich, daß Bain ganz in der Nähe in einem fernen Sommer im Schilf gelegen und mich mit einem ähnlichen Flehen in den Augen angesehen hatte.

»Weißt du, wie in Irland getötet wird?« fragte er mich leise.

»Wie meinst du das?« fragte ich.

»Ich erinner mich an die Berichte aus der Zeit, als ich Justizminister war«, sagte Bain. »Die Berichte über Attentate. Eintritts- und Austrittswunden. Millimeter. Todeszeit. Menge und Typ der Munition. War alles so einfach. Aber weißt du, wie sie es machen? Wie sie so kaltblütig töten können?«

Ich schüttelte den Kopf.

»Sie kommen aus einer anderen Gegend als das Opfer«, antwortete Bain. »Sie reisen an. Sie kommen aus Cookstown herunter, um einen Job in Craigavon zu erledigen. Leute in Fermanagh werden von Leuten aus Coleraine umgelegt. Die einander nicht kennen. Ein Mann in

Omagh bedeutet einem Mann aus Ballymena nichts. Sie töten sonntags. Guck dir die Statistiken an. Sie machen die Fahrten am Sonntag, damit niemand sie bei der Arbeit vermißt.«

Er rieb sich eifrig die Hände, ganz der geschäftige Schlachter.

»Also, ich frag dich, Theo, wie weit ist die Klinge gefahren, die unsere weiße Stute so zugerichtet hat? Ich kann nicht mehr schlafen. Ich wache schweißnaß auf. Pa redete manchmal über Männer, die den Nerv verloren hatten, die nicht mal mehr das Wasser halten konnten. Jetzt weiß ich, was er gemeint hat. Ich würd mich manchmal gerne betrinken, aber ich mag keinen Alkohol.«

Ich empfand Mitleid mit ihm, aber zugleich hielt sich in mir die hartnäckige Frage: Warum ich? Warum bin ich es, dem er all das erzählt? Es war eine Frage, die ich lieber nicht beantworten wollte. Bains Lippen bebten.

»Ich nehm Tabletten, um schlafen zu können«, flüsterte er, »aber ich habe Angst vor dem Schlafen, weil ich weiß, was dann kommt, Theo. Ich werd einen Alptraum haben, und es ist immer derselbe. Meine Füße kleben am Boden, weil ich im Blut stehe, und das Auge der weißen Stute starrt mich an, als hätte ich gerade eines meiner Kinder ermordet.«

Das war das erste Wochenende im April. Direkt nach unserem Spaziergang fuhr Bain nach Dublin, und Elizabeth und ich verbrachten die Nacht auf Eillne. Am nächsten Tag ging ich mit Elizabeth zum Fluß hinunter. Es war noch zu kalt, um schwimmen zu gehen, obwohl ich schon oft im April im Fluß geschwommen war, aber ich erklärte ihr die Strömung, so gut ich konnte, zeigte ihr die kritischen Stellen – nur kleine Episoden im Rahmen der großen Erzählung des Flusses, aber immerhin Anhaltspunkte – und die riesige Welt des Deltas hinter der Biegung. Da sie noch nicht blühten, konnte ich ihr die Blumen am Flußufer nur schildern, aber ich versuchte es, sie für Elizabeth in Duft und Farbe so lebendig zu machen, als wären wir an einem Sommertag dagewesen. Sumpforchideen mit ihren kleinen grünen Zwiebeln. Frauenschuh, von dem ich einmal geglaubt hatte, er käme wirklich von einer ertrunkenen Frau, Schwertlilien, Johannisbeeren, Labkraut, Waldmeister, Malven und Teufelsabbiß.

An dem Morgen saß Sparrow in ihrem Rollstuhl auf der Terrasse und schrieb in der Morgensonne einen Brief an Jack O'Dea, den Bischof von Monument. Sie wollte ein Seitenfenster für die Kathedrale stiften, in Erinnerung an David Wise.

»Es gibt in Tel Aviv einen Klinikflügel, der Wise-Flügel heißt«, sagte sie. »Ich werde ihn natürlich nie zu Gesicht bekommen. Aber ich denke, es sollte auch etwas hier in Monument geben.«

Sparrow trug eine rosa Bluse unter einer weißen Strickjacke. Sie konnte sicherlich nur die Umrisse des Briefpapiers sehen und schrieb jedes Wort mit großer Konzentration. Ich küßte sie zum Abschied auf die Wange. Sie war kalt.

»Passen Sie auf Theodore auf, meine Liebe«, sagte sie zu Elizabeth.

Elizabeth war bezaubert von ihr. Sie sprach die ganze Fahrt nach Dublin von nichts anderem.

Seit vielen Jahren gingen Pax und ich zusammen am 1. Mai zum ersten Mal in Forty Foot im Meer schwimmen. Es war ein Ritual, das nur von dem Datum bestimmt wurde, nicht vom Wetter: Wir waren an Maitagen schwimmen gegangen, an denen es hagelte, und auch an Tagen, an denen wir uns hinterher auf den warmen Felsen von der Sonne trocknen lassen konnten. Im vorigen Jahr war Pax in den Vereinigten Staaten, und im Jahr davor war ich in der alten Sowjetunion gewesen, wo ich neuen Regierungen beibringen sollte, wie sie ihr Volk ausbeuten konnten. Aber im letzten April meines Lebens in Freiheit, zwei Tage vor dem 1. Mai, rief Pax mich an, um unsere Expedition wiederzubeleben.

Wir schwammen etwa eine halbe Stunde im empfindlich kalten Wasser, das aber durch eine warme Sonne erträglich gemacht wurde. Das Meer war träge im Vergleich zu unserem Fluß. Es war auch unpersönlich in seiner Weite. Es gab keine privaten Winkel oder versteckten Strömungen, mit denen man kämpfen mußte, nur eine grenzenlose, leise grüne Dünung. Wir schwammen zusammen zur Felsenküste zurück, nutzten eine Woge, um uns auf die Felsen hinauftragen zu lassen und uns dort festzuklammern, bevor wir wieder zurückgezogen wurden.

Wir waren beide fast sechzig. Wir waren beide hochgewachsene, gutgebaute Männer, aber Pax hatte nie irgendwelche körperlichen Zugeständnisse an das Alter gemacht; er war sehr schlank und durchtrainiert, man sah es an den langen Muskelsträngen seiner Schenkel und Oberarme und der Breite seiner Schultern.

»Was hältst du nun also *wirklich* von unserer Justizministerin?« fragte ich ihn, als wir auf unseren Handtüchern saßen.

Wir führten, wie alte Freunde es tun, umstandslos vor längerer Zeit unterbrochene Gespräche fort.

»Sie ist eine Dame mit einem Willen«, sagte Pax, wieder mit seinem düsteren Gesichtsausdruck.

»Und das wäre?«

»Sag mir erst mal, was du für einen Eindruck hast.«
Ich traute niemandem mehr als Pax, was bedeutete, daß ich niemandem ganz vertraute. In meiner Genese als Theodore Shortcourse lag offenbar der Keim dafür, daß vollständiges Vertrauen mir unmöglich war.
»Ich frage mich, was sie damals wirklich wollte«, antwortete ich. »All diese Aufmerksamkeit für die Einzelheiten des Waffenimports. Was interessiert sie daran wirklich?«
»Sie ist die Ministerin«, sagte Pax. »Sie hat ein Recht, das zu wissen, außerdem auch die Pflicht.«
»Sie ist eine eingefleischte Republikanerin«, sagte ich.
»Das ist nicht verboten«, sagte Pax.
»Ihr Wahlbezirk liegt an der Grenze«, sagte ich. »Wenn wir ehrlich sind, müssen wir zugestehen, daß die gegenwärtige Lage im Norden ihren Leuten schadet. Sie brauchen unbedingt Waffen – ihre Leute. Und jetzt kennt sie das ganze Verfahren, falls sie sie danach fragen.«
Pax seufzte. Er war Junge und Mann zugleich, ein Schößling, der zu einem großen, kräftigen Baum geworden war.
»Soll ich dir was sagen?« fragte er. Er massierte mit einer Hand die Brust, den Magen unter dem Brustbein. »Hier sitzt irgendwo eine kleine, harte Kugel, und sie geht nicht mehr weg. Ich hätte mich letztes Jahr pensionieren lassen sollen. Ich sollte mit meinen Enkelkindern Wanderungen in den Deilt-Bergen machen. Aber was mach ich statt dessen? Ich sitze in Aktenbergen. Akten mit Presseberichten und Fotos. Akten mit Tonbandaufnahmen und Videobändern. Abschriften von Interviews. Protokolle von Gerichtsverhandlungen. Vertrauliche Berichte. Faxe und Memoranden. Juristische Einschätzungen. Meinungen von Superintendenten unter anderem.«
»Armer Pax«, dachte ich. »Der Mann, der für uns alle die höchsten Prinzipien hochhält.«

»Die Öffentlichkeit hat mir das Verdienst an all den Waffenfunden zugeschrieben«, fuhr Pax fort. »Ich bin sogar als Held dargestellt worden. Willst du wissen, wie ich mich in Wirklichkeit fühl? Müde. Kraftlos. Ich hab das Gefühl, daß irgend etwas Unausweichliches auf meinem Leben lastet – wie ein Tag, an dem es nicht hell werden will. Ich sehe alles mit größter Klarheit, aber wie eine Fliege an einer Glasscheibe kann ich nichts ändern, nicht einmal Teil dessen werden, was da geschieht. Ich weiß einfach zuviel, Theo. Es ist grausam, zuviel zu wissen.«

Ich hatte Pax oft um seine Frau und seine Kinder, nun auch Enkel, beneidet. Sein hübsches Haus und sein Ordnungsgefühl. Die Art, wie er die Dinge sah, so klar, als hätte er einen Kompaß, den ich nicht besaß.

»Warum läßt du dich nicht pensionieren?« fragte ich.

»Das hätte ... das hätten die wohl gerne«, antwortete Pax, so daß ich wußte, was er sagen wollte, aber nicht sagen konnte: Das hätte Bain wohl gerne.

»Stehst du unter Druck?«

Er nickte.

»In Pension zu gehen?«

»Schon lange.«

»Aber du trittst nicht ab, solange Bain die Hände an den Hebeln der Macht hat«, sagte ich. Ich verstand ihn. »Du traust dem Ganzen nicht.«

»Kein Kommentar«, sagte Pax trotzig.

»Und Miss Twinkle ist deine einzige Verbündete, sie ist die einzige, die zwischen dir und Bains Lager steht«, schloß ich.

»Kein Kommentar.«

Ich lachte. »Und ich dachte schon, Miss Twinkle wär auf der anderen Seite. Ich hab geglaubt, sie sucht nach Wegen, Waffen für ihre Leute reinzubringen.«

Pax schüttelte den Kopf und legte sich das Handtuch um die Schultern. Ich fühlte den Granit unter den Füßen und sog den Salzgeruch der Bucht ein.
»Du bist mir zuvorgekommen.«
»Wieso?«
»Ich wollte dich eigentlich fragen, wann du dich pensionieren läßt.«
»Ich hab noch ein paar Jahre, um mir das zu überlegen.«
»Aber du bist in dem Alter. Du könntest jederzeit.«
»Ja, wenn ich wollte.«
»Weißt du, ich beneide dich, Theo. Wenn ich du wär, würde ich morgen aufhören. Ich würde an deiner Stelle nach Eillne zurückgehen und im Garten arbeiten. Vielleicht das alte Haus wiederaufbauen. Du hast keine Geldprobleme. Deiner Mutter geht's immer noch gut. Nicht viele Leute kriegen die Chance, sich um ihre Mutter zu kümmern.«
»Ich würde verschimmeln.«
»Kauf dir ein Pferd mit einem kleinen Wagen«, sagte Pax. »Raus aus der schlechten Luft hier. Du hast da unten ein Anwesen, für das Leute Millionen zahlen würden. Und in Monument alle Läden, die du brauchst, und die beste Bibliothek außerhalb von Dublin. Ich wär morgen da unten.«
»Ich würd mir da ziemlich überflüssig vorkommen«, sagte ich. »Ich hab keine Familie. Ich wär das letzte Glied in einer Kette, die vor hundert Jahren begann. Das ist kein gutes Gefühl.«
»Du bist verrückt.«
»Vielleicht. Aber ich hab in Eillne alles gesagt. Der Fluß und ich, wir kennen uns genau. Wir haben einander alles gesagt, was es zu sagen gibt. Es ist Zeit, weiterzuziehen. Bald fängt ein neues Jahrhundert an. Der Fluß braucht ei-

nen neuen Partner, den er belehren und von dem er lernen kann. Das ist das Leben.«
»Trotzdem könntest du dich pensionieren lassen.«
»Das ist wahr. Ich freu mich auch darauf, das in ein paar Jahren zu tun«, sagte ich. »Aber nicht allein.«
Eigentlich hätte Pax darauf mit Glückwünschen reagieren müssen, aber statt dessen wirkte er, als habe er einen Plan gehabt, der nun vereitelt worden war. Der Preis für Pax' Integrität war immer eine gewisse Durchschaubarkeit gewesen. Als er sich jetzt anzog, war ihm deutlich anzumerken, daß seine Stimmung stark gesunken war, entweder weil ich gesagt hatte, daß ich noch nicht in Pension gehen wollte, oder weil er wußte, daß ich gerade auf Elizabeth angespielt hatte. Seine plötzliche Schweigsamkeit war ein Signal, daß er dieser Verbindung noch immer reserviert gegenüberstand.
»Wollen wir noch was trinken?« fragte ich. »Bei mir? Du mußt sowieso bei mir vorbei.«
»Nein danke, Theo«, sagte Pax und schüttelte den Kopf. Er atmete die Seeluft tief ein und stieß sie dann aggressiv wieder aus. »Wann waren wir zum letzten Mal hier schwimmen?« fragte er.
»Vor zwei Jahren?«
»Vor zwei Jahren.« Pax nickte wie ein alter Mann, dessen Welt auf die Grenzen seiner unmittelbaren Umgebung beschränkt ist. »Wenn dir vor zwei Jahren jemand erzählt hätte, daß Bain Cross in zwei Jahren Taoiseach ist, was hättest du gesagt?«
»Daß das nicht geschehen kann«, sagte ich, froh darüber, daß wir zumindest indirekt auf das Thema kamen, das wir in der letzten Stunde so mühsam vermieden hatten.
»Aber es ist geschehen«, sagte Pax.

»Soll ich deshalb in Pension gehen, Pax?«
»Sei nur vorsichtig, Theo.«
Er setzte mich zu Hause ab. Pax hatte unverkennbar seinen Glauben verloren. Er hatte den Idealen, die ihn all die Jahre angetrieben hatten, den letzten Tropfen Leben abgerungen, und nun waren sie trocken und zerbröckelten wie Säulen aus Sand. Aber ohne sie konnte er nicht weitermachen. Er sollte sich pensionieren lassen, nicht ich. Pax war es, der in Wirklichkeit nach Eillne zurückwollte. Ich winkte ihm nach.

Ich hatte wirklich nicht die Absicht, mich zurückzuziehen. Ich genoß das Leben im Alter von sechzig Jahren mehr als je zuvor. Ich hatte meinen Job intellektuell im Griff, und man respektierte mich. Ich konnte länger wandern und schneller schwimmen als viele Männer, die nur halb so alt waren, und die körperliche Liebe mit Elizabeth war immer noch zutiefst befriedigend – für beide Seiten. Ich genoß jeden Tag, als wäre er speziell für mich gemacht.
Eine Woche nach meinem Bad im Meer rief Bain mich im Büro an.
»Ich wollte mich entschuldigen«, sagte er.
»Wofür?«
»Weil ich auf Eillne so rumgejammert hab. Ich war deprimiert.«
»Das haben wir alle mal, kein Grund zur Sorge.«
»Ich habe Unfug geredet. Reinen Unfug. Vielleicht war es, ohne daß ich's wußte, immer noch Mags Tod.«
»Bestimmt.«
»Es geht mir eigentlich ganz gut. Ich steh nicht unter Druck, und wenn's Druck gibt, werd ich damit fertig.«
»Das ist gut, Bain.«

»All das Zeug über den Traum – ich möchte, daß du das vergißt, Theo.«
»Hab ich schon. Ist schon vergessen.«
»Und du hast es niemandem erzählt? Ich mein, du hast niemandem gesagt, in welchem Zustand ich war?«
»Nein, nein, das war eine Sache zwischen uns beiden.«
»Gut, gut, das ist gut, Theo. Ich hoffe, es macht nichts, daß ich dich einfach so angerufen habe?«
»Ich bin froh, daß du darüber hinweg bist.«
»Ich auch, das kann ich dir sagen. Wir müssen uns mal wieder treffen. Wenn ich frei bin, ruf ich an.«
Ich betrachtete mich zu der Zeit tatsächlich als den glücklichsten unter den drei Jungen, die in Leire zusammen Woodbines geraucht hatten: glücklicher als Pax, weil mir die Bürde eines moralischen Kreuzzugs erspart geblieben war, glücklicher als Bain, weil ich die Last der Geschichte nicht auf meinen Schultern spürte. Meine Gefühle waren ein Maß meines Glücks, aber sie blendeten mich auch.

Jack O'Dea, der Bischof von Monument, lebte ein Leben im Stil seiner zahllosen Vorgänger, das heißt, seine einzigen noch verbleibenden Ziele lagen im Bereich des Metaphysischen, da seine weltlichen Bedürfnisse schon seit so langer Zeit in hohem Maße befriedigt waren. Neben einem sogenannten Palast in Monument standen ihm eine Penthauswohnung in Ballsbridge und ein Apartment in Rom zur Verfügung. Nach Ballsbridge in Dublin wurden Elizabeth und ich eines Tages zum Dinner eingeladen. Meine Verbindung mit Elizabeth war Jack wohlbekannt, und es paßte sehr gut zu seinem liberalen und sozusagen christlichen Denken, sich von dem im wesentlichen ehebrecherischen Status unserer Affäre nicht beirren zu lassen. In Monument, wo er sehr beliebt war, wäre es natürlich aus politischen Gründen undenkbar gewesen, uns zu empfangen, in einer Stadt, wo sein Bild als Hirte einer verehrungsvollen Herde unbefleckt bleiben mußte und wo Männer nicht mit Frauen ausgehen konnten, die mit jemand anderem verheiratet waren. In Dublin indessen war Jack fast ein Kosmopolit.

Die Wohnung des Bischofs befand sich in einem luxuriösen Neubauviertel, das für die Fürsten der Industrie und der Kirche gebaut worden war. Ich meldete mich durch eine Sprechanlage an, und wir betraten eine hohe Halle mit einem gläsernen Lift. Die Welt scheint sich nach Atrien zu sehnen. Elizabeth und ich schwebten wie Astronauten vier Stockwerke empor. Jack, der nicht gerne Kreuze und Ringe trug und graue Anzüge bevorzugte, erwartete uns vor seiner Tür.

»Theo, wie schön. Und Sie müssen Elizabeth sein«, sagte er.

Jack hatte sich die klerikale Unart zu eigen gemacht, mit der linken Hand zu streicheln, was er mit der rechten bereits ergriffen und verteidigungsunfähig gemacht hatte.

»Ehrwürden«, sagte Elizabeth.

»Für Theos Freunde bin ich Jack O'Dea«, sagte der Bischof, ihre Hand tätschelnd.

Er war immer noch sehr jungenhaft. Mit kleinen federnden Schritten führte er uns in ein sehr großes Wohnzimmer, dem Dublin zu Füßen lag. Er wirbelte herum, so daß er nun dem Fenster den Rücken zukehrte.

»Theo und Elizabeth, das ist Joyce Ogar«, strahlte er.

Eine kräftige Frau mit puppenhaftem Gesicht starrte zu uns herauf. Mit ihrem zeltartigen Flickenkleid und einem karierten Schal, mit dramatischem Augenschatten und Haaren, die, oben auf dem Kopf vom Schal flachgedrückt, zu beiden Seiten reich auf die Schultern herabflossen, ähnelte sie einer Wahrsagerin auf dem Jahrmarkt, aber zwanzig Jahre zuvor hätte sie auch als Zigeunerprinzessin durchgehen können.

»Ist mir ein Vergnügen«, sagte sie.

Jack machte sich an Drinks und Oliven zu schaffen und setzte sich dann in einen aufrechten, thronartigen Sessel neben Joyce.

»Alles, was du heute abend hier sagst, Theo, kann gegen dich verwendet werden«, sagte Jack fröhlich. »Auf Theo und Elizabeth, auf ihren ersten Besuch hier. Glück und Gesundheit. Hm.«

Während Jack Elizabeth über ihr Leben und Belfast ausfragte und während Elizabeth Jack mit ihrer Sicht der politischen Lage im Norden bekannt machte, beobachtete ich Joyce Ogar, die bekannte Journalistin. Ich mochte ihre unbekümmerte Fülle. Wenn sie dick geworden war, so war sie offensichtlich mit Lust dick geworden. Sie war ohne Zweifel eine sinnliche Frau, was einem in Gegenwart eines Bischofs nicht als erstes einfiel, aber ich konnte mich dieser Erkenntnis nicht entziehen.

»Ja, wir können nur beten«, sagte Jack, wahrscheinlich über den Norden Irlands. Er sah über uns hinweg in den Hintergrund des Zimmers, wo ein Mädchen in einer Schürze aufgetaucht war. »Ah, ich glaube, die junge Dame ist soweit.«

Wir setzten uns an den Tisch. Der erste Gang war geräucherter Lachs, die echte Meereskreatur, noch von der kleinsten Gräte befreit.

»Hat jemand was von dem neuen Stück im Gate-Theater gehört?« fragte Jack. »Jemand neues, Walton oder Wallace, hat es geschrieben, albern, daß ich mich an den Namen nicht erinnere. Waller vielleicht. Ungewöhnlich. Über Moslems, Gott segne sie, in Dublin. In Dublin.«

»Ich war seit Jahren nicht mehr im Theater«, sagte Elizabeth.
»Ich weiß nicht, was daran ungewöhnlich sein soll«, sagte Joyce. »Ich weiß nicht, warum Gott die Moslems nicht ebenso segnen sollte wie uns.«
Obwohl dies die Frau war, über die im heterosexuell intakten Irland dunkle Dinge gemunkelt wurden, besonders über ihre Beziehung zu Miss Twinkle, waren alle Signale, die ich auffing, von grundlegend einfacher Art. Daß Joyce ihr Vergnügen wahrnahm, wo es sich bot, fügte ihrer unbezweifelbaren Attraktivität eher noch eine gewisse Würze hinzu. Sie sah auf und belohnte meinen Instinkt mit einem Lächeln.
»Ihre armen Frauen«, seufzte Jack. Er war immer noch bei den Moslems. Er hielt das erste Glas Wein zur genaueren Inspektion ans Licht, schnüffelte, nippte, gestand der Notwendigkeit fundierter Urteilsfindung eine Sekunde zu, nickte. »Eine Religion, die ihre Frauen mißhandelt …«
»Was unserer Kirche in der Vergangenheit nicht ganz fremd war, Jack«, sagte Joyce.
Jack lächelte. »Wir können nicht in der Vergangenheit leben.«
»Der Islam ist nicht so dunkel, wie ihn, entschuldigen Sie, Ihre Kirche immer hingestellt hat, Jack«, sagte Joyce. »Der Autor des Stücks heißt übrigens Jonathan Waldegreve.«
»Ah, ein Engländer«, sagte Jack, als sei das die Erklärung.
»Nein«, sagte Joyce. »Er ist so irisch wie die Mooreiche. Vorher hat er fünf Jahre damit verbracht, Proust ins Irische zu übersetzen.«
»Eine Liebe von Swann«, sagte ich. »Was ist Schwan auf irisch, Jack?«

»Eala«, strahlte Jack. »Aber so würde das nicht übersetzt ...«
»Eala klingt wundervoll«, sagte Elizabeth.
Die Reproduktion einer alten Standuhr auf der Anrichte zeigte mit feinem Schlag die Viertelstunden an. Die Suppe kam.
»Mögen Sie Proust?« fragte ich Joyce.
»Ich hab das Video«, sagte Joyce und sah mich mit mildem Interesse an.
»Aah«, sagte Jack und tupfte sich den Mund ab. Er sah sich nach der jungen Frau um. »Die Suppe ist wundervoll. Blumenkohl, nicht?«
»Fenchel, Ehrwürden.«
»Fenchel.« Jack lächelte und nickte uns allen zu, als wollte er sagen: Wie sich die Welt verändert hat.
»Sind Sie politisch interessiert?« fragte Joyce, und unsere Füße stießen unter dem Tisch zusammen. Sie zog ihren nicht zurück.
»Ich bin noch nie in meinem Leben zur Wahl gegangen«, antwortete ich mit einem Kavalierslächeln.
»Sie sind doch der Cousin von Bain Cross, nicht wahr?«
»Genaugenommen bin ich sein Onkel.«
»Noch besser«, sagte Joyce.
»Sprecht ihr über Bain?« fragte Elizabeth.
Ich nickte. Joyce hatte ihren Schal am Hals gelockert und ganze Erker aus Fleisch enthüllt.
»Ich hab Bain getroffen, als Theo mich vor ein paar Wochen mit nach Eillne genommen hat«, sagte Elizabeth, Bains Vornamen benutzend, als wäre sie seit Jahren seine vertraute Freundin.
»O ja?« sagte Jack. »Zum ersten Mal?«
»Gesellschaftlich, ja.«

»Wie haben Sie Bain *vorher* wahrgenommen?« fragte Jack Elizabeth und zwinkerte mir wissend zu.
»Ich war nicht sonderlich beeindruckt«, sagte Elizabeth. »Aber ... dann?«
»Bain hat sehr starke Überzeugungen«, sagte Elizabeth vorsichtig. Sie zögerte einen Moment, als müsse sie sich entschließen, mehr zu sagen, dann sah sie mich mit einer Nuance von Trotz an. »Recht attraktiv, würde ich denken, wenn man nackte Macht mag. Auch ein Element der Zurückhaltung. Vielleicht, weil er mich nicht kannte. Aber diese Zurückhaltung ist merkwürdigerweise auch attraktiv.«
»Interessant«, sagte Jack.
»Davon hast du mir damals nichts verraten«, sagte ich zu Elizabeth.
»Liebling, eine Frau kann nicht immer mit ihren Gefühlen herausplatzen«, sagte Elizabeth.
»Und was ist mit all den Jahren, als Ihre Leute ihn nur als Waffenschmuggler laufen hatten?« fragte Joyce säuselnd.
»Ich finde, das macht ihn eher noch attraktiver«, antwortete Elizabeth.
»Ein interessanter Blickwinkel auf die Politik«, bemerkte Joyce und sah mich an.
»Meine Güte«, sagte Jack und lachte. »›Gott hat die Weisheit dieser Welt zur Torheit gemacht.‹ Korinther. Ah, Fisch.«
»Mönchsfisch, Ehrwürden.«
»Siehst du, Theo, ich habe deinen Fisch nicht vergessen«, sagte Jack.
Knoblauchduft stieg verlockend auf. Elizabeths Interesse an Bain hatte sich bisher immer im unausgesprochenen Rahmen ihres Berufs gehalten. Aber mir war klar, daß Frauen einen solchen Mann *wollten*. Sie wollten das Ge-

wicht der Macht auf sich spüren, brutal und kompromißlos. Während die plötzliche Kühle von Bains Schatten über mein Verhältnis zu Elizabeth hinwegging, schwand mein Interesse an Joyce, was Elizabeth natürlich auch bezweckt hatte.

»Es laufen Gerüchte um, daß die IRA sich im alten Ostblock mit Waffen eingedeckt hat«, sagte Joyce zu mir, während ich meinen Fuß zurückzog. Ihr Gesicht, das mir vorher lasziv vorgekommen war, schien mir nun nur noch niedlich.

»Wirklich?«

»Hab ich gehört.«

»Wieder ein Exklusivbericht, Joyce?« fragte Jack mit dem Eifer von jemanden, der gerne vorher weiß, was geschehen wird.

»Vielleicht«, antwortete Joyce. Sie warf mir einen merkwürdigen Blick zu. »Kommt darauf an, wie exklusiv meine Informationen sind.«

»Ich wette, daß Theo mehr darüber weiß, als wir alle zusammen«, sagte Jack nicht gerade hilfreich.

»Da bin ich sicher«, sagte Joyce. »Nach meiner Information haben diese Waffenkäufe die Unterstützung bestimmter Elemente in der Regierung.«

»Selbst wenn das wahr sein sollte, kann ich Ihnen versichern, daß ich der letzte wäre, der davon erführe.« Ich lachte auf.

»Wir dürfen Theo nicht in Verlegenheit bringen«, sagte Jack.

»Werden in dem Gerücht Namen genannt?« fragte Elizabeth Joyce mit milder Stimme.

»Ist exklusiv, meine Liebe, wie schon gesagt«, sagte Joyce.

»Na, Joyce«, sagte Jack fröhlich und wackelte mit dem

Zeigefinger. »Es ist kein Geheimnis, wen Sie gern in der Merrion Street sähen.«
Joyce sah mich an und verdrehte die Augen. Ein Telefon klingelte. Die junge Frau ging zu Jack und flüsterte ihm etwas zu.
»Entschuldigen Sie mich«, sagte Jack aufstehend. »Nur eine Minute.«
Mich zog der Blick auf die Stadt aus Jacks Fenster an. Die Weite der Lichtpunkte, die so viele Menschen darstellten und soviel Macht, machten mich plötzlich neidisch auf Bain, ein Gefühl, das ich nie zuvor gehabt hatte. Mehr als ein Jahrhundert war vergangen, seit Sammy Tea den Lyle heraufgekommen war, und nun regierte sein Nachkomme das Land. Die Damen, wurde mir plötzlich bewußt, starrten auf etwas. Ich folgte ihren Blicken. Jack stand mitten im Zimmer. Er wirkte völlig verwirrt.
»Wir müssen die Neunuhrnachrichten ansehen«, flüsterte er, als fielen Engel hinter ihm vom Himmel.
Ein Gesicht erschien auf dem Schirm. Bains Gesicht. Es war, als wäre er die ganze Zeit dort gewesen und hätte uns zugehört.
Der Nachrichtensprecher sagte: »Taoiseach Bain Cross ringt nach einem Autounfall in Brüssel mit dem Tode.«

14

Sparrow rief mich nach jedem neuen Bulletin der Ärzte in den Nachrichten an. Ich wußte nicht mehr als sie, aber das glaubte sie nicht. Sie wollte nach Dublin kommen, um an einer Messe für Bain teilzunehmen, die von Bischof O'Dea gehalten werden sollte, aber ich redete ihr das aus. Joyce Ogar mußte mein Büro ein halbes dutzendmal angerufen haben, aber ich hatte Evelyne-Mary gesagt, daß ich nicht zu sprechen sei. Ich ging nicht zu Jacks Messe, aber zwanzigtausend Menschen nahmen in und um die Kathedrale an ihr teil, die Gebete wurden über Lautsprecher nach draußen übertragen.

Nach einer Woche am Rande des Todes begann Bain sich langsam zu erholen. Die Art seiner Kopfverletzungen, das Foto seines Wagens, dessen Reifen bei der Fahrt durch eine Unterführung in Brüssel geplatzt war, und die Bilder von Aggie, seiner Frau, und seinen Kindern fanden sich jeden Tag auf den Titelseiten der Zeitungen. Berichte über seinen Zustand waren immer die ersten Beiträge der Fernsehnachrichten. Die Umfrage einer überregionalen Zeitung ergab, daß Bains Partei, würden jetzt Wahlen stattfinden, einen erdrutschartigen Sieg davontragen würde. Nach dieser Umfrage trat Miss Twinkle, die weithin als Bains Hauptrivalin angesehen wurde, im Fernsehen auf und sagte, daß sie im Gegensatz zu böswilligen Gerüchten Bain Cross als Ministerin dienen würde, solange er sie mit einer solchen Aufgabe beehre. Bain sei ein Held Irlands, sagte Miss Twinkle in die Kamera, während sie tapfer wie nur je ein Mann die Tränen unterdrückte. Vielleicht, sagte jemand, habe man das dem Taoiseach zugeflüstert, und die Nachricht hätte ihn an der Schwelle des Todes ins Leben zurückgeholt. Ich zweifelte keinen Augenblick daran. Sparrow rief wieder an, um mir zu sagen, daß Aggie aus Brüssel nach Dublin zurückgekommen sei. Ich nahm ein Taxi und fuhr nach Rathgar hinaus. Ich hatte die Wohnung seit zwanzig Jahren nicht mehr betreten, nicht seit jenem ominösen Besuch mit Lyle. Ein junger Polizist stand Wache. Er sagte etwas in die Sprechanlage, gab dann mit der behandschuhten Fingerspitze sorgfältig einen Code mit vier Zahlen in die Schließanlage ein.

Ich kannte Aggie nur von offiziellen Angelegenheiten wie Beerdigungen, und ihre drei Söhne, von denen der jüngste bei ihr war, kannte ich überhaupt nicht. Aggie war untersetzt und füllig gebaut, eine unkompliziert wirkende Frau mit grünlichen Augen. Sie verbreitete eine Atmosphäre der Akzeptanz um sich.

»Brendan, bring deinem Onkel Theodore eine Tasse Tee«, sagte Aggie zu ihrem sechzehnjährigen Jungen, der unverständlich groß und dünn war.

»Wie geht es Bain?« fragte ich.

»Ganz gut jetzt, Gott sei es gedankt, Theodore«, sagte sie mit der Vertraulichkeit, die eine Krise mit sich bringt.

»Er hat Glück gehabt.«

»Die Heilige Jungfrau und niemand sonst hat ihn gerettet«, sagte Aggie zu mir.

»Das Land steht hinter ihm wie nie zuvor«, sagte ich.

»Darauf würde ich nicht allzulange zählen«, sagte Aggie mit lobenswertem Realismus.

Mein Tee kam, einiges davon in der Untertasse. Brendan hatte etwas Verschlagenes an sich. Er hatte extrem lange Hände, die Hände eines Basketballspielers.
»Was ist da genau passiert?« fragte ich Aggie.
»Offenbar ist ein Reifen seines Wagens geplatzt, Theodore.«
»Es war doch ein Dienstwagen, oder?«
»Ein Dienstwagen.« Aggie nickte grimmig. »Von der irischen Botschaft in Brüssel. Der Fahrer ist tot. Der arme Botschafter wird den Rest seines Lebens im Rollstuhl verbringen müssen, Gott helfe ihm.«
»Sie sind in die Wand der Unterführung gefahren.«
»Und etwa hundert Meter an der Wand entlanggeschleudert«, sagte Aggie.
»Vier Personen im Wagen.«
Aggie sah mich an. »Soviel ich weiß, Theodore.«
Sie war die Art Frau, deren Unschuld, was die dunkleren Seiten des Lebens anging, ihre größte Stärke war.
»Bain hat mir die schreckliche Geschichte mit eurer Stute erzählt«, sagte ich.
»Oh«, sagte Aggie und schlug die Hände vors Gesicht.
»Wer hat das getan?«
»Rowdies, Theodore«, sagte Aggie fest. »Bain hat gesagt, es waren Rowdies.«
»Mammy, ich hol mir ’n Video«, sagte Brendan. »Wie komm ich wieder rein?«
Aggie nannte ihm die Zahlen, und er strich davon wie ein Wolf auf der Suche nach Nahrung.
»Ich weiß nicht, wie Menschen in solchen Wohnungen leben können«, sagte Aggie.
Ich blieb noch eine halbe Stunde bei ihr. Wir sprachen über Monument, wo sie glücklich war, und über Sparrow, die sie bewunderte, und über die Familie, in die sie einge-

heiratet hatte. Ich mochte sie. Sie war viel zu gut für einen Mann wie Bain, und er würde sie nie richtig schätzen können. Um sechs Uhr schalteten wir die Nachrichten ein. Aggie schlug ein Kreuz, stellte den Ton lauter, und wir saßen da und blickten in das intensive Gesicht von Joyce Ogar, das den ganzen Schirm ausfüllte.

»Was ich in dem Artikel, der morgen erscheint, sage, ist, daß es eine Menge Dinge gibt, die der Öffentlichkeit verborgen bleiben«, sagte Joyce in die Kamera. »Was ich sage, ist: Dies war kein Unfall. Da ist eine ganz massive Verschleierung gelaufen. Ich frage: warum? Was ist an jenem Morgen in Brüssel wirklich geschehen? Wenn der Taoiseach Feinde hat, dann sind dies auch Staatsfeinde, und wir als die Bürger dieses Staates haben ein Recht zu wissen, wer unsere Feinde sind.«

»Wollen Sie sagen, daß dies ein Attentatsversuch auf den Taoiseach war?«

»Ich sage, daß wir das Recht haben zu erfahren, was hier vor sich geht.«

»Das war die Journalistin Joyce Ogar in einem früher aufgezeichneten Gespräch mit ...«

Aggie wandte sich mir zu, die Hand am Mund. Ihre Augen waren so grün, daß man sich unwillkürlich fragte, ob die Farbe echt sein konnte.

»Wird Bain wieder gesund, Theodore?« fragte sie mich.

Der Summer von unten ertönte.

»Wird er wieder gesund, Theodore?«

»Wie waren die Zahlen noch mal, Mammy?«

Aggie sagte die Codezahlen in das Telefon, aber sie sah mich an, auf meine Antwort wartend.

»Bestimmt, Aggie«, sagte ich. »Ja, ganz bestimmt.«

Es war ungewöhnlich für Elizabeth, mitten in der Woche mehr als eine Nacht bei mir in Dublin zu verbringen.

»Mir ist heute so nach Ehefrau«, sagte sie, die Schuhe abstreifend. »Gib mir was zu nähen, Theo.«

Manchmal war unsere Liebe ein wildes, unberechenbares Meer; manchmal wie an diesem Abend ein tiefer, aber kaum bewegter Teich.

Ich fragte: »Hast du Joyce Ogar im Fernsehen gesehen?«

»Nein. Aber ich hab ihren Artikel gelesen.«

»Und?«

In einem Kimono, den ich ihr zu Weihnachten geschenkt hatte, mit der Brille auf der Nase, begann sie einen Knopf an meine Anzugjacke zu nähen.

»Sie hat recht. Der Reifen ist nicht geplatzt«, sagte Elizabeth, die Augen auf ihre Handarbeit gerichtet.

»Nicht?«

»Es war kein Unfall, Theo.«

»Was dann?«

»Jemand hat auf die Reifen geschossen, als der Wagen in die Unterführung fuhr.«

»Wer?«

»Ein Mann auf einem schnellen Motorrad.«

»Woher weißt du das?« fragte ich. »Was wißt ihr, du und Joyce Ogar, das die ganze Welt nicht weiß?«

Elizabeth machte noch ein paar schnelle Stiche und zog den Faden fest. Dann sah sie zu mir auf, blickte mich mit ihren schönen Augen an.

»Es war eine absolut professionelle Operation. Die Unterführung war nicht Teil der vorgesehenen Route zwischen der irischen Botschaft und dem Gebäude der Europäischen Kommission. Eure Botschaft verfügt über zwei angestellte Fahrer. Beide meldeten sich am Morgen des Unfalls krank. Der Ersatzfahrer war ein Türke, der wegen

Drogenmißbrauchs aktenkundig ist. Für die Fahrt wurde ihm ein Honorar von tausend Pfund gezahlt.«

Ich hatte plötzlich das Gefühl, als einziger nichts von dieser Geschichte zu wissen.

»Die beiden regulären Fahrer haben dem irischen Special Branch gestanden, daß sie und ihre Familien am Abend zuvor eingeschüchtert worden sind«, fuhr sie fort. »Von Männern mit Belfaster Akzent. In beiden Fällen waren diesen Männern die Vornamen von Frauen und Kindern der Fahrer bekannt. Die Implikationen waren offensichtlich: Wir wissen alles über euch, auch wie man euch am schwersten treffen kann. Klassische IRA-Methode.«

»Die IRA behauptet immer, für so was verantwortlich zu sein«, sagte ich.

»Ich weiß«, sagte Elizabeth ruhig. »Aber es war die IRA.«

»Die irische Regierung hat nichts dergleichen gesagt.«

Elizabeth zuckte die Schultern.

Als ob gereizt zu reagieren, die Realität von mir fernhalten könnte, sagte ich: »Das glaub ich nicht. Es ist zu ... durchschaubar.«

Elizabeth war fertig. Sie legte das Jackett beiseite und packte Nadel und Faden in einen kleinen Beutel. Die Rundungen ihrer Knie bettelten um meine Aufmerksamkeit.

»Würdest du mich ins Bett tragen?« fragte sie leise.

»Ich meine, warum muß sich hinter der Wahrheit immer eine noch tiefere Wahrheit verbergen?« fragte ich sie, die jetzt in meinen Armen lag. »Warum kann man nicht zulassen, daß Hitler sich in die Schläfe geschossen hat oder daß Kennedy von einem Einzelgänger erschossen wurde? All das Zeug ist doch nur Rummel.«

Ein einzelner Lichtstrahl fiel auf das Bett. Von weit drau-

ßen auf See drang das letzte Zittern eines Nebelhorns zu uns.
»Was passiert jetzt?« fragte ich ruhig.
»Ich weiß nicht«, antwortete Elizabeth.
»Werden sie's wieder versuchen?«
»Das hängt von ihm ab.«
»Inwiefern?«
»Es hängt davon ab, ob Bain nun bereit ist, ihnen zu helfen, oder nicht, jetzt, wo er gewarnt worden ist«, sagte Elizabeth. »Wie tief trifft ihn das? Das weiß keiner.«
»Er ist plötzlich sehr populär. Die Leute schließen sich um ihn zusammen.«
»Das könnte den Militanten helfen.«
»Wie das?«
»Jetzt ist *ihr* Mann erst richtig an der Macht. Das könnten sie zumindest denken.«
»Ist er ihr Mann?«
Elizabeth nickte.
»Wie könnte sich das auswirken?« fragte ich.
»Nimm jemanden wie Pax Sheehy«, sagte Elizabeth. »Die Republikaner hassen ihn – verständlicherweise. Seit zwanzig Jahren hat er den Fuß auf ihrer Kehle. In mancher Hinsicht stehen Leute wie Pax Sheehy zwischen euch allen und der Anarchie. Aber Bain und seinesgleichen *hassen* Pax. Er ist ihnen zu stark. Sie wollen ihn loswerden, und sie haben alles getan, um das zu erreichen.«
»Aber Miss Twinkle ist ein feuerspeiender Drache, wenn's um das Gesetz und Waffen geht«, sagte ich. »Und sie war auf Pax' Seite.«
»Genau. War«, stimmte Elizabeth zu. »Aber Miss Twinkle ist Politikerin, und es ist immer ein Fehler anzunehmen, Politiker täten etwas aus anderen als politischen

Gründen. Sie steht jetzt hundert Prozent hinter Bain. Pax ist am Ende. Er und seinesgleichen.«

Ich wußte, daß Pax das auch wußte. Pax würde sich pensionieren lassen und sich bis zu seinem Todestag als Versager fühlen.

»Warum erzählst du mir all das?« fragte ich.

»Weil jeder, der Bain nahesteht, gefährdet ist«, sagte Elizabeth. »Weil du Bain nahestehst und immer nahegestanden hast. Weil ich dich zu sehr liebe, um es dir nicht zu sagen.«

»Ich schulde Bain nichts«, sagte ich. »Er kann mich zu nichts zwingen.«

»Das weiß ich, Theo.«

»Ich glaube nicht, daß du das wirklich weißt«, sagte ich. »Ich hab Angst, daß du das Gegenteil glaubst.« Ich setzte mich auf und ergriff ihre Hände. Sie schlug die Augen nieder. »Du und ich, wir haben uns bisher immer aus diesen Dingen rausgehalten. Elizabeth! Sag mir, daß es für uns nichts bedeutet. Sag's mir!«

»Es hat für uns nichts zu bedeuten, Theo«, sagte sie halb weinend.

»Sag: Bain kann dich zu nichts zwingen, was du nicht willst.«

»Bain kann dich zu nichts zwingen, was du nicht willst«, sagte Elizabeth. »Und jetzt lieb mich, Theo. Bitte.«

Über den Hügel, der zu dem Gebäude für die stationären Patienten der Blackrock-Klinik führte, waren Sperrgitter gezogen worden. Eine Fernsehcrew stapfte im verstreuten Abfall herum, bereit, der Nation die geringste Veränderung im Bild zu zeigen.

»Theo Shortcourse, ich bin beim Taoiseach angemeldet«, sagte ich.

Der junge Polizist trat einen Schritt zurück und sprach in sein Gerät. An dem Morgen hatte ich im Büro die Botschaft bekommen. Fast hätte ich Elizabeth in Sandymount angerufen, um ihr davon zu berichten. Fast. Aber dann setzte sich das alte Gefühl durch, mit Hilfe dessen Bain schon immer jede andere Erwägung in mir zum Schweigen gebracht hatte, als hätte er mich von einer der Terrassen von Eillne oder am Strand von Leire gerufen.

Mein Name wurde knisternd im Sprechfunkgerät wiederholt, und der Polizist schob das Sperrgitter auf.

In einer Gruppe nackter Bäume sah ich einen Special Branch-Mann, der vielleicht meinte, dort weniger aufzufallen, und auf dem Dach des Gebäudes, sich düster gegen den Himmel abzeichnend, einen seiner Kollegen. In der Empfangshalle gab es einen Wassergarten. An einem provisorischen Schreibtisch wurde mein Name eingetragen, und ich bekam ein Namensschild zum Ankleben. Zwanzig Mann waren hier im Einsatz, mindestens, schätzte ich. Ein breiter Junge mit frischem Gesicht führte mich zum Aufzug, der groß genug für Bahren war.

»Ziemlich kalt draußen«, sagte mein Begleiter höflich.

»Besser hier drin als auf dem Dach«, sagte ich.

Seine kleinen Augen schienen einen Augenblick lächeln zu wollen, aber dann sah er zur Seite. Die Türen glitten auf und gaben den Blick auf einen Mann frei, der gerade Rauch ausstieß und dem Lift mit erhobener Maschinenpistole direkt gegenüber stand. Nervös. Der Korridor war ganz in Braun gehalten und roch korrekt nach Krankenhaus. Zehn Schritt weiter traten zwei weitere Special Branch-Leute schweigend zur Seite, als der Bischof von Monument aus der Tür des Krankenzimmers trat.

»Theo.«

»Wie geht's ihm, Jack?«

Jack blies die Wangen auf. »Er war dicht dran, Theo.«
»Zu dicht«, sagte ich.
»Der Tod ist wie ein dunkler Kontinent«, sagte Jack. »Bain war schon in seinen Küstengewässern.«
»Aber jetzt geht's ihm besser.«
»›Der Tod wird hinfort über ihn nicht herrschen‹, Römer. Aber hör ihn an, Theo. Hör ihm gut zu«, sagte Jack und sah auf die Uhr. »Meine Güte, schon so spät? Hör ihn an, Theo. Er braucht dich jetzt.« Und er eilte trottend davon.
Zwei junge Schwestern hoben Bain gerade etwas an. Bei meinem Erscheinen erschrak er.
»... Theo. Gott ...«
Weiße Verbände lagen um seinen Kopf wie ein Barett, und die blauen Flächen um die Augen ließen ihn wie einen geschlagenen Boxer wirken. Schläuche von einem an einem Gestell hängenden Beutel und von einer Maschine mit Armaturen führten zu seiner Brust und seinem Arm.
»So, Taoiseach, das haben wir, okay?« sagte eine der Schwestern.
»Geben Sie mir ... etwas von ...«
Bain schluckte hastig, legte sich dann zurück, eine Schwester tupfte ein orangefarbenes Rinnsal an seinem Kinn ab. Sein Mund war ein vollkommenes Dreieck, klein und auf den Kopf gestellt, unter seinem – ich hätte fast Schnurrbart gesagt, aber sein Schnurrbart war nicht mehr da.
»Theo ...« Bain keuchte und hielt mir den Arm hin, damit ich ihn drücken konnte. »Laß mich nur zu Atem kommen.«
Die Schwestern glätteten das Bettzeug um ihn herum. Auf einem Tisch auf Rädern lag unberührt sein Essen, Rührei und Toast. Mir wurde plötzlich klar, daß auch seine

Schneidezähne nicht mehr da waren, was ihn wie einen riesigen Säugling aussehen ließ.

»… keine Besucher«, flüsterte Bain, als die Schwester die Rufglocke auf seinem Nachttisch zurechtrückte. »Weißt du, wer gerade angerufen hat? Sparrow. Gott, was für eine Frau, Theo. Sie wollte sich auf der Stelle nach Dublin fahren lassen.«

»Was hast du gesagt?«

»Ich hab gesagt, mir ging's gar nicht so schlecht«, sagte Bain. »Sie ist zu alt für so eine Fahrt. Setz dich, Theo.«

»Ich hab deine Nachricht heut morgen bekommen«, sagte ich. »Ich hatte angenommen, daß du genug Besuch hast.«

»Ich will nur Familie«, sagte Bain mühsam. »Wenn sie das Parlament da draußen auf dem Flur sitzen lassen würden, wär's da. Alle wollen zu mir.«

»Das Land will dich«, sagte ich. »Es braucht dich.«

»Ich weiß, Theo«, sagte Bain.

Trotz der Umstände, trotz der Tatsache, daß er nur im Flüsterton sprechen konnte, löste er in mir das Beben jener Erregung aus, die ich noch immer mehr schätzte, als ich mir je eingestand.

»Wir waren auf dem Weg von der Botschaft zur Kommission, Sharkey und ich. Halb drei war's.« Tom Sharkey war der irische Botschafter in Brüssel.

»Ein dicker Mercedes, Gott sei Dank. Wir rasen durch einen Tunnel. Im nächsten Moment ist alles außer Kontrolle, ich seh nur noch, daß die Wand auf uns zukommt.« Er schloß die Augen. »Es war ein Zeichen, Theo, von Gott.«

»Ein Zeichen?«

»Ich hatte ein ungewöhnliches Erlebnis. Ich hab's Jack gerade erzählt. Sie brachten mich auf die Intensivstation, und ich konnte mich von oben selbst sehen, aus großer Höhe. Mein Schädel war geschoren und mit blauem Stift markiert, so wie man Schinken markiert. Du weißt, was ich mein, Theo, du weißt es.«

Er hatte Schmerzen beim Atmen. Die Verbände um seine gebrochenen Rippen verstärkten seinen Leibesumfang.

»Der Chirurg nahm einen kleinen silbernen Bohrer und bohrte ein Loch in meine Schädeldecke, so wie man ein Loch in eine Wand bohrt. Ich hab alles mitangesehen. Ich wußte, daß es mit mir aus war, wenn sie die Flüssigkeit nicht aus meinem Gehirn holten. Ein paar Zentimeter daneben bohrte er ein zweites Loch. Ich fühlte mich auf einmal sehr glücklich, Theo. Es war, als stünde ich vor dem Tor, und der Mann da oben sagt: ›Der Bursche kann noch nicht rein, die brauchen ihn da unten noch.‹«

Bain richtete sich mühsam auf einen Ellbogen auf und sah prüfend zur Tür. Vor dem Fenster ging ein Mann über ein flaches Vordach, eine verfärbte Sonne stand hinter ihm.

»Ich dachte mir, mein Gott, wie vielen Leuten wird das so klar gesagt? Ich hab zu mir gesagt, ich werd zurückgeschickt, um was für unser Volk zu tun.«

Eine Schwester tauchte in der Tür auf. Warf einen prüfenden Blick herein. Ein Lächeln für Taoiseach Cross. Bain ließ sich zurücksinken.

»Und weißt du, an wen ich dann gedacht hab, Theo? An dich. Ich schwör's bei Gott. An dich und meinen Vater Billy, den ich nie kennengelernt hab, und an die arme Mag, Gott möge Mag gnädig sein. Und an Pa.« Er lachte auf. »Pa. Wenn Pa mich jetzt sehen könnte, was würde er sagen, Theo? Du und ich, wir haben kein Blut, wir haben die Geschichte Irlands in den Adern.«

Es war aufgrund der fehlenden Zähne, der geschwollenen Oberlippe, der Prellungen und Verbände schwierig, genaue Vergleiche zwischen dem Bain, den ich zuletzt auf

Eillne gesehen hatte, und dem Bain im Krankenbett anzustellen. Aber selbst wenn sein Aussehen sich völlig verändert hatte – da war immer noch der salzige Geruch, der bekräftigte, daß dies der Mensch war, den ich von Anfang an gekannt hatte – das und seine große Bereitschaft, einem zu schmeicheln, wenn er etwas wollte.

»Es wird keine Lösung in Ulster geben«, sagte Bain plötzlich. »Die Loyalisten haben unsere Leute zu einem Waffenstillstand überredet, haben sie dazu gebracht, ihre Waffen abzugeben, und was ist dann passiert? Dieselben Loyalisten haben die britische Regierung mit ihren Stimmen im Unterhaus erpreßt und die Verhandlungen mit den Ulster-Nationalisten einfach eingestellt. Die Schweine.«

Da wußte ich, daß Elizabeth recht hatte. Ich wußte es, weil mein Magen sich umdrehte.

»Ich muß ihnen helfen, Theo. Deshalb bin ich noch mal verschont worden. Aber was kann ich tun? Ich kann niemandem trauen. Alles beobachtet mich. Die Brits. Parlamentsausschüsse. Die Medien, scheiß auf sie. Mein eigenes Kabinett. Gott noch mal. Mein eigenes Kabinett.«

Ich wollte da raus. Ich wollte nicht, daß diese Unterhaltung, wenn es denn eine Unterhaltung war, weiterging, aber Bain packte mein Handgelenk, als wären mir die Gedanken auf die Stirn geschrieben. Sein Griff hatte eine Kraft, die seinen kürzlichen Ausflug in die Gewässer vor der Küste des Todes Lügen zu strafen schien.

»Du mußt mir helfen, Theo«, sagte er. Er blickte an die Decke und begann zu keuchen. »Ich will nur, daß du dich an einer bestimmten Stelle sehen läßt. Mehr nicht.«

»Bain ...«

»Laß mich ausreden, Theo, hab wenigstens den Mumm, mich anzuhören.«

Er war klatschnaß. Ich erinnerte mich, daß Pa mich vor vierzig Jahren einmal in ähnlicher Weise gepackt hatte.
»Da kommt in vier Tagen ein Flugzeug aus Osteuropa«, flüsterte Bain. »Du brauchst nicht zu wissen, was es geladen hat, Theo. Es soll eigentlich in Dublin landen, aber dann wird es den Zielflughafen ändern. Es wird in Deilt landen.«
Ein Kopf erschien neben dem Bett wie ein auftauchender Seehund; eine winzige Frau trug das unberührte Tablett hinaus. Bain sog einen tiefen Atemzug ein, als tränke er.
»Bain, sag mir nichts weiter. Ich werd vergessen, was du da redest ...«
»Deilt, Theo! Die Leute am Dubliner Flughafen werden deinen Zollmann in Monument anrufen. Ein Telefonat von dir, Theo, von seinem Boß, und die Sache ist erledigt. Sag ihm einfach, du weißt Bescheid, du übernimmst den Fall. Du weißt Bescheid. Ein Anruf von dir, Theo, und er wird das Flugzeug vergessen.«
»Bain ...«
»Du hast die Macht, deinen Landsleuten zu helfen, Theo! Nicht mal ich kann das, und ich bin der Taoiseach. Wenn du in Deilt bist, kann die Maschine landen und entladen werden. Theo!«
Ich machte mich los und stand auf.
»Hör zu, ich weiß, du hast Schreckliches hinter dir«, sagte ich in dem Versuch, ihn zur Vernunft zu bringen. »Ich werd das deinem Zustand zuschreiben, Bain. Tut mir leid, wenn dir das im Moment nicht paßt, aber du wirst mir später noch dankbar dafür sein, das kann ich dir versichern. Diese Diskussion hat nie stattgefunden.«
Bain setzte sich auf. »O ja, bei Gott, sie hat stattgefunden!« rief er aus. »Was für ein Mensch bist du eigentlich, stehst da und siehst mich an und weißt, was ich durchge-

macht hab, und schlägst mir dann die erste wirkliche Bitte ab, die ich je an dich gerichtet habe? Den einzigen Gefallen?«

»Du machst einen Fehler«, sagte ich. »Du mußt dich jetzt gegen sie stellen, nach dem, was passiert ist, nicht nachgeben.«

»Also weißt du, was in Brüssel passiert ist.«

»Es wird alles rauskommen, Bain. Aber alle sind auf deiner Seite.«

»Was weißt du?«

»Daß es nicht Gott war, der dir das Zeichen in Brüssel geschickt hat, sondern der Stab der IRA.«

»Der alles ist, was noch zwischen ihrem Volk und einem Holocaust steht«, sagte Bain.

»Das ist eine politische Meinung«, sagte ich grimmig.

»Du machst es dir sehr einfach«, sagte Bain höhnisch. »Du sitzt im Rettungsboot. Dein eigen Fleisch und Blut ist am Ertrinken und streckt die Hand nach dir aus, und du fällst eine politische Entscheidung.«

»Ich werde dir nicht helfen, die Gesetze dieses Landes zu brechen, Bain«, sagte ich.

Ich sah zu, wie er in die Kissen zurücksank. Sein geschwollenes Zahnfleisch hatte seinen Worten die Schärfe genommen.

»Auf dem Flugplatz von Deilt wird die Lieferung von verzweifelten Leuten erwartet werden, Theo«, sagte er leise. »Die Lieferung wird nicht mal auf irischem Boden ausgepackt werden.«

»Warum sagst du nicht ›die Waffen‹ oder sogar ›die Raketen‹?«

»In Ordnung, die Raketen«, sagte Bain. »Sie fahren wieder nach Norden und sind in zweieinhalb Stunden über die Grenze. Ein ganzes Volk hängt davon ab. Alles, was

du tun mußt, ist den Telefonhörer abnehmen, einen Anruf machen und mir ein paar Stunden deines Lebens geben.«
Ich hätte sagen können, daß ich ihm schon weit mehr gegeben hatte.
»Es ist einfach nicht möglich.«
»Oder gib jemand anderem die Weisung, den Anruf zu machen.«
»Erst recht unmöglich«, sagte ich. »Bain, du kannst das nicht machen. Du denkst nicht klar.«
»Eine Lieferung, mehr wollen sie nicht von mir«, sagte er. »Die Anerkennung der Tatsache, daß wir ihnen die Mittel schulden, sich zu verteidigen.«
»Nicht, daß das wichtig wäre«, sagte ich, »aber es würde nie bei einer bleiben.«
»Ich mach das einmal und nur einmal«, sagte Bain nachdrücklich. »Da gibt es für mich keinen Zweifel.«
»Hör mal«, sagte ich. »In Ordnung, jetzt, wo ich weiß, worum es geht, laß mich dir einen Rat geben, den besten, den jemand dir je gegeben hat. Blas das Ganze ab, Bain. Die Raketen mögen den Republikanern vielleicht kurzfristig helfen, aber auf lange Sicht tun sie's nicht. Außerdem kann es nie funktionieren. Da gibt's zu viele Leute, die solche Dinge beobachten. Es gibt zu viele Verfahren, die genau dagegen entwickelt worden sind.«
»Und du«, sagte der Taoiseach, »bist wahrscheinlich die einzige Person in Irland, die sie umgehen kann.«
Ich hatte den größten Teil des Gesprächs hindurch am Fuß des Bettes gestanden und, um die Wahrheit zu sagen, ein Auge auf die Tür gehabt. Ich hörte das Hin und Her auf dem Korridor und konnte durch einen winzigen Spalt ab und zu eine weiße Tracht vorbeigleiten sehen. Wenn die wüßten, worüber hier drinnen gesprochen wurde.

»Du redest von Gesetzen«, sagte Bain und zog sich wieder hoch. »Es gibt Gesetze und es gibt politische Zweckmäßigkeiten. Das einzige wirkliche Gesetz ist das, welches du zwischen dir und deinem Gott ausmachst. Das ist mein Gesetz, Theo.«

»Dann sehen wir die Dinge verschieden«, sagte ich.

»Der menschliche Anstand allein müßte dir erlauben, mir zu helfen«, sagte Bain, und seine Stimme schien zu ersticken. »Menschlicher Anstand.«

»Ich kann das nicht machen«, sagte ich. »Tut mir leid, wenn du in Schwierigkeiten bist. Ich muß jetzt gehen.«

»Tu's nicht für mich als Taoiseach, Theo, oder für mich als jemand, der beinahe sein Leben für *deine* Prinzipien gegeben hat. Aber willst du es nicht für all die guten Jahre tun, die wir zusammen erlebt haben? Gott, wir sind schon so lange befreundet wie keine anderen zwei Männer, die ich kenne. Willst du das nicht dafür tun, Theo?« Er hatte zu weinen begonnen. »Haßt du mich so sehr, Theo? Willst du, daß ich vor dir niederknie und dich anflehe, ist es das, Theo? Gut, macht mir nichts aus, macht mir nichts aus.«

Er warf die Bettdecke zurück und schob die Beine mühsam zur Bettkante, zog die Schläuche und Drähte mit sich. Ich ging zu ihm hinüber. Die rötlichen Haare an Brust und Unterleib sprangen mich schockierend an.

»Um Himmels willen, Bain«, murmelte ich und drückte ihn in die Kissen zurück.

Er sah mit offenem Mund zu mir auf.

»Wirst du mir helfen, Theo?«

»Nein«, sagte ich fest. »Das werd ich nicht, das kann ich nicht.«

Bain seufzte. »Ich muß dir was sagen, Theo.«

Ich hatte vergessen, was für ein Gefühl es war, vor Bain

Angst zu haben. Als Kind war es für mich immer aufregend gewesen, wenn ich wußte, daß er nach Eillne kam, aber ich wußte jetzt, daß ein Teil davon Angst gewesen war.

»Wir sehen Verantwortung alle verschieden«, sagte er, aber jetzt mit giftiger, rachsüchtiger Stimme. »Du siehst sie darin, das Gesetz einzuhalten, ich seh sie darin, Menschen zu helfen, deren Identität bedroht ist. Also gut. Also gut.«

Er tippte leicht auf das Telefon neben sich, als wäre es eine Waffe, die er jederzeit einsetzen konnte.

»Ich habe noch eine andere schwere Verantwortung mit mir herumgetragen, Theo. Seit vierzig Jahren. Sie nennt sich die Wahrheit. Und weißt du was, ich bin es verdammt müde, sie mit mir rumzuschleppen.«

»Wovon redest du überhaupt?«

»Ich rede über das, was Pa mir eines Abends erzählt hat«, sagte Bain. »Da war er nicht betrunken, denn egal wie betrunken er sein mochte, darüber redete er auch im Suff nie. Das muß man ihm lassen. Nein, nein, diese Geschichte war etwas, das er in sich fest verschlossen hielt, wie mit Brief und Siegel. Aber an diesem Abend hat er geredet. Er hatte nichts getrunken. Weißt du, worüber er geredet hat, Theo?«

»Über mich wahrscheinlich.«

»Nein«, sagte Bain knapp. »Sparrow.«

Das traf einen wunden Punkt, und es muß mir anzusehen gewesen sein.

»Das gefällt dir nicht, was, Theo?« fragte Bain nickend. »Du hast Angst vor allem, was Sparrow verletzen könnte, nicht wahr?«

Das war der Bain, den ich kannte.

»Und?« sagte ich leise.

»Woher wußte Pa das, worüber er da redete?« sagte Bain nachdenklich. »Weißt du, trotz allem hat Pa Sparrow auf komische Art immer bewundert. Er ging ziemlich weit, brutal weit, aber nie zu weit. Sie war letztlich doch *seine Frau*. Er war hart mit ihr, aber da war eine gewisse Grenze, die er nicht überschritt.« Bain tippte sich an den Kopf. »Er wollte sie nicht zerstören, nicht seine Frau.«
»Weil es auf ihn zurückgefallen wäre«, sagte ich trocken.
»Vielleicht. Aber trotzdem. So war Pa«, sagte Bain. »Aber Pa hatte es, so wie ich jetzt, einfach satt, diese Wahrheit mit sich herumzuschleppen. Vielleicht wollte er die Last mit jemandem teilen. Wer weiß?«
Bain schien die Umstände, die es erforderten, mich so zu quälen, vergessen zu haben, er hatte Spaß an der Sache. Er trank einen Schluck Wasser.
»Was ist vor all den Jahren in Wirklichkeit mit Sammy Tea passiert?« fragte er rhetorisch. »Er war doch ein Mann, dem die Welt zu Füßen lag. An einem Tag geht er den Long Quay entlang, der Dandy von Monument, am nächsten – presto! – ist er in der Klapsmühle. Was ist da passiert?« Bain sah mich mit verschlagenem Blick an. »1905, Theo. Das ist das Jahr. 1905.«
»1905 wurde Sparrow geboren.«
»Genau, aber wann 1905?«
»Februar.«
»Februar 1905. Genau, Theo«, sagte Bain. »Geh mal in Monument aufs Standesamt und guck dir die Geburten an. Da findest du Martha Love, geboren im Februar 1905. Name des Vaters, Samuel Love. Name der Mutter, Mary Love. Geburtsname der Mutter? Taucht aus irgendeinem Grund nicht auf.«
»Ist das dein großes Geheimnis?«
Bain lächelte, den Zeigefinger erhoben. »Eine Minute

noch, Theo, gib mir noch eine Minute. Jetzt bist du im Standesamt. Du hast Sparrows Geburtsschein angeguckt. Wenn du schon mal da bist, guck doch auch mal in die Todesfälle.«

Er stürzte sich auf das Wort »Todesfälle« wie ein Hund, der vorher nur herumgespielt hat, sich ernstlich auf den Knochen stürzt.

»Geh drei Monate zurück«, flüsterte Bain. »1904. Guck nicht unter Love nach, sondern unter Sweeten. Mary Sweeten, unter dem Namen wurde sie eingetragen, dafür hat Sammy Tea gesorgt. Starb am 26. November 1904. Drei Monate, bevor ihre Tochter zur Welt kam, Theo!«

Natürlich. Ich glaube, ich mußte lächeln. Natürlich.

»Und wenn dich das amüsiert, Theo, dann wirst du vor Lachen sterben, wenn du das Folgende hörst«, sagte Bain angespannt. »Wo ist Baby Love, Sammy Teas schöne Tochter, die ganze Zeit? Ich kann dir sagen, wo. Sie ist in einer Kate sechs Meilen von Monument entfernt bei Nanny Morrisseys Schwiegereltern, den Foxes, mit einem sehr dicken Bauch. Und was macht Sammy Tea? Sobald sie ihr Kind zur Welt gebracht hat – nur ein paar Tage später –, schenkt er dem jungen Frank Fox fünfhundert Pfund, ein Vermögen, damit er mit ihr nach Amerika geht. Aber Baby war ein Kosename. Wie hieß Baby wirklich?«

Bain nickte. »Sie hieß Mary. Nach ihrer armen Mutter. Sparrow war Babys Tochter – und ihre Schwester, Theo. Sammy Tea hat seine eigene Tochter geschwängert.«

Ich konnte Bain nicht hassen, weil ich die Wahrheit nicht hassen konnte.

»Warum haben sie Sparrows Geburt überhaupt gemeldet?« war alles, was mir einfiel. »Das hätten sie doch lassen können, und in zwanzig Jahren hätte niemand mehr daran gedacht.«

»Nanny Morrissey hat das gemacht«, schmunzelte Bain. »Ohne Sammy Tea was davon zu sagen. Nanny Morrissey ging alleine los und meldete die Geburt und den Namen der Mutter. Sobald das standesamtlich verzeichnet war, konnte man nichts mehr machen. Als Sammy Tea begriff, was passiert war, verlor er den Verstand.«

Es war ein seltsamer Ort und eine seltsame Zeit, die Antwort auf ein altes Geheimnis zu erfahren, vielleicht das endgültige Geheimnis. Ich war nicht der Sohn meiner Mutter, sondern ihr Halbbruder. Dann erinnerte ich mich plötzlich an den Zusammenhang, in dem Bains Geschichte stand.

»Sparrow darf das natürlich nie erfahren«, sagte ich unklugerweise. »Dafür ist sie zu alt.«

»Sie ist zu alt, um das nicht zu erfahren«, sagte Bain bitter. »Warum sollten wir dieses Wissen mit uns herumschleppen? Hat sie nicht ein Recht zu erfahren, daß sie eine Art Mißgeburt ist? Daß ihr Vater, den sie in ihrer Erinnerung noch immer anbetet, nichts als ein inzestuöser alter Bastard war? Was? Ich finde ja, Theo. Ich habe nicht den geringsten Zweifel.« Er legte sich zurück. »Das lastet seit langem auf mir. Ich werd einen Wagen nach Eillne schicken. Sie will mich hier sowieso besuchen. Das werd ich tun, genau das.« Er grinste zahnlos. »Ich freu mich wirklich darauf, die alte Dame mal wiederzusehen.«

Es machte keinen Sinn, noch lange über das quid pro quo zu reden. Ich wußte, worum es ging, und Bain wußte, daß ich es wußte. Ich brauchte Zeit zum Nachdenken. Ich stand auf und fragte mich einen Moment, ob es eine Maschine gab, an der Bain hing und bei der ich nur einen Schalter umzulegen brauchte, um ihm zu geben, was er verdiente. Wenn das alles eine Woche vorher passiert

wäre, hätte ich ihn in seinem geschwächten Zustand noch mit einem Kissen ersticken können.
»Ich brauch etwas Zeit«, sagte ich.
»Du kannst vierundzwanzig Stunden haben, mehr nicht«, sagte Bain.
»Ich werd dir nicht sagen, was ich von dir halte«, sagte ich vom Fußende des Bettes. »Das wär sowieso sinnlos.«
»Und versuch nicht, mir noch was abzuhandeln, Theo«, sagte Bain. »Wir haben keine Zeit mehr, rumzumachen. Morgen um diese Zeit sagst du mir entweder, daß du's tust, oder sie kommt hier rauf und hört alles.«
Mein Begleiter wartete noch draußen auf dem Gang. Er blieb bis zu dem Ring aus Stahl, den Sperrgittern, dicht hinter mir. Ich ging noch hundert Schritte weiter auf das Meer zu. Ich brauchte frische Seeluft. Wenn ich geglaubt hätte, daß ich Bain durch Gebete beseitigen könnte, hätte ich gebetet. Als ich aus der Entfernung zur Klinik zurückblickte, sah ich eine Bronzeskulptur auf dem Dach. Zwei Schlangen mit geöffneten Mäulern, einander umschlingend. Bain und Pa, dachte ich, als ich davoneilte und versuchte, die Panik, die mich erfaßt hatte, abzuschütteln. Pa und Bain.

15

Elizabeth sagte: »Du bist im Regen herumgelaufen.«
Ich ging ins Schlafzimmer und zog meine nassen Sachen aus.
»Hast du die Abendzeitungen gesehen?«
»Nein.«
»Es gibt Gerüchte über Umbesetzungen bei der Polizei. Sie schreiben, deinem Freund Pax steht das Wasser bis zum Hals.«
Vielleicht sollten wir zusammen nach Eillne zurückgehen, nur Pax und ich. Wir könnten in Ruhe Jazz hören.
»Ist irgendwas?« fragte Elizabeth von der Tür aus.
»Nein.«
»Wo warst du, Liebling?«
»Bain besuchen.«
»Im Krankenhaus?«
»Ja.«
»Wie geht's ihm?«
»Er sieht furchtbar aus. Sein Kopf ist verbunden. Er hat die Schneidezähne verloren, sein Gesicht ist voller Blutergüsse, und sie haben ihm den Schnurrbart abrasiert. Aber er hat das Schlimmste hinter sich.«
»Zieh doch nur irgendwas an, du weißt schon«, murmelte Elizabeth. »Und dann kochst du uns was.«
»Ich hab überhaupt keinen Hunger.«

»Ich hab Kammuscheln gekauft«, sagte Elizabeth. »Ich hab eine ständige Sucht danach.«
»Ich hab keine Lust zu kochen.«
»Ich mach sie.«
»Laß uns lieber ausgehen.«
»Dann muß ich mich aber jetzt umziehen«, sagte Elizabeth.
Ich wollte nicht allein mit ihr in der Wohnung bleiben und meine ganze Energie daran verschwenden, die Fragen abzuwehren, die unvermeidlich kommen würden, nun, da sie wußte, daß ich bei Bain gewesen war. Ich sprang von einer abenteuerlichen Lösung zur nächsten. Ich dachte, wenn auch nicht lange, daran, Sparrow aus dem Weg zu räumen und damit auch Bains Drohung. Ja, ich dachte daran, meine Mutter umzubringen, oder was immer sie sein mochte. Sie war sehr alt. Meine Hand auf ihrem Mund und ihrer Nase. Sie würde in einer Minute tot sein, mit weniger Widerstand als eine Henne und ohne Schmerzen. Sie war dreiundneunzig.
Ich zog ein kariertes Hemd an und betrachtete mich im Spiegel. Ich sah nicht aus wie ein Mann, der daran dachte, einen Mord zu begehen. Ich wirkte ruhig, wenn auch ein bißchen schmal und erschöpft. Ich fragte mich, ob ich langsam verrückt wurde.
»Laufen, mein Auto, oder Taxi?« fragte Elizabeth wieder von der Tür aus. Sie hatte schon den Mantel an und ihre Tasche in der Hand.
Ich wollte es nicht riskieren, wieder zu Fuß zu gehen. Vor einigen Minuten, als ich von der Blackrock-Klinik zurückgekommen war, hatte ich plötzlich das feste Gefühl gehabt, daß haarige Warzen überall auf meiner Zunge gewachsen waren. Es war so, als wäre in dem Augenblick, als ich der ganzen Welt von meinem Dilemma erzählen

wollte, meine Zunge von dieser Heimsuchung getroffen worden. Es war ein scheußliches Gefühl. Ich rannte zu einigen haltenden Wagen hinüber, um meine Zunge in ihrem Außenspiegel zu betrachten; die Frau am Steuer hatte verständlicherweise trotz der roten Ampel aufs Gas getreten und war mit quietschenden Reifen davongerast.

Elizabeth fuhr uns nach Dalkey hinaus, eine Fahrt, bei der wir an der Blackrock-Klinik vorbeimußten. Da drinnen war das Ungeheuer, dessen Schatten mein ganzes Leben verdunkelt hatte. Aber selbst zu diesem Zeitpunkt, da die Guillotine der Vergangenheit mit blanker Klinge über mir hing, konnte ich Bain nicht wirklich alle Schuld zuweisen. Ich begann tatsächlich, Entschuldigungen für ihn zu erfinden; nicht nur die, daß er sich vor seinen drohenden Attentätern schützen mußte, sondern höhere, die mit Patriotismus und Abstammung und Blut zu tun hatten. Nach allem, was er mir angetan hatte, war es mir noch immer nicht möglich, ihn auf Dauer zu hassen.

Normalerweise hätten Elizabeth und ich an einem solchen Abend mit großer Vorfreude über das Essen diskutiert.

»Bestell für mich mit«, sagte ich und ging auf die Toilette. Da war wieder ein Spiegel. Ich suchte in meinem Gesicht nach einem Grund – jeder war mir recht –, der mein Gefühl der Verantwortung für Sparrows Glück gerechtfertigt hätte. Warum war mir das so unendlich wichtig? Hatte Sammy Tea es nicht verdient, letztlich als der dazustehen, der er war, ein Tier, und dem ehrenden Gedächtnis meiner dreiundneunzigjährigen Mutter entrissen zu werden – wenn sie denn meine Mutter war. *Ich bin verrückt*, sagte ich zu meinem Gesicht. *Wenn du das sagen kannst, bist du nicht verrückt*, antwortete mein Gesicht.

Ich fragte mich, ob ich mich in der Mitte eines Alptraums

befände, aus dem ich bald erwachen würde. Oder vielleicht war ich auch gestorben und lag schon längst in der Erde von Monument, und dies hier war nur ein Schatten meiner selbst.
Daß ich mich erleichtern mußte, war fast eine Beruhigung. Leichen müssen nicht auf die Toilette. Ich schob den Riegel vor. Was ich brauchte, war ein großer Sprung der Phantasie, kühn und befreiend, eine Idee, aber nicht eine, die etwas damit zu tun hatte, entweder den Taoiseach oder meine Mutter umzubringen. Das war amüsant genug, um mich einen Moment lang in Lachen ausbrechen zu lassen. Mein Gelächter hallte in der engen Toilette wider. Das einzige, was mich mit der Wirklichkeit verband, war die Ausscheidung meines Körpers, die sich wie eine Schlange ungebrochen in das Toilettenbecken wand – so jedenfalls kam es mir vor.
Ich brauchte einen Beweis meiner Existenz. Ich biß mir auf die Zunge, daß sie blutete, während ich mich in Gedanken aus dieser Schlinge herauszuwinden suchte, in der sich mein ganzes Leben abgespielt hatte. Es könnte eine so leichte Entscheidung sein: Bains Bluff kontern, Pax informieren, auch wenn Pax vielleicht nicht mehr die Macht hatte wie früher; nach Eillne fahren und Sparrow die Geschichte selbst erzählen. Aber in dem Augenblick, da ich versuchte, mir das vorzustellen, wußte ich auch schon, daß es zum Scheitern verurteilt war. Ich stand auf und blickte neugierig in die Toilette, um zu sehen, was für ein Monstrum ich da zur Welt gebracht hatte. Aber unter der Wasseroberfläche trieben nur drei kleine Klümpchen, weniger als ein Kaninchen bei einem Morgenausflug hervorbringen würde.
Ich merkte, daß ich weinte. War das alles, was ich, Theodore Shortcourse, in der Stunde meiner größten Bedürf-

tigkeit aufrufen konnte? War das alles, was mich ausmachte, trotz all meiner Vorstellungen von mir selber? Mich selbst zu töten, war natürlich auch eine Option, eine, die ich bisher vermieden hatte. Konnte der Tod schlimmer sein als das, was ich nun würde ertragen müssen?

Ich hatte erwartet, daß Elizabeth bestellt und schon ein Glas Wein getrunken haben würde, als ich an unseren Tisch zurückkehrte, aber sie hatte immer noch die Brille auf der Nase und studierte die Speisekarte. Ich begriff, daß ich nicht eine halbe Stunde, sondern nur fünf Minuten fort gewesen war.

»Sie haben frischen John Dory«, sagte Elizabeth. »Oder Mönchsfisch.«

»Jack O'Dea!« rief ich aus.

»Liebling?« sagte Elizabeth mit einem fragenden Lächeln.

»Entschuldige«, sagte ich. »Aber ich muß Jack O'Dea sprechen.«

Vielleicht weil sie ein ganzes Leben mit Krisenbewältigung in der politischen Arena zugebracht hatte, war Elizabeth genau die Frau, die man unter solchen Umständen brauchte.

»Ich fahr dich hin«, sagte sie.

»Du bleibst hier und ißt.«

»Nein, ich fahr dich. Dann fahr ich nach Haus und koch die Muscheln«, sagte sie praktisch.

Jack war Priester, und er, der die Sünden anderer mit in sein Grab nahm, würde vor meinem Dilemma nicht zurückschrecken, sondern vielleicht sogar Rat wissen.

Wir fuhren in einem untypischen Schweigen nach Dublin zurück, rollten die Küste wie ein Ehepaar entlang, das sich die Freuden der Unterhaltung längst abgewöhnt hatte. Elizabeth war nicht böse auf mich, sie wartete nur ihre

Zeit ab. Ich begann die Autos vor und hinter uns auf Anzeichen ungewöhnlichen Interesses zu beobachten, als hätte ich bereits getan, was Bain von mir wollte. Es war auf unheimliche Weise eine Wiederholung der Vergangenheit: die Schuld, die Unausweichlichkeit und – ja! – die Erregung. Nicht so sehr die Erregung des bevorstehenden Vergehens selbst, sondern die geheimnisvolle und degradierende Attraktion, die darin lag, wie eine Hure benutzt zu werden. Aber auch das war nur ein Teil des Ganzen und ein höchst unappetitlicher dazu. Wellen des Ekels über den Verrat an meiner Pflicht als Beamter gingen über mich hinweg, und die warmen Erinnerungen an die Kindheit konnten die Verzweiflung über meine Lage nicht mindern.

Dún Laoghaire war merkwürdig leer. Ich konnte natürlich Pax von der Kette lassen, der ein ganzes Leben auf diese Gelegenheit gewartet hatte. Dies konnte Pax sogar *retten*! Einfache Gerechtigkeit! Ein wirrer Haufen von Subversiven wird in Deilt festgenommen. Die Raketen werden sichergestellt. Aber wie war Bain irgend etwas zu beweisen? Mein Anteil an dem Verrat an Bain wäre dagegen offensichtlich, und Bain konnte Sparrow allen Stolz rauben, mühelos, so wie man einer Fliege die Flügel ausriß. Pax also nicht. Aber hatte ich die Entscheidung nicht schon vor Jahrzehnten getroffen?

Als wir vor seinem Haus in Ballsbridge eintrafen, war Jack O'Dea gerade dabei aufzubrechen. Mit dem Autoschlüssel in der Hand stand er vor seinem Wagen, einen Spazierstock unter dem Arm. Er wollte mit uns in die Wohnung zurückkehren, aber als ich ihm erklärte, daß Elizabeth nicht bleiben würde, schlug er vor, daß ich ihn bei seinem abendlichen Spaziergang begleiten solle.

»Eine sehr attraktive Frau«, sagte Jack, während wir wie-

der zum Meer hinausfuhren. »Hast du eigentlich für diese alte Geschichte einen Dispens eingeholt?«
»Sie meinen meine Ehe mit Juliet?«
»Ja.«
»Die Mühe hab ich mir nie gemacht.«
»Lebt sie noch?« fragte Jack.
»Das weiß ich nicht.«
»Wenn sie tot wäre, hättest du keine Schwierigkeiten«, bemerkte Jack.
Sich vorzustellen, daß Juliet, die schöne Juliet, tot war, und daraus auch noch einen Vorteil zu ziehen, fügte dem Abend ein weiteres Element der Desillusionierung hinzu.
Jack parkte den Wagen und wir gingen den Bull Wall entlang, der wie ein muschelbewachsener Zeigefinger in die Bucht von Dublin hinausweist.
»Was hast du also auf dem Herzen?« fragte Jack. Er ging zu meiner Rechten, den Stock mit dem Elan eines Offiziers schwingend. »Nicht, daß es etwas Besonderes sein muß, natürlich. Ich freue mich immer, einen alten Freund aus Monument zu sehen.«
»Ich hab ein wirkliches Problem, Jack.«
Jack brachte ein sympathisierendes Glucksen hervor und berührte mich am Arm.
»Bain hat mich heute in die Klinik kommen lassen«, sagte ich. »Wir haben uns da ja gesehen. Er ist in einem schrecklichen Zustand, Jack, er hat keine Kontrolle mehr über sich.«
»Keine Kontrolle«, sagte Jack.
Mein Bericht, fand ich, hätte ein Stehenbleiben verdient gehabt oder eine kleine Pause zumindest, aber Jack behielt seinen forschen Schritt bei, als seien seine körperliche Ertüchtigung und meine Enthüllungen über die Absicht des Taoiseach, das Gesetz zu umgehen, synchrone

Dinge. Vor uns schien das nächtliche Meer, schwach vom Himmel und von den Lichtern Dublins hinter uns erhellt, weit höher zu sein als die Mauer, auf der wir dahingingen. Je weiter wir hinauswanderten, desto stärker wurde das Gefühl, sich in der Weite der See zu verlieren. Ich erzählte Jack alles außer Bains letzter Folge in der Familiengeschichte meiner Mutter. Ich machte Jack sehr klar, daß Bain im Krankenhaus lag, weil die IRA ihn dort hineingebracht hatte, und daß seine plötzliche Bekehrung zum Erretter der republikanischen Sache nicht auf Überzeugung beruhte, sondern auf nackter Angst.

»Und was erwartest du von mir, Theo?« fragte Jack, als wir schließlich nicht weitergehen konnten. »Was kann ich tun, um dir deine Gewissensqualen zu erleichtern?«

Jack, dem im Laufe der Jahre Kindesmörder ihre unsagbare Sünde ins Ohr geflüstert haben mußten, sah mich unerbittlich an. Er hatte die Körpersprache der Vergebung gelernt, die die sehr Guten in der Gegenwart der sehr Bösen gebrauchen und die in Augenblicken wie dem auf dem Damm wie eine vernichtende Güte wirkte. Er berührte seine Brust mit den Spitzen seiner zusammengelegten Finger.

»Was soll ich dazu sagen, Theo? Was soll ich tun?«

»Ich nehme an, ich betrachte Sie als alten Freund«, sagte ich tastend und fügte dann hinzu: »Und auch als Priester«, um die vertrauliche Natur unseres Gesprächs zu betonen. »Ich glaub, ich brauch einfach jemanden, mit dem ich reden kann. Verdammt, Jack, das kann für alle Beteiligten enorme Konsequenzen haben.«

»Natürlich, natürlich«, sagte Jack, und wir kehrten um, die Gesichter nun dem bernsteinfarbenen Glühen Dublins zugekehrt und einer bisher unbemerkten Brise.

»Hat Bain Ihnen von seinem Problem erzählt?« fragte ich, rief dann: »In der Klinik?«
Jack hielt den Kopf gesenkt. Er schien auf jeden Schritt zu achten, was auf dem Weg hinaus nicht nötig gewesen war, und brauchte daher, stellte ich mir vor, länger, um eine Antwort zu formulieren. Aber wir waren mindestens zwanzig Schritte gegangen, als er das Schweigen brach.
»Weißt du, wie ich Bischof geworden bin, Theo?« bellte er. »Ich sag's dir. Ich bin immer den Mittelweg gegangen. Es gibt Gut und es gibt Böse, aber es gibt auch Abschattungen von beidem, und wenn das der Fall ist, haben wir per definitionem einen Zustand, der zu gleichen Teilen aus beiden besteht. Ich bin ein Mann der Mitte, Theo. Wenn man in der Abenddämmerung zu Hause sitzt, bei eingeschaltetem Licht, und hinaussieht, denkt man, meine Güte, es ist ja schon stockdunkel da draußen. Aber das ist es gar nicht. Wenn man hinausgeht, merkt man, daß man noch sehr gut sehen kann, und der Raum, den man verlassen hat, ist hell wie ein Stern. Aber das ist er gar nicht, es ist nur die eine Lampe, die man angelassen hat.«
Jack rief das in den Wind wie in einen riesigen Verzerrer, der ihm zum Versenden seiner Worte nur einen winzigen Moment ließ, bevor er sie unwiderruflich verschluckte.
»Man kann versuchen, gut zu sein«, brüllte er weiter, »aber man kann von einer ganzen Reihe von gegensätzlichen Kräften abgelenkt werden. Man mag eitel sein, keine allzu große Sünde, aber unvereinbar mit dem sehr Guten. Man mag sich wünschen, gesellschaftlich wichtig zu sein, und demselben Problem gegenüberstehen. Im Osten halten sie den Ehrgeiz für ein größeres Übel als fast alles andere, aber hier bei uns ist das Begehren eine unausgesprochene Lebensart.«
Jack trug eine Jacke mit Reißverschluß und war im Ver-

gleich zu mir mit meinem wie wild schlagenden Trenchcoat der Aerodynamischere von uns.
»So bin ich Bischof geworden, Theo. Ich habe nie das Absolute gepredigt, nicht einmal wenn es um das Wort Gottes ging, das sicherlich dem Absoluten am nächsten kommt. Man hat mich nie als Liberalen oder Konservativen etikettiert, selbst wenn es um das satanischste Böse ging. Ich war und bin ein Priester, ein Hirte, ich salbe die Sterbenden, konfirmiere die Jungen, ich höre die Beichte, gebe Almosen, heile die Seelen und tröste jene, die der Kummer trifft. Aber ich bin auch ein Lobbyist, ein Schmeichler, ein Mann der Konferenzen und Ausschüsse, ein Finanzier, ein Mann, der Märkte beobachtet und aus eigener Kraft und eigenem Ehrgeiz wohlhabend geworden ist. Anders gesagt, ich bin ein Politiker, Theo, wie es auf die eine oder andere Weise alle erfolgreichen Männer sind. Und das bedeutet auch, das Leben nicht in den Begriffen einer absoluten Moral zu sehen, sondern den Mittelweg zu finden.«
Wir waren wieder am Wagen angekommen.
Jack sagte: »Deshalb ist die katholische Kirche immer eine so große Institution geblieben, Theo. Sie ist in höchstem Maße politisch. Sie kann auf einem Kontinent auf der Seite der Linken stehen und auf einem anderen die Rechte vertreten. Sie hat die Werbung fünf Jahrhunderte vor allen anderen erfunden und perfektioniert und ist dann in die Politik gegangen. Sie hat aus der Politik eine zivilisierte Berufung gemacht, als Amerika noch ein Sumpf war und die herrschenden Familien von England einander abschlachteten. Das hat sie nicht geschafft, indem sie sich jeden Tag mit Fragen der Moralphilosophie gequält hat. Sie hat immer ihre Kräfte realistisch eingeschätzt und dann politische Entscheidungen getroffen.«

Wir fuhren zwischen Speichern und den großen runden Tanks hindurch, in denen Öl gelagert wird.

»Schätze deine Kräfte realistisch ein, Theo, und geh dann den Mittelweg«, sagte mein Freund, der Bischof von Monument. »Vergiß Absolutheiten. Ich meine mich zu erinnern, daß auch dein Amt im Laufe der Jahre immer wieder Steuersündern Amnestien angeboten hat. In anderen Worten, auch ihr habt die Herrschaft des Gesetzes ab und an aufgehoben, vermutlich aus Gründen der Zweckdienlichkeit.«

Jack legte mir leicht eine Hand auf den Arm.

»Sie ist eine wunderbare Frau – Elizabeth. Du kannst von Glück reden, sie zu einer solchen Zeit an deiner Seite zu haben.«

Ich bat Jack, mich ein Stück von meiner Wohnung entfernt abzusetzen. Meine Enttäuschung darüber, daß er mir die Entscheidung nicht abgenommen hatte, wurde ein wenig gemildert durch die sorgsame Weise, mit der er sich meines Problems angenommen hatte. Dunkelheit, wenn man sie noch so beschreiben durfte, hatte sich über die Bucht gesenkt. Die fernen, einander gegenüberliegenden Lichter von Howth und Dún Laoghaire weckten in mir die ganz unrealistische Erwartung, daß mein Problem dadurch gelöst werden könnte, daß ich an einen weit entfernten Ort zog. Ich fragte mich – ungerechterweise –, welchen Mittelweg Jack in den Fragen des Fleisches gegangen war. Gedanken an mein Glück auf diesem Gebiet weckten meine Sehnsucht nach Elizabeth. Ich fragte mich in echtem Erstaunen, wie ein Mann in meiner Lage noch Zeit haben konnte, über solche Dinge nachzudenken, da doch jede Minute der Lösung der Krise gewidmet sein sollte, in der er unterzugehen drohte. Und dann verstand ich, was Jack meinte.

Ich lief nach Hause. Von dem Punkt, an dem mich die Offenbarung traf, bis zu meiner Wohnung war es nicht mehr weit, und trotzdem lief ich los. Ich lief die Treppen hinauf. Als wäre ich ein Schachmeister, lagen die vielen Züge, die meiner Strategie den Sieg bringen würden, in großer Klarheit vor mir.

»Dein Freund Pax Sheehy hat angerufen. Er möchte dich sprechen«, sagte Elizabeth über ihrer Tasse Kaffee. Sie wirkte bei meinem Anblick stark beunruhigt.

Dieser bereits ereignisreiche Abend war noch in anderer Hinsicht bemerkenswert. Zunächst war da die verzweifelte Art, wie wir miteinander schliefen. Es war daran ein klares Element von beiden Seiten gewünschten Schmerzes. Ungewöhnlich, wenn auch nicht einmalig, war die Tatsache, daß ich die dominante Rolle spielte. Unsere üblichen Subtilitäten wurden von der leidenschaftlichen Wut meiner Bedürfnisse weggewischt. Ich war ein anderer Mann, und Elizabeth wurde daraufhin zu einer anderen Frau, einer Hure, deren Fingernägel die ganze Länge meines Rückens zeichneten, als ich ihr das Höschen herunterriß und rücksichtslos in sie eindrang. Sie stieß mir das rechte Knie in die Brust und warf mich auf den Rücken. Das Bett stöhnte unter dem Aufprall.

»Du Schwein!« zischte sie. »Scheiße.«

Sie setzte sich so abrupt auf mich, daß ich glaubte, ich müßte zerbrechen. Sie manövrierte erst einen Fuß, dann den anderen auf meine Schultern. Stöhnend begann sie dann, sich vor und zurück zu lehnen, als ruderte sie ein Boot. Als sie sich ganz zurücklehnte, wurde der Druck auf meine Erektion unerträglich, erleichtert erst im letzten Moment, als sie ihre Stellung veränderte.

»Gott«, keuchte ich.

»Schwein!« sagte sie mit zusammengebissenen Zähnen. Wieder lehnte sie sich zurück. Und vor. Wie alles an dieser Begegnung kam ihr Orgasmus abrupt, begleitet von einem wilden Zittern. Ich packte sie, als sie sich nach vorn lehnte, meine Hände drückten ihren Kopf in meinen Brustkorb, sie biß mich hart, und dann kniete ich mich hin und stand danach mit dieser stöhnenden Frau an mich geklammert auf, ihren Kopf zwischen ihren Beinen, ihre Fersen auf meinen Schultern. Ich kam plötzlich. Meine ganze Haut erbebte wie die Kehle eines Iguana. Ich brüllte los.

Wir lagen Kopf an Fuß auf dem Bett, keuchend, ich nicht ganz frei von Scham. Der lange leidende Wohnungsinhaber unter uns klopfte laut protestierend an die Decke.

»Elizabeth?«

Sie antwortete nicht. Auf dem Rücken liegend, sah sie auf das Fenster, in Gedanken verloren.

»Elizabeth?«

Sie sah mit einem seltsamen Ausdruck in den Augen zu mir auf.

»Wirst du mich heiraten?« fragte ich.

Sie antwortete nicht sofort. Sie begann auch nicht zu weinen, wie es angeblich manche Frauen in so entscheidenden Momenten tun. Statt dessen sah sie mich weiter an, als wäre ich jemand, der sie auf der Straße angesprochen hatte und fragte, ob sie ein Pfund wechseln könne.

»Vielleicht«, sagte sie schließlich.

»Ich muß das wissen, Elizabeth.«

»Ich hab gesagt, vielleicht.«

»Es ist nicht ausgeschlossen?«

»Natürlich nicht«, sagte sie mit einer Andeutung der alten Zuneigung und streichelte meine Hand mit ihren Knöcheln. »Wieso hast du's plötzlich so eilig?«

»Ich brauche … ich brauche sicheren Boden unter den Füßen«, sagte ich.
»Was heißt das, Theo?«
»Ich brauche dich, ich muß dich in etwas hineinziehen«, sagte ich. »Etwas sehr Wichtiges.«
»Ich verstehe.«
»Und was ich sagen will, ist: Wir lieben uns, aber wir sind nicht verheiratet, und juristisch bedeutet die Ehe auch bestimmte gegenseitige Absicherungen, und die werd ich brauchen, um ganz ehrlich zu sein.«
Sie wurde nachdenklich. Sie glitt vom Bett, zog ihr Höschen an und eine kleine Weste, die ihre Brüste zur Geltung brachte, und darüber einen leichten Morgenmantel, den sie mit einem Gürtel zuband. Sie machte einen festen Knoten hinein und setzte sich dann im Schneidersitz auf die Tagesdecke.
»Du solltest mir sagen, was da läuft, Theo«, sagte sie ruhig. »Ich werde ja sagen, aber nicht am Ende eines Abends, an dem mich dein Benehmen vor Sorge verrückt gemacht hat.«
Ihre Augen waren zwei dunkle Teiche der Vernunft, die mir plötzlich unendliche Erleichterung versprachen. Jack hatte recht gehabt.
Sie sagte leise: »Du kannst es mir als deiner Frau sagen, Theo, wenn du dich dann besser fühlst. Es wäre schließlich nicht das erste Geheimnis zwischen uns.«
Also erzählte ich es Elizabeth. Alles. Ich erzählte ihr von Bain und den Raketen und dem Flugzeug. Ich ersparte ihr auch nicht die Tatsache, daß mein Großvater ein Ungeheuer gewesen war, der seine eigene Tochter mißbraucht hatte, als sie kaum in der Pubertät war. Die vergessenen Tage in Atlantic City rief ich für sie wach. Ich war nicht Sparrows Sohn, sondern ihr Bruder, einer Schwester ge-

stohlen, deren Tochter sie war. Mein Leben und das Bains hatten sich an diesem Kreuzweg getroffen.
»Aber es gibt einen Mittelweg«, sagte ich selbstzufrieden.
»Das freut mich, Theo«, sagte Elizabeth ruhig. »Und der wäre?«
»Ich werd das Flugzeug landen lassen. Ich werd sie die Raketen nach Norden transportieren lassen«, sagte ich. »Aber wenn sie die Grenze überschreiten, fangt ihr sie ab.«
»Ich verstehe.«
»Dann haben alle ihre Verpflichtungen erfüllt«, sagte ich. »Bain hat getan, was die IRA von ihm verlangt. Ich habe Bain geholfen. Die Terroristen sind die Raketen los, aber sie werden nie erfahren, wie das geschehen ist. Ihr Geld ist weg, was es für sie schwierig machen dürfte, es in naher Zukunft noch mal zu versuchen.«
»Und Sparrow bleibt die Wahrheit erspart.«
»Ja, Sparrow wird verschont.«
Ich erwartete zumindest Anzeichen von Widerstand gegen meine Lösung, war darauf vorbereitet, ihn mit einer ganzen Batterie von Argumenten zu überwinden, aber statt dessen nickte Elizabeth langsam.
»Es ist zu machen«, sagte sie.
»Natürlich weiß ich jetzt, wer Bain wirklich ist.«
»Natürlich.«
»Und wie seine langfristigen Pläne auch aussehen mögen, er wird mich nie wieder in so etwas hineinziehen können.«
»Wirklich? Wie willst du das verhindern?«
»Ich werde mich am Jahresende pensionieren lassen und meine Zeit damit verbringen, meine Frau zu verwöhnen«, sagte ich.

16

Zeit ist mir das einzige wirkliche Rätsel. All die anderen, selbst jenes der willkürlichen Natur von Gottes Gnade, kann ich auf die eine oder andere Weise durch Philosophie oder willentliche Glaubensakte lösen. Zeit ist das große Dilemma. Ich kann mir alles vorstellen, nur nicht das Fehlen der Zeit; und da sich daraus ergibt, daß Zeit in allem eine Rolle spielt, was ich mir vorstellen kann, frustriert es mich unendlich, daß ich so sehr von etwas abhänge, das so unfaßbar bleibt.

So scheint es mir heute, als hätten sich die Ereignisse der folgenden Tage nicht in einem bestimmten Zeitraum meiner Vergangenheit zugetragen, sondern in einem fernen Jahrhundert. Es ist, als hätten diese Dinge mit dem Mann, der ich war und bin, äußerst wenig zu tun. Und doch kann ich, als wäre ich ein Student, der sich ganz auf die Analyse dieser, meiner Person konzentriert hat, jede Minute jener Tage ins Gedächtnis zurückrufen, frei von Emotion, festgehalten im Dauerfrost der Erinnerung.

Elizabeth fuhr am folgenden Tag nach Hause. Die Erotik des vorhergehenden Abends berührten wir mit keinem Wort, beide zogen wir es offenbar vor, über die Bedeutung unserer ungewöhnlichen Leidenschaftlichkeit nachzudenken, wenn wir allein waren. Im schlimmsten Fall hatte sie Züge in uns zum Vorschein gebracht, die wir vielleicht lieber nicht anerkannt hätten; im besten Fall zeigte sie, daß wir uns, was akrobatischen Sex anging, mit den Besten messen konnten.

Was die Behandlung der Raketenlieferung anging, so war daran nichts übertrieben Konspiratives. Der Tag. Die Zeit. Der Ort. Ich bat Elizabeth dafür zu sorgen, daß niemand dabei zu Tode kam, und Elizabeth versprach mir, diese Bitte im Rahmen des ihr Möglichen weiterzugeben und ihr Nachdruck zu verleihen. Meine fast allmächtige Intervention zugunsten der armen Teufel, deren Unternehmung ich zum Scheitern verurteilt hatte, trug sehr zur Hebung meiner Stimmung bei. Ja, ich war gehobener Stimmung. Eine kleine Intervention, ein Telefonanruf, und danach gehörte die Zukunft mir. Keine geringe Leistung unter diesen Bedingungen. »Theodore triumphiert« – oder Schlagzeilen ähnlicher Art leuchteten immer wieder im Zwielicht meiner Seele auf.

Ich wollte Bain nicht noch einmal sehen, also rief ich ihn in der Klinik an. Ich hielt das Gespräch angemessen kurz, sagte ihm, es wird gemacht, die Botschaft kann zugestellt werden, eine kodierte Nachricht dieser Art. Bain wollte nicht so schnell einhängen, schien sentimental werden zu wollen, wollte sich vielleicht um seines Seelenfriedens willen einreden, daß ich dies freiwillig tat und nicht, weil er mich erpreßt hatte. Ich legte einfach auf. Meine Fähigkeit, Bain etwas vorzumachen, war begrenzt. Wenn er nachzubohren begann, bestand die Gefahr, daß meine Stimme eine rachsüchtige Befriedigung verriet. Ich hatte schon immer Schwierigkeiten gehabt, mich im Zusammensein mit Bain zu kontrollieren.

»Du wirst das nicht bedauern, Theo«, waren seine letzten Worte. »Du tust das Richtige.«

Um in Deilt landen und wieder starten zu können, würde das Flugzeug Tageslicht brauchen. Es sollte an einem Samstag passieren. Ich nehme an, aus strategischen Gründen: Es gab weniger Sicherheitskräfte im Dienst, Zollbeamte hatten am Wochenende bis auf wenige Ausnahmen frei. Wenn ich der Offizielle vom Zoll vor Ort war, würde nur noch ein weiterer Beamter, der AFISO von Monument, anwesend sein, ein Mann, den man offenbar nicht hatte bestechen können.

»Sie sind nächste Woche zweimal in Brüssel«, sagte Evelyne-Mary am Freitagmorgen zu mir. »Ich nehme an, Sie werden dort übernachten.«

»Ich glaub, ja«, sagte ich, und sie ging, die notwendigen Arrangements zu treffen.

Es lag ein Trost darin, die nächsten Tage zu planen. Heute war Freitag; Montagabend würde ich an der Grand Place sitzen, ein Bier trinken und überlegen, welche Schokoladen ich Elizabeth mitbringen sollte. Dennoch war ich sehr umsichtig, als ich am Abend das Büro verließ. Was erwartete ich? Um ehrlich zu sein: Pax. Er hatte noch einmal versucht, mich zu erreichen, wahrscheinlich war es nichts Dringlicheres als der Vorschlag, in Sandycove schwimmen zu gehen, aber ich hatte Evelyne-Mary instruiert, ihm zu sagen, daß ich ihn nach dem Wochenende anrufen würde.

Um fünf Uhr stand ich im Schatten der Eingangsbögen unseres Bürogebäudes und beobachtete genau die Wagen und das Hin und Her auf dem Parkplatz und die Schatten der anderen Portale, wo sehr leicht jemand stehen konnte, um sich genauso verstohlen umzugucken. Dann ging ich den Weg nach Sandymount zu Fuß, grillte mir Garnelen und trank eine gute Flasche Chablis dazu, die ich mir eigentlich hatte aufbewahren wollen, bis das

Ganze vorüber war. Heute bin ich froh, daß ich sie getrunken habe.
Am nächsten Morgen stand ich um sieben Uhr auf. Ich vergewisserte mich sorgfältig, daß ich alle Telefonnummern hatte. Ich schloß die Garagentür auf, holte meinen Wagen heraus und fuhr mit wachsender Nervosität nach Süden in Richtung Monument.
Ja, ich kann fahren. Ich besitze ein Auto. Bei einem der Streiks der städtischen Bus- und Tramlinien in den frühen Achtzigern habe ich mir einen neuen Volkswagen gekauft, einen grell orangefarbenen Käfer, den ich wie ein vernachlässigtes Pferd in der Garage unter meinem Wohnhaus stehen ließ und nur zweimal im Jahr zur Werkstatt fuhr, um die Inspektion machen zu lassen. Sechzehn Jahre später trugen die Sitze noch immer die Plastikhüllen, mit denen der Wagen geliefert worden war, und er roch wie neue Lederstiefel. Bei der letzten Inspektion hatten die Leute in der Werkstatt mir gesagt, daß der Wagen nun tatsächlich mehr wert sei als zu der Zeit, da ich ihn gekauft hatte.
In all den Jahren war ich nie selbst nach Monument gefahren. Ich war ein Gewohnheitstier und sah keinen Grund, warum ich nicht weiterhin Zug und Bus nehmen sollte. Um acht Uhr an diesem Samstagmorgen brach ich auf. Es war ein wundervoller Junitag. Die Deilt-Berge würden sich dem Waffentransport von der besten Seite zeigen. Ich ließ die große Ebene der Midlands hinter mir und schnurrte weiter südwärts wie ein Handelsvertreter auf seiner Runde. Ich mußte mit einer gewissen Leichtfertigkeit kämpfen, die daher rührte, daß mir das Ganze immer unwirklicher vorkam, je näher es heranrückte. Vielleicht war es auch der grandiose Anblick der Berge, aus deren Felsen der Fluß entsprang, der schließlich das

Delta schuf, der mich tief berührte und den bevorstehenden Nachmittag im Vergleich unbedeutend erscheinen ließ.
In Monument war viel Betrieb. Ich sah das Gerüst an einer Seite der Kathedrale und die daran befestigte grüne Plane, die benutzt wird, wenn alter Schmutz vom Gemäuer gestrahlt wird. Ich stellte den Wagen im Parkkeller des City Wise ab und ging die kurze Entfernung zum Commercial Hotel zu Fuß. Das Hotel hatte in den letzten Jahren die Gebäude zu seinen beiden Seiten aufgekauft. Ein Teppich aus tiefem Samt und eine Teakholzrezeption zierten die weite Lobby. Ich rief den für diesen Bezirk zuständigen Zollinspektor zu Hause an. Ich teilte ihm mit, daß er um die Mittagszeit einen Anruf vom AFISO des Bezirks bekommen würde. Es werde darin um einen Flug vom Kontinent nach Deilt gehen. Er möchte mich bitte anrufen, wenn er von dem AFISO gehört habe, sagte ich.
»Sie übernehmen den Fall selbst, Superintendent?« fragte der Inspektor.
»Ja, das tu ich.«
»Wenn ich Ihnen irgendwie behilflich sein kann ...?«
»Ich informier Sie, wenn wir uns das nächste Mal sehen«, sagte ich in einem Ton, der einem Augenzwinkern entsprach.
»Kein Problem, Superintendent«, sagte er. »Ich ruf Sie sofort an, wenn der AFISO sich gemeldet hat. Und vielen Dank, daß Sie mich informiert haben.«
Ich legte auf und drehte mich um. Mitten in der Lobby stand, mich wie ein Yak anstarrend, die Journalistin Joyce Ogar.
»Was geht hier vor?« sagte sie.
»Wie bitte?«
»Irgendwas läuft hier doch«, sagte sie.

»Was meinen Sie damit«, sagte ich und sah auf die Uhr.
»Soviel Bewegung«, sagte Joyce Ogar nachdenklich. »Gewisse Schlüsselleute aus dem Norden sind plötzlich verschwunden, und einige tauchen in den letzten Tagen hier in der Gegend auf. Plötzlich reden meine Kontaktleute beim Special Branch und ähnlichem nicht mehr mit mir. Und jetzt sind Sie hier.«
»Ich bin hier, um meine Mutter zu besuchen«, sagte ich leichthin. »Sie ist dreiundneunzig.«
»Hören Sie, ich hab gerade Kaffee bestellt, als ich Sie hereinkommen sah«, sagte sie. »Wollen Sie sich nicht einen Moment zu mir setzen?«
Joyces Attraktivität, in Jack O'Deas Wohnung geboren, wurde für mich nun absurderweise durch die Tatsache verstärkt, daß wir beide (wahrscheinlich) allein hier unten waren. Da war etwas Warmes, Zügelloses an dieser Frau. Ich erwog die Möglichkeit, sie zu bitten, ein paar Stunden zu warten, um sie dann in Monument wiederzutreffen, wenn ich das Geschäft des Tages hinter mich gebracht hatte. Dann dachte ich an den Inspektor, der mich bald anrufen würde.
»Ich hab keine Zeit«, sagte ich. »Meine Mutter lebt in Eillne.«
»Ich glaub Ihnen nicht, Theo«, sagte Joyce. »Hier ist irgendwas los.«
»Tut mir leid«, sagte ich. »War nett, Sie wiederzusehen.«
Ich ging hinaus, und Joyce folgte mir. Ich verfluchte sie. Bagnall's Lane hinaufeilend und Mead Street überquerend, ging ich durch die Gassen hinter dem MacCartie Square, wo ich über den übelriechenden Körper eines Mannes hinwegsteigen mußte, der an der Ecke von Ladies' Walk auf dem Pflaster lag. Er hatte eine Hand ausgestreckt, seine langen weißen Haare hingen ihm ins Ge-

sicht. Unsere Blicke trafen sich. Seine Lippen bewegten sich.

»Ummeliegoddes«, flüsterte er.

Es hätte meinem bohrenden Schuldgefühl gutgetan, Almosen zu verteilen, aber ich wurde verfolgt, und mir fehlte die Zeit, ihm etwas zu geben. Was hatte das bedeutet: Ummeliegoddes? Ich ging um zwei Ecken und lief ins CityWise hinein. Meine alte Beinverletzung begann sich zu melden. Ich betrat einen kleinen Zeitungskiosk und stellte mich hinter einen Illustriertenständer, die Titel durchgehend wie ein Storch. Und tatsächlich tauchte am unteren Ende der Halle Joyce wie eine ruhelose Indianersquaw auf. Ich duckte mich, und sie segelte vorbei. Ich schlüpfte wieder hinaus und ging die Treppen zum Parkuntergeschoß hinunter. Das Hotel kam jetzt nicht mehr in Frage. Ich sprang in den Wagen und raste nach Eillne, wie um meine Lüge Joyce gegenüber in eine Prophezeiung zu verwandeln.

Vorher war die Zeit auf meiner Seite gewesen, jetzt war sie gegen mich. Ich brauchte dringend ein Telefon. Ich konnte nicht in Monument bleiben und riskieren, daß Joyce mir nach Deilt folgte. Ich stellte mir vor, wie sie ins Commercial Hotel zurückging, ihren Kaffee trank, hörte, wie mein Name ausgerufen wurde, ans Telefon ging und meine kostbare Information abfing. Ich dachte daran, zum Haus des Inspektors zu fahren und dort zu warten, bis der AFISO ihn anrief, aber das hieße, unvermeidliche Fragen nach der Art meiner Mission abzuwehren.

Ich fuhr an den immer weiter wuchernden Neubauten an der Captain Penny's Road vorbei. Der heilige Brunnen. Neue Bungalows auf Grundstücken am Hang der kleinen Hügel. Als ich an der Schule vorbeikam, wunderte ich mich über die Winzigkeit der alten Schule im Vergleich zu dem imponierenden neuen Gebäude. Ich hatte meine Augen einen Moment nicht auf der Straße und wäre fast frontal mit Sheehys reifenquietschendem, wild hupendem Bus zusammengestoßen. Auf meiner Uhr war es zwölf Uhr fünf. Es war Mr. Redden gewesen, begriff ich plötzlich, der an der Ecke von Ladies' Walk auf dem Pflaster gelegen hatte. Er bettelte schon seit Jahren in Monument, und ich hatte ihm oft etwas gegeben, was mir jetzt ein wenig half – in jenen Tagen war sein Haar noch nicht weiß gewesen. Aber »Ummeliegoddes«? Ich fuhr eine kleine Anhöhe hinauf und sah den Fluß. Um der Liebe Gottes willen.

Ein kleiner Wagen stand auf dem Kies vor der Haustür. Es war natürlich immer noch möglich, es mir anders zu überlegen. Mir fiel ein, daß Joyce Ogars Auftauchen sehr wohl ein Omen sein konnte. Ich hatte jetzt eine gute Gelegenheit, Sparrow zu offenbaren, daß die Frau, die sie für ihre Mutter gehalten hatte, ihre Großmutter war und ihre Schwester ihre Mutter. In einer großen, allumfassenden Erklärung konnte ich die Landschaft einer dreiundneunzig Jahre alten Täuschung einebnen. Ich fuhr die Auffahrt hinauf und hielt an. Die Tür von Eillne stand offen.

»Mr. ... Shortcourse«, sagte eine junge Schwester überrascht.

Ich sah mit besessener Regelmäßigkeit auf die Uhr.

»Mrs. Wise schläft«, sagte die Schwester.

»Ich muß telefonieren«, sagte ich und ging zum Apparat hinüber.

»Ich sag der Köchin, daß Sie zum Lunch hier sind«, sagte sie. »Ihre Mutter hat heute morgen versucht, Sie zu erreichen.«

Das ließ mich stocken. Warum rief sie mich an einem so kritischen Tag an? Wußte sie etwas? Von dem Moment

an, da Joyce Ogar aufgetaucht war, hatte der Tag langsam, aber stetig meine frühere Zuversicht untergraben. Selbst die Begegnung mit meinem alten Lehrer, den ich schon lange für tot gehalten hatte, erschien mir als ein schicksalhaftes, wenn auch schwer verständliches Symbol.
»Ich muß einen Anruf machen«, sagte ich und tat das. Die Nummer des Inspektors war besetzt. War *dies* die Art, wie die Vorsehung ihre Karten verteilte? Eine unaufhaltsame Kette von Ereignissen, die ihren Anfang damit nahm, daß der Inspektor nicht in der Lage war, mich zu finden, seine Pflicht ihm daher befahl, sich allein um dieses Flugzeug zu kümmern, das unter so geheimnisvollen Umständen in der tiefsten Provinz landen sollte? Ich wählte wieder. Regelmäßig pulsierende Unerreichbarkeit.
»Sie kommt in zehn Minuten.«
Ich drehte mich um. »Wer?«
»Mrs. Wise«, sagte die Schwester mit einem Stirnrunzeln.
In meiner Verwirrung hatte ich geglaubt, sie meinte Joyce.
»Möchten Sie eine Tasse Tee?« fragte die Schwester.
»Nein danke«, sagte ich knapp. Ich wollte mit meiner Angst allein gelassen werden. »Ja, ja doch, ich nehm eine«, verbesserte ich dann schnell, da ich richtigerweise annahm, daß die Bitte das Mädchen erst einmal aus dem Weg schaffen würde und mir die Zeit gab, die Nummer auf dem alten Telefon noch einmal anzuwählen.
»Sofort«, sagte die Schwester prompt und trippelte auf die Küchentür zu.
Es klingelte nur einmal, dann war er dran.
»Hallo?«
»Hier ist Theo Shortcourse.«

»Superintendent«, sagte der Inspektor. »Sind Sie im Hotel?«
»Ja. Nein, nein! Ich mußte jemanden treffen. Haben Sie versucht, mich anzurufen?«
»Zweimal«, sagte der Inspektor. »Das Hotel bestand darauf, daß Sie nicht da waren. Egal. Der AFISO hat angerufen und ist schon auf dem Weg nach Deilt. Die Maschine hat LATCC um elf fünfzig verlassen. EA Deilt eins null fünf. Es ist jetzt zwölf Uhr sechzehn. Wo genau sind Sie?«
LATCC war London Area und Terminal Control Centre; EA erwartete Ankunftszeit. Die Akronyme dienten dazu, die Seelenlosigkeit der Lage zu unterstreichen.
»Ich bin in der Nähe des Zielflughafens«, sagte ich in konspirativem Ton. »Ich kann nicht viel mehr sagen.«
»Verstehe ganz und gar«, antwortete der Inspektor munter. »Maschine ist ein Quiet Trader, vier Turbo-Fan-Motoren, gebaut für kurze Landebahnen. Sind Sie sicher, daß Sie da oben keine Hilfe brauchen?«
»Ja«, sagte ich und sah auf die Uhr. »Und hören Sie. Vergessen Sie, daß irgendeines dieser Gespräche mit dem AFISO und mir stattgefunden hat.«
»Selbstverständlich, Superintendent«, sagte der Inspektor.
»Ich glaube, sie wacht jetzt auf«, sagte die junge Schwester, meine Tasse in der Hand. »Ich hab ihr gesagt, daß Sie hier sind.«
»Das wär nicht nötig gewesen.«
»Superintendent?«
»Ich rufe Sie nächste Woche an«, sagte ich und legte auf. Auf meiner Uhr war es achtzehn nach zwölf.
»Theodore?«
Sparrows Stimme kam aus ihrem Schlafzimmer, aber ich konnte an nichts anderes denken als an die Maschine, die

auf dem Weg zu einem kleinen Asphaltplatz über Irland hinwegdonnerte, und an einen unglücklichen AFISO, der sich weigerte, es landen zu lassen, weil ich noch nicht da war, und daraufhin ohne viel Umstände erschossen wurde.

»Ich komm wieder«, rief ich, schon auf dem Weg zur Tür von Sparrows neuem Haus. »Ich bin heute abend wieder da, um schwimmen zu gehen, sagen Sie ihr das bitte.«

Ich kann Joyce Ogar nicht für alles verantwortlich machen, zumindest nicht für die Tatsache, daß ich mir nicht einmal die Zeit nahm, kurz bei Sparrow hineinzusehen, eine verpaßte Gelegenheit, die mich später verfolgen sollte. In den letzten anderthalb Stunden aber hatte ich die feine Linie zwischen einem bloßen Werkzeug und einem aktiven Verschwörer überschritten, was Bain zweifellos vorausgesehen hatte.

Ich verlor keine Zeit zwischen Eillne und Monument. Zu sagen, daß ich mich ritterlich fühlte, wäre übertrieben, aber ich empfand eine stille Zufriedenheit, daß ich Sparrow die brutale Wahrheit erspart hatte. Als ich Monument an diesem plötzlich sehr heiß gewordenen Juninachmittag verließ, schob sich ein Frachtschiff um die Flußbiegung. Das Erscheinen des Schiffes, die Geschäftigkeit von Autos und Menschen auf dem Long Quay, die solide Stimme meines Volkswagenmotors und das unerwartete Wetter trugen irgendwie zu meinem Gefühl des Triumphs der Anständigkeit über das Böse und Niedrige bei. Die Hecken außerhalb der Stadt waren sehr grün, auf dieser Seite von Monument hatte man aus topographischen Gründen und auch, weil es keinen Blick auf den Fluß gab, keine Neubausiedlungen zugelassen. Ich fuhr an Battys Fabrik vorbei und fragte mich, was Elizabeth wohl gerade tat; wie sie die Frachtmaschine verfolgte; ob

an der Grenze schon Infanterie zusammengezogen wurde. Wer hatte das Kommando? fragte ich mich. Wer zog die Fäden, sorgte dafür, daß Flugzeuge landeten, Motoren angeworfen wurden, Männer von einem Ende des Landes zum anderen fuhren, Soldaten ihre Magazine überprüften? Bain, aber nicht nur Bain, denn letztlich war auch er nur das Werkzeug eines anderen. Irgendein sogenannter Stabschef, aber der auch nicht allein, denn er war auch nur ein Werkzeug – der harten Männer von der Falls Street und South Armagh, der Wahlurne …, und auch ich zog diesmal an den Fäden, stellte ich fast ehrfürchtig fest. Dieser Tag war angebrochen und würde enden, weil ich es so wollte.
Ich spürte die Ausläufer der Berge unter meinen summenden Rädern. Der Volkswagen, mein treues Roß, schlang die sich windende, ansteigende Straße mit einer Gier in sich hinein, die seine Jahre der Gefangenschaft verriet. Seit langer Zeit war ich nicht mehr hier oben gewesen. Meine Uhr zeigte zwölf fünfundvierzig. Ich begann, durch die Windschutzscheibe zum Himmel hinaufzusehen und immer wieder auf die Uhr. Ich sah auf die leere Straße. Meine Uhr. Den Himmel. Die Straße stieg an, machte eine Biegung. Ich kurbelte das Seitenfenster herunter, um auf das Motorengeräusch des Flugzeugs zu horchen. Ich sah auf. Plötzlich war meine Windschutzscheibe von einem weißen Pferd erfüllt.
Sehr schnell kann ich nicht gefahren sein. Wir rutschten alle zusammen vom Asphalt, ohne einen gewaltigen Aufprall, eher langsam, und wir landeten an einem Gatter am Fuß der Böschung. Das weiße Pferd, ein riesiges Tier, hatte einen Karren gezogen und wurde durch mich in die relative Gastlichkeit eines tiefen Grabens geschleudert. Zwei Männer, Farmer, nahm ich an, waren aus irgendei-

nem Grund auf mein Wagendach geklettert und hingen verkehrt herum von dort herunter. Sie sahen zu mir herein und riefen etwas. Ich fragte mich, ob ich angegriffen wurde.

»Sind Sie verletzt?«

»Nein«, antwortete ich, »nein, danke«, und begriff dann, daß der Wagen auf dem Dach lag.

Meine Stirn hatte den Rückspiegel getroffen und blutete, aber es tat nicht weh. Das Glas des Rückfensters war weg

»Geben Sie mir die Hand.«

Sie zogen mich heraus, weg von meinem so kürzlich noch jungfräulichen Auto, das wie ein kleiner dicker Hund mit wild rotierenden Reifen auf dem Rücken lag. Einer der Farmer schielte. Er ließ mich vorsichtig zu Boden gleiten, bis ich saß, und gab mir meine Brille, deren eines Glas aussah wie ein Spinnennetz. Der andere Farmer kümmerte sich um das Pferd. Er befreite es von Riemen und Zügeln, und nach einem gewaltigen Schlagen der Hufe und wildem Geprassel im Graben zog sich das Tier mit großer Anstrengung aus der Vertiefung heraus und stand zitternd und schaumig atmend neben dem Wagen.

»Niemand verletzt, die Hauptsache«, sagte der schielende Farmer.

Trotz des Schielens verrieten seine Augen eine gewisse Schläue, die auch auf eine angeborene Antipathie gegen Behörden verwies und gegen die Komplikationen, die dieser Vorfall nach sich ziehen mochte. Durch meine Brille trug die Welt ein Zickzackmuster.

»Sie sind ganz flott gefahren«, sagte der andere Farmer. »Kennen Sie die Straßen hier überhaupt?«

Ich tupfte rote Flecken von meiner Stirn. Zwei Esel waren auf dem Feld vor uns erschienen und sahen uns über das Gatter hinweg interessiert an.

»Sind Sie von hier?« fragte der schielende Farmer neugierig.
»Nein, nein. Na ja, doch. Ich wohne …, ich bin eigentlich nicht von hier, nicht mehr«, antwortete ich.
»Hab ich Sie nicht schon mal in der Gegend gesehen?« fragte der schielende Farmer. »Vor ein, zwei Jahren?«
Sie mögen gedacht haben, daß ich in meiner Verwirrung eine Antwort am Himmel suchte, aber ich wußte es besser. Ich zog meine Brieftasche und nahm zwei Zwanzigpfundnoten heraus.
»Glauben Sie, der Wagen springt an?« fragte ich.
»Er ist verkehrt rum, Mister«, sagte der schielende Farmer.
»Kriegen wir ihn umgekippt?«
Sie sahen den Volkswagen zweifelnd an.
»Da unten runter, zum Gatter hin«, sagte ich und stand auf.
»Das schaffen wir nicht«, sagte der schielende Farmer.
Es war fünf vor eins. Ich zog noch zwei Noten heraus.
»Spannt das Pferd davor«, sagte ich.
Wir öffneten das Gatter und scheuchten die Esel weg. Sie blieben allerdings in geringer Entfernung stehen, um zuzugucken. Dem Pferd wurde sein Geschirr angelegt, voller Riemen und Nieten. Dann wurden Seile an der Dachsäule des Wagens zwischen den Seitenfenstern auf der Mitfahrerseite befestigt, das Tier selbst wurde mit einigem Abstand ins Feld gestellt.
»Jetzt, Jungs!« rief der schielende Farmer.
Das Seil spannte sich zitternd. Mit dem winzigen Beben, das den Beginn einer Bewegung und so vieler anderer Dinge anzeigt, begann der Wagen sich zu rühren. Dann machte das weiße Pferd in einer prächtigen Vereinigung von Natur und Technik mehrere energische Schritte und

mein schöner Wagen stürzte schwer auf die Seite, kippte dann noch einmal und fiel federnd und unerschütterlich auf seine Reifen.
Ich stieg ein. Es war jetzt bereits nach ein Uhr. Der Motor sprang bei der ersten Berührung mit einem gewaltigen Brüllen der Befriedigung über eine Wahl, die vor sechzehn Jahren getroffen worden war, an. Die beiden Farmer schoben von hinten, und ich schoß unter den anfeuernden Rufen der Männer und vielleicht auch des Pferdes vom Gatter zur Straße hinauf auf den Asphalt.
Ich gab Gas. Es ging den Hügel hinunter durch ein Buchenwäldchen zu beiden Seiten, die Stämme der großen Bäume grau wie Granit. Ein ständiges ratschendes Geräusch von der Straße deutete auf eine verbogene Stoßstange, die sich vielleicht an einem Rad rieb, aber ich hatte keine Zeit, das zu überprüfen. Es war zehn nach eins, und soviel ich wußte, war der unschuldige AFISO schon mit Blei vollgepumpt, die Raketen entladen und auf dem Weg nach Norden.
Ich kam aus dem Schatten der Bäume heraus und sofort änderte sich die Umgebung und die Perspektive. Statt Felder mit Knicks und Hecken war hier die Landschaft unbegrenzt; ein ödes Moor, so weit das Auge reichte, das geradeaus in dunstige blaurote Berge überging, die wie düster brütende Götter in den Himmel ragten.
Die Straße gabelte sich, und ich nahm die Abzweigung nach links. Wäre ich geradeaus gefahren, hätte mich das direkt nach Deilt gebracht, wo ein amerikanischer Computerhersteller eine große Fabrikationsanlage hingestellt hatte, deren Schornsteine Rauchsäulen in den klaren Nachmittag entließen. Die Straße vor mir war gerade und leer wie der Himmel. Torf, gestochen und zu schwarzen, porösen Haufen gestapelt, stand in Reihen da, die den

Grundbesitz anzeigten. Ich meinte, Fahrzeuge in etwa einer halben Meile Entfernung am Straßenrand parken zu sehen, wußte aber, daß das nicht sein konnte. Niemand sonst konnte an diesem Tag in Deilt sein; Deilt war ja ausgewählt worden, weil es so abgelegen und einsam war.

Ich fuhr langsamer und suchte den Himmel nach einem Flugzeug ab, aber bis zum fernen Horizont war nur ununterbrochenes Blau. Als ich wieder die Straße hinunterblickte, meinte ich einen Baum am Straßenrand zu sehen, aber als ich näher kam, wurde er zu einem Mann. Er wurde zu einem Polizisten in Uniform. Ich hielt an. Er schien hier unerklärlicherweise Dienst zu tun. Dann sah ich die Busse, mindestens ein halbes Dutzend Busse, auf deren Dächern die Sonne spielte. Sie waren auf der linken Seite der Straße vor der Abfahrt zum Parkplatz an der Stelle des Deilter Hinterhalts abgestellt. Ich hielt. Dies war alles, das wußte ich, ein schrecklicher, schrecklicher Fehler.

»Bläärrrrr!«

Hinter mir stand ein weiterer Bus. Der Fahrer breitete in Verzweiflung über mich die Arme aus. Ich war gezwungen weiterzufahren, auf den Polizisten zu, der das Äußere meines Wagens mit beträchtlicher Mißbilligung musterte. Ich kurbelte das Fenster herunter.

»Machen Sie 'ne kleine Spritztour?« fragte er mißtrauisch.

Busse ragten zu meiner Linken auf, Gesichter sahen von drinnen auf mich herab. Andere breiteten Decken auf dem Moor aus, ein paar Schritte von der Straße entfernt. Frauen und Kinder waren dabei. Picknickkoffer wurden geöffnet. Es war ein schöner Tag zum picknicken.

»Zoll«, sagte ich, und es klang lächerlich.

Der Polizist begann sich mein vor kurzem noch so makelloses Auto anzusehen. Es dampfte, als schwitzte es. Ich

konnte den großen und ganz leeren Parkplatz zu meiner Rechten sehen.
»Sind Sie der Fahrzeugbesitzer?« fragte der Polizist.
Das war der Moment, in dem ich den jungen Mann mit dunkler Sonnenbrille in Pullover und Jeans sah, ein Sprechfunkgerät am Gürtel und eine schwarze Tasche über der Schulter, aus der eine Antenne aufragte. Er stand an der Zufahrt zum Parkplatz.
»Sind sie der AFISO?« rief ich.
»Mr. Shortcourse?«
Er kam herüber, und wir schüttelten uns die Hand.
»Es ist in Ordnung«, sagte er zu dem Polizisten. »Der Superintendent wird erwartet.«
Während der Polizist ein wenig widerwillig beiseite trat, fuhr ich den Wagen auf den Parkplatz und stieg aus.
»Ich dachte schon, es gibt 'ne Katastrophe«, sagte der AFISO, als er in einer Wolke aus Statik zu mir trat. »Diese Busse müssen irgendwo parken. Aber die Maschine muß jeden Moment landen. Nur noch ein paar Minuten.«
»Was machen die alle hier?« fragte ich immer noch entsetzt.
»Es ist der Jahrestag irgendeiner Schlacht«, sagte der AFISO müde. »Hat das Flugzeug was damit zu tun?«
Ich war mir bis dahin nicht bewußt gewesen, daß Bain einen Sinn für Humor haben könnte. Es kamen immer noch mehr Busse. Ich sah auch Personenwagen und Lieferwagen, sogar Wohnwagen. In Festtagsstimmung – sie ließen sich auch durch den gesperrten Parkplatz nicht beirren – bildeten sich Ketten von Zuschauern am Rand des groteskerweise leeren Parkplatzes. Ab und zu machten kleine Kinder kurze Vorstöße auf die Asphaltfläche, aber ihre Eltern riefen sie sofort zurück auf die kleinen Moorhügel. Vielleicht zweihundert Menschen würden nun Zeugen

eines Geschehens werden, das sich eigentlich in höchster Heimlichkeit hätte abspielen sollen. Im letzten Jahrhundert hatten die Menschen auf diese Weise Schlachten zugesehen.

Der AFISO begann in sein Gerät zu sprechen, ging dann in die Mitte des Parkplatzes und spähte zum Himmel. Mir gingen noch einmal all die Ereignisse der letzten Wochen durch den Kopf, und ich versuchte, mir mit Hilfe dieses Überblicks einen Reim auf die jetzige Situation zu machen. Mit einem plötzlichen Glücksgefühl meinte ich die Lösung gefunden zu haben. In seinem postoperativen Trauma mußte Bain einen legitimen Flug zur Erinnerung an den historischen Deilter Hinterhalt in eine Pa würdige Verschwörung umgedichtet haben, die angeblich Raketen ins Land bringen sollte, und ich war töricht genug gewesen, ihm zu glauben. Ich lachte auf! Ich sah zu den Gesichtern der Kinder hinüber, und ich winkte ihnen zu! Einige winkten zurück. Ich spürte die Sonne auf meinem Gesicht. Selbst mein Volkswagen, der seine Reise tapfer vollendet hatte, schien etwas wehmütig zu grinsen. Ich wollte gerade zu dem Gedenkstein hinüberschlendern, auf dem die Namen meiner Onkel und das heutige Datum von vor sechsundsiebzig Jahren eingemeißelt war, als unvermittelt das Flugzeug auftauchte.

Die Motoren, vier, hingen tief unter den Flügeln, was der heranschwebenden Maschine das Aussehen einer dicken Möwe gab. Sie schien geräuschlos heranzugleiten, da ein weiterer ankommender Bus ihr Motorengeräusch übertönte. Sie kam niedrig über die Hügel herein, flog in etwa hundert Fuß Höhe einen Kreis über dem zugewiesenen Landeplatz, entfernte sich dann, Höhe gewinnend, wieder, um schließlich zur Landung auf dem Asphalt heran-

zuschweben, wo sie, noch immer nicht sehr laut, leicht wie ein Raubvogel aufsetzte und ausrollte.
Weiter hinten auf der Straße wurden Motoren angelassen. Der AFISO sah mich an und ging dann zu dem stehenden Flugzeug hinüber. Ein Pilot kam heraus, reckte die Arme, dann kam ein zweiter und tat dasselbe. Sie starrten verwundert auf all die Menschen.
Ein Hiace-Lastwagen rollte langsam an mir vorbei, gefahren von einem bärtigen Mann mit einer Strickmütze auf dem Kopf. Ein zweiter Lastwagen genau gleicher Art und Farbe folgte ihm. Sie hielten dicht hintereinander, während am Heck der Maschine plötzlich eine Frachttür wie ein Fischmaul aufklappte.
Ich stand fünfundzwanzig Schritt davon entfernt. Der AFISO sah mich fragend an. Ich konnte nicht glauben, was hier vor sich ging. Ich konnte einfach nicht fassen, daß irgendein Mensch, der seine fünf Sinne beisammen hatte, eine Lieferung tödlicher Waffen mitten in ein Picknick hineinschmuggeln konnte. Der AFISO sah mich immer noch an; ich nickte billigend. Ich glaubte nicht, daß sich das in dem Flugzeug befand, was man mir gesagt hatte, aber aller Augenschein sprach dagegen. Vier Männer, zwei aus jedem Lastwagen, begannen, längliche Holzkisten aus dem Bauch des Flugzeugs herauszutragen. Ein fünfter Mann, der mit dem Bart, stand neben der offenen Tür seines Lasters und blickte mich mißtrauisch an.
Gerade als ich im Begriff war zu akzeptieren, daß das, was ich für einen katastrophalen Fehler gehalten hatte, in Wirklichkeit ein brillanter Coup war – alles wirkte so *normal!* –, geschah eine Reihe von Dingen gleichzeitig, wie um zu demonstrieren, daß in meinem Fall die Geburt einer Überzeugung wie bei manchen Insektenspezies auch schon ihren bevorstehenden Tod ankündigte. Joyce

Ogar stieg aus einem Personenwagen und kam in einem schweren Trab die Auffahrt zum Parkplatz herunter. Ich fluchte. Pax – *Pax?* – lief hinter einem Bus hervor, um ihr den Weg abzuschneiden. Er trug eine Maschinenpistole. Der Mann mit der Mütze, der neben der Lastwagentür stand, warf sich nach vorn, um etwas vom Sitz des Wagens zu reißen. Dann hallte ein Laut durch die Luft, der selbst für meine unausgebildeten Ohren zweifelsfrei ein Gewehrschuß war, und der Mützenmann fiel nach innen. Die anderen vier ließen ihre Kiste fallen und griffen auf unterschiedliche Taktiken zurück, zwei hoben die Hände in die Luft, zwei rannten auf das Moor zu, während der AFISO sich neben den einen Piloten auf den Asphalt warf – der andere, vielleicht weniger reaktionsschnell, war immer noch dabei, sich eine Zigarette anzuzünden.

Ich saß im Volkswagen. Die nächste halbe Minute, die anderswo jetzt reich dokumentiert ist, habe ich in vollkommener Klarheit im Kopf. Von überall liefen Menschen auf den Parkplatz, darunter mindestens drei Polizisten in Uniform, es war ein Anblick wie beim Ende eines Fußballspiels, wenn der Platz von einer begeisterten Menge gestürmt wird. Ich fuhr im Schrittempo auf die Straße zu. Nur Pax allein stand mir im Weg. Kein Detail dieser Sekunden ist zu unbedeutend, um meiner Erinnerung zu entgehen: Pax' Anorak (schwarz mit gezackten rötlichen Streifen), seine tiefliegenden braunen Augen, seine stahlgrauen Haare, der weiße Knopf in seinem Ohr, von dem ein graues Kabel in den Kragen verlief, seine Maschinenpistole, die unten blieb, an den Oberschenkel gelegt. Ich kam an den eingemeißelten Namen auf dem Gedenkstein von Deilt vorbei, begann schneller zu fahren. Pax stand mitten auf meinem Weg zur Straße. Er machte nichts Dramatisches, gab kein Signal, nur die Finger einer Hand zuckten, als wollte er mir etwas sagen. Aber ich wollte nicht mit Pax sprechen. Im Gegenteil, es schien mir im Hinblick auf die Zukunft wichtig, angesichts des Geschehens hier nicht den geringsten Kontakt mit ihm zu haben, und ich drückte das Gaspedal ganz zu Boden. Pax sprang zur Seite. Als wäre die obenliegende Karte eines Decks weggenommen, kam die Dame zum Vorschein, Joyce Ogar. Ich habe sie vielleicht gestreift, denke ich. *Vielleicht.* Ich kann sie nicht überfahren haben; da war kein spürbarer Widerstand, und Joyce war eine sehr gewichtige Frau. Sie rollte zur Seite, aus dem Weg, und ich bog in die Straße nach Monument ein.

Ein paar Meilen ging alles gut. Ich betrachtete mich selbst als das stumpfe Instrument, das irgendwie benutzt worden war, um ein schweres Verbrechen zu vereiteln, und es war von daher nur angemessen, daß man mich davonkommen ließ – ich hatte meine Pflicht erfüllt. Wie sonst hätte Pax davon erfahren können? Es gab ein paar lose Enden, sicher, aber das konnte ich in Ordnung bringen: zum Beispiel Bains Anteil an dem ganzen Fiasko. Ich wäre in dem Augenblick nicht überrascht gewesen zu erfahren, daß er, weit davon entfernt, aus Furcht zu kapitulieren, eine historische Allianz mit Pax geschlossen und die ganze Sache in Szene gesetzt hätte. Pax' leise Handbewegung auf dem Parkplatz hatte etwas von einer renaissanceartigen Intrige an sich gehabt; das war sicherlich nicht die Haltung eines Mannes, der sich entschlossen gegen mich gewandt hatte.

Ich ließ das Moor hinter mir, fuhr wieder durch das Buchenwäldchen, den Hügel hinauf und an der Stelle vorbei, wo ich mich überschlagen hatte. Mein Wagen war an diesem Morgen mit der Plötzlichkeit eines Menschen gealtert, dem seine gewohnte Routine entrissen worden war, und er fuhr mit der mechanischen Entsprechung eines Hinkens. Pax hatte zweifellos von Anfang an Bescheid gewußt. Ich lachte über meine eigene Naivität. So etwas war für Männer wie Pax tägliches Brot. Ich fragte mich, ob Elizabeth nun dachte, daß ich sie aus irgendeinem Grund bewußt irregeführt hatte. Ich schoß mit quietschenden Reifen die aufeinanderfolgenden Hänge der Hügel am Fuß der Berge hinunter, spürte den Druck auf meinen Ohren. Monument war jetzt eine Notwendigkeit, nicht mehr nur eine Option: City Wise hatte sicher einen Mechaniker, der den Wagen so weit in Ordnung bringen konnte, daß ich nach Eillne kam. Ich sah im selben Moment die Stadt in der Ferne und den Wagen in meinem Rückspiegel.

Pax fuhr dicht auf und blinkte mit den Scheinwerfern. Er deutete auf den Straßenrand, wollte, daß ich anhielt. Ich aber wollte nicht mit ihm reden, genausowenig wie in Deilt, und ich fuhr weiter. Pax fuhr halb auf der Grasbankette, um auf meine Höhe zu kommen, und wenn er vor der Kurve nicht gebremst hätte, wäre es seine eigene Schuld gewesen. Ich gewann etwa hundert Meter. Durch mein leeres Rückfenster hörte ich, wie er den Motor hochjagte und wieder näher herankam, aber ich fuhr in der Straßenmitte und hielt sein Hupen und Blinken den ganzen Weg bis Monument aus.

Wir erreichten den Small Quay zusammen. Pax hing praktisch an meiner Stoßstange, mitunter viel zu dicht. Kurz hinter dem Gebäude von Samuel Love schien sich ein Unfall zugetragen zu haben. Lichter kreisten auf Polizeiwagen. Ein Mann mit kugelsicherer Weste zielte mit einem Gewehr auf mich. Ich bog nach rechts ab in die Ship Street. Pax blieb dran, die Hand auf der Hupe. Als er schließlich den Kühler seines Wagens in mein Heck rammte – Stahl knirschte auf Stahl wie in einer grotesken Paarung –, wurde mir, glaube ich, schließlich bewußt, was keine Hypothesen mehr verschleiern konnten. Ich schleuderte nach links, schoß auf das Stahlgeländer des Aufgangs zur Kathedrale zu, wollte wieder nach links, zurück in Richtung Fluß, aber Pax war an meiner linken Seite. Ich verlor die Kontrolle über den Wagen. Wir rutschten zusammen in das Geländer und rissen es auf einer Länge von zwanzig Schritt mit, bis wir zum Stehen kamen.

Ich war zuerst aus dem Wagen heraus und stolperte auf das Gerüst an der Wand der Kathedrale zu.

»Nicht schießen!« schrie Pax.

Ich fragte mich, warum er das rief, aber dann sah ich einen Mann auf der anderen Seite des Kathedralentores, der langsam sein Gewehr sinken ließ.

»Zurück!« befahl Pax. »Theo«, rief er. »Es hat keinen Zweck, Theo. Es ist vorbei. Ich nehm dich fest.«

Ich stand mit dem Rücken zur Kathedrale, zu dem großen Fenster, das Sparrow zu meinem Hochzeitstag gespendet hatte. Hinter dem Fenster, in der Sakristei der Kirche, gab es irgendwo ein Buch, in dem Pax' und meine Unterschrift Seite an Seite standen. Pax kam langsam auf mich zu. Ich hob den Arm, um eine Stange des Gerüsts zu packen, und zog mich auf die unterste Ebene hinauf.

»Theo, komm jetzt mit mir. Das ist der größte Gefallen, den du dir selbst tun kannst«, sagte Pax.

»Ich will nach Eillne«, sagte ich und wußte, wie verrückt das klang, aber ich hatte das Gefühl, irgendeine Absicht ausdrücken zu müssen. Ich kletterte weiter hinauf, war jetzt mit der Basis des Fensters auf gleicher Höhe, ich konnte die kunstvolle Bleieinfassung berühren.

»Es wird dir nichts passieren, Theo«, rief Pax zu mir hinauf.
»Ich hab nichts getan«, sagte ich.
»Theo, du hast eine Frau schwer verletzt«, sagte Pax. »Und du hast an einer Verschwörung zum illegalen Waffenimport teilgenommen. Ich weiß, daß es nicht deine Schuld ist, aber mach es nicht noch schlimmer. Wenn ich nicht wär, wärst du schon tot.«
»Bleib, wo du bist!« rief ich Pax zu und griff nach einem Zementblock.
Pax war auf die Gerüstbretter direkt unter mir geklettert.
»Du kannst mir nicht weismachen, daß die ganze Geschichte nicht von vornherein eine Falle war«, sagte ich. »Stell Bain deine Fragen, Pax, nicht mir.«
»Theo«, sagte Pax begierig. »Ich schwör dir, gib mir das Seil, und ich häng ihn auf. Ja, wenn du das sagst, ja, er hat dich in die Falle gelockt. Ich glaub dir jedes Wort. Ja! Aber du mußt erst durch die Mühle, nach dem, was du heute getan hast!«
In meinem Gehirn hielt sich hartnäckig der Gedanke, daß Pax sich irren müsse.
»Aber«, sagte ich, »war es denn nicht Bain, der dich informiert hat?«
Pax schüttelte grimmig den Kopf. Das war der schlimmste Teil. Ihm in die Augen sehen zu müssen. Lange Jahre hätten in den Sekunden vergehen können. Wir hätten beide wieder in meiner Bude in der Baggot Street sein können.
»Pax?«
»Theo«, sagte Pax sanft. »Es tut mir leid.«
»Wer hat's dir gesagt, Pax?« rief ich aus. *»Wer hat's dir gesagt?«*
»Wir haben heute morgen einen Anruf vom britischen Geheimdienst bekommen«, sagte Pax leise.

»Das glaube ich nicht.«
»Sie hat immer für sie gearbeitet, Theo. Ich hab das immer gewußt.«
»Nein.«
»Es ist wahr, Theo.«
»Nein!«
Ich reagierte nur noch mechanisch. Äußerlich mag ich ausgesehen haben wie irgendein Mann mittleren Alters, den man auf einem Gerüst an der Kathedrale gestellt hatte, aber innerlich starb ich.
»Wir lieben uns doch«, sagte ich. Mein erbärmlicher Stolz.
»Sie will Bain, Theo«, sagte Pax. »Sie wollen Bain. Sie wollen seinen Kopf. Erinnerst du dich an die alte Geschichte mit deinem Bruder Lyle?«
»Lyle?«
»Der britische Geheimdienst steckte dahinter, Theo. Sie haben die Maschinen verschwinden lassen, sie haben Lyle erledigt. Niemand außer Elizabeth Wedlake hätte diese Information haben können. Sie hat die Papiere mit all den falschen Angaben fotokopiert und an die Medien weitergegeben. Ich hab das auch immer gewußt.«
»Elizabeth hat meinen Bruder töten lassen?«
Pax nickte. »Sie wollten Bain damals ruinieren, und sie dachten, sie hätten's geschafft.«
»Wir wollen heiraten«, sagte ich mit Tränen im Gesicht.
»Theo, sie ist glücklich verheiratet.«
»Nein. Sie wird ihn verlassen. Sie will mich heiraten.«
»Sie sind heute morgen nach London geflogen«, sagte Pax ruhig »Sie sind auf dem Weg nach Südafrika. Es tut mir leid, Theo, es tut mir leid.«
Der Zementblock in meinen Händen hatte eine körnige Realität, die mir in jeder anderen Hinsicht fehlte. Als ich

ihn hob, spürte ich seine Dichte. Seine Möglichkeiten. Dieser Block hatte mehr Potential als ich, ich war vollständig gescheitert, mit ihm konnte man etwas erbauen. Oder jemanden umbringen.

»Tu's nicht! Theo!«

Pax zu töten, hätte mich in den wenigen Sekunden, die ich noch zu leben hatte, noch tiefer in die Verzweiflung gestoßen; und es hätte Bain entzückt. Mich selbst umzubringen, bedeutete, Bain aus dem Netz entschlüpfen zu lassen, in das er mich verstrickt hatte, das ich aber noch gebrauchen konnte, ihn zu fangen; auch würde mein Tod Sparrow treffen. Was ich töten mußte, war die Vergangenheit. Ich mußte alles auslöschen, was zu meiner Existenz geführt hatte. Alles, was in dieser Landschaft meiner Geschichte stand, mußte zerstört, der Boden mußte umgepflügt und von jeder Erinnerung gesäubert werden.

»Theo ...«

»Nein, Pax.«

»Theo, gib jetzt nicht auf. Trau mir. Wir haben ein Leben miteinander verbracht. Du weißt, daß du mir trauen kannst«, sagte Pax.

»Du kennst mich nicht, Pax«, sagte ich in tiefer Trauer zu ihm hinunter. »Wie könntest du auch, ich kenne mich selber nicht.«

»Ist das wichtig, selbst wenn es wahr wäre?« fragte Pax. »Was ein Mann sein könnte, ist nicht wichtig. Nur was er ist, zählt.«

Ich hob den Block hoch über den Kopf, ich weinte laut. Mir war es egal, wer mich hörte. Der Schmerz trieb mich und die Notwendigkeit, um mich zu schlagen. Ich würde nie mehr ein einfacheres Ziel bekommen als Pax' Gesicht unter mir. Aber ich hatte auch nie einen Mann mehr geliebt als ihn.

Mich umdrehend, schleuderte ich den Block in das Fenster. Er ging dumpf hindurch, hinterließ ein kopfgroßes Loch, landete drinnen aber mit einer lauten Explosion. Dann begann das Fenster, Stück um Stück, zu zerfallen, große Flächen Glas und Bleistücke regneten nacheinander herab, die Augen und Heiligenscheine Christi und seiner Apostel rauschten in einer Kaskade auf den Altar und in den Friedhof und legten das Innere der Kirche vor meinen Augen bloß.

TEIL VIER

17

Jeden Abend um sieben drehten sich in Dundrum die Schlüssel in den Zellentüren, dann waren wir dreizehn Stunden allein, bis die Toiletteneimer am nächsten Morgen ausgeleert wurden, und das war's. Man konnte schreien und rufen, soviel man wollte, und einige taten das. Die alten Männer, die vor der Abenddämmerung starben, waren kalt wie Steine, wenn sie am Morgen aufgefunden wurden. Personaleinsparungen, sagte man uns.

»Dienstag.«

Die Stimme kam aus der Nachbarzelle. Immer wieder. Ich habe nie herausbekommen, warum er ständig diesen Wochentag wiederholte, der zu seinem Spitznamen geworden war; der Dienstag war mir bis dahin als der unbedeutendste Tag der Woche vorgekommen.

Ich hatte Mühe, mich an das Gefängnisessen aus Fleisch und Kohlehydraten zu gewöhnen. Mir fehlte nicht nur der Fisch, sondern auch seine Vorbereitung und das Braten. Ich mochte das Filetieren mit dem Messer, die Art, wie man den Mönchsfisch an den Augen heraushob, und den Kontrast zwischen seinem Teufelskopf und dem verführerisch festen Fleisch, wenn man die beiden auseinandernahm. Da ich seit vierzig Jahren kein Fleisch mehr gegessen hatte – seit meinen Tagen in Pas Schlachthaus –, blieb mir in Dundrum nicht viel. Ich verlor an Gewicht. Ich konnte die Knochen meiner Schultern und an den

Hüften fühlen, und nach den Mahlzeiten kamen Laute aus meinen Därmen wie aus den alten Bleirohren auf Eillne.
»Dienstag. Dienstag.«
Er hatte seinen Vater und seine Mutter, die schon sehr alt waren, mit einer Schaufel erschlagen, irgendwo in den Glenties. Er schlug sie tot, verscharrte sie dann und ging die Kühe melken. Das war vor dem Krieg gewesen. Dienstag war damals dreißig. Er hatte nie einen Brief bekommen, hatte niemals einen Besucher gehabt. Was war mit der Farm geschehen? fragte ich mich oft. Mit dem Land? Welcher letzte Tropfen zähen Donegalbluts würde mit diesem immer besorgten alten Mann aussterben, der die Stirn ständig in Falten gelegt hatte, nach einer Antwort suchend? Oder nach einem Grund.
»Dienstag.«
Abends schlief ich meist unter den Kopfhörern des Walkmans ein, den Pax mir geschenkt hatte, übertönte Dienstag mit Bird Parker.

Anfangs schrieb mir Sparrow einmal in der Woche. Die Briefe kamen natürlich nicht direkt zu mir, sondern auf dem für angemessen gehaltenen Weg, sie wurden mir von einem Dritten ganz oder in Teilen vorgelesen, meist von Dr. Croke. Es war, als wüßte Sparrow alles, hielte sich aber aus Höflichkeit zurück. Das Fenster, versicherte sie mir, würde ersetzt werden: sie kümmere sich gerade um Pläne und um die Kosten. Sie denke daran, die Inschrift diesmal allgemeiner zu halten. Im Laufe der Monate wurden ihre Briefe vager. Sie sprachen von den Kosten des Lebens und den Gehältern ihrer Schwesternmannschaft.
Dann, ganz plötzlich, wollte sie mich besuchen. Ihr Ton

war dringlich, als mache sie sich Sorgen, nicht mehr viel Zeit zu haben. Sie sagte, sie gebe sich selbst die Schuld an dem, was mir passiert sei. Da gebe es viel, das ich wissen müsse, sagte Sparrow, bedeutungsvolle Dinge, und sie wolle kommen und mir davon berichten, bevor es zu spät sei.

Ich weigerte mich. Die Zeit, mir diese Dinge zu erzählen, war längst vorüber. Ich warf ihr nichts vor, davon war ich weit entfernt, aber das Knäuel unserer Leben – all unserer traurigen und glücklichen Leben – trotzte nun jeder Entwirrung, und die Toten wollten in Frieden gelassen werden. Vielleicht hatte sie ja auch etwas ganz anderes im Sinn; so wie ich Sparrow kannte, war dies wahrscheinlich sogar der Fall. Mir aber war die Vorstellung unerträglich, eine sehr alte Frau sozusagen eine Beichte ablegen zu sehen. Also ließ ich ihr mitteilen, daß ich mir nicht vorstellen könne, warum eine Frau ihres Alters eine solche Reise auf sich nehmen solle, ich sagte, ich sei mir sicher, daß sie sich nicht richtig überlegt hätte, wie viele Menschen sie dadurch in Aufregung und Sorge versetzte. Ich lehnte ihren Besuch nicht rundweg ab, sondern schob ihn immer weiter in die Zukunft. Ich sagte, unglücklicherweise sei etwas dazwischengekommen, und ich hoffte, daß die Zeit – wie der Fluß vor Eillne – über ihre verrückten Ideen hinwegfließen und sie ein paar Tage später aufwachen und diese Eskapade vergessen haben würde. Das schien zu funktionieren. Es kamen keine Briefe mehr. Und ein Vorschlag Sparrows, mich besuchen zu kommen, drang nicht mehr zu mir durch.

Dundrum hatte nichts von der Rauhbeinigkeit und Brutalität, die ich in meinen ersten Tagen in Monntjoy erlebt hatte; tatsächlich heulten Häftlinge, die in Dundrum auf

ihren Geisteszustand untersucht wurden, wie Hunde, wenn sie nach Mountjoy zurückmußten.
»Der Häftling weist Symptome einer leichten Persönlichkeitsstörung auf. Insbesondere zeitweilige Depressionen, gelegentliche Identitätsstörungen, die sich darin ausdrücken, daß er sich selbst mit imaginären Personen in Verbindung bringt, Angst vor dem Verlassenwerden und gelegentliche Impulsivität, was sich zum Beispiel darin äußert, daß der Häftling derart lange Zeit im Schwimmbecken der Klinik schwamm, daß dies als gesundheitsgefährdend betrachtet werden mußte.«
Der Richter sah mich, so schien es mir, mit Überraschung an. Wir hatten uns früher gesellschaftlich manchmal getroffen. Er war, glaube ich, etwas verlegen.
»Was empfiehlt das Ministerium?« fragte er den Arzt, den der Minister beauftragt hatte.
»Daß der Häftling weiter in Dundrum beobachtet wird, Euer Ehren.«

Im dritten Monat meines ersten Jahres tauchte zum Abendessen ein neuer Patient auf und setzte sich neben mich. Klein und drahtig, mit einem üppigen Schnurrbart und neugierigen Augen. Doc, so hieß er, erinnerte mich sehr an meinen toten Bruder Lyle.
»›Wußten Sie, was Sie taten?‹ fragte der Richter mich«, erzählte Doc. »›Euer Ehren, es war ein Moment äußerster Klarheit‹, sagte ich zu ihm. ›Ich habe nie in meinem Leben einen Moment größerer geistiger Klarheit genossen.‹«
Ich schwamm jeden Tag. In vier Zügen konnte ich, wenn ich wollte, die Länge des kleinen Beckens zurücklegen. Doc gewöhnte sich an, mir dabei Gesellschaft zu leisten. In der Badehose saß er am Beckenrand und ließ die Füße ins Wasser baumeln, weiter ging er nie.

»›Euer Ehren‹, sagte ich, ›die ganze Welt weiß doch, was da vor sich geht. Lassen Sie mich offen sprechen. Ich bin Buchhalter von Beruf. Ich habe mein ganzes Leben mit den finanziellen Angelegenheiten anderer Menschen verbracht.‹«

Doc rauchte in der Schwimmhalle, obwohl das verboten war. Er rauchte wie der arme Lyle, verbarg die Glut hinter der gewölbten Hand.

»›Leute benutzen mich wie eine Bibliothek, und ich habe mir immer dasselbe Privileg in umgekehrter Richtung vorbehalten. Ich gebe zu, daß ich mich den grundlegenden Dingen entfremdet habe. Aber‹, sagte ich, ›dies ist eine seltsame Welt, in der niemand mit dem Finger auf einen anderen zeigen kann. Wir leben in einem moralischen Vakuum, in dem die absonderlichsten Dinge geschehen können. Essig, zum Beispiel, wurde während der Kreuzigung verwendet.‹«

Doc stand am Geländer des Beckens, seine Hände ruhten darauf, wie sie auf dem Geländer der Anklagebank geruht haben müssen.

»›Ich bin nur ein winziges Rädchen. Es gibt eine Gruppe von großen Spielern da draußen, die jedes Gran Moral verloren haben. Sie stehen miteinander in Kontakt. Ihre Befehle gehen um die Welt, sie bewegen das Geld über Satelliten. Schlagen Sie die Zeitung an irgendeinem beliebigen Tag auf. Dieselben Leute. Dieselben Konzerne. Wahrhaft atomar in ihrem Aufbau. Molekular.‹«

Doc begann zu beben.

»Und dann hab ich gesagt: ›Die Wahrheit ist, Euer Ehren, ich habe sie aus Liebe getötet.‹«

Doc war für eine Sammlung zugunsten einer von Hungersnot betroffenen Region in Afrika verantwortlich gewesen, aber er gab das Geld statt dessen für eine Prosti-

tuierte aus. Als die Sache aufflog und sie ihn wegen Unterschlagung verpfiff, erschlug er sie mit dem Wagenheber.
Eines Abends rasierten sie uns die Haare ab, wegen der Läuse, und spritzten uns auf dem Platz vor dem Haus mit kaltem Wasser ab. Dienstag ging danach ins Krankenrevier und tauchte nie wieder auf. Grippe. Das komme gar nicht so selten vor, sagte Dr. Croke. In meiner Zelle wurde es merkwürdig still ohne den vertrauten Ruf von nebenan. Man gewöhnt sich an die Dinge. Wie an das Ticken einer Uhr. Wie das Fallen der Blätter im frühen Winter, jedes eine Seele, die man kannte. Wie der Atem einer Frau neben einem. Der die langen Stunden bewacht.

Ich empfing – in der vermittelten Art, die ich beschrieben habe – nur Briefe von Sparrow. Ich selbst schrieb nur einen, an die in England lebende Schwester von Joyce Ogar, in dem ich die Sinnlosigkeit von Joyces Tod bedauerte. Mir wurde von keiner Antwort berichtet.
Ich trauerte kurz und intensiv um Elizabeth. Als ich den Schock meines Begreifens überwunden hatte, wurde mir klar, daß der Moment auf dem Gerüst der schlimmste gewesen war. Ich erinnere mich, daß ich mir selbst sagte, etwas Schlimmeres kann nicht mehr kommen, jetzt kann mich nichts mehr verletzen. Ich hätte meine Brust ohne Furcht den Kugeln geboten. Und doch war in mir ein Teil, der sie nicht vollständig verdammen konnte, irgend etwas tief in mir, das weiße Fahnen der Beschwichtigung hissen wollte, auch wenn sich die Situation nie ergeben würde, das fast mit Eifer sagte, ich hätte nur das bekommen, was ich verdiente. Was sie anging, so glaubte ich noch immer, daß ich nur einen Rivalen gehabt hatte, ihre Loyalität gegenüber ihrem Dienst. Die Pflicht allein

hatte ihre Zuneigung zu mir überwunden. Sie konnte mir nicht zwanzig Jahre lang etwas vorgespielt haben. Im schlimmsten Falle hatte sie mich benutzt, und wenn das zutraf, dann hatte ich sie auch benutzt. Ich hatte durch sie meine Männlichkeit verwirklicht. Diese brutale Ehrlichkeit half mir, die Realitäten anzuerkennen und um Elizabeth nicht länger zu trauern, als sie um mich getrauert haben wird.

Aber nach diesen ersten Monaten, als ich zu akzeptieren lernte, daß Elizabeth für mich verloren war wie die früh gestorbene Gattin eines älteren Mannes, spürte ich auch, daß ein Teil von mir mit ihr gegangen war. Ich konnte mich an das langsame Wachsen der Begierde Stunden vor der Begegnung mit Elizabeth erinnern. Ich konnte mich an das Dschungelgefühl in Haut und Haar erinnern, das der sexuelle Hunger in mir hervorbrachte. Das hatte ich verloren. Es war ohne Kündigung verschwunden, wie eine athletische oder literarische Befähigung.

Zu der Zeit, als meine einzige Verbindung zur Außenwelt die hübsche April war, meine zähe Anwältin, machte ich mir große Sorgen um Pax. Deilt hatte Pax unangreifbar gemacht. Nach einer Meinungsumfrage galt er als der fähigste und populärste Mann in Militär und Polizei. Jeder, der ihn entlassen wollte, riskierte es, selbst politischen Schaden zu nehmen, und so überlebte er wie eine Rose unter Dornen. Aprils Berichte über Pax' körperliche Erscheinung bei den Anhörungen parlamentarischer Ausschüsse allerdings waren eher geeignet, meine Sorgen zu verstärken. Und obwohl ich ihn nie sah – er hatte offenbar oft um die Erlaubnis gebeten, mich zu besuchen, was aber aufgrund meiner angeblichen Unberechenbarkeit abgelehnt worden war –, konnte ich mir aus den Gesprächen mit April zusammenreimen, was er durchmachte, genau wie

ich sicher war, daß er wußte, was ich durchzustehen hatte.
Seine Ehe, nie sehr glücklich, hatte unter dem Druck seiner Besessenheit, Bain zu überführen, weiter gelitten. Seine Kinder waren erwachsen und hatten das Haus verlassen. Er kannte Bains Anteil an der Waffenaffäre von Deilt ganz genau, aber ohne mich als Zeugen hatte er nichts in der Hand. Von vielen seiner Kollegen geschnitten, von seiner eigenen Ministerin, Miss Twinkle, isoliert, fand er sich in einer Lage wieder, in der jeder andere sich hätte pensionieren lassen, und wenn ich nicht noch halbwegs gesund in Dundrum gesessen hätte, wäre Pax vielleicht auch diesen Weg gegangen. Aber so hielt er hartnäckig an seinem Amt fest. Er beobachtete, wie Bain sich auf eine weitere Wahl vorbereitete. Bain wurde mächtiger, und Pax wurde alt.
Wir waren wie drei Zweige vom selben Baum, aber nur einer von uns, so schien es, konnte gedeihen, und auch das nur auf Kosten der anderen beiden. Bain hatte Pas Mythos zu einer Realität gemacht. Er hatte die Nebel der Geschichte genommen und daraus wie ein Alchimist Materie gemacht. Für viele *war* er Irland.
Bain gewann die Wahlen mit einer deutlichen Mehrheit, die seiner Koalition ein Mandat in das neue Millennium hinein gab. Er gestand Miss Twinkle Befugnisse zu, die noch kein anderer Justizminister innegehabt hatte, und sie ging mit einer Leidenschaft daran, die Subversiven einen nach dem anderen dingfest zu machen, die wahrscheinlich nur mit der Liebe in den Tagen ihrer Jugend zu vergleichen war. Ich hörte von April, daß die Opposition nur Hohngeschrei erntete, wenn sie es wagte, das Geschehen von Deilt anzusprechen. Als ich das hörte, hatte ich das Gefühl, daß der Hohn mir galt.

Letztlich hatte Bain Pax besiegt und mich zerstört. Es war nicht so sehr der Lebensmut, den er mir geraubt hatte, sondern alles, was ich einmal geliebt hatte. Er hatte mir die Unschuld genommen. Als ich niemanden als Sparrow wollte, stand Bain zwischen mir und ihrer Liebe. Er hatte mir La verwehrt. Er hatte mich mit Juliet grausam betrogen. Und schließlich hatte er mir Elizabeth geraubt. Und doch, wenn in den Nachrichten sein lächelndes Gesicht auftauchte, sein Mund wie die Tülle einer Teekanne, aus der die Wörter jetzt so flüssig herauskamen, hielt mich irgend etwas von dem Impuls ab, aufzustehen und zu schreien. Eine Last auf den Schultern drückte mich nieder, und ein Kloß im Hals hinderte mich am Schreien.

Im Mai dieses Jahres, im letzten Jahr dieses Jahrtausends, das nun in seinen letzten Herbst getreten ist, eine Woche nach dem zweiten Jahrestag meiner Einkerkerung, wurde ich in das Büro Dr. Crokes gerufen. Hinter seiner Leutseligkeit, seinem fröhlichen Lächeln, seinem Versuch, den Dingen den Anschein zu geben, als wären wir zwei alte Kameraden, die zusammen das Beste aus einer bösen Geschichte machen müßten, lag die kalte Wachsamkeit eines Mannes, der es mit einem eingesperrten wilden Tier zu tun hatte. Er wußte zuviel von mir und ich zuwenig von ihm, als daß unser Verhältnis ein anderes hätte sein können.

»Setzen Sie sich doch bitte, Mr. Shortcourse«, murmelte er fürsorglich, während er vor seinem Schreibtisch auf und ab schritt.

Ich fing die Signale sofort auf. Auf dem Schreibtisch stand immer eine Schale Obst, von der Dr. Croke gewöhnlich etwas anbot, die in diesem Fall aber unbeachtet blieb. Ich hatte mein Leben damit verbracht, schneller zu

denken als potentielle Verbrecher, und außerdem hatte ich jetzt zwei Jahre in ihrer Mitte verbracht; meine Antennen waren sehr empfindlich. Ich witterte Furcht im Verhalten des Direktors.
»Geht es Ihnen gut, Mr. Shortcourse?«
Ich nickte und suchte nach Hinweisen im Raum. Es war kein großartiges Büro, nicht für einen Mann, der der Chef einer solchen Institution war. Ein Kessel in der Ecke verriet, daß er sich sogar seinen Tee selber machen mußte.
»Ich habe leider schlechte Nachrichten für Sie«, sagte Dr. Croke.
Ich schloß die Augen. Dr. Croke hatte mir versprochen, meinen Fall vor dem Revisionsausschuß energisch zu vertreten, damit ich endlich ein ordentliches Gerichtsverfahren bekam. Ich war mir der Tatsache bewußt gewesen, daß er, selbst wenn er es ernstlich versuchte, kaum in der Lage war, sich gegen die politischen Widerstände durchzusetzen, aber ich hatte immer noch gehofft.
»Ihre Mutter ist gestorben, Mr. Shortcourse«, sagte Dr. Croke ruhig.
Ich sah ihn an, auf einen Trick gefaßt.
»Sie ist vor fünf Tagen im Schlaf verschieden«, fuhr er düster fort, »in ihrem Haus in Eillne. Sie wurde vorgestern neben ihrem Gatten in Monument bestattet.«
»Neben welchem?«
Dr. Croke zwinkerte mit den Augen, sah dann auf ein Papier auf seinem Schreibtisch. »Wise?« sagte er.
»David Wise.«
Dr. Croke nickte und faltete die Hände.
»Ich verstehe, wie Sie sich fühlen müssen, Mr. Shortcourse«, sagte er sorgenvoll. »Es tut mir für Sie sehr leid. Ich bedaure sehr, daß Sie unter diesen Umständen nicht an der Trauerfeier teilnehmen konnten, aber ...«

Ich bemerkte Einzelheiten im Aussehen von Dr. Croke, die mir bis dahin nicht aufgefallen waren: der leichte Silberblick, die Härchen über dem Kragen.

»Wie ist … es passiert?«

»Sie ist, wie ich höre, sehr friedlich eingeschlafen. Sie, äh …« Er sah wieder auf das Papier. »Sie hat einfach die Augen geschlossen und ist verstorben.«

»Ich danke Ihnen.«

»Es waren viele Leute da.«

»Der Taoiseach?«

»Und fast das ganze Kabinett«, sagte Dr. Croke, offenbar erfreut über diese Nachricht.

Ich sagte nichts; es gab nichts mehr zu sagen.

»Der Bischof von Monument hat Sie in sein Gebet eingeschlossen«, fuhr Dr. Croke fort. »Sie müssen jetzt nichts sagen. Der Kaplan wird gerne jede Form von Gottesdienst arrangieren, die Sie wünschen – wenn Sie das wünschen. Wir haben auch psychologische Beratung für diese Fälle, und ich rate Ihnen sehr, sie in Anspruch zu nehmen. Es tut mir sehr leid. Wenn es ein Trost ist, so möchte ich Ihnen sagen, daß ich dem Ausschuß sehr zusetze, in Ihrem Fall eine Entscheidung zu treffen. Aber es tut mir sehr leid.«

Ich verließ das kleine Verwaltungsgebäude, spürte, wie Dr. Croke mir nachsah. Regen von den Dublin Mountains wurde von starken Böen über Dundrum hinweggetrieben. Ich ging an den neuen Gefängnisblocks vorbei hinunter zum Sportplatz, der wie eine Wüste aus Asche und Lava aussah. Ich stellte mich in die Mitte der hundert Pfützen und ließ mir den Regen ins Gesicht peitschen, so daß meine Brillengläser beschlugen. Sie hätten mich zumindest da runterbringen und an meinem rechtmäßigen Platz am Grab stehen lassen können. Bain hätte dafür sorgen kön-

nen. Sie hätten nicht warten müssen, bis sie schon zwei Tage unter der Erde war.
Aber dann geschah an diesem trostlosen, regendurchweichten Ort etwas Seltsames. Ich fühlte mich plötzlich frei. Um genau zu sein, ich fühlte mich zunächst leicht, nicht schwindlig, sondern nur gewichtslos. Als wäre Luft in die Zellen meines Körpers eingetreten und hätte ihn merkwürdig unschwer gemacht, begann ich zu hüpfen. Ich lachte, weil es so albern war, da draußen auf dem matschigen Platz ganz allein herumzuhopsen. Sie konnten auf die Idee kommen, mich hineinzuschleppen und mir Elektroschocks zu verpassen. Aber ich hüpfte trotzdem. Ich lachte. Es war ein glückliches Lachen. Das führte zu einem weiteren Hopser. Nichts hielt mich auf der Erde. Wie Nurejew schwebte ich empor, landete etwas ungeschickt und fiel in den Matsch. Es machte Spaß! Ich brüllte! Ich stand auf und sprang auf dem breiten, nassen Platz herum, meine Arme seitlich ausgestreckt, als wollte ich wie ein Flugzeug abheben.
Ich tobte im Regen herum wie ein seliger Narr. Ich rollte auf dem Boden und schrie und sprang wie entzückt herum. Als hätte die Zeit mir eine außerordentliche Amnestie für meine gewaltige, angesammelte Schuld aus Sünde und Unglück gewährt, brüllte ich vor Freude. Plötzlich und unerwartet war alle dunkle Trauer meines Lebens von mir genommen. Keine Scham oder Schuld lauerte noch in irgendeinem Winkel, um den Tag zu verderben. Es gab keine ... Konsequenzen mehr! Ich tanzte, bis die Wächter, die geschickt worden waren, nach mir zu sehen, mich hereinwinkten, damit ich heiß duschte und einen Tee trank. Ich sah in den Stahlspiegel des Duschraums, und trotz der unscharfen Wellen in meinem Spiegelbild erkannte ich das Gesicht eines glücklichen Mannes. An

diesem Abend würde ich für zwei essen und mit der Unschuld eines Kindes schlafen. Mein Verhalten würde sich auf meinen Fall gewiß nicht günstig auswirken. Was sie wollten, war ein Mann, der winselte und heulte, ein Mann, an dem sie ihre Techniken erproben konnten. Sie wollten mit mir trauern und betroffen sein und dann nach Hause gehen und ihre Notizen machen.
Winseln? Heulen? Trauern? Ich lachte, mir war alles egal.
Mir war alles egal.

Das Gefühl der Befreiung nach Sparrows Tod war wie das Verschwinden einer alten, lang anhaltenden Verletzung. Es war, als hätte ich ihren Tod abwarten müssen, um meine eigenen Prioritäten zu setzen. Und dann, als sie wirklich gestorben war, öffnete sich der Horizont in einer Weise, die bisher undenkbar gewesen war. Ich war auf eine Art frei, die auch die Mauern um mich nicht einschränken konnten. Es war ein schwindelerregendes Gefühl. Mein einziges (nicht sehr gewichtiges) Bedauern bestand darin, daß ich beinahe sechzig Jahre darauf gewartet hatte, an diesen Punkt zu gelangen.
Mein Hochgefühl hielt mich nicht davon ab, um Sparrow zu trauern, auch nicht davon, sie zu bewundern. Sie war in Sünde geboren worden, und daher war ihr ganzes Leben, wie das eines jungen Baumes, dem man eine verbogene Stütze gegeben hatte, von dieser Tatsache verzerrt worden. Ich hielt mich nicht lange damit auf, an das zu denken, was sie mir oder den Menschen angetan hatte, deren Leben sie so unheilvoll beeinflußt hatte. Die Sünde ist endemisch. Manche haben mehr Glück damit als andere. Sparrow hatte gelebt und war gestorben, und mit ihrem Tod gewann ich nicht nur das Gefühl einer großen Freiheit, sondern mit ihm kam auch in großer Klarheit

das Empfinden einer Pflicht, die ich mir und Pax und auf gewisse Weise meiner Familiengeschichte schuldig war. Während ich vorher mürrisch gewesen war, entwickelte ich mich nun zu einem gutgelaunten Modellpatienten. Zur gleichen Zeit konzentrierte ich mich sehr darauf, meine neue innere Zufriedenheit zu zügeln, da ich mir sehr bewußt war, daß in den Augen meiner Beobachter Vernunft mit Sterilität gleichgesetzt wurde. Ich ging daran, die äußerliche Gleichmütigkeit meiner Herren und Meister nachzuahmen. Vor allem Dr. Crokes Auftreten machte ich mir zum Vorbild. Seine Sparsamkeit des Ausdrucks, in welcher Situation auch immer, eignete ich mir vollkommen an. Zugleich entwickelte ich eine etwas verdächtige Großzügigkeit meinen Leidensgenossen gegenüber. Ich gab Doc Schwimmunterricht. Obwohl ich größer war als Dr. Croke, begann ich so zu gehen wie er, nicht als Karikatur, sondern gemäß der Körpersprache seines Ganges, ich ahmte die schlendernde, ringrichterhafte Art nach, in der er auf dem Gelände herumstrich und die mehr als alles andere auf die Kluft verwies, die den Besitz der Macht von der Ohnmacht trennte.
Der Juni begann mit einer Hitzewelle. Ich fühlte mich stark. Dr. Croke und ich tauschten nun immer Blicke aus, wenn wir uns begegneten: ein kurzes Nicken, ein Lächeln, Kollegen, die in einer Irrenanstalt voller Krimineller ihr Bestes taten. Ich begann, die Fernsehnachrichten mit intelligenten Augen zu verfolgen, statt sie leer anzuglotzen wie meine Mitpatienten. Im Juli zwang Bain den Dáil, die Sitzungsperiode zu verlängern, um irgendwelche Gesetze durchzubringen. Sie würden notfalls die ganze Sommerpause hindurch weitermachen, drohte der Taoiseach. Bain hätte den Sommer selbst gestrichen, um seinen Willen durchzusetzen.

Zwei Tage später kam der Moment, auf den sich mein ganzer Optimismus gründete. Ich wurde in das Büro gerufen – »Mr. Shortcourse«; »Dr. Croke« –, seine leicht schielenden Augen betrachteten mich nicht mehr mit der alten Wachsamkeit, sondern, wenn ich das sagen darf, mit neuem Respekt. Ich nahm eine Mandarine aus der angebotenen Obstschale, und er nahm sich, als ich ihn dazu aufforderte, ebenfalls eine. Unsere Schalen lagen zusammen auf dem Boden von Dr. Crokes Papierkorb, und wir schlugen zur gleichen Zeit die Zähne in die Früchte.

»Sie werden morgen in Beaumont untersucht«, sagte Dr. Croke.

In vorsichtiger Dankbarkeit senkte ich den Kopf ein wenig.

Dr. Croke seufzte. »Hören Sie, ich sollte das nicht sagen, ich weiß, aber Ihr Fall ist anders als jeder, mit dem ich bisher zu tun hatte. Unter vier Augen, ja?«

Ich erlaubte meiner Hand eine sanfte, aufblühende Geste, wie ich sie bei Dr. Croke gesehen hatte, wenn er vorläufige Zustimmung signalisierte.

»Es gibt in Ihrem Fall enormen Druck«, sagte der Doktor und hielt eine Hand flach über den Schädel. »*Enormen* Druck. Von ganz oben. Ich bin nur ein kleines Licht, wenn es um wichtige Entscheidungen geht, ich glaube, das werden Sie verstehen, Mr. Shortcourse.«

»Natürlich«, murmelte ich diplomatisch.

»Es ist nicht *meine* Entscheidung«, sagte Dr. Croke. Er verzog das Gesicht. »Es ist eine politische Entscheidung, was Sie sicher wissen, und das sind die schlimmsten. Alles was ich tun kann und getan habe, ist, auf eine Überprüfung zu dringen. Ich habe sehr darauf gedrungen, und die Untersuchung morgen in Beaumont ist das Ergebnis.«

»Ich danke Ihnen.«

»Sehen Sie, ich will ganz ehrlich sein, ich stehe da nicht ganz allein«, gestand Dr. Croke. »Assistant Commissioner Sheehy hat sich von Anfang an sehr für diesen Fall interessiert.«

»Pax«, lächelte ich.

»Genau«, sagte Dr. Croke. »Aber denken Sie bitte daran, daß morgen nur ein erster Schritt ist. Ich möchte nicht, daß Sie sich zu große Hoffnungen machen. Ich kann nur sagen, vor der Entscheidung von heute war eine Revision Ihres Falles nicht einmal eine entfernte Möglichkeit. Die heutige Entscheidung bringt sie in den Bereich des Möglichen, aber nur in den Bereich.«

»Würden Sie mir irgendwelche Tips für Beaumont geben?« fragte ich.

»Seien Sie einfach Sie selbst, Mr. Shortcourse«, riet Dr. Croke und schenkte mir sein robustestes Lächeln.

»Sie haben alles getan, was Sie tun konnten«, sagte ich und meinte es auch.

Dr. Croke schien dankbar. »Dies mag unsinnig klingen«, sagte er. »Aber es wird mir wirklich leid tun, wenn Sie uns verlassen, Mr. Shortcourse.«

Er meinte natürlich, *falls* ich entlassen wurde, aber diese Vorwegnahme des Bedauerns schien mir doch vielversprechend. Es war, nahm ich an, seine Art, einem Patienten zu sagen, daß er ihn mochte.

Dr. Crokes Gesicht war das letzte, das ich am folgenden Morgen in Dundrum sah. Er kam auf den Parkplatz herunter, wo wir in den Honda stiegen, die beiden Wärter rechts und links neben mir und der Wärter des Hauptblocks mit den Autoschlüsseln in der Hand.

»Wollt ihr ihm keine Handschellen anlegen?« fragte der Fahrer.

Die Männer blickten Dr. Croke an.

»Das wird nicht nötig sein«, sagte er mit einem wissenden Lächeln.
Als wir darauf warteten, daß die erste elektronische Schranke sich öffnete, drehte ich mich auf dem Rücksitz um und sah zurück. Dr. Croke stand noch immer da und lächelte noch immer. Er sah mein Gesicht und hob die Hand in Ellbogenhöhe, um mir taktvoll zuzuwinken. Es war, als wüßte er nicht nur, was geschehen würde, sondern als billigte er es auch.

Der Besuch in der Beaumont-Klinik, der meine Absichten nur verstärkte, meine Verzweiflung über die flüchtige Anhörung, die meinen wichtigen Enthüllungen zuteil wurde, der Halt an der Zugbrücke, die für das große Segelschiff geöffnet war, und mein befreiender Sprung sind auf diesen Bändern anderswo schon geschildert worden. Desgleichen mein Erklettern der glitschigen Kaimauer in zweihundert Meter Entfernung und mein amphibienartiges Auftauchen auf dem sonnigen Kai.
Es war ein schöner Tag. In meinen gestohlenen Kleidern machte ich mich freudig auf den Weg durch den Lärm der Stadt. Seit zwei Jahren hatte Lärm für mich jede Unmittelbarkeit verloren – so wie ein Bleistift seine Spitze verliert. Jetzt erfreute ich mich an quietschenden Bremsen, an dem lieblichen Klingen der Fahrradglocken, am stöhnenden Schlag des Stadtherzens, mit dem ich nun wiedervereinigt war. Ich sog den Bierdunst ein, der durch die offenen Türen der Pubs herausdrang. Am College Green vermischte sich der Oktangeruch des Benzins mit dem des Pferdedungs der Touristenkutschen. Der silberne Strahl der Fontäne erhob sich in die Luft. Möwen flogen auf der Suche nach Abfall über uns. An den hohen Bogen einer Straßenlaterne hatte jemand, wahrscheinlich Stu-

denten, eine menschliche Puppe gehängt, sie trug den Namen »Bain« auf einem aufgeklebten Schild, aber selbst diese Puppe pendelte heiter im Wind, der Tag trotzte einfach allem Zwielichtigen.

Ich ging an seinem nördlichen Rand über das Green, überquerte den Zebrastreifen zur Harcourt Street, wo ich in der Ferne das Justizministerium sehen konnte. Zwei Wachen gingen lässig davor auf und ab. Gab es drinnen schon Alarm? fragte ich mich. Oder würden meine Wärter zunächst eine Taktik der Schadensbegrenzung einschlagen und einfach voraussetzen, daß ich ertrunken war? Oder würde Dr. Croke mit gerötetem Gesicht instinktiv diese Option ablehnen und die Flucht bekanntgeben? Pax zumindest würde wissen, daß ich nicht ertrunken war. Aber würde Pax jetzt schon von diesem neuesten Sicherheitsproblem informiert sein? Er stand mir noch deutlicher vor Augen, als ich am Rande des Harcourt Square entlangging, wo mein alter Freund zusammen mit mehreren hundert Kollegen sein Büro hatte. Ein Wagen brach plötzlich mit Sirenengeheul aus dem Hof des roten Backsteingebäudes hervor und jaulte in Richtung Innenstadt an mir vorbei, der Kriminalpolizist auf dem Beifahrersitz saß weit vornübergebeugt, als binde er sich die Schnürsenkel zu oder entsichere eine Uzi unter seinem Sitz.

Der Kanal sah trügerisch ungiftig aus; wie kühle blaue Tinte ruhte das Wasser unter der Brücke. Die Häuser von Rathmines mit ihren lackierten Ziegeln schienen in der Sonne zu glänzen. Früher hatte ich davon geträumt, mit La einmal in einem bescheidenen Haus dieser Art zu wohnen, unsere einzigen Bedürfnisse unsere Körperwärme und ab und zu ein Laib Brot. Es war schwer, sich diesen Traum jetzt vorzustellen. Wie bei einem alten Buch, an dessen Einzelheiten ich mich nicht erinnern konnte, war nur die Tatsache geblieben, daß es mir einmal etwas bedeutet hatte.

Dann Rathgar mit seinen Laubbäumen. Die Subtilität, mit der sich der größere Wohlstand gegenüber Rathmines abhob, lange, kurvenreiche ruhige Wohnstraßen und Sackgassen mit den Regenwaldpflanzungen, in denen Leute wie Bain bevorzugt wohnen.

»Bain.«

Ich sprach seinen Namen leise aus, während ich der sanften Biegung einer Granitmauer folgte. Schottische Kiefern waren gegen den Himmel zu sehen, wenn ich aufblickte, und jetzt, zu meiner Rechten, Lorbeer, zu einer Hecke verwachsen. Jemand mähte Gras mit einem alten Handmäher, ratterte ihn mit tröstlicher Regelmäßigkeit hin und her.

Nur ein Wachposten stand vor dem Haus. Er hatte die Jacke ausgezogen, stand, die Hände auf den Hüften, im blauen Hemd bei einem Mädchen mit einem Fahrrad. Ich verbarg mich hinter einem Baumstamm und beobachtete sie. Das Mädchen trug ein Musselinkleid. Der Posten mußte in der Nähe eines häßlichen Wachhäuschens bleiben, das innerhalb des Tores zu Bains Apartmentkomplex stand. Das Mädchen, noch ein Kind, aber an der Grenze zur Fraulichkeit, ließ das Geplänkel offenbar bis zu einem gewissen Punkt kommen, an dem sie plötzlich in die Pedale trat und ein Stück auf der Straße herumfuhr, wobei sich das Kleid reizvoll über den Knien öffnete. Die Wache trat dann auf die Straße hinaus, um ihr etwas nachzurufen und sie wieder zu sich zurückzuholen, so daß das Ritual erneut beginnen konnte. Wenn er auf die Straße trat, wandte er mir den Rücken zu, und als er es das nächste Mal tat, schlüpfte ich geräuschlos hinein. Ich schlüpfte hinein wie ein Lachs durch die Schleuse.

Weitere Wohnblocks waren in den zwei Jahren hinzugekommen, seit ich Bains Frau, Aggie, hier besucht hatte. Die erregte Vegetation, die aus den oberen Terrassen herausplatzte und dann üppig herabfiel, verlieh Bains Gebäude eine gewisse Ähnlichkeit mit einem riesigen Dessertwagen. Niemand bewachte die Tür. Ich drückte vier Zahlen. Nicht irgendwelche Zahlen, sondern jene, die ich den Posten beim letzten Mal, als ich hier war, hatte drücken sehen und Aggie durch die Sprechanlage hatte rufen hören. Ich hatte sie nicht vergessen. Ich nahm den Aufzug in den vierten Stock. Mir fiel ein, daß Bain inzwischen umgezogen sein könnte, in eine höherliegende Wohnung oder in ein anderes, neueres Gebäude. Aber irgendwie erlaubten die glatten Gleise der Geschichte, auf denen ich mich bewegte, solche Schwierigkeiten in letzter Minute nicht. Noch ein Zahlencode an Bains Wohnungstür. Drück die vier Zahlen. Ein tiefes und befriedigendes Klicken. Er war nicht umgezogen, nein. Ich konnte ihn sofort riechen, als die Tür nachgab.

Es war eine bescheidene Wohnung, wie ich schon vorher bemerkt hatte. Es war kein Heim, es war nur eine Suite für den Taoiseach, um zwischen seinen Pflichten zu schlafen. Jemand hatte versucht, sie etwas gemütlicher zu machen, war aber gescheitert, weil die Pastelltöne der Tapeten und die Obstschalen, Vasen und Porzellanfiguren, die von einem Innenarchitekten auf polierte Flächen gestellt worden waren, dem Geschmack des Mannes fremd waren, dem sie dienen sollten. Die Küche war neu und unbenutzt, mit einem Backofen auf Augenhöhe und Porzellaneinsätzen, wie sie in den Siebzigern populär gewesen waren. Nur der Geruch war unverkennbar Bains. Ich ging in das Schlafzimmer.

Die Fenster waren überraschend klein, aber trotzdem von

Nylongardinen verhängt, was ein ständiges Zwielicht erzeugte. Wie ein Gespenst bewegte ich mich herum und berührte Dinge. Über Bains Bett hing ein schweres Kruzifix. Die schwarzen Einbauschränke waren voller Kleidung. Das Foto von Sparrow auf dem Frisiertisch amüsierte mich. Es war dieselbe Aufnahme, die ich auch in meiner Wohnung hatte, die von Billy Cross' Hochzeit, die ihre schrägen, flirtenden Augen hervorhob. Wo hatte Bain das her? Sie war eine sehr attraktive Frau gewesen, was hier aus dem seitlichen Blickwinkel besonders deutlich wurde. Ihre ganze Sinnlichkeit lag in der Art, wie ihr Kinn in der Fuchsstola ruhte. Es war immerhin möglich, daß ich in der Nacht gezeugt wurde, als das Foto entstand, oder?

Nach den Geschehnissen der letzten zwei Stunden war ich äußerlich in einem sehr unbefriedigenden Zustand. Meine Füße und Unterwäsche waren noch feucht, und ich roch unerträglich nach der Liffey. Wasser von vulkanischer Hitze brach aus dem Badewannenhahn hervor, und als ich aus einer Plastikdose Kügelchen hineinstreute, erhob sich ein triumphierendes Aroma, um meine vorsichtig eintauchenden Füße zu begrüßen.

Ich war hungrig. Gründlich gewaschen kehrte ich in die Küche zurück und machte mir ein paar Sandwiches mit frischem Brot. Aus einem kleinen Flaschenständer zog ich einen staubigen Burgunder. Der Gelegenheit angemessen, dachte ich, und entkorkte ihn mit einem Schmunzeln, dann ging ich, Krümel verstreuend, ins Schlafzimmer, um mir etwas anzuziehen. Die oberste Schublade barg eine Brieftasche mit Geldscheinen, die unterste Schublade Socken. Ich stellte mein Glas ab und wühlte wählerisch in ihnen herum. Meine Finger stießen auf etwas Hartes, eine keilförmige Hülle. Letztlich ge-

schieht alles zu seiner Zeit. Ich nahm die Stoffhülle heraus und packte den Revolver aus.
Es war eine bedrohlich aussehende Waffe. Sie hatte einen langen Lauf und stumpf glänzende Kammern. Der Ölgeruch und das Gewicht definierten sie zweifelsfrei als ein tödliches Instrument. Es paßte zu ihm. Pa hatte mit einem Messer unter dem Kopfkissen geschlafen, nicht wahr? Das, mit dem er in Deilt die Brits in Streifen geschnitten hatte? O ja. *Der Held von Deilt!* Ich legte den Revolver auf die Bettdecke. Ich ging davon aus, daß er geladen war.
Mir paßte natürlich nichts. Ich war einen ganzen Kopf größer als Bain, und er war doppelt so breit wie ich. Als ich die grundlegenden Dinge wie Socken und Unterwäsche hinter mir hatte, blieben mir bloß Hosen, die zu weit waren und nur bis zu den Waden reichten, ein teurer und anscheinend nie getragener Pullover und ein Paar ebenso vernachlässigter Segelschuhe, die lächerlich waren, wenn man die Abneigung ihres Besitzers gegen das Wasser kannte. Ich sah mich nach Tonbandkassetten oder Schallplatten um, gab aber auf, als offensichtlich wurde – was ich hätte wissen sollen –, daß nichts dergleichen da war. Ich schaltete den Fernseher an, aber es wurde nur ein Pferderennen gezeigt. In den Nachrichten nichts über meine Flucht – nicht, daß ich etwas erwartet hätte. Nicht einmal etwas über Bain. Aber er würde hierherkommen. Er war in Dublin, damit beschäftigt, den Abgeordneten ihren Sommerurlaub wegzunehmen.
Zwei Stunden müssen vergangen sein. Auf Bains Bett liegend, wo Sparrow mich ansah, hörte ich die Sirenen seiner Motorradeskorte. Sie kamen auf mich zu, wuchsen an wie der Gesang in einer unbekannten Kirche. Ich sah rechtzeitig aus dem Fenster, um die Ankunft der Macht in voller Rüstung beobachten zu können: zwei Motorräder

vor zwei schwarzen Limousinen, die, wenn man der Presse glauben wollte, in Detroit gepanzert worden waren, und zwei Polizeistreifenwagen. Das Knistern der Sprechfunkgeräte gaben dem Spätnachmittag eine Atmosphäre der Dringlichkeit, ohne die er vorher gut ausgekommen war. Ein haarloser Schädel tauchte vom Rücksitz einer Limousine auf, und ich stellte fest, daß Bain jetzt vollständig kahl war.

Ich saß auf dem einzigen Stuhl des Schlafzimmers und wartete. Es war über das Persönliche längst hinaus, es ging nur noch um die Würde eines Lebens, und das ließ mich völlig ruhig bleiben.

»Tun Sie's auf den Sessel.«

Bains Stimme war plötzlich in der Wohnung. Ich konnte ihn auch riechen, der Geruch, der in der Wohnung gewesen war, nun aufgefrischt, verstärkt.

»Kann ich noch was für Sie tun, Taoiseach?«

Die Stimme eines Mannes. Sein Fahrer oder Leibwächter. Ich hatte befürchtet, daß Bain in Begleitung nach Hause kommen würde, um hier weiterzuarbeiten oder zu diktieren, oder daß er eine Frau mitbringen könnte.

»Nein danke. Ich brauch drei Stunden, dann fahr ich zur Abstimmung wieder rein.«

»In Ordnung, Taoiseach.«

Die Wohnungstür ging auf und schloß sich wieder. Ich hörte, wie Bain sich in dem großen Zimmer bewegte.

»Hallo? Ich bin's. Hör mal, ich bin in Rathgar, etwas müde. Ich mach drei Stunden Pause, ja? Irgendwelche Probleme?«

Ich hörte, wie er einen Schuh abstreifte.

»Wann? Allmächtiger. Steht das fest? Mein Gott noch mal. Haben sie ihn gefunden?«

Plumps. Der zweite Schuh.

»Gott noch mal. Ertrunken. Er ist also ertrunken, was? Sie sind ganz sicher? Der arme Kerl. Sonst noch was?«

Ich hatte also, was die Fähigkeit der Behörden anging, sich mit Wunschdenken zufriedenzugeben, recht gehabt.

»Die können warten«, sagte er. »Halten Sie mir alles vom Leib, bis ich wieder da bin.«

Der Hörer wurde aufgelegt.

»Gott im Himmel«, hörte ich Bain sagen.

Er öffnete die Tür zum Schlafzimmer, ließ das Jackett fallen und lockerte auf dem Weg ins Badezimmer den Schlips. Ich hörte ihn pinkeln, lange, immer wieder von Pausen unterbrochen. Dann die Spülung. Dann brach die Dusche mit einem kehligen Rauschen los. Bain kam nackt ins Schlafzimmer zurück, er war dabei, sich die goldene Uhr vom Handgelenk zu ziehen. Trotz des rötlichen Körperhaares wirkte er im ganzen wie ein weißer Frosch. Als er seinen Hodensack packte und ihn mit einem zufriedenen Grunzen wie Gummi herauszog, sah er mich. Er machte einen Satz, ebenfalls wie ein Frosch. Der Schreck ließ ihn ächzen. Er hatte seine Uhr in der Hand und hielt sie mir hin wie ein Geschenk für einen Wilden.

»Bleib da stehen, Bain.«

»Theo, Gott sei Dank! Sie haben mir gesagt, du wärst ertrunken.«

»Nein, ich bin ein guter Schwimmer, das weißt du doch noch.«

»Aber natürlich, natürlich«, sagte Bain, sich beruhigend.

»Kann ich nur mal eben einen kurzen Anruf machen? Da ist etwas, was ich …« Dann sah er seinen Revolver auf dem Bett neben mir. »Mein Gott, Theo …«

»Bain, ich will dir etwas sagen.«

»Nur zu, Theo, ich hab's nicht eilig«, sagte er, aber seine

Nerven ließen ihn im Stich, und seine Augen rasten in fast lächerlicher Panik zwischen mir und der Waffe hin und her.

»Du bist ein Schwein, Bain«, sagte ich so gleichmütig ich konnte. »Ein wirklich dreckiges dazu. Vielleicht ist das nicht deine Schuld, vielleicht liegt's daran, wie du aufgewachsen bist, vielleicht ist es Pas Schuld, oder Mags, oder vielleicht ist es noch was andres, aber wie auch immer, du bist das Übelste überhaupt.«

»Und du bist vollkommen?« Er zitterte, jeder Zoll an ihm. Das hallende Rauschen der Dusche stahl ihm die Wörter, es machte seine Stimme leise und schwach.

»Ich bin so unvollkommen, daß es an ein Wunder grenzt, daß ich gehen und stehen kann«, antwortete ich. »Ich bin ein wahres Sammelsurium an Gebrechen. Ich bin so defekt, daß die Gesellschaft vor mir geschützt werden mußte, erinnerst du dich? Der Gesundheitsminister hat empfohlen, mich unbegrenzt in der Nervenklinik von Dundrum festzuhalten – falls du dich gefragt hast, wo ich abgeblieben bin.«

»Hör zu«, sagte Bain, und seine Augen zuckten fast im Sekundenrhythmus zum Revolver auf dem Bett, »ich hatte das immer im Kopf, das schwör ich dir.«

»Du bist aus so vielen Gründen übel, daß du wahrscheinlich nicht mal einen Bruchteil davon kennst«, sagte ich. »Du hast mir alles genommen, was ich jemals in diesem Leben geliebt habe, darunter meinen Stolz und meine Freiheit. Es tut mir leid für deine Frau und deine Kinder. Auf komische Weise tut es mir sogar leid für all die Leute, die dir ihre Stimme gegeben haben. Wenn das ein Trost ist – du wirst wahrscheinlich als großer Taoiseach in die Geschichte eingehen.«

Bain sah, daß ich den Revolver aufnahm.

»Theo …«, keuchte er. »Um Himmels willen, Theo, was willst du tun? Es ist doch nicht meine Schuld.«

»Sag, was du zu sagen hast«, sagte ich, obwohl es mir egal war, was er noch zu sagen hatte. Ich empfand keine Genugtuung über seine Furcht, ich wollte die Sache nur beenden. Meine Pflicht tun.

»Also gut, Theo, es war mein Fehler«, stammelte Bain, »die Sache mit den Raketen war mein Fehler, gut. Aber was sollte ich denn tun? Ich wär sonst ein toter Mann gewesen! Ich war leicht zu treffen, du hast mich selbst im Krankenhaus gesehen, du wußtest doch, daß ich das tun mußte. Wir sind alle eine Familie, Theo! Ich hätte dasselbe für dich getan, Theo, das weißt du doch.«

»Das ist alles schon zwei Jahre her.«

»Ich hab ein bißchen Zeit vergehen lassen, Theo, ich hab abgewartet, bis über Deilt ein bißchen Gras gewachsen war. Bis nach der Wahl. Dann, als wir die Wahl gewonnen hatten, kam eins zum anderen, es schien einfach nie genug Zeit dazu sein. Aber nächsten Monat, spätestens Weihnachten. Ja.« Er weinte vor Ernsthaftigkeit. »O Gott, ich hab mich auf die Überraschung in deinem Gesicht so gefreut. Ich wollte selbst kommen, ich *persönlich,* Theo! in das Dreckloch und dich da rausholen. O Gott, hast du mir leid getan! Ich wollte einen Termin aussuchen und da eines Tages reinkommen und sagen: ›Theo, alter Freund, steig ein, wir fahren zusammen nach Eillne.‹ Gott soll mich auf der Stelle erschlagen, wenn ich nicht die Wahrheit sage, Theo. Es war der größte Ehrgeiz, den ich noch hatte bei all dem Herumgefliege in der Welt und den Konferenzen und dem ganzen Kram – das war alles nichts, *nichts,* Theo! –, gegen das, was es mir bedeuten würde, dich da eines Tages rauszuholen und nach Hause zu bringen.«

»Hättest du's nicht tun können, als ihr Sparrow begraben habt?« fragte ich.
»Das *wollte* ich, Theo«, sagte Bain mit ausgebreiteten Armen. Dann legte er die Hände wieder auf den haarigen, aber weißen Bauch. »Sie haben mich nicht gelassen, oder ich hatte zumindest nicht die Zeit, die Räder in Bewegung zu setzen. Ich hab mir gesagt, bleib ganz kühl in dieser Frage. Plan es so, daß es für Theo gut ausgeht. Theo, leg die Pistole weg. Bitte, leg die Pistole weg.«
»Bain, willst du noch beten oder irgendwas?« fragte ich.
»O mein Gott«, heulte er auf, »o mein Gott, bitte. Theo, bitte nicht, nicht. Was willst du denn? Willst du, daß Sparrows Beerdigung noch mal gemacht wird? Kein Problem, Theo, ich krieg das hin. Wir graben sie wieder aus und machen es richtig, mit dir. Das machen wir! Warum hab ich daran nicht früher gedacht! Dumm. Natürlich machen wir das. Laß mich das jetzt gleich telefonisch regeln, Theo.«
Ich hob den Revolver, und er blieb starr stehen.
»Theo! Nein! Hör mir zu. Ich kann dir alles geben, was du willst. Immunität. Jeden Posten. Alles. Ich weiß es! Willst du Botschafter werden? Botschafter? Das ist ein phantastisches Leben. In den Tropen irgendwo. Ein großes Haus. Theo, tu's nicht, um der Liebe Gottes willen, tu´s nicht, ich bitte dich. Steuerfreies Gehalt. Ich hab Fehler gemacht, aber es war nicht meine Schuld, Gott weiß, es war nicht meine Schuld.«
Es war enttäuschend, ihm zuzuhören, und zugleich so vollkommen vorhersagbar. Ich richtete den Lauf auf ihn und drückte ab. Ich hörte nichts, aber die Wirkung auf Bain war die einer Kugel. Seine Knie trafen den Fußboden mit einem scharfen Knacken.
»Aaahhh!« schrie er auf.

Ich zielte wieder.
Bain kreischte: »Theo! Hör mir zu, ich flehe dich an! Denk an Sparrow, Theo. Denk daran, daß sie jetzt auf uns herabsieht. Ich war bei ihr, als sie starb, Theo. Während der drei Tage, die sie brauchte, um zu sterben. Willst du nicht hören, wie es war? Ich sag's dir, ich sag's dir jetzt, Theo. Sie war wieder wie auf dem Bild da auf dem Tisch. Schön. Jung. Wie du und ich sie in unserer Erinnerung gehabt haben. Sie hat mir Dinge erzählt, die sie nie irgend jemandem gesagt hat. Niemandem. Über dich, Theo. Dinge, die du nicht weißt. Wichtige Dinge, die nur ich weiß. Wenn du mich umbringst, wirst du nie wissen, wer du in Wirklichkeit bist oder woher du kommst. Leg die Pistole weg, Theo, das ist jetzt weit genug gegangen, Theo! Verstehst du, was ich mein? Sie hat mir gesagt, *wer du bist, Theo!*«
Bain hielt inne, und ich schwöre, daß sich ein kleines, siegreiches Lächeln um seinen Mund abzuzeichnen begann.
»Das ist sehr wichtig, Theo«, sagte Bain leise.
Ich glaubte, die nächste Kammer wäre auch leer, denn als ich abdrückte, spürte ich zwar einen Rückschlag, hörte aber wenig mehr als ein Klicken, doch dann fiel Bain zur Seite, und als ich noch dachte, er wäre einfach in Ohnmacht gefallen, sah ich die tiefrote Zunge aus Blut, die am Halsansatz, wo ich ihn getroffen hatte, hervortrat.
Ich stieg in seinen Schuhen über seinen Körper hinweg, ging ins Badezimmer und stellte die Dusche ab. Der scharfe Geruch von Kordit hing in der Luft. Er sah anders aus als alle Menschen, die ich kannte, wie er da lag, und er sah gewiß nicht so aus wie der Führer eines Landes. Seltsam, sein salziger Körpergeruch war auch verschwunden. Es war gut, daß Sparrow und Mag und sogar Pa – obwohl ich mir um ihn keine großen Sorgen gemacht

hätte – vor ihm gestorben waren. Bevor ich die Wohnung verließ, drehte ich Sparrows Bild um, damit ihr Blick nicht auf die Leiche auf dem Fußboden fiel.
Der Treppenabsatz draußen war leer. Alles wartete unten darauf, was sich der Taoiseach als nächstes einfallen ließ. Es war seltsam, der erste historische Zeuge des Geschehens zu sein, ein Vakuum. Ich ging um die Wagen und Motorräder und die rauchenden Polizisten und die gelangweilten Leibwächter herum. Ich trat durch das Tor auf die Straße hinaus, und niemand verschwendete einen Blick an mich; sie achteten auf die Leute, die hereinkamen, nicht auf die, die hinausgingen. Es war ein schöner Sommerabend – gut zum Schwimmen. Nicht die Andeutung einer politischen oder anderen Krise in der Luft, was nur beweist, wie trügerisch der äußere Schein sein kann. Ich wandte mich in Richtung Eillne.

Das Flußdelta ist riesig, verschwimmend, sich ständig wandelnd. Vor Jahren, als Donald Blood darin verschwand, gaben die Trupps die Suche nach zehn Tagen auf, und da hatten sie noch nicht einmal einen kleinen Bruchteil dessen abgedeckt, was da auf sie wartete.
Ich fuhr zuerst nach Eillne. Ich hätte gern den Zug nach Monument genommen und dann, wie immer, Sheehys Bus, aber ich wußte, daß ich mir einen solchen Luxus nicht leisten konnte. Ich nahm mir ein Motorrad aus irgendeinem Vorgarten in Templeogue, eine schimmernde 350-ccm-Maschine japanischer Bauart und mit Ledersitzen, die ich ein paar Straßen weiter volltankte. Für das Benzin zahlte ich mit dem Geld, das ich bei Bain gefunden hatte. Ich fühlte mich nicht gut dabei, seltsamerweise. Es schien mir meiner Haltung zu dem Ganzen nicht angemessen, daß ich das Geld genommen hatte.

Es war eine Fahrt ohne Hindernisse. Vor mehr als dreißig Jahren hatte ich zuletzt auf Pax' schwerem Motorrad den Fahrtwind im Gesicht gespürt. Sie hätten mich nicht stoppen können, selbst wenn sie es versucht hätten: Nichts fürchteten wir beim Zoll so sehr wie ein schnelles Motorrad, wenn man einen Verdächtigen festnehmen wollte. Ich näherte mich Monument sehr vorsichtig. Aber man kann von den Gesichtern der Leute auf der Straße ablesen, ob die nationale Psyche kürzlich einen Schock davongetragen hat oder nicht, und meine Beobachtungen sagten mir, daß noch niemand etwas wußte. Als Hüter des skandalösesten Geheimnisses meines Landes fuhr ich an der Grotte auf der Captain's Penny Street vorbei und drehte dann voll auf.
Es war erst fünf Uhr, und ich hatte Schwierigkeiten, mir klarzumachen, daß der Tag bei weitem noch nicht vorüber war. Das Motorrad fraß die Meilen. Die kleinen Felder, die sich den Hang hinaufzogen, die Schule flogen vorüber. Ich sah, daß ein Wagen am Fuß des Hügels stand, der sich hinter Eillne erhob, wenn man von Monument kam, und ich wurde langsamer. Vier weitere Autos parkten am Straßenrand den Hügel hinauf unter dem schirmartigen Gesträuch. Ich stellte das Motorrad ab und ging die letzten hundert Schritt zu Fuß, den süßlichen Duft des Geißblatts in der Nase. Das Schild eines Maklers aus Monument kündigte die Versteigerung des Besitzes an.
Hinter dem Tor waren weitere Autos geparkt, vielleicht sechs oder acht. Ein Paar, die Frau mit einem Baby in den Armen, kam mir auf dem Kiesweg entgegen, das Geräusch ihrer Schuhe auf den kleinen Steinen sagte überzeugend wie immer, daß die Zeit keine wirkliche Bedeutung hatte. Sie lächelten freundlich. Andere Leute wan-

derten um Sammy Teas altes Haus herum, das notdürftig eingezäunt und mit warnenden Schildern versehen worden war. Ich schloß mich ihnen an. Ein paar Wände standen noch. Sie hätten dort seit tausend Jahren stehen können, nicht erst weniger als hundert. Unter den leeren Fenstern befanden sich immer noch kleine schmutzige Kegel aus geschmolzenem Glas. Die Küche war ganz verschwunden, aber man konnte den kleinen Hof dahinter jetzt sehen, mit den Holzschuppen, in denen früher Kohlen und Feuerholz gelagert worden waren, und die Treppenstufen zum Garten hinauf. Man konnte sich mit einiger Mühe Nanny Morrissey vorstellen, wie sie schnaufend mit einem Korb Gemüse herunterkam. Man konnte natürlich auch Theo Shortcourse sehen, wenn man wollte, den mit dem neuen Job in Monument, der La mit ihrem Kohleneimer an einem Winterabend folgte, die Hand geöffnet wie ein hungriges Maul, voller Sehnsucht nach den üppigen Freuden ihres Hinterteils.

Sparrows (auch nicht mehr) neuer Bungalow war jetzt der Mittelpunkt der Gärten und der Rasenflächen, er ließ die alte Ruine hinter sich, ein bißchen wie Onkel Hugo, der sich so lange hartnäckig geweigert hatte zu sterben. Als ich eintrat, gab mir jemand eine Broschüre. Die Auktion sollte in fünf Tagen stattfinden, stand darin. Ich war ziemlich zum Ende der Besichtigungszeit eingetroffen.

Das Haus bedeutete mir nichts. Es war David Wises Haus gewesen, und er hatte nicht lang genug gelebt, um es wirklich zu genießen. Außer einem schönen Zimmer, dessen Fenster auf den Fluß blickten, war das Haus nur für zwei Menschen gebaut worden, es war klein, und das Dutzend Menschen, dem ich mich nun anschloß, ließ es noch enger erscheinen. Ich wollte Sparrows Schlafzimmer sehen. Von hier war sie vor drei Monaten auf den

Friedhof der Kathedrale von Monument gebracht worden, aber ich hoffte, daß sie etwas für mich hinterlassen hatte, sozusagen als Trostpreis.

Auch das Schlafzimmer sah auf den Fluß hinaus, aber nur durch ein kleines Fenster, das den Blick einengte. Ich trat zurück, um einen kleinen Mann mit Hut herauszulassen, bevor ich hineinging. Er dankte mir. Es gab keine Anzeichen dafür, daß dies ihr Schlafzimmer war, keinen Sparrow-Geruch, den ich irgendwie erwartet hatte, da ich mich erinnerte, wie Nanny Morrisseys Geruch sich noch lange nach ihrem Tod in den Stoffen von Las Schlafzimmer gehalten hatte. Ich horchte: kein Geflüster, nur das Geplauder von Menschen in den anderen Zimmern, die im Grunde bloß einen Ausflug machten und ihn mit einer Besichtigung verbanden. Einbauschränke bedeckten eine Wand: sie waren leer. Sparrow hatte vor mehr als zwei Jahren auf diesem Doppelbett gelegen und nach mir gerufen – ein letzter Ruf, hätte ich es damals nur gewußt! – ich aber war hinausgestürzt, um nach Deilt zu fahren. Das Bett, fest und flach, sah so aus, als hätte nie ein Mensch darin geschlafen. An der Wandseite des Bettes stand ein schmales kleines Eichenschränkchen, an das ich mich aus Eillne erinnerte. Wenn man an das Schränkchen wollte, war es am leichtesten, sich auf das Bett zu legen. Der Angestellte des Maklers kam herein, als ich das tat; er rollte mit den Augen und ging wieder hinaus. Ich zog an der Tür, und sie klickte auf. Ich konnte nichts sehen. Ich weiß nicht, was genau ich zu finden hoffte, aber ich griff hinein und tastete darin herum. Auf dem Boden an der Rückwand stießen meine Finger auf die Konturen einer kleinen vergessenen Schachtel.

»O Gott. Ach, meine Güte!«

Der kleine Mann mit Hut stand auf der Schwelle. Er

drückte ein Radio von der Größe eines Kartenspiels ans Ohr.
»Meine Güte«, sagte er wieder. Er hatte einen englischen Akzent. »Ihr Premierminister ist tot, fürchte ich.«
Ich konnte mich aufsetzen und die Schachtel zwischen meine Füße auf den Boden legen, um zu sehen, was es war. Auf dem Korridor wurde aufgeregt geredet, jemand sagte: »Schschsch!« Es war der kleine Rekorder und die winzigen Tonbandkassetten, die ich einmal neben Sparrow auf einem Stuhl liegen gesehen hatte. Ich steckte die Schachtel in meine Tasche, oder Bains Tasche, und trat aus dem Raum in die summende Aufregung draußen hinaus. Weitere Menschen kamen heran, um von dem Mann mit dem Hut zu hören, was geschehen war. Er lauschte noch immer angestrengt seinem Radio. Ich meinte, Sparrows Stimme könnte auf einem Band sein. Ich dachte keinen Augenblick daran, daß ich sie selbst benutzen würde.
»Das ist ein Land!« sagte der Angestellte des Maklers zu mir, als kennten wir uns. »Ich hab nie für ihn gestimmt, aber, Gott noch mal, ich weiß nicht, wo das noch hinführen soll.«
Als ich das Haus verließ, stand der Mann mit dem Hut vor der Haustür, die Hände in den Taschen, und sah zum Fluß hinunter.
»Schönes Plätzchen«, sagte er.
»Das ist es«, antwortete ich.
Die Nachricht von Bains Tod hatte offenbar auch zwischen Fremden für einen Moment eine Art Nähe geschaffen.
»Wir machen hier in der Nähe Urlaub«, sagte der Mann, womit er auch die Anwesenheit einer Frau auf der anderen Seite der Terrasse erklärte. »Wir sind nur zufällig

hier, wir wußten gar nicht, daß hier etwas verkauft werden sollte oder so was.«

»Genau wie ich«, sagte ich.

»Kennen Sie die Gegend?«

»Ja.«

»Mein Großvater hat oft über Monument gesprochen, als ich noch Kind war«, sagte der Mann. »Er war mit der Armee hier. Scheint eine Freundin gehabt zu haben, der alte Schuft, obwohl er zu Hause verheiratet war. Er hat mir von einem großen Haus am Fluß erzählt, flußabwärts von der Stadt, wo sie zusammen schwimmen gingen, unterhalb des Hauses. Meine Frau und ich haben uns gefragt, ob es das hier ist.«

Ich wollte ihn nach seinem Namen fragen, hatte geradezu das Bedürfnis danach. Aber dann fand ich, daß ich mich für einen Tag hinreichend in die Geschichte eingemischt hatte.

Der kleine Mann sagte: »Ich habe in meiner Phantasie immer ein Bild von diesem Ort mit mir herumgetragen.«

»Und stimmt das, was Sie sehen, mit dem Bild überein?« fragte ich.

Der Mann zog die Nase kraus. »Nicht wirklich, um ehrlich zu sein. Aber was tut das schon, nicht wahr?« Er streckte mir die Hand hin. »War nett, Sie kennenzulernen.« Er lachte verlegen auf. »Tut mir leid, Sie wissen schon, Ihre Probleme«, sagte er und hielt das Radio hoch.

Die Terrassen speicherten noch die Hitze des Tages, als ich über sie zum Fluß hinunterging. Es war nicht schwer, sich vorzustellen, daß Bain schon vorausgegangen war und irgendwo auf der Lauer lag oder daß, wenn er hervorsprang und mich mit zum Ufer hinunterschleppte, Sparrows mißbilligende Stimme von oben herunterkam und uns zurückrief, damit wir rechtzeitig zum Essen mit ihr und Onkel Hugo da waren. Ich drehte mich um und sah zum alten Haus hinauf. Nur ein bißchen Phantasie war nötig, um sich vorzustellen, es wäre wieder alles so wie früher. Aber ich wandte ihm den Rücken zu. Ich ging zum Fluß hinunter.

Pax würde genau wissen, was ich als nächstes tat: Wo die Stämme der Mooreichen halb im Wasser lagen, wie in der Sonne brütende Krokodile; wie ich einen passenden auswählen und mich, ausgezogen, darauf legen und mit der Strömung hinauspaddeln würde; daß ich die eigentliche Grenze des Deltas irgendwann innerhalb der folgenden Stunde überschreiten würde. Den Rekorder trug ich in einer Plastiktüte, die ich um den Nacken gebunden hatte, mit mir. Ich folgte der roten Sonne, bis sie am Abend unter dem Wasser verschwand, über das ich hinwegglitt. Ich zog mein Boot hinter mir ins Schilf, schlief den ungestörtesten tiefen Schlaf, an den ich mich erinnern kann, und als die Sonne am nächsten Morgen hinter Monument aufstieg, nahm ich meinen Kurs auf das Zentrum des Deltas wieder auf, die stetige Sonne diente mir als Kompaß und sie färbte langsam meine nackte Haut.

Die Wochen, die vergangen sind, haben kein Versprechen gebrochen. Meine Haare und mein Bart sind lang und grau, aber meine Haut ist braun. Sie ist fest und braun und glänzt, wo sie sich über Muskel und Knochen spannt. Ich brauche keine Brille, um diese kleinen Kassetten zu besprechen. Ich liege auf dem Rücken und spüre die Kraft der Sonne auf den Lidern meiner geschlossenen Augen.

Ich habe immer gewußt, wie es enden wird. Ich habe immer gewußt, daß Pax allein die Meute im Zaum hielt, die nach meinem Blut heulte, ich habe immer gewußt, daß

Pax allein entscheiden wird, wann das Ende kommt. Er ist der einzige Mensch, bei dem ich das Gefühl habe, ihn enttäuscht zu haben, aber ich begreife auch, wie unvermeidlich das war. So wie er ist, hin- und hergerissen zwischen seiner Liebe zu mir und seinem Pflichtgefühl, fürchte ich, daß er bald sehr einsam sein wird, aber ich habe nicht die Macht, etwas daran zu ändern, genausowenig wie ich von nun an die Macht habe, den Lauf der Geschichte zu ändern.

Was ist überhaupt die Geschichte? Sie scheint sich ewig unter meiner Berührung aufzulösen, und manchmal denke ich, daß ich die Geschichte nicht brauche. Aber was hat man, wenn man keine Geschichte hat? Ein Nichts? Das wird nicht gehen, wie Sparrow gesagt hätte. Wir brauchen etwas, und die Geschichte ist trotz aller Unvollkommenheiten letztlich das, was uns bleibt.

Der Fluß ist nun das einzige, was mir etwas bedeutet, aber das ist etwas, was ich immer gewußt habe. Von Sammy Tea bis weit zurück in unbekannte Generationen von Bloods und nach vorne in die Zukunft bis zu den Kindern unserer noch nicht geborenen Kinder verbindet der Fluß uns alle. Ich bin mir nicht sicher, was das bedeutet – außer der Tatsache, daß niemand, der in diesem Fluß schwimmt, je alleine ist. Das ist mehr als man über jene sagen kann, die immer an Land bleiben, wo die Einsamkeit die Einfachen ebenso gefangen nimmt wie die Mächtigen und die Erhöhten. Solange dieser Fluß hier in Eillne war, solange war ich nie allein.

Es ist ein später Nachmittag meiner achten Woche. Seit zwei Tagen höre ich Pax kommen. Zumindest habe ich in der Ferne die plötzlichen Flügelschläge gesehen, die Pax auf seinem Weg zu mir auslöst, und ich kann das sich langsam nähernde Schelten der Bläßhühner und den ruhigen Schlag der Reiher und den sirrenden der Schwäne hören, die er aufstört. Wo hat er in diesen letzten Nächten gelagert? Er muß vor mindestens fünf Tagen aufgebrochen sein, um so weit hereinzugelangen. Auf denselben schwimmenden Inseln wie ich. In den alten Tagen brauchten wir auf einer solchen Expedition gar nicht miteinander zu sprechen oder Fragen zu stellen, wir wußten beide, was zu tun war.

Das Wasser ist warm und fließt mit einer Kraft, die kaum sichtbar ist. Letzte Woche hat es in den Bergen geregnet. Ich konnte es aus fünfzig Meilen Entfernung hören, und in den folgenden Tagen wurde es sichtbar – in der Strömung und an den Gewohnheiten der Vögel, besonders derer mit Küken, die das Ansteigen des Wassers voraussahen und ihre Vorbereitungen trafen wie Ladenbesitzer, die auf den Gehsteig treten, mit besorgtem Gesicht zum Himmel blicken und ihre Waren hineintragen.

Ich habe mir aus der Plastikschachtel des Geräts eine Schleife gemacht, die ich mir um den Nacken legen kann, so daß ich die Bänder sogar dann besprechen kann, wenn ich im Wasser bin.

Ich finde das besonders entspannend: ich treibe auf dem Rücken liegend dahin, die Sonne im Gesicht, und die Wörter, aus denen sich so viele Jahre – und Leben – zusammensetzen, finden ihren Weg auf die gemächlich rotierenden Spulen.

Ich sitze auf der dem Hauptarm zugewandten Seite einer Lichtung auf einer Schilfinsel. Wenn Pax hier durchkommt, werden nur dreißig Schritte zwischen uns liegen. Ich bin sicher, daß er seinen Heimweg gut vorbereitet hat, eine Signalpistole vielleicht, mit deren Geschossen er einen der Hubschrauber herbeizitieren kann, die vor ein paar Wochen hier herumflogen, oder vielleicht sogar ein

Sprechfunkgerät. Pax wird heute abend wieder in Dublin sein, in seinem Zimmer, in das die Straßenlaternen durch die halbgeschlossenen Jalousien horizontale Muster legen und wo Glenn Miller ihm vielleicht Gesellschaft leistet. Aus der Vegetation heraus sehe ich drei Bläßhühner, die auf ihren lächerlich großen Füßen über das Wasser schießen.

»Pax, ich bin hier drüben.«

Ich habe seit fast zwei Monaten kein menschliches Gesicht mehr gesehen, außer meinem eigenen, wenn ich mich vornüberbeuge, um zu trinken. Pax kommt überraschend schnell durch das Schilf. Er trägt nur eine Badehose, sonst nichts. Sein weißer Körper glänzt wie Stahl. Er läßt das vordere Ende seines Eichenstammes auflaufen und setzt sich rittlings darauf.

»Geht's dir gut, Theo?«

»Sehr gut, Pax. Wirklich.«

»Das ist schön«, sagt Pax.

Wir sehen uns über die Wasserfläche hinweg an. Wir wollen uns nur ansehen. Worte sind überflüssig. So wie wir dasitzen, können wir all die Jahre, die wir miteinander teilen, sehen, all die Musik hören, all die Worte zitieren, die gesprochen oder gerufen wurden, und über all die Witze und die traurigen Dinge lachen und weinen, die nun wie winzige Details eines langen, aber sehr normalen Tages erscheinen. Es ist dieses Verständnis, das meine Furcht vor dem, wohin ich gehe, so unbedeutend macht. Ich sorge mich viel mehr um Pax. Er geht nirgendwo hin. Pax bleibt zurück.

»Theo?«

»Ja?«

»Hast du Lust zu schwimmen?« fragt Pax.

»Ja«, sage ich. »Hab ich.«

»Ich bleib auf meinem Stamm«, sagt Pax grimmig. »Okay? Ich komm nicht näher.«

»Okay.«

Ich laß mich in die Strömung gleiten. Sie ist noch stärker, als ich dachte; etwas tiefer, wo die Beine herabhängen, schießt sie dahin wie ein U-Bahn-Zug. Ich sehe Pax noch eine Weile neben mir, aber als wir uns einer Biegung nähern und sich das Bett verengt, das Wasser plötzlich vorwärtsstürzt, verliere ich ihn, der nicht so sehr Teil dieses Fließens ist wie ich, weil er seinen Stamm manövrieren muß. Ich habe meinen an der Insel zurückgelassen.

»Ich kann nicht weiter mitkommen, Theo«, ruft Pax mir zu.

Der Fluß hat mich jetzt wirklich erwischt. Gleich zweifach. Er zieht mich nach unten, und wenn ich wieder hochkomme, wirft er mir eine Welle ins Gesicht, so daß ich Wasser schlucke.

»Theo!« ruft Pax weit hinter mir. Er ruft noch etwas.

Ich habe eine zweite Biegung erreicht, und ich sehe Schaum auf dem Wasser. Zwei Monate habe ich in gefährlicher Nachbarschaft gelebt, ohne etwas von ihr zu wissen. Pax ruft wieder etwas, aber ich kann ihn nicht mehr gut hören, weil ich nun mehr unter als über der Oberfläche bin. Ich huste. Inseln huschen vorbei, und ich nehme an, wenn ich wirklich wollte, könnte ich mich wahrscheinlich auf eine hinaufziehen. Aber meine Arme machen nicht mehr viel. Ich versuche, Luft in den Mund zu bekommen. Aber es ist in Ordnung, ich bin schon früher da gewesen, wo ich jetzt bin.

Plötzlich weiß ich, was Pax ruft.

»Schwimm, Theo!« ruft er aus großer Entfernung. »Schwimm!« Ich schwimme. Ja. Ich schwimme.

GLOSSAR

Airey Neave	Britischer Nordirland-Minister, der von der IRA in den Siebzigern ermordet wurde
Badhran	Traditionelles Musikinstrument
Bellymurphy	Stark katholisches Viertel von Belfast
»Conas tá tú?«	Gaelisch: »Wie geht es dir?«
»Go maith.«	»Es geht mir gut.«
Dáil Eireann	Irisches Parlament
Erin	Irland
Fáilte	Irische Begrüßung: »Willkommen«
Falls Road	Katholische Straße in Belfast
Feis-ceoil	Musikalischer Abend, Versammlung zum Musizieren
Fianua Fáil	»Soldaten des Schicksals«. Irische Partei
Garda Síochána	Die irische Polizei

St. Stephen's Green	Zentraler Platz in Dublin
IRA	Irish Republican Army. Kämpfte bis zur Abspaltung der radikaleren Provisional Irish Republican Army im Untergrund für die Vereinigung Nordirlands mit der Republik Irland. Spielt heute kaum noch eine Rolle. Siehe »Provos«
Land League	Landliga. Politische Organisation der Iren im 19. Jahrhundert
Merrion Street	Sitz des irischen Premierministers
Provos	Provisional Irish Republican Army. Radikale Abspaltung der IRA in den sechziger Jahren. Wenn heute von der IRA die Rede ist, sind im Grunde die Provisionals gemeint.
Royal Ulster Constabulary	Polizei Nordirlands
Sinn Fein	Wörtlich »Wir selbst«. Politische Partei der katholischen Nordiren, die die Vereinigung mit der Irischen Republik anstrebt
Special Branch	Abteilung der irischen Polizei, die den Terrorismus bekämpft

Taoiseach	Irischer Premierminister
Tír na n'Og	Poetisch: Das Land der Kindheit
Ulster	Nordirland
Unionisten	Partei Nordirlands, die für die Einheit mit Großbritannien eintritt